한국 모더니즘 시의
반복과 변주

글쓴이

오형엽(吳瀅燁, Oh Hyung-Yup)
고려대학교 영문학과를 졸업하고 동대학원 국문학과에서 석사와 박사학위를 받았다. 1994년『현대시』신인상을 받고, 1996년『서울신문』신춘문예에 당선되어 평론 활동을 시작했다. 2002년 제3회 젊은 평론가상, 2013년 제24회 김달진문학상 등을 수상했다. 현재『현대시』편집위원으로 활동하며, 고려대학교 국문학과 교수로 재직하고 있다. 주요 저작으로 연구서『한국 근대시와 시론의 구조적 연구』,『현대시의 지형과 맥락』,『현대문학의 구조와 계보』,『문학과 수사학』, 평론집『신체와 문체』,『주름과 기억』,『환상과 실재』, 역서『이성의 수사학』등이 있다.

한국 모더니즘 시의 반복과 변주

초판인쇄 2015년 8월 19일 **초판발행** 2015년 8월 29일

글쓴이 오형엽 **펴낸이** 박성모 **펴낸곳** 소명출판 **출판등록** 제13-522호

주소 서울시 서초구 서초중앙로6길 15, 1층

전화 02-585-7840 **팩스** 02-585-7848 **전자우편** somyong@korea.com **홈페이지** www.somyong.co.kr

값 31,000원   ⓒ 오형엽, 2015
ISBN 979-11-86356-36-4 93810

이 책은 2010년도 정부재원(교육부)으로 한국연구재단의 지원을 받아 연구되었음(NRF-2010-812-A00143)

한국 모더니즘 시의 반복과 변주

Repetition and Variation in Korean Modernism Poetry

오형엽

소명출판

책머리에

　이 책을 처음 구상한 것은 저자가 「전봉건 시의 반복, 변주, 변용 기법 고찰」(『어문연구』 제63집, 어문연구학회)이라는 논문을 발표한 2010년 초반 경이었다. 이 논문은 텍스트 언어학의 결속 구조와 결속성의 기본 기법들을 활용하여 전봉건 시에 나타나는 반복과 변주의 언술 구조를 미적 효과와 기능 면에서 분석하면서 시적 구조화 원리를 고찰하는 내용을 담았다. 이 논문을 발표한 직후 저자는 이러한 연구 관점 및 방법을 한국 모더니즘 시인들의 시 세계로 확대하여 연구를 진행하면 의미 있는 작업이 되리라 판단했다. 선행 연구의 풍부한 성과들을 토대로 한국 모더니즘 시 연구를 진전시키기 위해서는, 좀 더 세밀하고 정교한 분석 및 해석 방법을 통해 한국 모더니즘 시인들의 시 세계에 내재한 구조화 원리를 규명하는 것이 필요하다고 생각해 왔기 때문이다.

　따라서 저자는 연구 대상을 1920~1930년대의 이장희·이상·백석·장만영 등의 시와 1950년대 이후의 김춘수·김수영 등의 시로 확대하고, 유사한 연구 관점 및 방법을 시도하면서 순차적으로 개별 시인 연구를 진행했다. 이 과정에서 기법적 분석의 차원인 텍스트 언어학의 이론뿐만 아니라 개념적 해석의 차원인 서구 사상과 정신분석학의 이론도 연구 방법으로 포함시키며 활용했다. 연구를 진행하면서 저자는 나름의 목적을 일차적으로 반복과 변주의 언술 구조를 세밀히 분석하여 개별 작품들에 대한 섬세한 해석을 시도하는 데 두고, 이차적으로 반복과 변주의 언술 구조가 발휘하는 미적 효과와 기능을 확인하면서 구조화 원리를 고찰하는 데 두었다. 개별 시인 연구가 일단락된 이후에 저자는 연구 결과들을 종합하는 작업을 진행했는데, 특히 개별 연구를 진행하는 동안 겪었던 연구 방법 및 절차상의 굴곡들을 통일시켜 일관된 기준을 확립하기 위해 노력했다. 동일한 기준을 가지고 개별 시인들의 시 세계를 분석하고 해석해야 그 결과를 상호 비교하여 유효한 평가를 할 수 있기 때문이다. 연구 결과들을 종합하는 과정에서 저자는 나름의 목적을 그동안 진행했던 개별 시인론의 부족한 부분들을 보충하는 데 두었고, 더 나아가 개별 시인론에서 귀납적으로 도출한 언술 구조의 유형적 분류를 통해 한국 모더니즘 시의 시대별·시인별 특성을 고찰하는 데 두었다.

이러한 과정을 경유하여 그 동안의 연구 결과를 묶어서 책을 내게 되었다. 이 책은 앞에서 밝힌 경위에 의해 1920~1930년대의 이장희·이상·백석·장만영 등의 시와 1950년대 이후의 김춘수·김수영·전봉건 등의 시에 나타나는 반복과 변주의 언술 구조를 기법적 분석의 차원인 텍스트 언어학의 이론과 개념적 해석의 차원인 서구 사상 및 정신분석학의 이론을 활용하여 미적 효과와 기능 면에서 분석하고 해석하면서 시적 구조화 원리를 고찰한 귀납적인 결과물이다. 구상을 시작한 후 5년 6개월의 기간 동안 꾸준히 연구를 진행해 왔지만, 만족할 만한 결과물을 내지 못해 부끄러움이 앞선다. 이 책을 계기로 새로운 모색을 시작하고자 한다. 동학들의 질정을 부탁드린다.

2015년 8월 6일

오형엽

차례

제1부

서론

제1장

연구의 목적 및 방향

　이 연구의 일차적 목적은 한국 모더니즘 시에 나타나는 '반복'과 '변주'의 '언술 구조'를 세밀히 분석하여 개별 작품들에 대한 섬세한 해석을 시도하는 것이다. 이 연구의 이차적 목적은 한국 모더니즘 시에 나타나는 '반복'과 '변주'의 '언술 구조'를 '미적 효과와 기능' 면에서 분석하고 해석하여 '구조화 원리'를 고찰하는 것이다. 이 연구의 삼차적 목적은 개별 시인론에서 귀납적으로 도출한 언술 구조의 '유형'적 분류를 통해 한국 모더니즘 시의 시대별·시인별 특성을 고찰하는 것이다. 이를 위해 이 연구는 언술 구조로서 '반복'과 '변주'가 어떤 이론적 토대를 가지는지 살피면서 연구의 방법을 모색하고, 1920~1930년대의 이장희·이상·백석·장만영 등의 시와 1950년대 이후의 김춘수·김수영·전봉건 등의 시에 나타나는 '반복'과 '변주'의 언술 구조를 구체적으로 분석하여, 그 미적 효과와 기능이 어떻게 시적 구조화 원리로 작용하는지 귀납적으로 살펴보려 한다.

그동안 한국 현대시에 대한 연구는 크게 문학사적 연구, 내용적·주제적 연구, 형식적·기법적 연구 등 세 가지 영역에서 진행되어 중요한 성과들을 많이 축적해 왔다. 이 성과들을 토대로 한국 현대시 연구를 좀 더 심층적으로 진행하기 위해서는 일차적으로 개별 작품들에 대한 섬세한 분석 및 해석을 시도하는 것이 필요하고, 이차적으로 각 영역별 연구의 차원들을 시적 '구조화 원리'에 대한 연구와 접목하는 것이 필요하다고 생각한다. 전자는 문학 연구의 가장 기본적인 과제라는 점에서 필요성을 뒷받침할 수 있고, 후자는 다음과 같은 이유로 필요성을 뒷받침할 수 있다. 문학사적 연구, 내용적·주제적 연구, 형식적·기법적 연구 등은 이미 형성된 작품 자체에 대한 엄밀한 객관적 연구로서 의의와 가치가 있지만, 여기에 작품을 형상화하는 과정에 작용하는 내면적 동력인 '생성 원리'에 대한 탐구를 보완한다면 시의 미학적 특성과 비밀을 규명하는데 도움이 될 것이다. 가시적인 시적 현상들 내부에서 시적 생명력을 부여하는 비가시적인 생성의 원리를 규명하는 것은 시 창작 과정에 개입하는 의미와 기법 간의 상호 침투적 역학 관계를 탐색하는 것이기 때문이다.

그러나 시적 '생성 원리'를 탐색하는 방향이 낭만주의 시 비평이 제시한 '영감'이나 '상상력'의 차원으로 회귀하는 것은 20세기 이후의 한국 현대시를 고찰하는 데 유효성이 감소될 것이다. 또한 구조주의 이론에서 파생한 구조적 연구 방법도 '구조'의 체계성이 도식성의 한계를 노출하는 경우 시적 생성 원리를 고찰하는 데 어려움이 있는 것도 사실이다. 따라서 이 연구는 '구조'가 아닌 '구조화'라는 관점으로 한국 모더니즘 시에 나타나는 '반복'과 '변주'의 언술 구조를 고찰하고자 한다. '구조'가 이미 형성된 실체적 존재에 부여하는 용어인 반면, '구조화'는 그것을 생성하는 과정에 부여하는 용어이다. '구조화 원리'의 탐색은 작품의 정태적 구조를 고찰하는 구조주의적 탐색과는 달리 작품을 구조화하는 과정을 고찰한다는 점에서 차별성을 가진다. 시적 '구조화 원리'를 규명하는 작업은 시를 구조화하는 생성의 과정에 개입되는 원리를 포착하는 것으로서, 이미 형상화된 시적 현상인 '기법'이나 '형식'에 대한 분석에서 출발하는 '해석적 작업'을 진행하면서 그 역방향에서 진행된 '주제'나 '내용'이 언어로 형상화하는 '표현적 작업'과 만나면서 충돌하는 지점에서 시적 '생성 원리'를 탐색하는 것이다. 다시 말해, 이 작업은 시의 정태적 차원에 대한 분석에서 출발하여 '시적 표현의 과정'과 '해석적 소급의 과정'이라는 양방향의 힘이 역동적으로 충돌하는 지점을 통과하면서 그 '생성 원리'를 도출하는 것이다. 이러한 탐색은 작품을 형상화하는 과정에 작용하는 내면적 동력인 생성 원리에 대한 탐구로서 시의 미학적 특성과 비밀을 규명하는데 도움이 될 것이다.

앞에서 이 연구는 한국 모더니즘 시에 나타나는 '반복'과 '변주'의 '언술 구조'를 '미적 효과와 기능' 면에서 분석하고 해석하여 '구조화 원리'를 고찰하려는 목적을 가진다고 서술한 바 있다. 기존의 세 가지 연구 영역을 기준으로 큰 틀에서 조망할 때, 이 연구는 형식적 · 기법적 측면에서 출발하여 내용적 · 주제적 측면에 접근하는 방향성을 가진다고 볼 수 있다. 그런데 좀 더 정확히 말하면, 이 연구가 지향하는 '구조화 원리'에 대한 규명은 단지 형식적·기법적 측면에서 출발하여 내용적·주제적 측면에 접근하는 하나의 방향성만을 가지지 않고, 내용적·주제적 측면이 형식적·기법적 측면으로 표현되는 과정과 형식적·기법적 측면에서 내용적·주제적 측면으로 접근하는 해석의 과정이라는 두 방향성을 교차하며 충돌시키는 쌍방향성을 내포한다.

1920~1930년대의 이장희·이상·백석·장만영 등의 시와 1950년대 이후의 김춘수·김수영·전봉건 등의 시에 나타나는 '반복'과 '변주'의 언술 구조를 미적 효과와 기능 면에서 분석하여 구조화 원리를 규명하려는, 이 연구의 목적은 한국 현대시사에서 모더니즘 시의 '반복'과 '변주'의 언술 구조 및 구조화 원리가 시대별·시인별로 어떤 변별성을 가지고 전개되는가를 조명하는 의도까지 포함한다. 1920년대 이미지즘 시의 선구자인 이장희, 1930년대 아방가르드 시를 대표하는 이상, 농경적 모더니즘 시를 대표하는 백석, 전원적 모더니즘 시의 특성을 보여주는 장만영, 그리고 1950년대 이후 무의미시를 통해 순수시의 극한을 실험한 김춘수, 시의 예술성과 현실성을 결합하려 한 김수영, 전후 모더니즘 시를 대표하는 전봉건 등의 시는 '반복'과 '변주'의 언술 구조를 공유하면서도 중요한 변별성을 가지고 있다. 이 시인들의 '반복'과 '변주'의 언술 구조가 가지는 공통점과 변별성을 탐색하고, 더 나아가 그 구조화 원리의 공유점과 차별성을 도출하는 작업은, 한국 현대시사에서 모더니즘 시의 시대별·시인별 특성을 유형적으로 분류하여 고찰하는 데에도 도움이 될 수 있을 것이다.

선행 연구로서 한국 모더니즘 시에 대한 개별 시인론은 전기적 사실에서 시 세계에 대한 다양하고 심층적인 해석 및 전체적인 평가에 이르기까지 많은 연구들이 진척되었다.[1] 개별 시인론을 바탕으로 시도한 한국 모더니즘 시에 대한 전체적 규명도 문학사적 연구,[2] 내용적·주제적 연구,[3] 형식적·기법적 연구[4] 등 세 가지 영역에서 많은 성과들을 축적해 왔다. 이들 중 형식적·기법적 연구는 심상 체계, 글쓰기 방식, 운율론, 수사학, 비유, 화자의 시각 체제, 서술 기법 등의 측면에서 연구가 진행되었고, 형식적·기법적 연구를 발전시킨 형식 미학이나 형상화 원리 등에 대해서도 연구를 심화해 왔다. 연구 대상을 모더니즘 시뿐만 아니라 한국 현대시 전체로 확대한다면, 한국 현대시를 '반복'의 특성과 관련하여 연구할 때 검토해야 할 기존의 형식적·기법적 연구로서 '운율론', '언술 구조론', '리

---

1 개별 시인론에 대한 선행 연구들은 제2부와 제3부의 각 장에서 제시한다.

2 문덕수, 「한국 모더니즘 시 연구」, 고려대 박사논문, 1981; 채만묵, 「한국 모더니즘 시 연구−1930년대를 중심으로」, 전북대 박사논문, 1981; 윤정룡, 「1950년대 한국 모더니즘 시 연구」, 서울대 박사논문, 1992; 정구향, 「한국 모더니즘 시의 비교 연구−1930년대와 1950년대의 모더니즘 시를 중심으로」, 건국대 박사논문, 1993; 이광수, 「1950년대 모더니즘 시 연구」, 고려대 박사논문, 1995; 유정이, 「한국 전후 모더니즘 시 연구−신동문, 전봉건, 김구용 시를 중심으로」, 동국대 박사논문, 2008.

3 원명수, 「한국 모더니즘 시에 나타난 소외의식과 불안의식 연구」, 중앙대 박사논문, 1985; 최학출, 「1930년대 한국 모더니즘 시의 근대성과 주체의 욕망체계에 대한 연구−김기림, 백석, 이상의 시를 중심으로」, 서강대 박사논문, 1995; 고명수, 「한국 모더니즘 시의 세계인식 연구−1930년대를 중심으로」, 동국대 박사논문, 1995; 박윤우, 「1950년대 한국 모더니즘 시 연구−부정성의 형태화 양상을 중심으로」, 서울대 박사논문, 1998; 류순태, 「1950년대 한국 모더니즘 시의 표상 연구」, 서울대 박사논문, 1999; 박정선, 「한국 현대시의 모더니즘과 전통−정지용과 김수영의 시를 중심으로」, 고려대 박사논문, 2011.

4 민병기, 「30년대 모더니즘 시의 심상 체계 연구」, 고려대 박사논문, 1987; 최미숙, 「한국 모더니즘 시의 글쓰기 방식에 관한 연구−이상과 김수영을 중심으로」, 서울대 박사논문, 1997; 황정산, 「한국 현대시의 운율론적 연구−모더니즘 시를 중심으로」, 고려대 박사논문, 1998; 금동철, 「1950∼60년대 한국 모더니즘 시의 수사학적 연구」, 서울대 박사논문, 1999; 엄성원, 「한국 모더니즘 시의 근대성과 비유 연구−김기림·이상·김수영·조향의 시를 중심으로」, 서강대 박사논문, 2002; 정문선, 「한국 모더니즘 시 화자의 시각 체제 연구−보는 주체로서의 화자와 보이는 대상으로서의 공간을 중심으로」, 서강대 박사논문, 2003; 김지선, 「한국 모더니즘 시의 서술 기법과 주체 인식 연구−김춘수, 오규원, 이승훈 시를 중심으로」, 한양대 박사논문, 2009.

듬론' 등을 들 수 있다. 즉 선행 연구들은 한국 현대시의 '반복' 특성과 관련한 형식적·기법적 연구로서 주로 '운율론적 관점', '언술 특성의 관점', '리듬론적 관점' 등에서 중요한 성과들을 축적해 왔다. 서구 시론에서 '반복'에 대한 이론은 전통적 수사학의 관점, 러시아 형식주의의 관점, 로만 야콥슨을 비롯한 프라하 구조주의 학파의 관점, 유리 로트만을 비롯한 텍스트 기호학의 관점 등에서 전개되어 왔고, 동양 시론에서 '반복'에 대한 이론은 『문심조룡』의 창작론, 원행패의 『중국 시가예술 연구』, 주광잠의 『시론』, 유약우의 『중국시학』 등에서 전개되어 왔다. 한국 시가론이나 현대시론에서는 '반복'을 리듬을 구성하는 원리로서 연구할 때 주로 음보율을 중심으로 '운율론적 관점'에서 규명되었다.[5] '언술(discourse)'은 여러 문장들로 이루어진 복잡한 언표를, 그것을 이루고 있는 문장들이 짜여 나가는 규칙의 견지에서 이르는 개념이다.[6] 따라서 현대시의 '반복' 기법을 '언술 특성의 관점'에서 고찰하는 것은 시를 문장들의 연속 결합 규칙의 관점에서 문장보다 상위에 있는 모든 발화를 분석하는 차원을 의미한다.[7] 한편 앙리

---

5 이런 관점의 연구 성과로서 정병욱, 「고시가 운율론 서설」, 『한국 고전시가론』, 신구문화사, 1973; 성기옥, 『한국 시가 율격의 이론』, 새문사, 1986; 김석연, 「시조 운율의 과학적 연구」, 『아세아 연구』 제32호, 고려대아세아문제연구소, 1968; 김대행, 『우리 시의 틀』, 탑출판사, 1989; 조창환, 『한국 현대시의 운율론적 연구』, 일지사, 1986; 오세영, 「한국 시가 율격 재론」, 『관악어문연구』 제18집, 서울대 국문과, 1993; 김기종, 『시 운율론』, 한국문화사, 1999 등이 있고, 한국 현대시에서 운율론의 한계에 대한 논의로는 김흥규, 「한국 시가 율격의 연구 I」, 『욕망과 형식의 시학』, 태학사, 1999; 황정산, 「한국 현대시의 운율론적 연구 – 모더니즘 시를 중심으로」, 고려대 박사논문, 1998 등이 있다.
6 김인환, 『비평의 원리』, 나남, 1994, 285쪽.
7 이런 관점의 연구 성과로서 이경희, 「시적 언술에 나타난 한국 현대시의 병렬법 연구」, 이화여대 박사논문, 1989; 황인교, 「이용악 시의 언술 분석」, 이화여대 박사논문, 1991; 이경수, 「한국 현대시의 반복 기법과 언술 구조 – 1930년대 후반기의 백석·이용악·서정주 시를 중심으로」, 고려대 박사논문, 2002; 김영희, 「김수영 시의 언술 특성 연구 – 명령어법·부정어법을 중심으로」, 고려대 석사논문, 2003; 송종원, 「백석 시의 언술 특성 연구」, 고려대 석사논문, 2006; 이현승, 「1930년대 후반기 시의 언술 구조 연구 –

메쇼닉(Henri Meschonnic)의 리듬론이 소개된 2000년대 중반 이후 한국 현대시를 텍스트의 자음적·모음적 조직체를 의미하는 프로조디(prosodie) 개념을 비롯한 '리듬론적 관점'으로 분석하는 연구 경향이 생겨났다.[8]

이 연구는 선행 연구의 중요한 성과들을 토대로 기존의 형식적·기법적 연구들 중 '언술 특성의 관점'의 연장선에서 '반복'과 '변주'의 언술 구조를 미적 효과와 기능 면에서 분석하여 구조화 원리를 고찰하고자 한다. 이를 위해 이 연구는 언술 구조로서 '반복'과 '변주'가 어떤 이론적 토대를 가지는지 살펴보면서 연구의 방법을 모색하고, 이장희·이상·백석·장만영·김춘수·김수영·전봉건 등 모더니즘 시인들에 대한 개별 시인론을 경유하여 귀납적으로 도출한 언술 구조의 '유형'적 분류를 통해 한국 모더니즘 시의 시대별·시인별 특성을 고찰한다. 특히 개별 시인론을 진행할 때 '반복'과 '변주'의 언술 구조가 가지는 미적 효과와 기능을 중심으로 개별 시들에 대한 세밀한 분석 및 해석을 시도하면서 시적 구조화 원리를 고찰하고자 한다.

백석·이용악·오장환 시를 중심으로」, 고려대 박사논문, 2011; 김화순, 「김종삼 시 연구-언술 구조와 수사법을 중심으로」, 고려대 박사논문, 2011 등이 있다.

8 앙리 메쇼닉의 소개는 앙리 메쇼닉, 조재룡 역, 『시학을 위하여』 1, 새물결, 2004; 루시 부라사, 조재룡 역, 『앙리 메쇼닉 리듬의 시학을 위하여』, 인간사랑, 2007 등이 있고, 이런 관점의 연구 성과로서 조재룡, 『앙리 메쇼닉과 현대비평』, 길, 2007; 장철환, 『김소월 시의 리듬 연구』, 소명출판, 2011; 장석원, 「프로조디, 템포, 억양을 통한 새로운 리듬 논의의 확대-김수영의 「사랑의 변주곡」을 중심으로」, 『국제어문』 제52집, 국제어문학회, 2011; 박슬기, 「한국 근대시의 새로운 리듬론, 리듬 음성중심주의를 넘어서」, 『한국시학연구』 제36호, 한국시학회, 2013; 조재룡, 「리듬과 의미-프랑스어 리듬의 전제 조건에 비추어본 한국어 리듬의 문제들」, 『한국시학연구』 제36호, 한국시학회, 2013; 권혁웅, 「한국 근대시의 리듬 연구」, 『우리어문연구』 제46집, 우리어문학회, 2013; 권혁웅, 「현대시의 리듬 체계」, 『비교한국학』 제22권 2호, 2014 등이 있다.

제2장

연구의 이론적 토대 및 방법

이 장에서는 언술 구조로서 '반복'과 '변주'의 이론적 토대를 큰 틀에서 '기법적 분석'의 차원과 '개념적 해석'의 차원으로 구분하여 살펴보면서 연구의 방법을 모색한다. 우선 이 연구는 '반복'과 '변주'의 '기법적 분석'의 차원과 관련하여 '텍스트 언어학'의 주요 기법들을 이론적 토대로 삼되, 이 기법들을 언어학적 관점에서 도식적으로 적용하지 않고 섬세하게 시 작품의 언술 구조를 '분석'하는 데 활용하고자 한다. 또한 이 연구는 '반복'과 '변주'의 '개념적 해석'의 차원과 관련하여 '서구 사상'과 '정신분석학'의 주요 개념들, 특히 프로이트와 라캉의 정신분석학, 니체와 베르그송의 철학, 이들을 계승하면서 재해석한 들뢰즈의 철학 등을 이론적 토대로 삼되, 이 개념들을 사상적 관점에서 도식적으로 적용하지 않고 섬세하게 시 작품의 언술 구조를 '해석'하는 데 활용하고자 한다. 이처럼 연구의 이론적 토대를 큰 틀에서 '기법적 분석'의 차원과 '개념적 해석'의 차원이라는 두 가지 방향으로 고찰하는 것은, 한국 모더니즘 시에 나타나는 '반복'과 '변주'의 언술 구조가 기법적 차원 및 개념적 차원을 포함하고 있고, 이 두 차원을 중층적으로 결합하고 있기 때문이다. 즉 이 연구가 이론적 토대로 삼는 '기법적 분석'의 차원과 관련한 '텍스트 언어학'의 주요 기법들과 '개념적 해석'의 차원과 관련한 '서구 사상' 및 '정신분석학'의 주요 개념들이 상호 교차하면서 만나는 지점에 '반복'과 '변주'의 언술 구조가 자리 잡고 있다. 따라서 '반복'과 '변주'의 언술 구조가 발휘하는 미적 효과와 기능을 분석하고 해석하는 작업은 '기법적 분석'의 차원뿐만 아니라 '개념적 해석'의 차원과도 긴밀히 결부되는 것이다.

1. 기법적 분석의 차원 – 텍스트 언어학

이 절에서는 한국 모더니즘 시에 나타나는 '반복'과 '변주'의 '기법적 분석'의 차원과 관련하여 '텍스트 언어학'의 주요 기법들을 살펴보면서 연구의 방법을 모색한다.

텍스트 연구는 '구조', '기능', '유형' 등의 연구로 집약할 수 있는데, 텍스트 연구의 핵심은 일차적으로 구조에 있다. 언어에 대한 연구는 기본적으로 텍스트의 본질인 '문장 사이의 짜임의 틀' 즉 '구조'를 설명해야 하기 때문이다. 텍스트 언어학은 텍스트를 문법의 단위만이 아니라 화용의 단위로까지 봄으로써, 형식(결속 구조)과 의미(결속성)를 가진 전체로서 간주하고 상호 작용하는 맥락을 고찰하는 것이다.[1] 텍스트의 본질이 동적 성질에 있다면, 텍스트 언어학의 관심도 텍스트의 정적 구조보다는 텍스트를 생성하고 이해하는 과정에 주목한다. 텍스트 언어학은 텍스트를 단지 언어 표현을 이루는 언어적 구성체, 즉 표현의 언어로 보기보다는 통화자가 주체적으로 활용하는 인지적 구성체, 즉 사고의 언어로 보며, 이런 관점에서 텍스트 언어학은 인지 과학의 한 분야를 이룬다고 볼 수 있다. 이러한 언어관은 음운부, 통사부, 의미부, 화용부 등과 같은 언어의 각 하위부가 언어 사용에서 기능적 통합성을 발휘한다는 사실을 강조한다. 즉 개별 요소들은 텍스트의 총체적 기능에 대한 기여도에 따라 조정되는 복잡한 체계에 속하며, 이때 체계란 통합적 기능에 기여하는 바에 따라 결정되는 요소들의 통합체를 말한다. 따라서 텍스트 언어학에서 단어의 개념은 의미를 가지는 단순한 기호가 아니라 언어 처리 과정에서 필요한 국면에 적응할 수 있는 여러 자질들의 한 구성체이다.[2]

텍스트 언어학의 역사적 배경을 이루거나 공통의 관심사를 가지는 연구 분야는 '수사학', '문체론', '문학 연구', '인류학', '문법소론', '사회학', '언술 분석' 등이 있다.[3] 전통적 '수사학(rhetoric)'의 주요 부문은 착상(inventio), 배열(dispositio), 표현(elocutio), 암기(memoria), 발표(actio-pronuntiatio) 등이다.[4] 수사학은 텍스트 언어학과 다음과 같은 공통의 관심사를 갖는

---

1 한국텍스트언어학회, 『텍스트 언어학의 이해』, 박이정, 2004, 6~8쪽 참고.
2 김태옥・이현호, 「역자 해설」, 『담화・텍스트 언어학 입문』, 양영각, 1991, viii~x 참고.
3 텍스트 언어학의 역사적 배경을 이루거나 공통의 관심사를 가지는 연구 분야에 대한 서술은 R. 보그랑드・W. 드레슬러, 김태옥・이현호 역, 『담화・텍스트 언어학 입문』, 양영각, 1991, 16~21쪽; 한국텍스트언어학회, 「텍스트언어학과 인접 학문」, 앞의 책, 281~314쪽 참고.

다. 첫째, 착상을 하고 배열하는 데 체계적인 제어가 가능하다. 둘째, 착상과 그 표현의 전이 과정은 의식적인 훈련의 대상이 될 수 있다. 셋째, 일정한 착상을 표현하는 여러 텍스트들 가운데 어떤 텍스트는 다른 것들보다 질적으로 우수하다. 넷째, 텍스트는 수용자인 청자들에 대해서 갖는 효과라는 관점에서 평가할 수 있다. 다섯째, 텍스트는 목적을 가지고 상호 작용하기 위한 매개 수단이다. 전통적 수사학이 본질적으로 몰두한 것은 구조들이 결정과 선택이라는 조작을 통해서 어떻게 구축되며, 그런 조작 과정이 통화적 상호 작용에 대해 무엇을 함축하는가이다. 이와 비슷한 결론이 전통적인 '문체론(stylistics)' 분야에 대해서도 내려질 수 있다. B.C. 1세기경 퀸틸리안(Quintilian)은 문체를 구성하는 네 가지 성격을 정확성(correctness), 명징성(clarity), 우아성(elegance), 적절성(appropriateness) 등으로 규정했다. 이 범주들은 텍스트 생산의 처리 수단에 따라 텍스트가 질적인 차이를 보일 것이라는 전제를 반영한다. 현대의 문체 연구는 범위가 상당히 넓게 확대되어 여러 갈래에 걸쳐 있다. 접근 방식은 다양하지만 모든 문체 연구의 공통점은 텍스트를 생산하는 선택 항들 중에서 특정 항을 선택하는 결과로 문체가 생긴다고 간주하는 것이다. 한편 텍스트는 오랫동안 '문학 연구'의 대상이 되어 왔다. 문학 연구의 과제들을 체계화하고 객관화하려는 시도는 언어학적 연구 방법을 적용하는 데 노력을 기울였다. 텍스트 언어학은 그 범위가 확대됨에 따라 구조를 그 자체로서 기술하는 통상적인 방법론에 비해 언어학적 방법을 문학 연

---

4 저자는 연설이 행해지기까지의 유기적인 과정으로서 수사학의 분야가 '착상(inventio)－배열(dispositio)－표현(elocutio)－암기(memoria)－발표(actio-pronuntiatio)'라는 다섯 부분으로 이루어져 있다고 정리한 바 있다. 졸고, 「시학과 수사학」, 『문학과 수사학』, 소명출판, 2011, 15쪽. 이하 이 연구에서도 이러한 번역어를 사용한다.

구에 적용하는 좀 더 유용한 방법론이 되었다.

'인류학' 역시 인간의 문화적 산물을 조사 연구하는 데 텍스트를 엄밀한 고찰의 대상으로 삼는다. 말리노프스키(Bronislaw Malinowski)는 의미 연구를 위해 언어를 행위로서 고찰하는 것을 강조했고, 신화와 민담에 관심을 보인 프로프(Vladimir Propp) 및 레비-스트로스(Claude Levi-Strauss)는 구조 분석과 구조 기술 등 다양한 방법을 언어학에서 빌어 왔다. '문법소론(tagmemics)'의 언어학적 방법은 거의 알려지지 않은 문화에 대한 인류학적 연구에 많은 도움을 주었다. 문법소론의 시각은 문장과 텍스트의 경계를 넘어서 인간 상호 작용의 큰 복합체를 지향한다. 문법소론적 접근 방법을 통해서 인류학과 언어학이 통합되어 변경 지역에서 급속도로 사라져가는 언어들에 대한 기록이 가능해 졌다. 텍스트 언어학에 대한 문법소론의 중요한 기여는 언어와 통화 배경 간의 관계를 체계적으로 인식하게 한 점이다. '사회학(sociology)'은 대화를 사회적 체계화와 상호 작용의 한 양식으로 간주하고 그 분석에 관심을 기울여 왔다. 민생학적 방법론(ethnomethodology)은 말의 패턴, 사회적 역할, 사회 집단 사이에 존재하는 상관관계 등을 연구한다. 즉 한 집단의 사람들은 어떻게 언어 행동을 환경에 적합하게 만드는가, 말을 하는데 따르는 관습은 어떻게 확립되고 변화하는가, 말을 통해서 사회적 지배성은 어떻게 드러나는가 등을 연구하는 것이다. 대화 연구라고 말할 수 있는 '언술 분석(discourse analysis)'은 텍스트 언어학과 매우 중요한 관련성을 가진다. 텍스트가 상호 적합한 구성 요소들을 결합하여 언술을 구성해 나가는 메커니즘에서 텍스트성의 기준들이 드러난다. '결속 구조'는 별개 텍스트들의 표층 구조들을 공유하거나 빌려올 때 영향을 받고, 단일 텍스트의 '결속성'은 그

것이 구성하는 언술 전체의 관점에서 볼 때에만 분명해질 수 있다. '의도성'은 대화의 목표 지향적 사용에서 드러나고, '용인성'은 수용자의 즉각적인 반응에서 나타난다. '상황성'의 역할은 특히 직접적이고, 언술의 전체적 구성은 '상호 텍스트성'이 작동하고 있음을 예시하며, 대화에 기여하는 요인들을 선택하는 것은 '정보성'의 요청에 따른다.

보그랑드와 드레슬러는 일련의 문장 연쇄로서 텍스트가 아니라 통합적·의미적 총체로서 텍스트의 성격을 고찰하기 위해 텍스트성(textuality)을 규명한다. 하인츠 파터에 의하면, 텍스트성이 구성체로서 텍스트와 관련되는 것이라면, 텍스트화(textualization)는 과정으로서 텍스트, 즉 텍스트의 조직이나 형성 또는 구성과 관련이 있다. 이들은 텍스트성의 일곱 가지 기준으로 '결속 구조(응결성)', '결속성(응집성)', '의도성', '용인성', '정보성', '상황성', '상호 텍스트성' 등을 든다.[5] '결속 구조(cohesion)'는 텍스트 표층 구조의 구성 요소들, 즉 단어들이 하나의 연쇄 속에서 상호 연관 짓는 방식에 관여한다. 표층 구성 요소들은 문법적인 형식과 규칙에 따라 상호 의존하므로, 결속 구조는 문법적인 의존 관계를 바탕으로 한다. '결속성(coherence)'은 표층 텍스트의 기저에 깔려 있는 개념들과 텍스트 세계의 구성 성분들이 상호 수용하면서 적합성을 띄는 방식에 관여한다. 결속성은 인과 관계에 포함되는 일련의 관계에 의해서 특히 잘 예시된다. '의도성(intentionality)'은 텍스트 생산자의 태도에 관여하는데, 발화체를 텍스트 생산자의 의도를 달성하기 위한 도구로서 결속 구조와 결속성을 구비한 텍스트로서 구성하

---

5 텍스트성과 그 일곱 가지 기준에 대한 서술은 R. 보그랑드·W. 드레슬러, 앞의 책, 5~15쪽; 하인츠 파터, 이성만 역, 『텍스트의 구조와 이해』, 배재대 출판부, 2006, 39~93쪽; 클라우스 브링커, 이성만 역, 『텍스트언어학의 이해』, 한국문화사, 1994, 3~13쪽; 한국텍스트언어학회, 「미시 구조의 세계」, 앞의 책, 39~65쪽 참고.

는 것이다. '용인성(acceptability)'은 텍스트 수용자의 태도에 관여하는데, 발화체를 텍스트 수용자에게 유용성이나 적합성을 가지고 결속 구조와 결속성을 구비한 텍스트로서 구성하는 것이다. '정보성(informativity)'은 제시된 텍스트의 자료가 예측한 것 / 예측하지 않은 것, 또는 알려진 것 / 알려지지 않은 것의 정도에 관여한다. 모든 텍스트에는 최소한 어느 정도의 정보성이 있어야 하지만, 텍스트의 형식과 내용이 아무리 예측 가능한 것이라 하더라도 완전히 예견할 수 없는 가변적인 자료들이 있기 마련이다. '상황성(situationality)'은 텍스트를 발화의 상황에 적합한 것으로 만드는 요인에 관여한다. 예를 들면, 도로 표지는 특정 부류의 텍스트 수용자, 즉 자동차 운전자들에게 특별한 행위를 요청할 만한 지점에 설치된다. '상호 텍스트성(intertextuality)'은 어떤 텍스트를 사용할 때 사전에 경험한 텍스트에 대한 지식에 의존하는 요인에 관여한다. 상호 텍스트성은 전형적인 패턴을 갖춘 텍스트 유형을 발전시키는 데 깊이 관여한다. 풍자, 비평, 반박, 보고 등의 유형에서 텍스트 생산자는 선행하는 텍스트를 끊임없이 참조해야 하며, 수용자도 선행 텍스트에 대한 지식이 필요하기 마련이다. 이러한 텍스트성의 일곱 가지 기준들은 텍스트 통화의 '구성적 원리'로서 작용한다. 즉 이들은 텍스트적 통화 행위라고 인정할 수 있는 형식을 규정하고 창조하며, 만일 이들을 거부하면 그 행위 형식도 와해한다. 한편 텍스트적 의사소통을 규정하는 '구성적 원리'뿐만 아니라 그것을 제어하는 '제어적 원리'도 존재하는데, '효율성(efficiency)', '유효성(effectiveness)', '적절성(appropriateness)' 등이 그것이다.

텍스트 언어학에서 표층 텍스트의 '결속 구조'와 기저 텍스트 세계의 '결속성'은 텍스트성을 판정하는 가장 명백한 기준들이다. 이들은 텍스트의 구성 요소들이 어떻게 서로 조화를 이루며 의미를 갖는가를 나타낸다. '결속 구조'는 텍스트의 구성단위들 간의 문법적인 관계로서 문법의 모든 영역과 관련이 있다.[6] 텍스트 언어학에서 '결속 구조'에 해당하는 기법으로 '회기', '부분 회기', '병행 구문', '환언', '대용형', '생략', '표층 표시' 등이 있다. '결속 구조'는 통화상 '통사 구조'가 갖는 '연속성'의 기능과 밀접히 관련된다. 통사 구조의 주요 단위는 구(phrase), 절(clause), 문장(sentence) 등으로 표시된 의존 관계에 있는 패턴들이다. 길게 계속되는 텍스트의 경우에는 이미 사용한 구조와 패턴을 재사용하고 수정하거나 압축하는 기법들이 있다. 이 기법들은 정보 처리의 자료와 노력 양쪽의 안정성(stability)과 경제성(economy)을 높이는 데 기여한다. '회기(回起 : recurrence)'는 구성 요소나 패턴을 되풀이해서 반복하는 방식이고, '부분 회기(partial recurrence)'는 이미 사용한 구성 요소들을 다른 품사나 부류(예를 들어, 명사에서 동사로)로 전환해서 사용하는 방식이며, '병행 구문(竝行句文, parallelism)'은 동일한 표층 구조를 반복하되 그 구조에 새로운 구성 요소를 넣어 사용하는 방식을 말한다. '환언(煥言 : paraphrase)'은 같은 내용을 반복하면서 다른 표현을 사용하는 방식이고, '대용형(代用形 : pro-forms)'은 독립적인 의미 내용이 없는 짧은 어사가 의미 내용을 수반하는 어사를 대치하는 방식이며, '생략(ellipsis)'은 하나의 구조와 의미 내용을 반복하되 표층 표현의 일부를 빼고 사용하는 방식을 말한다. 대용형과 생략은

---

[6] 음운론적 결속 구조에 해당하는 것은 리듬, 운율, 음성 상징법, 억양, 휴지 구조 등이 있고, 형태론적 결속 구조는 특히 이웃 텍스트에서 동기를 부여받아 해석할 수 있는 신조어에서 발견되며, 통사론적 결속 구조로는 대명사화 외에 동일한 언어 외적 지시 대상과의 관계인 공지시를 표시하는 반복, 생략, 대치, 접속 등이 있다. 하인츠 파터, 위의 책, 41~52쪽 참고.

간결성과 명료성 간의 상호 타협의 관계를 예증한다. 또한 시제(時制 : tense), 상(相 : aspect), 접속 구조(junction) 등을 사용함으로써 텍스트 세계의 사상(事象 : events)과 상황 간의 관계를 나타내기 위해 '표층 표시(surface signals)'를 삽입할 수 있다. 시제와 상은 사상과 상황의 상대적 시간성, 유계성(有界性 : boundedness), 단일성, 순서, 서법(敍法 : modality) 등을 나타낼 수 있고, 접속 구조(junction)는 부가적 관계, 택일적 관계, 대립 관계, 인과 관계, 시간, 서법 등을 통한 종속 관계를 명시한다.[7]

표층 텍스트의 '결속 구조'도 기저 텍스트 세계의 '결속성'을 전제로 해서 성립한다. '결속성'의 개념들과 그들의 관계는 구성체 내부에서 갖는 상호적 접근과 적합성을 의미한다. 다시 말해, '결속성'은 주제(topic)를 중심으로 지식 공간들이 구성하는 하나의 망(網 : network)으로서, 개념들과 그들의 관계가 그 안으로 결합해 들어감으로써 이루는 결과이다. 보그랑드와 드레슬러가 말하는 결속성은 인과관계, 지시 관계, 시간 관계 등과 같은 텍스트의 의미론적·인지적 국면들, 즉 텍스트의 토대가 되는 인지적 결속 관계와 관련된다.[8] 텍스트 언어학에서 '결속성'을 연구할 때 '의의'의 '연속성'뿐만 아니라 절차적 관점으로서 '활성화', '연결 관계의 강도', '확대 활성화', '에피소드적 기억' 대 '의미론적 기억', '경제성', '전국

---

7 R. 보그랑드·W. 드레슬러, 앞의 책, 45~81쪽 참고.
8 부스만은 텍스트를 형성하는 결속 관계로서 문장 이상의 문법적 관계와 의미론적 관계를 포괄하는 넓은 의미의 결속성과, 문법적인 결속 구조와 구별하여 텍스트의 의미론적인 결속 관계, 즉 텍스트의 내용적·의미론적인 구성단위 또는 인지적인 구성단위를 지칭하는 좁은 의미의 결속성을 구분한다. 반 다이크는 화용론적 국면을 통사론적 국면과 함께 포함시킨다. 텍스트의 결속성은 토대가 되는 텍스트 세계의 의의(意義) 연쇄망 위에서 구축된다. 의의는 텍스트 결속 관계에서 실현된 언어 표현들의 실재 의미이다. 따라서 텍스트 세계는 텍스트의 토대가 되는 의의 관계들의 집합이다. 하인츠 파터, 앞의 책, 52~59쪽 참고.

적(全局的 : global) 패턴의 사용', '의미 상속' 등이 나타난다. 우선 결속성을 형성하는 기반으로 '의의'의 '연속성'이 중요하다. '의미(意味 : meaning)'가 지식의 표상과 전달을 위한 언어 표현의 가능 요인으로서 잠재적 의미를 가리킨다면, '의의(意義 : sense)'는 텍스트 상에 나타나는 표현들에 의해 실현적으로 전달되는 지식을 가리킨다. 하나의 텍스트가 '의미 있다'는 것은 그 텍스트의 표현들로 활성화된 지식 간에 '의의'의 '연속성'이 존재하기 때문이다. 하나의 개념이란 다소간의 일관성과 통일성을 가지고 회수되거나 활성화될 수 있는 지식의 구성체로 정의할 수 있다. 이 정의는 조작적 관점의 정의인데, 언어 사용자가 특정 표현을 사용하거나 만났을 때 대체로 동일한 부류의 지식을 '활성화(activate)'하는 경향이 있다. 통화에서 어떤 표현이 사용되면 이에 대응하는 개념과 관계들은 활동 기억장치라고 부르는 작업 공간 안에서 활성화된다. 개념은 특정한 '연결 관계의 강도'에 따라 집결하는 그 자체의 구성 성분들로 이루어진다. 한 개념을 규정하는 데 필수적인 구성 성분들은 규정적 지식을 이루는 반면, 대부분의 개념적 사례에는 타당하지만 모든 개념의 사례에 타당하지 않은 구성 성분은 전형적 지식이고, 어떤 개념적 사례에 우연히 들어맞는 구성 성분은 우연적 지식이다. '확대 활성화'는 어떤 지식의 항목이 활성화하면, 기억장치 내에서 그 항목과 밀접히 연결된 다른 항목들도 활성화하는 것을 말한다. '에피소드적 기억'이 자신의 경험적 기록인 반면, '의미론적 기억'은 사상(事象)과 상황의 지식이 본래적으로 구성하는 내재적 패턴을 반영한다. '에피소드적 지식'은 경험의 원래 맥락에 관련하므로 우연적 특징을 나타내곤 하지만, '의미론적 지식'은 대부분의 사례가 공통으로 지니는 관점에서 더욱 강하게 체계화한다. '경제성'의 문제는 절차적 접근에서 한 지식 모델을 다른 지식 모델보다 선호하는 이유를 과제와 조작의 관점에서 이야기할 때 개입한다. '전국적 패턴'을 사용하면 국지적 패턴을 사용할 때 겪는 복잡성을 경감할 수 있으며, 특정 시점에서 더 많은 정보를 활동 기억장치에 보유할 수 있다. 가령 프레임(frames)은 중심 개념에 관한 상식적 지식을 포함하는 전국적 패턴이고, 플랜(plan)은 의도된 목표(goal)를 향해 가는 사상과 상태들로 구성된 전국적 패턴이다. 지식의 절차적 모델이 갖는 또 하나의 관점인 '의미 상속'은 동일하거나 비슷한 유형 혹은 하위 유형에 속하는 항목들 간에 일어나는 지식 전이의 문제인데, 다음의 세 가지 종류가 있다. 첫째, 하나의 사례는 명확하게 취소되지 않는 한 그 부류에 속하는 모든 특징을 상속한다. 둘째, 하위 부류는 상위 부류에서 그 상세한 명세화(明細化 : specification)가 허용하는 만큼 좁은 범위의 특징만을 상속한다. 셋째, 어떤 대상들은 그들과 유추(類推 : analogy) 관계에 있는 대상에서 상속이 가능하다.[9]

지금까지 살펴본 '텍스트 언어학'의 주요 기법들을 참고하면서 이 연구의 방법을 모색해 보자. 이 연구가 '텍스트 언어학'에서 참고하는 기법들은 주로 텍스트 통화의 '구성적 원리'로서 텍스트성의 일곱 가지 기준들 중에서 '결속 구조'에 해당하는 기법인 '회기', '부분 회기', '병행 구문', '환언', '대용형', '생략' 등과 '결속성'에 해당하는 관점인 '의의'의 '연속성', '활성화', '연결 관계의 강도' 등이다. 이 연구는 표층 텍스트의 '결속 구조'와 기저 텍스트 세계의 '결속성'이 텍스트성을 판정하는 가장 명백한 기준이라는 텍스트 언어학의 이론을 활용하여 다음과 같은 연구 방법을 설

---

9 R. 보그랑드 · W. 드레슬러, 앞의 책, 82~106쪽 참고.

정하고자 한다.

　텍스트 언어학에서 '결속 구조'는 텍스트 표층 구조의 구성 요소들이 하나의 연쇄 속에서 상호 연관 짓는 방식에 관여하므로, 문법적인 형식 및 규칙과 관련한다. 이 점은 이 연구가 한국 모더니즘 시에 나타나는 '반복'의 언술 구조를 부분적 표현의 영역에서 단어, 구, 절, 문장 등 텍스트 표층 구조의 구성 요소들을 구문론적 형식 및 규칙에 따라 상호 연관하면서 분석하는 방식과 상통한다. 또한 텍스트 언어학에서 '결속성'은 기저 텍스트 세계에서 개념들과 그 관계가 구성체 내부에서 갖는 상호적 접근과 적합성을 의미하므로, 의미론적 맥락에서 의의의 연속성과 관련한다. 이 점은 이 연구가 한국 모더니즘 시에 나타나는 '변주'의 언술 구조를 시상(詩想) 전개에 따르는 연 구성의 영역에서 '병렬', '대비', '대칭', '연쇄', '점층', '순환', '전환', '왕복', '확장', '귀결' 등의 의미론적 연결 방식이나 구조화 원리를 고찰하는 방식과 상통한다. 좀 더 정확히 말하면, 이 연구는 '기법적 분석' 차원의 세부적인 틀로서 일차적으로 텍스트 언어학에서 표층 텍스트의 '결속 구조'에 해당하는 기법들을 참고하여 한국 모더니즘 시의 '반복'을 분석하고, 이차적으로 표층 텍스트의 '결속 구조'가 기저 텍스트 세계의 '결속성'으로 연결되는 관점들을 참고하여 한국 모더니즘 시의 '변주'를 분석하고자 한다.

　이 연구는 '기법적 분석' 차원의 일차적 연구 층위로서 한국 모더니즘 시에 나타나는 '반복'의 언술 구조를 표층 텍스트의 '결속 구조'에 해당하는 '회기(回起 : recurrence)' 기법을 중심으로 분석한다. 앞서 논의한 대로, '회기'는 동일한 단어·구·절·문장 등을 되풀이하는 방식을 의미하는데, 텍스트에 안정성을 부여하는 통사 구조, 즉 '결속 구조'를 강화하는 가장 기본적인 요소가 된다. '부분 회기'는 표현의 기본적 구성 어사들은 동일하되 다른 품사로 바꾸어 사용하는 방식이고, '병행 구문'은 동일한 표층적 표현 형식에 다른 의미 내용을 채워서 다시 사용하는 방식을 말한다. '환언'은 표현을 바꾸면서 동일한 의미 내용을 회기하는 방식이고, '대용형'은 표층 텍스트에서 의미가 명확하고 활성화된 표현들 대신에 그 자체로는 의미가 없는 짧은 단어를 사용하는 방식인데, 대명사, 대동사, 대용 수식어, 대보어 등이 여기에 해당한다. '생략'은 하나의 구조와 의미 내용을 반복하되 표층 표현의 일부를 빼고 사용하는 방식인데, 흔히 표층 텍스트에서 둘 이상의 절이 구조적 성분들을 공유할 때 일어난다. '대용형'과 '생략'은 언술 구조에서 간결성과 효율성을 높이는 데 기여한다. '회기'는 시적 언술에서 널리 사용하는 장치로서, 완전 회기, 부분 회기, 병행 구문, 환언, 대용형, 생략 등의 하위 유형을 포함한다. 따라서 이 연구는 이장희 · 이상 · 백석 · 장만영 · 김춘수 · 김수영 · 전봉건 등 한국 모더니즘 시에 나타나는 '반복'의 언술 구조를 부분적 표현의 영역에서 완전 회기, 부분 회기, 병행 구문, 환언, 대용형, 생략 등을 포함하는 '회기'의 관점에서 구문론적 형식 및 규칙에 따라 상호 연관하면서 분석하고자 한다.

한편 이 연구는 '기법적 분석' 차원의 이차적 연구 층위로서 한국 모더니즘 시에 나타나는 '변주'의 언술 구조를 표층 텍스트의 '결속 구조'를 기저 텍스트 세계의 '결속성'에 연결시켜 '의의'의 '연속성', '활성화', '연결 관계의 강도' 등의 관점들을 고려하면서 분석한다. 여기서 '결속 구조'를 '결속성'으로 연결시키는 중요한 매개는 '병행 구문(竝行句文, parallelism)'과 '대구(對句 : antithesis)'이다. '병행 구문'은 각 단위별로 동일한 표층 구조를 반복하되 그 구조에 새로운 구성 요소를 넣어 사용하는 방식을 의미하고, '대구'는 비슷한 어조나 어세를 가진 것으로 짝 지은 둘 이상의 글 귀를 구사하는 방식을 의미하는데, '대구'의 기법은 '병행 구문'의 기법과 유사한 원리를 가지고 연 구성의 영역에서 구사되는 경향이 있다. 텍스트 언어학에서 '병행 구문'은 '결속 구조'를 강화하는 특성을 갖는데, 이 연구는 부분적 표현의 영역인 '병행 구문'을 연 구성의 영역으로 확장하는 '대구'의 기법을 통해 '결속성'의 차원을 분석하고자 한다. 다시 말해, 부분적 표현에 대한 구문론적 연구에서 '병행 구문'을 분석하고, 부분적 표현을 시상 전개에 따르는 연 구성으로 연결하는 의미론적 연구에서 '대구'를 분석하는 것이다. 따라서 이 연구는 '병행 구문'과 '대구'를 매개로 표층 텍스트의 '결속 구조'에 대한 구문론적 연구를 기저 텍스트 세계의 '결속성'에 대한 의미론적 연구로 연결시켜, '의의'의 '연속성', '활성화', '연결 관계의 강도' 등의 관점들을 고려하면서 분석하고자 한다. '대구'는 동일한 표층 구조를 '반복'한다는 점에서 '회기'와 유사하지만, 새로운 구성 요소를 삽입한다는 점에서 '변주'의 방식이 개입된다. 이때 '변주'의 방식으로 삽입되는 새로운 요소들은 '병렬', '대비', '대칭', '연쇄', '점층', '순환', '전환', '왕복', '확장', '귀결' 등 다양한 유형이 나타날 수 있다. 이를 토대로 '변주'의 방식으로서 '병렬적 대구', '대비적 대구', '대칭적 대구', '연쇄적 대구', '점층적 대구', '순환적 대구', '전환적 대구', '왕복적 대구', '확장적 대구', '귀결적 대구' 등의 언술 구조가 생겨날 수 있다.

또한 '변주'의 방식으로서 '대구'의 '단일 유형'뿐만 아니라 유형을 복수적으로 결합하여 복합적 구도를 형성하는 '복합 유형'이 나타날 수 있다. 개별 시의 고유한 특성에 따라 '대구'의 유형이 복수적으로 결합하는 다양한 조합들이 생겨나는 것이다. 이를 토대로 '변주'의 '복합 유형'으로서

'병렬-귀결적 대구', '대칭-순환적 대구', '연쇄-점층적 대구', '점층-확장적 대구' 등 다양한 언술 구조가 생겨날 수 있다. 따라서 부분적 표현의 영역에서 나타나는 '반복'으로서 '회기', 부분적 표현을 연 구성으로 연결하는 영역에서 나타나는 '변주'로서 '대구', '대구'의 유형으로서 '단일 유형'과 '복합 유형'의 양상 등을 종합적으로 검토할 때, 개별 작품의 '반복'과 '변주'의 언술 구조가 가지는 미적 효과와 기능 및 구조화 원리를 세밀히 고찰할 수 있을 것이다.

2. 개념적 해석의 차원 – 서구 사상과 정신분석학

이 절에서는 한국 모더니즘 시에 나타나는 '반복'과 '변주'의 '개념적 해석'의 차원과 관련하여 '서구 사상'과 '정신분석학'의 주요 이론들을 살펴보면서 연구의 방법을 모색한다.

부분적 표현의 영역에서 시도하는 '결속 구조'의 고찰과 부분적 표현을 연 구성으로 연결하는 영역에서 시도하는 '결속성'의 고찰은 공통적으로 '기법적 분석'의 차원뿐만 아니라 '개념적 해석'의 차원과도 긴밀히 결부되어 있다. 이 연구가 한국 모더니즘 시에 나타나는 '반복'과 '변주'의 언술 구조를 '개념적 해석'의 차원에서 살피는 데 중요하게 참고하는 이론은 서구 사상 및 정신분석학으로서 프로이트(Sigmund Freud)의 '압축', '전위', '쾌락 원칙', '죽음 충동', '반복 강박', 라캉(Jacques Lacan)의 '은유', '환유', '주이상스', '실재', '대상 a', '환상', 니체(Friedrich Nietzsche)의 '위버멘쉬', '힘에의 의지', '영원회귀', 베르그손(Henri Bergson)의 '잠재적 무의식', '지속', '순수 기억', '순수 과거', '창조적 생성', 들뢰즈(Gilles Deleuze)의 '리트로넬로', '차이'와 '반복', '시간의 수동적 종합' 등의 개념들이다. 이 글은 이러한 서구 사상과 정신분석학의 개념들을 상호 연관성에 주목하여 고찰하면서 한국 모더니즘 시의 반복과 변주를 '개념적 해석'의 차원에서 연구하는 이론적 토대로 삼고자 한다.

1) 프로이트와 라캉의 정신분석학

먼저 프로이트의 '압축', '전위', '쾌락 원칙', '죽음 충동', '반복 강박' 등의 개념들, 라캉의 '은유', '환유', '주이상스', '실재', '대상 a', '환상' 등의 개념들을 중심으로 정신분석학 이론에 대해 살펴보자.

프로이트는 잠재적 꿈 사고가 외현적 꿈 내용으로 드러나는 과정을 꿈 작업이라고 명명한다.[10] 프로이트가 꿈 작업의 기능을 최초로 해명한 저서는 『꿈의 해석』(1900)인데, 여기서 그는 꿈 해석의 전통적 방법으로 '상징적인 꿈 해석'과 '암호 해독법'을 들고, 꿈 작업의 중요한 두 요소로 '압축'과 '전위'에 대해 서술한다.[11] 그리고 묘사 가능성을 고려하면서 '상징에 의한 묘사'에 대해 설명한다.[12] 그는 꿈 작업에 대한 해명을 『정신분석 강의』(1917)에서 좀 더 정리된 형태로 서술하는데, 여기서 그는 꿈 해석

---

10 프로이트의 꿈 작업 이론인 압축과 전위에 대한 논의는 졸고, 「정신분석 비평과 수사학」, 앞의 책, 70~75쪽 참고.
11 프로이트, 김인순 역, 『꿈의 해석(상) – 전집 5』, 열린책들, 1997, 147~156・365~402쪽 참고.
12 프로이트, 김인순 역, 『꿈의 해석(하) – 전집 6』, 열린책들, 1997, 448~513쪽 참고.

에서 상징적 의미를 사례별로 서술하고, 꿈 작업의 네 가지 유형으로 '압축', '전위', '조형적 변환', '이차 가공' 등에 대해 서술한다.[13] 프로이트에 의하면, '압축'은 꿈 사고에 여러 번 나타나는 요소들을 선택하여 새로운 통합체를 형성하거나, 공통점을 가진 잠재 요소들을 하나의 단일 요소로 용해해서 형성하는 경우이고, '전위'는 꿈 사고의 요소들 중 어느 하나만을 부당하게 확대해서 발현하거나, 잠재적 요소를 고유의 구성 요소가 아니라 관계없는 것 혹은 암시에 의해 대체하는 것이다. '조형적 변환'은 꿈 사고를 시각적 속성을 가진 감각적인 그림으로 변환하는 것이고, '이차 가공'은 꿈 작업의 일차적인 성과에서 어떤 전체적이고 대략적으로 조리 있는 것을 만들어 내는 것이다. 또 하나 꿈 작업의 기능은 '전도' 인데, 이것은 의미를 역전시키거나 반대어로 대체하는 것이다.

프로이트가 말한 꿈 작업의 중요 개념인 '압축'과 '전위'에 대해 구체적으로 살펴보기로 하자. 먼저 '압축'에 대한 프로이트의 언급을 살펴보자.

압축은 다음의 과정을 거치면서 이루어지는데 (1) 어떤 잠재적 요소는 아예 빠져 버리거나 (2) 잠재적 꿈의 여러 가지 복합체 중에서 단지 어떤 조각만이 외현적 꿈으로 이행되거나 (3) 어떤 공통점을 갖고 있는 여러 개의 잠재 요소가 외현적 꿈에서는 통합되어 하나의 단일 요소로 용해되어 버리거나 하는 것입니다.

여러분이 원하신다면 '압축'이라는 명칭을 이 제일 마지막의 과정에만 사용하신다 해도 상관없습니다.[14]

---

13 프로이트, 임홍빈·홍혜경 역, 『정신분석 강의(상) — 전집 1』, 열린책들, 1997, 211∼260쪽 참고.

인용문에서 '압축'은 '생략', '부분 선택', '통합과 용해' 등으로 요약할 수 있다. 중요한 점은 프로이트가 이 세 가지 요소를 독립된 항으로 보지 않고 '과정'으로 보는 데 있다. 즉 '생략'과 '부분 선택'은 '통합과 용해'로 가는 과정에 있는 것이다. 더 정확히 말한다면, '생략'과 '부분 선택'은 표면적인 현상이고 '통합과 용해'는 내면의 복합적인 실상이다. 그래서 프로이트는 압축을 마지막 세 번째 과정에만 사용해도 상관없다고 말하는 것이다. 프로이트적 의미의 '압축'은 여러 개의 잠재 요소가 하나의 요소로 통합되고 용해되어 꿈에 나타나는 경우를 의미한다. 여기서 하나의 표면적인 요소가 여러 개의 잠재적인 요소들을 대체할 수 있는데, 이때 요소들의 의미가 항상 연관되어 있는 것은 아니다. 표면적인 꿈의 요소는 '중층 결정'되어 나타나는 것이다.

다음으로 '전위'에 대한 프로이트의 언급을 살펴보자.

전위의 두 가지 현상은 첫째로, 잠재적 요소가 그것 고유의 구성 요소에 의해서가 아니라 그것과 관련이 없어 보이는 것, 그러니까 암시에 의해 대체되어 나타나는 경우이고, 또 둘째로 심리적인 강세(強勢)가 중요한 요소에서 중요하지 않은 다른 것으로 옮겨져서 꿈의 중심이 다른 곳으로 이동된 것처럼 보이고 생소하게 느껴지는 경우 등이 있습니다.[15]

프로이트가 말한 '전위'의 두 가지 현상은 '암시에 의한 대체', '심리적 강세의 전이' 등으로 요약할 수 있다. 이 중 첫째 현상은 소쉬르가 말한

---

14 위의 책, 243쪽.
15 위의 책, 247쪽.

통합적 관계나 야콥슨이 말한 인접성에 바탕을 둔 환유의 개념과 부합하는 듯이 보인다. 그러나 프로이트는 꿈의 전위적 암시는 의식적 언술과는 달리 환원되었을 때 이해하기 힘든 것으로 비쳐지며, 따라서 암시에서 원래의 것으로 되돌아가는 길을 찾을 수 없을 때에만 꿈 검열이 성공한 것으로 판단할 수 있다고 부연한다. 꿈은 억압된 충동을 충족하려는 소망 성취이며, 동시에 검열에 의한 왜곡의 결과이다. '억압된 소망의 위장된 성취'라고 정의할 수 있는 꿈 작업의 특성은 인용문의 두 번째 현상을 이해하는 데 도움을 준다. '심리적 강세의 전이'는 억압과 소망, 검열과 왜곡이 교차하고 충돌하는 꿈 작업의 복잡한 양상과 관련되는 것으로 보인다. 프로이트가 설명하는 압축의 요소들 중 '통합과 융해', 그리고 전위의 요소들 중 '심리적 강세의 전이'는 프로이트 정신분석학의 핵심 개념들 중 하나인 '중층 결정'과 밀접한 관련을 맺고 있는 듯이 보인다.

다음으로 프로이트의 '쾌락 원칙', '죽음 충동', '반복 강박' 등에 대해 살펴보자. 프로이트는 '죽음 충동'을 유기체적 상태에서 무기체로 환원하려는 충동으로 해석하고 공격 충동이나 파괴 충동과도 관련시킨다. 그는 후기 충동 이론의 틀에서 '삶 충동(eros)'과 반대되는 기본적인 범주로서 긴장의 완벽한 삭감을 지향하는, 다시 말해 생물을 무생물의 상태로 환원시키는 충동을 '죽음 충동(thanatos)'이라고 부른다. 죽음 충동은 처음에는 내부를 향해 자기 파괴를 지향하다가, 이차적으로는 외부를 향해 공격 충동이나 파괴 충동으로 나타난다.[16] 프로이트는 『쾌락 원칙을 넘어서』(1920)[17]에서 흥분 양의 증가를 불쾌감에, 그것의 감소를 쾌감에 연

---

16 장 라플랑슈 · 장 베르트랑 퐁탈리스, 임진수 역, 『정신분석 사전』, 열린책들, 2005, 431쪽 참고.

결시키고, 긴장을 완화시킴으로써 불쾌감을 피하고 쾌감을 얻도록 방향을 잡는 것을 '쾌락 원칙'이라고 간주한다. '쾌락 원칙'은 정신 기관의 작업이 흥분의 양을 낮은 상태로 유지하려는 방향으로 이루어지기 때문에 '항상성의 원칙'과 연관한다. 자아의 자기 보존 본능의 영향 하에서 '쾌락 원칙'은 '현실 원칙'에 대치된다. '현실 원칙'은 쾌락에 이르는 간접적인 여정의 한 단계로서 만족의 지연, 만족을 얻을 수 있는 가능성의 포기, 불쾌감을 잠정적으로 참아내는 인내 등을 요구하고 실행한다.

프로이트는 '쾌락 원칙'을 위배하는 사례들을 '외상성 신경증', '아이의 놀이', '치료에 대한 저항', '반복 강박', '사디즘(sadism)'과 '마조히즘(masochism)' 등에서 발견한다. 심한 물리적 충격, 재난, 생명에 위협이 되는 사고 등을 겪은 후에 발생하는 '외상성 신경증'에서 일어나는 꿈은 주체를 사건의 현장으로 반복적으로 데리고 가는 경향이 있다. 이 경우 주체는 외상(外傷)에 고착되어 있는데, 여기서 꿈의 기능이 '소원 성취'라는 기본적인 특성 이외에도 자아의 '자기 학대적 경향'을 갖는다는 점을 고려해야 한다. 아이가 실패를 집어 던지며 내는 '오-오-오-오'라는 소리는 독일어로 'fort(가 버린)'라는 의미이고, 실을 집어 당겨 실패가 나타나자 내는 '다(da)'라는 소리는 '거기에'라는 의미를 가진다. 이 'fort-da 게임'은 사라짐과 돌아옴을 반복하는 놀이인데, 아이는 자신의 능력이 미치는 범위 안에서 물건이 사라졌다 되돌아오는 것을 능동적으로 연출함으로써, 본능 만족의 포기에 대한 보상을 받는다. 즉 아이가 불쾌한 경험을 반복함에도 불구하고 놀이를 지속하는 것은 그 속에 다른 종류의 쾌락이 들

---

17 프로이트, 박찬부 역, 「쾌락 원칙을 넘어서」, 『쾌락 원칙을 넘어서』, 열린책들, 1997, 7~89쪽.

어 있기 때문이다. 정신분석적 치료가 진행되는 가운데 부딪히는 장애물 중 하나는 주체의 '치료에 대한 저항'이다. 주체는 전이를 통해 고통스런 상황과 감정을 반복하면서 그것을 재생하는데, 때로 치료가 아직 불완전한 상태인데도 그것을 중단하려 한다. 이를 통해 고통에서 벗어나는 것을 회피하면서 그것을 즐기려 한다는 것이다. 또한 주체는 '반복 강박'을 통해 억압된 자료를 과거에 속한 것으로 기억하는 대신 동시대적 경험으로서 반복한다. 프로이트는 여기서 '쾌락 원칙'에 예속되지 않고 대립하는 악마적인 힘을 발견하고, 충동의 퇴행적 특성으로 이해한다. '쾌락 원칙'을 뛰어 넘는 '반복 강박'을 쾌락 원칙보다 더 원시적이고 기초적이며 본능적인 것으로 간주하는 것이다.

프로이트는 초기 이론에서 인간의 근본적인 충동을 '자기 보존 충동'과 '성 충동'이라는 이원적 구도로 파악했는데, 후기 이론에서 이를 수정하여 '자기 보존 충동'과 '성 충동'을 포괄하여 '삶 충동'으로 간주하고, 이 개념과 대립하는 '죽음 충동'이라는 이원적 구도를 제시한다. 프로이트는 이미 '성 충동' 속에 '사디즘'적 구성 요소가 있음을 인식했는데, 여기서는 자기애적 리비도에 의해 자아에서 강제로 분리되어 대상과의 관계에서 드러나는 죽음 본능이라고 간주한다. 그리고 '사디즘'에 보완적인 구성 충동인 '마조히즘'이 주체의 자아에게 되돌아온 사디즘으로 간주한다. 정신생활 및 신경 생활 전반의 지배적인 경향은 자극에서 비롯된 내적 긴장을 줄이거나 일정한 상태로 유지하거나 제거하는 것이다. 바바라 로우(Barbara Low)의 용어를 빌어 열반 원칙(nirwana-principle)이라고 부르는 이러한 경향은 '쾌락 원칙' 속에서 발견되는데, 이 사실을 인정하는 것은 '죽음 충동'의 존재를 믿는 강력한 이유가 된다. 책 제목에서 보듯

『쾌락 원칙을 넘어서』에서 프로이트는 '죽음 충동'을 '쾌락 원칙'을 실패하게 만드는 것으로 가정하는데, 한편으로 그는 "쾌락 원칙은 실제로는 죽음 충동에 봉사하는 것처럼 보인다"라는 모순된 결론을 내리고 있다. 프로이트가 '죽음 충동'을 '쾌락 원칙'을 위배하는 충동으로 간주하는 동시에 '쾌락 원칙'의 궁극적인 형태로 간주하는 것은 '죽음 충동'의 복합적 속성을 역설적으로 드러낸다고 볼 수 있다.

한편 라캉은 프로이트가 설명한 '압축'과 '전위'를 '은유'와 '환유'라는 수사학적 용어로 번역한다.[18] 이로써 라캉은 꿈 작업이 심리적 논리학의 과정이 아니라 언어적 과정임을 말하려 했다. 즉 무의식적 언술이 상징계 속에서 이루어짐을 나타내려 했다. 라캉이 말한 '은유'와 '환유'에 대해 구체적으로 살펴보기로 하자. 먼저 '은유$(f(S' / S)S \approx S(+)s)$'에 대한 라캉의 언급을 살펴보자.

> 우리는 은유를 의미화 연쇄(signifying chain) 속에 다른 기표를 대체하는 것으로 정의해야 한다. 이때 대체된 기표는 기의의 차원으로 떨어져 그곳에서 잠재적인 기표가 된다. 이 기표는 다른 의미화 연쇄가 접목될 수 있는 간격을 영속적으로 만들어낸다.[19]

라캉이 말하는 '은유'는 한 기표가 다른 기표로 '대체'되는 과정에서 '의미'를 만들어내는 것이다. 이것은 '다른 단어를 위한 단어', 즉 '대체를 통

---

18 라캉의 은유와 환유에 대한 논의는 졸고, 「정신분석 비평과 수사학」, 앞의 책, 75~80쪽 참고.

19 Jacques Lacan, trans., Bruce Fink, *Écrits*, New York : Norton, 2006, p.594.

한 의미 효과'로 이해될 수 있다. 억압된 기표와 그 대체물 사이의 긴장에서 은유의 불꽃이 튀어나오는 것이다. 프로이트의 '압축'이 지닌 '생략-부분 선택-통합과 용해'의 과정은 라캉의 '은유'에서 '기표의 대체-기표와 기의의 자리바꿈-억압과 긴장-의미 효과' 등의 과정으로 변환되었다. 라캉은 프로이트의 중층 결정적인 '통합과 용해'의 과정을 '기표의 대체'와 '기표와 기의의 자리바꿈'이라는 구조 언어학의 개념으로 번역하는 동시에, 언어학적 논리로 포착하기 어려운 무의식의 작용을 드러내기 위해 '의미화 연쇄(signifying chain)', '억압과 긴장' 등의 개념을 사용하는 듯이 보인다. 무의식의 의미 작용에서 '은유'는 증상을 표상한다. 라캉에 의하면 "증상은 은유이다." 라캉이 "증상은 주체의 의식에 의해 억압된 기의를 나타내는 기표이다"[20]라고 말하듯, 증상은 기관이나 기능의 차원에서 무의식의 기표를 상징한다. 증상과 억압된 생각의 관계는 항상 언어의 차원으로 나타난다. 증상은 정신적 외상 체험과 신체 기관의 상호 작용이다. 새로운 기표가 나타나서 원래의 기표를 억압한다는 점에서 증상은 하나의 은유인 것이다. 따라서 증상에서 나타난 기표는 숨겨진 기표와의 관계 안에서만 분석될 수 있다.

다음으로 '환유(f(S⋯S′)S≈S(−)s)'에 대한 라캉의 언급을 살펴보자.

환유적 구조는 기표와 기표의 관계가 생략을 허용하는 것을 가리킨다. 이 생략에 의해서 기표는 존재의 결여를 대상 관계 속에 나타낸다. 이때 기표에 욕망을 부여하기 위해 기표들 사이에 존재하는 의미의 조회(referral)라는 가

---

20 Jacques Lacan, *Écrits*, Ibid., p.232.

치를 사용한다. 욕망은 기표에 의해서 나타나는 결여를 채우고자 한다. ( )
속의 - 표시는 횡선이 계속 유지되는 것을 의미한다. 이것은 원래의 공식에
서 기표와 기의의 관계가 대체됨으로써 생겨나는 의미의 저항을 뜻하는, 환
원 불가능을 나타낸다.[21]

라캉은 '환유'를 "생략", "결여", "욕망의 이동" 등을 중심으로 설명한
다. 기표와 기표의 관계에 의해 가능해진 생략은 결여를 낳고 결여를 채
우고자 하는 욕망의 이동을 가능케 한다. 그는 '환유'를 '단어에서 단어'
로, 즉 새로운 의미를 산출하지 않으면서 이미 존재하는 것을 병렬하고
지시하는 구조로 이해한다. 환유는 한 기표에서 다른 기표로 미끄러지
는 무의식의 특징을 나타내는 방식이다. 결국 우리는 '은유'가 의미화 연
쇄 속에서 '대체'로 이루어지는 '의미 효과'라면, '환유'는 의미화 연쇄 속
에서 '생략'으로 발생하는 '의미의 교란'이라고 말할 수 있다. 라캉이 "욕
망은 환유이다"라고 말하듯, 무의식의 의미 작용에서 환유는 욕망을 환
기한다. 그가 환유에서 강조하는 것은 결여를 통한 욕망의 생성과 이동
인데, 환유는 주체에게 자신의 동일성에 도달할 수 없게 하는 결여를 반
복적으로 도입한다. 한편으로 영원히 채울 수 없는 결여를 환기하면서,
다른 한편으로는 기호 연쇄를 따라 만족을 추구하는 욕망은 '결여의 환
유'이다.[22] 기표를 통해 표현된 욕망은 결코 충족될 수 없다. 항상 상실한
대상을 채울 수 있는 더 나은 대상을 다른 곳에서 끊임없이 찾으려 하기
때문이다. 따라서 환유는 욕망의 소외 과정을 나타낸다.

---

21 Jacques Lacan, *Écrits*, op. cit., p.428.
22 김인환, 「언어와 욕망」, 『비평의 원리』, 나남, 1994, 272쪽 참고.

라캉은 '은유'를 통해 무의식적 주체[23]의 발생을, '환유'를 통해 그것의 결여를 기표의 사슬로 대체하는 욕망의 지속을 언어적 법칙으로 설명하려 했다.[24] 그가 '정신분석적 수사학'인 '은유'와 '환유'를 통해 궁극적으로 보여주려 한 것은 기표에 대한 주체의 의존과 그것을 넘어 불가능한 '주이상스(jouissance)'[25]로 향하려는 욕망의 긴장 관계이다. 이것은 기표와의 결합 속에서 지워지면서도 소멸되지 않고 '실재(the real)'[26]의 모습으로 자신을 드러내는 존재의 양상이다. 다시 말해, 욕망은 기표에 의해 거

---

23 라캉은 자아와 주체를 구별하는데, 자아가 거울에 비친 영상에서 자신의 통일적 모습을 재인식하는 허구적 심급이라면, 주체는 자신이 분열된 존재라는 것을 아는 본래적 주체이다. 홍준기, 『라캉과 현대철학』, 문학과지성사, 1999, 159쪽 참고.

24 라캉 이론에 대한 전체적인 설명은 졸고, 「정신분석 비평과 분열분석 비평」, 앞의 책, 125~130쪽 참고.

25 프랑스어 'jouissance'는 기본적으로 영어 'enjoyment'를 뜻하지만 영어에는 없는 성적 함축, 예를 들면 오르가즘과 같은 의미를 갖는다. 라캉에 의하면, '쾌락 원칙'은 주이상스에 대한 제한으로서 주체가 가능한 적게 즐긴다는 법칙인데, 동시에 주체는 그의 주이상스에 부과된 금지를 위반하고자 하며 쾌락 원칙을 넘어서려 한다. 그러나 쾌락 원칙을 위반한 결과는 더 이상 쾌락이 아니라 고통인데, 왜냐하면 주체는 일정한 정도의 쾌락만을 감당할 수 있기 때문이다. 이 한계를 넘어서면 쾌락은 고통이 되는데, 이 '고통스러운 쾌락'이 라캉이 말하는 '주이상스'이다. 따라서 주이상스는 주체가 증상에서 얻는 역설적 만족, 다시 말해 자신의 만족에서 얻는 고통을 표현하는 용어이다. '죽음 충동'은 주체 안에 있는 지속적인 욕망에 붙여진 이름인데, 이 욕망은 쾌락 원칙을 돌파하여 사물(事物 : Das Ding)과의 '주이상스'를 향하고 있다. 그래서 주이상스는 죽음으로 가는 통로이다. 충동들이 주이상스를 추구하여 쾌락 원칙을 돌파하려고 시도하는 한에서 모든 욕망은 죽음 충동인 것이다. 딜런 에반스, 김종주 외역, 『라캉 정신분석 사전』, 인간사랑, 1999, 430~432쪽 참고.

26 '실재'는 상상계(이미지)도 상징계(기호·언어)도 아닌 그 무엇이다. 실재는 상징화 이전에 존재하는 불가분의 적나라한 물질성인 동시에, 대상이나 사물이 아니라 욕구의 형태로 상징적 현실에 침입하는 어떤 것이다. 억압되어 있고 무의식적으로 기능하면서 상징화에 절대적으로 저항하는 실재는 외상(trauma) 개념과 연관하며, 조우가 불가능하다는 점에 의해 죽음 충동·주이상스·대상 a 등과 연관한다. 숀 호머, 김서영 역, 『라캉 읽기』, 은행나무, 2006, 151~157쪽 참고. 지젝은 라캉적 실재를 상징화에 저항하는 사물의 외상적 공허일 뿐만 아니라, 무의미한 상징적 일관성 및 자신의 원인으로 환원되지 않는 순수한 외관으로서 환영을 가리키기도 한다고 말한다. 슬라보예 지젝, 박정수 역, 『그들은 자기가 하는 일을 알지 못하나이다』, 인간사랑, 2004, 114쪽 참고.

세되어 근원적 대상으로 나타나는 주체의 상실된 부분을 회복하려는 시도인데, '주이상스'는 이처럼 존재를 지향하는 불가능한 욕망의 또 다른 이름이라고 볼 수 있다. 라캉의 '주이상스'는 충동을 가진 인간이 육체에서 체험하는, 그러나 결코 말로 표현할 수 없는 느낌, 즉 정서적인 면을 강조하는 개념이다. 다시 말해, '쾌락 원칙'을 위반하는 충동이 겪는 고통, 즉 '죽음 충동'에 접근하는 고통스러운 쾌락이 주이상스이다. 이러한 관점에서 라캉의 '주이상스'는 프로이트가 제시한 '죽음 충동'을 재해석한 개념이라고 볼 수 있다.

역동적 · 경제적 관점을 강조하는 프로이트와 달리 라캉은 충동 개념의 본질을 언어와의 관계에서 찾기에, 모든 충동은 죽음 충동이며 주체성을 전제한다. 라캉은 충동이 성감대에 고착되는 것은 신체 부위의 만족이나 부분 대상 때문이 아니라, 성감대의 구조인 구멍의 가장자리를 순환하기 위함임을 강조한다.[27] 라캉은 '욕망'을 '욕구'와 '요구' 사이의 격차에서 생겨난다고 본다. 이것은 최초 욕구를 언어로 상징화하면서 언어의 한계로서 자리 잡는 것이 욕망이라는 뜻이다. 따라서 언어가 없다면 욕망도 존재하지 않는다고 할 수 있다. 라캉적 욕망은 경험적 대상과 무관하며 언어와 연관된 순수 결여에서 비롯되는 것이다. 라캉에게는 충동 역시 언어로 구조화되어 있다.[28] 프로이트가 본능과 충동의 구분을 강조했다면, 라캉은 여기에 시니피앙의 논리를 결합시킨다. 라캉에게 있어 욕망은 시니피앙에 의해 규정되면서도 그것을 벗어나는 능동

---

27 Jacques Lacan, trans., Alan Sheridani, *The Seminar of Jacques Lacan Book XI*, New York : Norton, 1978, pp. 154 · 163.

28 Jacques Lacan, trans., Dennis Porter, *The Seminar of Jacques Lacan Book VII*, New York : Norton, 1997, p. 252.

성과 수동성의 복합적 작용이다. 언어의 심급인 대타자, 즉 상징계의 개입은 주체의 형성을 가능케 하는 동시에 주체의 성적 현실과 리비도를 '죽음 충동'으로 이끄는 원인이 된다. 라캉에게 주체란 구성되는 동시에 구성하는 힘이기에 구조적인 분열 속에서만 존재한다. 무의식적 주체는 시니피앙의 사슬 속에서 통합되지 않는 주변부의 자리를 유지하면서 사라짐과 나타남의 반복을 통해 자신의 존재를 결여로서만 드러낸다.

　라캉은 시니피앙의 연쇄적 구성을 가능케 하는 결여를 존재로 명명하면서, 상상계·상징계·실재계의 세 범주[29]가 여기에 자리 잡고 있음을 강조한다. 주체와 시니피앙의 관계는 존재를 의미화에 저항하는 실재로 드러나게 하기에, 존재는 상징계로 환원되지 않는다. 욕망이란 실재가 자신을 드러내는 생성의 과정이며, 이때 주체의 생성은 끊임없이 되풀이된다. 따라서 무의식적 주체는 초월적 실체나 동일성을 가진 고정된 주체 개념과는 다른 역동적 개념이다.[30] 프로이트는 충동이 항상 부분 충동의 형태로만 작용하며 주체성은 물론 어떤 통일적 형상도 지향하지 않는다고 본다. 대부분의 부분 충동들은 신체의 상이한 성감대에 자리를 잡는다.[31] 라캉의 경우, 충동의 본성은 상징계를 넘어서 주체가 상실한 것을 되찾고자 하는 적극적인 거역의 작용이다. 따라서 충동의 진정한 대상은 부분 대상들이 아니라 본질적으로 결여를 환상적 방식으로 메

29　상상계·상징계·실재계 및 대타자와 무의식의 관계에 대한 상세한 설명은 김인환, 「실재계와 대타자의 몇 가지 오해에 대하여」, 『세계의 문학』, 2008 봄, 304~315쪽을 참고할 것. 여기서 김인환은 영상계(상상계)와 미지계(실재계)라는 번역어를 함께 사용하고 있다.

30　김석, 「욕망하는 주체와 욕망하는 기계」, 『철학과 현상학 연구』 제29집, 2006, 182~183쪽 참고.

31　프로이트, 김정일 역, 「성욕에 관한 세 편의 에세이」, 『성욕에 관한 세 편의 에세이』, 열린책들, 2003, 60~62쪽 참고.

우려는 기능과 결부된 '대상 a(object a)'[32]이다. 라캉의 이론 속에서 '오이디푸스'를 넘어가려는 시도는 '실재'에 대한 관심과 더불어 시작된다. 대타자(Autre)와 남근(phallus)으로 이루어진 상징계의 이론이 제대로 작동하지 않는 순간 실재와 만난다. 라캉은 분석 과정에서 '죽음 충동', '여성의 성욕', '부정적 치료 반응' 등과 같이 상징계로 완전히 환원되지 않고 잔여물로 남는 것에서 시작해 상징계의 허구성을 역추적한다. 그리고 그는 실재로부터 분석의 새로운 윤리와 실천적 지침을 마련한다. 이때 분석은 더 이상 상상적인 동일시나 상징적인 내사(introjection)가 아니라 상징적인 것에서 실재로 거슬러 올라가는 과정으로 구성된다. 상징계 혹은 시니피앙들의 대체(은유)와 전이(환유)를 통해 존재하는 실재의 모습을 대변하는 것이 '대상 a'이다.[33]

'대상 a'는 무엇보다 충동의 대상이다. 언어는 충동이 대상에 도달하지 못하게 만드는 장애물이지만, 동시에 충동의 운명과 경로를 자리매김하는 조건이다. '환상(fantasy)'은 그렇게 빗겨가는 충동의 대상을 포획하기 위한 시나리오이다. 환상은 상상적인 이미지와 상징적인 시니피앙들의 조합을 통해 주체의 만족을 실현하는 무대이다. 환상은 타자의 욕

---

32 '대상 a'는 욕망이나 충동의 원인이자 대상으로서, 무와 존재를 매개하는 부재하는 원인이다. 상상계에 빠져있는 주체는 자신의 근원을 목격하는 불가능한 시선을 취하는데, 이 불가능한 시선을 '대상 a' 속에 체현함으로써 분열 없는 존재가 될 수 있을 것이라고 믿는다. 즉 '대상 a'는 주체의 분열을 봉합하는 환상적 시선이 지향하는 대상이다. 홍준기, 앞의 책, 179~183쪽 참고. '대상 a'는 주체가 상징계에 편입되기 위해 자신으로부터 분리한 대상이며, 따라서 자신의 결핍을 채워주리라 오인되는 욕망의 원인이다. 한편 '대상 a'는 타자를 통한 주체의 소외화 과정에서 상실한 존재 차원의 복원에 대한 가능성이며 전체성 회복에 대한 꿈이기도 하다.
33 맹정현, 「라캉 대 『안티-오이디푸스』」, 『현대비평과 이론』, 2004 가을·겨울, 156~159쪽 참고.

망 앞에서 그것을 파악하고자 하는 주체의 반응이며, 동시에 타자의 욕망에 대한 방어이다. 또한 환상은 상실한 근원을 되찾으려는 시도이기도 하다. 상실감과 결여를 막기 위해 주체를 대상에 고정시킴으로써 자신을 유지하려는 노력인 것이다.[34] 인간의 '욕망'은 타자의 욕망에 대한 주체적 응답인 무의식적 '환상'을 통해 형성된다. 이처럼 주체의 욕망이 타자의 욕망을 통해 만들어진다는 사실에서 '소외(alienation)'가 발생하므로, 환상에는 항상 소외가 개입되어 있다. 정신분석은 소외를 벗어나기 위해 타자의 욕망에서부터 '분리(separation)'의 과정을 거쳐야 한다고 말한다. 이 과정이 바로 '환상 가로지르기'[35]이다. '환상'을 가로지르며 돌파할 때 '소외'된 주체는 진정으로 '욕망'하는 주체와 '주이상스'의 주체로 다시 태어날 수 있다.

라캉에 의하면, '환상($ ◇ a)'은 대타자에 의해 소외되고 분열된 '주체($)'가 그 과정에서 생겨난 결핍을 보상해 줄 것으로 기대하는 욕망의 원인이자 대상인 '대상 a'와 맺는 관계이다. 이때 주체는 대상 a와 함입·접합·분열 등의 복잡한 관계, 혹은 불가능한 관계(◇)를 맺으면서 상실한 낙원에 대한 복원 가능성을 꿈꾼다. 따라서 '환상' 속에 구조화되어 있는 '대상 a'와 '주이상스'의 양상을 살펴봐야 '실재'가 드러난다. '환상'은 수수께끼처럼 알 수 없는 대타자의 욕망을 채우는 상상적 각본이자 대타자의 결핍에 대한 보상으로서, 상징적 거세에 대한 은폐와 봉합으로 기능

---

34 박찬부, 『라캉—재현과 그 불만』, 문학과지성사, 2006, 266쪽 참고.
35 '환상 가로지르기'는 정신분석의 최종 단계로서, 상징적 대타자에 의해 소외되고 분열된 주체를 대타자에게서 분리, 혹은 탈소외화하여 주체의 주체성을 획득하게 하는 숙성 과정을 의미한다. 지젝에 의하면, 이것은 주이상스를 구성하는 환상적 틀에서 일정한 거리를 확보하여 그것의 효율성을 정지시키는 것과 관련된다. 위의 책, 287쪽 참고.

한다. 동시에 '환상'은 언어로 인해 빗겨가는 실재와 충동의 대상을 포획하기 위한 각본이기도 하다. 대타자의 욕망의 물음에 대한 대답으로 기능하면서 동시에 욕망의 구체적 실현과 관련한다는 점에서, 환상의 무대는 역설을 내포한다. 따라서 환상은 그 자체로 소외 및 분열의 차원과 해방의 차원을 동반한다고 말할 수 있을 것이다.

2) 니체와 베르그손의 철학

들뢰즈의 '리트로넬로', '차이'와 '반복', '시간의 수동적 종합' 등의 개념은 '차이나는 것만이 되돌아온다'는 니체의 '영원회귀' 사상과 밀접히 관련한다. 들뢰즈는 니체의 '영원회귀'를 '동일성의 반복'이 아니라 '차이의 반복'으로 해석하는데, 이를 통해 강화되는 것은 '힘에의 의지'이다. 즉 '차이'는 '힘에의 의지'이고 '반복'은 '영원회귀'라고 볼 수 있다. 현재, 과거, 미래 등은 세 가지 종합을 거쳐서 서로 다른 양태들을 통해 일어나는 본연의 반복으로 드러난다. 현재는 반복을 일으키는 어떤 것에 해당하고, 과거는 반복 자체에 해당하며, 미래는 반복되는 것에 해당한다. '영원회귀'는 한 손으로 하비투스(습관)와 싸우고, 다른 한 손으로 므네모시네(기억)와 싸우는 것이다. 또한 들뢰즈의 '리트로넬로', '차이'와 '반복', '시간의 수동적 종합' 등의 개념은 베르그손의 철학적 주제와도 상통한다. 베르그손은 『물질과 기억』(1896)에서 이미지 개념을 출발점으로 삼아 몸과 마음의 관계를 해명한다. 그는 신체와 정신의 이분법에서 시작하여 그 둘의 관계를 추적하지만 결국 일원론으로 마무리하는데, 이 융합의 매개가 되는 것은 '기억'이다.[36] 『창조적 진화』(1907)에서 베르그손 철학의 핵심은 사물을 '지속'의 관점에서 보는 것인데, 따라서 그에게는 개체보다 흐름으로서 생명이 중요하다. 그에게 정신이란 생명의 한 차원이고, 생명의 본질은 기억에 있다. 생명은 단순히 동일성을 보존하는 것이 아니라 이어지면서 계속 새로운 것을 만들어낸다. 즉 베르그손에 있어서 생명은 창조하면서 진화하는 것이다.[37] 이처럼 '리트로넬로', '차이'와 '반복', '시간의 수동적 종합' 등 들뢰즈의 철학적 주제는 '위버멘쉬', '힘에의 의지', '영원회귀' 등 니체의 개념들과 '잠재적 무의식', '지속', '순수 기억', '순수 과거', '창조적 생성' 등 베르그손의 개념들을 계승하고 재구성하여, '무의식', '리비도', '쾌락 원칙', '삶 충동(eros)', '죽음 충동(thanatos)' 등 프로이트의 정신분석학 개념들과 대결하는 동시에 재해석하는 것이라고 요약할 수 있다. 따라서 들뢰즈의 '리트로넬로', '차이'와 '반복', '시간의 수동적 종합' 등을 구체적으로 고찰하기 전에 니체와 베르그손의 개념들을 먼저 살펴보기로 하자.

니체는 철학적 활동을 해석적-예술적 활동으로 이해하고, 철학적 가치를 삶의 실천이라는 기능에서 찾는다.[38] 이때 해석은 관점적-가치 평가적 행위이고, 해석자의 인식 의지가 세계와 상호 작용하며 의미를 구성하고 창조하는 작업이다. 이런 관점을 토대로 니체는 '긍정의 철학'을 수립하는 것을 과제로 삼는다. 긍정은 생성적 실재의 모든 순간과 계기를 긍정의 대상으로 하는데, 니체는 디오니소스적 긍정의 주체로 '위버

---

36 앙리 베르그손, 박종원 역, 『물질과 기억』, 아카넷, 2005, 373~409쪽 참고.
37 앙리 베르그손, 황수영 역, 『창조적 진화』, 아카넷, 2005, 543~579쪽 참고.
38 이하 니체 사상에 대한 서술은 백승영, 『니체, 디오니소스적 긍정의 철학』, 책세상, 2005, 105~378쪽 참고.

멘쉬(Übermensch)'를 제시하고, 이 존재 양태를 가능하게 하는 것으로 '영원회귀' 사유를 제시한다. 위버멘쉬적 존재로의 변화는 곧 인간의 자기 긍정의 표현이며 운명에 대한 사랑(amor fati)이다.[39] 인간과 세계에 대한 긍정 가능성 확보를 과제로 삼는 니체의 철학은 '힘에의 의지'라는 방법적 원리를 선택한다. 니체의 실재에 대한 경험은 생성과 변화인데, 이는 곧 "존재는 생성이다"라는 사유 도식으로 구체화되며, 이를 보증해주는 것이 '힘에의 의지' 개념이다. 니체는 다양한 저술에서 '힘에의 의지'를 '존재자의 내적 본성', '내적 생기', '생명의 초기 형태', '세계의 본질', '관점을 설정하는 힘', '해석 행위', '힘 양자(量子)', '감응(affects)', '파토스', '가장 원초적인 사실' 등으로 표현한다. 여기서 '힘에의 의지=생기=생성=삶'이라는 공식이 성립한다. '힘에의 의지'는 복수성, 과정성, 힘 싸움의 형식, 지향성, 생기 역동성, 상승의 방향성, 비인과성, 자기 구성적 필연성 등의 성격을 가진다. '힘 소비의 극대 경제'와 '영원회귀'는 상호 보완적 구도를 형성하면서 '힘에의 의지'의 작용 법칙이자 본성을 이룬다. 의지는 항상 더 많은 힘을 얻기 위해, 의지들 간의 긴장 관계에서 승자가 되기 위해 자신의 힘을 최대한 발휘하며, 항상 더 많은 힘을 원하는 의지는 자신의 본성상 이런 작용을 멈출 수 없다. 또한 의지의 힘은 항상 자신의 본성으로 되돌아오고, 매 순간 자신의 본성을 실현한다. 따라서 니체는 '힘에의 의지'의 본성인 '영원회귀'를 일종의 근원 법칙으로 상정한다.

---

39 '위버멘쉬'는 '힘에의 의지'를 가치 원칙으로 설정하여 자기를 넘어서고 극복하는 존재로서 서구 형이상학적 이분법과 절대적 도덕에서 자유로운 인간이고, 자기 입법적이고 자기 명령적인 주인 도덕의 담지자이다. 니체가 제시하는 형이상학 극복 프로그램은 전통 형이상학에 대한 비판적인 거부와 해체라는 의도를 갖고 있다. 이러한 노력은 '생성의 철학' 형태로 구현된다. 위의 책, 228~230쪽 참고.

'영원회귀' 사유는 허무주의의 극복 가능성, 생기 존재론의 완성, 모든 순간의 필연성과 유의미성 보장이라는 세 가지 기능을 가진다. 첫째, '영원회귀' 사유가 허무주의를 극복하는 가능성은 자의식의 변화를 매개로 자신이 '힘에의 의지'를 실천하는 '위버멘쉬'적 존재임을 긍정하도록 촉발하는 데서 주어진다. 둘째, '영원회귀' 사유는 존재자의 생성 과정을 '생기' 개념으로 설명함으로써 생기 존재론을 완성하는 기능을 갖는다. '힘에의 의지'의 '영원회귀'는 니체 철학에서 가장 난해한 것으로 평가되어 왔고, 해석의 통일에 이르지 못한 채 '동일한 것의 반복' 정도로 이해되어 왔다. 그러나 이것은 심각한 오해인데, 니체 철학에서 과연 무엇이 회귀하는가라는 질문에 대한 대답은 '힘에의 의지'가 회귀한다는 것이다. 즉 '힘에의 의지'는 '힘에의 의지'라는 자신의 본성으로 영원히 회귀하는 것이다. 셋째, '영원회귀' 사유는 모든 순간의 필연성과 유의미성 보장이라는 기능을 가진다. 힘들 간의 균형 상태는 한 번도 도달하지 않았고 앞으로도 도달하지 않을 것이므로 생성이 지속한다. '생성'의 지속은 '힘에의 의지'의 지속을 의미하고, '힘에의 의지'의 지속은 '세계의 지속'을 의미한다. 영원회귀에서의 영원성은 절대적인 생기 필연성이 확보되는 개개의 순간의 영원화로 이해되어야 한다. 즉 개개의 순간, 과거와 현재와 미래의 각 순간들이 그것들의 영원회귀를 원할 정도로 필연적이고 가치가 충만하다는 것을 의미한다.

베르그손의 철학은 '잠재적 무의식' 개념을 통해 확장된 '창조적 생성의 존재론'이라고 말할 수 있다.[40] '순수 생명', '순수 과거', '순수 기억' 등

---

40 이하 베르그손 철학에 대한 서술은 김재희, 『베르그손의 잠재적 무의식』, 그린비, 2010, 15~450쪽 참고.

은 현실적 경험의 심층적 배후에 존속하며, 심리-생물학적 의식으로 현실화되지 않은 '잠재적 실재'로서 존재론적 무의식을 이룬다. '순수 과거'는 '순수 기억'과 '순수 생명' 사이에 개념적 연속성을 제공하며, 심리학적 과거와 생물학적 과거라는 상이한 수준의 과거들을 존재론적 '지속'의 잠재성으로 통합한다. '순수 과거'는 과거 전체를 상이한 존재론적 수준들에서 반복하는 잠재적 다양체로서 각각의 현재와 공존할 뿐만 아니라 모든 현재들의 이행 조건으로 선재하는 과거 일반이다. '순수 기억'은 실천적 유용성과는 무관하게 그 자체로 보존되는 '순수 과거'를 의미한다. 베르그손의 존재론적 무의식 개념에 의하면, 우리는 정신과 물질의 근대적 이분법을 해체시키고, 우리 의식의 바깥으로 경험의 장(場)을 확장시켜 나가는 가능성을 확보할 수 있다. 인간 안에 내재하는 생명의 잠재성은 인간의 조건을 넘어서 탈지성적 존재자로 변이할 수 있는 '창조적 진화'의 가능성을 열어 놓는다. 잠재적 무의식에서 '이완'과 '수축'은 동등한 힘이 아니다. 무한히 '이완'하는 물질의 순간들을 묶어 '수축'하고 '하강'하는 현실적 표면을 거슬러 '상승'하는 힘, 이것이 바로 '생명의 약동(élan vital)'이고 모든 생명체의 삶을 이끌어가는 본능적 충동이다. 물질은 실재의 현실적 표면으로서 무한히 '이완'해 가는 반복에 지나지 않는다. 정신과 생명이야말로 잠재성 전체를 '수축'하여 현실적 표면 위로 새로운 것을 산출하는 힘이다.

베르그손의 진화론이 주목하는 생물학적 현상은 개체 발생적 차원에서 나타나는 개체화(individuation)와 생식(reproduction), 그리고 계통 발생적 차원에서 나타나는 변이(variation)이다. 생명체들의 진화 현상은 그들의 공통된 발생적 근원이자 변이의 충동인 잠재적인 힘을 상정하는데,

이 잠재적인 힘을 '순수 생명'이라 한다. '생명의 약동'은 순수 생명이 물질과 접촉할 때 드러나는 '생명적 의지'를 표현하는 사유의 이미지이다. 생명체의 진화는 잠재적 충동의 발산, 분화, 갈라짐이다. 이미 완성되고 실현된 듯한 생명체들은 생명 자체에 내재적인 충동(impulsion)으로 인하여 변이하며 차이를 발생한다. '순수 생명'의 잠재성이 개별 생명체에 내재하여 자기 반복하는 이 충동을 '배아(胚芽)적 무의식'이라고 한다. 개별 생명체에 내재하는 배아적 무의식은 자기 자신과의 차이를 산출하려는 경향, 스스로 변화하려는 경향, 새로움을 창조하려는 경향이다.[41] 베르그손은 차이-변이의 발생은 개체의 노력에 의해서 이루어지는 것이 아니라, 개체 이전 또는 이하의 배(胚) 차원에서 이어지는 무의식적 노력에 의해서 이루어진다고 본다. 결국 인간은 '순수 기억'의 결과물이고, '배아적 무의식'이 드러나는 경향이며, 생명적 힘의 실현 매체에 지나지 않는다. 진정한 주체는 '순수 기억'이고 '수축 기억'이며 '배아적 무의식'이다.

베르그손에게 무의식과 시간의 관계는 필연적인데, 무의식은 잠재적 상태로 존재하는 과거의 총체이기 때문이다. 무의식은 충만한 잠재성으로서 현재의 의식과 삶을 창조하는 긍정적 생산력, 즉 역동적으로 '현실화하는 잠재성'이다. '무의식'의 개념은 베르그손 철학의 다른 핵심적 개념들, 즉 '지속', '기억', '생명' 등을 이해하는 데 필수적이다.[42] 베르그손

---

41 베르그손에 의하면, '순수 생명'이 현실화되기 이전의 모든 경향들의 잠재적 공존체라면, '배아적 무의식'은 현실화된 개별 생명체들에 내재하는 생명의 약동으로서 탈개체적인 변이의 경향이다. 즉 '순수 생명'의 잠재성은 '배아적 무의식'을 통해서 모든 종들과 개체들을 가로질러 나아가는 발생적 에너지로서 작용한다.

42 『물질과 기억』은 신체적 조건에 제한되어 있는 인간 정신의 삶을 문제 삼고 있는데, 여기서 무의식은 사라지지 않고 고스란히 존속하고 있는 과거의 총체로서 '순수 기억'으로 정의된다. 반면, 『창조적 진화』에서는 물질성과 생명성이 결합되어 있는 생명체들의 삶을 문제 삼고 있으며, '순수 생명'을 그 근원적 과거로 제시하고 있다. '순수 생명'은

은 현실적 표상의 발생적 원천으로서 표상 안에 섞여있는 '지각'과 '기억'이라는 본성상 다른 두 경향의 사실의 선을 찾아낸다. '순수 지각'과 '순수 기억'은 실천적 행위에 무용하기 때문에 현실적인 표상으로 선택되지 않은 의식 바깥의 잠재적인 표상들이다. '순수 지각'은 공간 계열 상에 존재하는 지각되지 않은 물질적 대상들의 총체이고, '순수 기억'은 시간 계열 상에 존재하는 의식되지 않는 기억들의 총체이다. '수축 기억'은 본성상 다른 '지각'과 '기억'을 종합하고, '순수 지각'의 객관성을 인간적인 경험으로 주관화시킨다. 원리상 '순수 기억'의 '과거'와 본성상 다른 것으로 나누어졌던 '순수 지각'의 '현재'는 '수축 기억' 안에서 가장 수축된 과거의 한 수준으로 통합된다. 현실적 의식의 지각은 언제나 수축된 기억이며 현재는 항상 수축된 과거이다. 과거의 무의식 전체는 항상 현실적인 의식에 잠재적으로 공존하고 있으며, 과거의 수축의 정도에 따라 의식 자체의 수준이 결정된다. '순수 기억'과 '수축 기억'의 관계는 과거를 향하여 팽창하면서 동시에 현재-미래를 향하여 수축하는 '지속'의 이중 운동을 나타낸다. '수축 기억'은 '지각-물질'과 '기억-정신'의 두 계열이 접속하는 순수 생명의 잠재성 안으로 우리를 인도한다.

　베르그손은 우리의 현실적 경험에 주어지는 혼합물들을 우선 공간과 지속, 물질과 기억, 물질과 생명 등 본성상 차이 나는 두 항으로 나눈다. 예를 들면, '공간'이 외재성, 동시성, 병치, 불연속성, 양, 정도상 차이 등의 다양체라면, '지속'은 계기, 상호 침투, 이질성, 연속성, 질, 본성상 차이 등의 다양체이다. 그러나 본성상의 차이에 따라 나누어진 두 항은 '실

육화된 생명 이전의 발생적 배후에 존재하는 잠재성이다.

체적'으로 구분되는 것이 아니라 '경향적'으로 구분된다. 따라서 베르그손의 다양체론에서는 양적·현실적 다양체와 질적·잠재적 다양체 사이의 비대칭적 관계를 놓치지 않는 것이 중요하다. 『의식에 직접 주어진 것들에 관한 시론』(1889)에서 처음 등장한 '지속' 개념의 독창성은 무엇보다 시간을 비공간적인 질적 다양체로 정의했다는 데 있다. '시간'이 질적 다양체로서의 지속이라는 것은 시간과 공간이 같은 것이 아니며, 존재의 연속적인 질적 변화와 분리 불가능한 창조적 생성이라는 실재 자체의 초월론적 근거라는 것을 의미한다. 질적 다양체에서 잠재적 다양체로의 전환은 『물질과 기억』에서 '기억' 이론을 경유하여 이루어지며, 이러한 전환은 시간론의 차원에서 볼 때에도 중요한 의미를 지닌다. 베르그손의 '기억' 이론은 공간과 지속의 이항 대립을 현실적-수평적 차원과 잠재적-수직적 차원의 교차 관계로 전환시킨다.

베르그손적 우주는 '물질'과 '생명'의 상반된 두 경향 속에서 움직인다. 물질이 '이완'과 '반복'의 경향을 가진다면, 생명은 '수축'과 '창조적 생성'의 경향을 가진다. '수축'과 '이완'은 동일한 에너지의 두 운동 경향인데, 우주 전체는 수축하고 이완하면서 생성과 해체를 부단히 이어간다. 우주적 자연 안에서 잠재적인 순수 생명은 현실화하면서 물질과 결합하는 생명 종들의 계열들로 분화한다. 생명의 진화는 잠재적인 무의식의 현실화 운동이다. 이것은 우주 안에 진정한 창조와 새로움을 생성한다. 베르그손의 사유를 정리하면, '물질적 반복'과 '정신적 반복'이라는 두 가지 반복의 유형이 있다. '물질적 반복'은 공간의 방향으로 무한히 '이완'하는 반복, 과거와 현재 사이의 연대성을 약화해 가는 반복, 그러나 결코 공간 그 자체와 일치하지는 않는 반복이다. 반면 '정신적 반복'은 적극적이고 능동적인 '수축'이고 '긴장'이다. 정신은 본성상 자기-차이화이고, 따라서 자기를 보존하면서도 자기를 넘어가는 방식으로 새로운 것을 창조한다. '물질적 반복'이 하나가 나타났을 때 다른 것이 이미 사라졌기 때문에 가능하다면, '정신적 반복'은 하나가 나타났을 때 다른 것이 아직 사라지지 않았기 때문에 가능하다. 잠재적인 것의 현실화 과정은 과거 전체를 현재 속으로 '수축'하는 것이며, 또한 과거 전체를 '반복'하면서 '차이'를 산출하는 과정이다. '물질적 반복'이 '요소들'의 반복이라면, '정신적 반복'은 '과거 전체'의 반복이고 수축이기에 새로운 것을 창출할 수 있다. 따라서 '정신적 반복'은 '차이를 생성하는 반복'이고 차이를 생성하면서 정신 스스로가 달라지는 반복이다. 베르그손에게 정신의 구조는 마치 프랙탈처럼 개체의 차원과 전체의 차원에서 동일하게 반복한다. 이 반복과 수축의 관점에서, 현실적 현재는 수평적으로 펼쳐지는 물질-공간의 차원과 수직적으로 깊어지는 정신-시간의 차원이 상호 교차하는 지점에서 성립한다.

3) 들뢰즈의 철학

니체 및 베르그손의 철학을 계승하고 재구성하여, 프로이트의 정신분석학 이론과 대결하는 동시에 재해석하는 들뢰즈의 이론을 '리트로넬로', '차이'와 '반복', '시간의 수동적 종합' 등의 개념들을 중심으로 구체적으로 살펴보자.

들뢰즈는 표현의 질료가 모여 영토를 이루고 영토적 모티프나 영토적 풍경으로 발전해 가는 것을 '리트로넬로(ritornello)'라고 부른다. 이때 리트로넬로는 음향뿐만 아니라 운동, 동작, 시각 등의 수많은 유형으로 존재한다.[43] 즉 좁은 의미의 리트로넬로는 배치가 음향적인 경우, 혹은 소리에 의해 특징지어지는 경우를 지칭하고, 넓은 의미의 리트로넬로는 리듬적인 인물 및 선율적 풍경과 결부된 것, 반복의 양상으로 작동하는 모든 것과 관련한다. '반복 구'는 동일하게 반복하지 않고 변주를 동반하며 반복한다는 점에서 '후렴'과 다르다. 음악에서 '반복 구'를 의미하는 '리트로넬로'는 바로크 시대의 합주 협주곡(concerto grosso)을 비롯한 기악곡을 구성하는 형식과 관련한다. 예를 들어, 'A−B−A'−C−A‴'식으로 변형하면서 반복하는 A의 계열들(A−A'−A″ 등)이 그것이다.[44] '리트로넬로'는 영토화 및 탈영토화와 관련하며, 시간을 주조하는 것으로서 특히 음악적인 회귀나 되돌아옴의 형태를 의미한다.[45] 들뢰즈 · 가타리는 『천 개의 고원』(1980)에서 리트로넬로를 영원회귀와의 연관성, 내재성의 평면과의 관계, (탈)영토화와의 관계 등 세 가지 관점에서 논의한다. 리트로넬로는 키에르케골의 재연 및 영원회귀라는 의미를 갖는 니체의 반복과 연관한다. 이때 문제는 코드의 교환과 이행의 잉여 가치 안에서, 모든 척도에 도전하는 둘 사이의 리듬 안에서, 기억의 특수성과 습관의 일반성에 대하여 보편 특이성으로 되돌아오게 하는 것이다. 리트로넬로에는 정신에 직접적으로 가닿는 진동과 회전, 천체의 운동, 소용돌이, 춤, 도약의 발명 등이 있다. 리트로넬로와 내재성의 평면의 관계는 『철학이

---

43 질 들뢰즈 · 펠릭스 가타리, 김재인 역, 『천 개의 고원』, 새물결, 2001, 613쪽 참고.
44 이진경, 『노마디즘』 2, 휴머니스트, 2002, 215~227쪽 참고.
45 이하 리트로넬로에 대한 서술은 아르노 빌라니 · 로베르 싸소 편, 신지영 역, 『들뢰즈 개념어 사전』, 갈무리, 2012, 115~119쪽 참고.

란 무엇인가』(1991)에서 논의된다. 무한히 진행할 수 있는 운동인 주름은 오래된 그리스의 지혜와 마찬가지로 '왕복'에 의존한다. 무한한 되돌아 옴인 '영원회귀'는 내재성의 평면에 고유한 특질이 되며, 이는 하나가 다른 하나의 회귀인 두 얼굴, 또는 두 굴절에 같은 벡터를 제안하는 것과 같다. 무한한 운동을 정의하는 '왕복'은 자기 자신에게 부과된 내재성이다. 리트로넬로는 땅(영토)의 노래이다. 리트로넬로는 땅을 세 번 변화시킨다. 리트로넬로는 카오스에서 빠져나오면서 땅을 겨냥하고, 카오스의 힘에 반대하여 땅을 정비하며, 이 땅에서 이사하며 다른 곳으로 탈주한다. 따라서 싹트기 시작하고 생산하기 시작하는 영토적 혹은 탈영토적 구성 요소를 리트로넬로라고 부를 수 있다. 이로부터 왕복, 무한, 리트로넬로가 시간의 순간적인 회귀(아이온 : aiôn)와 갖는 관계들이 파생한다. 리트로넬로는 시공간의 프리즘이고 크리스탈이다. 리트로넬로는 속도를 높이고 상호 작용을 보장하며 안-주름 운동의 시간을 주조한다. 리트로넬로는 시간의 선천적인 형식이다. 결국 리트로넬로는 술래잡기 놀이에서 아이들의 노래, 동요, 권주가, 노동요, 군가, 대중가요, 론도, 독일 가곡, 새들의 노래 등의 고유한 음악적 요소들 외에도, 세상의 노래, 분자적인 리트로넬로, 바다의 파도, 바람의 급변, 바람의 울부짖음, 우주의 배경이 되는 소음 등에도 자리를 내주어야 한다.

'리트로넬로' 개념은 '동일한 것의 반복'이 아니라 '차이를 동반하는 반복'이라는 점에서, 들뢰즈의 주저 중 하나인 『차이와 반복』(1968)의 전체적 주제로 연결된다. 『차이와 반복』[46]은 칸트의 초월론에 맞서는 초월론

---

46 질 들뢰즈, 김상환 역, 『차이와 반복』, 민음사, 2004.

적 경험론으로서 감성론, 분석론, 변증론, 토대론, 인식론 등의 세부를 포함한다. 들뢰즈는 이념적 세계를 개념적 세계 위에 두는 것이 아니라 감성적 세계 속에 둔다. 감성적이거나 물질적인 것은 이미 정신적이고 처음부터 이상적인 요소를 머금고 있다. 그는 이념적 함량 운동과 이어져 있는 감성이나 물질을 강도(强度 : intensity)라 부르는데, 초월론적 경험론은 강도의 세계에 대한 탐구라 할 수 있다. 플라톤의 유비적 존재 이해는 원형에 대한 모방적 관계로서 '이데아(idea) ─ 모상(模像) ─ 허상(虛像 : simulacre)'의 서열에 의존하는데 반해, 들뢰즈의 일의적 존재 이해는 존재자를 차이와 변화로 정의하므로 허상으로서 존재자는 차이나는 것, 차이 짓는 것, 또는 차이소이다. 차이소들은 저마다 다질적인 항들을 하나로 엮어 어떤 계열들을 이루어낸다. 또 이 계열들은 다시 다른 차이소(분화소)를 통해 공명하여 어떤 체계를 낳는가 하면, 자신을 낳는 그 종합의 운동에 압도되어 결국 와해되고 만다. 들뢰즈는 잠재적인 것과 현실적인 것을 분할하는 베르그손의 구도를 계승하여 주로 잠재적 차원에서 차이소들 자체가 어떤 역량이자 다른 차이소들과 더불어 다시 새로운 역량을 산출하는 과정을 탐구한다. 들뢰즈의 생성론은 '이념-잠재성의 층위', '강도-개체성의 층위', '재현-현실성의 층위' 등의 세 가지 존재론적 층위를 설정한다. 그는 잠재적 역량이 형성되는 점진적 규정의 과정을 '미분화(différentiation)'라 부르고, 미분화를 통해 발생한 잠재적 역량이 현실적 대상으로 탈바꿈되는 과정을 '분화(différenciation)'라 부른다.[47] '강도-개

---

47 분화는 수직적 상승의 과정이고 구현, 개체화, 현실화, 진화, 개봉 등의 특성을 가진다. 수직적 상승이 일어나기 위해서는 먼저 '이념-잠재성의 층위', 즉 이념적 다양체에 어떤 출발점이 만들어져야 하는데, 이 출발점을 이루는 것은 미분적 차이소들 간의 비율적 관계(미분비)들과 이 관계들이 수렴, 발산, 우회하는 특이점들이다. 들뢰즈는 미분

체성의 층위'는 잠재적 층위의 역량이 질료화, 감성화, 개체화되는 장소이다. 여기서 잠재적 역량은 강도적 차이들로 분화되고, 강도적 차이들은 현실적 대상들의 질적 성질과 양적 성질을 낳는 직접적 원인이 된다. 들뢰즈적 의미의 강도는 질과 양의 이항 대립에 선행하는 초월론적(transcendantal) 사태이자 자신이 낳은 질과 양들 밑으로 숨어들어가는 초월적(transcendant) 사태이다. 들뢰즈 철학에서 강도론이 차지하는 비중은 매우 큰데, 존재론, 차이론, 반복론, 인식론, 토대론, 시간론, 주체론, 교육론 등도 강도론의 주위를 맴돌고 있는 형국이다. 예를 들면, 이 책의 2장에서 토대론과 함께 펼쳐지는 시간론과 수동적 종합 이론도 강도적 종합의 영역을 지반으로 하고 있다.[48]

　'반복'과 '변주'의 '개념적 해석'의 차원과 관련한 이론적 토대를 마련하기 위해 주로 『차이와 반복』의 1장과 2장을 살펴보기로 하자. 1장 '차이 그 자체'는 '즉자적 차이'로서 개념적 차이도 이념적 차이도 아닌 순수한 차이로서 강도적 '차이'이고, 2장 '대자적 차이'는 이 순수 차이에 주체가 연루될 때 생기는 '반복'의 차원을 말한다. 1장 '즉자적 차이'의 중심 과제는 '차이'를 동일성이나 재현의 관점을 통하지 않고 규정하는 일이다. 들뢰즈는 아리스토텔레스의 범주적 사유, 헤겔의 변증법적 사유, 라이프니츠의 모나드적 사유, 플라톤의 이데아적 사유에 반대하고 둔스 스코투스, 스피노자, 니체 등의 철학을 통해 존재의 일의성을 정교화하는 과정을 고찰한다. 그래서 동일성 · 대립 · 유비 · 유사성 등의 개념에 의해

비와 특이점들로 이루어진 이념적 다양체를 구조라 부른다. 김상환, 「옮긴이 해제」, 『차이와 반복』, 민음사, 2004, 671쪽 참고.
48 김상환, 「옮긴이 해제」, 『차이와 반복』, 민음사, 2004, 659~673쪽 참고.

매개되지 않는 '순수 차이'를 '일의적 존재는 표현적이고 긍정적이다'라는 점과 '영원회귀 안의 반복은 존재의 일의성을 정의한다'는 점을 통해 설명한다. 그는 특히 '영원회귀'가 우월하고 월등한 형식을 창조하기 때문에 '차이'를 만든다는 점과, 그것의 독창성은 기억에 있지 않고 낭비에 있으며 능동성을 띤 망각에 있음을 강조한다. 영원회귀가 관계하는 세계에서 차이들은 서로의 안으로 주름을 접어 넣고 있는데, 이 온-주름 운동에 놓여 있는 복잡한 세계에서 카오스와 영원회귀는 구별되는 사태가 아니라 하나의 똑같은 긍정이다. 여기서 '반복(repetition)'은 '재현(representation)'과 대립하면서 모든 차이들의 비형식적 존재이고 바탕의 비형식적 역량을 이룬다. 2장 '대자적 반복'의 중심 과제는 '순수 차이'를 근거로 '반복' 개념이 어떻게 사물들을 규정하는지, 이 과정에서 '차이'의 역할이 무엇인지 설명하는 것이다. 들뢰즈는 칸트가 탐구했던 '능동적 종합'이 아니라 그 안에서 전제가 되는 '수동적 종합'으로서 '반복'의 경로를 탐색한다.

들뢰즈는 현재 안에서 과거가 미래로 나아가는 시간의 세 가지 종합을 통해 수동적 종합을 규명한다. 시간의 첫 번째 종합은 '현재'의 종합이고 '습관(하비투스 : habitus)'을 구성하며 수동적 종합의 '정초'를 이룬다. 수축은 살아있는 현재 안에서 베르그손적인 지속으로서의 수동적 종합 안에서 이루어진다. 습관은 반복에서 새로운 어떤 것, 즉 차이를 훔쳐낸다. 이 종합은 시간을 살아 있는 현재로 구성하며, 과거와 미래를 현재의 차원들로 구성한다. 반복에서 차이를 훔쳐내는 것, 즉 수동적 종합에서 응시하고 수축하는 자아들, 혹은 영혼들은 애벌레-주체들이다. 시간의 두 번째 종합은 '과거'의 종합이고 '기억(므네모시네 : mnémosyne)'을 구성하며 수동적 종합의 '근거'를 이룬다. 이 종합은 베르그손의 시간론인 과거가 갖는 동시간성의 역설, 공존의 역설, 선재의 역설이라는 세 가지 관점에서 순수 과거와 관계한다. 들뢰즈는 베르그손의 관점을 수용하여 '물질적 반복'과 '정신적 반복'을 구별하는데, '물질적 반복'은 서로 독립적이면서 계속 이어지는 요소나 순간들의 반복인 반면, 정신적 반복은 공존하는 상이한 수준에서 일어나는 전체의 반복이다.[49] 시간의 세 번째 종합은 '미래'의 종합이고 '영원회귀'를 구성하며 수동적 종합의 '바탕'을 이룬다. 이 차원은 시간의 텅 빈 형식으로서 빗장이 풀린 시간, 단순한 원환적 형태에서 풀려난 시간, 자신이 텅 빈 순수한 형식임을 발견하는 시간이다.[50] 영원회귀는 결핍을 조건으로 변신의 단계를 거쳐 생산되지만, 그 조건과 주체를 부인하고 추방한다. 그것은 과잉에 의한 반복이고 그 자체로서 이미 새로운 것, 전적인 새로움이다. 최상의 반복은 미래의 반복이다. 첫 번째 종합은 시간의 내용과 정초에만 관계하고 두 번째 종합은 시간의 근거에만 관계하지만, 그 너머의 세 번째 종합은 시간의 순서, 집합, 계열, 최종 목표 등을 마련해 주기 때문이다. 반복을 미래의 범주로 만드는 것은 더나 덜한 차이를 훔쳐내는 데 그치는 '습관의 반복'과 가변적 차이를 포괄하는 '기억의 반복'을 거부하고, 절대적으로 차이나는 것의 사유와 생산으로 만드는 것이다. 이것은 반복의 대자 존재가 차이의

---

49 들뢰즈에 의하면, '물질적 반복'은 헐벗은 반복이고 부분들의 반복이며 계속 이어지는 반복이고 현행적 반복이며 수평적 반복인 반면, '정신적 반복'은 옷 입은 반복이고 전체의 반복이며 공존하는 반복이고 잠재적 반복이며 수직적 반복이다.

50 들뢰즈에 의하면, 여기서 시간은 기수(基數)적이기를 그치고 서수(序數)적이 되며, 휠덜린의 말처럼, 시간의 순서는 더 이상 각운(脚韻)을 띠지 않게 된다. 왜냐하면 이 순서는 시작과 끝을 서로 어긋나게 하므로 '각운의 중단' 양편으로 균등하지 않게 분배하기 때문이다.

즉자 존재가 되도록 하는 것을 의미한다.

들뢰즈는 시간의 세 가지 수동적 종합을 무의식에 관한 프로이트의 이론과 연관한다. 이 논의는 니체와 베르그손의 이론을 계승하고 재구성하여 프로이트의 이론과 대결하는 동시에 재해석하는 들뢰즈의 독창적인 관점이 잘 드러난다. '습관'의 종합으로서 시간을 살아 있는 '현재'로 구성하고 수동적 '정초' 안에서 이루어지는 시간의 첫 번째 종합은 '묶기' 혹은 '끈'과 관련한다. '리비도 집중', '묶기', '통합' 등은 수동적 종합들이자 이차적 등급의 응시-수축들이다. 국소적 자아들을 통해 비로소 이드에 고유한 시간, 살아 있는 현재의 시간이 구성된다. '묶기'가 수동적 종합인 한에서 습관은 쾌락 원칙에 선행하며, 그 원칙을 가능케 한다. 즉 시간의 첫 번째 종합은 '쾌락 원칙'의 '정초'를 보장한다. '기억'의 종합으로서 시간을 '순수 과거'로 구성하고 현재를 지나가게 하면서 또 다른 현재를 도래하게 하는 '근거'가 되는 시간의 두 번째 종합은 '잠재적 대상들'과 관련한다. '묶기'의 수동적 종합에서 출발하여 아이는 수동적 종합과 능동적 종합이라는 이중의 계열 위에서 자신을 구축해 나간다. 이 두 계열은 동시적으로 존속하고 비대칭적이면서도 보충적인 관계를 가진다. 수동적 종합의 상관항은 '잠재적 대상들'의 계열이고 능동적 종합의 상관항은 '현실적 대상들'의 계열이다. 타원적이고 이중의 중심을 갖는 두 원환 사이에는 어떤 교차, 뒤틀림, 나선, 8자형의 접합 지대가 있는데, 이곳에 자아가 존재한다. '자기 보존 충동'과 '성 충동'의 분화는 상관적 관계에 있는 이 두 계열의 이중성과 결부한다. 이 시간의 두 번째 종합은 '에로스'와 '기억(므네모시네)'의 종합이다. 이 종합은 '반복'을 '위장(가면)'과 '전치(자리바꿈)'로 설정하고, 쾌락 원칙의 '근거'로 기능한다. 에로스는 순수 과거에서 잠재적 대상들을 탈취하고, 우리는 에로스에 힘입어 그 대상들을 체험한다. 에로스적 성격을 띠는 반복의 유희는 잠재적 대상의 '위장'과 '전치'를 내포한다. '위장'과 '전치'라는 차이의 메커니즘을 가진 무의식의 욕망은 부정, 대립, 갈등 등의 힘 이전에 '물음'을 던지고 '문제'를 제기하는 탐색의 힘으로 나타난다. 즉 무의식은 본성상 '계열적'이고 '미분적'일 뿐만 아니라 '물음'을 던지고 '문제'를 제기한다. '영원회귀'의 종합이자 시간의 텅 빈 형식으로서 '미래'로 이끌면서 수동적 종합의 '바탕'을 이루는 시간의 세 번째 종합은 '죽음 충동'과 관련된다. 리비도가 자아로 회귀하거나 역류할 때, 그래서 수동적 자아가 나르시시즘의 상태에 빠질 때, 나르키소스적 자아는 잠재적 대상들의 전치를 감당하고 현실적 대상들의 위장을 책임진다. 이때 '에로스'와 '기억'의 상관관계는 '나르키소스적 자아'와 '죽음 충동'의 상관관계로 대체된다. 나르키소스적 자아는 기억을 지니지 않고, 죽음 충동은 사랑을 지니지 않는 탈성화 (脫性化)된 상태에 있다. 나르키소스적 자아는 죽음 충동을 통해 이상적 자아 안에서 반조되고 초자아 안에서 자신의 끝을 예감한다. 죽음 충동은 에로스의 탈성화로서 이 중성적이고 전치 가능한 에너지는 죽음 충동에 봉사하는 것이 아니라 오히려 죽음 충동을 구성한다. 죽음 충동은 습관의 정초와 에로스의 근거 저편에 있는 '무-바탕'으로서 발견된다. 이 죽음의 다른 얼굴에 해당하는 것은 '영원회귀'이다. 영원회귀는 다양한 모든 것, 차이나는 모든 것, 우연한 모든 것을 긍정한다. '영원회귀'와 '미래'가 본질적인 관계에 놓여 있다면, 이는 미래를 통해 다양한 것, 차이나는 것, 우연한 것이 대자적 관계 안에서 매 순간 전개되고 주름을 펼쳐가기 때문이다.

지금까지 살펴본 '서구 사상'과 '정신분석학'의 주요 개념들을 참고하면서 이 연구의 방법을 모색해 보자. 이 연구가 '서구 사상'과 '정신분석학'에서 참고하는 개념들은 주로 프로이트의 '압축', '전위', '쾌락 원칙', '죽음 충동', '반복 강박', 라캉의 '은유', '환유', '주이상스', '실재', '대상 a', '환상', 니체의 '위버멘쉬', '힘에의 의지', '영원회귀', 베르그손의 '잠재적 무의식', '지속', '순수 기억', '순수 과거', '창조적 생성', 들뢰즈의 '리트로넬로', '차이'와 '반복', '시간의 수동적 종합' 등이다. 이 연구는 한국 모더니즘 시의 '반복'과 '변주'를 '개념적 해석'의 차원에서 고찰하는 이론적 토대로 삼기 위해, 이 개념들을 상호 연관성에 주목하여 탐색하면서 다음과 같은 연구 방법을 설정하고자 한다.

첫째, '기법적 분석' 차원의 '반복'의 언술 구조는 부분적・국소(局所)적 영역에서 프로이트의 '압축'과 '전위', 라캉의 '은유'와 '환유', 들뢰즈의 '위장(가면)'과 '전치(자리바꿈)' 등의 개념들과 연관할 수 있다. 이 쌍 개념들은 '반복'의 언술 구조가 가지는 내적 메커니즘이라고 볼 수 있다. 프로이트가 꿈 작업의 원리로서 규명한 '압축'과 '전위'는 라캉에 의해 '은유'와 '환유'로 해석되고, 다시 들뢰즈에 의해 '위장'과 '전치'로 재해석된다. 이 개념들은 이드, 혹은 욕망이나 충동이 증상으로 외현되는 규칙으로서, 프로이트의 '반복 강박'에서 잘 나타나듯 '반복'이라는 기본 속성을 공유하고 있다. 따라서 이 개념들은 시작(詩作) 행위의 차원에서 시인이 시 의식이나 의미를 '반복'의 언술 구조로 표현하며 구조화하는 생성 원리와 상통할 수 있다. 부분적・국소적 영역에서 시도하는 이러한 고찰은 '반복'의 언술 구조에 대해 부분적 표현의 영역에서 결속 구조의 기법으로 분석하는 일차적 연구 층위와 접목할 수 있다.

둘째, 이러한 관점에서 '기법적 분석' 차원의 일차적 연구 층위로서 텍스트 언어학에서 표층 텍스트의 '결속 구조'에 해당하는 기법들인 '회기', '부분 회기', '병행 구문', '환언', '대용형', '생략' 등을 분석할 때, 프로이트의 '압축'과 '전위', 라캉의 '은유'와 '환유', 들뢰즈의 '위장'과 '전치' 등의 개념들과 연관할 수 있다. 프로이트의 '압축'은 '생략'-'부분 선택'-'통합과 용해'로 요약하고, '전위'는 '암시에 의한 대체'와 '심리적 강세의 전이'로 요약할 수 있는데, 이들은 모두 '중층 결정'과 관련된다. 라캉의 '은유'는 '기표의 대체'-'억압과 긴장'-'의미 효과'로 요약하고, '환유'는 '생략'-'결여'-'욕망의 이동'으로 요약할 수 있다. '은유'는 의미화 연쇄 속에서 '대체'로 이루어지는 '의미 효과'이고, '환유'는 의미화 연쇄 속에서 '생략'으로 발생하는 '의미의 교란'이다. 들뢰즈는 시간의 두 번째 종합을 '에로스'와 '기억(므네모시네)'의 종합으로 간주하는데, 이 종합은 '반복'을 '위장'과 '전치'로 설정하고 쾌락 원칙의 '근거'로 기능한다. 텍스트 언어학에서 표층 텍스트의 '결속 구조'에 해당하는 기법들 중 '회기'는 '동일한 것의 반복', '부분 회기'는 '변형을 동반하는 반복', '병행 구문'은 '차이를 동반하는 반복', '환언'은 '대체와 통합', '대용형'은 '생략과 대체', '생략'은 '생략과 부분 선택' 등의 속성을 내포한다. 따라서 '기법적 분석' 차원의 기본 기법인 '회기', '부분 회기', '병행 구문', '환언', '대용형', '생략' 등은 개별 작품의 고유한 특성에 따라 '개념적 해석' 차원의 기본 개념인 프로이트적 '압축'과 '전위', 라캉적 '은유'와 '환유', 들뢰즈적 '위장'과 '전치' 등과 복잡하고 다양하게 결부할 수 있을 것이다.

셋째, '기법적 분석' 차원의 일차적 연구 층위로서 '반복'의 언술 구조가 부분적·국소(局所)적 영역에서 '압축'과 '전위', '은유'와 '환유', '위장'

과 '전치' 등의 개념들과 연관하는 차원을 이차적 연구 층위로서 전체적·전국(全局)적 영역에서 이루어지는 '변주'의 언술 구조 분석으로 연결할 때, 베르그손 및 들뢰즈적 개념인 '물질적 반복'이나 '정신적 반복' 개념과 연관할 수 있다. '물질적 반복'이나 '정신적 반복' 개념은 '반복'의 언술 구조가 가지는 외적 메커니즘이라고 볼 수 있다. 들뢰즈는 베르그손의 관점을 수용하여 '물질적 반복'을 서로 독립적이면서 계속 이어지는 요소나 순간들의 반복으로 간주하고, 정신적 반복은 공존하는 상이한 수준에서 일어나는 전체의 반복으로 간주한다. 들뢰즈에 의하면, '물질적 반복'은 헐벗은 반복이고 부분들의 반복이며 계속 이어지는 반복이고 현행적 반복이며 수평적 반복인 반면, '정신적 반복'은 옷 입은 반복이고 전체의 반복이며 공존하는 반복이고 잠재적 반복이며 수직적 반복이다. 이 개념들은 시작(詩作) 행위의 차원에서 시인이 시 의식이나 의미를 '변주'의 언술 구조로 표현하며 구조화하는 생성 원리와 상통할 수 있다. 전체적·전국적 영역에서 시도하는 이러한 고찰은 '변주'의 언술 구조에 대해 부분적 표현에 대한 결속 구조의 분석을 시상 전개에 따르는 연 구성에 대한 결속성의 분석으로 연결시키는 이차적 연구 층위와 접목할 수 있다.

넷째, '정신적 반복' 개념은 들뢰즈의 '리트로넬로' 개념과도 연관할 수 있다. '리트로넬로'는 영토화 및 탈영토화와 관련하며, 시간을 주조하는 것으로서 특히 음악적인 회귀나 되돌아옴의 형태를 의미한다. 무한히 진행하는 운동인 '주름'은 왕복에 의존하고, 무한한 되돌아옴인 '영원회귀'는 내재성의 평면에 고유한 특질이 된다. 리트로넬로는 속도를 높이고 상호 작용을 보장하며 안-주름 운동의 시간을 주조하므로, 시간의 선천적인 형식이다. 특히 '동일한 것의 반복'이 아니라 '차이를 동반하는 반복'이라는 점에서 '리트로넬로' 개념은 니체의 '영원회귀' 개념과 연관하며 베르그손의 '정신적 반복'과도 연관한다.

다섯째, 이러한 관점에서 '기법적 분석' 차원의 이차적 연구 층위로서 텍스트 언어학에서 기저 텍스트 세계의 '결속성'을 고려하면서 '변주'의 방식인 '대구'를 형성하는 '병렬', '대비', '대칭', '연쇄', '점층', '순환', '전환', '왕복', '확장', '귀결' 등의 언술 구조를 분석할 때, 큰 틀에서 들뢰즈가 제시한 '차이'와 '반복', '시간의 수동적 종합' 등의 개념과 결부할 수 있다. 들뢰즈의 『차이와 반복』을 니체적 관점으로 본다면, '즉자적 차이'는 '힘에의 의지'이고 '대자적 차이'는 '영원회귀'라고 볼 수 있다. 즉 '차이'가 즉자 존재라면, 영원회귀 안의 '반복'은 차이의 대자 존재이다. 들뢰즈에 의하면, 시간의 첫 번째 종합은 '습관'의 종합으로서 시간을 살아 있는 '현재'로 구성하고 수동적 '정초' 안에서 이루어진다. 이 종합은 프로이트적 '묶기' 혹은 '끈'과 관련하고, 쾌락 원칙의 '정초'를 보장한다. 시간의 두 번째 종합은 '기억'의 종합으로서 시간을 '순수 과거'로 구성하고 현재를 지나가게 하면서 또 다른 현재를 도래하게 하는 '근거'가 된다. 이 종합은 프로이트적 '잠재적 대상들'과 관련하고, 쾌락 원칙의 '근거'로 기능한다. 시간의 세 번째 종합은 '영원회귀'의 종합이자 시간의 텅 빈 형식으로서 '미래'로 이끌면서 수동적 종합의 '바탕'을 이룬다. 이 종합은 프로이트적 '죽음 충동'과 관련된다. 여기서 시간의 두 번째 종합은 '에로스'와 '기억'의 종합인데, '위장'과 '전치'라는 차이의 메커니즘을 가진 이 종합에서 무의식의 욕망은 부정, 대립, 갈등 등의 힘 이전에 '물음'을 던지고 '문제'를 제기하는 탐색의 힘으로 나타난다. 한편 시간의 세 번째 종합은 '에로스'

와 '기억'의 상관관계가 '나르키소스적 자아'와 '죽음 충동'의 상관관계로 대체되고, 무-바탕을 형성한다.

여섯째, 이러한 관점에서 '기법적 분석' 차원의 이차적 연구 층위로서 텍스트 언어학에서 기저 텍스트 세계의 '결속성'을 고려하면서 '변주'의 방식인 '대구'를 형성하는 '병렬', '대비', '대칭', '연쇄', '점층', '순환', '전환', '왕복', '확장', '귀결' 등의 언술 구조를 분석할 때, 작은 틀에서 프로이트의 '리비도 집중', '쾌락 원칙', '삶 충동', '죽음 충동', '반복 강박', 라캉의 '주이상스', '실재', '대상 a', '환상', 니체의 '힘에의 의지', '영원회귀', 베르그송의 '지속', '순수 기억', '순수 과거', '창조적 생성', 들뢰즈의 '정신적 반복', '리트로넬로' 등의 개념들과 결부할 수 있다. 이러한 '개념적 해석' 차원의 연구 방법은 제1절의 '기법적 분석' 차원의 연구 방법과 연계하여 한국 모더니즘의 개별 시인론을 통해 '반복'과 '변주'의 언술 구조를 구체적으로 분석하고 해석할 때 그 실효성을 검증할 수 있을 것이다.

결국 이 연구는 이장희·이상·백석·장만영·김춘수·김수영·전봉건 등 한국 모더니즘 시에 대해 '기법적 분석' 차원의 일차적 연구 층위로서 '반복'의 언술 구조를 부분적 표현의 영역에서 '결속 구조'의 관점으로 분석하고, 이차적 연구 층위로서 '변주'의 언술 구조를 연 구성의 영역에서 '결속성'의 관점으로 분석하는데, 이 각각의 '기법적 분석'의 차원을 '개념적 해석'의 차원으로 연결시키는 관점에서 프로이트와 라캉의 정신분석학적 개념, 니체와 베르그송의 철학적 개념, 들뢰즈의 철학적 개념 등을 상호 연관성에 주목하여 탐색하면서 이론적 토대로 삼으려 한다. 이를 통해 한국 모더니즘 시의 '반복'과 '변주'의 '언술 구조'가 내포하는 '기법적 분석'의 차원뿐만 아니라 '개념적 해석'의 차원으로서 '시간', '기억', '무의식', '잠재성', '수동적 종합', '욕망', '충동' 등을 고찰하고자 하며, 시적 생성의 원리로서 시 의식의 내면적 동력을 규명하고자 한다.

제2부

1920~30년대 한국 모더니즘 시의 반복과 변주

제1장

이장희

대비적 변주와 이원성의 괴리

1. 머리말

이장희(李章熙, 1900~1929)는 1924년 5월 문예 동인지 『금성』 3호에 「새한머리」, 「불노리」, 「무대(舞臺)」, 「봄은 고양이로다」, 「실바람 지나간 뒤」 등 5편의 시를 발표하면서 시인으로서의 활동을 시작했다. 그는 『금성』 3호에 톨스토이 원작의 단편소설 「장구한 귀향」을 번역하여 발표하기도 했다. 그가 남긴 34편의 시는 1982년 문장사에서 처음 전집으로 발간되고,[1] 다시 1983년 문학세계사에서 전집으로 발간된다.[2] 이장희는 감정을 지적으로 절제하고 예리한 감각으로 대상을 형상화함으로써 1920

---

[1] 이장희, 제해만 편, 『이장희 전집』, 문장사, 1982.
[2] 이장희, 김재홍 편, 『이장희 시전집·평전』, 문학세계사, 1983.

년대에 주류를 이루었던 낭만주의적 시 경향과 거리를 두고 있다. 「봄은 고양이로다」, 「하일소경(夏日小景)」, 「봄철의 바다」 등의 시에서 보여준 감각적 세계는 감상적 관념이 주조를 이루었던 1920년대의 시사에서 찾아볼 수 없는 선구적인 것으로 평가할 수 있다.

'감각적 모더니즘 시의 선구자'[3]라는 평가를 받았던 이장희 시에 대한 선행 연구는 크게 전기적·서지적 연구, 심리적·정신분석적 연구, 형식적·기법적 연구, 비교문학적 연구, 학위논문 등으로 구분할 수 있다. 전기적·서지적 연구[4]는 이장희의 생애와 시편들을 연결시켜 시 세계를 분석하는 접근을 시도했는데, 주로 이장희의 전기적 생애가 작품 속에 반영된 부분을 찾는 데 집중한다. 심리적·정신분석적 연구[5]는 이장희 시의 무의식 세계를 그의 성격과 관련지어 규명하려는 시도로서, 주로 모성애 갈망과 그 결여에서 오는 현실 기피증, 내향적 성격에서 기인하는 시적 여성 편향, 대상의 박탈 및 억압된 리비도로 인한 어머니 콤플렉스 등의 견해가 제시되었다. 형식적·기법적 연구[6]는 감각적 이미지의 명징한 형상화를 통해 이장희가 1930년대 모더니즘이나 이미지즘의 경향을 선구적으로 보여준다는 관점에서 이미지즘의 선구자, 개척자, 교

---

3 백철, 『신문학사조사』, 신구문화사, 1968, 451쪽.
4 백기만, 「상화와 고월의 회상」, 『상화와 고월』, 청구출판사, 1951, 117쪽; 제해만, 「봄과 고양이」, 제해만 편, 앞의 책, 58~64쪽; 김재홍, 「이장희 평전」, 김재홍 편, 앞의 책, 67~92쪽; 이기철, 「이장희 연구」, 『작가 연구의 실천』, 영남대 출판부, 1986, 136~150쪽.
5 장백일, 「고월 이장희론」, 『시문학』 64호, 1976.11, 80쪽; 제해만, 위의 글; 김재홍, 위의 글.
6 김인환, 「주관의 명증성」, 『문학사상』, 1973.7; 권도현, 「이장희론」, 『현대문학』, 1976.11; 오탁번, 「이장희론」, 『현대시인론』, 형설출판부, 1979; 정한모, 『한국 현대시인 연구』, 일조각, 1974, 254쪽; 김재홍, 「고월의 시 세계」, 김재홍 편, 앞의 책, 93~121쪽; 홍정선, 「고월 시에 있어서 화자의 정서」, 김학동 외, 『한국 현대시사 연구』, 일지사, 1983; 박철석, 「이장희론」, 『한국 현대시인론』, 학문사, 1984, 57쪽; 김학동, 『한국 근대시인 연구』, 일조각, 1974, 254쪽.

량자라는 식의 평가를 시도했다. 한편 비교문학적 연구[7]는 주로 이장희 시를 프랑스 상징주의 시, 혹은 그 중개자로서 일본 상징주의 시의 한국적 수용 양상이나 영향 관계의 관점에서 논의했고, 학위논문[8]은 이장희의 시 세계를 감각적인 이미지의 형상화, 근원 회귀의 시 의식, 환상 및 죽음의 상상력 등을 통해 해석하고 고찰했다. 이장희 시에 대한 선행 연구들은 다시 내용적·주제적 연구와 형식적·기법적 연구로 대별할 수 있다. 내용적·주제적 연구는 주로 근원 회귀의 시도와 좌절, 과거 지향적 의식과 이중적 태도, 주제의 이원적 대립 구조 등을 고찰하고, 형식적·기법적 연구는 주로 색채어를 중심으로 한 감각적 이미지, 비유적 기법, 환상 및 죽음의 상상력, 초현실주의적 기법 등을 고찰했다.

이 글은 선행 연구의 성과들을 토대로 이장희 시에 나타나는 '반복'과 '변주'의 '언술 구조'를 '미적 효과와 기능' 면에서 세밀히 분석하여 '구조화 원리'를 고찰하고자 한다. 이를 위해 이 글은 텍스트 언어학에서 표층 텍스트의 '결속 구조'에 해당하는 기법들을 참고하여 이장희 시의 '반복'을 분석하고, 표층 텍스트의 '결속 구조'가 기저 텍스트 세계의 '결속성'으로 연결되는 관점들을 참고하여 이장희 시의 '변주'를 분석한다. 이 글은 이러한 방법에 따라 이장희 시의 '언술 구조'를 크게 부분적 표현의 영역에서 형성되는 '반복'과 부분적 표현을 연 구성으로 연결하는 영역에서

7   김학동, 『한국 근대시의 비교문학적 연구』, 일조각, 1981, 106~109쪽; 박호영·이숭원, 「이장희 시에 대한 비교문학적 검토」, 『한국 시문학의 비평적 연구』, 삼지원, 1985; 이기철, 앞의 글; 김경란, 「이장희의 시 세계-상징주의의 관점에서」, 『동악어문논집』 제32집, 동악어문학회, 1997.
8   이보람, 「이장희 시의 이미지 연구」, 숙명여대 석사논문, 1998; 조영현, 「고월 이장희 시 연구」, 교원대 석사논문, 2004; 김윤자, 「이장희 시 고찰-형식주의적 접근을 중심으로」, 동국대 석사논문, 2005; 장보미, 「이장희 시의 시간의식 연구」, 고려대 석사논문, 2010.

형성되는 '변주'라는 두 층위로 나눈 후, 다시 '반복'을 '단어의 회기', '문장의 회기' 등으로 세분하고, '변주'를 '병렬적 대구', '대비적 대구', '점층적 대구' 등으로 세분하여 미적 효과와 기능을 구체적으로 분석하고자 한다. 결국 이 글은 이장희 시에 나타나는 '반복'과 '변주'의 언술 구조를 미적 효과와 기능을 중심으로 분석하여 구조화 원리를 고찰함으로써 시간, 기억, 무의식, 잠재성, 수동적 종합, 욕망, 충동 등과 관련된 시 의식의 내면적 동력에 대한 조명을 시도하고자 한다.

2. 반복-단어, 문장의 회기

이장희 시의 가장 기본적인 언술 구조는 '반복'이다. '반복'은 동일한 단어·구·절·문장 등을 되풀이하는 것을 의미하는데, 동일한 것의 반복, 변형을 동반하는 반복, 차이를 동반하는 반복, 생략을 동반하는 반복 등 반복의 형태에 따라 여러 하위 유형들을 포함한다. 텍스트 언어학에서 '반복'은 '회기(回起 : recurrence)'의 개념으로 사용되는데, '회기'는 텍스트에 안정성을 부여하는 통사 구조, 즉 결속 구조를 강화하는 가장 기본적인 요소이다. '결속 구조'는 단어들이 문법적인 형식과 규칙에 따라 상호 관련을 맺는 언어 체계로서, 구·절·문장 등을 조립하는 방식과 구와 절 상호 간, 문장들 상호 간의 의존 관계 등을 통해 구체화된다.[9] 이 글

---

9 '회기(回起 : recurrence)'는 구성 요소나 패턴을 단순히 반복하는 것이고, '부분 회기 (partial recurrence)'는 이미 사용한 구성 요소들을 다른 품사나 부류(예를 들어, 명사에서 동사로)로 전환해서 사용하는 것을 말한다. '병행 구문(竝行句文, parallelism)'은 동일한 표층 구조를 반복하되 그 구조에 새로운 구성 요소를 넣어 사용하는 것이고, '환언

에서는 이장희 시에 나타나는 '반복'을 부분적 표현의 영역에서 형성되는 '완전 회기', '부분 회기', '병행 구문', '환언', '대용형', '생략' 등의 하위 유형을 포함하는 '회기' 기법을 중심으로 분석한다.

이장희의 시에는 부분적 표현의 영역에서 형성되는 '반복'의 경우로서 '단어의 회기', '문장의 회기' 등이 빈번히 등장한다. 먼저 '단어의 회기'를 살펴보자. 부가적으로 '어미'의 회기도 살펴보기로 한다.

갈대 그림자 고요히 흐터진 물가의 모래㉠를

ⓛ사박 ⓛ사박 ⓛ사박 ⓛ사박 건일다가

나는 보앗슴니다 아아 모래 우에

잣버진 청개고리의 불눅하고 하이안 배㉠를

그와함씌 나는 맛텃슴니다

야릇하고 은은한 죽음의 비린내㉠를

슬퍼하는 이마는 하눌㉠'을 우르르고

푸른 달의 속색임㉠'을 들으랴는 듯

나는 모래우에 말업시 섯더이다

—「달밤 모래 우에서」[10] 전문

(換言 : paraphrase)'은 같은 내용을 반복하면서 다른 표현을 사용하는 것이다. '대용형 (代用形 : pro-forms)'은 독립적인 의미 내용이 없는 짧은 어사가 의미 내용을 수반하는 어사를 대치하는 것이고, '생략(ellipsis)'은 하나의 구조와 의미 내용을 반복하되 표층 표현의 일부를 빼고 사용하는 것을 말한다. '회기'는 시적 언술에 널리 사용하는 장치로서 완전 회기, 부분 회기, 병행 구문, 환언, 대용형, 생략 등의 하위 유형을 포함한다. 회기와 결속 구조에 대한 설명은 R. 보그랑드 · W. 드레슬러, 김태옥 · 이현호 역, 『담화 · 텍스트 언어학 입문』, 양영각, 1991, 45~81쪽; 하인츠 파터, 이성만 역, 『텍스트의 구조와 이해』, 배재대 출판부, 2006, 39~59쪽 참고.

이 시는 ㉠"를", ㉠"'을" 등의 목적격 조사와 ㉡"사박"이라는 부사를 중심으로 '단어의 회기'가 주로 나타난다. 1연의 2행은 ㉡"사박"을 연속 4회 회기하면서 모래 위를 걷는 조심스럽고 차분한 분위기를 조성한다. 그리고 1행, 4행, 6행은 각운으로 ㉠"를"을 회기함으로써 독특한 언술적 효과를 살리고 있다. 이 효과는 각각의 목적격 조사 ㉠"를"과 호응하는 동사의 위치에 따라 시적 호흡에 변화를 주는 방식에서 얻어진다. 즉 1행의 "모래를"의 서술어는 2행의 "건일다가"이므로 순행적 호응의 관계이지만, 4행의 "하이얀 배를"의 서술어는 3행의 "보앗습니다"이므로 역행적 호응의 관계가 되어 호흡상의 변화를 일으킨다. 그리고 6행의 "죽음의 비린내를"의 서술어는 5행의 "맛텃습니다"이므로 역행적 호응의 관계가 지속되는 방식을 취한다. 이러한 언술적 효과 이후에 오는 2연의 "슬퍼하는 이마는 하눌을 우르르고 / 푸른 달의 속색임을 들으랴는듯"이라는 절은 주어가 "잣버진 청개고리"일 수도 있고 화자인 "나"일 수도 있는 중의성을 획득한다. 즉 "슬퍼하는 이마"는 "청개고리"의 이마일 수도 있고 화자인 "나"의 이마일 수도 있으며, "푸른 달의 속색임을 들으랴는듯"의 주체도 "청개고리"일 수도 화자인 "나"일 수도 있는 것이다. 이러한 언술적 효과로 인해 이 시는 짧은 시인데도 불구하고 화자와 청개구리의 위상을 동일시하면서 중의적인 시적 의미를 만들어낸다. 화자는 하늘을 우르르며 말없이 서서 명상에 빠지고, 척박한 땅인 모래 위 죽음을 바라보며 미물의 죽음을 애도한다. "푸른 달의 속색임을 들으랴는" 화자의 "하눌을 우르르"는 기도의 자세나 "말업시 섯더이다"에서 암시되는 묵념

---

10 이장희, 김재홍 편, 앞의 책, 30쪽. 이하 이장희 시의 인용은 이 책에 의거한다.

의 자세는 신앙적인 태도와 유사한 모습으로 나타난다.

　㉠"를"은 1연에서 "모래", "하이안 배", "비린내" 등의 목적어를 동반하면서 "건일다가", "보앗슴니다", "맛텃슴니다" 등의 서술어로 연결한다. "모래", "하이안 배", "비린내" 등의 목적어는 '암시에 의한 대체'로서 '심리적 강세의 전이'를 드러내므로 프로이트적 전위, 라캉적 환유, 들뢰즈적 전치 등의 개념과 연관할 수 있다. ㉠'"을"은 2연에서 "하눌", "속색임" 등의 목적어를 동반하면서 "우르르고", "들으랴는" 등의 서술어로 연결한다. "하눌", "속색임" 등의 목적어는 '암시에 의한 대체'로서 '심리적 강세의 전이'를 드러내므로 프로이트적 전위, 라캉적 환유, 들뢰즈적 전치 등의 개념과 연관할 수 있다. 1연의 ㉠"를"이 형성하는 환유와 2연의 ㉠'"을"이 형성하는 환유는 각각 '생략'과 '결여'를 통한 '욕망의 이동'인데, 전자와 후자 사이에는 '대비적 관계'가 형성된다. 화자 혹은 "청개고리"는 천상적 존재와의 대화를 시도하지만, 상호 간의 소통은 이루어지지 않는다. 화자 혹은 "청개고리"와 "하눌" 및 "달" 사이의 거리는 삶과 죽음의 거리만큼이나 멀리 분리되어 있는 것이다. 이러한 '대비적 관계'를 효과적으로 표현하는 언술 장치가 바로 ㉠"를"과 ㉠'"을"이라는 조화와 대비의 형태이고, 그 비극성을 강조하는 언술 장치가 1연에 4회 회기하는 ㉡"사박"이라는 부사이다. ㉡"사박"의 회기가 자아내는 조심스럽고 차분한 분위기는 지상과 천상 간에 자리 잡은 '이원성의 괴리'를 역설적으로 드러내는 것이다.

　날㉠마다 밤㉠마다
　내가슴에 품겨서

Ⓒ압흐다 Ⓒ압흐다고 발버둥치는

　가엽슨 새한머리.

　나는 자장가를 부르며

　잠재이랴하지만

　그저 Ⓒ압흐다 Ⓒ압흐다고

　울기만함니다.

　어늬듯 자장가도

　눈물에 썰구요.

—「새한머리」전문

　이 시는 ㉠"마다"라는 조사와 ㉡"압흐다"라는 형용사를 중심으로 '단
어의 회기'가 주로 나타난다. 1연 1행에 ㉠"마다"를 2회 연속 회기하고, 1
연과 2연에 "압흐다"를 4회 회기하는 언술 구조를 보여준다. 이 시는 화
자인 "나"와 시적 대상인 "새한머리"의 관계를 중심으로 기본 구도를 형
성한다. 1연의 주어는 "새"인데, "품겨서"가 보여주는 수동태와 "발버둥
치는"이 보여주는 능동태의 상호 대립은 "새"의 이중적 처지를 압축적으
로 드러내고 있다. 1연의 주어가 "새"인 반면, 2연의 주어는 "나"이다. ㉡
"압흐다"의 2회 연속 회기는 1연의 2회 연속 회기를 재반복하는 언술 방
식을 구사하면서 "새"의 "가엽슨" 처지를 강조하는 효과를 낳는다. 여기
서 "울기만함니다"의 "만"이라는 한정 보조사도 그 비극성을 강화하는
역할을 수행한다. 1연과 2연의 시상 전개는 3연 "어늬듯 자장가도 / 눈물

에 쩔구요"로 귀결되어 "눈물"의 이미지로 마무리하고 있다. "어느듯"이라는 부사는 시간의 경과와 사태의 귀결을 단번에 제시하고, "자장가도 / 눈물에 쩔구요"라는 문장은 "나"의 "새한머리"에 대한 노력이 결실을 얻지 못하고 좌절되는 양상을 드러낸다. "눈물에 쩔구요"라는 결구가 가진 묘미는 "눈물"의 주체가 "새"일 수도 있고 "나"일 수도 있다는 점에 있다. 시인은 3연의 함축적이고 간결한 문장을 통해 화자인 "나"와 시적 대상인 "새한머리"의 관계를 중심으로 전개되는 시상 전개를 동일시의 효과로 마무리하는 것이다.

⊙"마다"는 1연에서 "날", "밤" 등의 조사로 등장하면서 시간적 지속이라는 의미를 나타낸다. "날", "밤" 등의 명사는 '기표의 대체'를 통해 시간을 구획하는 '의미'를 가지므로 프로이트적 압축, 라캉적 은유, 들뢰즈적 위장 등의 개념과 연관할 수 있다. ⓛ"압흐다"는 1연에서 2회, 2연에서 2회 회기하면서 "발버둥치는", "울기만합니다" 등의 서술어로 연결된다. "발버둥치는", "울기만합니다" 등의 서술어는 '기표의 대체'를 통해 새의 슬프고 애처로운 처지를 드러내므로 프로이트적 압축, 라캉적 은유, 들뢰즈적 위장 등의 개념과 연관할 수 있다. 1연의 ⊙"마다"가 형성하는 은유와 1연과 2연의 ⓛ"압흐다"가 형성하는 은유는 각각 '의미화 연쇄' 속에서 '기표의 대체'로 이루어지는 '의미 효과'인데, 전자와 후자 사이에는 '호응적 관계'가 형성된다. 1연에서 2회 연속 회기하는 ⊙"마다"는 새의 모습이 연속적으로 유지됨을 강조하고, 1연과 2연에서 각각 2회 연속 회기하는 ⓛ"압흐다"는 "새"의 "가엽슨" 처지가 지속됨을 강조하는 효과를 낳기 때문이다.

시내우에 돌다리,

달아래 버드나무.

봄안개 어리인 시내ㅅ가에, 푸른 고양이

곱다랏케 단장하고 빗겨㉠잇소, 울고㉠잇소,

기름진 소리를 치들ⓐ고

밝은 애닲은 노래를부르지요.

푸른 고양이는 물올은 버드나무에 스르를 올나가

㉡버들가지를 안고 ㉡버들가지를 흔들며

쏘 목노아 움니다, 노래를 불음니다.

멀니서 검은 그림자가 움즉이ⓐ고,

칼날이 銀가티 번썩이더니,

푸른 고양이도 볼수업ⓐ고,

쏫다운 소리도 들을수업ⓐ고,

그저 쓸쓸한 모래우에 鮮血이 흘러㉠잇소.

— 「고양이의 쑴」 전문

　　이 시는 ㉠"잇소"라는 보조 동사를 3회, ㉡"버들가지"라는 명사를 2회, ⓐ"~고"라는 연결 어미를 4회 '회기'하는 언술 구조를 보여준다. 1연에서 "시내우에 돌다리, / 달아래 버드나무"라는 구는 시의 전체적인 배경을 제시한다. "시내"와 "달" 사이에 "버드나무"가 있는 구도에서 쉼표(,)는 1행과 2행의 호흡을 등가적으로 배분하는 동시에 '생략'을 통해 간결한 호흡을 형성한다. 3행은 시적 배경인 "시내人가"와 중심 대상인 "고양이"을 제시하는데, 역시 쉼표(,)가 두 대상 사이의 대비적 구도 및 간결한 호흡에 중요한 역할을 수행한다. 4행의 "빗겨잇소, 울고잇소,"는 ⊙ "～잇소"라는 보조 동사를 회기하는 동시에 쉼표(,)를 연속으로 구사함으로써, 고양이의 양태를 압축적이고 선명하게 제시하고 있다. 5행은 ⓐ "～고"라는 연결 어미를 사용하면서 연을 구분하여 의미상의 연속과 형태상의 단절이 가져오는 상충적 효과를 얻는다. 2연은 1연에서 보조 동사로 사용한 "～잇소"라는 응축된 어조 대신에 "부르지요", "움니다", "불음니다" 등의 경어체 어조를 사용함으로써 변형을 시도한다. 1연의 "빗겨잇소, 울고잇소,"에서 보여준 고양이의 비애적 분위기는 2연에서 "노래를부르"는 행위로 구체화되면서 밝고 경쾌한 분위기로 전환되는 듯하다. 그러나 고양이가 "밝은 애닯은 노래"를 부르며 "목노아" 우는 모습에는 비극적 정조가 완전히 사라지지 않고 내부에 도사리고 있다. 3연은 이 비극적 정조를 구체화하면서 극단적인 상황으로 전개된다. "검은 그림자"가 휘두르는 "칼날"에 "푸른 고양이"가 사라지고 "모래우에 鮮血이 흘러" 있는 장면을 제시하는 것이다. 3연의 상황은 ⓐ "～고"라는 연결 어미를 3회 사용하고 "～이더니"라는 인과형 어미를 제시하면서 순차적인 사건의 진행 과정을 드러낸다. 인과관계에 의해 사건을 순차적으로 제시하면서 1연의 압축적이고 간결한 언술 구조, 2연의 완만하고 평온한 언술 구조는 양극의 중간 정도에 해당하는 긴장감과 긴밀도를 보여주는 언술 구조로 전환한다. 1～4행의 각 행 말미에 놓인 쉼표(,)가 이러한 의미상의 효과를 얻는 데 중요한 역할을 수행하고 있다. 이러한 전환은 최종적으로 5행의 "흘러잇소"에서 ⊙ "～잇소"라는 보조 동사가 재등장함으로써, 1연의 압축적이고 간결한 언술 구조로 회귀하며 마무리하고 있다.

　ⓐ"～잇소"는 1연에서 "빗겨", "울고", 3연에서 "흘러" 등의 서술어와 결합하면서 수세적 처지에 놓인 비극적 상황을 나타낸다. "빗겨", "울고", "흘러" 등의 동사는 '기표의 대체'를 통해 소외, 비애, 수동성 등의 '의미'를 드러내므로 프로이트적 압축, 라캉적 은유, 들뢰즈적 위장 등의 개념과 연관할 수 있다. ⓐ"～고"는 1연에서 "치들～"이라는 서술어와 결합하면서 시간적 지속에 의한 연속적 동작이라는 효과를 낳지만, 3연에서는 "움즉이～", "볼수업～", "들을수업～" 등의 서술어와 결합하면서 찰나적 행위에 의한 결과의 즉시적 나열이라는 상반된 효과를 낳는다. 1연 5행의 "쇠리를 치들고"에서 ⓐ"～고" 이후의 연 구분은 시간의 지속을 통해 "기름진 쇠리를 치"드는 고양이의 행동이 "밝은 애닯은 노래를부르"는 모습으로 연결되는 슬로 모션(slow motion)을 독자가 심리적으로 연상케 하는 효과를 얻는다. 반면 3연에서는 ⓐ"～고"가 "검은 그림자"의 움직임이라는 원인과 그 "칼날"에 "고양이"가 사라지는 결과로서 찰나적인 장면으로 제시된다. 1연 5행에서 시간적 연속, 3연 1행에서 원인으로서 행위, 3연 3행과 4행에서 결과로서 양상 등을 제시한다는 점에서, 각각의 ⓐ"～고"는 미적 효과와 기능 면에서 차이가 있다. ⓐ"～고"는 1연 5행에서 "기름진 쇠리를 치들고" "밝은 애닯은 노래를부르"므로 통합과 전이가 혼합되어 프로이트적 압축과 전위, 라캉적 은유와 환유, 들뢰즈적 위장과 전치가 공존하지만, 2연을 경유하여 3연 1행이 3연 3행과 4행으로 전이될 때에는 원인과 결과의 관계로서 프로이트적 전위, 라캉적 환유, 들뢰즈적 전치 등의 개념과 연관할 수 있다. 미적 효과와 기능 면에서 ⓐ"～고"가 가지는 이러한 차이를 매개하는 동시에 증폭하는 것은 2연이

다. 2연은 쉼표(,)가 줄어들고 경어체의 어조를 사용하여 1연의 압축적이고 간결한 언술 구조를 완만하고 평온한 언술 구조로 변화시킨다. 그리고 다시 3연의 비극적이고 즉각적인 상황으로 전환시킨다. ⓒ"버들가지"라는 명사가 2회 연속 회기하는 양상도 이러한 언술적 효과를 강화하는 데 일조한다. 결국 연결 어미 ⓐ"~고"를 중심으로 형상화되는 시의 전체적 구도는 '연쇄와 대비의 이중적 구도'라고 간주할 수 있는데, 이 구도 속에는 '이원성의 괴리'와 그 '비극적 결과'가 개입하고 있다.

다음으로 '문장의 회기'를 살펴보자.

저녁째개고리 울더니
마츰내 밤을타서 ①비가나리네

녀름이 와도 오히려쓸쓸한
우리집 쓸우에소리도 그윽하게 ①비가 나리네.

그러나 이것은 또 어인일가 어대선지

한머리 버레 소리 잇다금 들리누나.

지금은 안이우는 개고리가치

내마음 그지업시 그윽하여라 고적하여라.

— 「어느밤」 전문

이 시는 ①"비가 나리네"라는 문장을 중심으로 '회기'가 나타난다. 이 시는 전체적으로 전반부(1~2연)와 후반부(3~6연)로 구성된다. 전반부는 "저녁째개고리" 울음과 "밤"에 내리는 "비"를 제시하고, 후반부는 "어대선지" "잇다금" "들리"는 "한머리 버레 소리"를 제시한다. "그러나"라는 역접 접속사가 전반부와 후반부를 나누는 데 관여하는데, 형태 면에서도 두 행이 한 연을 이루는 전반부와 한 행이 한 연을 이루는 후반부가 구분되면서 호흡상의 차이를 드러낸다. 두 행이 한 연을 이루는 전반부의 형태는 호흡상의 안정과 균형을 유지하는 데 기여한다. 그리고 2연에 시도된 '시행 엇붙임'[11]은 의미상의 연결과 호흡상의 단절을 상충시켜 긴박감을 형성하면서 연속적 느낌을 유지한다. 이러한 이중적 효과는 1연 2행과 2연 2행에 회기하는 ①"비가 나리네"라는 문장이 균질적인 시간 의식을 형성하는 것과 연관된다. 반면 한 행이 한 연을 이루는 후반부는 연 사이의 여백으로 인해 호흡이 느려지고 완만해지는 효과를 얻는다. 3연의 "어대선지" 다음에 주어지는 여백은 아득한 시간적·공간적 확산의 느낌을 가져오고, 5연의 "개고리가치" 다음에 주어지는 여백은 울지 않는 "개구리"의 상태와 "내마음"을 동일시하여 감정을 이입하는 효과를 낳는다. 4연의 "들리누나"와 6연의 "고적하여라"에 제시된 마침표(.)는 내용상의 여운과 형태상의 단절이 상충하는 데서 오는 역설적인 느낌을 자아낸다. 그리하여 후반부는 전체적으로 아득하고 그윽한 분위기에 쓸쓸하고 고적한 비애감을 삽입시킨다. 결국 이 시는 짧은 시인데도 불구

---

11 '앙장브망(enjambement)'을 '시행 엇붙임'이라는 용어로 번역하여 사용한다. 이 용어는 황정산, 「한국 현대시의 운율론적 연구―모더니즘 시를 중심으로」, 고려대 박사논문, 1998에서 사용한 바 있다.

하고, ①"비가 나리네"라는 문장의 회기, 형태 면에서 시적 호흡상의 차이, 연들 간의 여백 효과, 여운과 단절이 상충하는 느낌 등을 적절히 활용하여 시적 분위기를 효과적으로 만들어 내는 것이다.

①"비가 나리네"는 1연에서 "저녁째개고리 울더니"라는 부사절과 "마츰내 밤을타서"라는 부사구를 동반하면서 나타난다. "마츰내"라는 부사는 "저녁째"과 "밤" 사이의 시간적 지속 및 단절을 단번에 제시하고, 이를 경계로 "개고리 울"음 소리와 "비" 소리 사이의 연관성 및 차별성을 드러낸다. 따라서 1연 자체에 대비와 조화의 이중적 관계가 설정되어 있다. 그리고 ①"비가 나리네"는 2연에서 "우리집 쓸우"라는 공간적 배경을 중심으로 "녀름이 와도 오히려쓸쓸한"이라는 관형절과 "소리도 그윽하게"라는 부사절을 동반하면서 나타난다. "오히려"라는 부사는 "녀름"과 "쓸쓸한" 사이의 정황적 대립을 단번에 제시하는 동시에, "쓸쓸한"과 "그윽하게" 사이의 청각적 차별성을 드러낸다. 따라서 2연 자체에도 대비와 조화의 이중적 관계가 설정되어 있다. ①"비가 나리네"라는 문장의 '회기'는 '기표의 대체'를 통해 1연의 문장 구성과 2연의 문장 구성을 대등하게 연결하므로 프로이트적 압축, 라캉적 은유, 들뢰즈적 위장 등의 개념과 연관할 수 있다. 결국 1연과 2연에서 ①"비가 나리네"라는 문장의 '회기'는 '병렬적 관계'를 형성하면서 '의미화 연쇄' 속에서 '기표의 대체'로 이루어지는 '의미 효과'로서 의미를 강화한다.

3. 변주 - 병렬적, 대비적, 점층적 대구

'변주'는 시상 전개에 따르는 연 구성의 영역에서 '차이를 동반하는 반복'이라고 정의할 수 있다. 변주의 방식은 다양하지만, 이장희의 시에서 가장 대표적인 변주의 방식은 '대구(對句 : antithesis)'라고 볼 수 있다. '대구'는 비슷한 어조나 어세를 가진 것으로 짝 지은 둘 이상의 글귀를 구사하는 방식을 의미하는데, 한시를 비롯한 시적 언술에 많이 활용된다. '대구'의 기법은 '병행 구문'의 기법과 유사한 원리를 가지고 연 구성의 영역에서 구사되는 경향이 있으므로, 이 글에서는 '대구'를 부분적 표현의 영역인 '병행 구문'을 연 구성의 영역으로 확장하는 개념으로 사용한다. '병행 구문 (竝行句文 : parallelism)'은 각 단위별로 동일한 표층 구조를 반복하되 그 구조에 새로운 구성 요소를 넣는 방식을 의미하는데, '회기'와 더불어 텍스트에 안정성을 부여하는 통사 구조, 즉 결속 구조를 강화하는 특성을 가진다.[12] '대구'는 동일한 표층 구조를 '반복'한다는 점에서 '회기'와 유사하지만, 새로운 구성 요소를 삽입한다는 점에서 '변주'의 방식이 개입된다. 이때 '변주'의 방식으로 삽입하는 새로운 요소들은 '병렬', '대비', '대칭', '연쇄', '점층', '순환', '전환', '왕복', '확장', '귀결' 등 다양한 유형이 나타날 수 있다. 따라서 우리는 대구의 유형을 다양하게 설정할 수 있을 것이다.

---

12 텍스트 언어학에서 '병행 구문'은 '결속 구조'를 강화하는 특성을 갖는데, 이 글은 부분적 표현의 영역인 '병행 구문'을 시상 전개에 따르는 연 구성의 영역으로 확장하는 '대구 (對句)'의 기법을 통해 '결속성'의 차원을 분석한다. 따라서 이 글은 '병행 구문'과 '대구'를 매개로 표층 텍스트의 '결속 구조'에 대한 구문론적 연구를 기저 텍스트 세계의 '결속성'에 대한 의미론적 연구로 연결시켜, '의의'의 '연속성', '활성화', '연결 관계의 강도' 등의 관점들을 고려하면서 분석하고자 한다. 병행 구문과 결속 구조에 대한 설명은 R. 보그랑드 · W. 드레슬러, 앞의 책, 45~81쪽; 하인츠 파터, 앞의 책, 39~59쪽 참고.

이장희의 시에는 부분적 표현을 연 구성의 영역으로 연결하는 '변주'의 경우로서 '병렬적 대구', '대비적 대구', '점층적 대구' 등이 빈번히 등장한다. 먼저 '병렬적 대구'를 살펴보자.

(A) 室內를써도는그윽한냄새

(B) 좀먹은緋緞의쓸쓸한냄새

(C) 눈물에더럽힌夢幻의寢臺

(D) 낡은壁을의지한피아노

(E) 크달은말러버린싸리아

(F) 파랏게슝업게여윈고양이

(G) 언재든지暮色을쯰인숩속에

　　코기리가튼古風의비인집이잇다

— 「비인 집」 전문

이 시는 전체적으로 전반부(1~6행)와 후반부(7~8행)로 구성된다. 전반부는 "비인 집"의 구성 요소를 이루는 대상들의 속성을 감각적으로 제시하여 집의 특성을 묘사하고, 후반부는 집의 위상을 거시적 시야에서 조망한다. 전반부에서 주목할 부분은 "비인 집"의 구성 요소를 이루는 대상들의 속성을 후각, 시각, 촉각, 청각 등이 뒤섞인 복합적인 이미지로 제시한다는 점이다. 1행(A)의 "그윽한냄새"와 2행(B)의 "쓸쓸한냄새"는 후각적 이미지이고, 3행(C)의 "눈물에더럽힌夢幻의寢臺"와 5행(E)의 "크달은말러버린싸리아"는 시각 및 촉각적 이미지이며, 6행(F)의 "파랏게슝업게여윈고양이"는 시각적 이미지이고, 4행(D)의 "낡은壁을의지한피아노"

는 시각 및 청각적 이미지라고 볼 수 있다. 또 한 가지 중요한 부분은 1~6행에서 이미지들을 등가성을 가지고 병치하여 '병렬적 대구'의 언술 구조를 형성한다는 점이다. 더구나 시인은 각 행의 종결어를 명사형으로 통일시키고, 음절의 수도 11음절(1~3행, 6행)이나 10음절(4~5행)로 통일시켜 호흡상의 균등성까지 부여한다. 그래서 전반부는 형태시와 같은 시각적 효과를 얻어내고 있다. (A), (B), (C), (D), (E), (F) 등을 병치하는 '병렬적 대구'의 언술 구조를 보여주는 이 시는 후반부(7~8행)에서 시적 호흡과 언술 방식을 변화시킨다. "언재든지暮色을씌인숨속에 / 코끼리가튼古風의비인집이잇다"라는 문장을 제시하여 명사형으로 끝나는 구문 형태를 변형하고, 음절의 수도 12음절(7행)과 14음절(8행)로 변형함으로써, 균등하게 진행해 오던 '병렬적 대구'의 언술 방식에 변화를 시도하는 것이다. "언재든지"라는 부사는 시간적 연속성과 확장성을 부여하고, "暮色을씌인숨속"은 "비인 집"의 배경을 제시하면서 공간적 확장성을 부여하며, "코끼리가튼古風의"는 확장된 시야를 다시 수축시켜 시적 시선을 "비인 집"의 풍경으로 수렴시킨다. 다시 말해, 후반부의 문장은 시적 시선의 줌렌즈를 밀고 당김으로써 시야를 확대한 후 다시 수축시키는 효과를 얻는 것이다. 한편 "暮色을씌인"은 고적하고 신비로운 분위기를 형성하고, "古風의비인"은 옛스러우면서 적막한 분위기를 형성하는 데 기여한다.

'병렬'의 언술 구조는 다른 대상들을 차례로 '나열'하여 '병치'하거나 '첨가'하여 '연대'하는 속성을 가지므로, 의미를 '확대'하거나 정서를 '확산'하는 미적 효과와 기능을 가진다. 따라서 '병렬적 대구'는 구성 요소들이 '수평적 나열'을 통해 독립성을 유지한 채 '상호 병존'하거나 '수평적 첨가'를 통해 '상호 연대'하면서 '등가적 구도'를 형성한다. 인용 시는 (A)의 "그윽한냄새", (B)의 "쓸쓸한냄새", (C)의 "눈물에더럽힌", (D)의 "낡은 壁을의지한", (E)의 "말러버린싸리아", (F)의 "파랏게숭업게여윈" 등의 대등한 이미지들을 차례로 '나열'하여 '병치'하고 의미를 '확대'하면서 정서를 '확산'하는 '병렬적 대구'를 형성하므로, 구성 요소들이 '수평적 나열'을 통해 독립성을 유지한 채 '상호 병존'하면서 '등가성의 병존'이라는 구조화 원리를 형성한다고 볼 수 있다. 한편 (A), (B), (C), (D), (E), (F) 등이 '기표의 대체'를 통해 병존하여 '병렬적 대구'의 언술 구조를 형성한다는 점에서, 일련의 이미지들은 프로이트적 압축, 라캉적 은유, 들뢰즈적 위장 등의 개념과 연관할 수 있다. 이런 이유로 (A), (B), (C), (D), (E), (F) 등에 나타나는 일련의 이미지들을 '반복 강박'에 의한 '죽음 충동' 및 '실재'에 진입하는 '주이상스'의 개념과 연관해서 해석할 수 있는 가능성이 생긴다. 이장희 시에 반복적으로 등장하는 누추하고 퇴색한 이미지, 쇠락하고 소멸하는 이미지, 죽음과 무덤의 이미지 등은 시인이 시적 언어 표현에서 얻는 역설적 만족, 다시 말해 자신의 만족에서 얻는 고통을 표현하는 것이며, '쾌락 원칙'을 돌파하여 사물(事物 : Das Ding)과의 '주이상스'를 향하는 '죽음 충동'과 연관할 수 있기 때문이다. 그리고 시간의 텅 빈 형식으로서 '미래'로 이끌면서 '영원회귀'와 연관하며 '나르키소스적 자아'와 '죽음 충동'의 종합으로서 쾌락 원칙의 무-바탕을 형성하는 들뢰즈의 시간의 세 번째 종합과도 연관할 수 있을 것이다.

　　(A) 옷가루와가티 부드러①운 고양이의털㉠에

　　　　고흔봄의 香氣ⓛ가 어리우ⓐ도다.

(B) 금방울과가티 호동그①란 고양이의눈㉠에

　　밋친봄의 불길㉡이 흐르ⓐ도다.

(C) 고요히 다물①은 고양이의입술㉠에

　　폭은한 봄졸음㉡이 써돌ⓑ아라.

(D) 날카롭게 쑥쌔①든 고양이의수염㉠에

　　푸른봄의 生氣㉡가 쒸놀ⓑ아라.

—「봄은 고양이로다」 전문

　　이장희의 대표작으로 알려진 이 시는 "봄"을 "고양이"의 감각적 속성에 비유하여 계절 감각을 효과적으로 표현한다. 이 시는 (A), (B), (C), (D) 등 각 연에 ㉠ "～에"라는 처소격 조사, ㉡ "가(이)"라는 주격 조사, ⓐ "～도다", ⓑ "～아라" 등의 종결 어미를 '회기'하는 언술 구조를 보여준다. 또한 이 시에서 주목할 부분은 ① "～ㄴ 고양이의～에 / ～ㄴ봄의 ～가(이)～도다(아라)"라는 표층 구조가 각 연에서 '병행 구문'을 이루며 4회 회기하는 언술 구조를 보여준다는 점이다. 따라서 이 시는 (A), (B), (C), (D) 등을 병치하는 '병렬적 대구'의 전형적인 사례를 보여준다. 이 표층 구조는 고양이의 신체 부위를 특정 대상을 통해 비유하고, 다시 이것을 봄의 감각에 비유하는 이중의 비유로 이루어진다. 이장희 특유의 다채로운 감각적 이미지의 향연을 보여주는 이 시는, 특히 '병렬적 대구'의 언술 구조를 통해 표현의 효과를 강화하는 점에 주목할 수 있다.

　　이 시의 '병렬적 대구'는 ① "～ㄴ 고양이의～에 / ～ㄴ봄의 ～가(이)～

도다(아라)"라는 표층 구조를 (A), (B), (C), (D) 등의 각 연에서 반복하는 '병행 구문'을 근거로 형성된다. 동일한 표층 구조를 반복하되 그 구조에 새로운 구성 요소를 넣는 '병행 구문'으로 '변주'를 시도하는 것이다. 이 '변주'의 방식은 (A)에서 "고양이의털"—"꽃가루"—"봄의 香氣"로 연결하고, (B)에서 "고양이의눈"—"금방울"—"봄의 불길"로 연결하며, (C)에서 "고양이의입술"—"봄졸음"로 연결하고, (D)에서 "고양이의수염"—"봄의 生氣"로 연결한다. (A), (B), (C), (D) 등 각 연의 내부에 제시된 이미지들은 '의미화 연쇄' 속에서 '기표의 대체'를 통해 '의미 효과'를 발생시키므로 프로이트적 압축, 라캉적 은유, 들뢰즈적 위장 등의 개념과 연관할 수 있다. 또한 연들 간의 관계는 대등한 문장 구조 및 이미지들을 차례로 '나열'하여 '병치'하고 의미를 '확대'하면서 정서를 '확산'하는 '병렬적 대구'를 형성하므로, 구성 요소들이 '수평적 나열'을 통해 독립성을 유지한 채 '상호 병존'하면서 '등가성의 병존'이라는 구조화 원리를 형성한다고 볼 수 있다. 한편 (A), (B), (C), (D) 등이 '기표의 대체'를 통해 병존하여 '병렬적 대구'의 언술 구조를 형성한다는 점에서, 연들 간의 관계도 프로이트적 압축, 라캉적 은유, 들뢰즈적 위장 등의 개념과 연관할 수 있다.

다음으로 '대비적 대구'를 살펴보자.

ㄱ어머니 ㄱ어머니라고
　어린마음으로가만히부르고십흔
ㄴ푸른하눌에
　다스한봄이흐르고
　쏘 흰볏을노으며

불눅한ⓒ乳房이달녀잇서

이슬매친포도송이보다더아름다워라

탐스러운ⓒ乳房을볼지어다

아아ⓒ乳房으로서달콤한젓이방울지려하누나

이째야말노哀求의情이눈물겨우고

주린ⓡ食慾이입을벌이도다

이무심한ⓡ食慾

이복스러운ⓒ乳房……

쓸쓸한심령이어 쏜살가티날러지어다

ⓛ푸른하눌에날러지어다

—「靑天의乳房」 전문

　　이 시는 "푸른 하눌"을 "어머니"의 "乳房"에 비유하여 모성적 감각과
속성을 효과적으로 표현한다. 이 시는 ㉠"어머니", ㉡"푸른하눌", ㉢"乳
房", ㉣"食慾" 등의 단어를 '회기'하는 언술 구조를 보여준다. 1～3행의
"어머니라고 / 어린마음으로가만히부르고십흔 / 푸른하눌"이라는 구절
은 시적 구도의 근간을 이룬다. 1행은 ㉠"어머니"를 2회 연속 회기하여
강조하고, 3행의 ㉡"푸른하눌"은 마지막 14행에 회기하면서 전체적 언
술 구조의 뼈대를 형성한다. "푸른하눌"에 "다스한봄이흐르"니 화자는
그것을 "乳房"으로 간주하며 애타게 갈망한다. 이 갈망은 "哀求의情"이
라는 직접적인 표현으로 나타나지만, "불눅한乳房", "탐스러운乳房",
"아아乳房", "복스러운乳房" 등 4회 변주하면서 회기하는 ㉢'유방'을 통
해서도 나타난다. 그런데 이 시의 전반부에 제시된 "어머니"－"푸른하

눌"－"乳房" 계열의 회기 구조는 11행과 12행에 회기하는 "食慾"이라는 단어와 충돌하면서 '대비적 대구'의 언술 구조를 만들어낸다. 유방에 대한 화자의 갈망은 10행의 "이새야말노哀求의情이눈물겨우고"라는 문장에 이르러 좌절과 슬픔을 겪는다. 바로 이어서 등장하는 11행의 "주린 食慾"은 '충만한 유방'과 대립하고 상충하면서 '대비적 관계'를 형성한다. 따라서 의미 맥락의 핵심은 12~13행의 "이무심한食慾 / 이복스러운乳房"이라는 구에 놓이는데, 이 두 행의 구조인 '대비적 대구'는 시 전체의 언술 구조 및 의미 맥락의 축소판이 된다. 화자는 "乳房"과 "食慾" 사이의 대립과 갈등을 거쳐서, 마지막 14~15행에서 "쓸쓸한심령이어 쏜살가티날러지어다 / 푸른하눌에날러지어다"라는 문장을 통해 "푸른하눌"의 절대성과 완전성을 향한 갈망을 지속한다.

　'대비'의 언술 구조는 구성 요소들의 '차이'를 밝히기 위해 서로 맞대어 '비교'하는 속성을 가지므로, 의미를 '상충'하거나 정서를 '긴장'시키는 미적 효과와 기능을 가진다. 따라서 '대비적 대구'는 구성 요소들이 '수직적 대립'을 통해 '상호 갈등'하면서 '이원적 구도'를 형성한다. 인용 시의 '대비적 대구'는 1~9행의 "어머니"－"푸른하눌"－"乳房" 계열의 회기와 11행과 12행에 회기하는 "食慾"이라는 단어의 대립에서 생겨난다. 전자가 충만하고 본질적인 무한성의 세계를 의미한다면, 후자는 결핍되고 부차적인 유한성의 세계를 의미한다. 이 양 극단이 '상충'하면서 '긴장'을 형성하고 '수직적 대립'을 통해 '상호 갈등'하면서 '대비적 대구'를 형성하므로, 이 시의 '변주'의 언술 구조가 가지는 구조화 원리를 '이원성의 괴리'라고 간주할 수 있을 것이다. 한편 이 시의 '대비적 대구'가 형성하는 양 극단으로서 "食慾"과 "어머니"－"푸른하눌"－"乳房"의 관계는 '쾌락 원칙'과 그것을 넘어서는 '죽음 충동', 혹은 '주이상스'의 관계로 해석할 수 있을 것이다. '쾌락 원칙'이 항상성의 원리에 의해 긴장을 해소하는 경향을 가지는 반면, '죽음 충동'은 쾌락 원칙을 돌파하여 사물과의 '주이상스'를 향하고 있다는 점에서, '쾌락 원칙'과 '죽음 충동' 혹은 '주이상스'의 관계는 '대비적 대구'의 언술 구조가 가지는 구조화 원리인 '이원성의 괴리'를 공유하고 있기 때문이다.

(A) 거믜줄로싼 灰色옷㉠을입ⓐ은 젊은사나희.
(B) 흰배암紋儀로 몸㉠을싸ⓐ민 어엽분새악시.

(C) 젊문이들은 철업시반기며 妙한춤을추도다.

(D) 아, 그러나 香爐의연긔는 가늘게떠올나라.
(E) 조요한촉불은 눈물을흘니며 써지려하는것을.

(F) 보아라, 푸른달빗과가튼 애처로은숨이아니뇨.

(C') 오, 춤추는사람들㉡의 애젊은幻象㉢이어.
(F') 눈물짓는촉불㉡의 간엷힌숨결㉢이어.

— 「舞臺」 전문

이 시의 전체적 구도는 전반부(1~2연), 중반부(3~4연), 후반부(5연)로 구성된다. 전반부와 중반부는 "무대" 위에서 춤추는 남녀의 모습과 "향로"에서 피어오르는 "촉불"의 모습을 대비적으로 묘사한다. 이 시는 1연에서 ㉠ "을"이라는 목적격 조사와 ⓐ "~ㄴ"이라는 전성 어미를 '회기'하고, 5연에서 ㉡ "~의"라는 관형격 조사와 ㉢ "~이어"라는 조사를 '회기'하는 언술 구조를 보여준다. 여기서 주목할 부분은 1연과 5연을 비교할 때 1행과 2행 사이에 상이한 언술 구조를 형성하는 점이다. 1연의 1행(A)과 2행(B)은 "거믜줄"과 "흰배암紋儀", "灰色옷을입은"과 "몸을꾸민", "젊은사나희"과 "어엽분새악시" 사이에 호응 관계가 형성되어 '대응적 대구'의 구조를 보여준다. 반면 5연의 1행(C')과 2행(F')은 "춤추는사람들"과 "눈물짓는촉불", "애젊은"과 "간엷힌", "幻象"과 "숨결" 사이에 대립적 관계가 형성되어 '대비적 대구'의 구조를 보여준다. 3연은 춤추는 남녀의 호응 관계를 통해 묘사된 전반부의 희망적이고 능동적인 상황과 대조적으로 "香爐의연긔"가 "가늘게떠" 오르며 "촉불"이 "눈물을흘니며 써지려 하는" 비극적이고 수동적인 상황을 묘사한다. 결국 이 시는 전반부의 희망적이고 능동적인 춤 장면과 중반부의 비극적이고 수동적인 촛불의 연기 장면으로 구분되면서 '대비적 대구'의 언술 구조 및 의미 맥락을 보여준다. 한편 2연(C)은 1연의 연장선에 있는 부연적 묘사이고, 4연(F)은 3연의 연장선에 있는 부연적 묘사이다. 1연((A)-(B))에서 "灰色옷을입은 젊은사나희"와 "몸을꾸민 어엽분새악시"의 모습은 2연(C)의 "젊문이들은 철업시반기며 妙한춤을추도다"라는 문장으로 수렴되고, 3연((D)-(E))의 "香爐의연긔는 가늘게떠" 오르고 "촉불은 눈물을흘니며 써지려하는 것"은 4연(F)의 "푸른달빗과가튼 애처로운씀이아니뇨"라는 문장으로 수렴되는 것이다.

이 시의 '대비적 대구'는 전반부의 춤 장면과 중반부의 촛불의 연기 장면의 대립에서 생겨난다. 그리고 전반부와 중반부의 대비적 양상은 후반부에 이르러 종합적 국면으로 전이된다. 5연 1행(C')과 2행(F') 간의 대립 관계는 "춤"의 "애젊은幻象"과 "촛불"의 "간엷힌눈물"이라는 '대비적 대구'로서 선명히 압축되는 것이다. 전자가 희망적이고 능동적인 세계를 제시한다면, 후자는 비극적이고 수동적인 세계를 제시한다. 이 양 극단이 '상충'하면서 '긴장'을 형성하고 '수직적 대립'을 통해 '상호 갈등'하면서 '대비적 대구'를 형성하므로, 이 시의 '변주'의 언술 구조가 가지는 구조화 원리를 '이원성의 괴리'라고 간주할 수 있을 것이다.

다음으로 '점층적 대구'를 살펴보자.

(A) 어느덧 가을은 깊어

들이든 뫼이든 숲이든

모다 파리해 있다

(B) 언덕우에 오뚝히 서서

개가 짖는다

날카롭게 짖는다

(C) 비ー느 들에

마른잎 태우는 연기

㉠가늘게 ㉠가늘게 떠오른다.

(D) 그대여

우리들 머리 숙이고

고요히 생각할 그때가왔다

—「쓸쓸한 시절」 전문

이 시의 전체적 구도는 (A)(1연)−(B)(2연)−(C)(3연)−(D)(4연)가 기승전결로 전개하는 '점층적 대구'의 언술 구조를 보여준다. (A)는 "가을"이 "깊어" "들"과 "뫼"와 "숲"이 "파리해 있"는 모습을 제시하고, (B)는 "개"가 "언덕우에" "서서" "날카롭게 짖는" 모습을 제시한다. (A)의 "파리해 있다"와 (B)의 "오뚝히 서서" "날카롭게 짖는다"는 상호 '대비적 관계'를 형성한다. 한편 (C)는 "비−ㄴ 들에 / 마른잎 태우는 연기"가 "가늘게 떠오"르는 모습을 제시함으로써, 이 대비적 관계를 다시 (A)의 상황으로 회귀시켜 '순환적 관계'를 형성하는 듯이 보인다. ㉠"가늘게"라는 부사를 2회 연속 회기하여 "비−ㄴ 들"에서 "떠오"르는 "마른잎 태우는 연기"의 공허감과 허전함을 강조하는 것도 이러한 느낌을 강화시킨다. 그런데 (D)에 이르면, 4연의 문장은 이 시의 구조를 '대비적 관계'나 '순환적 관계'가 아니라 '점층적 관계'로 간주하게 한다. "우리"라는 시어는 화자와 "그대"를 포괄하는 확장을 가져오고, "머리 숙이고 / 고요히 생각"하는 것은 사유에 깊이를 부여하는 심화를 가져온다. 이 확장과 심화의 모습은 (A)의 "파리해 있"는 "들"과 "뫼"와 "숲", (C)의 "비−ㄴ 들"의 "마른잎 태우는 연기"가 제시하는 퇴색하고 쇠락하는 모습도 아니고, (B)의 "날카"로운 "개"의 짖음이 제시하는 예리하고 강직한 모습도 아니다. 자아와 타자가 연대하는 공동체적 확장과 사유의 깊이로 침잠하는 심화의 움직임은 이 시의 전개 양상을 기승전결의 구도로 간주하게 한다. 특히 시적 언술의 의미가 점차 확장하면서 심화해 가는 점에서 '점층적 대구'의 언술 구조 및 의미 맥락을 가진다고 간주할 수 있을 것이다.

　'점층'의 언술 구조는 기본적으로 '병렬'의 언술 구조를 근간으로 '나열' 이나 '첨가'의 속성을 가지면서, 때로 '대비' · '대칭' · '연쇄' 등의 언술 구조를 경유하여 '비교' · '균형' · '매개' 등의 속성을 가지지만, 구성 요소들을 점진적으로 겹쳐 가면서 강하게 하거나, 크게 하거나, 높게 하여 절정에 이르게 하므로, 의미를 '강조'하거나 정서를 '강화'하는 미적 효과와 기능을 가진다. 따라서 '점층적 대구'는 구성 요소들이 '병렬적 대구'의 특성인 '등가성의 구도', '대비적 대구'의 특성인 '이원적 구도', '대칭적 대구'의 특성인 '양가적 구도', '연쇄적 대구'의 특성인 '인접적 구도' 등을 토대로 점차 단계적으로 '고양'하면서 '상승적 구도'를 형성한다. 인용 시의 '점층적 대구'는 (D)에서 (A)와 (B)의 '대비적 관계'나 (C)의 '순환적 관계'를 넘어서면서 주체의 확장과 사유의 심화를 통해 형성된다. 이처럼 인접한 이미지들 간의 의미의 병치, 대립, 순환 등을 경유하여 의미를 '강조'하면서 정서를 '강화'하는 '점층적 대구'의 구조화 원리를 '인접성의 강화'라고 간주할 수 있을 것이다.

(A)　①憧憬의비들키를놉히날려라,

　　　흰구름조으는하눌깁히에

　　　마리아의빗나는가삼이잠겨잇나니.

　　　크달은사랑을늣기는봄이되어도

　　　봄은나를버리고겻길로돌아가다,

　　　밝은웃음과강한빗갈이거리에찻건만

　　　　나의행복과자랑은微風에녹아사라젓도다.

　(B)　사람세상을등진재오래ㅅ동안

　　　　倦怠와憂鬱과後悔로된무거운보퉁이를둘너매고

　　　　가상이넓은검졈帽子를숙여쓰고

　　　　째대로호젓한어둔골목을헤매이다가

　　　　싸늘한돌담에긔대이며

　　　　窓틈으로흐르는피아노가락에귀를기우리고

　　　　追憶의幻想의神秘의 눈물을지우더니라.

　(C)　봄날허무러진砂丘위에안저

　　　　은실가티고은먼시내를바래보다가

　　　　물올은풀입을쌔물으며

　　　　외로운慰安삼아詩읊기도하더니만

　　　　그마저도얼슨연스러인저는옛쑴이되엇노라.

　(D)　아아나의고달핀 魂이어

　　　　일허진봄이다시오랴감은눈을쓰고

　　　　①憧憬의비들키를놉히날녀라.

　　　　　　　　　　　　　　　　　　—「봄하늘에 눈물이 돌다」 전문

　이 시의 전체적 구도는 (A)(1연)－(B)(2연)－(C)(3연)－(D)(4연)가 기승
전결로 전개하는 '점층적 대구'의 언술 구조를 보여준다. 시상의 전개는

봄을 상실하고 자신의 행복과 자랑이 사라짐에 대한 '한탄'(A)이 고독한 방랑 가운데 피아노 가락에 눈물짓는 '후회'(B)로 전이하고, 다시 시 읊기조차 옛 꿈이 되어버린 '곤고함'(C)으로 심화하다가, 화자가 자신의 혼을 부르며 다시 봄에 대한 동경을 추구하는 '의지'(D)로 상승한다. 따라서 이 시의 전체적인 언술 구조와 의미 맥락을 기승전결의 전개에 따른 '점층적 대구'의 유형으로 간주할 수 있다. (A), (B), (C), (D) 등의 각 연 마지막 문장의 서술어가 "녹아사라젓도다", "눈물을지우더니라", "옛꿈이되엇노라", "憧憬의비들키를놉히날녀라" 등으로 전개하는 양상을 통해서도 '점층적 대구'의 언술 구조와 의미 맥락을 확인할 수 있다.

이장희 시에서 '점층적 대구'는 '병렬적 대구'라는 '시작 유형'에서 '대비적 대구'라는 '매개 유형'을 거쳐 귀결하는 '귀착 유형'이라고 볼 수 있다. 따라서 '점층적 대구'는 '병렬적 대구'의 구조화 원리인 '등가성의 병존', '대비적 대구'의 구조화 원리인 '이원성의 괴리' 등에 '상승'적 질서를 개입시켜 의미를 '강조'하면서 정서를 '강화'하는 미적 효과와 기능을 가진다. 인용 시의 '점층적 대구'는 '한탄'(A)이 '후회'(B)로 전이하고 '곤고함'(C)으로 심화하다가 '의지'(D)로 상승하는 기승전결의 언술 구조에서 형성된다. 이처럼 인접한 이미지들 간의 의미의 병치, 대립 등을 경유하여 의미를 '강조'하면서 정서를 '강화'하는 '점층적 대구'의 구조화 원리를 '인접성의 강화'라고 간주할 수 있을 것이다. 한편 이 시에서 주목할 부분은 (A)의 1행 ①"憧憬의비들키를놉히날녀라"라는 문장이 (D)의 3행에 회기하면서 수미상관의 구성을 보여주는 것이다. 이러한 반복의 특성은 들뢰즈의 '리트로넬로' 개념과 연관할 수 있을 것이다. 왜냐하면 (A)의 1행 ①"憧憬의비들키를놉히날녀라"의 문장은 (B)와 (C)를 거쳐 (D)의 3

행에 이르러 '동일한 것의 반복'이 아니라 '차이나는 것을 반복'을 형성하기 때문이다. 따라서 이 반복은 베르그손이나 들뢰즈가 말한 '정신적 반복'에 해당한다고 볼 수 있다. 들뢰즈에 의하면, '정신적 반복'은 공존하는 상이한 수준에서 일어나는 전체의 반복으로서 옷 입은 반복이고 공존하는 반복이며 잠재적 반복이고 수직적 반복이다.

4. 맺음말

이 글은 이장희 시에 나타나는 '반복'과 '변주'의 '언술 구조'를 '미적 효과와 기능' 면에서 세밀히 분석하여 '구조화 원리'를 고찰하고자 했다. 이를 위해 이 글은 이장희 시의 '언술 구조'를 크게 부분적 표현의 영역에서 형성되는 '반복'과 부분적 표현을 연 구성으로 연결하는 영역에서 형성되는 '변주'라는 두 층위로 나눈 후, 다시 '반복'을 '단어의 회기', '문장의 회기' 등으로 세분하고, '변주'를 '병렬적 대구', '대비적 대구', '점층적 대구' 등으로 세분하여 미적 효과와 기능을 구체적으로 분석했다.

이장희의 시에는 부분적 표현의 영역에서 형성되는 '반복'의 경우로서 '단어의 회기', '문장의 회기' 등이 빈번히 등장한다. 먼저 '단어의 회기'는 「달밤 모래 우에서」, 「새한머리」, 「고양이의 쑴」 등에서 나타난다. 「달밤 모래 우에서」는 "사박"이라는 부사를 1연 2행에서 연속 4회 회기하고, 1행, 4행, 6행의 각운으로 목적격 조사 "를"을 회기함으로써 독특한 언술적 효과를 살린다. 1연의 "를"이 형성하는 환유와 2연의 "을"이 형성하는 환유는 각각 '생략'과 '결여'를 통한 '욕망의 이동'인데, 전자와 후자 사이에는 '대비적 관계'가 형성된다. 이러한 대비적 관계를 효과적으로 표현하는 언술 장치가 "를"과 "을"이라는 조화와 대비의 형태이고, 그 비극성을 강조하는 언술 장치가 1연에 4회 회기하는 "사박"이라는 부사이다. 「새한머리」는 "~마다"라는 조사를 2회 회기하고 "압흐다"라는 형용사를 4회 회기하는 언술 구조를 보여준다. "마다"는 1연에서 "날", "밤" 등의 조사로 등장하면서 시간적 지속이라는 의미를 나타내고, "압흐다"는 1연에서 2회, 2연에서 2회 회기하면서 "발버둥치는", "울기만합니다" 등의 서술어로 연결된다. 1연의 "마다"가 형성하는 은유와 1연과 2연의 "압흐다"가 형성하는 은유는 각각 '의미화 연쇄' 속에서 '기표의 대체'로 이루어지는 '의미 효과'인데, 전자와 후자 사이에는 '호응적 관계'가 형성된다. 「고양이의 꿈」은 "잇소"라는 보조 동사를 3회, "버들가지"라는 명사를 2회, "~고"라는 연결 어미를 4회 회기하는 언술 구조를 보여준다. 1연 5행에서 시간적 연속, 3연 1행에서 원인으로서 행위, 3연 3행과 4행에서 결과로서 양상 등을 제시한다는 점에서, 각각의 "~고"는 미적 효과와 기능 면에서 차이가 있다. 미적 효과와 기능 면에서 "~고"가 가지는 이러한 차이를 매개하는 동시에 증폭하는 것은 2연이다. 연결 어미 "~고"를 중심으로 형상화되는 시의 전체적 구도는 '연쇄와 대비의 이중적 구도'라고 간주할 수 있는데, 이 구도 속에는 '이원성의 괴리'와 그 '비극적 결과'가 개입하고 있다.

다음으로 '문장의 회기'는 「어느 밤」 등에서 나타난다. 「어느 밤」은 "비가 나리네"라는 문장을 중심으로 회기가 나타난다. 이 시는 짧은 시인데도 불구하고, "비가 나리네"라는 문장의 회기, 형태 면에서 시적 호흡상의 차이, 연들 간의 여백 효과, 여운과 단절이 상충하는 느낌 등을 적절히 활용하여 시적 분위기를 효과적으로 만들어 낸다. 1연과 2연에서 "비가 나리네"라는 문장의 회기는 '병렬적 관계'를 형성하면서 '의미화 연쇄' 속에서 '기표의 대체'로 이루어지는 '의미 효과'로서 의미를 강화한다.

이장희의 시에는 부분적 표현을 연 구성으로 연결하는 영역에서 형성되는 '변주'의 경우로서 '병렬적 대구', '대비적 대구', '점층적 대구' 등이 빈번히 등장한다. 먼저 '병렬적 대구'는 「비인 집」, 「봄은 고양이로다」 등에서 나타난다. 「비인 집」은 전체적으로 전반부(1~6행)와 후반부(7~8행)로 구성된다. 전반부는 1~6행에서 이미지들을 등가성을 가지고 병치하여 '병렬적 대구'의 언술 구조를 형성하고, 후반부는 시적 호흡과 언술 방식을 변화시킨다. 이 시는 대등한 이미지들을 차례로 '나열'하여 '병치'하고 의미를 '확대'하면서 정서를 '확산'하는 '병렬적 대구'를 형성하므로, 구성 요소들이 '수평적 나열'을 통해 독립성을 유지한 채 '상호 병존'하면서 '등가성의 병존'이라는 구조화 원리를 형성한다. 한편 일련의 이미지들은 프로이트적 압축, 라캉적 은유, 들뢰즈적 위장 등의 개념과 연관할 수 있고, '반복 강박'에 의한 '죽음 충동' 및 '실재'에 진입하는 '주이상스'의 개념과 연관해서 해석할 수 있다. 「봄은 고양이로다」는 (A), (B), (C), (D) 등의 각 연에 "~에"라는 처소격 조사, "가(이)"라는 주격 조사, "~도다", "~아라" 등의 종결 어미를 회기하는 언술 구조를 보여준다. 또한 이 시는 "~ㄴ 고양이의 ~에 / ~ㄴ 봄의 ~가(이) ~도다(아라)"라는 표층 구조가 각 연에서 '병행 구문'을 이루며 4회 회기하는 언술 구조를 보여주므로, (A), (B), (C), (D) 등을 병치하는 '병렬적 대구'의 전형적인 사례를 보여준다. (A), (B), (C), (D) 등 각 연의 내부에 제시된 이미지들은 '의미화 연쇄' 속에서 '기표의 대체'를 통해 '의미 효과'를 발생시키므로 프로이트적 압축, 라캉적 은유, 들뢰즈적 위장 등의 개념과 연관할 수 있다. 또한 연들 간의 관계는 대등한 문장 구조 및 이미지들을 차례로 '나열'하여 '병치'하고 의미를 '확대'하면서 정서를 '확산'하는 '병렬적 대구'를 형성하므로, 구성 요소들이 '수평적 나열'을 통해 독립성을 유지한 채 '상호 병존'하면서 '등가성의 병존'이라는 구조화 원리를 형성한다.

　다음으로 '대비적 대구'는 「靑天의 乳房」, 「舞臺」 등에서 나타난다. 「靑天의 乳房」은 "어머니", "푸른하눌", "乳房", "食慾" 등의 단어를 회기하는 언술 구조를 보여준다. 이 시의 '대비적 대구'는 1~9행의 "어머니"－"푸른하눌"－"乳房" 계열의 회기와 11행과 12행에 회기하는 "食慾"이라는 단어의 대립에서 생겨난다. 전자가 충만하고 본질적인 무한성의 세계를 의미한다면, 후자는 결핍되고 부차적인 유한성의 세계를 의미한다. 이 양 극단이 '상충'하면서 '긴장'을 형성하고 '수직적 대립'을 통해 '상호 갈등'하면서 '대비적 대구'를 형성하므로, 이 시의 '변주'의 언술 구조가 가지는 구조화 원리를 '이원성의 괴리'라고 간주할 수 있다. 한편 이시의 '대비적 대구'가 형성하는 양 극단으로서 "食慾"과 "어머니"－"푸른하눌"－"乳房"의 관계는 '쾌락 원칙'과 그것을 넘어서는 '죽음 충동', 혹은 '주이상스'의 관계로 해석할 수 있다. 「舞臺」의 전체적인 구도는 전반부 (1~2연), 중반부(3~4연), 후반부(5연)로 구성된다. 이 시는 1연에서 "을"이라는 목적격 조사와 "~ㄴ"이라는 전성 어미를 회기하고, 5연에서 "~의"라는 관형격 조사와 "~이어"라는 조사를 회기하는 언술 구조를 보여준다. 이 시는 전반부의 희망적이고 능동적인 춤 장면과 중반부의 비극적이고 수동적인 촛불의 연기 장면으로 구분되면서 '대비적 대구'의 언술 구조 및 의미 맥락을 보여준다. 그리고 전반부와 중반부의 대비적 양상은 후반부에 이르러 종합적 국면으로 전이된다. 희망적이고 능동적인 세계와 비극적이고 수동적인 세계라는 양 극단이 '상충'하면서 '긴장'을 형성하고 '수직적 대립'을 통해 '상호 갈등'하면서 '대비적 대구'를 형성하므로, 이 시의 '변주'의 언술 구조가 가지는 구성 원리를 '이원성의 괴리'라고 간주할 수 있다.

다음으로 '점층적 대구'는 「쓸쓸한 시절」, 「봄하눌에 눈물이 돌다」 등에서 나타난다. 「쓸쓸한 시절」의 전체적 구도는 (A)(1연)－(B)(2연)－(C)(3연)－(D)(4연)가 기승전결로 전개하는 '점층적 대구'의 언술 구조를 보여준다. 이 시의 '점층적 대구'는 (D)에서 (A)와 (B)의 '대비적 관계'나 (C)의 '순환적 관계'를 넘어서면서 주체의 확장과 사유의 심화를 통해 형성된다. 자아와 타자가 연대하는 공동체적 확장과 사유의 깊이로 침잠하는 심화의 움직임은 이 시의 전개 양상을 기승전결의 구도로 간주하게 한다. 이처럼 인접한 이미지들 간의 의미의 병치, 대립, 순환 등을 경유하여 의미를 '강조'하면서 정서를 '강화'하는 '점층적 대구'의 구조화 원리를 '인접성의 강화'라고 간주할 수 있다. 「봄하눌에 눈물이 돌다」의 전체적인 구도는 (A)(1연)－(B)(2연)－(C)(3연)－(D)(4연)가 기승전결로 전개하는 '점층적 대구'의 언술 구조를 보여준다. 이장희 시에서 '점층적 대구'는 '병렬적 대구'라는 '시작 유형'에서 '대비적 대구'라는 '매개 유형'을 거쳐 귀결하는 '귀착 유형'이라고 볼 수 있다. 따라서 '점층적 대구'는 '병렬적 대구'의 구조화 원리인 '등가성의 병존', '대비적 대구'의 구조화 원리인 '이원성의 괴리' 등에 '상승'적 질서를 개입시켜 의미를 '강조'하면서 정서를 '강화'하는 미적 효과와 기능을 가진다. 이 시의 '점층적 대구'는 '한탄'(A)이 '후회'(B)로 전이하고 '곤고함'(C)으로 심화하다가 '의지'(D)로 상승하는 기승전결의 언술 구조에서 형성된다. 이처럼 인접한 이미지들 간의 의미의 병치, 대립 등을 경유하여 의미를 '강조'하면서 정서를 '강화'하는 '점층적 대구'의 구조화 원리를 '인접성의 강화'라고 간주할 수 있다. (A)의 1행 "憧憬의비들키를놉히날녀라"라는 문장이 (D)의 3행에 회기하는 반복의 특성은 들뢰즈의 '리트로넬로' 개념과 연관할 수 있고, 베르그손이나 들뢰즈가 말한 '정신적 반복'에 해당한다고 볼 수 있다.

지금까지 살펴본 이장희 시의 '변주'의 언술 구조로서 '병렬적 대구', '대비적 대구', '점층적 대구' 등이 지닌 특성을 종합적으로 검토해 보자. 이장희 시 전체에서 이 세 가지 '변주'의 방식은 시기 구분과 상관없이 두루 공존하고 있으며, 빈도수도 유사하다. 이장희 시의 '변주'의 언술 구조가 보여주는 특성은 '시작 유형'인 '병렬적 대구'와 '귀착 유형'인 '점층적 대구' 사이를 '매개 유형'인 '대비적 대구'가 연결시킨다는 점이다. '매개 유형'인 '대비적 대구'는 '병렬적 대구' 및 '점층적 대구' 등의 성격을 변화시키고, 더 나아가 전체 시 세계의 언술 구조 및 의미 맥락에도 영향을 준다는 점에서 '핵심 유형'이라고 볼 수 있다. 예를 들면, '점층적 대구'로 분류한 「쓸쓸한 시절」에서 (A)의 "파리해 있다"와 (B)의 "오뚝히 서서" "날카롭게 짓는다" 사이, 「봄하눌에 눈물이 돌다」에서 (A)의 "크달은사랑을 늣기는 봄"과 "봄은나를버리고겻길로돌아가다" 사이에 '대비적 관계'가 개입하고, '반복'의 언술 구조 분석에서 살핀 「달밤 모래 우에서」에서 화자 혹은 "청개고리"와 "하눌" 및 "달" 사이에도 '대비적 관계'가 개입하며, 「어느밤」의 1연과 2연 내부에도 '대비와 조화의 이중적 관계'가 개입한다. 이러한 예들을 포함하여 이장희 시 전체에서 '대비적 대구'가 큰 비중을 차지하면서 주축을 이룬다고 볼 수 있다. 이러한 양상은 주제 의식의 측면에서 "식욕" 계열의 '쾌락 원칙'과 "어머니"—"푸른하눌"—"유방" 계열의 '죽음 충동' 혹은 '주이상스' 사이의 이율배반적 대립과 연관하는데, 언술 구조의 구조화 원리 측면에서는 '이원성의 괴리'와도 연관한다. 따라서 이 글은 이장희 시의 '변주'의 언술 구조 중에서 '병렬적 대구'와 '점층적 대구'를 기본 유형으로 간주하고, '대비적 대구'를 핵심 유형으로 간주하고자 한다.

'병렬적 대구'는 구성 요소들이 '수평적 나열'을 통해 독립성을 유지한 채 '상호 병존'하거나 '수평적 첨가'를 통해 '상호 연대'하면서 '등가적 구도'를 형성한다. 이장희의 시는 구성 요소들이 '수평적 나열'을 통해 독립성을 유지한 채 '상호 병존'하면서 '병렬적 대구'를 형성하므로, '등가성의 병존'이라는 구조화 원리를 가진다. '대비적 대구'는 구성 요소들이 '수직적 대립'을 통해 '상호 갈등'하면서 '이원적 구도'를 형성한다. 이장희의 시는 구성 요소들이 '수직적 대립'을 통해 '상호 갈등'하면서 '대비적 대구'를 형성하므로, '이원성의 괴리'라는 구조화 원리를 가진다. '점층적 대구'는 구성 요소들을 점진적으로 겹쳐 가면서 강하게 하거나, 크게 하거나, 높게 하여 절정에 이르게 하므로, 의미를 '강조'하거나 정서를 '강화'하면서 '상승적 구도'를 형성한다. 이장희 시에서 '점층적 대구'는 '병렬적 대구'의 구조화 원리인 '등가성의 병존', '대비적 대구'의 구조화 원리인 '이원성의 괴리' 등에 '상승'적 질서를 개입시켜 의미를 '강조'하고 정서를 '강화'하면서 '인접성의 강화'라는 구조화 원리를 가진다. 여기서 '대비적 대구'가 핵심 유형이므로, 이장희 시의 언술 구조가 가지는 핵심적인 구조화 원리는 '이원성의 괴리'가 된다.

결국 이장희 시에 나타나는 '반복'과 '변주'의 언술 구조는 '대비적 대구'의 구조화 원리인 '이원성의 괴리'가 중핵을 이루고, '병렬적 대구'의 구조화 원리인 '등가성의 병존' 및 '점층적 대구'의 구조화 원리인 '인접성의 강화'가 그 주위를 회전한다고 평가할 수 있다. 이처럼 방사상(放射狀)으로 결부된 '언술 구조'와 '구조화 원리'들의 다양한 계열선들 위에서 프로이트적 압축과 전위, 라캉적 은유와 환유, 들뢰즈적 위장과 전치, 쾌락 원칙, 죽음 충동, 반복 강박, 실재, 주이상스, 리트로넬로, 정신적 반복 등이 '개념적 특이점'들을 형성한다. 또한 시간의 텅 빈 형식으로서 '미래'로 이끌면서 '영원회귀'와 연관하며 '나르키소스적 자아'와 '죽음 충동'의 종합으로서 쾌락 원칙의 무-바탕을 형성하는 시간의 세 번째 종합 등도 '개념적 특이점'을 형성한다.

제2장

이상

대칭적 변주와 양가성의 영속·발산

1. 머리말

이상(李箱, 1910~1937)의 시는 그가 활동했던 당대에서 현재에 이르기까지 끊임없는 관심과 해석의 대상이 되어 왔다. 그의 시는 한국 현대시사에서 가장 많은 비평적 논쟁을 불러일으킨 텍스트라고 말할 수 있다. 이상 시에 대한 선행 연구는 정본 텍스트 확정을 위한 노력[1]을 비롯하여, 전기적 사실을 근거로 프로이트의 이론을 활용하여 시인의 무의식을 정신분석적으로 고찰하는 관점,[2] 그 연장선에서 라캉과 들뢰즈·가타리

---

1 이상, 임종국 편, 『이상 전집』, 태성사, 1959; 이상, 이어령 편, 『이상 시 전작집』, 갑인출판사, 1977; 이상, 이승훈 편, 『이상 문학전집 1─시』, 문학사상사, 1989; 이상, 김주현 편, 『이상 문학전집』, 소명출판, 2005; 이상, 권영민 편, 『이상 전집 1─시』, 뿔, 2009.
2 정귀영, 「이상 문학의 초의식 심리학」, 『현대문학』, 1973.7~9; 김종은, 「이상의 이상

등의 이론을 활용하여 텍스트의 무의식을 정신분석적 혹은 분열분석적으로 고찰하는 관점,[3] 시적 구조나 기법의 차원에서 수사학적 고찰이나 문체적 고찰을 시도하는 관점,[4] 수학·도상학·건축학 등 이상 시와 관련한 매체적 특성을 고찰하는 관점[5] 등에 이르기까지 다양한 측면에서 심층적으로 진행되어 많은 성과들[6]을 축적했다.

(理想)과 이상(異常)」,『문학사상』, 1973.9; 이승훈,「이상 시 연구─자아의 시적 변용」, 연세대 박사논문, 1983; 박진환,『정신분석으로 심층 해부한 이상 문학연구』, 조선문화사, 1998; 조두영,「정신의학에서 바라본 이상」, 권영민 편,『이상 문학연구 60년』, 문학사상사, 2001.

3 김승희,「이상 시 연구─말하는 주체와 기호성의 의미작용을 중심으로」, 서강대 박사논문, 1991; 신범순,「이상 문학에 있어서의 분열증적 욕망과 우화」,『국어국문학』 제103집, 국어국문학회, 1988; 이혜원,「이상과 윤동주 시에 나타난 주체 형성의 양상」,『우리어문연구』 제16집, 우리어문학회, 2001; 이정호,「「오감도」에 나타난 기호의 질주─라캉의 정신분석을 원용한「오감도」읽기」, 권영민 편,『이상 문학연구 60년』, 문학사상사, 2001; 신형철,「이상 시에 나타난 시선의 정치학과 거울의 주체론」,『이상 문학연구의 새로운 지평』, 역락, 2006; 함돈균,「이상 시의 아이러니와 미적 주체의 윤리학」, 고려대 박사논문, 2010.

4 고석규,「반어에 대하여」,『문학예술』, 1957.4~7; 김정은,「「오감도」의 시적 구조─이상 시의 기호 문체적 연구 서설」, 서강대 석사논문, 1981; 이승훈,「이상 시의 기법 분석」,『한국학논집』 제13호, 한양대 한국학연구소, 1989; 이태동,「이상의 시와 반어적 의미」,『문학사상』, 1997.10; 박현수,「이상 시학과『전원수첩』의 시학」, 김윤식 편,『이상 문학전집』 5, 문학사상사, 2001; 박현순,「이상 시의 수사학적 연구」, 서울대 박사논문, 2002; 김지녀,「이상 시의 아이러니 연구」, 고려대 박사논문, 2004.

5 김용운,「이상 문학에 있어서의 수학」, 김윤식 편,『이상 문학전집』 4, 문학사상사, 1995; 김명환,「이상의 시에 나타나는 수학 기호와 수식의 의미」, 권영민 편,『이상 문학연구 60년』, 문학사상사, 2001; 김민수,「시각예술의 관점에서 본 이상 시의 혁명성」, 권영민 편, 같은 책; 김용섭,「이상 시의 건축공간화」, 권영민 편, 같은 책; 윤수하,「이상 시의 상호 매체성 연구」, 전북대 박사논문, 2009.

6 앞서 언급한 논문들 이외에 이상 시에 대한 연구로 중요한 성과에 해당하는 것은 다음과 같다. 이어령,「이상론」,『문리대학보』 제3권 2호, 서울대, 1955; 임종국,「이상 연구」,『고대문화』, 고려대, 1955; 김현,「이상 시에 나타난 만남의 문제」,『자유문학』, 자유문학사, 1962; 정명환,「부정과 생성」,『한국인과 문학사상』, 일조각, 1964; 오생근,「동물 이미지를 통한 이상의 상상적 세계」,『신동아』, 1970.2; 한상규,「1930년대 모더니즘 문학의 미적 자의식─이상 문학의 경우」,『한국학보』 제55집, 일지사, 1989; 김승희,「이상 시 생산 연구」,『문학사상』, 1992.10; 김인환,「이상 시의 계보」,『기억의 계단』, 민음사, 2001; 김상환,「이상 문학의 존재론적 의미」, 권영민 편,『이상 문학연구

이 글은 선행 연구의 성과들을 토대로 이상 시에 나타나는 '반복'과 '변주'의 '언술 구조'를 '미적 효과와 기능' 면에서 세밀히 분석하여 '구조화 원리'를 고찰하고자 한다. 이상의 시를 좀 더 심층적으로 규명하기 위해서는 앞서 정리한 다양한 연구 관점들을 시적 '구조화 원리'에 대한 연구와 접목하는 것이 필요하다. 작품 자체에 대한 의미적 · 구조적 · 기법적 연구는 텍스트에 대한 엄밀한 객관적 연구로서 의의와 가치가 있지만, 여기에 작품을 형상화하는 과정에 작용하는 내면적 동력인 '생성 원리'에 대한 탐구를 보완한다면 시의 미학적 특성과 비밀을 규명하는데 도움이 될 것이다. 가시적인 시적 현상들 내부에서 시적 생명력을 부여하는 비가시적인 생성의 원리를 찾는 것은 시 창작 과정에 개입하는 의미와 기법 간의 상호 침투적 역학 관계를 탐색하는 것이기 때문이다. 따라서 이 글은 '구조'가 아닌 '구조화'라는 관점으로 이상의 시에 나타나는 '반복'과 '변주'의 '언술 구조'를 고찰하고자 한다. '구조'가 이미 형성된 실체적 존재에 대해 부여하는 용어인 반면, '구조화'는 그것을 생성하는 과정에 부여하는 용어이다. '구조화 원리'의 탐색은 작품의 정태적 구조를 고찰하는 구조주의적 탐색과는 달리 작품을 구조화하는 과정을 고찰한다는 점에서 차별성을 가진다. 시적 '구조화 원리'를 규명하는 작업은 시를 구조화하는 생성의 과정에 개입하는 원리를 포착하는 것으로서, 이미 형상화된 시적 현상인 '기법'이나 '형식'에 대한 분석에서 출발하는 '해석적 작업'을 진행하면서 그 역방향에서 진행된 '주제'나 '내용'이 언어로 형상화하는 '표현적 작업'과 만나며 충돌하는 지점에서 시적 '생성 원리'를 탐색하는 것이다.

60년』, 문학사상사, 2001.

이 글의 연구 방법은 크게 보아 앞에서 언급한 네 번째 유형인, 시적 구조나 기법의 차원에서 수사학적 고찰이나 문체적 고찰을 시도하는 관점에 해당한다고 볼 수 있다. 이 관점의 선행 연구들은 이상 시의 기법을 주로 아이러니·역설 등의 수사학적 차원이나 기호적·문체적 차원에서 탐구한 반면, 이 글은 이상 시에 나타나는 '반복'과 '변주'의 '언술 구조'를 '미적 효과와 기능'의 측면에서 분석하여 '구조화 원리'를 고찰하고자 한다. 이를 위해 이 글은 '반복'과 '변주'의 '언술 구조'에 대한 '기법적 분석'의 차원으로서 텍스트 언어학의 텍스트성인 '결속 구조', '결속성' 등을 참고하여 연구의 방법으로 활용하고, '반복'과 '변주'의 '언술 구조'에 대한 '개념적 해석'의 차원으로서 서구 사상과 정신분석학 이론인 프로이트의 '죽음 충동', '반복 강박', 라캉의 '주이상스', '실재', '상상계', '상징계', '대상 a', 들뢰즈의 '시간의 수동적 종합' 등을 참고하여 연구의 방법으로 활용하려 한다. 그러나 이 글은 이러한 이론적 요소들을 작품에 직접 대입하는 연역적 방식을 지양하고, 작품에 나타나는 구체적인 '반복'과 '변주'의 '언술 구조'를 세밀히 분석하고 해석하는 과정을 통해 '구조화 원리'를 고찰하는 귀납적 방식을 시도하고자 한다.

이상 시의 가장 기본적인 언술 구조는 '반복'이다. '반복'은 동일한 단어·구·절·문장 등을 되풀이하는 것을 의미하는데, 동일한 것의 반복, 변형을 동반하는 반복, 차이를 동반하는 반복, 생략을 동반하는 반복 등 반복의 형태에 따라 여러 하위 유형들을 포함한다. 텍스트 언어학에서 '반복'은 '회기(回起, recurrence)'의 개념으로 사용되는데, '회기'는 텍스트에 안정성을 부여하는 통사 구조, 즉 결속 구조를 강화하는 가장 기본적인 요소이다. '결속 구조'는 단어들이 문법적인 형식과 규칙에 따라 상호 관련을 맺는 언어 체계로서, 구·절·문장 등을 조립하는 방식과 구와 절 상호 간, 문장들 상호 간의 의존 관계 등을 통해 구체화된다.[7] 이 글에서는 이상 시에 나타나는 '반복'을 부분적 표현의 영역에서 형성되는 '완전 회기', '부분 회기', '병행 구문', '환언', '대용형', '생략' 등의 하위 유형을 포함하는 '회기' 기법을 중심으로 분석한다. 한편 '변주'는 시상 전개에 따르는 연 구성의 영역에서 '차이를 동반하는 반복'이라고 정의할 수 있다. 변주의 방식은 다양하지만, 이상 시에서 가장 대표적인 변주의 방식은 '대구(對句 : antithesis)'라고 볼 수 있다. '대구'는 비슷한 어조나 어세를 가진 것으로 짝 지은 둘 이상의 글귀를 구사하는 방식을 의미하는데, 한시를 비롯한 시적 언술에 많이 활용된다. '대구'의 기법은 '병행 구문'의 기법과 유사한 원리를 가지고 연 구성의 영역에서 구사되는 경향이 있으므로, 이 글에서는 '대구'를 부분적 표현의 영역인 '병행 구문'을 연 구성의 영역으로 확장하는 개념으로 사용한다. '병행 구문(竝行句文 : parallelism)'은 각 단위별로 동일한 표층 구조를 반복하되 그 구조에 새로운 구성 요소를 넣는 방식을 의미하는데, '회기'와 더불어 텍스트에 안정성을 부

---

7 '회기(回起 : recurrence)'는 구성 요소나 패턴을 단순히 반복하는 것이고, '부분 회기 (partial recurrence)'는 이미 사용한 구성 요소들을 다른 품사나 부류(예를 들어, 명사에서 동사로)로 전환해서 사용하는 것을 말한다. '병행 구문(竝行句文 : parallelism)'은 동일한 표층 구조를 반복하되 그 구조에 새로운 구성 요소를 넣어 사용하는 것이고, '환언(換言 : paraphrase)'은 같은 내용을 반복하면서 다른 표현을 사용하는 것이다. '대용형(代用形 : pro-forms)'은 독립적인 의미 내용이 없는 짧은 어사가 의미 내용을 수반하는 어사를 대치하는 것이고, '생략(ellipsis)'은 하나의 구조와 의미 내용을 반복하되 표층 표현의 일부를 빼고 사용하는 것을 말한다. '회기'는 시적 언술에 널리 사용하는 장치로서 완전 회기, 부분 회기, 병행 구문, 환언, 대용형, 생략 등의 하위 유형을 포함한다. 회기와 결속 구조에 대한 설명은 R. 보그랑드·W. 드레슬러, 김태옥·이현호 역, 『담화·텍스트 언어학 입문』, 양영각, 1991, 45~81쪽; 하인츠 파터, 이성만 역, 『텍스트의 구조와 이해』, 배재대 출판부, 2006, 39~59쪽 참고.

여하는 통사 구조, 즉 결속 구조를 강화하는 특성을 가진다.[8] '대구'는 동일한 표층 구조를 '반복'한다는 점에서 '회기'와 유사하지만, 새로운 구성요소를 삽입한다는 점에서 '변주'의 방식이 개입된다. 이때 '변주'의 방식으로 삽입하는 새로운 요소들은 '병렬', '대비', '대칭', '연쇄', '점층', '순환', '전환', '왕복', '확장', '귀결' 등 다양한 유형이 나타날 수 있다. 따라서 우리는 대구의 유형을 다양하게 설정할 수 있을 것이다.

이상의 시는 '변주'의 방식으로서 '대구'의 '단일 유형'보다 유형을 복수적으로 결합하여 복합적 구도를 형성하는 '복합 유형'이 주로 나타난다. 개별 시의 고유한 특성에 따라 '대구'의 유형이 복수적으로 결합하는 다양한 조합들이 생겨나는 것이다. 따라서 부분적 표현의 영역에서 나타나는 '반복'으로서 '회기', 부분적 표현을 연 구성으로 연결하는 영역에서 나타나는 '변주'로서 '대구', '대구'의 유형으로서 '복합 유형'의 양상 등을 종합적으로 검토할 때, 이상 시의 '반복'과 '변주'의 언술 구조가 가지는 미적 효과와 기능 및 구조화 원리를 세밀히 고찰할 수 있을 것이다. 이상의 시에는 '변주'의 '복합 유형'으로 '대칭-순환적 대구', '대칭-확장적 대구' 등이 나타난다. 따라서 이 글은 이상 시에 나타나는 '반복'과 '변주'의 '언술 구조'를 '복합 유형'으로서 '대칭-순환적 대구', '대칭-확장적 대구' 등을 중심으로 분석하면서 '개념적 해석'의 차원으로서 프로이트의 '죽

---

8   텍스트 언어학에서 '병행 구문'은 '결속 구조'를 강화하는 특성을 갖는데, 이 글은 부분적 표현의 영역인 '병행 구문'을 시상 전개에 따르는 연 구성의 영역으로 확장하는 '대구(對句)'의 기법을 통해 '결속성'의 차원을 분석한다. 따라서 이 글은 '병행 구문'과 '대구'를 매개로 표층 텍스트의 '결속 구조'에 대한 구문론적 연구를 기저 텍스트 세계의 '결속성'에 대한 의미론적 연구로 연결시켜, '의의'의 '연속성', '활성화', '연결 관계의 강도' 등의 관점들을 고려하면서 분석하고자 한다. 병행 구문과 결속 구조에 대한 설명은 R. 보그랑드·W. 드레슬러, 앞의 책, 45~81쪽; 하인츠 파터, 앞의 책, 39~59쪽 참고.

음 충동', '반복 강박', 라캉의 '주이상스', '실재', '상상계', '상징계', '대상 a',
들뢰즈의 '시간의 수동적 종합' 등의 개념들을 상호 연관적으로 고찰함
으로써, 시간, 기억, 무의식, 잠재성, 수동적 종합, 욕망, 충동 등과 관련
된 시 의식의 내면적 동력에 대한 조명을 시도하고자 한다.

2. 대칭-순환적 대구-죽음 충동과 주이상스

1930년대 아방가르드 시를 대표하는 이상의 시는 난해성으로 인해 온
전한 이해와 해독을 불허하지만, 바로 이 때문에 독자들과 연구자들의
집중적인 관심과 탐구의 대상이 되어 왔다. 특히 「오감도(烏瞰圖)」 연작
시가 그 대표적인 예가 된다. 「오감도-시 제1호」에 나타나는 '반복'과
'변주'의 '언술 구조'를 미적 효과와 기능 면에서 분석하여 시적 구조화 원
리를 탐색한다면 새로운 해석을 시도할 수 있을지 모른다. 이 시는 '변주'
의 '복합 유형'으로서 '대칭-순환적 대구'를 형성하는 중요한 사례를 보
여준다.

(A)   ①13人의兒孩가道路로疾走하오.

②(길은막다른골목이適當하오.)

(B)   ③第1의兒孩가무섭다고그리오.

③第2의兒孩도무섭다고그리오.

③第3의兒孩도무섭다고그리오.

③第4의兒孩도무섭다고그리오.

③第5의兒孩도무섭다고그리오.

③第6의兒孩도무섭다고그리오.

③第7의兒孩도무섭다고그리오.

③第8의兒孩도무섭다고그리오.

③第9의兒孩도무섭다고그리오.

③第10의兒孩도무섭다고그리오.

(B') ③第11의兒孩가무섭다고그리오

③第12의兒孩도무섭다고그리오.

③第13의兒孩도무섭다고그리오.

13人의兒孩는무서운兒孩와무서워하는兒孩와그렇게뿐이모였소.

(다른事情은없는것이차라리나았소)

(C) ④그中에1人의兒孩가무서운兒孩라도좋소.

⑤그中에2人의兒孩가무서운兒孩라도좋소.

⑤그中에2人의兒孩가무서운兒孩라도좋소.

④그中에1人의兒孩가무서운兒孩라도좋소.

(A') ②'(길은뚫린골목이라도適當하오.)

①'13人의兒孩가道路로疾走하지아니하여도좋소.

—「烏瞰圖—詩第一號」[9] 전문

이 시는 (A)(1연)―(B)(2연)―(B')(3연)―(C)(4연)―(A')(5연)로 전개하면서 '대칭-순환적 대구'를 구성하고, 그 내부에 '병행 구문'을 형성하는 언술 구조를 보여준다. 이 시의 전체적 구성은 크게 전반부((A)―(B)―(B'))와 후반부((C)―(A'))로 구분된다. 우선 (A)와 (A')는 각 1행과 2행을 역순으로 배치하고 의미를 역전하며 '대칭적 대구'를 형성하는 변형된 수미상관의 구조를 제시한다. (B)는 부분적 표현의 영역에서 동일한 표층 구조를 회기하면서 새로운 구성 요소를 삽입하는 '병행 구문'을 통해 '반복'과 '변주'의 언술 구조를 전형적으로 전개한다. 이 언술 구조는 시상 전개에 따르는 연 구성의 영역에서 고찰할 때 '병렬적 대구'보다는 '점층적 대구'라고 간주할 수 있다. 표층 구조를 이루는 ③"第~의兒孩가(도)무섭다고그리오"의 회기는 나열을 통해 병렬적 구도를 이루는 듯하지만, 새로운 구성 요소로 삽입하는 "1"에서 "10"까지의 전개가 "兒孩"들의 복수성을 증가시키는 동시에 그들의 '무서움'을 증폭하는 리듬적·의미적 효과를 만들기 때문이다.

그런데 왜 시인은 (B)에서 "第1의兒孩"에서 "第10의兒孩"까지만 제시하고, (B')에서 "第11의兒孩"에서 다시 시작하고 있을까? 이 질문은 "13"이라는 숫자가 지닌 정체와 비밀을 해명하는 데 하나의 실마리가 될 수 있다. 시인은 (B) 전체를 다시 '반복'하는 방식으로 (B')를 진술하고 있다. (B)의 첫 행에 주격 조사 "가"를 사용하고 나머지 행에서 "도"를 사용하는데, (B')의 첫 행을 시작하면서 주격 조사 "가"를 다시 사용하는 점이 이를 뒷받침한다. 이것은 일단 시인이 1~10까지를 하나의 단위로 간주하고 있음을 암시한다. 그러면 (B')에서 1~3까지만 제시한 이유는 무엇

9 이상, 이승훈 편, 앞의 책, 17~18쪽. 이하 이상 시의 인용은 이 책에 의거한다.

일까? 이것은 "1"과 "3"이라는 숫자를 중시하고 이 둘을 결합하여 "13"을 구성했다고 해석할 수 있다. 이상은 "1"과 "3"을 각각 '선'으로 표시되는 1차원의 세계와 '좌표' 혹은 '입체'로 표시되는 3차원의 세계로 이해하는 듯하다. 따라서 "13"은 1차원과 3차원이 결합된 4차원을 의미하며, '좌표' 혹은 '입체'의 공간성에 시간성을 결합한 시공간으로서 세계 전체를 상징하는 것이다. 시간성과 공간성을 결합한 세계 전체라는 관점에서 "13"은 이상이 볼 때 '완전수[10]'의 개념이라고 간주할 수 있다. 완전수가 부분에서부터 완전한 전체를 만드는 방법과 관련한다는 점에서, 이상은 "13"이라는 숫자를 통해 부분과 전체의 기하학적 관계 망을 설정하고, 당대 한국 사회 전체 혹은 세계 전체의 축소판을 형상화했다고 볼 수 있다. 이를 토대로 "13人의兒孩"는 '막다른 골목 안에 있는 모든 兒孩'이고, 당대 한국 사회, 혹은 현대사회의 인간 전체라고 해석할 수 있을 것이다.

(C)는 4개의 문장이 '회기' 및 '병행 구문'을 형성하는데, 특이하게도 1행과 4행, 2행과 3행의 문장이 '완전 회기'하는 '대칭적 대구' 및 '순환적 대구'를 형성한다. 이 구도는 '(A)(전체 상황)'에서 '(B)(점층적 대구에서 생겨나는 공포)'을 거쳐 '(B')(공포에 대한 재확인)'에 이르는 전반부에 대한 일종의 역설, 혹은 반전의 시작을 의미한다. (A)~(B')에서 서술어의 근간을 이루며 회기하는 "~하(리)오"는 하나의 정언 명제를 표현하는데, (C)부터 서술어의 근간을 이루며 회기하는 "~라(여)도좋소"는 어떤 하나의 명

---

10 '완전수(perfect number)'는 자신을 제외한 양의 약수의 합으로 표현되는 양의 정수이다. 6, 28, 496, 8128 등의 여러 짝수 완전수가 발견되었다. 고대 그리스 사람들은 6이 약수들의 합(6=1+2+3)이므로 완전한 수의 형태라고 생각했고, 피타고라스학파는 자신을 제외한 양의 약수들의 합으로 표현되는 양의 정수를 '완전수'라고 불렀다. 이들이 완전수에 관심을 기울이는 것은 부분에서부터 완전한 전체를 만드는 방법을 궁리하는 것과 일맥상통한다. 최은미, 네이버캐스트, 수학 산책 참고.

제를 결정하지 않고 다수를 모두 포용한다. 이것은 하나의 명제(doxa)를 반명제로 뒤집는 역설(para-doxa)로서, 이전의 내용 전개를 전복시키고 역전시키는 반전의 효과를 가져온다. 그런데 이것은 양식, 혹은 일 방향(bon sense)에 대항하여 다른 방향을 추구하는 것이라기보다는 그 방향성 자체를 무화하는 반양식(contre-sense)으로 이해하는 것이 타당하다. 다시 말해, 후반부((C)−(A'))의 전개는 방향성을 무화하므로 (A)~(B')의 의미 내용(sense) 전체를 무의미(non-sense)하게 만드는 것이다. 따라서 (A')에 이르러 전반부에 대한 역설, 혹은 반전이 나타나는 것이 아니라 (C)에서 이미 그 전조가 시작되었다고 볼 수 있다. ④"그中에1人의兒孩가무서운兒孩라도좋"고 ⑤"그中에2人의兒孩가무서운兒孩라도좋"다는 부정 명제는, (A)~(B')까지 유지된 "막다른골목" 안에 있는 모든 "兒孩"가 "무섭다"라는 전칭 명제에 균열을 일으키기 때문이다. 우리는 이 균열을 (A)~(B')에서 유지된 '병행 구문'의 '점층적 대구'가 (C)에서 '병행 구문'의 '대칭적 대구' 및 '순환적 대구'로 전환하는 사실에서도 확인할 수 있다. 이 '대칭적 대구' 및 '순환적 대구'는 작품 전체의 구도를 그대로 축소하여 재현하는 것이기도 하다. 그리하여 (A')는 (C)의 '역설'이 가지는 '무의미'와 '부조리'를 수렴하면서 (A)가 '역전'되는 형식으로 (A)와 '대칭'을 이루며 변형된 수미상관의 구조를 보여준다.

이 시는 전반부((A)−(B)−(B'))에서 유지된 '점층적 대구'를 후반부((C)−(A'))에서 '대칭적 대구' 및 '순환적 대구'로 연결하는 언술 구조를 보여준다. '대칭'의 언술 구조는 기본적으로 '대비'의 언술 구조와 유사하게 '비교'의 속성을 가지지만, 구성 요소들을 중심선의 상하 또는 좌우로 '균등'하게 배치하여 '균형'을 잡으므로, 의미를 '구획'하거나 정서를 '정돈'

하는 미적 효과와 기능을 가진다. 따라서 '대칭적 대구'는 구성 요소들이 '기하학적 균제'를 통해 '구조적 완결'을 보여주면서 '양가적 구도'를 형성한다. 한편 '순환'의 언술 구조는 구성 요소들을 '주기'적으로 되풀이해 '회전'시키는 속성을 가지므로, 의미를 '영속(永續)'하거나 정서를 '주술화'하는 미적 효과와 기능을 가진다. 따라서 '순환적 대구'는 구성 요소들이 '주기적 회전'을 통해 '상호 연결'하면서 '영속적 구도'를 형성한다. 인용 시는 (C)의 1~2행과 3~4행이 상호 대응하면서 전반부((A)−(B)−(B'))와 후반부((C)−(A'))를 '균등'하게 배치하여 '균형'을 잡고 의미를 '구획'하면서 정서를 '정돈'하는 '대칭적 대구'를 형성하므로, 구성 요소들이 '기하학적 균제'를 통해 '구조적 완결'을 보여주면서 '양가성의 대립'이라는 구조화 원리를 가진다고 볼 수 있다. (B) 전체를 다시 반복하는 방식으로 (B')를 진술하는 순환의 형식과 (C)의 1~4행을 ④−⑤−⑤−④로 순환시키는 형식은 '역설'을 통해 '무의미'와 '부조리'를 생성하면서 이러한 구도를 '주기적 회전'을 통해 '상호 연결'하면서 '영속적 구도'를 가지는 '순환적 대구'로 연결함으로써, '양가성의 영속'이라는 구조화 원리를 형성한다고 볼 수 있다. 결국 이 시는 전반부의 '병행 구문'이 가지는 '점층적 대구'를 (C)의 구도이자 전체적 구도인 '대칭적 대구' 및 '순환적 대구' 속에 삽입함으로써, 막다른 현대사회의 공간에서 공포를 느끼는 자아의 내면의식을 제시하는 동시에, 명제·방향·의미 등을 무화하는 무의미와 부조리까지 제시하면서, 순환 구조에서 빠져나올 수 없는 비극성과 그것에 대한 저항을 형상화하는 것이다.

　'변주'의 '복합 유형'으로서 '대칭-순환적 대구'를 형성하는 중요한 사례를 다음 시에서도 찾을 수 있다.

(A)벌판한복판에 ㉠꽃나무하나가있ⓐ소. (B)近處에는 ㉠꽃나무가 하나 도없ⓐ소 (C)ⓛ꽃나무는 제가생각하는 꽃나무를 熱心으로 생각하는 것처 럼 熱心으로 꽃을 피워가지고 섰ⓐ소 (D)ⓛ꽃나무는 제가생각하는 꽃나무 에게갈수없ⓐ소 (E)나는 막달아났ⓐ소 (F)한㉠꽃나무를爲하여 그러는것 처럼 나는참그런이상스러운흉내를 내었ⓐ소.

— 「꽃나무」 전문

이 시는 ㉠"꽃나무"라는 단어, ⓛ"꽃나무는 제가생각하는 꽃나무"라 는 절, ⓐ"~소"라는 종결 어미 등을 '회기'하는 언술 구조를 보여준다. ㉠ "꽃나무"를 총 7회 회기하고, ⓛ"꽃나무는 제가생각하는 꽃나무"를 2회 회기하면서 중첩하며, ⓐ"~소"를 6회 회기하면서 리듬적·의미적 효과 뿐만 아니라 주술적 효과까지 만들어낸다. 문장들의 관계를 주목하면, 6 개의 문장들 중에서 첫째 문장(A)와 둘째 문장(B), 셋째 문장(C)와 넷째 문장(D)가 상호 대응하고 충돌하면서 '대칭적 대구'의 언술 구조를 보여 준다. (A)와 (B)의 경우 ㉠"꽃나무"를 중심으로 "벌판한복판"과 "近處", "하나가있소"와 "하나도없소" 등이 상호 대립한다. (C)와 (D)의 경우에 는 ⓛ"꽃나무는 제가생각하는 꽃나무"를 중심으로 "꽃을 피워가지고 섰 소"와 "갈수없소"가 상호 대립한다. 이 '대칭적 대구'는 시의 숨은 비밀을 이해하는데 중요한 실마리를 제공한다. '복판 / 근처', '있음 / 없음' 등의 대립은 '꽃을 피움 / 갈 수 없음'의 대립으로 전개하면서 "제가생각하는" 이라는 의식의 자기 지향성, 혹은 자의식의 순환이 좌절되는 양상으로 귀결한다. 이 지향과 좌절은 일회적인 것이 아니라 순환적으로 반복하 는 것인데, 이 '순환적 반복'을 시적으로 형상화하는 것이 바로 '대칭적 대구'와 결부된 '순환적 대구'의 언술 구조이다. (E)"나는 막달아났소"가 지향과 좌절이 반복되는 순환의 고리에서 벗어나려는 화자의 시도라면, (F)"참그런이상스러운흉내를 내었소"는 이 탈출의 시도가 무기력한 시늉에 그칠 뿐이며, 결국 "熱心으로 생각하는" "꽃나무"를 지향하고 또 다시 좌절되는 악순환이 반복되리라는 예감을 담고 있다.

이 시는 (A)와 (B), (C)와 (D)가 상호 대응하는 '대칭적 대구'를 '순환적 대구'로 연결하는 언술 구조를 보여준다. 인용 시는 (A)와 (B), (C)와 (D)를 상호 충돌시키면서 '균형'을 잡고 의미를 '구획'하면서 정서를 '정돈'하는 '대칭적 대구'를 형성하므로, 구성 요소들이 '기하학적 균제'를 통해 '구조적 완결'을 보여주면서 '양가성의 대립'이라는 구조화 원리를 가진다고 볼 수 있다. "꽃나무"를 지향하지만 거듭 좌절되는 악순환의 형식은 이러한 구도를 '주기적 회전'을 통해 '상호 연결'하면서 '영속적 구도'를 가지는 '순환적 대구'로 연결함으로써, '양가성의 영속'이라는 구조화 원리를 형성한다고 볼 수 있다. 결국 이 시는 단어, 절, 서술 어미 등의 '회기'를 '대칭적 대구' 및 '순환적 대구'의 언술 구조와 결부함으로써, "꽃" 혹은 '또 다른 자아'에게 다가가려는 지향과 좌절의 악순환을 형상화한다. 이처럼 이상의 시가 보여주는 역설·무의미·부조리, 그리고 지향과 좌절 사이를 왕복하는 '순환적 반복'은 '반복 강박'에 의한 '죽음 충동' 및 '실재'에 진입하는 '주이상스'의 개념과 연관해서 해석할 수 있을 것이다. 명제·방향·의미 등을 무화하는 역설·무의미·부조리 등이 긴장의 완벽한 삭감을 지향하는 '죽음 충동'과 관련한다면, '또 다른 자아'에게 다가가려는 지향과 좌절을 순환적으로 반복하는 것은 '죽음 충동'에 접근하는 고통스러운 쾌락인 '주이상스' 및 '반복 강박'과 관련하기 때문이다. 따라서 이들은 시인이 시적 언어 표현에서 얻는 역설적 만족, 다시 말해 자신의 만족에서 얻는 고통을 표현하는 것이며, '쾌락 원칙'을 돌파하여 사물(事物 : Das Ding)과의 '주이상스'를 향하는 '죽음 충동'과 연관할 수 있다. 그리고 시간의 텅 빈 형식으로서 '미래'로 이끌면서 '영원회귀'와 연관하며 '나르키소스적 자아'와 '죽음 충동'의 종합으로서 쾌락 원칙의 무-바탕을 형성하는 들뢰즈의 시간의 세 번째 종합과도 연관할 수 있을 것이다.

다음 작품은 문장의 '회기'를 '대칭-순환적 대구'로 연결하면서 '죽음 충동'과 '주이상스'를 표현하는 사례를 보여준다.

(A)①꽃이보이지않는다. ②꽃이香氣롭다. ③香氣가滿開한다. (B)④나는거기墓穴을판다. ⑤墓穴도보이지않는다. ⑥보이지않는墓穴속에나는들어앉는다. ⑦나는눕는다. (C)또②꽃이香氣롭다. ①꽃은보이지않는다. ③香氣가滿開한다. (D)④나는잊어버리고再차거기墓穴을판다. ⑤墓穴은보이지않는다. ⑥보이지않는墓穴로나는꽃을깜빡잊어버리고들어간다.⑦나는정말눕는다. (E)아아. ②꽃이또香氣롭다. ①'보이지도않는꽃이-①'보이지도않는꽃이.

　　　　　　　　　　　　　　　　　　　　　　―「危篤―絶壁」전문

이 시는 ①"꽃이(은)보이지않는다", ②"꽃이香氣롭다", ③"香氣가滿開한다", ④"나는거기墓穴을판다", ⑤"墓穴도(은)보이지않는다", ⑥"보이지않는墓穴속에(로)나는들어앉는다(간다)", ⑦"나는눕는다" 등의 문장들을 '회기'하면서 문장 간의 연결을 연쇄적으로 시도한다. 그리고 시상 전개에 따라 "꽃"이 주어인 문장들과 "나"가 주어인 문장들이 '대칭적 대구'를 이루면서 '순환적'으로 전개하는 언술 구조를 보여준다. 이 시는 시적 화자인 "나"와 대상인 "꽃" 사이의 관계를 중심으로 전개한다. 전체적으로 "꽃"의 상황과 "나"의 상황을 번갈아 제시하는데, 여기서 중요한 매개가 되는 것은 "묘혈"이다. 따라서 이 시를 해석하는 관건은 "나", "꽃", "묘혈" 등의 정체와 그들 간의 관계성을 이해하는 데 있다. "꽃"의 상황과 "나"의 상황을 번갈아 제시하는 시의 구조를 의미 단락을 기준으로 나누면, (A)-(C)-(E)의 계열과 (B)-(D)의 계열로 구분할 수 있다. 여기서 (A), (C), (E) 등은 "꽃"의 상황을 진술하는 계열이고, (B), (D) 등은 "나"의 상황을 진술하는 계열인데, 이 두 계열 간에는 대립과 충돌을 포함하는 '대칭적 대구'가 성립한다.

따라서 이 시는 (A)-(C)-(E)의 계열과 (B)-(D)의 계열이 상호 대응하는 '대칭적 대구'를 전개하면서 '순환적 대구'를 개입하는 언술 구조를 보여준다. 인용 시는 "꽃"의 상황을 진술하는 (A)-(C)-(E)의 계열과 "나"의 상황을 진술하는 (B)-(D)의 계열을 상호 충돌시키면서 '균형'을 잡고 의미를 '구획'하면서 정서를 '정돈'하는 '대칭적 대구'를 형성하므로, 구성 요소들이 '기하학적 균제'를 통해 '구조적 완결'을 보여주면서 '양가성의 대립'이라는 구조화 원리를 가진다고 볼 수 있다. "꽃"이 주어인 문장들과 "나"가 주어인 문장들을 '순환적'으로 전개하는 언술 구조는 이러한 구도를 '주기적 회전'을 통해 '상호 연결'하면서 '영속적 구도'를 가지는 '순환적 대구'로 연결함으로써, '양가성의 영속'이라는 구조화 원리를 형성한다고 볼 수 있다.

(A), (C), (E) 등은 ①"꽃이보이지않는다", ②"꽃이香기롭다", ③"香氣가滿開한다" 등의 문장들을 회기하면서 변주한다. 여기서 핵심 전언은 '보이지 않는 꽃이 향기롭다'는 것인데, 시각과 후각적 지각의 모순을 야기

하는 "꽃"은 시적 자아의 무의식적 욕망의 대상이지만 현실에서는 부재하는 욕망의 원인-대상이라고 볼 수 있다. 이것은 라캉적 의미의 '대상 a'[11]와 연관할 수 있다. 즉 "꽃"은 주체가 상징계에 편입되기 위해 자신으로부터 분리한 대상이며, 따라서 자신의 결핍을 채워주리라 오인되는 욕망의 원인이다. 한편 "꽃"은 타자를 통한 주체의 소외화 과정에서 상실한 존재의 복원에 대한 가능성이며 전체성 회복에 대한 꿈이기도 하다.

이렇게 해석할 때, (B)에서 화자가 파는 "묘혈"은 단순히 "꽃"과 대립되는 죽음의 상징이 아니라, '보이지 않지만 향기로운 꽃'에 근접하려는 행위라고 해석할 수 있다. 왜냐하면 "꽃"이 주체의 결핍을 채워주리라 오인되는 욕망의 원인이고 상실한 존재의 복원 가능성이라면, "거기"에 "묘혈"을 파는 행위는 존재의 근원적 전체성에 다가가려는 지향과 좌절을 순환적으로 반복하는 것이기 때문이다. 이것은 '죽음 충동'에 접근하는 고통스러운 쾌락인 '주이상스' 개념과 관련한다고 볼 수 있다. (B)−(D)의 계열이 제시하는 것은 '보이지 않는 묘혈 속에 들어앉고 눕는다'인데, 이 행위는 "꽃"이라는 욕망의 원인-대상에 접근하는 과정에서 더 나아가 '죽음 충동'에 근접하는 고통스러운 쾌락인 '주이상스'를 경험하는 것을 의미한다. 즉 시인은 자신이 육체적으로 체험하지만 결코 말로 표현될 수 없는 정념을 강조하면서 '쾌락 원칙'을 위반하는 충동이 겪는 고통을 표현하는 것이다. 이 시가 보여주는 '반복'과 '변주'의 언술 구조는 이처

---

11 '대상 a'는 욕망이나 충동의 원인이자 대상으로서, 무와 존재를 매개하는 부재하는 원인이다. 상상계에 빠져있는 주체는 자신의 근원을 목격하는 불가능한 시선을 취하는데, 이 불가능한 시선을 '대상 a' 속에 체현함으로써 분열 없는 존재가 될 수 있을 것이라고 믿는다. 즉 '대상 a'는 주체의 분열을 봉합하는 환상적 시선이 지향하는 대상이다. 홍준기, 『라캉과 현대철학』, 문학과지성사, 1999, 179~183쪽 참고.

럼 '죽음 충동' 및 '주이상스'의 '반복 강박'적 특성을 내포하고 있다. 그리고 이러한 요소들은 시간의 텅 빈 형식으로서 '미래'로 이끌면서 '영원회귀'와 연관하며 '나르키소스적 자아'와 '죽음 충동'의 종합으로서 쾌락 원칙의 무-바탕을 형성하는 들뢰즈의 시간의 세 번째 종합과도 연관할 수 있을 것이다. (D)에 등장하는 "나는잊어버리고", "깜빡잊어버리고" 등의 구절도 이러한 해석을 뒷받침한다. 화자가 "또꽃이香기롭"고 "香氣가滿開"함에도 불구하고 그것을 "잊어버리고再차거기墓穴을" 파고, "보이지않는墓穴로" "꽃을깜빡잊어버리고들어"가는 것은, '묘혈을 파고 들어앉는 것'이 "꽃"을 추구하는 과정에서 경험하는 무의식적 경험으로서 '반복 강박'적 특성을 가지는 '죽음 충동' 및 '주이상스'와 관련됨을 보여준다. 결국 이 시는 "꽃"의 상황을 진술하는 계열과 "나"의 상황을 진술하는 계열이 '대칭적 대구'를 이루면서 '순환적 대구'로 전개하는데, 각각의 계열 내부에서 '반복'과 '변주'를 거듭하며 욕망의 원인-대상인 "꽃"에 접근하는 과정에서 '죽음 충동'에 근접하는 고통스러운 쾌락인 '주이상스'를 표현하는 것이다.

3. 대칭-확장적 대구 — 기하학적 사유에 대한 추종과 거부

이상 시에 나타나는 '변주'의 '복합 유형'으로서 '대칭-순환적 대구'뿐만 아니라 '대칭-확장적 대구'도 나타난다. 일본어 시로 발표한 「조감도(鳥瞰圖)」 연작시 중 대표적인 예가 되는 「운동」을 살펴보자.

⊙一層우에있는⊙二層우에있는⊙三層우에있는屋上庭園에올라서ⓛ
南쪽을보아도아무것도없고ⓛ北쪽을보아도아무것도없고해서屋上庭園밑
에있는ⓒ三層밑에있는ⓒ二層밑에있는ⓒ'一層으로내려간즉ⓔ東쪽으로
솟아오른太陽이西쪽에떨어지고ⓔ'東쪽에서솟아올라西쪽에떨어지고ⓔ'
東쪽에서솟아올라西쪽에떨어지고東쪽에서솟아올라하늘한복판에와있기
때문에ⓜ時計를꺼내본즉서기는했으나ⓜ時計은맞는것이지만ⓜ時計는
ⓗ나보담도젊지않으냐하는것보담은ⓗ나는時間보다도늙지아니하였다
고아무리해도믿어지는것은필시그럴것임에틀림없는고로ⓗ나는ⓜ時計
를내동댕이쳐버리고말았다.

— 「鳥瞰圖－運動」 전문

　　이 시는 ⊙"～層우에있는", ⓛ"～쪽을보아도아무것도없고", ⓒ"～層
밑에있는", ⓔ"東쪽으로솟아오른太陽이西쪽에떨어지고" 등의 구나 절
을 '병행 구문', '생략', '회기' 등을 통해 연속적으로 제시하고, ⓜ"時計",
ⓗ"나" 등 단어의 '회기'로 연결하는 언술 구조를 보여준다. 이 시는 전체
를 하나의 문장으로 구성하는데, 내용상 크게 세 가지 층위를 가진다. 첫
째는 건물의 "屋上庭園"을 정점으로 "一層", "二層", "三層" 순으로 오르
고 다시 역순으로 내려가는 상하의 수직적 층위이고, 둘째는 시적 주체
가 바라보는 "南쪽", "北쪽" 및 "太陽"이 솟아오르고 떨어지는 "東쪽", "西
쪽" 등 네 방위의 수평적 층위이며, 셋째는 "時計"의 "時間"과 시적 화자
의 '시간' 사이에서 젊고 늙음을 비교하는 시간적 층위이다. 일견 첫째와
둘째 층위는 공간적 구도이고 셋째 층위는 시간적 구도인 듯하지만, 사
실상 이 두 구도는 상호 은밀히 결합하고 있다. 즉 기하학적이고 물리학

적인 시선으로 공간성과 시간성을 결합시켜 종합적으로 근대적 시·공간을 형상화하는 것이다.

첫째 층위는 ㉠과 ㉢을 중심으로 '병행 구문'을 구사하는 '점층적 구조'와 '점강적 구조'가 대응을 이루면서 '대칭적 대구'를 형성한다. ㉠"一層우에있는", ㉠"二層우에있는", ㉠"三層우에있는" 등이 '병행 구문'을 통한 '점층적 구조'라면, ㉢"三層밑에있는", ㉢"二層밑에있는", ㉢"一層으로" 등은 '병행 구문'을 통한 '점강적 구조'이며, "屋上庭園"을 중심으로 이 두 구조가 상호 대응을 이루면서 '대칭적 대구'를 이루는 것이다. 이러한 구도는 이상 특유의 기하학적 구도를 보여주는데, 과학적 세계관에 대한 추종과 거부라는 시 전체의 주제와도 긴밀히 연관하고 있다. 둘째 층위는 ㉡과 ㉣을 중심으로 '병행 구문', '생략', '회기' 등을 구사하면서 '대칭적 대구'를 형성한다. ㉡"南쪽을보아도아무것도없고"와 ㉡"北쪽을보아도아무것도없고"에서 '병행 구문'의 표층 구조로 회기하는 "~쪽을보아도아무것도없고"는 "南"과 "北"을 망라하여 아무 것도 발견할 수 없다는 의미를 강조한다. 그리고 ㉣"東쪽으로솟아오른太陽이西쪽에떨어지고"라는 문장 다음의 두 구절은 "太陽이"를 '생략'하고 변형한 후 '회기'하는데, 이 반복은 천체의 운동 법칙에 의한 것이라는 점에서 일종의 물리학적 개념의 반복이라고 볼 수 있다.

첫째 층위와 둘째 층위의 '병행 구문', '생략', '회기' 등을 통한 '대칭적 대구' 및 기하학적·물리적 사유 틀은 셋째 층위에서 ㉤"時計"라는 단어의 '회기'로 수렴한다. ㉤"時計"는 근대적인 직선적 시간관을 표상하면서 모더니티를 지배하는 수학적·과학적 사유 방식을 대표하는 상징이라고 볼 수 있다. 셋째 층위의 언술 구조는 첫째 층위와 둘째 층위의 '대칭적 대구'를 ㉤"時計"와 ㉥"나" 간의 대립을 통한 '대칭적 대구'로 연결한다. "時計를꺼내본즉서기는했으나時間은맞는것"이라는 표현은 근대적인 직선적 시간성을 대표하는 ㉤"時計"의 "時間"이 표면적으로 맞는 것 같지만 본질적인 시간성을 간과하고 있음을 암시한다. "時計는나보담도젊지않으냐하는것보담은나는時計보다도늙지아니하였다"라는 문장은 ㉤"時計"와 ㉥"나"를 동일선 상에 놓고 젊고 늙음의 정도를 비교한다. 이 문장은 'A보담은 B이다'라는 구문 형식을 통해 ㉤"時計"와 ㉥ "나" 사이에 '대칭적 관계'를 형성하는데, 주목할 부분은 A에서 주어가 ㉤"時計"인 반면 B에서 주어는 ㉥"나"라는 사실이다. 따라서 이 문장의 속뜻은 표면적으로 시계가 화자보다 젊다고 할 수 있을지 몰라도 내면적으로는 화자가 시계보다 젊다는 것이다. 그래서 결국 "時計를내동댕이쳐버리"는 화자의 행위는 근대적인 시간성이 간과하는 본질적이고 내면적인 시간관에 대한 각성을 드러내고 있다. 셋째 층위는 이러한 의미 맥락을 '대칭적 대구'의 구도를 허물고 그 '비교'와 '대립'의 관계 및 '기하학적 균제'를 '확산'하고 '발산'하는 '확장적 대구'의 언술 구조를 통해 형상화하고 있다.

따라서 이 시는 수직적 층위인 첫째 층위와 수평적 층위인 둘째 층위가 상호 대응하는 '대칭적 대구'를 시간적 층위인 셋째 층위가 개입하면서 '확장적 대구'로 연결하는 언술 구조를 보여준다. '대칭'의 언술 구조는 기본적으로 '대비'의 언술 구조와 유사하게 '비교'의 속성을 가지지만, 구성 요소들을 중심선의 상하 또는 좌우로 '균등'하게 배치하여 '균형'을 잡으므로, 의미를 '구획'하거나 정서를 '정돈'하는 미적 효과와 기능을 가진다. 따라서 '대칭적 대구'는 구성 요소들이 '기하학적 균제'를 통해 '구조적 완결'을 보여주면서 '양가적 구도'를 형성한다. 한편 '확장'의 언술 구조는 구성 요소들을 범위나 규모 등을 늘려서 넓히는 속성을 가지므로, 의미를 '확대'하거나 정서를 '확산'하는 미적 효과와 기능을 가진다. 따라서 '확장적 대구'는 구성 요소들이 '개방적 확대'를 통해 자신을 '발산'하거나 다른 가치들을 '포섭'하는 '확산적 구도'를 형성한다. 인용 시는 수직적 층위인 첫째 층위와 수평적 층위인 둘째 층위를 상호 충돌시키면서 '균형'을 잡고 의미를 '구획'하면서 정서를 '정돈'하는 '대칭적 대구'를 형성하므로, 구성 요소들이 '기하학적 균제'를 통해 '구조적 완결'을 보여주면서 '양가성의 대립'이라는 구조화 원리를 가진다고 볼 수 있다. 시간적 층위인 셋째 층위는 첫째 층위와 둘째 층위를 지배하는 이러한 구도를 허물고 '개방적 확대'를 통해 자신을 '발산'하고 다른 가치들을 '포섭'하면서 '확산적 구도'를 가지는 '확장적 대구'로 연결함으로써, '양가성의 발산'이라는 구조화 원리를 형성한다고 볼 수 있다. 이 시는 이를 통해 기하학적·물리적 사유 틀에 균열을 내고 근대적인 시간성이 간과하는 본질적이고 내면적인 시간관에 대한 각성을 드러낸다.

기하학적·과학적 세계관에 대한 추종과 거부라는 주제, 그리고 '대칭적 대구'의 구도를 허물고 '확장적 대구'로 전개하는 언술 구조는 다음 작품에서 더 선명하게 나타난다.

(A) ㉠$\underline{1+3}$

㉡$\underline{3+1}$

㉡'$\underline{3+1}$ $\underline{1+3}$

㉠'$\underline{1+3}$ $\underline{3+1}$

     ㄱ"<u>1+3</u>   1+3

     ㄴ"<u>3+1</u>   3+1

     ㄴ<u>3+1</u>

     ㄱ<u>1+3</u>

(B) ㄷ<u>線上의點</u> A

     ㄷ<u>線上의點</u> B

     ㄷ<u>線上의點</u> C

(B') ㄹ<u>A+B+C=A</u>

     ㄹ<u>A+B+C=B</u>

     ㄹ<u>A+B+C=C</u>

(B") ㅁ<u>二線의交點</u> A

     ㅁ<u>三線의交點</u> B

     ㅁ'<u>數線의交點</u> C

(A') ㄴ<u>3+1</u>

     ㄱ<u>1+3</u>

     ㄱ'<u>1+3</u>   3+1

     ㄴ'<u>3+1</u>   1+3

     ㄴ"<u>3+1</u>   3+1

     ㄱ"<u>1+3</u>   1+3

㉠<u>1+3</u>

㉡<u>3+1</u>

(C) (太陽光線은, 凸렌즈때문에收斂光線이되어─點에있어서赫赫히빛나고
赫赫히불탔다太初의僥倖은무엇보다도大氣의層과層이이루는層으로하여
금凸렌즈되게하지아니하였던것에있다는것을생각하니樂이된다, 幾何學
은凸렌즈와같은불장난은아닐른지, 유우크리트는死亡해버린오늘유우크
리트의焦點은到處에있어서人文의腦髓를마른풀과같이燒却하는收斂作用
을羅列하는것에의하여最大의收斂作用을재촉하는危險을재촉한다, ①<u>사</u>
<u>람은</u>絶望<u>하라</u>, ②<u>사람은</u>誕生<u>하라</u>, ②<u>사람은</u>誕生<u>하라</u>, ①<u>사람은</u>絶望<u>하라</u>)
　　　　　　　　　　　　　　　　　─「三次角設計圖─線에關한覺書 2」 전문

　이 시는 수학적 기호들을 기초로 덧셈의 교환 법칙 및 선과 점의 교차
를 제시하고, 각각의 조합들을 '병행 구문'을 통해 '회기'하는 언술 구조를
보여준다. 이 시는 제목인 「삼차각설계도─선에관한각서 2」가 암시하
듯, 기호・수식・선분 등을 이용하여 유클리트 기하학 이래의 서구 이
성주의적 인식론에 대한 추구와 반발이라는 주제를 표현하고 있다. 작
품의 전체적 구성은 크게 (A)─(B)─(B')─(B")─(A')의 전반부와 (C)의
후반부로 구분된다.

　전반부의 (A)는 숫자와 덧셈의 교환 법칙을 제시하고 그 조합을 '병행
구문'을 통해 '회기'한다. ㉠"1+3"과 ㉡"3+1"의 의미는 해석의 가능성이
열려 있지만, 앞서 「오감도─시 제1호」에서 시도한 "1"과 "3"의 해석과
연속성을 가지고 해석해 볼 수 있다. 즉"1"이 상징하는 것은 1차원의 세

계이고 "3"이 상징하는 것은 3차원의 세계이며, ㉠"1+3"과 ㉡"3+1"은 1차원의 '선'과 3차원의 '좌표' 혹은 '입체'의 결합을 의미한다고 간주할 수 있다. 권영민은 이 시의 "1"과 "3"을 시간성과 공간성으로 해석하고, 더 나아가 "1+3"과 "3+1"의 수식이 사영기하학(射影幾何學)에서 이론화된 장(場)의 개념과 관련성이 있다고 지적한다. 그리고 "線上의點 A / 線上의 點 B / 線上의點 C"는 임의의 한 직선 위의 점 A, 점 B, 점 C 등을 표시한다고 이해한 후, "A+B+C=A / A+B+C=B / A+B+C=C"와 같은 식을 성립시키려면 세 점이 동일한 위치에 놓여 있을 때만 가능하다고 판단한다.[12] 이러한 해석은 이어령이 선상의 점 A, B, C 등은 보는 위치에 따라 다르지만, 위에서 본다면 A, B, C 등을 구별할 수 없다고 간주하고, 실제로 사영기하학에서는 동일 직선상의 점을 구별하지 않을 때가 있다고 지적한 내용[13]을 더 구체적으로 진전시킨 것이다.

이 글은 "1+3"을 '선'과 '좌표' 혹은 '입체'의 결합으로서 4차원의 시공간으로 해석하면서, '반복'과 '변주'의 언술 방식 및 의미 맥락에 주목하여 이 시를 분석하고자 한다. 이 시의 전반부((A) − (B) − (B') − (B'') − (A'))는 주로 '병행 구문' 및 '회기'를 통해 '대칭적 대구'의 언술 구조를 형성한다. (A)는 "1"과 "3"이 1~2행, 3~4행, 5~6행, 7~8행 등에서 대각선으로 대칭이고, ㉠"1+3"과 ㉡"3+1"은 3~4행, 5~6행 등에서 대각선으로 대칭이며, 1~4행과 5~8행으로 나누어 상하로 대칭인 동시에, 3~6행은 가운데를 기준으로 좌우로 대칭이 된다. 따라서 (A)는 "1"과 "3", ㉠"1+3"과 ㉡ "3+1", ㉡"3+1   1+3"과 ㉠"1+3   3+1" 등이 가장 작은 단위에서 큰 단위

---

12 이상, 권영민 편, 앞의 책, 281쪽.
13 이상, 이어령 편, 앞의 책, 113쪽.

까지 중층적인 '대칭 구조'의 연쇄로 구성되어 있다. 이 대칭 구조의 연쇄는 (A)에 그치지 않고 전반부 전체로 확장하면서 전체적 구성을 지배한다. 우선 (A') 전체는 (A) 전체를 변형한 '대칭'으로 구성된다. 따라서 (A')도 (A)에서 분석한 대로, "3"과 "1", ㉢"3+1"과 ㉠"1+3", ㉠'"1+3   3+1"과 ㉢'"3+1   1+3" 등이 가장 작은 단위에서 큰 단위까지 중층적인 '대칭 구조'의 연쇄로 구성되어 있다. 더 나아가 (A)와 (A')는 (B)−(B')−(B")를 중심으로 상하 변형된 대칭 구조로 되어 있으며, 크게 보면 전반부 전체가 (B')를 중심으로 상하 변형된 대칭 구조를 형성한다. 따라서 이 시는 "1"과 "3"을 비롯한 구성 요소들의 '대칭적 대구'를 근간으로 중층적이고 복합적인 기하학적 구도를 형성하고 있다.

2연, 3연, 4연은 (B)−(B')−(B")로 이어지는 연속적인 과정으로 이해할 수 있다. (B)는 세 개의 선분이 있고, 그 위에 각각 세 개의 점 A, B, C가 있다. (B')는 이 세 개의 선분을 교차하면서 그 위의 세 점인 A, B, C를 일치시키는 상황을 제시한다. 세 선분이 교차하고 세 점이 중첩되므로 ㉣"A+B+C=A", ㉣"A+B+C=B", ㉣"A+B+C=C"라는 기호식이 가능해지는 것이다. 그러면 왜 (B")에서 ㉤"二線의交點 A", ㉤"三線의交點 B", ㉤"數線의交點 C"라고 표현하는 것일까? 이것은 세 개의 선분을 교차하면서 세 점을 중첩하는 순서와 관련이 있는 것으로 보인다. 즉 (B')의 기호식을 보면, 순서상 선상의 점 A 위에 선상의 점 B가 놓이고, 다시 그 위에 선상의 점 C가 놓이는 상황으로 이해할 수 있다. 따라서 점 A의 입장에서 보면 자기 위에 선상의 점 B가 놓이므로 ㉤"二線의交點 A"가 되고, 점 B의 입장에서 보면 다시 그 위에 선상의 점 C가 놓이므로 ㉤"三線의交點 B"가 되는 것이다. 이 과정을 선분들을 조합하여 좌표를 만드는 과정으로 이해한다면, 세 개의 선분을 교차하면서 세 점을 중첩하는 3차원의 좌표축을 형성하는 것을 의미한다고 볼 수 있다. 그렇다면 이 위에 다시 네번째 선을 놓는다면 우리가 통상적으로 이해하는 좌표축을 넘어서 새로운 시·공간으로 전개할 것이다. 이처럼 좌표축의 기하학적 창안을 통한 새로운 시·공간의 전개는 무한히 반복할 수 있는데, ⓜ"數線의交點 C"가 이러한 해석을 뒷받침한다. 왜냐하면 네 선분의 중첩으로 그친다면, "四線의交點 C"라고 해야 타당하기 때문이다. 결국 이상이 이 시의 전반부에서 제시하려 한 것은 새로운 시간성과 공간성의 무한한 창안인데, 이것을 (A)에서 중층적인 '대칭 구조'의 연쇄로 표현하고, (B)−(B')−(B")에서 선분의 '중첩'과 '반복'을 통해 표현하는 것이다.

후반부인 (C)의 진술은 기하학적 창안과 기획에 대한 시적 화자의 상념을 표현하면서, 전반부의 '대칭적 대구'를 '확산'하고 '발산'하는 '확장적 대구'의 언술 구조를 제시한다. 태양 광선은 凸렌즈의 수렴 작용을 통해 에너지를 모아서 불을 일으킨다. 그런데 화자는 지구의 대기층이 凸렌즈가 되지 않아 지구가 멸망하지 않은 것을 다행이라고 생각하고, 이런 이유를 기하학에 대한 질문과 회의로 연결한다. "幾何學은凸렌즈와같은불장난은아닐른지"라는 문장은 기하학으로 대표되는 합리적·이성 중심주의적 세계관에 대한 회의를 단적으로 드러내며, 유클리트의 초점이 인문(人文) 정신을 소각하는 위험을 재촉한다는 성찰로 이어진다. 결국 이 시는 전반부인 (A)−(B)−(B')−(B")−(A')에서 기하학적 '대칭'의 '연쇄'에 의해 시·공간을 무한히 창안할 수 있다는 청사진을 제시하지만, 후반부인 (C)에서 이러한 청사진에 대한 질문과 회의를 거쳐 기하학적 세계관에 대한 부정을 드러내는 것이다. 결구를 ⓐ"사람은 絶

望하라"와 ②사람은 誕生하라"는 문장을 상호 교차적으로 2회 회기하면서 마무리하는 것은, "절망이 기교를 낳고, 기교 때문에 또 절망한다"라는 이율배반적 역설(paradox)을 상기시키면서 이러한 주제를 강조하고 있다.

이 시는 전반부((A)−(B)−(B')−(B'')−(A'))의 '대칭적 대구'를 후반부(C)의 '확장적 대구'로 연결하는 언술 구조를 보여준다. 이 시는 전반부((A)−(B)−(B')−(B'')−(A'))의 중층적이고 복합적인 기하학적 구도가 상하, 좌우, 대각선으로 '균형'을 잡고 의미를 '구획'하면서 정서를 '정돈'하는 '대칭적 대구'를 형성하므로, 구성 요소들이 '기하학적 균제'를 통해 '구조적 완결'을 보여주면서 '양가성의 대립'이라는 구조화 원리를 가진다고 볼 수 있다. 후반부인 (C)는 이러한 구도를 '개방적 확대'를 통해 자신을 '발산'하고 다른 가치들을 '포섭'하면서 '확산적 구도'를 가지는 '확장적 대구'로 연결함으로써, '양가성의 발산'이라는 구조화 원리를 형성한다고 볼 수 있다. 결국 이 시는 전반부인 (A)에서 중층적인 '대칭 구조'의 연쇄, (B)−(B')−(B'')에서 선분의 '중첩'과 '반복' 등의 기하학적 기획을 통해 새로운 시간성과 공간성을 무한한 창안할 수 있다는 청사진을 제시하지만, 후반부인 (C)에서 이러한 청사진에 대한 질문과 회의를 거쳐 기하학적 세계관에 대한 부정을 드러낸다. 전반부의 '대칭적 대구'의 구도를 허무는 후반부의 '확장적 대구'의 언술 구조를 통해 합리주의적 세계관에 대한 추종과 거부라는 주제를 형상화하는 것이다.

한편 이상 시의 주요 모티프 중 하나인 '거울'은 '대칭적 구도'를 와해하는 매개체가 된다는 점에서, 기존의 해석들과는 다른 관점에서 재해석할 필요가 있다.

(A) ㉠거울속에는소리가없소

　　저렇게까지조용한세상은참없을것이오

(B) ㉠거울속에도내게귀가있소

　　㉡내말을못알아듣는딱한귀가두개나있소

(C) ㉠거울속의나는왼손잡이오

　　㉡내握手를받을줄모르는-握手를모르는왼손잡이오

(D) ㉢거울때문에㉡나는㉠거울속의나를만져보지를못하는구료마는

　　㉢거울아니었던들㉡내가어찌㉠거울속의나를만나보기만이라도했

　　겠소

(E) ㉡나는至今거울을안가졌소마는거울속에는늘㉠거울속의내가있소

　　잘은모르지만외로된事業에골몰할께요

(F) ㉠거울속의나는참㉡나와는反對요마는

　　또꽤닮았소

　　㉡나는㉠거울속의나를근심하고診察할수없으니퍽섭섭하오

　　　　　　　　　　　　　　　　　　　　　　　　　　　—「거울」전문

이 시는 ㉠"거울 속의 나", ㉡"나", ㉢"거울" 등의 단어나 구를 '회기'하
면서 각 연마다 '대칭적 대구'를 형성하는 언술 구조를 보여준다. 지금까

지 "거울"의 모티프를 대체로 자아의 분열, 혹은 두 자아가 대립하는 매개체로 해석해 왔지만, 이것이 '대칭 구조'에 근거하는 기하학적 세계를 허물면서 와해하는 원동력이 될 수 있다는 점은 간과해 왔다. ⓛ"나"가 ㉠ "거울 속의 나"를 "만져보지를못하는" 이유는 ㉢"거울"이 기하학적 사유의 근간이 되는 '대칭 구조'를 허물면서 와해하기 때문이다. 이것은 (C)의 "거울속의나는왼손잡이오"라는 문장에서 선명히 드러난다. 기하학적 대칭 구조는 대각선으로 대칭이거나, 상하 혹은 좌우로 대칭이거나, 전체적인 구도에서 대칭을 이루어야 한다. 가장 완벽한 경우는 앞서 분석한 「삼차각설계도—선에관한각서 2」의 전반부처럼, 작은 단위에서 큰 단위까지 중층적인 대칭 구조의 연쇄를 이루는 경우일 것이다. 그러나 "거울"은 빛의 반사에 의해 영상을 만들어 내므로, 거울 밖의 ⓛ"나"와 ㉠ "거울 속의 나"가 대각선으로 대칭을 이루거나, 상하 혹은 좌우로 대칭을 이루지 못한 채, 정면을 그대로 비추어준다. 따라서 ㉠"거울 속의 나"는 ⓛ"내" "握手를받을줄모르는-握手를모르는왼손잡이"가 되고 만다.

이러한 사실은 ㉢"거울"의 이미지가 기호·수식·선분 등을 이용하여 형성되는 유클리트 기하학 이래의 서구 이성주의적 인식론을 붕괴하는 속성을 가지고 있음을 알려준다. 기하학적 대칭 구조가 와해된 ㉢"거울"을 통해 ㉠"거울 속의 나"를 "만나보"는 것은, 합리주의적 사유에 의해서는 만날 수 없는 무의식적 주체를 ㉢"거울"을 통해 만날 수 있음을 의미한다. 그러나 "거울때문에나는거울속의나를만져보지를못하는" 것처럼, ㉢"거울"을 통해 만나는 또 다른 자아는 일종의 환상의 스크린에 투사된 영상이므로 부재로서만 그 존재를 드러낸다. "거울속의나는참나와는反對요마는 / 또꽤닮았소"에서도 드러나는 이율배반성은 라캉적 의미에서 '상징계' 및 '상상계'와 '실재'의 간극을 보여준다고 해석할 수 있을 것이다.[14] 좀 더 정확히 말하면, 거울 밖의 ㉢"나"는 '상징적 주체'이고, ㉠"거울 속의 나"가 '상상적 자아'라면,[15] '실재적 주체'는 이 두 자아의 불일치와 균열 및 간극에 놓여 있는 부재하지만 실재하는 주체이다. ㉠"거울 속의 나"가 '상상적 자아'라는 해석은 (A)의 "거울속에는소리가없소"와, (B)의 "내말을못알아듣는딱한귀", (E)의 "외로된事業" 등에 의해서도 근거가 뒷받침된다. 라캉에 의하면, '상상적 자아'는 거울단계에서 거울에 비친 이미지를 자신과 동일시하여 오인하면서 최초의 소외를 경험한다. 더 나아가 인간의 욕망은 언어로 구성된 대타자의 욕망에 대한 주체적 응답인 무의식적 환상[16]을 통해 형성된다. 무의식적 환상 속에서 타자의 욕망에 응답하는 과정에서 '상징적 주체'는 자신의 진정한 욕망에서 두 번째로 소외된다.[17] 요약하면, 소외는 첫 번째로 거울단

---

14 상상계가 이미지나 영상의 세계라면, 상징계는 기호나 언어의 세계이다. 한편 실재는 상상계도 상징계도 아닌 그 무엇이다. 실재는 상징화 이전에 존재하는 불가분의 적나라한 물질성인 동시에, 대상이나 사물이 아니라 욕구의 형태로 상징적 현실에 침입하는 어떤 것이다. 억압되어 있고 무의식적으로 기능하면서 상징화에 절대적으로 저항하는 실재는 외상(trauma) 개념과 연관하며, 조우가 불가능하다는 점에 의해 죽음 충동·대상 a·주이상스 등과 연계한다. 숀 호머, 김서영 역, 『라캉 읽기』, 은행나무, 2006, 151~157쪽 참고.

15 라캉은 자아와 주체를 구별하는데, 자아가 거울에 비친 영상에서 자신의 통일적 모습을 재인식하는 허구적 심급이라면, 주체는 자신이 분열된 존재라는 것을 아는 본래적 주체이다. 홍준기, 앞의 책, 159쪽 참고.

16 '환상'은 수수께끼처럼 알 수 없는 대타자의 욕망을 채우는 상상적 각본으로서, 대타자의 결핍에 대한 보상으로 상징적 거세에 대한 은폐와 봉합으로 기능한다. 동시에 '환상'은 언어로 인해 빗겨가는 실재와 충동의 대상을 포획하기 위한 각본이다. 대타자의 욕망의 물음에 대한 대답으로 기능하면서 동시에 욕망의 구체적 실현과 관련한다는 점에서, 환상의 무대는 역설을 내포한다. 따라서 환상은 그 자체로 소외 및 분열의 차원과 해방의 차원을 동반한다고 말할 수 있다. 졸고, 「정신분석 비평과 분열분석 비평」, 『문학과 수사학』, 소명출판, 2011, 130쪽.

17 Jacques Lacan, trans, , Bruce Fink, *Écrits*, New York : Norton, 2006, pp.75~81·197~268.

계와 상상적 자아의 형성을 통하여, 두 번째로 언어와 상징적 주체의 형성을 통하여 일어난다. "소리가없소", "내말을못알아듣는귀", "외로된事業" 등은 바로 이러한 소외를 드러내는 표현들이다. 따라서 이 시에 나타나는 ㉠"거울 속의 나"를 거울단계에서 동일시를 통한 최초의 소외에 의해 형성된 '상상적 자아'라고 볼 수 있고, ㉡"나"를 대타자의 욕망에 응답하는 과정에서 자신의 진정한 욕망에서 두 번째로 소외되는 '상징적 주체'라고 해석할 수 있을 것이다.

그런데 시적 화자는 "거울속의나를근심하고診察할수없으니퍽섭섭하"다고 말하고, "거울때문에나는거울속의나를만져보지를못"한다고 말하면서도, "거울아니었던들내가어찌거울속의나를만나보기만이라도했겠"느냐고 거울의 기능에 대해 긍정적인 견해도 드러낸다. 이 장면은 '소외'에서 해방되는 '분리'[18]의 가능성을 보여준다는 점에서 주목할 만하다. 분리에서 타자는 무엇보다 먼저 '결여된 타자'이지만, 단순한 결여라기보다는 타자 안의 결여와 '존재의 결여 / 존재가 되고자 하는 열망'을 나타낸다. 따라서 화자인 ㉡"나"가 ㉠"거울 속의 나"를 만나 보기만이라도 하는 것은 '상징적 주체'가 거울에 비친 '상상적 자아'를 대면함으로써 타자의 욕망에서 분리되면서 그 간극에 존재하는 '실재적 주체'를 확인하는 가능성을 열어준다.

이 시는 ㉡"나"와 ㉠"거울 속의 나" 간에 형성되는 '대칭적 대구'를 ㉢ "거울"의 기능을 통해 '확장적 대구'로 연결하는 언술 구조를 보여준다.

---

18 '분리'는 주체가 '타자의 욕망 안에서 나는 누구인가?'라는 질문을 제기할 수 있는 지점에서 자신을 타자의 욕망에서 구별해 내는 것이다. 분리는 욕망의 영역에서 일어나며, 주체로부터 일종의 '존재의 결여 / 존재에 대한 열망'을 불러일으킨다. 숀 호머, 앞의 책, 134~139쪽 참고.

이 시는 각 연마다 ⓛ"나"와 ⓖ"거울 속의 나" 간에 '균형'을 잡고 의미를 '구획'하면서 정서를 '정돈'하는 '대칭적 대구'를 형성하므로, 구성 요소들이 '기하학적 균제'를 통해 '구조적 완결'을 보여주면서 '양가성의 대립'이라는 구조화 원리를 가진다고 볼 수 있다. '소외'에서 '분리'로 나아가는 ⓒ"거울"의 기능은 각 연마다 ⓛ"나"와 ⓖ"거울 속의 나" 간에 형성되어 있는 '대칭적 대구'를 허물고 와해하면서 '개방적 확대'를 통해 자신을 '발산'하고 다른 가치들을 '포섭'하면서 '확산적 구도'를 가지는 '확장적 대구'와 연결함으로써, '양가성의 발산'이라는 구조화 원리를 형성한다고 볼 수 있다. 결국 이 시는 '상상적 자아'와 '상징적 주체' 사이의 균열 및 간극을 통해서만 확인되는 '실재적 주체'를 형상화하고 있으며, 이상은 이러한 '실재적 주체'를 드러내기 위해 기하학적 사유의 근거인 '대칭 구조'를 붕괴시키는 ⓒ"거울"의 모티프를 활용하는 것이다.

4. 맺음말

이 글은 이상 시에 나타나는 '반복'과 '변주'의 '언술 구조'를 '미적 효과와 기능' 면에서 세밀히 분석하여 '구조화 원리'를 고찰하고자 했다. 이상의 시는 '변주'의 방식으로서 '대구'의 '단일 유형'보다 유형을 복수적으로 결합하여 복합적 구도를 형성하는 '복합 유형'이 주로 나타난다. 이 글은 이상 시에 나타나는 '변주'의 '복합 유형'을 '대칭-순환적 대구', '대칭-확장적 대구' 등을 중심으로 분석하면서 '개념적 해석'의 차원으로서 프로이트의 '죽음 충동', '반복 강박', 라캉의 '주이상스', '실재', '상상계', '상징

계’, ‘대상 a’, 들뢰즈의 ‘시간의 수동적 종합’ 등의 개념들을 상호 연관적
으로 고찰함으로써, 시간, 기억, 무의식, 잠재성, 수동적 종합, 욕망, 충동
등과 관련된 시 의식의 내면적 동력에 대한 조명을 시도하고자 했다.

　이상 시의 ‘변주’의 ‘복합 유형’으로서 ‘대칭-순환적 대구’는 「오감도-
시 제1호」, 「꽃나무」, 「위독-절벽」 등에서 나타난다. 이 시들은 공통적
으로 ‘대칭적 대구’를 형성하면서 ‘순환적 대구’와 연결하는 언술 구조를
보여준다. 「오감도-시 제1호」은 (C)의 1~2행과 3~4행이 상호 대응하
면서 전반부((A)-(B)-(B'))와 후반부((C)-(A'))를 ‘균등’하게 배치하여 ‘균
형’을 잡고 의미를 ‘구획’하면서 정서를 ‘정돈’하는 ‘대칭적 대구’를 형성
하므로, 구성 요소들이 ‘기하학적 균제’를 통해 ‘구조적 완결’을 보여주면
서 ‘양가성의 대립’이라는 구조화 원리를 가진다. (B) 전체를 다시 반복
하는 방식으로 (B')를 진술하는 순환의 형식과 (C)의 1~4행을 ④-⑤-
⑤-④로 순환시키는 형식은 ‘역설’을 통해 ‘무의미’와 ‘부조리’를 생성
하면서 이러한 구도를 ‘주기적 회전’을 통해 ‘상호 연결’하면서 ‘영속적 구
도’를 가지는 ‘순환적 대구’로 연결함으로써, ‘양가성의 영속’이라는 구조
화 원리를 형성한다. 결국 이 시는 전반부의 ‘병행 구문’이 가지는 ‘점층
적 대구’를 (C)의 구도이자 전체적 구도인 ‘대칭적 대구’ 및 ‘순환적 대구’
속에 삽입함으로써, 막다른 현대사회의 공간에서 공포를 느끼는 자아의
내면의식을 제시하는 동시에, 명제・방향・의미 등을 무화하는 무의미
와 부조리까지 제시하면서, 순환 구조에서 빠져나올 수 없는 비극성과
그것에 대한 저항을 형상화한다.

　「꽃나무」는 첫째 문장 (A)와 둘째 문장 (B), 셋째 문장 (C)와 넷째 문장
(D)를 상호 충돌시키면서 ‘균형’을 잡고 의미를 ‘구획’하면서 정서를 ‘정

돈'하는 '대칭적 대구'를 형성하므로, 구성 요소들이 '기하학적 균제'를 통해 '구조적 완결'을 보여주면서 '양가성의 대립'이라는 구조화 원리를 가진다. "꽃나무"를 지향하지만 거듭 좌절되는 악순환의 형식은 이러한 구도를 '주기적 회전'을 통해 '상호 연결'하면서 '영속적 구도'를 가지는 '순환적 대구'로 연결함으로써, '양가성의 영속'이라는 구조화 원리를 형성한다. 결국 이 시는 단어, 절, 서술 어미 등의 '회기'를 '대칭적 대구' 및 '순환적 대구'의 언술 구조와 결부함으로써, "꽃" 혹은 '또 다른 자아'에게 다가서려는 지향과 좌절의 악순환을 형상화한다. 이처럼 이상의 시가 보여주는 역설·무의미·부조리, 그리고 지향과 좌절 사이를 왕복하는 '순환적 반복'은 '반복 강박'에 의한 '죽음 충동' 및 '실재'에 진입하는 '주이상스'의 개념과 연관해서 해석할 수 있다. 그리고 시간의 텅 빈 형식으로서 '미래'로 이끌면서 '영원회귀'와 연관하며 '나르키소스적 자아'와 '죽음 충동'의 종합으로서 쾌락 원칙의 무-바탕을 형성하는 들뢰즈의 시간의 세 번째 종합과도 연관할 수 있다.

「위독－절벽」은 "꽃"의 상황을 진술하는 (A)－(C)－(E)의 계열과 "나"의 상황을 진술하는 (B)－(D)의 계열을 상호 충돌시키면서 '균형'을 잡고 의미를 '구획'하면서 정서를 '정돈'하는 '대칭적 대구'를 형성하므로, 구성 요소들이 '기하학적 균제'를 통해 '구조적 완결'을 보여주면서 '양가성의 대립'이라는 구조화 원리를 가진다. "꽃"이 주어인 문장들과 "나"가 주어인 문장들을 '순환적'으로 전개하는 언술 구조는 이러한 구도를 '주기적 회전'을 통해 '상호 연결'하면서 '영속적 구도'를 가지는 '순환적 대구'로 연결함으로써, '양가성의 영속'이라는 구조화 원리를 형성한다. 이 시에서 "꽃"은 시적 자아의 무의식적 욕망의 대상이지만 현실에서는 부재하는 욕망의 원인-대상이므로 라캉적 의미의 '대상 a'와 연관할 수 있다. 화자가 "묘혈"을 파는 행위는 존재의 근원적 전체성에 다가가려는 지향과 좌절을 순환적으로 반복하므로, '죽음 충동'에 접근하는 고통스러운 쾌락인 '주이상스' 개념과 관련한다고 볼 수 있다. 이러한 요소들은 시간의 텅 빈 형식으로서 '미래'로 이끌면서 '영원회귀'와 연관하며 '나르키소스적 자아'와 '죽음 충동'의 종합으로서 쾌락 원칙의 무-바탕을 형성하는 들뢰즈의 시간의 세 번째 종합과도 연관할 수 있다.

이상 시의 '변주'의 '복합 유형'으로서 '대칭-확장적 대구'는 「조감도-운동」, 「삼차각설계도-선에관한각서 2」, 「거울」 등에서 나타난다. 이 시들은 공통적으로 '대칭적 대구'를 형성하면서 '확장적 대구'와 연결하는 언술 구조를 보여준다. 「조감도-운동」은 수직적 층위인 첫째 층위와 수평적 층위인 둘째 층위를 상호 충돌시키면서 '균형'을 잡고 의미를 '구획'하면서 정서를 '정돈'하는 '대칭적 대구'를 형성하므로, 구성 요소들이 '기하학적 균제'를 통해 '구조적 완결'을 보여주면서 '양가성의 대립'이라는 구조화 원리를 가진다. 시간적 층위인 셋째 층위는 첫째 층위와 둘째 층위를 지배하는 이러한 구도를 허물고 '개방적 확대'를 통해 자신을 '발산'하고 다른 가치들을 '포섭'하면서 '확산적 구도'를 가지는 '확장적 대구'로 연결함으로써, '양가성의 발산'이라는 구조화 원리를 형성한다. 이 시는 이를 통해 기하학적·물리적 사유 틀에 균열을 내고 근대적인 시간성이 간과하는 본질적이고 내면적인 시간관에 대한 각성을 드러낸다.

「삼차각설계도-선에관한각서 2」는 전반부((A)-(B)-(B')-(B")-(A'))의 중층적이고 복합적인 기하학적 구도가 상하, 좌우, 대각선으로 '균형'

을 잡고 의미를 '구획'하면서 정서를 '정돈'하는 '대칭적 대구'를 형성하므로, 구성 요소들이 '기하학적 균제'를 통해 '구조적 완결'을 보여주면서 '양가성의 대립'이라는 구조화 원리를 가진다. 후반부인 (C)는 이러한 구도에 대한 질문과 회의가 '개방적 확대'를 통해 자신을 '발산'하고 다른 가치들을 '포섭'하면서 '확산적 구도'를 가지는 '확장적 대구'로 연결함으로써, '양가성의 발산'이라는 구조화 원리를 형성한다. 결국 이 시는 전반부인 (A)에서 중층적인 '대칭 구조'의 연쇄, (B)−(B')−(B")에서 선분의 '중첩'과 '반복' 등의 기하학적 기획을 통해 새로운 시간성과 공간성을 무한한 창안할 수 있다는 청사진을 제시하지만, 후반부인 (C)에서 이러한 청사진에 대한 질문과 회의를 거쳐 기하학적 세계관에 대한 부정을 드러낸다. 전반부의 '대칭적 대구'의 구도를 허무는 후반부의 '확장적 대구'의 언술 구조를 통해 합리주의적 세계관에 대한 추종과 거부라는 주제를 형상화한다.

「거울」은 각 연마다 "나"와 "거울 속의 나" 간에 '균형'을 잡고 의미를 '구획'하면서 정서를 '정돈'하는 '대칭적 대구'를 형성하므로, 구성 요소들이 '기하학적 균제'를 통해 '구조적 완결'을 보여주면서 '양가성의 대립'이라는 구조화 원리를 가진다. '소외'에서 '분리'로 나아가는 "거울"의 기능은 각 연마다 "나"와 "거울 속의 나" 간에 형성되어 있는 '대칭적 대구'를 허물고 와해하면서 '개방적 확대'를 통해 자신을 '발산'하고 다른 가치들을 '포섭'하면서 '확산적 구도'를 가지는 '확장적 대구'로 연결함으로써, '양가성의 발산'이라는 구조화 원리를 형성한다. 결국 이 시는 '상상적 자아'와 '상징적 주체' 사이의 균열 및 간극을 통해서만 확인되는 '실재적 주체'를 형상화하고 있으며, 이상은 이러한 '실재적 주체'를 드러내기 위해

기하학적 사유의 근거인 '대칭 구조'를 붕괴시키는 "거울"의 모티프를 활용한다.

지금까지 살펴본 이상 시의 '변주'의 '복합 유형'으로서 '대칭-순환적 대구', '대칭-확장적 대구' 등이 지닌 특성을 종합적으로 검토해 보자. '변주'의 '복합 유형'은 둘 이상의 대구가 결합하여 복합적 구도를 형성하는데, 주로 앞쪽에 기입된 대구의 유형이 기본적인 언술 구조 및 구조화 원리를 형성하므로, 앞쪽에 기입된 대구의 유형을 중심으로 뒤쪽에 기입된 유형과의 관계를 복합적으로 고려하는 방식으로 전체적인 특성을 고찰할 수 있다. 이상 시의 경우, '복합 유형'으로 등장하는 '대칭-순환적 대구', '대칭-확장적 대구' 등을 살펴보면, '대칭적 대구', '순환적 대구', '확장적 대구' 등이 주축을 이룬다고 볼 수 있다. 이상 시 전체에서 이 세 가지 '변주'의 방식은 시기 구분과 상관없이 두루 공존하고 있다. 이상 시의 '변주'의 언술 구조가 보여주는 특성은 '시작 유형'인 '병렬적 대구'와 '귀착 유형'인 '점층적 대구'가 나타나지 않고, '매개 유형'인 '대칭적 대구'가 기본적 유형을 이루면서 '순환적 대구'나 '확장적 대구'로 연결된다는 점이다. 이상의 시는 주로 '대칭적 대구'라는 기본적 유형을 토대로 '순환적 대구'나 '확장적 대구'로 전개하면서 특정한 주제나 의미 맥락을 집중적으로 표현한다. 이상은 '대칭-순환적 대구'와 '대칭-확장적 대구'를 집중적으로 천착함으로써 다른 시인들과 변별되는 독자적 특성을 확보하는 것이다. 따라서 이상 시의 '변주'의 언술 구조로서 '대칭-순환적 대구'와 '대칭-확장적 대구'를 '핵심 유형'으로 간주할 수 있다.

첫째, '대칭적 대구'를 '순환적 대구'로 연결하는 경우를 정리해 보자. '대칭적 대구'는 구성 요소들이 '기하학적 균제'를 통해 '구조적 완결'을 보여주면서 '양가적 구도'를 형성한다. 한편 '순환적 대구'는 구성 요소들이 '주기적 회전'을 통해 '상호 연결'하면서 '영속적 구도'를 형성한다. 「오감도-시 제1호」, 「꽃나무」, 「위독-절벽」 등에서 보듯, 이상의 시는 구성 요소들이 '기하학적 균제'를 통해 '구조적 완결'을 보여주면서 '양가적 구도'를 가지는 '대칭적 대구'를 형성하므로, '양가성의 대립'이라는 구조화 원리를 가진다. 그리고 이러한 구도를 '주기적 회전'을 통해 '상호 연결'하면서 '영속적 구도'를 가지는 '순환적 대구'로 연결함으로써, '양가성의 영속'이라는 구조화 원리를 형성한다. 이처럼 이상의 시에서 '대칭적 대구'의 '기하학적 균제'를 '주기적 회전'을 통해 '영속'하는 '순환적 대구'의 언술 구조는 현대사회의 공포, 역설·무의미·부조리 등의 순환 구조, 욕망의 원인-대상에 대한 지향과 좌절 등의 주제를 반복 강박과 죽음 충동, 실재와 대상 a와 주이상스, 미래의 영원회귀, 나르키소스적 자아와 죽음 충동의 종합, 시간의 세 번째 종합 등의 개념들과 결부하면서, '대칭적 대구'의 구조화 원리인 '양가성의 대립'을 해체하고 '양가성의 영속'이라는 구조화 원리를 형성한다.

둘째, '대칭적 대구'를 '확장적 대구'로 연결하는 경우를 정리해 보자. '대칭적 대구'는 구성 요소들이 '기하학적 균제'를 통해 '구조적 완결'을 보여주면서 '양가적 구도'를 형성한다. 한편 '확장적 대구'는 구성 요소들이 '개방적 확대'를 통해 자신을 '발산'하거나 다른 가치들을 '포섭'하는 '확산적 구도'를 형성한다. 「조감도-운동」, 「삼차각설계도-선에관한 각서 2」, 「거울」 등에서 보듯, 이상의 시는 구성 요소들이 '기하학적 균제'를 통해 '구조적 완결'을 보여주면서 '양가적 구도'를 가지는 '대칭적 대구'를 형성하므로, '양가성의 대립'이라는 구조화 원리를 가진다. 그리고 이러한 구도를 허물고 '개방적 확대'를 통해 자신을 '발산'하고 다른 가치들을 '포섭'하면서 '확산적 구도'를 가지는 '확장적 대구'로 연결함으로써, '양가성의 발산'이라는 구조화 원리를 형성한다. 이처럼 이상의 시에서 '대칭적 대구'의 '기하학적 균제'를 '개방적 확대'를 통해 '발산'하고 다른 가치들을 '포섭'하는 '확장적 대구'의 언술 구조는 근대적인 직선적 시간관, 모더니티를 지배하는 수학적·과학적 사유 방식, 기하학적 대칭의 연쇄에 의해 시·공간의 창안, 상상적 자아와 상징적 주체 사이의 간극 등을 허물고 와해하면서, '대칭적 대구'의 구조화 원리인 '양가성의 대립'을 해체하고 '양가성의 발산'이라는 구조화 원리를 형성한다.

제3장

백석

병렬적 변주와 등가성의 병존·연대

1. 머리말

백석(白石, 1912~1995)은 1930년 『조선일보』 신년 현상문예에 단편소설 「그 모(母)와 아들」이 당선되어 등단하고, 1935년에는 시 「정주성」을 『조선일보』에 발표하면서 시작 활동을 시작했다. 그는 1936년에 자비를 들여 100부 한정판으로 시집 『사슴』을 출간하고, 이후 『학풍』(1948.10)에 발표한 「남신의주 유동 박시봉방」에 이르기까지 한국 현대시사에서 농경적 모더니즘의 독창적인 시 세계를 경작했다. 그리고 분단 이후에는 북한에서 시, 동시, 동화시, 평론, 산문 등을 발표하면서 변화된 작품 세계를 보여주었다.

1930년대 농경적 모더니즘을 대표하는 백석의 시는 시집 『사슴』을 출간한 1930년대에 당대 비평가들로부터 찬반 양극의 평가를 받았다.[1] 해방 이후 백석에 대한 논의는 문학사적 논의가 주를 이루다가 1980년대에 들어서면서 내용적·주제적 연구,[2] 형식적·기법적 연구,[3] 다른 시인과의 비교 연구[4] 등이 다층적으로 진행되었다. 1987년 이후에 지속적으로 시도된 전집 간행의 성과[5]가 이러한 연구 결과들을 견인한 것은 기억할 만하다. 백석 시에 대한 선행 연구들은 다시 내용적·주제적 연구와 형

---

1 시집『사슴』에 대한 당대 비평가들의 긍정적 평가로서 김기림, 박용철 등의 글이 있고, 부정적 평가로서 오장환, 임화 등의 글이 있다. 김기림, 「『사슴』을 읽고-백석 시집 독후감」, 『조선일보』, 1936.1.29; 박용철, 「백석 시집『사슴』평」, 『박용철 전집』 2, 동광당서점, 1940, 121~124쪽; 오장환, 「백석론」, 『풍림』, 1937.4, 19쪽; 임화, 「문학상의 지방주의 문제」, 『조광』, 1936.10, 174쪽.

2 백석 시에 대한 내용적·주제적 연구로서 중요한 성과에 해당하는 글은 다음과 같다. 이동순, 「민족시인 백석의 주체적 시 정신」, 『백석 시전집』, 창작과비평사, 1987; 신범순, 「백석의 공동체적 신화와 유랑의 의미」, 『분단시대』 제4집, 학민사, 1988; 유재천, 「백석 시 연구」, 『1930년대 민족문학의 인식』, 한길사, 1990; 김재용, 「근대인의 고향상실과 유토피아의 염원」, 『백석 전집』, 실천문학사, 1997; 오세영, 「떠돌이와 고향의 의미-백석론」, 『한국 현대시인 연구』, 월인, 2003.

3 백석 시에 대한 형식 및 기법론적 연구로서 중요한 성과에 해당하는 글은 다음과 같다. 김명인, 「백석시고」, 『우보 전병두박사 화갑기념논문집』, 1983; 최두석, 「백석의 시 세계와 창작 방법」, 『우리 시대의 문학』 제6집, 문학과지성사, 1987; 김헌선, 「한국시가의 엮음과 백석 시의 변용」, 『한국 현대시인 연구』, 신아, 1988; 고형진, 「백석 시와 엮음의 미학」, 박노준·이창민 외, 『현대시의 전통과 창조』, 열화당, 1998; 정효구, 「백석 시의 정신과 방법」, 『한국학보』, 1989 겨울; 이숭원, 「풍속의 시화와 눌변의 미학」, 『백석』, 새미, 1996; 송종원, 「백석 시의 언술 특성 연구」, 고려대 석사논문, 2006; 이숭원, 『백석 시의 심층적 탐구』, 태학사, 2006; 고형진, 『백석 시를 읽는다는 것』, 문학동네, 2013.

4 백석 시를 다른 시인들과 비교한 연구로서 중요한 성과에 해당하는 글은 다음과 같다. 김명인, 「1930년대 시의 구조 연구」, 고려대 박사논문, 1985; 심재휘, 「1930년대 후반기 시 연구」, 고려대 박사논문, 1997; 최학출, 「1930년대 한국 모더니즘 시의 근대성과 주체의 욕망체계에 대한 연구」, 서강대 박사논문, 1995; 이경수, 「한국 현대시의 반복 기법과 언술 구조」, 고려대 박사논문, 2002.

5 백석, 이동순 편, 『백석 시전집』, 창작과비평사, 1987; 백석, 김학동 편, 『백석 전집』, 새문사, 1990; 백석, 송준 편, 『백석 시전집』, 학영사, 1995; 백석, 정효구 편, 『백석』, 문학세계사, 1996; 백석, 김재용 편, 『백석 전집』, 실천문학사, 1997·2003·2011; 백석, 이숭원 주해, 이지나 편, 『원본 백석 시집』, 깊은샘, 2006; 백석, 고형진 편, 『정본 백석 시집』, 문학동네, 2007; 백석, 이동순·김문주·최동호 편, 『백석문학전집 1-시』, 서정시학, 2012.

식적·기법적 연구로 대별되는데, 이것은 리얼리즘과 모더니즘의 대립 구도 속에서 연구되어온 경향과 연관할 수 있다. 백석의 인생관이나 세계관에 주목한 내용적·주제적 연구는 그의 시에서 전통 지향성을 주목하고 그 하위 범주로서 토속적 소재와 시어, 풍속의 재구, 연약한 존재에 대한 연민, 식민지 치하의 궁핍에서 비롯된 유랑 의식, 민족적 정체성, 북방 정서 등을 탐구했는데, 이는 리얼리즘적 연구의 관점과 연계되었다. 한편 백석의 시적 형상화 기법에 주목한 형식적·기법적 연구는 그의 시에서 표현의 양식적 특성에 주목하고 그 하위 범주로서 이미지즘의 영향, 객관주의, 시적 대상과의 거리감, 독특한 산문 투의 어조, 병렬적·나열적 부연, 감정의 절제 등을 탐구했는데, 이는 모더니즘적 연구의 관점과 연계되었다.

이 글은 선행 연구의 성과들을 토대로 백석 시에 나타나는 '반복'과 '변주'의 '언술 구조'를 '미적 효과와 기능' 면에서 세밀히 분석하여 '구조화 원리'를 고찰하고자 한다. 이를 위해 이 글은 텍스트 언어학에서 표층 텍스트의 '결속 구조'에 해당하는 기법들을 참고하여 백석 시의 '반복'을 분석하고, 표층 텍스트의 '결속 구조'가 기저 텍스트 세계의 '결속성'으로 연결되는 관점들을 참고하여 백석 시의 '변주'를 분석한다.

백석 시의 가장 기본적인 언술 구조는 '반복'이다. '반복'은 동일한 단어·구·절·문장 등을 되풀이하는 것을 의미하는데, 동일한 것의 반복, 변형을 동반하는 반복, 차이를 동반하는 반복, 생략을 동반하는 반복 등 반복의 형태에 따라 여러 하위 유형들을 포함한다. 텍스트 언어학에서 '반복'은 '회기(回起 : recurrence)'의 개념으로 사용되는데, '회기'는 텍스트에 안정성을 부여하는 통사 구조, 즉 결속 구조를 강화하는 가장 기본적인 요소이다. '결속 구조'는 단어들이 문법적인 형식과 규칙에 따라 상호 관련을 맺는 언어 체계로서, 구·절·문장 등을 조립하는 방식과 구와 절 상호 간, 문장들 상호 간의 의존 관계 등을 통해 구체화된다.[6] 이 글에서는 백석 시에 나타나는 '반복'을 부분적 표현의 영역에서 형성되는 '완전 회기', '부분 회기', '병행 구문', '환언', '대용형', '생략' 등의 하위 유형을 포함하는 '회기' 기법을 중심으로 분석한다. 한편 '변주'는 시상 전개에 따르는 연 구성의 영역에서 '차이를 동반하는 반복'이라고 정의할 수 있다. 변주의 방식은 다양하지만, 백석의 시에서 가장 대표적인 변주의 방식은 '대구(對句 : antithesis)'라고 볼 수 있다. '대구'는 비슷한 어조나 어세를 가진 것으로 짝 지은 둘 이상의 글귀를 구사하는 방식을 의미하는데, 한시를 비롯한 시적 언술에 많이 활용된다. '대구'의 기법은 '병행 구문'의 기법과 유사한 원리를 가지고 연 구성의 영역에서 구사되는 경향이 있으므로, 이 글에서는 '대구'를 부분적 표현의 영역인 '병행 구문'을 연 구성의 영역으로 확장하는 개념으로 사용한다. '병행 구문(竝行句文 : parallelism)'은 각 단위별로 동일한 표층 구조를 반복하되 그 구조에 새로

---

6   '회기(回起 : recurrence)'는 구성 요소나 패턴을 단순히 반복하는 것이고, '부분 회기 (partial recurrence)'는 이미 사용한 구성 요소들을 다른 품사나 부류(예를 들어, 명사에서 동사로)로 전환해서 사용하는 것을 말한다. '병행 구문(竝行句文, parallelism)'은 동일한 표층 구조를 반복하되 그 구조에 새로운 구성 요소를 넣어 사용하는 것이고, '환언 (換言 : paraphrase)'은 같은 내용을 반복하면서 다른 표현을 사용하는 것이다. '대용형 (代用形 : pro-forms)'은 독립적인 의미 내용이 없는 짧은 어사가 의미 내용을 수반하는 어사를 대치하는 것이고, '생략(ellipsis)'은 하나의 구조와 의미 내용을 반복하되 표층 표현의 일부를 빼고 사용하는 것을 말한다. '회기'는 시적 언술에 널리 사용하는 장치로서 완전 회기, 부분 회기, 병행 구문, 환언, 대용형, 생략 등의 하위 유형을 포함한다. 회기와 결속 구조에 대한 설명은 R. 보그랑드·W. 드레슬러, 김태옥·이현호 역, 『담화·텍스트 언어학 입문』, 양영각, 1991, 45~81쪽; 하인츠 파터, 이성만 역, 『텍스트의 구조와 이해』, 배재대 출판부, 2006, 39~59쪽 참고.

운 구성 요소를 넣는 방식을 의미하는데, '회기'와 더불어 텍스트에 안정성을 부여하는 통사 구조, 즉 결속 구조를 강화하는 특성을 가진다.[7] '대구'는 동일한 표층 구조를 '반복'한다는 점에서 '회기'와 유사하지만, 새로운 구성 요소를 삽입한다는 점에서 '변주'의 방식이 개입된다. 이때 '변주'의 방식으로 삽입하는 새로운 요소들은 '병렬', '대비', '대칭', '연쇄', '점층', '순환', '전환', '왕복', '확장', '귀결' 등 다양한 유형이 나타날 수 있다. 따라서 우리는 대구의 유형을 다양하게 설정할 수 있을 것이다.

이 글은 이러한 방법에 따라 백석 시의 '언술 구조'를 크게 부분적 표현의 영역에서 형성되는 '반복'과 부분적 표현을 연 구성으로 연결하는 영역에서 형성되는 '변주'라는 두 층위로 나눈 후, 다시 '반복'을 '단어의 회기', '구·절의 회기', '문장의 회기' 등으로 세분하고, '변주'를 '병렬적 대구', '연쇄적 대구', '점층적 대구' 등으로 세분하여 미적 효과와 기능을 구체적으로 분석하고자 한다. 결국 이 글은 백석 시에 나타나는 '반복'과 '변주'의 언술 구조를 미적 효과와 기능을 중심으로 분석하여 구조화 원리를 고찰함으로써, 시간, 기억, 무의식, 잠재성, 수동적 종합, 욕망, 충동 등과 관련된 시 의식의 내면적 동력에 대한 조명을 시도하고자 한다.

---

[7] 텍스트 언어학에서 '병행 구문'은 '결속 구조'를 강화하는 특성을 갖는데, 이 글은 부분적 표현의 영역인 '병행 구문'을 시상 전개에 따르는 연 구성의 영역으로 확장하는 '대구(對句)'의 기법을 통해 '결속성'의 차원을 분석한다. 따라서 이 글은 '병행 구문'과 '대구'를 매개로 표층 텍스트의 '결속 구조'에 대한 구문론적 연구를 기저 텍스트 세계의 '결속성'에 대한 의미론적 연구로 연결시켜, '의의'의 '연속성', '활성화', '연결 관계의 강도' 등의 관점들을 고려하면서 분석하고자 한다. 병행 구문과 결속 구조에 대한 설명은 R. 보그랑드·W. 드레슬러, 앞의 책, 45~81쪽; 하인츠 파터, 앞의 책, 39~59쪽 참고.

2. 반복 1 – 단어의 회기

백석의 시에는 부분적 표현의 영역에서 형성되는 '반복'의 경우로서 '단어의 회기', '구·절의 회기', '문장의 회기' 등이 빈번히 등장한다. 이 절에서는 '단어의 회기'에 대해 살피기로 한다. '단어의 회기'는 다시 '명사·관형사의 회기'와 '조사의 회기'로 나눌 수 있다.

먼저 '명사·관형사의 회기'를 살펴보자.

> 산골집은 대들보도 기둥도 문살도 ㉠자작나무다
>
> 밤이면 캥캥 여우가 우는 산(山)도 ㉠자작나무다
>
> 그 맛있는 모밀국수를 삶는 장작도 ㉠자작나무다
>
> 그리고 감로(甘露)같이 단샘이 솟는 박우물도 ㉠자작나무다
>
> 산(山) 너머는 평안도 땅도 뵈인다는 이 산(山)골은 온통 ㉠자작나무다
>
> ― 「백화(白樺)」[8] 전문

이 시는 ㉠"자작나무"라는 명사를 1~5행의 각 행에 '회기'하는 언술 구조를 보여준다. 총 5번 회기하는 "자작나무다"라는 서술어는 일차적으로 시의 배경이 되는 "산골"과 "산골집"이 "온통" 자작나무로 뒤덮여 있다는 상황을 시각적으로 형상화하지만, 더 중요한 기능은 시적 시선의 왕복적 이동을 유도하는 줌렌즈의 중심축 역할을 하는 것이다. 1행의 시적 시선이 "산골집"의 세부를 이루는 "대들보", "기둥", "문살" 등을 바라

---

8 백석, 이동순·김문주·최동호 편, 앞의 책, 119쪽. 이하 백석 시의 인용은 이 책에 의거한다.

보는 미시적 시선이라면, 2행의 시적 시선은 "여우가 우는 산"으로 확대되며 거시적 시선으로 이동한다. 그리고 이 시선은 3행의 "맛있는 모밀국수를 삶는 장작"에서 다시 미시적 시선으로 옮겨온 후 4행에서 "단샘이 솟는 박우물"로 확대하고, 5행에 이르러 "평안도 땅도 뵈인다는" "산너머"로 더 넓게 확대한다. 이처럼 시적 시선을 줌렌즈처럼 당기고 밀어서 시야를 좁히고 넓히는 장면에서 화면을 고정하는 중심축의 역할을 "자작나무"라는 명사의 회기가 담당하는 것이다.

1~5행의 각 행은 "~도 자작나무다"라는 표층 구조를 반복하면서 새로운 구성 요소들을 넣는 '병행 구문'의 방식을 보여준다. ㉠"자작나무"라는 단어가 시적 시선의 중심축 역할을 한다면, 새로운 구성 요소로 개입하는 이미지들은 이 중심축과 근거리 및 원거리의 시선으로 연결되어 있다. 이들 중에서 "산골집"의 "대들보"와 "기둥"과 "문살", "모밀국수를 삶는 장작", "단샘이 솟는 박우물" 등은 '기표의 대체'를 통해 ㉠"자작나무"와 속성상 질적인 공유점을 가지고 '통합'되므로 프로이트적 압축, 라캉적 은유, 들뢰즈적 위장 등의 개념과 연관할 수 있다. 한편 "여우가 우는 산", "이 산골" 등은 ㉠"자작나무"와 영역상 전체와 부분의 관계를 이루므로 수사학적 제유의 개념, 또는 프로이트적 전위, 라캉적 환유, 들뢰즈적 전치 등의 개념과 연관할 수 있다. 따라서 ㉠"자작나무"를 중심으로 회기하는 이 시의 언술 구조는 수사학적 개념의 은유와 제유, 정신분석적 개념의 압축과 전위, 은유와 환유, 위장과 전치 등을 중층적으로 결합하면서 시적 시선의 원근법을 시도하고 있다.[9]

---

9   이외에도 '명사의 회기'가 나타나는 경우로 「여우난곬족」의 "고무", 「고야」의 "조마구",
    「가즈랑집」의 "가즈랑집 할머니", 「오리 망아지 토끼」의 "아배", 「선우사」의 "우리들"

섯달에 ㉠내빌㉡날들어서 ㉠내빌㉡날밤에 눈이오면 이밤엔 쌔하얀할미
귀신의 눈귀신도 ㉠내빌㉢눈을받노라 못난다는말을 든든히여기며 엄매와
나는 앙궁㉣읗에 떡돌㉣읗에 곱새담㉣읗에 함지에 버치며 대냥푼을놓고
치성이나드리듯이 정한마음으로 ㉠내빌㉢눈 약눈을 받는다 이 눈세기㉤
물을 ㉠내빌㉤물이라고 제주병에 진상항아리에 채워두고는 해를묵여가며
고뿔이와도 배앓이를해도 갑피기를 앓어도 먹을㉤물이다

—「고야(古夜)」 부분

이 시는 ㉠"내빌"이라는 관형사, ㉡"날", ㉢"눈", ㉣"읗", ㉤"물" 등의
명사를 '회기'하는 언술 구조를 보여준다. 이 단어들의 회기는 일차적으
로 구술적 화법이 가진 속성으로서 첨가적이고 집합적이며 다변적인 특
성[10]을 보여주면서 흥겨운 리듬을 조성한다. 이 회기의 구조는 섯달에
눈 녹은 물을 마시면 건강해진다는 민간요법이 농촌 공동체의 전통으로
계승된다는 의미까지 암시한다. 납일[11] 밤에 대한 화자의 진술은 ㉠"내
빌"이라는 관형사, ㉡"날", ㉢"눈", ㉣"읗", ㉤"물" 등 명사의 회기를 통해
합리적 사고로 이해되지 않는 신비적이고 신성한 가치를 부각시킨다. 1
년 동안의 일들을 신에게 고하고 눈 녹은 물을 신비한 약물로 받는 행위

등을 들 수 있다.

10 월터 J. 옹은 구술문화의 특성들을 '종속적이기보다는 첨가적이다', '분석적이기보다
는 집합적이다', '장황하거나 다변적이다', '보수적이거나 전통적이다', '인간의 생활세
계에 밀착한다', '논쟁적인 어조가 강하다', '객관적 거리 유지보다는 감정 이입적 또는
참여적이다', '항상성이 있다', '추상적이기보다는 상황 의존적이다' 등으로 설명한다. 월
터 J. 옹, 임명진·이기우 역,『구술문화와 문자문화』, 문예출판사, 1995, 61~96쪽 참고.

11 '납일(臘日)'은 민간이나 조정에서 조상이나 종묘 또는 사직에 제사 지내던 날이다. 동
지 뒤의 셋째 술일(戌日)에 지냈으나, 조선 태조 이후에는 동지 뒤 셋째 미일(未日)로
정했다. 국립국어원 표준국어대사전 참고.

에는 우주와 자연의 정령과 교감하는 인간의 겸손한 마음과 신성한 가치에 대한 존중이 담겨있다.

㉠"내빌"이라는 관형사는 ㉡"날", ㉢"눈", ㉣"물" 등의 명사를 공통적으로 수식하면서 "내빌날", "내빌눈", "내빌물" 등을 형성한다. 여기서 ㉠"내빌"의 회기는 공통분모로서 중심축을 이루며 '기표의 대체'를 통해 '통합'되므로 프로이트적 압축, 라캉적 은유, 들뢰즈적 위장 등의 개념과 연관할 수 있다. 이 언술 구조는 동일한 것의 중첩을 통해 의미를 고정하고 정서를 강화하는 기능을 담당한다. 반면 ㉡"날", ㉢"눈", ㉣"물" 들의 명사는 '암시'에 의해 '대체'되고 '전이'되므로 프로이트적 전위, 라캉적 환유, 들뢰즈적 전치 등의 개념과 연관할 수 있다. 이 언술 구조는 인접한 것의 연결을 통해 의미를 접속하고 정서를 누적하는 기능을 담당한다. 한편 "앙궁"과 "떡돌"과 "곱새담" 등과 결합하는 ㉤"옿"은 복합명사를 이루어 ㉠"내빌"과는 역방향에서 공통분모로서 중심축을 이루며 중첩된다. 따라서 ㉤"옿"은 동일한 것의 중첩을 통해 의미를 고정하고 정서를 강화하는 기능을 담당하고, "앙궁"과 "떡돌"과 "곱새담" 등은 인접한 것의 연결을 통해 의미를 접속하고 정서를 누적하는 기능을 담당한다.[12]

다음으로 '조사의 회기'를 살펴보자.

> 새끼오리㉠도 헌신짝㉠도 소똥㉠도 갓신창㉠도 개니빠디㉠도 너울쪽
> ㉠도 짚검불㉠도 가락닢㉠도 머리카락㉠도 헌겊조각㉠도 막대꼬치㉠도
> 기와장㉠도 닭의짗㉠도 개터럭㉠도 타는 모닥불

---

[12] 이외에도 '관형사의 회기'가 나타나는 경우로 「늙은 갈대의 고백」의 "어늬", 「단풍」의 "빩안", 「가무래기의 낙」의 "추운" 등을 들 수 있다.

재당ⓒ도 초시ⓒ도 문장(門長)늙은이ⓒ도 더부살이 아이ⓒ도 새사위ⓒ
도 갓사둔ⓒ도 나그네ⓒ도 주인ⓒ도 할아버지ⓒ도 손자ⓒ도 붓장사ⓒ도
땜쟁이ⓒ도 큰 개ⓒ도 강아지ⓒ도 모두 모닥불을 쪼인다

—「모닥불」 부분

이 시는 ⓒ"～도"라는 보조사를 '회기'하는 언술 구조를 보여준다. ⓒ
"～도"는 다양한 특성을 가진 요소들을 평등하게 공존시키는 역할을 담
당한다. ⓒ"～도"의 회기를 통해 인용한 1연은 모닥불을 피우는 재료들
을 나열하고, 2연은 모닥불을 조이는 대상들을 나열한다. 모닥불을 피우
는 재료들이나 모닥불을 조이는 대상들은 계속 첨가될 수 있는데, ⓒ"～
도"는 이 요소들이 모두 평등한 수평적 관계를 맺고 있음을 보여준다. "모
닥불"은 세상의 모든 것들을 이질적 구분을 떠나 평등한 자격을 가지고
동등하게 연결하고 통합한다. 이처럼 백석 시에 등장하는 ⓒ"～도"는 '병
렬적 관계'를 형성하면서 세상의 모든 존재와 사물들을 동등하게 여기는
사랑과 평등의 시 의식을 표출하고 있다.

명사에 붙는 보조사로서 ⓒ"～도"는 1연과 2연에서 상이한 시적 효과
와 기능을 발휘한다. 1연에서 ⓒ"～도"의 회기를 통해 나열하는 모닥불
의 재료들은 모두 비천한 존재들이거나 하찮은 사물들이다. "모닥불"은
세상의 모든 비천한 존재들이나 하찮은 사물들을 태워서 평등을 구현하
고 평화를 조성한다. 여기서 "새끼오리"와 "헌신짝"에서 "닭의짓"과 "개
터럭"에 이르는 모든 이미지들은 동등한 자격과 위상을 가지고 '기표의
대체'를 통해 '통합'되므로 프로이트적 압축, 라캉적 은유, 들뢰즈적 위장
등의 개념과 연관할 수 있다. 한편 2연에서 ⓒ"～도"의 회기를 통해 나열

하는 모닥불을 조이는 대상들도 프로이트적 압축, 라캉적 은유, 들뢰즈적 위장 등의 개념과 연관할 수 있지만, 서열이나 상하 개념에 따라 대립적 관계에 놓여 있다. "모닥불"은 상하귀천 등 격차를 가진 세상의 모든 존재들에게 공평하게 온기를 제공하여 평등을 구현하고 평화를 조성한다. 여기서 "재당"과 "초시", "문장늙은이"와 "더부살이 아이", "새사위"와 "갓사둔", "나그네"와 "주인", "할아버지"와 "손자", "붓장사"와 "땜쟁이", "큰 개"와 "강아지" 등은 상호 대립적 의미를 가지며 '대비적 관계'를 형성하지만, ㉠ "~도"의 회기가 이들의 차이와 격차를 '병렬적 관계'로 극복하면서 '수평적 나열'을 통해 '상호 병존'하고, 더 나아가 '수평적 첨가'를 통해 '상호 연대'하면서 '등가적 구도'를 만들어 낸다.

구신㉠과 사람㉠과 넋㉠과 목숨㉠과 있는 것㉠과 없는 것㉠과 한줌 흙㉠과 한점 살㉠과 먼 넷조상㉠과 먼 홋자손의 거룩한 아득한 슬픔을 담는 것

내 손자의 손자㉡와 손자㉡와 나㉡와 할아버지㉡와 할아버지의 할아버지㉡와 할아버지의 할아버지의 할아버지㉡와…… 수원백씨(水原白氏) 정주백촌(定州白村)의 힘세고 꿋꿋하나 어질고 정 많은 호랑이 같은 곰 같은 소 같은 피의 비 같은 밤 같은 달 같은 슬픔을 담는 것 아 슬픔을 담는 것
— 「목구(木具)」 부분

이 시는 ㉠ "~과", ㉡ "~와" 등의 접속 조사를 '회기'하는 언술 구조를 보여준다. ㉠ "~과", ㉡ "~와" 등은 다양한 특성을 가진 요소들을 상호 연결하거나 소통해서 통합하는 역할을 담당한다. ㉠ "~과"의 회기를 통

해 인용한 1연은 "목구"가 현세적인 존재와 내세적인 존재의 대립을 상호 화합하고 공존시키며, ⓛ "～와"의 회기를 통해 2연은 "목구"가 "손자"의 계보와 "할아버지"의 계보를 상호 연결시키고 공존시킨다. 접속 조사 ⓖ "～과", ⓛ "～와" 등은 시간적·공간적 차이와 차별을 가진 존재나 사물들을 연결하여 상호 화합하거나 공존시키는 것이다. 이처럼 백석 시에 등장하는 접속 조사 ⓖ "～과", ⓛ "～와" 등은 '등가적 구도'를 형성하면서 현세적 존재와 내세적 존재를 구별하지 않고 동등하게 여기는 사랑과 평등의 시 의식을 표출하고 있다.

1연의 ⓖ "～과"와 2연의 ⓛ "～와"는 상호 연관성을 가진 시적 효과와 기능을 발휘한다. 1연에서 ⓖ "～과"의 회기를 통해 나열하는 대상들은 현세적 존재와 내세적 존재라는 대립적 관계를 가지지만, "목구"를 통해 대립적 구분을 떠나 상호 화합하고 공존한다. 여기서 "구신"과 "사람", "넋"과 "목숨", "있는 것"과 "없는 것", "흙"과 "살", "넷조상"과 "홋자손" 등은 대립적 구분을 벗어나 "거룩한 아득한 슬픔"이라는 공통분모에 수렴한다. 따라서 1연의 이미지들은 '중층 결정'적인 '통합과 용해'로 요약할 수 있는 프로이트적 압축, '기표의 대체'를 통한 '의미 효과' 및 '억압과 긴장'으로 요약할 수 있는 라캉적 은유, 들뢰즈적 위장 등의 개념과 연관할 수 있다. 2연에서 ⓛ "～와"의 회기를 통해 나열하는 "손자"의 계보와 "할아버지"의 계보도 대립적 관계를 벗어나 "슬픔"이라는 공통분모에 수렴하므로, 프로이트적 압축, 라캉적 은유, 들뢰즈적 위장 등의 개념과 연관할 수 있다. 한편 큰 틀에서 1연과 2연이 전체와 부분의 관계, 혹은 일반성과 구체성의 관계를 맺는다고 볼 때, '제유적 구도'를 형성한다고 볼 수 있다. 결국 이 시의 1연과 2연에 등장하는 대상들은 이승과 저승, 삶과 죽음, 유와 무, 자연과 생명, 과거와 현재 등의 상호 대립적 의미를 가지며 '대비적 관계'를 형성하지만, 각 연에서 ㉠"~과", ㉡"~와" 등의 회기가 이들의 차이와 구분을 '등가적 구도'로 극복하면서 '수평적 첨가'를 통해 '상호 연대'하고, 1연과 2연의 관계를 통해 '제유적 구도'를 거치면서 일반적 원리를 구체적 현상으로 재확인하는 것이다.[13]

한편 백석의 시에는 어미를 반복하는 회기도 빈번히 등장한다. 부가적으로 어미의 회기도 살펴보기로 한다.

도적괭이 새끼락이 나ⓐ고
살진 쪽제비 트는 기지개 같ⓐ고

홰냥닭은 알을 낳ⓐ고 소리치ⓐ고
강아지는 겨를 먹ⓐ고 오줌싸ⓐ고

개들은 게모이ⓐ고 쌈지거리하ⓐ고
놓여난 도야지 등구재벼오ⓐ고

— 「연자간」 부분

이 시는 ⓐ"~고"라는 연결 어미를 '회기'하는 언술 구조를 보여준다. ⓐ"~고"는 다양한 특성을 가진 존재들의 행위를 대등하게 나열하면서

---

13 이외에도 '조사의 회기'가 나타나는 경우로 「오리 망아지 토끼」의 주격 조사 "~는", 「나와 나타샤와 흰 당나귀」의 주격 조사 "~은(는)", 「석양」의 목적격 조사 "~을(를)" 등을 들 수 있다.

병치하는 역할을 담당한다. "도적괭이"의 "새끼락이 나"는 것은 마치 "살진 쪽제비"가 "기지개"를 "트는" 것과 같이 부드럽고 은밀하지만 내실이 있다. "홰냥닭"이 "알을 낳고 소리치"는 것은 마치 "강아지"가 "겨를 먹고 오줌싸"는 것처럼 요란하지만 생동감과 유머가 넘친다. "개들"이 "게모이고 쌈지거리하"는 것은 "놓여난 도야지"가 "둥구재벼오"는 것처럼 번잡하고 투쟁적인 듯하지만 평안하고 즐겁다. 동물들의 소란스러움은 오히려 연자간의 평화로움을 부각시키는 역설적 장치로 작용하는 것이다. 연자간에 모여 있는 동물들은 모두 농촌 공동체의 일원으로 간주되어 차별 없이 평화롭게 공존하는 자연스러운 관계를 형성한다.

총 8회 등장하는 ⓐ "~고"는 인용한 1연 2행에서 "같고"라는 형용사에 붙는 경우를 제외하면 모두 동사에 붙는다. 그런데 1연 2행도 "기지개 같고"라는 구절에서 "기지개"가 동작성을 내포하므로, 동사적 속성을 가진다고 볼 수 있다. 1~3연의 각 연은 모두 1행과 2행이 연결 어미 ⓐ "~고"를 중심으로 '기표의 대체'를 통해 '통합'되므로, 일련의 동사적 이미지들은 프로이트적 압축, 라캉적 은유, 들뢰즈적 위장 등의 개념과 연관할 수 있다. ⓐ "~고"는 이질적 존재들의 행위를 대등하게 '나열'하고 '병치'하는 속성을 가지므로 의미를 '확대'하면서 정서를 '확산'하는 미적 효과와 기능을 가진다. 따라서 이 시는 구성 요소들이 '수평적 나열'을 통해 독립성을 유지한 채 '상호 병존'하면서 '등가적 구도'를 형성한다.[14]

---

[14] 이외에도 '어미의 회기'가 나타나는 경우로 「여우난곬족」, 「고야」, 「통영」, 「연자간」 등의 연결 어미 "~고", 「바다」의 종결 어미 "~구려", 「단풍」의 종결 어미 "~으뇨" 등을 들 수 있다.

3. 반복 2-구·절, 문장의 회기

이 절에서는 백석의 시에서 부분적 표현의 영역에서 형성되는 '반복'
의 경우로서 '구·절의 회기', '문장의 회기'에 대해 살피기로 한다.

먼저 '구·절의 회기'를 살펴보자.

①녯날엔 통제사(統制使)가 있었다는 낡은 항구(港口)의 처녀들에겐
②녯날이 가지 않은 천희(千姬)라는 이름이 많다
미역오리같이 말라서 굴껍지처럼 ②'말없이 사랑하다 죽는다는
이 천희(千姬)의 하나를 나는 ①'어늬 오랜 객주(客主)집의 ①"생선 가
시가 있는 마루방에서 만났다
저문 유월(六月)의 바닷가에선 ③조개도 울을 저녁 소라방등이 불그레
한 마당에 ③'김냄새 나는 비가 나렸다

—「통영(統營)」 전문

이 시는 관형구나 절이 순차적으로 누적되며 뒤에 오는 명사를 수식하
는데, 수식하는 구나 절이 유사한 내용을 반복하면서 다른 표현을 사용
하는 '환언'의 언술 구조를 보여준다. ①"녯날엔 통제사가 있었다는", ①
'"어늬 오랜", ①"'생선 가시가 있는" 등은 각각 "항구", "객주집", "마루방"
등의 장소 명사를 수식하면서, 퇴색과 쇠락의 의미를 제공한다는 점에
서 '환언'의 구조를 보여준다. 유사한 방식으로 ②"녯날이 가지 않은", ②
'"말없이 사랑하다 죽는다는" 등은 '환언'을 통해 "천희"를 수식하고, ③
"조개도 울을", ③'"김 냄새 나는" 등은 '환언'을 통해 "저녁"과 "비"를 수식

한다. 이처럼 '환언'을 통해 제시하는 관형구나 절들은 공통적으로 시 전체에 눅눅한 물기를 부여하면서 퇴색과 쇠락의 느낌을 자아낸다. 그리고 "미역오리같이 말라서 굴껍지처럼", "저녁 소라방등" 등에서 시각적 이미지 및 촉각적 이미지, "조개도 울을"에서 청각적 이미지, "김내는 나는"에서 후각적 이미지 등을 제시함으로써 시적 대상인 "통영"의 인상을 복합적인 감각으로 묘사하고 있다.

①, ①', ①"와 ②, ②'와 ③, ③' 등은 유사한 내용을 반복하면서 다른 표현을 사용하는 '환언'을 구사하므로, '대체와 통합'이라는 속성을 가지고 있다. 이 구절들은 '통합과 용해', 혹은 '의미화 연쇄' 속에서 '기표의 대체'로 이루어지는 '의미 효과'라는 점에서 프로이트적 압축, 라캉적 은유, 들뢰즈적 위장 등의 개념과 연관할 수 있다. '환언'을 통해 다른 표현으로 '대체'되는 동시에 유사한 의미로 '통합'된다는 점에서, 이 시의 언술 구조는 '첨가'를 통해 다른 대상들과 '연대'하는 속성을 가지므로 의미를 '확대'하면서 정서를 '확산'하는 미적 효과와 기능을 가진다. 따라서 이 시는 구성 요소들이 '수평적 첨가'를 통해 '상호 연대'하면서 '등가적 구도'를 형성한다.

①캄캄한 비 속에

　새빨간 달이 뜨고

　하이얀 꽃이 퓌고

　먼바루 개가 짖는 ㉠밤은

②어데서 물외 내음새 나는 ㉠밤이다

①캄캄함 비 속에

　새빨간 달이 뜨고

　하이얀 꽃이 퓌고

　먼바루 개가 짖고

②어데서 물외 내음새 나는 ⑦밤은

　　나의 정다운 것들 가지 명태 노루 뫼추리 질동이 노랑나뷔 바구지꽃 모밀
국수 남치마 자개짚세기 그리고 천희(千姬)라는 이름이 한없이 그리워지는
밤이로구나

— 「야우소회(夜雨小懷)」 전문

　이 시는 ①"캄캄한 비 속에 / 새빨간 달이 뜨고 / 하이얀 꽃이 퓌고 /
먼바루 개가 짖"는다는 절과, ②"어데서 물외 내음새 나는"이라는 절이
⑦"밤"이라는 단어를 수식하는 '회기'의 구조를 보여준다. 총 세 연 중에
두 연에서 기본 문장을 반복하기 때문에, 이 시는 전체적으로 단순한 구
조를 가진다. 그런데 단순함을 넘어서는 두 가지 특성을 보여주는데, 첫
째는 전체적 회기 속에 미세한 변화를 주는 점과, 둘째는 회기하는 절들
이 다양한 감각적 이미지들을 나열하면서 미묘한 조화를 이루는 점이다.
첫째, 1연의 "먼바루 개가 짖는 밤은 / 어데서 물외 내음새 나는 밤이다"
라는 문장은 2연에서 "먼바루 개가 짖고 / 어데서 물외 내음새 나는 밤은"
으로 변주되는데, 전성 어미 "～는"과 연결 어미 "～고"의 교차적 구사는
1연과 2연의 언술 구조와 음악적 호흡을 상호 연결시키고 순환시킨다.
둘째, 1연과 2연은 각각 시각, 청각, 후각 등을 차례로 제시하면서 감각적

이미지가 복합적으로 조화를 이룬다. "캄캄한", "새빨간", "하이얀" 등이 대비와 조화의 이중적 구도 속에서 강렬한 색채 효과를 보여주면서, "개가 짖는" 소리를 통해 청각적 이미지를 제시하는 동시에, "물외 내음새"의 후각적 이미지를 제시함으로써, 시적 시간과 공간에 비오는 밤의 복합적인 정서를 드러내는 것이다. 이러한 정서 속에서 화자는 3연의 "가지 명태 노루"에서 "천희(千姬)"에 이르는 "정다운 것들"과 "그리워지는" 것들을 나열한다.[15]

다음으로 '문장의 회기'를 살펴보자.

①비애고지 비애고지는

제비야 네 말이다

저 건너 노루섬에 노루 없드㉠란 말이지

신미도 삼각산엔 가무래기만 나드㉠란 말이지

①비애고지 비애고지는

제비야 네 말이다

푸른 바다 흰 한울이 좋기도 좋㉠단 말이지

해밝은 모래장변에 돌비 하나 섰㉠단 말이지

①비애고지 비애고지는

제비야 네 말이다

---

15 이외에도 '구·절의 회기'가 나타나는 경우로 「고야」, 「가즈랑집」 등에서 전성 어미 "~는"을 구사하는 관형구나 절을 들 수 있다.

눈빨갱이 갈매기 발빨갱이 갈매기 가⑦란 말이지

숭냥이처럼 우는 갈매기

무서워 가⑦란 말이지

—「대산동(大山洞)」 전문

이 시는 ①"비애고지 비애고지는 / 제비야 네 말이다"라는 문장이 '회기'하고 ⑦"～란(단) 말이지"라는 구가 '병행 구문'을 형성하는 언술 구조를 보여준다. 이 시는 착상·내용·형태상 거의 동시(童詩)에 가까운 작품으로 평가해 왔는데, 민요풍의 리듬과 반어적 어조가 개입하는 점에 주목할 만하다. "비애고지"는 제비의 별칭으로서 제비가 지저귀는 소리에서 유래한 의성어인 듯하다. 따라서 ①"비애고지 비애고지는 / 제비야 네 말이다"라는 문장에서 "비애고지"의 회기는 일종의 '대용형(代用形 : pro-forms)'으로 간주할 수 있다. 이 언술 방식은 제비의 지저귀는 소리에 현실 상황에 대한 조롱이나 빈정댐의 뉘앙스를 부여하여 시적 주제를 효과적으로 드러내는 역할을 담당한다. 이 시의 전언은 1연, 2연, 3연 등의 상황으로 인해 제비가 "비애고지 비애고지"하면서 대산동을 회피하여 비껴서 날아간다는 것이다. ⑦"～란(단) 말이지"라는 구는 간접화법의 어조를 구사하면서 1연, 2연, 3연 등의 상황과 일정한 거리를 두는 동시에 반어적인 의미를 개입시킨다. 따라서 이 시는 대용형 및 간접화법의 어조를 구사하여 삶의 구차함과 곤고함을 반어적으로 노래한다는 점에서, 동시적이라기보다 민요적인 특성을 가진다고 볼 수 있다.[16]

---

[16] 이외에도 어른을 위한 동시 풍으로 인생의 곤고함과 비애를 반어적으로 노래하는 민요적인 작품으로 「나와 지렝이」, 「청시」, 「산비」, 「비」, 「노루」, 「적막강산」 등을 들 수 있다.

1연의 공허한 상황, 2연의 고독한 상황, 3연의 불안한 상황 등은 변화를 동반하면서 등치 관계를 이룬다. 이 등치 관계를 '반복'과 '변주'의 언술 구조로 매개하는 것은 큰 틀에서 ①"비애고지 비애고지는 / 제비야 네 말이다"라는 문장의 회기이고, 작은 틀에서 ㉠"~란(단) 말이지"라는 구의 '병행 구문'이다. 이 두 언술 기법은 '동일한 것의 반복'이 아니라 '차이를 동반하는 반복'을 형성하면서 들뢰즈의 '리트로넬로' 개념과 연관할 수 있을 것이다. 왜냐하면 ①과 ②는 각 연에 회기하면서 표층 구조를 이루는데, 이 구조에 새로운 구성 요소로 등장하는 내용인 1연의 공허한 상황, 2연의 고독한 상황, 3연의 불안한 상황 등은 변주를 일으키면서 등치 관계를 이루기 때문이다. 따라서 이 반복은 베르그손이나 들뢰즈가 말한 '정신적 반복'에 해당한다고 볼 수 있다. 들뢰즈에 의하면, '정신적 반복'은 공존하는 상이한 수준에서 일어나는 전체의 반복으로서 옷 입은 반복이고 공존하는 반복이며 잠재적 반복이고 수직적 반복이다.

4. 변주 – 병렬적, 연쇄적, 점층적 대구

백석의 시에는 부분적 표현을 연 구성의 영역으로 연결하는 '변주'의 경우로서 '병렬적 대구', '연쇄적 대구', '점층적 대구' 등이 빈번히 등장한다. 먼저 '병렬적 대구'를 살펴보자.

(A) 오리치를 놓으려 아배는 논으로 나려간 지 오래다

　　오리는 동비탈에 그림자를 떨어트리며 날어가고 나는 동말랭이에서

강아지처럼 아배를 부르다가 울다가

　　시악이 나서는 등 뒤 개울물에 아배의 신짝과 버선목과 대님오리를 모
다 던져버린다

(B) 장날 아츰에 앞 행길로 엄지 따러 지나가는 망아지를 내라고 나는 조
　　르면 아배는 행길을 향해서 크다란 소리로
　　－매지야 오나라
　　－매지야 오나라

(C) 새하려 가는 아배의 지게에 치워 나는 산(山)으로 가며 토끼를 잡으
　　라고 생각한다
　　　맞구멍 난 토끼굴을 아배와 내가 막어서면 언제나 토끼새끼는 내 다
　　리 아래로 달아났다
　　　나는 서글퍼서 서글퍼서 울상을 한다

　　　　　　　　　　　　　　　　　　　　　　　　　　　　　—「오리 망아지 토끼」 전문

　　이 시의 전체적 구도는 (A)(1연), (B)(2연), (C)(3연) 등을 병치하는 '병렬
적 대구'의 언술 구조를 보여준다. 오리, 망아지, 토끼 등에 얽힌 세 개의
삽화들은 배경이 상이하지만, 어린 아들과 아버지의 이야기라는 공통점
을 가진다. (A)에서 "아배"가 오리치를 놓으러 논으로 내려간 후 돌아오
지 않자, "나"는 심통이 나서 아배의 신발과 버선과 대님을 개울물에 던
져 버린다. (B)는 어미 따라 가는 망아지를 보고 내놓으라고 억지를 부리
는 "나"에게, "아배"는 "매지야 오나라"라고 망아지를 부르는 시늉을 하

며 아들을 달랜다. (C)는 "아배"의 지게에 올라타고 산으로 간 "나"가 기대했던 토끼를 잡지 못해 울상을 한다. (A)에서 보이지 않던 아버지의 모습은 (B)에서 육성을 통해 나타나고, (C)에서는 "나"와 함께 토끼를 잡기 위해 움직이는 행위를 통해 구체적으로 드러난다. 여기서 과거의 기억을 현재에 재생하면서도 현재 시제 서술어를 구사하는 것은 어린 화자의 체험 및 정서를 최대한 보존하는 미적 효과와 기능을 발휘한다.

'병렬'의 언술 구조는 다른 대상들을 차례로 '나열'하여 '병치'하거나 '첨가'하여 '연대'하는 속성을 가지므로, 의미를 '확대'하거나 정서를 '확산'하는 미적 효과와 기능을 가진다. 따라서 '병렬적 대구'는 구성 요소들이 '수평적 나열'을 통해 독립성을 유지한 채 '상호 병존'하거나 '수평적 첨가'를 통해 '상호 연대'하면서 '등가적 구도'를 형성한다. 인용 시는 (A), (B), (C) 등 각 연의 삽화들을 대등하게 '나열'하고 '병치'하여 의미를 '확대'하면서 정서를 '확산'하는 '병렬적 대구'를 형성하므로, 구성 요소들이 '수평적 나열'을 통해 독립성을 유지한 채 '상호 병존'하면서 '등가성의 병존'이라는 구조화 원리를 형성한다고 볼 수 있다. (A), (B), (C) 등이 '기표의 대체'를 통해 병존하여 '병렬적 대구'의 언술 구조를 형성한다는 점에서, 세 개의 삽화들과 거기에 등장하는 오리, 망아지, 토끼 등은 프로이트적 압축, 라캉적 은유, 들뢰즈적 위장 등의 개념과 연관할 수 있다.

(A) 봄철날 한종일내 노곤하니 벌불 장난을 한 날 밤이면 으레히 싸개동당을 지나는데 잘망하니 누어 싸는 오줌이 넓적다리를 흐르는 따근따근한 맛 자리에 펑하니 괴이는 척척한 맛

(B) 첫 녀름 이른 저녁을 해치우고 인간들이 모두 터앞에 나와서 물외포기에 당콩포기에 오줌을 주는 때 터앞에 발마당에 샛길에 떠도는 오줌의 매캐한 재릿한 내음새

(C) 긴긴 겨울밤 인간들이 모두 한잠이 들은 재밤중에 나 혼자 일어나서 머리맡 쥐발 같은 새끼오강에 한없이 누는 잘 매럽던 오줌의 사르릉 쪼로록 하는 소리

(D) 그리고 또 엄매의 말엔 내가 아직 굳은 밥을 모르던 때 살갗 퍼런 막내고무가 잘도 받어 세수를 하였다는 내 오줌빛은 이슬같이 샛말갛기도 샛 맑았다는 것이다

―「동뇨부(童尿賦)」 전문

이 시의 전체적 구도는 (A)(1연), (B)(2연), (C)(3연), (D)(4연) 등을 병치하는 '병렬적 대구'의 언술 구조를 보여준다. (A), (B), (C), (D) 등에는 오줌에 얽힌 유년의 기억과 관련한 네 개의 삽화가 등장한다. (A)는 봄날 불장난을 하고 잠을 자다가 이불에 오줌을 누는 사연, (B)는 여름 밭에 오줌을 거름으로 주는 사연, (C)는 겨울 한밤중에 깨어 오줌을 요강에 누는 사연, (D)는 어린 시절 자신의 오줌을 받아 세수를 한 막내 고모의 사연 등을 병렬적으로 들려준다. 이 네 사연들은 모두 오줌과 관련된 생활 문화와 생리적 현상에 대한 이야기라는 공통점을 가진다. (A), (B), (C), (D) 등 각 연은 오줌에 얽힌 유년의 기억이라는 공통분모를 가지지만, 상이한 시간적 배경 및 감각적 이미지들을 상호 인접성을 가지고 제시한다.

"봄철"의 "밤"에 경험한 "넓적다리를 흐르는 따근따근한 맛 자리에 펑하니 괴이는 척척한 맛"의 촉각, "첫 녀름 이른 저녁"에 경험한 "매캐한 재릿한 내음새"의 후각, "겨울밤" "재밤중"에 경험한 "사르릉 쪼로록 하는 소리"의 청각, "내가 아직 군은 밥을 모르던 때"에 경험한 "이슬같이 샛말갛기도 샛맑았다"의 시각 등을 상호 연관적으로 제시하는 것이다.

이 시는 (A), (B), (C), (D) 등 각 연을 대등하게 '나열'하고 '병치'하여 의미를 '확대'하면서 정서를 '확산'하는 '병렬적 대구'를 형성하므로, 구성 요소들이 '수평적 나열'을 통해 독립성을 유지한 채 '상호 병존'하면서 '등가성의 병존'이라는 구조화 원리를 형성한다고 볼 수 있다. (A), (B), (C), (D) 등 각 연이 '기표의 대체'를 통해 병존하여 '병렬적 대구'의 언술 구조를 형성한다는 점에서, 일련의 이미지들은 프로이트적 압축, 라캉적 은유, 들뢰즈적 위장 등의 개념과 연관할 수 있다. 한편 (A), (B), (C), (D) 등은 오줌에 얽힌 유년의 기억이라는 공통분모를 가지지만, 상이한 시간적 배경 및 감각적 이미지들을 '암시'에 의해 '대체'하고 '전이'한다는 점에서 프로이트적 전위, 라캉적 환유, 들뢰즈적 전치 등의 개념과 연관할 수 있다. 이러한 차원에서 이 시의 '변주'의 언술 구조는 들뢰즈가 말한 시간의 두 번째 종합과 연관할 수 있을 것이다. 시간의 두 번째 종합은 시간을 '순수 과거'를 구성하고 '잠재적 대상'과 연관하며 '에로스'와 '기억'을 종합하면서 쾌락 원칙을 근거하기 때문이다. '위장'과 '전치'라는 차이의 메커니즘을 가진 이 종합에서 무의식의 욕망은 부정, 대립, 갈등 등의 힘 이전에 '물음'을 던지고 '문제'를 제기하는 탐색의 힘으로 나타난다.[17]

---

17 이외에도 '병렬적 대구'가 나타나는 작품으로 「초동일」, 「오금덩이라는 곳」, 「내가 이렇게 외면하고」, 「대산동」, 「안동」 등을 들 수 있다. '병렬적 대구'는 첫 시집 『사

다음으로 '연쇄적 대구'를 살펴보자.

  (A) 여승(女僧)은 합장(合掌)하고 절을 했다

     가지취의 내음새가 났다

     쓸쓸한 낯이 넷날같이 늙었다

     나는 불경(佛經)처럼 서러워졌다

  (B) 평안도의 어늬 산 깊은 금덤판

     나는 파리한 여인(女人)에게서 옥수수를 샀다

     여인(女人)은 나어린 딸아이를 따리며 가을밤같이 차게 울었다

  (C) 섶벌같이 나아간 지아비 기다려 십년(十年)이 갔다

     지아비는 돌아오지 않고

     어린 딸은 도라지꽃이 좋아 돌무덤으로 갔다

  (D) 산(山)꿩도 설게 울은 슬픈 날이 있었다

     산(山)절의 마당귀에 여인(女人)의 머리오리가 눈물방울과 같이 떨
어진 날이 있었다.

─「여승(女僧)」 전문

이 시의 전체적 구도는 (A)(1연) ─ (B)(2연) ─ (C)(3연) ─ (D)(4연)로 연결

숨』(1936)을 기준으로 전기 시와 후기 시를 망라한 백석 시 전체에서 두루 나타난다.

하는 '연쇄적 대구'의 언술 구조를 보여준다. 이 시는 남편과 어린 딸을 잃고 여승이 된 여인의 기구한 생애를 보여준다. 시간적 순서에 따라 순환하는 시상 전개를 재배치하면 (B) → (C) → (D) → (A)로 정리할 수 있다. "나"는 "섶벌같이 나아간 지아비 기다"리며 어린 딸과 함께 힘들게 생활하던 여인을 "어늬 산 깊은 금덤판"에서 처음 만났다. 옥수수를 팔며 생활을 꾸린 여인은 파리한 모습으로 "나어린 딸아이를 따리며 가을밤같이 차게 울"었다. 이후 남편은 돌아오지 않은 채 어린 딸은 죽어서 "돌무덤"으로 가고, 여인은 산으로 들어와 여승이 된다. 그리고 현재 "나"는 그녀를 다시 만나 서러움을 느끼고 있다. 이 시의 언술 구조는 (A)의 "나는 불경처럼 서러워졌다", (C) 전체, (D)의 "산꿩도 설게 울은 슬픈 날이 있었다" 등에 나타나는 화자의 감정 이입적 진술에 의해 효과가 강화된다. 특히 (C)의 진술은 여승의 진술을 인용한 직접화법일 수도 있고, 화자의 자유 간접화법으로도 볼 수 있어서 발화적 효과가 증폭된다.

'연쇄'의 언술 구조는 기본적으로 '병렬'의 언술 구조를 근간으로 '나열'이나 '첨가'의 속성을 가지지만, 구성 요소들을 '매개'를 통해 사슬처럼 서로 이어서 '통일'된 형체를 만들므로, 의미를 '접속'하거나 정서를 '누적'하는 미적 효과와 기능을 가진다. 따라서 '연쇄적 대구'는 구성 요소들이 '매개적 접속'을 통해 '단계적 전개'를 보여주면서 '인접적 구도'를 형성한다. 인용 시의 '연쇄적 대구'에서 화자인 "나"는 관찰자로서 시선의 주체이고, "여인"은 관찰의 대상으로서 주인공이다. "여인"의 생애는 주로 가족, 장소, 소도구적 이미지들을 둘러싸고 전개한다. "지아비"가 부재하는 가운데 "딸아이"마저 죽자 "여인"은 산으로 들어와 "여승"이 된다. 따라서 이 시는 "나"－"여인"의 관계를 중심축으로 "지아비", "딸아이" 등의 가족, "산 깊은 금덤판", "돌무덤", "절" 등의 장소, "옥수수", "도라지꽃", "머리오리", "합장" 등의 소도구적 이미지들이 시간적 순서에 따라 회전하는 구도를 보여준다. 이 구성 요소들은 '기표의 대체'와 '기표의 생략 및 결여'가 복잡하게 교차하고 결부한다는 점에서 프로이트적 압축과 전위, 라캉적 은유와 환유, 들뢰즈적 위장과 전치 등의 결합과 연관할 수 있다. 그리고 (A)－(B)－(C)－(D)가 이러한 구성 요소들을 '매개'로 '통일'된 형체를 만들고 의미를 '접속'하면서 정서를 '누적'하는 '연쇄적 대구'를 형성하므로, 구성 요소들이 '매개적 접속'을 통해 '단계적 전개'를 보여주면서 '인접성의 접속'이라는 구조화 원리를 형성한다고 볼 수 있다. 결국 이 시는 (A), (B), (C), (D) 등 각 연 내부의 이미지들을 압축・은유・위장으로 중첩시키고 전위・환유・전치로 접속하는 중층적 결합 방식을 통해 '연쇄적 대구'의 언술 구조 속에 '인접성의 접속'이라는 구조화 원리를 형성하는 것이다.[18]

다음으로 '점층적 대구'를 살펴보자.

(A) 가난한 내가

아름다운 나타샤를 사랑해서

오늘밤은 푹푹 눈이 나린다

(B) 나타샤를 사랑은 하고

눈은 푹푹 날리고

---

18 이외에도 '연쇄적 대구'가 나타나는 작품으로 「여우난곬족」, 「하답」, 「적경」 등을 들 수 있다. '연쇄적 대구'는 첫 시집 『사슴』(1936)까지의 전기 시에 주로 나타난다.

나는 혼자 쓸쓸히 앉아 소주(燒酒)를 마신다

소주(燒酒)를 마시며 생각한다

나타샤와 나는

눈이 푹푹 쌓이는 밤 흰 당나귀 타고

산골로 가자 출출이 우는 깊은 산골로 가 마가리에 살자

(C) 눈은 푹푹 나리고

나는 나타샤를 생각하고

나타샤가 아니 올 리 없다

언제 벌써 내 속에 고조곤히 와 이야기한다

산골로 가는 것은 세상한테 지는 것이 아니다

세상 같은 건 더러워 버리는 것이다

(D) 눈은 푹푹 나리고

아름다운 나타샤는 나를 사랑하고

어데서 흰 당나귀도 오늘밤이 좋아서 응앙응앙 울을 것이다

— 「나와 나타샤와 흰 당나귀」 전문

이 시의 전체적 구도는 (A)(1연)−(B)(2연)−(C)(3연)−(D)(4연)가 기승전결로 전개하는 '점층적 대구'의 언술 구조를 보여준다. 이 시에서 근간을 이루는 것은 '눈이 나린다', '나는 나타샤를 사랑한다', '나는 가난하다', '산골에 간다' 등의 문장들이다. 이 시의 언술 구조는 시적 전개 과정에서 이 문장들을 수식과 부연을 통해 '환언'하면서 점차 의미를 상승하는 방

식으로 나타난다. (A)는 '눈이 나린다', '나는 나타샤를 사랑한다', '나는 가난하다' 등의 기본 문장으로 시작하지만, (B)에서 '나의 사랑'과 '눈의 내림'과 '소주를 마심'이 상호 충돌하면서 갈등과 단절과 고민을 동반한다. 왜냐하면 "사랑은 하고"에서 부자연스럽게 구사된 조사 "은"이 "눈은" 및 "나는"의 "은(는)"과 맞서면서 세 항이 동등한 힘으로 대립하는 관계임을 은연중에 표현하기 때문이다. 이 갈등과 단절과 고민을 비약적으로 극복하고 제시하는 소망적 상황이 "나타샤와 나는 / 눈이 푹푹 쌓이는 밤 흰 당나귀 타고 / 산골로 가자 출출이 우는 깊은 산골로 가 마가리에 살자"라는 문장이다. 더 나아가 (C)는 "나"와 "나타샤"가 혼연일치가 되어 "산골로 가는 것은 세상한테 지는 것이 아니다 / 세상 같은 건 더러워 버리는 것이다"라고 말하며 사랑에 대한 적극적인 의미를 부여한다. 그리고 (D)에 이르러 "흰 당나귀도 오늘밤이 좋아서 응앙응앙 울을 것"이라는 환상적 장면을 제시함으로써, 소망적 사유가 최고조에 이르는 '점층적 대구'의 구조를 보여준다.

'점층'의 언술 구조는 기본적으로 '병렬'의 언술 구조를 근간으로 '나열'이나 '첨가'의 속성을 가지면서, 때로 '대비'·'대칭'·'연쇄' 등의 언술 구조를 경유하여 '비교'·'균형'·'매개' 등의 속성을 가지지만, 구성 요소들을 점진적으로 겹쳐 가면서 강하게 하거나, 크게 하거나, 높게 하여 절정에 이르게 하므로, 의미를 '강조'하거나 정서를 '강화'하는 미적 효과와 기능을 가진다. 따라서 '점층적 대구'는 구성 요소들이 '병렬적 대구'의 특성인 '등가적 구도', '대비적 대구'의 특성인 '이원적 구도', '대칭적 대구'의 특성인 '양가적 구도', '연쇄적 대구'의 특성인 '인접적 구도' 등을 토대로 점차 단계적으로 '고양'하면서 '상승적 구도'를 형성한다. 인용 시의

'점층적 대구'는 (A)−(B)−(C)−(D)로 전개하면서 문장들을 수식과 부연을 통해 '환언'하면서 점차 시상을 고조하는 언술 구조를 보여준다. (A), (B), (C) 등 각 연은 기본 문장의 반복과 변주를 동반하면서 갈등과 단절과 고민을 비약적으로 극복하고 소망적 상황 및 환상적 장면을 제시함으로써 점차 의미를 상승시킨다. 이처럼 인접한 이미지들 간의 의미의 병치, 대립, 접속 등을 경유하여 의미를 '강조'하면서 정서를 '강화'하는 '점층적 대구'의 구조화 원리를 '인접성의 강화'라고 간주할 수 있을 것이다.

  (A) 어느 사이에 나는 아내도 없고, 또,

  아내와 같이 살던 집도 없어지고,

  그리고 살뜰한 부모며 동생들과도 멀리 떨어져서,

  그 어느 바람 세인 쓸쓸한 거리 끝에 헤매이었다.

  바로 날도 저물어서,

  바람은 더욱 세게 불고, 추위는 점점 더해 오는데,

  나는 어느 목수(木手)네 집 헌 삿을 깐,

  한 방에 들어서 쥔을 붙이었다.

  (B) 이리하여 나는 이 습내 나는 춥고, 누긋한 방에서,

  낮이나 밤이나 나는 나 혼자도 너무 많은 것같이 생각하ⓐ며,

  딜옹배기에 북덕불이라도 담겨 오면,

  이것을 안고 손을 쬐며 재 우에 뜻없이 글자를 쓰기도 하ⓐ며,

  또 문밖에 나가디구 않구 자리에 누워서,

  머리에 손깍지벼개를 하고 굴기도 하면서,

나는 내 슬픔이며 어리석음이며를 소처럼 연하여 쌔김질하는 것이었다.

내 가슴이 꽉 메어 올 적이며,

내 눈에 뜨거운 것이 핑 괴일 적이ⓐ며,

또 내 스스로 화끈 낯이 붉도록 부끄러울 적이ⓐ며,

나는 내 슬픔과 어리석음에 눌리어 죽을 수밖에 없는 것을 느끼는 것이었다.

(C) 그러나 잠시 뒤에 나는 고개를 들어,

허연 문창을 바라보든가 또 눈을 떠서 턴정을 쳐다보는 것ⓑ인데,

이때 나는 내 뜻이며 힘으로, 나를 이끌어 가는 것이 힘든 일인 것을 생각하고,

이것들보다 더 크고, 높은 것이 있어서, 나를 마음대로 굴려 가는 것을 생각하는 것ⓑ인데,

이렇게 하여 여러 날이 지나는 동안에,

내 어지러운 마음이는 슬픔이며, 한탄이며, 가라앉을 것은 차츰 앙금이 되어 가라앉고,

외로운 생각만이 드는 때쯤 해서는,

더러 나줏손에서 쌀랑쌀랑 싸락눈이 와서 문창을 치기도 하는 때도 있ⓑ는데,

나는 이런 저녁에는 화로를 더욱 다가 끼며, 무릎을 꿇어보며,

어니 먼 산 뒷옆에 바우섶에 따로 외로이 서서,

어두워 오는데 하이야니 눈을 맞을, 그 마른 잎새에는,

쌀랑쌀랑 소리도 나며 눈을 맞을,

그 드물다는 굳고 정한 갈매나무라는 나무를 생각하는 것이었다.

　　　　　　　　　　　―「남신의주 유동 박씨봉방(南新義州柳洞朴時逢方)」 전문

이 시의 전체적 구도는 (A)(1~8행)－(B)(9~19행)－(C)(20~32행)로 전개하면서 점차 시상을 고조하는 '점층적 대구'의 언술 구조를 보여준다. '유랑'(A), '슬픔'(B), '희망'(C)으로 요약할 수 있는 세 부분은 큰 틀에서 각각의 내부에서 시적 의미와 정서를 점차 고조하는 '점층적 대구'의 언술 구조를 보여주고, '현재 진행적 상황'(A)－'현재적 상황'(B)－'미래적 기약'(C)의 순서로 진행되는 전체적 시상 전개도 시적 의미와 정서를 점차 고조하는 '점층적 대구'의 언술 구조를 보여준다. 즉 (A)는 화자가 가족과 집을 잃고 거리를 헤매다가 어느 목수네 집의 방에 드는 과정을 점층적으로 제시하고, (B)는 춥고 눅눅한 방에서 자신의 슬픔과 어리석음을 반추하며 절망과 회한에 빠지는 과정을 점층적으로 제시하며, (C)는 절망 속에서도 슬픔과 후회를 가라앉히며 굳고 정한 갈매나무를 생각하는 과정을 점층적으로 제시한다. 그리고 (A)－(B)－(C)의 전체적 시상 전개 과정도 작은 것에서 큰 것으로, 일상적 사물에서 숭고한 대상으로, 슬픔과 회한의 정서에서 희망과 강인한 정서로 상승하는 언술 구조를 보여주는 것이다. 한편 작은 틀에서는 (B)에서 "생각하며", "쓰기도 하며", "올 적이며", "괴일 적이며", "부끄러울 적이며" 등에서 ⓐ"~며"를 표층 구조로 회기하는 '병행 구문'을 구사하면서 '병렬적 구도'를 형성하고, (C)에서 "쳐다보는 것인데", "생각하는 것인데", "때도 있는데" 등에서 ⓑ"~ㄴ데"를 표층 구조로 회기하는 '병행 구문'을 구사하면서 '전환적 구도'를 형성한다.

백석 시에서 '점층적 대구'는 '병렬적 대구'라는 '시작 유형'에서 '연쇄적 대구'라는 '매개 유형'을 거쳐 귀결하는 '귀착 유형'이라고 볼 수 있다. 따라서 '점층적 대구'는 '병렬적 대구'의 구조화 원리인 '등가성의 병존',

'연쇄적 대구'의 구조화 원리인 '인접성의 접속' 등에 '상승'적 질서를 개입시켜 의미를 '강조'하면서 정서를 '강화'하는 미적 효과와 기능을 가진다. 인용 시는 큰 틀에서 (A), (B), (C) 등 각 연의 내부에서 '점층적 대구'의 언술 구조를 형성하는 동시에, 시상 전개에 따르는 연 구성에서도 '점층적 대구'의 언술 구조를 형성한다. 한편 작은 틀에서는 (B)에서 ⓐ "~며"를 '병행 구문'으로 구사하면서 '병렬적 구도'를 형성하고, (C)에서 ⓑ "~ㄴ데"를 '병행 구문'으로 구사하면서 '전환적 구도'를 형성한다. 이처럼 인접한 이미지들 간의 의미의 병치, 접속, 전환 등을 경유하여 의미를 '강조'하거나 정서를 '강화'하는 '점층적 대구'의 구조화 원리를 '인접성의 강화'라고 간주할 수 있을 것이다.[19]

5. 맺음말

이 글은 백석 시에 나타나는 '반복'과 '변주'의 '언술 구조'를 '미적 효과와 기능' 면에서 세밀히 분석하여 '구조화 원리'를 고찰하고자 했다. 이를 위해 이 글은 백석 시의 '언술 구조'를 크게 부분적 표현의 영역에서 형성되는 '반복'과 부분적 표현을 연 구성으로 연결하는 영역에서 형성되는 '변주'라는 두 층위로 나눈 후, 다시 '반복'을 '단어의 회기', '구·절의 회기', '문장의 회기' 등으로 세분하고, '변주'를 '병렬적 대구', '연쇄적 대구',

---

19 이외에도 '점층적 대구'가 나타나는 작품으로 「창원도─남행시초」, 「선우사」, 「흰 바람벽이 있어」 등을 들 수 있다. '점층적 대구'는 첫 시집 『사슴』(1936) 출간 이후의 후기 시에 주로 나타난다.

'점층적 대구' 등으로 세분하여 미적 효과와 기능을 구체적으로 분석했다.

　백석의 시에는 부분적 표현의 영역에서 형성되는 '반복'의 경우로서 '단어의 회기', '구·절의 회기', '문장의 회기' 등이 빈번히 등장한다. '단어의 회기'는 '명사·관형사의 회기'와 '조사의 회기'로 나눌 수 있다. 먼저 '명사·관형사의 회기'는 「백화」, 「고야」 등에서 나타난다. 「백화」는 "자작나무"라는 명사를 각 행에 회기하는 언술 구조를 보여준다. "자작나무"라는 단어가 시적 시선의 중심축 역할을 한다면, 새로운 구성 요소로 개입하는 이미지들은 이 중심축과 근거리 및 원거리의 시선으로 연결되어 있다. "자작나무"를 중심으로 회기하는 이 시의 언술 구조는 수사학적 개념의 은유와 제유, 정신분석적 개념의 압축과 전위, 은유와 환유, 위장과 전치 등을 중층적으로 결합하면서 시적 시선의 원근법을 시도한다. 「고야」는 "내빌"이라는 관형사, "날", "눈", "옷", "물" 등의 명사를 회기하는 언술 구조를 보여준다. "내빌"의 회기는 공통분모로서 중심축을 이루며 '기표의 대체'를 통해 '통합'되므로, 동일한 것의 중첩을 통해 의미를 고정하고 정서를 강화하는 기능을 담당한다. 반면 "날", "눈", "물" 들의 명사는 '암시'에 의해 '대체'되고 '전이'되므로 인접한 것의 연결을 통해 의미를 접속하고 정서를 누적하는 기능을 담당한다. 한편 "앙궁"과 "떡돌"과 "곱새담" 등과 결합하는 "옷"은 복합명사를 이루어 "내빌"과는 역방향에서 공통분모로서 중심축을 이루며 중첩된다. 따라서 "옷"은 동일한 것의 중첩을 통해 의미를 고정하고 정서를 강화하는 기능을 담당하고, "앙궁"과 "떡돌"과 "곱새담" 등은 인접한 것의 연결을 통해 의미를 접속하고 정서를 누적하는 기능을 담당한다.

　다음으로 '조사의 회기'는 「모닥불」, 「목구」 등에서 나타난다. 「모닥불」은 "～도"라는 보조사를 회기하는 언술 구조를 보여준다. "～도"는 다양한 특성을 가진 요소들을 평등하게 공존시키는 역할을 담당하는데, 인용한 1연과 2연에서 상이한 시적 효과와 기능을 발휘한다. 1연에서 "～도"의 회기를 통해 "모닥불"은 세상의 모든 비천한 존재들이나 하찮은 사물들을 태워서 평등을 구현하고 평화를 조성한다. 한편 2연에서 "～도"의 회기를 통해 "모닥불"은 상하귀천 등 격차를 가진 세상의 모든 존재들에게 공평하게 온기를 제공하여 평등을 구현하고 평화를 조성한다. 여기서 이미지들은 상호 대립적 의미를 가지며 '대비적 관계'를 형성하지만, "～도"의 회기가 이들의 차이와 격차를 '병렬적 관계'로 극복하면서 '수평적 나열'을 통해 '상호 병존'하고, 더 나아가 '수평적 첨가'를 통해 '상호 연대'하면서 '등가적 구도'를 만들어 낸다. 「목구」는 "～과", "～와" 등의 접속 조사를 회기하는 언술 구조를 보여준다. "～과", "～와" 등은 다양한 특성을 가진 요소들을 상호 연결하거나 소통해서 통합하는 역할을 담당하는데, 인용한 1연의 "～과"와 2연의 "～와"는 연관성을 가진 시적 효과와 기능을 발휘한다. 이 시의 1연과 2연에 등장하는 대상들은 상호 대립적 의미를 가지며 '대비적 관계'를 형성하지만, 각 연에서 "～과", "～와" 등의 회기가 이들의 차이와 구분을 '등가적 구도'로 극복하면서 '수평적 첨가'를 통해 '상호 연대'하고, 1연과 2연의 관계를 통해 '제유적 구도'를 거치면서 일반적 원리를 구체적 현상으로 재확인한다.

한편 '어미의 회기'는 「연자간」 등에서 나타난다. 「연자간」은 "～고"라는 연결 어미를 회기하는 언술 구조를 보여준다. 1~3연의 각 연은 모두 1행과 2행이 연결 어미 "～고"를 중심으로 '기표의 대체'를 통해 '통합'되므로, 일련의 동사적 이미지들은 프로이트적 압축, 라캉적 은유, 들뢰즈적 위장 등의 개념과 연관할 수 있다. "~고"는 이질적 존재들의 행위를 대등하게 '나열'하고 '병치'하는 속성을 가지므로 의미를 '확대'하면서 정서를 '확산'하는 미적 효과와 기능을 가진다. 따라서 이 시는 구성 요소들이 '수평적 나열'을 통해 독립성을 유지한 채 '상호 병존'하면서 '등가적 구도'를 형성한다.

다음으로 '구·절의 회기'는 「통영」, 「야우소회」 등에서 나타난다. 「통영」은 수식하는 구나 절이 유사한 내용을 반복하면서 다른 표현을 사용하는 '환언'의 언술 구조를 보여준다. '환언'은 '대체와 통합'이라는 속성을 가지므로, 일련의 구절들은 '통합과 용해', 혹은 '의미화 연쇄' 속에서 '기표의 대체'로 이루어지는 '의미 효과'라는 점에서 프로이트적 압축, 라캉적 은유, 들뢰즈적 위장 등의 개념과 연관할 수 있다. 환언을 통해 다른 표현으로 '대체'되는 동시에 유사한 의미로 '통합'된다는 점에서, 이 시의 언술 구조는 '첨가'를 통해 다른 대상들과 '연대'하는 속성을 가지므로 의미를 '확대'하면서 정서를 '확산'하는 미적 효과와 기능을 가진다. 따라서 이 시는 구성 요소들이 '수평적 첨가'를 통해 '상호 연대'하면서 '등가적 구도'를 형성한다. 「야우소회」는 "캄캄한 비 속에 / 새빨간 달이 뜨고 / 하이얀 꽃이 퓌고 / 먼바루 개가 짖"는다는 절과, "어데서 물외 내음새 나는"이라는 절이 "밤"이라는 단어를 수식하는 회기의 구조를 보여준다. 총 세 연 중에 두 연에서 기본 문장을 반복하기 때문에, 이 시는 전체적으로 단순한 구조를 가진다. 그런데 단순함을 넘어서는 두 가지 특성을 보여주는데, 첫째는 전체적 회기 속에 미세한 변화를 주는 점과, 둘째는 회기하는 절들이 다양한 감각적 이미지들을 나열하면서 미묘한 조화를 이루는 점이다.

다음으로 '문장의 회기'는 「대산동」 등에서 나타난다. 「대산동」은 "비애고지 비애고지는 / 제비야 네 말이다"라는 문장이 '회기'하고, "~란(단) 말이지"라는 구가 '병행 구문'을 형성하는 언술 구조를 보여준다. "비애고지"의 회기는 일종의 '대용형(代用形)'으로 간주할 수 있는데, "~란(단) 말이지"라는 구는 간접화법의 어조를 구사하면서 1연, 2연, 3연 등의 상황과 일정한 거리를 두는 동시에 반어적인 의미를 개입시킨다. 1연의 공허한 상황, 2연의 고독한 상황, 3연의 불안한 상황 등은 변화를 동반하면서 등치 관계를 이룬다. "비애고지 비애고지는 / 제비야 네 말이다"라는 문장의 회기와 "~란(단) 말이지"라는 구의 '병행 구문'은 '동일한 것의 반복'이 아니라 '차이를 동반하는 반복'을 형성하므로, 들뢰즈의 '리트로넬로' 개념 및 베르그손이나 들뢰즈가 말한 '정신적 반복'과 연관할 수 있다.

백석의 시에는 부분적 표현을 연 구성으로 연결하는 영역에서 형성되는 '변주'의 경우로서 '병렬적 대구', '연쇄적 대구', '점층적 대구' 등이 빈번히 등장한다. 먼저 '병렬적 대구'는 「오리 망아지 토끼」, 「동뇨부」 등에서 나타난다. 「오리 망아지 토끼」의 전체적 구도는 (A)(1연), (B)(2연), (C)(3연) 등을 병치하는 '병렬적 대구'의 언술 구조를 보여준다. 이 시는 (A), (B), (C) 등 각 연의 삽화들을 대등하게 '나열'하고 '병치'하여 의미를 '확대'하면서 정서를 '확산'하는 '병렬적 대구'를 형성하므로, 구성 요소들이 '수평적 나열'을 통해 독립성을 유지한 채 '상호 병존'하면서 '등가성의 병존'이라는 구조화 원리를 형성한다. (A), (B), (C) 등이 '기표의 대체'를 통해 병존하여 '병렬적 대구'의 언술 구조를 형성한다는 점에서, 세 개의 삽화들과 거기에 등장하는 오리, 망아지, 토끼 등은 프로이트적 압축, 라캉적 은유, 들뢰즈적 위장 등의 개념과 연관할 수 있다. 「동뇨부」의 전체적 구도는 (A)(1연), (B)(2연), (C)(3연), (D)(4연) 등을 병치하는 '병렬적 대구'의 언술 구조를 보여준다. 이 시는 (A), (B), (C), (D) 등 각 연을 대등하게 '나열'하고 '병치'하여 의미를 '확대'하면서 정서를 '확산'하는 '병렬적 대구'를 형성하므로, 구성 요소들이 '수평적 나열'을 통해 독립성을 유지한 채 '상호 병존'하면서 '등가성의 병존'이라는 구조화 원리를 형성한다. (A), (B), (C), (D) 등 각 연이 '기표의 대체'를 통해 병존하여 '병렬적 대구'의 언술 구조를 형성한다는 점에서, 일련의 이미지들은 프로이트적 압축, 라캉적 은유, 들뢰즈적 위장 등의 개념과 연관할 수 있다. 한편 각 연은 상이한 시간적 배경 및 감각적 이미지들을 '암시'에 의해 '대체'하고 '전이'한다는 점에서 프로이트적 전위, 라캉적 환유, 들뢰즈적 전치 등의 개념과도 연관할 수 있다. 이러한 차원에서 이 시의 '변주'의 언술 구조는 들뢰즈가 말한 시간의 두 번째 종합과 연관할 수 있다.

다음으로 '연쇄적 대구'는 「여승」 등에서 나타난다. 「여승」의 전체적 구도는 (A)(1연)－(B)(2연)－(C)(3연)－(D)(4연)로 연결하는 '연쇄적 대구'의 언술 구조를 보여준다. 이 시의 '연쇄적 대구'에서 화자인 "나"는 관찰자로서 시선의 주체이고, "여인"은 관찰의 대상으로서 주인공이다. "여인"의 생애는 주로 가족, 장소, 소도구적 이미지들을 둘러싸고 전개한다. 이 구성 요소들은 '기표의 대체'와 '기표의 생략 및 결여'가 복잡하게 교차하고 결부한다는 점에서 프로이트적 압축과 전위, 라캉적 은유와 환유, 들뢰즈적 위장과 전치 등의 결합과 연관할 수 있다. 이 시는 (A), (B), (C), (D) 등 각 연 내부의 이미지들을 압축·은유·위장으로 중첩시키고 전위·환유·전치로 접속하는 중층적 결합 방식을 통해 '연쇄적 대구'의 언술 구조 속에 '인접성의 접속'이라는 구조화 원리를 형성한다.

다음으로 '점층적 대구'는 「나와 나타샤와 흰 당나귀」, 「남신의주 유동 박씨봉방」 등에서 나타난다. 「나와 나타샤와 흰 당나귀」의 전체적 구도는 (A)(1연)-(B)(2연)-(C)(3연)-(D)(4연)가 기승전결로 전개하는 '점층적 대구'의 언술 구조를 보여준다. 이 시의 '점층적 대구'는 (A)-(B)-(C)-(D)로 전개하면서 문장들을 수식과 부연을 통해 '환언'하면서 점차 시상을 고조하는 언술 구조를 보여준다. (A), (B), (C) 등 각 연은 기본 문장의 반복과 변주를 동반하면서 갈등과 단절과 고민을 비약적으로 극복하고 소망적 상황 및 환상적 장면을 제시함으로써 점차 의미를 상승시킨다. 이처럼 인접한 이미지들 간의 의미의 병치, 대립, 접속 등을 경유하여 의미를 '강조'하거나 정서를 '강화'하는 '점층적 대구'의 구조화 원리를 '인접성의 강화'라고 간주할 수 있다. 「남신의주 유동 박씨봉방」의 전체적 구도는 (A)(1~8행)-(B)(9~19행)-(C)(20~32행)로 전개하면서 점차 시상을 고조하는 '점층적 대구'의 언술 구조를 보여준다. 백석 시에서 '점층적 대구'는 '병렬적 대구'라는 시작 유형에서 '연쇄적 대구'라는 매개 유형을 거쳐 귀결하는 귀착 유형이라고 볼 수 있다. 따라서 '점층적 대구'는 '병렬적 대구'의 구조화 원리인 '등가성의 병존', '연쇄적 대구'의 구조화 원리인 '인접성의 접속' 등에 '상승'적 질서를 개입시켜 의미를 '강조'하거나 정서를 '강화'하는 미적 효과와 기능을 가진다. 이 시는 큰 틀에서 (A), (B), (C) 등 각 연의 내부에서 '점층적 대구'의 언술 구조를 형성하는 동시에, 시상 전개에 따르는 연 구성에서도 '점층적 대구'의 언술 구조를 형성한다. 한편 작은 틀에서는 (B)에서 "~며"를 병행 구문으로 구사하면서 '병렬적 구도'를 형성하고, (C)에서 "~ㄴ데"를 병행 구문으로 구사하면서 '전환적 구도'를 형성한다. 이처럼 인접한 이미지들 간의 의미의 병치,

접속, 전환 등을 경유하여 의미를 '강조'하거나 정서를 '강화'하는 '점층적 대구'의 구조화 원리를 '인접성의 강화'라고 간주할 수 있다.

지금까지 살펴본 백석 시의 '변주'의 언술 구조로서 '병렬적 대구', '연쇄적 대구', '점층적 대구' 등이 지닌 특성을 종합적으로 검토해 보자. 백석 시의 경우 첫 시집 『사슴』(1936)까지의 시를 전기 시로, 이후의 시를 후기 시로 대별할 때, 전기 시는 '병렬적 대구'와 '연쇄적 대구'가 주로 나타나고, 후기 시는 '병렬적 대구'와 '점층적 대구'가 주로 나타난다. 백석 시의 '변주'의 언술 구조가 보여주는 특성은 '시작 유형'인 '병렬적 대구'를 근간으로 전기 시에는 '매개 유형'인 '연쇄적 대구'가 주축을 이루고, 후기 시에는 '귀착 유형'인 '점층적 대구'가 주축을 이룬다고 볼 수 있다. 시 세계 전체에서 높은 빈도수를 차지하며 일관되게 언술 구조의 근간을 형성한다는 점에서 '병렬적 대구'를 '핵심 유형'으로 간주하고, 전기 시의 '연쇄적 대구'가 후기 시의 '점층적 대구'로 이동하는 점을 시적 변모의 특성으로 간주할 수 있을 것이다. 이러한 변모의 양상은 주제 의식의 측면에서 전기 시의 '고향이나 풍속의 복원'에서 후기 시의 '역사 의식이나 민족 심성에 대한 관심'으로 이동하는 것과 연관하는데, 언술 구조의 구조화 원리 측면에서는 '인접성의 접속'이 '인접성의 강화'로 이동하는 것과도 연관한다. 따라서 이 글은 백석 시의 '변주'의 언술 구조 중에서 '연쇄적 대구'와 '점층적 대구'를 기본 유형으로 간주하고, '병렬적 대구'를 핵심 유형으로 간주하고자 한다.

'병렬적 대구'는 구성 요소들이 '수평적 나열'을 통해 독립성을 유지한 채 '상호 병존'하거나 '수평적 첨가'를 통해 '상호 연대'하면서 '등가적 구도'를 형성한다. 백석의 시는 구성 요소들이 '수평적 나열'을 통해 독립성을 유지한 채 '상호 병존'하거나 '수평적 첨가'를 통해 '상호 연대'하는 '병렬적 대구'를 형성하므로, '등가성의 병존과 연대'라는 구조화 원리를 가진다. '연쇄적 대구'는 구성 요소들이 '매개적 접속'을 통해 '단계적 전개'를 보여주면서 '인접적 구도'를 형성한다. 백석의 시는 구성 요소들이 '매개적 접속'을 통해 '단계적 전개'를 보여주는 '연쇄적 대구'를 형성하므로, '인접성의 접속'이라는 구조화 원리를 가진다. '점층적 대구'는 구성 요소들을 점진적으로 겹쳐 가면서 강하게 하거나, 크게 하거나, 높게 하여 절정에 이르게 하므로, 의미를 '강조'하거나 정서를 '강화'하면서 '상승적 구도'를 형성한다. 백석 시의 '점층적 대구'는 '병렬적 대구'의 구조화 원리인 '등가성의 병존과 연대', '연쇄적 대구'의 구조화 원리인 '인접성의 접속' 등에 '상승'적 질서를 개입시켜 의미를 '강조'하고 정서를 '강화'하면서 '인접성의 강화'라는 구조화 원리를 가진다. 여기서 '병렬적 대구'가 핵심 유형이므로, 백석 시의 언술 구조가 가지는 핵심적인 구조화 원리는 '등가성의 병존과 연대'가 된다.

결국 백석 시에 나타나는 '반복'과 '변주'의 언술 구조는 '병렬적 대구'의 구조화 원리인 '등가성의 병존과 연대'가 중핵을 이루고, '연쇄적 대구'의 구조화 원리인 '인접성의 접속' 및 '점층적 대구'의 구조화 원리인 '인접성의 강화'가 그 주위를 회전한다고 평가할 수 있다. 이처럼 방사상(放射狀)으로 결부된 '언술 구조'와 '구조화 원리'들의 다양한 계열선들 위에서 프로이트적 압축과 전위, 라캉적 은유와 환유, 들뢰즈적 위장과 전치, 리트로넬로, 정신적 반복 등이 '개념적 특이점'들을 형성한다. 또한 시간을 '순수 과거'로 구성하고 '잠재적 대상'과 연관하며 '에로스'와 '기억'의 종합으로서 위장과 전치라는 차이의 메커니즘을 가지고 쾌락 원칙을 근거하는 시간의 두 번째 종합 등도 '개념적 특이점'을 형성한다.

4장

장만영

병렬적 · 점층적 변주와 등가성 · 인접성의 공존

1. 머리말

장만영(張萬榮, 1914~1975)은 1932년 5월 『동광』 33호에 안서 김억의 추천으로 「봄노래」를 발표하면서 시작 활동을 시작했다. 이후 그는 『양(羊)』(1937), 『축제(祝祭)』(1939), 『유년송(幼年頌)』(1948), 『밤의 서정(抒情)』(1956), 『저녁 종소리』(1957), 『장만영 선시집』(1964), 『저녁놀 스러지듯이』(1973) 등 일곱 권의 시집을 발간했고, 사후에 유고 시집 『놀 따라 등불 따라』(1988)가 발간되었다. 또한 그는 산문집 『그리운 날에』(1965)와 자작시 해설서 『이정표(里程標)』(1958)를 간행했으며, 외국 시를 번역하는 작업도 진행하여 『남구(南歐)의 시집』(1956), 『바이런 시집』(1961), 『하이네 시집』(1961) 등을 간행하기도 했다.

장만영이 활동을 시작한 1930년대 초반의 한국 문단은 순수문학, 특히 모더니즘 문학이 대두하여 질적·양적 깊이를 더해가던 시기였다. '시문학파'의 등장으로 본격적인 순수 서정시들이 개화하기 시작했으며, 김영랑, 정지용, 신석정, 박용철 등이 잇달아 주목받는 작품들을 발표했다. 장만영은 이들 중 특히 신석정과 친밀한 교우 관계를 맺고 있었다. 장만영 시에 나타나는 표현 기법이나 형상화 방식은 '시문학파'의 순수 서정시와 연관성을 가지는 동시에 김기림, 정지용, 김광균 등이 주도한 '모더니즘 시'와도 연관성을 가진다. 특히 색채 이미지나 감각적 이미지를 위시한 새로운 표현 기법은 1930년대 한국 문학의 영미 모더니즘 수용과 관련하여 고찰할 수 있을 것이다. 이처럼 장만영의 시 세계는 1930년대 시단에 나타나는 주요 시작 기법을 두루 공유하고 있는 것으로 평가할 수 있다.[1] 그의 초기 시편들은 '시문학파'의 순수 서정시의 특성을 부분적으로 공유하는 동시에 이미지즘 계열의 시적 특성도 부분적으로 공유하고 있다. 이와 함께 그의 시는 서정주, 유치환, 오장환 등 생명파 시인들의 생명에 대한 정신적 탐구의 특성과, 1930년대 후반 이후 조지훈, 박목월, 박두진 등 청록파 시인들의 자연 탐구의 특성도 부분적으로 공유하고 있다.

'전원적 모더니즘'이라는 평가를 받고 있는 장만영 시에 대한 선행 연구는 크게 당대의 평론, 시문학사적인 평가, 내용적·형식적 연구, 다른 시인과의 비교 연구, 기타 학위논문 등으로 구분할 수 있다. 당대의 평론[2]은 장만영 시에 대한 옹호와 비판이 공존한다. 최재서는 이미지의 조

---

1 송영호, 「해설」, 『장만영 시선』, 지식을만드는지식, 2013, 119~120쪽 참고.
2 최재서, 『문학과 지성』, 인문사, 1938, 252쪽; 김기림, 「모더니즘의 역사적 위치」, 『인문평론』, 인문사, 1939.

명 및 관념과 형상의 대응에 탄복하지만 감동이 결핍되었다고 평가하고, 김기림은 조소적 깊이라는 이미지즘적 특성을 장점으로 지적한다. 시문학사적인 평가[3]는 장만영의 시를 주로 이미지즘, 모더니즘, 전원적 모더니즘 등의 관점으로 평가한다. 백철은 신석정이나 김광균과의 차이를 언급하며 장만영의 시사적 위치를 언급하고, 이명재는 장만영의 시가 초기의 모더니즘 성향에서 점차 전원적인 리리시즘으로 전개되었다고 지적하며, 김용직은 장만영의 시가 초기에는 모더니즘에 속하지 않았지만, 1930년대 중반기에 들어서면서 본격적인 전원적 모더니즘 시가 되었다고 평가한다. 한편 내용적·형식적 연구[4]는 주로 내용적 측면에서 전원시라는 관점과 형식적 측면에서 환상성이라는 관점에서 고찰한다. 이건청은 장만영이 전원시를 쓰게 된 것은 도시 생활에 대한 회의와 고향에 대한 그리움에서 기인한다고 언급하고, 박호영은 장만영의 시를 환상성에 초점을 맞추어 유토피아 지향, 분위기를 통한 현실 일탈, 무정향적 여행 의식 등으로 규명한다. 다른 시인과의 비교 연구[5]는 주로 장만영 시와 1930년대 모더니즘 시인들의 비교 연구를 진행한다. 박철희는 장만영의 시를 김광섭, 김상용, 김현승 등의 시와 함께 묶어서 상실을 통한 고향 회복의 주제로 분류하고, 한영옥은 모더니즘의 영향을 받은 김광균과 장만영의 시를 비교하면서, 장만영 시의 특성으로 센티멘탈리즘

---

3   백철, 『신문학사조사』, 신구문화사, 1961, 545쪽; 이명재, 『현대 한국문학론』, 중앙출판인쇄주식회사, 1982, 239쪽; 김용직, 『한국 현대시사』, 한국문연, 1996, 367쪽.

4   이건청, 『한국 전원시 연구』, 문학세계사, 1986; 박호영, 「장만영 시에 나타난 환상성 연구」, 『국어교육』 제113호, 한국어교육학회, 2004.

5   박철희, 『한국 현대문학사』, 시문학사, 2000, 241~242쪽; 박철희, 「실향시대의 시인 – 김광균과 장만영」, 『한국 현대시문학 대계』 13, 지식산업사, 1982; 한영옥, 「장만영·김광균 시의 특질 비교」, 『성신여대 연구논문집』 제15집, 성신여대, 1982.

의 노출과 환상적 시각의 구도를 지적한다. 기타 학위논문에 해당하는 글들[6]은 주로 장만영의 시 세계 전반을 고찰하거나, 다른 시인과의 연관 관계를 살피거나, 특정한 테마에 대해 규명하는 등의 연구를 진행한다.

장만영 시에 대한 선행 연구들은 문예사조 및 시문학사적 평가로서 이 미지즘, 모더니즘, 전원적 모더니즘, 전원적인 리리시즘 등을 언급하고, 내용적·형식적 연구로서 전원시적 요소, 환상성, 유토피아 지향, 분위 기를 통한 현실 일탈, 무정향적 여행 의식 등을 지적하며, 다른 시인과의 비교 연구로서 주로 1930년대 모더니즘 시인들과의 비교를 통해 상실을 통한 고향 회복, 센티멘탈리즘의 노출, 환상적 시각 등을 규명했다. 이 글은 선행 연구의 성과들을 토대로 장만영 시에 나타나는 '반복'과 '변주' 의 '언술 구조'를 '미적 효과와 기능' 면에서 세밀히 분석하여 '구조화 원 리'를 고찰하고자 한다. 이를 위해 이 글은 텍스트 언어학에서 표층 텍스 트의 '결속 구조'에 해당하는 기법들을 참고하여 장만영 시의 '반복'을 분 석하고, 표층 텍스트의 '결속 구조'가 기저 텍스트 세계의 '결속성'으로 연 결되는 관점들을 참고하여 장만영 시의 '변주'를 분석한다. 이 글은 이러 한 방법에 따라 장만영 시의 '언술 구조'를 크게 부분적 표현의 영역에서 형성되는 '반복'과 부분적 표현을 연 구성으로 연결하는 영역에서 형성 되는 '변주'라는 두 층위로 나눈 후, 다시 '반복'을 '단어의 회기', '문장의 회기' 등으로 세분하고, '변주'를 '병렬적 대구', '대칭적 대구', '연쇄적 대

---

6   김삼규, 「장만영 연구」, 서강대 석사논문, 1986; 김창수, 「장만영 시의 모더니즘 수용과 그 변모」, 부산대 석사논문, 1986; 박기태, 「장만영 시 연구」, 한국외대 석사논문, 1986; 이준관, 「한국 현대시의 동심의식 연구─신석정·장만영·백석의 시를 중심으로」, 고 려대 석사논문, 1989; 김미숙, 「장만영 시의 공간 연구」, 동아대 석사논문, 1986; 김세영, 「장만영 시 연구」, 성신여대 석사논문, 2006.

구', '점층적 대구' 등으로 세분하여 미적 효과와 기능을 구체적으로 분석하고자 한다. 결국 이 글은 장만영 시에 나타나는 '반복'과 '변주'의 언술 구조를 미적 효과와 기능을 중심으로 분석하여 구조화 원리를 고찰함으로써 시간, 기억, 무의식, 잠재성, 수동적 종합, 욕망, 충동 등과 관련된 시 의식의 내면적 동력에 대한 조명을 시도하고자 한다.

2. 반복 – 단어, 문장의 회기

장만영 시의 가장 기본적인 언술 구조는 '반복'이다. '반복'은 동일한 단어·구·절·문장 등을 되풀이하는 것을 의미하는데, 동일한 것의 반복, 변형을 동반하는 반복, 차이를 동반하는 반복, 생략을 동반하는 반복 등 반복의 형태에 따라 여러 하위 유형들을 포함한다. 텍스트 언어학에서 '반복'은 '회기(回起 : recurrence)'의 개념으로 사용되는데, '회기'는 텍스트에 안정성을 부여하는 통사 구조, 즉 결속 구조를 강화하는 가장 기본적인 요소이다. '결속 구조'는 단어들이 문법적인 형식과 규칙에 따라 상호 관련을 맺는 언어 체계로서, 구·절·문장 등을 조립하는 방식과 구와 절 상호 간, 문장들 상호 간의 의존 관계 등을 통해 구체화된다.[7] 이 글

---

7 '회기(回起 : recurrence)'는 구성 요소나 패턴을 단순히 반복하는 것이고, '부분 회기 (partial recurrence)'는 이미 사용한 구성 요소들을 다른 품사나 부류(예를 들어, 명사에서 동사로)로 전환해서 사용하는 것을 말한다. '병행 구문(竝行句文, parallelism)'은 동일한 표층 구조를 반복하되 그 구조에 새로운 구성 요소를 넣어 사용하는 것이고, '환언 (換言 : paraphrase)'은 같은 내용을 반복하면서 다른 표현을 사용하는 것이다. '대용형 (代用形 : pro-forms)'은 독립적인 의미 내용이 없는 짧은 어사가 의미 내용을 수반하는 어사를 대치하는 것이고, '생략(ellipsis)'은 하나의 구조와 의미 내용을 반복하되 표층 표현의 일부를 빼고 사용하는 것을 말한다. '회기'는 시적 언술에 널리 사용하는 장치로

에서는 장만영 시에 나타나는 '반복'을 부분적 표현의 영역에서 형성되는 '완전 회기', '부분 회기', '병행 구문', '환언', '대용형', '생략' 등의 하위유형을 포함하는 '회기' 기법을 중심으로 분석한다.

장만영의 시에는 부분적 표현의 영역에서 형성되는 '반복'의 경우로서 '단어의 회기', '문장의 회기' 등이 빈번히 등장한다. 먼저 '단어의 회기'를 살펴보자. 부가적으로 '어미'의 회기도 살펴보기로 한다.

봄을 따라 ㉠아가가 갔다. 조그만 ㉠아가의 관이 나가던 날은 비가 무섭게 퍼부었다. ㉡나는 몹시 슬펐다. ㉡나는 여행을 떠났다. 산골의 온천에서 달포를 있었다. 밤마다 뻐꾹새가 울었다. ㉡나는 그 때 술을 배웠다.

*

㉢뻐꾹새 ㉣울음을 들으며 눈물짓노라.

㉢뻐꾹새는 ㉤서러운 새 ㉤서러운 목소리로 ㉣울음우네,

㉢뻐꾹새는 밤새 뉘를 찾아 저리 우ⓐ느?

　아빠를 ㉾모르고

　엄마를 ㉾모르고

　섧고 짧게 살다 가버린 ㉠아가,

㉠아가는 죽어 ㉢뻐꾹새가 되었ⓑ느뇨.

㉢뻐꾹새가 되어 ㉢'뻐꾹 ㉢'뻐꾹

서 완전 회기, 부분 회기, 병행 구문, 환언, 대용형, 생략 등의 하위 유형을 포함한다. 회기와 결속 구조에 대한 설명은 R. 보그랑드 · W. 드레슬러, 김태옥 · 이현호 역, 『담화 · 텍스트 언어학 입문』, 양영각, 1991, 45~81쪽; 하인츠 파터, 이성만 역, 『텍스트의 구조와 이해』, 배재대 출판부, 2006, 39~59쪽 참고.

아빠를 찾아 엄마를 찾아 저리 우ⓑ느뇨.

깊은 산골,

초라한 여인숙.

여울 물소리, ©Ⓒ뻐꾹새 ⓡ울음소리.

나는 자칫하면 눈물이 후두둑 떨어질 것만 같아라.

Ⓒ뻐꾹새 Ⓒ뻐꾹새 Ⓒ뻐꾹새

Ⓒ뻐꾹새는 저기 숲에서 살지?

어느 곳 하늘 아래 Ⓛ나의 ⒢아가는 사ⓐ누?

— 「뻐꾹새 감상(感傷)」[8] 전문

이 시는 ⒢"아가", Ⓛ"나", Ⓒ"뻐꾹새", ⓡ"울음", Ⓜ"서러운", Ⓗ"모르
고" 등의 단어와 ⓐ"~누?", ⓑ"~느뇨" 등의 어미를 '회기'하는 언술 구조
를 보여준다. 화자인 Ⓛ"나"는 시적 대상인 ⒢"아가"를 관찰하면서 그 슬
픈 사연을 Ⓒ"뻐꾹새"의 ⓡ"울음"을 통해 형상화한다. 산문시의 형태로
서술하는 1연은 서사적 구조를 보여주는 반면, 자유시의 형태로 서술하
는 2연 이후는 Ⓒ"뻐꾹새"와 그 ⓡ"울음"을 연속적으로 회기하면서 청각
적 이미지의 효과를 강화한다. "뻐꾹새"는 이름 자체에 "뻐꾹"이라는 의
성어를 포함하기 때문에 "울음소리"와 함께 청각적 효과를 이중으로 얻
는다. 2연의 1~3행에 Ⓒ"뻐꾹새"를 앞부분에 배치하여 3회 회기하고, 1

---

8 장만영, 『장만영 전집 1 ― 시편 1』, 국학자료원, 2014, 343~344쪽. 이하 장만영의 제1~
제6시집에 수록된 시의 인용은 이 책에 의거한다.

행과 2행에서 ㉣"울음"을 회기하며, 2행에서는 ㉤"서러운"을 2회 연속 회기하면서 중층적인 화음을 이룬다. 4~5행에서 ㉤"모르고"를 2회 회기하고, 6~7행에서는 ㉠"아가"를 2회 연속 회기하며, 7~8행에서는 ㉢ "뻐꾹새"를 2회, ㉢'"뻐꾹"을 2회 회기하여 청각적 효과를 극대화하고 있다. 3연 3행에는 "여울 물소리"와 "뻐꾹새 울음소리"를 조응시켜 "눈물이 후두둑 떨어질 것만 같"은 화자의 슬픔을 표현한다. 그리고 4연의 1행과 2행에서 다시 "뻐꾹새"를 4회 연속 회기하는데, 단속적인 명사의 회기가 화자의 급박하고 고조된 정서를 효과적으로 표현한다.

2연의 7행 "아가는 죽어 뻐국새가 되었느뇨"라는 문장은 시의 기본 구도를 압축적으로 제시한다. 시 전체에서 총 5회 회기하는 ㉠"아가"와 총 10회 회기하는 ㉢"뻐꾹새"는 ㉡"나"의 관점에서 동격을 이룬다. ㉠"아가"는 "아빠를 모르고 엄마를 모르고 / 섧고 짧게 살다" 죽었고, "밤마다" ㉢"뻐꾹새"는 "서러운 목소리로 울음"을 울므로, 화자인 ㉡"나"는 이 둘을 동일시하는 것이다. 그런데 ㉡"나"도 총 4회 회기하면서, 각각 2회 회기하는 ⓐ"~누?"와 ⓑ"~느뇨"라는 어미의 공감적 어조로써 자신의 애절한 정서를 노출하므로, 궁극적으로 ㉠"아가" 및 ㉢"뻐꾹새"와 동일시하고 있다. 따라서 ㉠"아가", ㉡"나", ㉢"뻐꾹새" 등은 총 3회 회기하는 ㉣ "울음"을 매개로 '통합'되고 '용해'되므로 프로이트적 압축, 라캉적 은유, 들뢰즈적 위장 등의 개념과 연관할 수 있다. 결국 이 시의 ㉠"아가", ㉡ "나", ㉢"뻐꾹새" 등이 형성하는 은유는 ㉣"울음"이라는 ㉤"서러운" 비애적 정서를 드러내는 동시에, '의미화 연쇄' 속에서 '기표의 대체'로 이루어지는 '의미 효과'로서 고아 의식, 방랑 의식, 부모 상실, 원천 회귀 등의 비극적 의미를 만들어 내는 것이다.

순아 산(山)으로 가⊙고 싶지?
깊은 산(山)에 묻혀 살⊙고 싶지?

산짐승들과 함께 살⊙고 싶지?
산짐승들처럼 그렇게 살⊙고 싶지?

세상(世上)한테 잊히어 살⊙고 싶지?
세상(世上) 같은 건 아주 잊⊙고 싶지?

산새와 산토끼만이 벗이라도 외롭지 않ⓐ겠지?
그들과 살며 그 무엇을 생각하⊙고 싶지?

그렇게 살아도 외롭지 않ⓐ겠지?
무서울 것 하나 없ⓐ겠지?

세상이 우스울 것 ⓛ같지?
인생(人生)이 가엾을 것 ⓛ같지?

밤이면 부엉새도 울ⓐ겠지?
달빛도 손님처럼 찾아 오ⓐ겠지?

순아 진정 산(山)으로 가⊙고 싶지?
깊은 산(山)에 묻히어 살⊙고 싶지?

—「산(山)으로 가고 싶지?」 전문

이 시는 ㉠"~고 싶지?", ㉡"~같지?" 등의 형용사, ⓐ"~겠지"라는 어미를 회기하는 언술 구조를 보여준다. 1~8연의 각 연을 공통적으로 2행씩 배열하는 구조를 보여주고, 1연과 8연은 문장을 약간의 변화를 동반한 채 반복함으로써 수미상관적 구성을 보여준다. 전체적으로 "순아", "산", "산짐승들", "세상" 등의 명사를 회기하지만, ㉠"~고 싶지?", ㉡"~같지?" 등의 형용사와 ⓐ"~겠지"라는 어미를 중심으로 회기의 구도를 만들어낸다. 전반부(1~3연)의 각 연은 모두 ㉠"~고 싶지?"를 표층 구조로 '병행 구문'을 시도하는데, 1연에서 "산"이 2회 회기하고, 2연에서는 "산짐승들"이 2회 회기하며, 3연에서는 "세상"이 2회 회기하면서 변형을 시도한다. 한편 중반부(4~6연)는 주로 ⓐ"~겠지?"를 표층 구조로 '병행 구문'을 시도하지만, 4연의 2행에서 ㉠"~고 싶지?"를 구사하고, 6연에서는 ㉡"~같지?"를 구사함으로써 변형을 시도한다. 그리고 후반부(7~8연)는 모두 "~지?"를 회기한다는 점에서 동일하지만, 7연이 ⓐ"~겠지?"의 회기인 반면, 8연은 ㉠"~고 싶지?"의 회기라는 점에서 변형을 시도한다.

총 9회 회기하는 ㉠"~고 싶지?"는 청자인 "순아"의 공감적 동의를 전제로 의지적 행위를 요청하는 보조 형용사이고, 총 2회 회기하는 ㉡"~같지?"는 공감적 동의를 전제로 표면적으로 추측을 나타내지만 우회적으로 확신을 드러내는 형용사이며, 총 5회 회기하는 ⓐ"~겠지?"는 공감적 동의를 전제로 화자의 의지를 표현하는 어미이다. 따라서 ㉠"~고 싶지?", ㉡"~같지?", ⓐ"~겠지?" 등이 형성하는 '회기'의 구조는 기본적으로 공감적 동의와 우회적 확신 및 의지라는 의미로 '통합'되므로 프로이트적 압축, 라캉적 은유, 들뢰즈적 위장 등의 개념과 연관할 수 있다. ㉠"~고 싶지?", ㉡"~같지?", ⓐ"~겠지?" 등이 형성하는 은유는 "세상"을 등지고 "산"으로 가고자 하는 화자의 소망 및 처지를 청자에게 이입하면서, '의미화 연쇄' 속에서 '기표의 대체'로 이루어지는 '의미 효과'로서 의지적 행위, 우회적 확신 등의 의미를 만들어 낸다. 여기서 주목할 부분은 화자가 청자인 "순아"와 상호 주체성을 가지고 작용하는 관계가 아니라 동일시하고 이입하는 관계를 형성하기 때문에, 연대감을 형성하기보다는 고독한 단독자로서 폐쇄적 공간에 갇힌 듯한 느낌을 준다는 점이다.

다음으로 '문장의 회기'를 살펴보자.

　　새벽마다 베개는 내 눈물에 젖었더라.
　㉠아가는 ㉡나를 기다리는가.
　①돌아가리, ㉡내 ㉠아가의 곁으로 돌아가리.
　　계집을, 동무를, 시를……
　㉡나의 즐거움이었던 모든 것을 내던지고
　㉠아가를 위하여(내 섭섭히 생각하지 않고)
　①돌아가리, ㉡내 ㉠아가의 곁으로 돌아가리.
　　뻐꾹새가 많이 날아와 우는 동리.
　　복사꽃 구름 피듯 유달리 아름다운 동리.
　㉡나는 거기 ㉠아가와 둘이 살자.
　　바람이
　　저 하늘로 구름쪽을 몰고 가듯이
　　이윽고 ㉠아가와 ㉡내가
　　저기 푸른 들로 가축을 몰고 다니는 날―
　　오오, 그날 ㉡나의 마음은 청징하고

인생은 단옷날처럼 즐거우려니

ⓘ'돌아가리, ⓛ내 ⓖ아가의 곁으로 …… 고향으로.

—「귀거래(歸去來)」 전문

이 시는 ⓘ"돌아가리, 내 아가의 곁으로 돌아가리"라는 문장을 '회기'
하는 언술 구조를 보여준다. 3행과 7행에 이 문장을 회기하여 전체적인
구도를 잡고, 마지막 16행 ⓘ"'돌아가리, 내 아가의 곁으로 …… 고향으
로"에서 '생략'과 '환언'을 통해 변형을 시도한다. 여기에 ⓛ"나', ⓖ"아가"
등 단어의 회기를 개입한다. ⓖ"아가"라는 명사는 ⓘ의 문장뿐만 아니라
시 전체에서 총 7회 회기하면서 핵심적인 이미지를 형성한다. ⓖ"아가"
는 4행에서 제시되는 "계집", "동무", "시" 등의 의미인 현재적 삶의 동력
과 대립되는 "고향"과 긴밀히 연결되는 이미지이다. 장만영 시의 핵심적
이미지 중 하나인 "아가"는 '고향', '과거', '순수' 등의 의미를 가지는 원형
적 이미지라고 간주할 수 있다. 화자는 이러한 세계를 염원하면서 과거
의 순수 공간으로 회귀하고자 한다. 8행 이후에 등장하는 "뻐꾹새", "복
사꽃", "푸른 들", "단옷날" 등의 시어들은 "아가의 곁"으로 대변되는 과거
의 순수 공간이 가지는 기쁨과 즐거움을 효과적으로 표현한다.

한편 시 전체에서 ⓖ"아가"가 항상 ⓛ"나"와 밀착해 등장한다는 점을
주목할 필요가 있다. "내 아가"라는 표현이 잘 보여주듯, ⓛ"나"와 ⓖ"아
가"는 '통합'되고 '용해'되므로 프로이트적 압축, 라캉적 은유, 들뢰즈적
위장 등의 개념과 연관할 수 있다. "아가"가 '고향', '과거', '순수' 등의 의미
를 가지는 원형적 이미지라고 간주할 때, ⓛ"나"와 ⓖ"아가"가 형성하는
은유는 '의미화 연쇄' 속에서 '기표의 대체'로 이루어지는 '의미 효과'로서

현실적 자아 내부에 존재하는 본래적·과거적·유년적 자아라는 의미를 만들어낸다. "돌아가리"라는 동사의 회기가 의미하는 것은 이러한 '또 다른 자아'로의 회귀이다. 이 언술 특성은 장만영 시에서 과거의 순수 원형적 이미지인 "아가"가 화자의 밀폐된 내면에 자리 잡은 배타적이고 나르시시즘적인 대상이자 공간이라는 사실을 암시한다. 이러한 이유로 장만영 시에 빈번히 회기하는 ⓛ"나"와 ⊙"아가"의 은유 계열을 '반복 강박'에 의한 '죽음 충동' 및 '실재'에 진입하는 '주이상스'의 개념과 연관해서 해석할 수 있는 가능성이 생긴다. 그리고 시간의 텅 빈 형식으로서 '미래'로 이끌면서 '영원회귀'와 연관하며 '나르키소스적 자아'와 '죽음 충동'의 종합으로서 쾌락 원칙의 무-바탕을 형성하는 들뢰즈의 시간의 세 번째 종합과도 연관할 수 있다. 한편 8행 이후에 등장하는 "뻐꾹새", "복사꽃", "푸른 들", "단옷날" 등이 드러내는 기쁨과 즐거움은, 이 회귀의 공간을 '에로스'와 '기억'의 종합으로서 '위장'과 '전치'라는 차이의 메커니즘을 가지고 부정, 대립, 갈등 이전에 '물음'을 던지고 '문제'를 제기하는 들뢰즈의 시간의 두 번째 종합과도 연관할 수 있는 가능성을 보여준다.

　　서울 어느 뒷골목
　　번지 없는 주소(住所)엔ⓙ들 어떠랴,
　　조그만 방이나 하나 얻고
　　①순아 우리 단 둘이 사자.

　　숨바꼭질하던
　　어린 적 그때와 같이

아무도 모르게

　꼬옹 꽁 숨어 산㉠들 어떠랴,

①순아 우리 단 둘이 사자.

단 한 사람

　찾아 주는 이 없은㉠들 어떠랴.

ⓒ낮에는 햇빛이

ⓒ밤에는 달빛이

　가난한 우리 들창을 비춰 줄 게다.

①순아 우리 단 둘이 사자.

깊은 산(山) 바위틈

　둥지 속의 산비둘기처럼

ⓒ나는 너를 믿고

ⓒ너는 나를 의지하며

①순아 우리 단 둘이 사자.

― 「사랑」 전문

　이 시는 1연, 2연, 3연, 4연 등의 마지막 행에 ①"순아 우리 단 둘이 사자"라는 문장을 '완전 회기'하는 언술 구조를 보여준다. 이 회기는 마치 노래의 후렴처럼 반복을 통해 시적 의미와 주제를 강조하는 효과를 만든다. 또한 1연, 2연, 3연에 ㉠"~들 어떠랴"라는 구를 표층 구조로 '병행 구문'을 형성하는 점도 주목할 만하다. 이 언술 구조는 연인과 함께 산다면 누추한 거처에서 고독하게 살지라도 상관없다는 내적 자부심과 긍지를 강조한다. 한편 3연의 "낮에는 햇빛이 / 밤에는 달빛이"에서 ⓒ"～에는 ～이"라는 구를 표층 구조로 '병행 구문'을 형성하고, 4연의 "나는 너를 믿고 / 너는 나를 의지하며"에서도 ⓒ"～는 ～를"이라는 구를 표층 구조로 '병행 구문'을 형성하는 점도 시의 언술 구조에 변화를 가져온다.

　이 시는 ①의 문장을 중심으로 ㉠"～들 어떠랴", ⓒ"～에는 ～이", ⓒ "～는 ～를" 등의 '병행 구문'이 전체적인 언술 구조의 핵심을 형성한다. 이 시의 언술 구조는 여러 면에서 「산으로 가고 싶지?」와 대조적이다. ① "순아 우리 단 둘이 사자"가 각 연 마지막 행에 '완전 회기'한다는 점에서 안정감과 통일성을 유지할 뿐만 아니라, 단정적 어조를 띤 청유형 구문을 통해 확신에 찬 소망적 의지를 표현한다. 그리고 화자가 청자인 "순아"와 동일시하고 이입하는 관계가 아니라 상호 주체성을 가지고 작용하는 관계를 통해 "우리"를 형성하기 때문에, 고독한 단독자로서 폐쇄적 공간에 갇힌 듯한 느낌이 아니라 건강한 연대감을 만들어낸다. "나는 너를 믿고 / 너는 나를 의지하며"에서 ⓒ"～는 ～를"이라는 구를 표층 구조로 '병행 구문'을 형성하는 구조가 상호 주체성에 근거한 연대감을 잘 보여준다. ㉠"～들 어떠랴"의 회기도 설의형 서술어를 회기하면서 내적 자부심과 긍지를 강조한다는 점에서, 공감적 동의를 전제로 의지적 행위, 우회적 확신 등을 표현하면서 화자의 소망 및 처지를 청자에게 이입하는 「산으로 가고 싶지?」와 대조를 이룬다. 이 시의 각 연은 ①"순아 우리 단 둘이 사자"라는 문장을 중심으로 '기표의 대체'를 통해 '통합'되므로 프로이트적 압축, 라캉적 은유, 들뢰즈적 위장 등의 개념과 연관할 수 있다.

짙은 가로수(街路樹) 그늘을 나란히 가며

흘깃 바라보며 눈 흘기던

㉠그 자태, 그 모습인들

㉡어떻게 잊으랴, 내가 눈감기 전에 …….

찻잔(茶盞)을 가운데 놓고

아무렇지 않은 듯 쳐다 보던

㉠그 눈매, 그 미소(微笑)인들

㉡어떻게 잊으랴, 내가 눈감기 전에 …….

별빛 어린 뒷골목길에서

서로 얼싸 안고 남몰래 입맞추던

㉠그 입술, 그 더운 입김인들

㉡어떻게 잊으랴, 내가 눈감기 전에 …….

―「내가 눈감기 전에―C·L에게」 전문

이 시는 1연, 2연, 3연 등의 마지막 행에 ㉡"어떻게 잊으랴, 내가 눈감기 전에 ……"라는 문장을 '완전 회기'하는 언술 구조를 보여준다. 이 회기는 마치 노래의 후렴처럼 반복을 통해 시적 의미와 주제를 강조하는 효과를 만든다. 또한 1연, 2연, 3연 등에 ㉠"그 ~, 그 ~인들"이라는 표층 구조를 회기하되 새로운 구성 요소를 넣는 '병행 구문'을 시도한다. 이 언술 구조는 '차이를 동반하는 반복'의 형태를 보여줌으로써 문장 ㉡의 '동일한 반복'이 가져오는 단순함을 극복하고 변화를 주는 역할을 담당한다.

①"어떻게 잊으랴, 내가 눈감기 전에 ……"의 '완전 회기'로 인해 1연, 2연, 3연 등은 '병렬적 구도'를 형성하고, ㉠"그 ~, 그 ~인들"이 형성하는 '병행 구문'은 '차이를 동반하는 반복'을 형성한다. 동일한 표층 구조에 새로운 구성 요소로 개입하는 1연의 "자태"와 "모습", 2연의 "눈매"와 "미소", 3연의 "입술"과 "입김" 등은 '암시'에 의해 '대체'되고 '전이'되므로, 프로이트적 전위, 라캉적 환유, 들뢰즈적 전치 등의 개념과 연관할 수 있다. 이러한 반복의 특성은 들뢰즈의 '리트로넬로' 개념과 연관할 수 있을 것이다. 왜냐하면 각 연의 회기가 '동일한 것의 반복'이 아니라 '차이나는 것을 반복'을 형성하기 때문이다. 따라서 이 반복은 베르그손이나 들뢰즈가 말한 '정신적 반복'에 해당한다고 볼 수 있다. 들뢰즈에 의하면, '정신적 반복'은 공존하는 상이한 수준에서 일어나는 전체의 반복으로서 옷입은 반복이고 공존하는 반복이며 잠재적 반복이고 수직적 반복이다.

3. 변주 1 – 병렬적, 대칭적 대구

'변주'는 시상 전개에 따르는 연 구성의 영역에서 '차이를 동반하는 반복'이라고 정의할 수 있다. 변주의 방식은 다양하지만, 장만영의 시에서 가장 대표적인 변주의 방식은 '대구(對句 : antithesis)'라고 볼 수 있다. '대구'는 비슷한 어조나 어세를 가진 것으로 짝 지은 둘 이상의 글귀를 구사하는 방식을 의미하는데, 한시를 비롯한 시적 언술에 많이 활용된다. '대구'의 기법은 '병행 구문'의 기법과 유사한 원리를 가지고 연 구성의 영역에서 구사되는 경향이 있으므로, 이 글에서는 '대구'를 부분적 표현의 영역인 '병행 구문'을 연 구성의 영역으로 확장하는 개념으로 사용한다. '병행 구문(竝行句文 : parallelism)'은 각 단위별로 동일한 표층 구조를 반복하되 그 구조에 새로운 구성 요소를 넣는 방식을 의미하는데, '회기'와 더불어 텍스트에 안정성을 부여하는 통사 구조, 즉 결속 구조를 강화하는 특성을 가진다.[9] '대구'는 동일한 표층 구조를 '반복'한다는 점에서 '회기'와 유사하지만, 새로운 구성 요소를 삽입한다는 점에서 '변주'의 방식이 개입된다. 이때 '변주'의 방식으로 삽입하는 새로운 요소들은 '병렬', '대비', '대칭', '연쇄', '점층', '순환', '전환', '왕복', '확장', '귀결' 등 다양한 유형이 나타날 수 있다. 따라서 우리는 대구의 유형을 다양하게 설정할 수 있을 것이다.

장만영의 시에는 부분적 표현을 연 구성의 영역으로 연결하는 '변주'의 경우로서 '병렬적 대구', '대칭적 대구', '연쇄적 대구', '점층적 대구' 등이 빈번히 등장한다. 이 절에서는 '병렬적 대구'와 '대칭적 대구'에 대해 고찰하기로 한다. 먼저 '병렬적 대구'를 살펴보자.

(A) ㉠어린 양은 오늘도 머언 산을 바라보고 있습니다.

　　찬란한 푸른 옷을 산뜻이 갈아입은 산마루 끝에는

　　파아란 하늘을 밟고 가는 흰 구름이 있습니다.

9　텍스트 언어학에서 '병행 구문'은 '결속 구조'를 강화하는 특성을 갖는데, 이 글은 부분적 표현의 영역인 '병행 구문'을 시상 전개에 따르는 연 구성의 영역으로 확장하는 '대구(對句)'의 기법을 통해 '결속성'의 차원을 분석한다. 따라서 이 글은 '병행 구문'과 '대구'를 매개로 표층 텍스트의 '결속 구조'에 대한 구문론적 연구를 기저 텍스트 세계의 '결속성'에 대한 의미론적 연구로 연결시켜, '의의'의 '연속성', '활성화', '연결 관계의 강도' 등의 관점들을 고려하면서 분석하고자 한다. 병행 구문과 결속 구조에 대한 설명은 R. 보그랑드 · W. 드레슬러, 앞의 책, 45~81쪽; 하인츠 파터, 앞의 책, 39~59쪽 참고.

(B) ㉠어린 양은 오늘도 아득한 새소리에 귀를 기울이고 있습니다.

새들이 타고 날아가는 포근한 바람 속에는

새들의 지저귀는 즐거운 노래가 있습니다.

(C) ㉠어린 양은 오늘도 떠 가는 흰 구름을 보고

자기 엄마가 산을 넘어오지 않나 의심합니다.

(D) ㉠어린 양은 오늘도 새소리를 들으며

저를 부르던 엄마의 목소리를 그리워합니다.

— 「양(羊)」 전문

  이 시의 전체적 구도는 (A)(1연), (B)(2연), (C)(3연), (D)(4연) 등을 병치하는 '병렬적 대구'의 언술 구조를 보여준다. 이 시는 (A), (B), (C), (D) 등의 1행 앞부분에 ㉠"어린 양은 오늘도"라는 구를 중심으로 '병행 구문'을 형성하며 각 연을 대등하게 나열하면서 병치한다. ㉠"어린 양은 오늘도"라는 구가 이끄는 각 연은 (A)에서 "머언 산을 바라보고 있습니다", (B)에서 "아득한 새소리에 귀를 기울이고 있습니다", (C)에서 "떠가는 흰 구름을 보고", (D)에서 "새소리를 들으며" 등의 문장으로 이어지면서 병렬적 구도를 형성한다. 한편 (A)와 (B)의 2~3행과 (C)와 (D)의 2행의 경우는 약간의 편차를 가지고 제시한다. 전자는 "찬란한 푸른 옷을 산뜻이 갈아입은 산마루"와 "파아란 하늘을 밟고 가는 흰 구름", "포근한 바람"과 "새들의 지저귀는 즐거운 노래" 등을 통해 밝고 경쾌한 의미 및 기쁜 정서를 제시하는 반면, 후자는 "엄마가 산을 넘어오지 않나 의심"하고 "엄마의 목

소리를 그리워"하는 모습을 통해 고독과 기다림의 의미 및 안타까운 정
서를 제시하는 것이다. 따라서 이 시는 '병렬적 대구'의 언술 구조에 변화
를 도입하여 '대비적 관계'를 내포한다고 간주할 수 있다.

  '병렬'의 언술 구조는 다른 대상들을 차례로 '나열'하여 '병치'하거나
'첨가'하여 '연대'하는 속성을 가지므로, 의미를 '확대'하거나 정서를 '확
산'하는 미적 효과와 기능을 가진다. 따라서 '병렬적 대구'는 구성 요소들
이 '수평적 나열'을 통해 독립성을 유지한 채 '상호 병존'하거나 '수평적
첨가'를 통해 '상호 연대'하면서 '등가적 구도'를 형성한다. 인용 시는 (A),
(B), (C), (D) 등의 1행 앞부분에 ㉠"어린 양은 오늘도"라는 구를 표층 구
조로 회기하면서 각 연을 대등하게 '나열'하고 '병치'하여 의미를 '확대'하
면서 정서를 '확산'하는 '병렬적 대구'를 형성하므로, 구성 요소들이 '수평
적 나열'을 통해 독립성을 유지한 채 '상호 병존'하면서 '등가성의 병존'이
라는 구조화 원리를 형성한다고 볼 수 있다. (A), (B), (C), (D) 등이 '기표
의 대체'를 통해서 병존하여 '병렬적 대구'의 언술 구조를 형성한다는 점
에서, 일련의 이미지들은 프로이트적 압축, 라캉적 은유, 들뢰즈적 위장
등의 개념과 연관할 수 있다.

  (A)   순이, 뒷산에 두견이 노래하는 사월달이면
       ①비는 새파아란 잔디를 밟으며 온다

  (B) ①비는 눈이 수정처럼 맑다
      ①비는 하아얀 진주 목걸이를 자랑한다

(C) ①비는 수양버들 그늘에서

　　　한종일 은색 레이스를 짜고 있다

(D) ①비는 대낮에도 나를 키스한다

　　　①비는 입술이 함씬 딸기물에 젖었다

(E) ①비는 고요한 노래를 불러

　　　벚꽃 향기 풍기는 황혼을 데려온다

(F) ①비는 어디서 자는지를 말하지 않는다

　　　순이, 우리가 촛불을 밝히고 마주 앉을 때

(G) ①비는 밤 깊도록 창 밖에서 종알거리다가

　　　이윽고 아침이면 어디론지 가 버린다

— 「비」 전문

　　이 시의 전체적 구도는 (A)(1연)~(G)(7연)의 각 연을 병치하는 '병렬적 대구'의 언술 구조를 보여준다. 이 시는 (A)~(G)의 각 연마다 ①"비는~ ㄴ다"라는 문장을 표층 구조로 '병행 구문'을 형성하면서 각 연을 대등하게 나열하면서 병치한다. (A), (C), (E), (F), (G) 등은 각 연에 ①이 1회 등장하여 균등한 리듬감을 형성하는 반면, (B), (D) 등은 각 연에 ①이 단문의 형식으로 2회 연속 등장하여 변화를 준다. 한편 전반부((A)~(C))와 후반부((D)~(G))를 약간의 편차를 가지고 제시한다. 전반부는 "한종일"로 대표되는 동등한 시간대에서 "새파아란 잔디", "수정", "하아얀 진주 목걸이", "수양버들 그늘", "은색 레이스" 등을 통해 순수하고 청신한 의미를 제시하는 반면, 후반부는 "대낮"ㅡ"황혼"ㅡ"밤"ㅡ"아침"으로 전이되는 시간대에서 "키스"·"딸기물"ㅡ"고요한 노래"·"벗꽃 향기"ㅡ"촛불"ㅡ "종알거리다가" "가 버린다" 등을 통해 순수하고 청신한 의미 및 그 소멸을 제시하는 것이다. 한편 (A)～(G)의 각 연은 반복과 변주의 언술 구조 이외에도 다채로운 감각적 이미지를 복합적으로 구사하여 시적 효과를 얻고 있다. 이 방식은 "뒷산에 두견이 노래하는 사월달"이라는 화사하고 따뜻한 봄의 계절 감각과 "순이"에 대한 애정의 감정을 조응시키는 시적 효과를 발휘한다.

이 시는 (A)～(G)의 각 연마다 ① "비는～ㄴ다"라는 문장의 '병행 구문'을 통해 각 연을 대등하게 '나열'하고 '병치'하여 의미를 '확대'하면서 정서를 '확산'하는 '병렬적 대구'를 형성하므로, 구성 요소들이 '수평적 나열'을 통해 독립성을 유지한 채 '상호 병존'하면서 '등가성의 병존'이라는 구조화 원리를 형성한다고 볼 수 있다. (A)～(G)의 각 연이 '기표의 대체'를 통해 병존하여 '병렬적 대구'의 언술 구조를 형성한다는 점에서, 일련의 이미지들은 프로이트적 압축, 라캉적 은유, 들뢰즈적 위장 등의 개념과 연관할 수 있다.

다음으로 '대칭적 대구'를 살펴보자.

(A) ㉠순이 버레 우는 고풍(古風)한 뜰에
      ㉡달빛이 밀물처럼 밀려 왔ⓐ구나

(B) ⓒ달은 나의 뜰에 고요히 앉아 있ⓑ다

　　　ⓒ달은 과일보다 향그럽ⓑ다

(C)　　동해 바다 물처럼

　　　푸른

　　　가을

　　　밤

(B') ㄹ포도는 ⓒ달빛이 스며 고웁ⓑ다

　　　ㄹ포도는 ⓒ달빛을 머금고 익는ⓑ다

(A') ㄱ순이 ㄹ포도 넝쿨 밑에 어린 잎새들이

　　　ⓒ달빛에 호젓하ⓐ구나

　　　　　　　　　　　　　　　　　　　　—「달·포도·잎사귀」 전문

　　　이 시의 전체적 구도는 (C)(3연)를 중심으로 (A)－(B)(1~2연)와 (B')－
(A')(4~5연)가 균형을 이루는 '대칭적 대구'의 언술 구조를 보여준다. 이
시는 ㄱ"순이", ㄴ"달빛", ㄷ"달", ㄹ"포도" 등의 명사와 ⓐ"~구나", ⓑ
"~다"라는 종결 어미를 중심으로 회기가 주로 나타난다. (A)와 (A')는 공
통적으로 ㄱ"순이", ㄴ"달빛" 등의 명사와 ⓐ"~구나"라는 어미를 회기
하는 동시에 변형하면서 일종의 수미상관적 구조를 보여준다. 이 구조는
시 전체의 근간을 이루면서 그 사이에 나타나는 (B), (C), (B')의 언술 구조
를 바깥에서 감싸고 있다. (A)와 (A')의 앞부분인 ㄱ"순이"는 일종의 호명

이라고 볼 수 있는데, 이러한 해석은 "밀려 왔구나"와 "호젓하구나"라는 감탄형 서술어를 구사하는 점과 연관한다. (B)와 (B')는 (A)와 (A')라는 바깥 구조의 안쪽에서 겹 구조로서 대응을 이루며 배치하고 있다. (B)에서 "달은"이라는 주어가 연속적으로 두 문장에서 반복되고, (B')에서 "포도는"이라는 주어가 연속적으로 두 문장에서 반복된다. 따라서 이 시는 전체적으로 (C)를 중심으로 (B)와 (B'), (A)와 (A')가 두 겹으로 에워싸면서 '대칭적 대구'를 구조화하고 있다. (B)와 (B')의 서술어가 공통적으로 ⓑ"~다"라는 평서형 어미인 것과 (A)와 (A')의 서술어가 공통적으로 ⓐ "~구나"라는 감탄형 어미인 것도 '대칭적 대구'의 언술 구조에 일조한다. 결국 (C)가 대칭적 구도의 중심을 이루는데, (C)의 네 행을 '7음절－2음절 －2음절－1음절'로 의도적으로 배열함으로써 호흡 면에서 속도를 점차 느리게 하는 동시에, 시각적 이미지 면에서는 "푸른"과 "가을"과 "밤"에 초점을 주면서 의미를 강조한다. 리듬의 효과를 살펴보면, (C)를 기준으로 보통 빠르게(A)－느리게(B)－보다 느리게(C)－느리게(B')－보통 빠르게(A')로 속도의 변주를 형성한다. 의미의 효과를 살펴보면, (A), (B)에 주로 "달" 및 "달빛"을 제시하고 (C)에서 "바다 물"－"푸른"－"가을"－"밤"으로 전이한 후, (B'), (A')에서 "달" 및 "달빛"과 조응하는 "포도"를 제시함으로써, "달"과 "포도"라는 두 중심 대상을 결부하는 의미 맥락을 형성한다.

'대칭'의 언술 구조는 기본적으로 '대비'의 언술 구조와 유사하게 '비교'의 속성을 가지지만, 구성 요소들을 중심선의 상하 또는 좌우로 '균등'하게 배치하여 '균형'을 잡으므로, 의미를 '구획'하거나 정서를 '정돈'하는 미적 효과와 기능을 가진다. 따라서 '대칭적 대구'는 구성 요소들이 '기하학적 균제'를 통해 '구조적 완결'을 보여주면서 '양가적 구도'를 형성한다.

인용 시의 '대칭적 대구'는 (C)를 중심으로 상하로 (B)와 (B'), (A)와 (A')가 두 겹으로 에워싸면서 '균등'하게 배치하여 '균형'을 잡아 의미를 '구획'하면서 정서를 '정돈'하는 미적 효과와 기능을 가지므로, 구성 요소들이 '기하학적 균제'를 통해 '구조적 완결'을 보인다고 할 수 있다. 그리고 (C)를 중심으로 상하로 (B)와 (B'), (A)와 (A')가 상호 조응하므로, 이 시의 '변주'의 언술 구조가 가지는 구조화 원리를 '양가성의 조응'이라고 간주할 수 있을 것이다.

(A)　①가로수(街路樹) 잎새가

　　　②저녁 바람에 붕어새끼처럼 파닥거리는

　　　③도시(都市)의 도시(都市)의 모든 알맞은 장소(場所)에

　　　④정 담은 청춘(靑春)들의 기다림과 속삭임이 있다.

(BB')　⑤기다리는 이 하나 나에겐 없다.

　　　⑥기다려 줄 이 하나 나에겐 없다.

(C)　　함께 살자고

　　　못살 양이면 함께 죽자던 이들의 모습이,

　　　음성이, 눈물이, 한숨이, 체온(體溫)이, 냄새가 …….

　　　아아 입술이-나를 괴롭힌다.

(B'B)　⑥기다려 줄 이 하나 나에겐 없다.

　　　⑤기다리는 이 하나 나에겐 없다.

(A')　④정 담은 청춘(靑春)들의 기다림과 속삭임이 있는

　　　③도시(都市)의 도시(都市)의 모든 알맞은 장소(場所)여.

　　　②저녁 바람에 붕어새끼처럼 파닥거리는

　　　　아아 ①가로수(街路樹) 잎새여.

—「애가(哀歌)」 전문

　　이 시의 전체적 구도는 (C)(3연)를 중심으로 (A)－(BB')(1~2연)와 (B'B)
－(A')(4~5연)가 균형을 이루는 '대칭적 대구'의 언술 구조를 보여준다.
이 시는 (A)의 1~4행에 제시한 ①"가로수 잎새가" ②"저녁 바람에 붕어
새끼처럼 파닥거리는" ③"도시의 도시의 모든 알맞은 장소에" ④"정 담
은 청춘들의 기다림과 속삭임이 있다" 등의 표현을 (A')의 1~4행에서 변
형시켜 ④－③－②－① 식의 역순으로 배열하는 독특한 변주 기법을
보여준다. (A)의 구절들과 (A')의 구절들은 문장 형태의 변주뿐만 아니
라 문장 배열의 순서를 변주시키는데, 이처럼 상호 변주를 통한 반복의
관계를 가진다는 점에서 변형된 수미상관의 구조라고 볼 수 있다. (BB')
의 ⑤"기다리는 이 하나 나에겐 없다"라는 문장은 ⑥"기다려 줄 이 하나
나에겐 없다"로 약간의 구문적 변형을 통해 회기하고, 다시 (B'B)에서 ⑥
－⑤로 순서를 바꾸어 회기하는 독특한 변주의 언술 구조를 보여준다.
이처럼 중층적인 반복과 변주의 언술 구조로써 복합적인 구도를 형성하
는 이 시에서, 내용적인 측면에서 강조되는 부분은 오히려 반복과 변주
를 보여주지 않는 (C)이다. (C)의 문장은 특별한 형식적 장치를 구사하지
않고 시적 내용 자체를 직설적으로 표현함으로써, 의미나 주제를 직접
전달한다.

이 시의 (C)는 (A)−(BB')와 (B'B)−(A')가 형성하는 상호 대칭적 구성의 중심축의 역할을 담당하기도 한다. 이러한 측면에서 이 시의 변주의 언술 구조는 (C)를 중심축으로 전반부와 후반부가 '대칭적 대구'를 형성한다. 변주의 구조도 중심축을 경계로 전반부에서 ①−②−③−④−⑤−⑥의 순서를 제시하고, 후반부에서 그 역순인 ⑥−⑤−④−③−②−①를 제시하여 상하 대칭적인 구조를 보여준다. 인용 시의 '대칭적 대구'는 (C)를 중심으로 상하로 (A)−(BB')와 (B'B)−(A')를 '균등'하게 배치하여 '균형'을 잡아 의미를 '구획'하면서 정서를 '정돈'하는 미적 효과와 기능을 가지므로, 구성 요소들이 '기하학적 균제'를 통해 '구조적 완결'을 보인다고 할 수 있다. 그리고 (C)를 중심으로 상하로 (BB')와 (B'B), (A)와 (A')가 상호 조응하므로, 이 시의 '변주'의 언술 구조가 가지는 구조화 원리를 '양가성의 조응'이라고 간주할 수 있을 것이다.

4. 변주 2 − 연쇄적, 점층적 대구

이 절에서는 장만영의 시에서 부분적 표현을 연 구성의 영역으로 연결하는 '변주'의 경우로서 '연쇄적 대구'와 '점층적 대구'에 대해 고찰하기로 한다. 먼저 '연쇄적 대구'를 살펴보자.

(A)　　비 그친

　　　　일요일 위로

　　　　흐르는 푸른 풍경은

한 알의 투명한

㉠청포도.

(B) ㉠'포도알 속

산기슭엔 마을이

낡은 호롱불이라 깜박이고

그 작은 마을 앞은

눈부신 ㉡시내.

(C) ㉡'시냇물에 발 잠그고

손 적시며

풍금소리 따라 사라진 어린시절과

저녁마다 만나서 기도하듯 속삭이던

귀여운 ㉢한 소녀의 순결에 내가 젖어 있노라면

(D) 바로 이때

머리 위로 ㉢'새새끼 한 마리

쪼르르 쪼르르 먼 하늘

저쪽으로 울며 날아간다,

죽은 그 소녀의

애처로운 영혼인 양 …….

— 「포도알 풍경(風景)」[10] 전문

이 시의 전체적 구도는 (A)(1연)－(B)(2연)－(C)(3연)－(D)(4연)로 연결하는 '연쇄적 대구'의 언술 구조를 보여준다. 이 시는 "비 그친 / 일요일"의 청신한 "풍경"을 다채로운 감각적 이미지들로 묘사한다. 이들 중에서 핵심적인 이미지는 (A)의 ㉠ "청포도", (B)의 ㉡ "시내", (C)의 ㉢ "한 소녀", (D)의 ㉣ "'새새끼 한 마리"인데, 주목할 부분은 각 연의 핵심적 이미지들을 '연쇄적 대구'의 언술 구조에 의해 연결하는 점이다. 즉 (A)의 마지막 행인 ㉠ "청포도"는 (B)의 1행 ㉠ "'포도알'로 이미지의 연쇄를 형성하고, (B)의 마지막 행의 ㉡ "시내"는 (C)의 1행 ㉡ "'시냇물'로 이미지의 연쇄를 형성하며, 다시 (C)의 마지막 행의 ㉢ "한 소녀"는 (D)의 2행 ㉢ "'새새끼 한 마리"로 이미지의 연쇄를 형성하는 것이다. 이러한 '연쇄적 대구'의 언술 구조에서 일종의 변격을 이루는 곳은 (D)의 1행 "바로 이때"이다. (A)에서 (B)로, (B)에서 (C)로 전이할 때 각각 이전 연의 마지막 행과 다음 연의 1행이 연쇄적 대구의 연결 고리로 작용한 반면, (C)에서 (D)로 전이할 때는 (D)의 1행에 "바로 이때"가 등장함으로써 언술 구조 및 의미 맥락상 이 연을 전체 구도에서 가장 중요한 부분으로 인식하게 한다. 그래서 바로 다음 행에 중핵의 이미지로서 ㉣ "'새새끼 한 마리"를 제시하는데, 이 이미지는 전체 시의 초점을 이루면서 "죽은 그 소녀의 / 애처로운 영혼"과 중첩된다. 한편 (A)~(D)의 각 연은 '연쇄적 대구'의 언술 구조 이외에도 다채로운 감각적 이미지들을 복합적으로 구사하여 시적 효과를 얻는다. 이 방식은 "비 그친 일요일"의 청신한 "풍경"을 효과적으로 묘사하는 데 중요한 역할을 담당한다. 이 시는 (D)에 이르러 중심 이미지인 ㉣ "'새

10　장만영, 『장만영 전집 2－시편 2』, 국학자료원, 2014, 108~109쪽. 이하 장만영의 제7~ 제8시집에 수록된 시의 인용은 이 책에 의거한다.

새끼 한 마리"를 "죽은 그 소녀의 / 애처로운 영혼"에 비유함으로써 슬픔과 회한의 정서를 개입시키며 마무리하고 있다.

'연쇄'의 언술 구조는 기본적으로 '병렬'의 언술 구조를 근간으로 '나열'이나 '첨가'의 속성을 가지지만, 구성 요소들을 '매개'를 통해 사슬처럼 서로 이어서 '통일'된 형체를 만들므로, 의미를 '접속'하거나 정서를 '누적'하는 미적 효과와 기능을 가진다. 따라서 '연쇄적 대구'는 구성 요소들이 '매개적 접속'을 통해 '단계적 전개'를 보여주면서 '인접적 구도'를 형성한다. 인용 시는 (A)의 ㉠"청포도", (B)의 ㉡"시내", (C)의 ㉢"한 소녀", (D)의 ㉣"'새새끼 한 마리" 등 각 연의 핵심적 이미지들을 '매개'로 '통일'된 형체를 만들면서 의미를 '접속'하고 정서를 '누적'하는 '연쇄적 대구'를 형성하므로, 구성 요소들이 '매개적 접속'을 통해 '단계적 전개'를 보여주면서 '인접성의 접속'이라는 구조화 원리를 형성한다고 볼 수 있다. (A), (B), (C), (D) 등의 핵심적 이미지들의 관계를 살펴보면, ㉠"청포도"과 ㉠"'포도알", ㉡"시내"과 ㉡"'시냇물", ㉢"한 소녀"과 ㉢"'새새끼 한 마리" 등은 '기표의 대체'를 통해 '통합'된다는 점에서 프로이트적 압축, 라캉적 은유, 들뢰즈적 위장 등의 개념과 연관할 수 있다. 반면 (A)에서 "비"－"풍경"－㉠"청포도", (B)에서 ㉠"'포도알"－"호롱불"－㉡"시내", (C)에서 ㉡"'시냇물"－"풍금 소리"－㉢"한 소녀", (D)에서 ㉢"'새새끼 한 마리"－"먼 하늘"－"영혼" 등은 '암시'를 통해 '대체'되고 '전이'된다는 점에서 프로이트적 전위, 라캉적 환유, 들뢰즈적 전치 등의 개념과 연관할 수 있다. 결국 이 시는 (A), (B), (C), (D) 등 각 연 내부의 이미지들을 전위·환유·전치로 접속하고, 연과 연 사이를 압축·은유·위장으로 중첩시키는 중층적 결합 방식을 통해 '연쇄적 대구'의 언술 구조 속에 압축과 전위, 은유와 환유, 위장과 전치 등을 상호 교차하고 결합하는 것이다.

다음으로 '점층적 대구'를 살펴보자.

(A) ㉠어머니

①㉡두견이는 어디로 갔을까요?

여름날 저 머언 숲 짙은 그늘이 있던

푸른 요람을 그대로 두고

①'㉡두견이는 지금 어디로 갔을까요?

(B) ㉠어머니

가을이 또 말없이 찾아와

푸른 요람에는 빠알갛게 단풍이 듭니다

붉은 놀 곱게 비낀 하늘이 멀고

해가 져도 ㉡두견이는 아니옵니다.

(C) ㉠어머니

오늘도 한종일 ㉡두견이를 찾았으나

영 넘는 나무꾼의 노래만 구슬프고

㉡두견이는 영영 아니 뵙니다,

이윽고 겨울도 저 산을 넘어온다는데 …….

— 「돌아오지 않는 두견이」 전문

이 시의 전체적 구도는 (A)(1연) − (B)(2연) − (C)(3연)로 전개하면서 점차 시상을 고조하는 '점층적 대구'의 언술 구조를 보여준다. 이 시는 주로 ㉠"어머니", ㉡"두견이" 등의 단어와 ①"두견이는 어디로 갔을까요?"라는 문장을 중심으로 회기를 형성한다. 기본적으로 (A), (B), (C) 등은 각 연의 1행에 ㉠"어머니"라는 명사를 회기하면서 규칙적 언술 구조를 형성한다. 1연은 ①에 "지금"을 첨가하여 ①'"두견이는 지금 어디로 갔을까요?"라는 문장을 회기하는데, 이처럼 (A)-(B)-(C)로 전개하는 큰 틀의 반복 속에 (A) 내부에서 작은 틀의 반복을 구사하는 겹 구조의 반복 기법을 보여준다. 그런데 (A)-(B)-(C)의 큰 틀에서 보면, (A)의 시상을 이루는 '두견이의 떠남'은 (B)에서 '두견이의 오지 않음'으로 전개하고, (C)에서 '두견이의 부재'로 다시 전개하면서 강도를 강화한다는 점에서, 이 시의 '변주'의 언술 구조를 '점층적 대구'라고 간주할 수 있다. 이 시는 '점층적 대구'의 언술 구조에 다채로운 감각적 이미지들을 가미함으로써 효과를 강화한다. (A)의 시상을 이루는 '두견이의 떠남'은 "숲 짙은 그늘"과 "푸른 요람"이라는 시각적 이미지를 통해 대비적 의미 효과를 낳고, (B)의 시상을 이루는 '두견이의 오지 않음'은 "푸른 요람"을 비롯해 "빠알 갛게 단풍"과 "붉은 놀"이라는 시각적 이미지를 통해 대비적 의미 효과를 심화하며, (C)의 시상을 이루는 '두견이의 부재'는 "노래만 구슬프고"라는 청각적 이미지를 통해 강화된 슬픔의 강도를 표현하는 것이다.

  '점층'의 언술 구조는 기본적으로 '병렬'의 언술 구조를 근간으로 '나열'이나 '첨가'의 속성을 가지면서, 때로 '대비'·'대칭'·'연쇄' 등의 언술 구조를 경유하여 '비교'·'균형'·'매개' 등의 속성을 가지지만, 구성 요소들을 점진적으로 겹쳐 가면서 강하게 하거나, 크게 하거나, 높게 하여 절정에 이르게 하므로, 의미를 '강조'하거나 정서를 '강화'하는 미적 효과와 기능을 가진다. 따라서 '점층적 대구'는 구성 요소들이 '병렬적 대구'의 특성인 '등가성의 구도', '대비적 대구'의 특성인 '이원적 구도', '대칭적 대구'의 특성인 '양가적 구도', '연쇄적 대구'의 특성인 '인접적 구도' 등을 토대로 점차 단계적으로 '고양'하면서 '상승적 구도'를 형성한다. 인용 시의 '점층적 대구'는 (A), (B), (C) 등 각 연의 대비적 의미 효과를 동반하는 동시에 '두견이의 떠남'(A) – '두견이의 오지 않음'(B) – '두견이의 부재'(C)로 전개하면서 강도를 강화한다. 인접한 이미지들 간의 의미의 병치, 조응, 접속 등을 경유하여 의미를 '강조'하면서 정서를 '강화'하는 '점층적 대구'의 구조화 원리를 '인접성의 강화'라고 간주할 수 있을 것이다.

(A)   나부는 한 권의 그림책.

        얼마든지 바라보ㄱ고 있고 싶고

        어루만지ㄱ고 있고 싶고

        언제까지나 가지ㄱ고 있고 싶다.

(B) ①거기엔 과포밭이 있다.

      ①거기엔 짙푸른 숲이 있다.

      ①거기엔 태고적 맑은 샘이 있다.

      ①거기엔 부드러운 언덕의 기복이 있다.

      ①거기엔 이름 없는 무덤들이 있다.

      ①거기엔 막막한 들판이 있다.

      ①거기엔 파아란 꿈이 있다.

      ①거기엔 노랫가락이 있다.

(C)   그윽히 풍기는 몸ⓒ내음.

　　분ⓒ내음. 꽃ⓒ내음.

　　가슴 밑바닥까지 스며드는 ⓒ내음이여!

　　나부는 우리의 향토.

(D) ②나는 고향에 가고 싶다.

　　②아아 나는 포옹하고 싶다.

　　푸른 하늘을 달리던 달빛이

　　잠깐 방안에 들러 나부 이마에

　　그칠 줄 모르는 경건한 키스를 하고 있다.

　　그것은 낮이나 밤이나 내 마음을

　　쪼아 먹고 있는 노스탤지어ㅡ.

　　②아아 나는 돌아가고 싶다.

　　②나는, 나는 울고 싶다.

－「나부(裸婦)」 전문

　이 시의 전체적 구도는 (A)(1연)－(B)(2연)－(C)(3연)－(D)(4연)로 전개
하면서 점차 시상을 고조하는 '점층적 대구'의 언술 구조를 보여준다. 또
한 이 시는 (A), (B), (C), (D) 등 각 연마다 변별적 '병행 구문'의 언술 구조
를 형성한다. 즉 (A)는 ㉠"～고 있고 싶고"라는 표층 구조, (B)는 ①"거기
엔 ～이 있다"라는 표층 구조, (C)는 ⓒ"내음"이라는 표층 구조, (D)는 ②
"나는 ～고 싶다"라는 표층 구조 등을 반복하면서 새로운 구성 요소를 넣
는 것이다. (A), (B), (C), (D) 등 각 연마다 배치된 변별적 '병행 구문'도 자

체적으로 '점층적 대구'의 언술 구조를 보여준다. (A)는 ㉠"~고 있고 싶고"라는 표층 구조를 회기하면서 "한 권의 그림책"으로 비유한 "나부"를 "바라보고", "어루만지고", "가지고" "싶"은 소망을 점차 강도를 높이며 표현하고, (B)는 ㉡"거기엔 ~이 있다"라는 표층 구조를 회기하면서 "나부"에 "과포밭", "짙푸른 숲", "태고적 맑은 샘", "부드러운 언덕의 기복", "이름 없는 무덤들", "막막한 들판", "파아란 꿈", "노랫가락" 등이 있다고 점차 강도를 높이며 표현한다. (C)는 ㉢"내음"이라는 기본 단어를 회기하면서 "나부"의 "몸내음", "분내음", "꽃내음"을 거쳐 "가슴 밑바닥까지 스며드는 내음"을 통해 "향토"에 대한 애정과 염원을 표현하고, (D)는 ㉣"나는 ~고 싶다"라는 표층 구조를 회기하면서 "고향에 가고 싶다", "포용하고 싶다", "돌아가고 싶다", "울고 싶다" 등으로 전개하는 점층적 대구의 형태를 보여준다. 연 구성을 살펴보면, (A)~(C)에서 "나부"에 대한 특성 및 정체를 묘사한 후 (D)는 "나부"의 상징적 의미인 "고향"으로의 회귀를 염원한다. 마지막 행에서 2회 연속 회기하는 "나는"과 "울고 싶다"라는 서술어는 이러한 염원이 현실에서 실현 불가능하기 때문에 드러나는 실의와 좌절감을 표현하고 있다.

장만영 시에서 '점층적 대구'는 '병렬적 대구'라는 '시작 유형'에서 '대칭적 대구' 및 '연쇄적 대구'라는 '매개 유형'을 거쳐 귀결하는 '귀착 유형'이라고 볼 수 있다. 따라서 '점층적 대구'는 '병렬적 대구'의 구조화 원리인 '등가성의 병존', '대칭적 대구'의 구조화 원리인 '양가성의 조응', '연쇄적 대구'의 구조화 원리인 '인접성의 접속' 등에 '상승'적 질서를 개입시켜 의미를 '강조'하고 정서를 '강화'하면서 '인접성의 강화'라는 구조화 원리를 형성한다. 인용 시는 (A), (B), (C), (D) 등 각 연의 내부에서 '점층적 대구'의 언술 구조를 형성하는 동시에, 시상 전개에 따르는 연 구성에서도 '점층적 대구'의 언술 구조를 형성한다는 점에서 주목할 만하다. 그리고 (A), (B), (C), (D) 등 각 연마다 변별적 '병행 구문'을 구사하여 표층 구조를 회기하면서 새로운 구성 요소를 넣는 방식을 보여준다. 각 연 내부에 제시한 이미지들이나 연 구성의 영역에서 제시한 시상들은 '기표의 대체'를 통해 '통합'된다는 점에서 프로이트적 압축, 라캉적 은유, 들뢰즈적 위장 등의 개념과 연관할 수 있다. 한편 (B)에 제시한 "과포밭", "짙푸른 숲", "태고적 맑은 샘", "부드러운 언덕의 기복", "이름 없는 무덤들", "막막한 들판", "파아란 꿈", "노랫가락" 등은 "나부" 및 "고향"의 속성을 원초적 생명력과 순수함뿐만 아니라 소망과 좌절, 생명과 죽음 등이 혼재된 카오스적 상태로 제시한다. 이러한 관점에서 이 이미지들은 '대비적 관계'를 내포하면서 '반복 강박'에 의한 '죽음 충동' 및 '실재'에 진입하는 '주이상스'의 개념과 연관할 수 있을 것이다. 장만영 시에 반복적으로 등장하는 시적 자아의 분신으로서 '아가', '어린양', '새 새끼' 등이 염원하는 '고향', '과거', '순수', '어머니' 등의 세계는 "태고적 맑은 샘"이 있는 원초적 공간이면서 "파아란 꿈"과 "이름 없는 무덤들"이 공존하면서 혼재하는 공간이다. 따라서 이 세계는 시인이 시적 언어 표현에서 얻는 역설적 만족, 다시 말해 자신의 만족에서 얻는 고통을 표현하는 것이며, '쾌락 원칙'을 돌파하여 사물(事物 : Das Ding)과의 '주이상스'를 향하는 '죽음 충동'과 연관할 수 있다. 그리고 시간의 텅 빈 형식으로서 '미래'로 이끌면서 '영원회귀'와 연관하며 '나르키소스적 자아'와 '죽음 충동'의 종합으로서 쾌락 원칙의 무-바탕을 형성하는 들뢰즈의 시간의 세 번째 종합과도 연관할 수 있을 것이다.

5. 맺음말

　이 글은 장만영 시에 나타나는 '반복'과 '변주'의 '언술 구조'를 '미적 효과와 기능' 면에서 세밀히 분석하여 '구조화 원리'를 고찰하고자 했다. 이를 위해 이 글은 장만영 시의 '언술 구조'를 크게 부분적 표현의 영역에서 형성되는 '반복'과 부분적 표현을 연 구성으로 연결하는 영역에서 형성되는 '변주'라는 두 층위로 나눈 후, 다시 '반복'을 '단어의 회기', '문장의 회기' 등으로 세분하고, '변주'를 '병렬적 대구', '대칭적 대구', '연쇄적 대구', '점층적 대구' 등으로 세분하여 미적 효과와 기능을 구체적으로 분석했다.

　장만영의 시에는 부분적 표현의 영역에서 형성되는 반복'의 경우로서 '단어의 회기', '문장의 회기' 등이 빈번히 등장한다. 먼저 '단어의 회기'는 「뻐꾹새 감상」, 「산으로 가고 싶지?」 등에서 나타난다. 「뻐꾹새 감상」은 "아가", "나", "뻐꾹새", "울음", "서러운", "모르고" 등의 단어, "～누?", "～느뇨" 등의 어미를 회기하는 언술 구조를 보여준다. 시 전체에서 총 5회 회기하는 "아가"와 총 10회 회기하는 "뻐꾹새"는 "나"의 관점에서 동격을 이룬다. "나"도 총 4회 회기하면서, 각각 2회 회기하는 "～누?"와 "～느뇨"라는 어미의 공감적 어조로써 자신의 애절한 정서를 노출하므로, 궁극적으로 "아가" 및 "뻐꾹새"와 동일시하고 있다. 따라서 "아가", "나", "뻐꾹새" 등은 총 3회 회기하는 "울음"을 매개로 '통합'되고 '용해'되므로 프로이트적 압축, 라캉적 은유, 들뢰즈적 위장 등의 개념과 연관할 수 있다. 결국 이 시의 "아가", "나", "뻐꾹새" 등이 형성하는 은유는 "울음"이라는 "서러운" 비애적 정서를 드러내는 동시에, '의미화 연쇄' 속에서 '기표의 대체'로 이루어지는 '의미 효과'로서 고아 의식, 방랑 의식, 부모 상실, 원천 회귀 등의 비극적 의미를 만들어 낸다. 「산으로 가고 싶지?」는 "~고 싶지?", "~같지?" 등의 형용사, "~겠지?"라는 어미를 회기하는 언술 구조를 보여준다. "~고 싶지?", "~같지?", "~겠지?" 등이 형성하는 '회기'의 구조는 기본적으로 공감적 동의와 우회적 확신 및 의지라는 의미로 '통합'되므로 프로이트적 압축, 라캉적 은유, 들뢰즈적 위장 등의 개념과 연관할 수 있다. 여기서 주목할 부분은 화자가 청자인 "순아"와 상호 주체성을 가지고 작용하는 관계가 아니라 동일시하고 이입하는 관계를 형성하기 때문에, 연대감을 형성하기보다는 고독한 단독자로서 폐쇄적 공간에 갇힌 듯한 느낌을 준다는 점이다.

다음으로 '문장의 회기'는 「귀거래」, 「사랑」, 「내가 눈감기 전에—C·L에게」 등에서 나타난다. 「귀거래」는 "돌아가리, 내 아가의 곁으로 돌아가리"라는 문장을 회기하는 언술 구조를 보여준다. 3행과 7행에 이 문장을 회기하여 전체적인 구도를 잡고, 마지막 16행 "돌아가리, 내 아가의 곁으로 …… 고향으로"에서 '생략'과 '환언'을 통해 변형을 시도한다. 한편 시 전체에서 "아가"가 항상 "나"와 밀착해 등장한다는 점을 주목할 필요가 있다. "내 아가"라는 표현이 잘 보여주듯, "나"와 "아가"는 '통합'되고 '용해'되므로 프로이트적 압축, 라캉적 은유, 들뢰즈적 위장 등의 개념과 연관할 수 있다. "돌아가리"라는 동사의 회기가 의미하는 것은 본래적·과거적·유년적 자아로의 회귀이다. 이 언술 특성은 장만영 시에서 과거의 순수 원형적 이미지인 "아가"가 화자의 밀폐된 내면에 자리 잡은 배타적이고 나르시시즘적인 대상이자 공간이라는 사실을 암시한다. 이러한 이유로 장만영 시에 빈번히 회기하는 "나"와 "아가"의 은유 계열을 '반복 강박'에 의한 '죽음 충동' 및 '실재'에 진입하는 '주이상스'의 개념과 연관해서 해석할 수 있는 가능성이 생긴다. 그리고 시간의 텅 빈 형식으로서 '미래'로 이끌면서 '영원회귀'와 연관하며 '나르키소스적 자아'와 '죽음 충동'의 종합으로서 쾌락 원칙의 무-바탕을 형성하는 들뢰즈의 시간의 세 번째 종합과도 연관할 수 있다. 「사랑」은 1연, 2연, 3연, 4연 등의 마지막 행에 "순아 우리 단 둘이 사자"라는 문장을 '완전 회기'하는 언술 구조를 보여준다. 이 시는 이 문장을 중심으로 "~들 어떠랴", "~에는 ~이", "~는 ~를" 등의 '병행 구문'이 전체적인 언술 구조의 핵심을 형성한다. 화자가 청자인 "순아"와 동일시하고 이입하는 관계가 아니라 상호 주체성을 가지고 작용하는 관계를 통해 "우리"를 형성하기 때문에, 고독한 단독자로서 폐쇄적 공간에 갇힌 듯한 느낌이 아니라 건강한 연대감을 만들어낸다. 이 시의 각 연은 "순아 우리 단 둘이 사자"라는 문장을 중심으로 '기표의 대체'를 통해 '통합'되므로 프로이트적 압축, 라캉적 은유, 들뢰즈적 위장 등의 개념과 연관할 수 있다. 「내가 눈감기 전에 ─ C · L에게」는 1연, 2연, 3연 등의 마지막 행에 "어떻게 잊으랴, 내가 눈감기 전에 ……"라는 문장을 '완전 회기'하는 언술 구조를 보여준다. 또한 1연, 2연, 3연 등에 "그~, 그~인들"이라는 표층 구조로 '병행 구문'을 시도한다. "어떻게 잊으랴, 내가 눈감기 전에 ……"의 '완전 회기'로 인해 1연, 2연, 3연 등은 '병렬적 구도'를 형성하고, "그~, 그~인들"의 '병행 구문'으로 인해 1연의 "자태"와 "모습", 2연의 "눈매"와 "미소", 3연의 "입술"과 "입김" 등은 '암시'에 의해 '대체'되고 '전이'되므로, 프로이트적 전위, 라캉적 환유, 들뢰즈적 전치 등의 개념과 연관한다. 이러한 반복의 특성은 들뢰즈의 '리트로넬로' 개념과 연관할 수 있으며, 베르그손이나 들뢰즈가 말한

'정신적 반복'과 연관할 수 있다.

　장만영의 시에는 부분적 표현을 연 구성으로 연결하는 영역에서 형성되는 '변주'의 경우로서 '병렬적 대구', '대칭적 대구', '연쇄적 대구', '점층적 대구' 등이 빈번히 등장한다. 먼저 '병렬적 대구'는 「양」, 「비」 등에서 나타난다. 「양」의 전체적 구도는 (A)(1연), (B)(2연), (C)(3연), (D)(4연) 등을 병치하는 '병렬적 대구'의 언술 구조를 보여준다. 이 시는 (A), (B), (C), (D) 등의 1행 앞부분에 "어린 양은 오늘도"라는 구를 표층 구조로 회기하면서 각 연을 대등하게 '나열'하고 '병치'하여 의미를 '확대'하면서 정서를 '확산'하는 '병렬적 대구'를 형성하므로, 구성 요소들이 '수평적 나열'을 통해 독립성을 유지한 채 '상호 병존'하면서 '등가성의 병존'이라는 구조화 원리를 형성한다. (A), (B), (C), (D) 등이 '기표의 대체'를 통해 병존하여 '병렬적 대구'의 언술 구조를 형성한다는 점에서, 일련의 이미지들은 프로이트적 압축, 라캉적 은유, 들뢰즈적 위장 등의 개념과 연관할 수 있다. 「비」의 전체적 구도는 (A)(1연)~(G)(7연)의 각 연을 병치하는 '병렬적 대구'의 언술 구조를 보여준다. 이 시는 (A)~(G)의 각 연마다 "비는~ㄴ다"라는 문장의 병행 구문을 통해 각 연을 대등하게 '나열'하고 '병치'하여 의미를 '확대'하면서 정서를 '확산'하는 '병렬적 대구'를 형성하므로, 구성 요소들이 '수평적 나열'을 통해 독립성을 유지한 채 '상호 병존'하면서 '등가성의 병존'이라는 구조화 원리를 형성한다. (A)~(G)의 각 연이 '기표의 대체'를 통해 병존하여 '병렬적 대구'의 언술 구조를 형성한다는 점에서, 일련의 이미지들은 프로이트적 압축, 라캉적 은유, 들뢰즈적 위장 등의 개념과 연관할 수 있다.

　다음으로 '대칭적 대구'는 「달·포도·잎사귀」, 「애가」 등에서 나타난다. 「달・포도・잎사귀」의 전체적 구도는 (C)(3연)를 중심으로 (A)－(B)(1~2연)와 (B')－(A')(4~5연)가 균형을 이루는 '대칭적 대구'의 언술 구조를 보여준다. 이 시의 '대칭적 대구'는 (C)를 중심으로 상하로 (B)와 (B'), (A)와 (A')가 두 겹으로 에워싸면서 '균등'하게 배치하여 '균형'을 잡고 의미를 '구획'하면서 정서를 '정돈'하는 미적 효과와 기능을 가지므로, 구성 요소들이 '기하학적 균제'를 통해 '구조적 완결'을 보인다. 그리고 (C)를 중심으로 상하로 (B)와 (B'), (A)와 (A')가 상호 조응하므로, 이 시의 '변주'의 언술 구조가 가지는 구조화 원리를 '양가성의 조응'이라고 간주할 수 있다. 「애가」의 전체적 구도는 (C)(3연)를 중심으로 (A)－(BB')(1~2연)과 (B'B)－(A')(4~5연)가 균형을 이루는 '대칭적 대구'의 언술 구조를 보여준다. 이 시의 '대칭적 대구'는 (C)를 중심으로 상하로 (A)－(BB')와 (B'B)－(A')를 '균등'하게 배치하여 '균형'을 잡고 의미를 '구획'하면서 정서를 '정돈'하는 미적 효과와 기능을 가지므로, 구성 요소들이 '기하학적 균제'를 통해 '구조적 완결'을 보인다고 할 수 있다. 그리고 (C)를 중심으로 상하로 (BB')와 (B'B), (A)와 (A')가 상호 조응하므로, 이 시의 '변주'의 언술 구조가 가지는 구조화 원리를 '양가성의 조응'이라고 간주할 수 있다.

다음으로 '연쇄적 대구'는 「포도알 풍경」 등에서 나타난다. 「포도알 풍경」의 전체적 구도는 (A)(1연)－(B)(2연)－(C)(3연)－(D)(4연)로 연결하는 '연쇄적 대구'의 언술 구조를 보여준다. 이 시는 (A)의 "청포도", (B)의 "시내", (C)의 "한 소녀", (D)의 "새새끼 한 마리" 등 각 연의 핵심적 이미지들을 '매개'로 '통일'된 형체를 만들면서 의미를 '접속'하고 정서를 '누적'하는 '연쇄적 대구'를 형성하므로, 구성 요소들이 '매개적 접속'을 통해

'단계적 전개'를 보여주면서 '인접성의 접속'이라는 구조화 원리를 형성한다. 이 시는 (A), (B), (C), (D) 등 각 연 내부의 이미지들을 전위·환유·전치로 접속하고, 연과 연 사이를 압축·은유·위장으로 중첩시키는 중층적 결합 방식을 통해 '연쇄적 대구'의 언술 구조 속에 압축과 전위, 은유와 환유, 위장과 전치 등을 상호 교차하고 결합한다.

다음으로 '점층적 대구'는 「돌아오지 않는 두견이」, 「나부」 등에서 나타난다. 「돌아오지 않는 두견이」의 전체적 구도는 (A)(1연)－(B)(2연)－(C)(3연)로 전개하면서 점차 시상을 고조하는 '점층적 대구'의 언술 구조를 보여준다. 이 시의 '점층적 대구'는 (A), (B), (C) 등 각 연의 대비적 의미 효과를 동반하는 동시에 '두견이의 떠남'(A)－'두견이의 오지 않음'(B)－'두견이의 부재'(C)로 전개하면서 강도를 강화한다. 인접한 이미지들 간의 의미의 병치, 조응, 접속 등을 경유하여 의미를 '강조'하면서 정서를 '강화'하는 '점층적 대구'의 구조화 원리를 '인접성의 강화'라고 간주할 수 있다. 「나부」의 전체적 구도는 (A)(1연)－(B)(2연)－(C)(3연)－(D)(4연)로 전개하면서 점차 시상을 고조하는 '점층적 대구'의 언술 구조를 보여준다. 이 시는 (A), (B), (C), (D) 등 각 연의 내부에서 '점층적 대구'의 언술 구조를 형성하는 동시에, 시상 전개에 따르는 연 구성에서도 '점층적 대구'의 언술 구조를 형성한다는 점에서 주목할 만하다. (B)에 제시한 "과포밭", "짙푸른 숲", "태고적 맑은 샘", "부드러운 언덕의 기복", "이름 없는 무덤들", "막막한 들판", "파아란 꿈", "노랫가락" 등은 "나부" 및 "고향"의 속성을 원초적 생명력과 순수함뿐만 아니라 소망과 좌절, 생명과 죽음 등이 혼재된 카오스적 상태로 제시한다. 이러한 관점에서 이 이미지들은 '대비적 관계'를 내포하면서 '반복 강박'에 의한 '죽음 충동' 및 '실재'에 진입하는 '주이상스'의 개념과 연관할 수 있다. 그리고 시간의 텅 빈 형식으로서 '미래'로 이끌면서 '영원회귀'와 연관하며 '나르키소스적 자아'와 '죽음 충동'의 종합으로서 쾌락 원칙의 무-바탕을 형성하는 들뢰즈의 시간의 세 번째 종합과도 연관할 수 있다.

지금까지 살펴본 장만영 시의 '변주'의 언술 구조로서 '병렬적 대구', '대칭적 대구', '연쇄적 대구', '점층적 대구' 등이 지닌 특성을 종합적으로 검토해 보자. 장만영 시 전체에서 이 네 가지 '변주'의 방식은 시기 구분과 상관없이 두루 공존하고 있다. 이처럼 장만영은 시적 언술 구조를 최대한 다양하게 시도하는 경향이 있는데, 빈도수는 '병렬적 대구'와 '점층적 대구'가 높게 나타난다. 장만영 시의 '변주'의 언술 구조가 보여주는 특성은 '시작 유형'인 '병렬적 대구'와 '귀착 유형'인 '점층적 대구'가 '매개 유형'인 '대칭적 대구'와 '연쇄적 대구'보다 높은 빈도수를 차지하면서 전체 시 세계의 언술 구조 및 의미 맥락에서 큰 비중을 차지한다는 점이다. 예를 들면, 앞에서 '반복'의 언술 구조로서 분석한 「산으로 가고 싶지?」, 「귀거래」 등도 크게 보아 '병렬적 대구'에 포함되고, 「사랑」, 「내가 눈 감기 전에」 등도 크게 보아 '점층적 대구'에 포함된다. 이러한 양상은 주제 의식의 측면에서 본래적·과거적·유년적 자아로 회귀하려는 현실적 자아의 욕망이 '리트로넬로', '정신적 반복' 등을 형성하면서 '반복 강박'을 통해 '죽음 충동' 및 '실재'에 진입하는 '주이상스'를 낳는 양상과 연관하는데, 언술 구조의 구조화 원리 측면에서는 '등가성의 병존' 및 '인접성의 강화'와도 연관한다. 따라서 이 글은 장만영 시의 '변주'의 언술 구조 중에서 '대칭적 대구'와 '연쇄적 대구'를 기본 유형으로 간주하고, '병렬적 대구'와 '점층적 대구'를 핵심 유형으로 간주하고자 한다.

'병렬적 대구'는 구성 요소들이 '수평적 나열'을 통해 독립성을 유지한 채 '상호 병존'하거나 '수평적 첨가'를 통해 '상호 연대'하면서 '등가적 구도'를 형성한다. 장만영의 시는 구성 요소들이 '수평적 나열'을 통해 독립성을 유지한 채 '상호 병존'하는 '병렬적 대구'를 형성하므로, '등가성의 병존'이라는 구조화 원리를 가진다. '대칭적 대구'는 구성 요소들이 '기하학적 균제'를 통해 '구조적 완결'을 보여주면서 '양가적 구도'를 형성한다. 장만영의 시는 구성 요소들이 '기하학적 균제'를 통해 '구조적 완결'을 보여주는 '대칭적 대구'를 형성하므로, '양가성의 조응'이라는 구조화 원리를 가진다. '연쇄적 대구'는 구성 요소들이 '매개적 접속'을 통해 '단계적 전개'를 보여주면서 '인접적 구도'를 형성한다. 장만영의 시는 구성 요소들이 '매개적 접속'을 통해 '단계적 전개'를 보여주는 '연쇄적 대구'를 형성하므로, '인접성의 접속'이라는 구조화 원리를 가진다. '점층적 대구'는 구성 요소들을 점진적으로 겹쳐 가면서 강하게 하거나, 크게 하거나, 높게 하여 절정에 이르게 하므로, 의미를 '강조'하거나 정서를 '강화'하면서 '상승적 구도'를 형성한다. 장만영 시에서 '점층적 대구'는 '병렬적 대구'의 구조화 원리인 '등가성의 병존', '대칭적 대구'의 구조화 원리인 '양가성의 조응', '연쇄적 대구'의 구조화 원리인 '인접성의 접속' 등에 '상승'적 질서를 개입시켜 의미를 '강조'하고 정서를 '강화'하면서 '인접성의 강화'라는 구조화 원리를 가진다. 여기서 '병렬적 대구'와 '점층적 대구'가 핵심 유형이므로, 장만영 시의 언술 구조가 가지는 핵심적인 구조화 원리는 '등가성의 병존'과 '인접성의 강화'의 공존이 된다.

　결국 장만영 시에 나타나는 '반복'과 '변주'의 언술 구조는 '병렬적 대구'의 구조화 원리인 '등가성의 병존'과 '점층적 대구'의 구조화 원리인

'인접성의 강화'가 공존하여 중핵을 이루고, '대칭적 대구'의 구조화 원리인 '양가성의 조응' 및 '연쇄적 대구'의 구조화 원리인 '인접성의 접속'이 그 주위를 회전한다고 평가할 수 있다. 이처럼 방사상(放射狀)으로 결부된 '언술 구조'와 '구조화 원리'들의 다양한 계열선들 위에서 프로이트적 압축과 전위, 라캉적 은유와 환유, 들뢰즈적 위장과 전치, 쾌락 원칙, 죽음 충동, 반복 강박, 실재, 주이상스, 리트로넬로, 정신적 반복 등이 '개념적 특이점'들을 형성한다. 또한 시간을 '순수 과거'로 구성하고 '잠재적 대상'과 연관하며 '에로스'와 '기억'의 종합으로서 위장과 전치라는 차이의 메커니즘을 가지고 쾌락 원칙을 근거하는 시간의 두 번째 종합, 시간의 텅 빈 형식으로서 '미래'로 이끌면서 '영원회귀'와 연관하며 '나르키소스적 자아'와 '죽음 충동'의 종합으로서 쾌락 원칙의 무-바탕을 형성하는 시간의 세 번째 종합 등도 '개념적 특이점'들을 형성한다.

제3부

1950년대 이후 한국 모더니즘 시의 반복과 변주

제1장

김춘수
대칭적 · 순환적 변주와 양가성의 대립 · 순환

1. 머리말

김춘수(金春洙, 1922~2004)는 1946년『해방 1주년 기념 사화집』에「애가
(哀歌)」를 발표하고, 조향 · 김수돈 등과 함께 동인 사화집『노만파(魯漫
波)』를 발간하면서 작품 활동을 시작했다. 그는 첫 시집『구름과 장
미』(1948)를 출간한 이후『늪』(1950),『기(旗)』(1951),『인인(隣人)』(1953),『꽃
의 소묘』(1959),『부다페스트에서의 소녀의 죽음』(1959),『타령조 · 기
타』(1969),『남천』(1977),『비에 젖은 달』(1980),『라틴점묘 기타』(1988),『처
용단장』(1991) 등의 시집을 간행했고,『제1시집』(1954),『처용』(1974),『꽃
의 소묘』(1977),『처용 이후』(1982) 등의 시 선집을 간행했다. 또한 그는 시
론을 꾸준히 발표하여『한국 현대시 형태론』(1958),『시론─시 작법을 겸

한』(1961), 『시론-시의 이해』(1972), 『의미와 무의미』(1976), 『시의 표정』(1979), 『시의 위상』(1991) 등의 시론집을 출간했다. 1982년에 그의 시와 시론 및 산문을 묶은 『김춘수 전집』(전 3권, 문장사)이 간행되었고, 2004년에 다시 『김춘수 전집』(전 3권, 현대문학사)이 간행되었다.

시와 시론을 동시에 전개하며 한국 현대시사에 선명한 획을 그은 김춘수 문학에 대한 연구는 그동안 꾸준히 진행되어 많은 성과들을 축적했다. 이 중 김춘수의 시에 대한 선행 연구들은 대체로 '꽃'을 중심으로 존재론적 관심을 표출한 초기 시, 이른바 '무의미시'를 주창하며 시도한 해체론적 경향의 중기 시, 다시 인간적인 관심을 표명하며 시적 의미를 드러낸 후기 시 등의 시기 구분에 동의하고 있다. 선행 연구들은 전체적으로 실존적이고 존재론적 관점으로 초기 시를 고찰한 논의와 무의미시 규명을 중심으로 중기 시를 고찰한 논의가 중심을 이룬다. 이를 다시 세분해 보면, '꽃'을 중심으로 한 실존적이고 존재론적인 연구,[1] 무의미시에 대한 연구,[2] 운율과 이미지를 비롯한 시작(詩作) 기법 및 창작 방법에 대한 연구,[3] 시적 상상력과 원천에 대한 연구,[4] 시적 변모 과정에 대한 연

---

1 이승훈, 「시의 존재론적 해석 시고-김춘수의 초기 시를 중심으로」, 김춘수연구간행위원회 편, 『김춘수 연구』, 학문사, 1982; 문혜원, 「하이데거의 영향을 중심으로 한 김춘수 시의 실존론적 분석」, 『비교문학』 제20집, 한국비교문학회, 1995; 이미순, 「김춘수의 꽃의 해체론적 읽기」, 『한국 현대시와 언어의 수사성』, 국학자료원, 1997.

2 김종길, 「시의 곡예사-춘수 시의 이론과 실제」, 『시에 대하여』, 민음사, 1986; 황동규, 「감상의 제어와 방임」, 김춘수연구간행위원회 편, 『김춘수 연구』, 학문사, 1982; 김준오, 「처용시학-김춘수의 무의미시론고」, 김춘수연구간행위원회 편, 같은 책; 김준오, 「김춘수의 의미시와 소외 현상학-김춘수론」, 『도시시와 해체시』, 문학과비평사, 1988; 오세영, 「김춘수의 무의미시」, 『한국현대문학연구』 제15집, 한국현대문학회, 2004.

3 서우석, 「김춘수-리듬의 속도감」, 『시와 리듬』, 문학과지성사, 1981; 조명제, 「김춘수 시의 현상학적 연구」, 중앙대 석사논문, 1983; 김인환, 「과학과 시」, 『상상력과 원근법』, 문학과지성사, 1993; 송승환, 「김춘수 사물시 연구」, 중앙대 박사논문, 2008; 졸고,

구,[5] 타 시인과의 비교 연구[6] 등 다양한 측면에서 김춘수 시의 특성을 규명하여 전체적 이해에 기여했다.

이 글은 선행 연구의 성과들을 토대로 「타령조(打令調)」 연작시를 '반복'과 '변주'의 '언술 구조'를 중심으로 분석하여 이른바 '무의미시'의 '구조화 원리' 중의 한 측면을 고찰하려 한다.[7] 즉 이 글은 '무의미시'의 두 방향 중에서 '주술적인 리듬을 통한 무의미시'를 주된 연구 대상으로 삼고, 그 특성을 '반복'과 '변주'의 언술 구조를 통해 살피고자 한다. 이 글이 연구 대상으로 삼는 「타령조」 연작시는 『타령조(打令調) · 기타(其他)』[8]에 1

「매체와 시적 시선-1960년대 시의 문화 인식」, 『서정시학』, 2009 봄; 졸고, 「김춘수 시의 구조화 원리 고찰」, 『비평문학』 제41집, 한국비평문학회, 2011.

4 김현, 「식물적 상상력의 개발」, 『현대시학』, 1970.4; 김현, 「처용의 시적 변용」, 『상상력과 인간』, 일지사, 1973; 최하림, 「원초 경험의 변용」, 『시와 부정의 정신』, 문학과지성사, 1984; 오정국, 「한국 현대시의 설화 수용 양상 연구」, 중앙대 박사논문, 2002; 이명희, 「한국 현대시에 나타난 신화적 상상력 연구」, 건국대 박사논문, 2002.

5 서준섭, 「순수시의 향방-1960년대 이후의 김춘수의 시 세계」, 『작가세계』, 1997 여름; 신범순, 「무화과나무의 언어-김춘수 초기에서 『부다페스트에서의 소녀의 죽음』까지 시에 대해」, 『작가세계』, 1997 여름; 이혜원, 「시적 해탈의 도정-김춘수의 초기 시」, 송하춘 · 이남호 편, 『1950년대의 시인들』, 나남, 1994; 정효구, 「김춘수 시의 변모과정-창작방법론을 중심으로」, 『20세기 한국시와 비평정신』, 새미, 1997; 이창민, 「김춘수 시 연구」, 고려대 박사논문, 1999.

6 이은정, 「김춘수와 김수영 시학의 대비적 연구」, 이화여대 박사논문, 1993; 노철, 「김수영과 김춘수의 창작 방법 연구」, 고려대 박사논문, 1998; 권혁웅, 「한국 현대시의 시작 방법 연구-김춘수 · 김수영 · 신동엽의 시를 중심으로」, 고려대 박사논문, 2000; 강계숙, 「1960년대 한국 시에 나타난 윤리적 주체의 형상과 시적 이념-김수영 · 김춘수 · 신동엽의 시를 중심으로」, 연세대 박사논문, 2008; 조강석, 「비화해적 가상으로서의 김수영과 김춘수 시학 연구」, 연세대 박사논문, 2008.

7 「타령조」 연작시에 대한 언술 분석은 송승환에 의해 중요한 성과를 얻은 바 있다. 그는 「타령조」 연작시를 '순환'과 '일탈'의 개념 틀을 기준으로 '문장의 순환 구조(「타령조」 1 · 4)', '순환 구조에서 일탈한 구조(「타령조」 2 · 3 · 5 · 6)', '문장의 순환과 일탈의 복합 구조(「타령조」 7 · 8 · 9)'라는 세 유형으로 나누어 분석한다. 송승환, 「김춘수 사물시 연구」, 중앙대 박사논문, 2008, 105~123쪽 참고. 이 글이 시도하는 언술 분석은 선행 연구보다 좀 더 구체적이고 세분화된 개념 틀 및 유형을 설정하고, 미적 효과와 기능을 분석하여 구조화 원리를 고찰한다는 점에서 차별성을 가진다.

8 김춘수, 『타령조 · 기타』, 문화출판사, 1969(『김춘수 시전집』, 현대문학사, 2004, 213~

~9번 작품이 수록되었고, 『꽃의 소묘』[9]에 10~13번 작품이 수록되었다. 이 글이 김춘수의 시집들 중에서 특히 제7시집 『타령조·기타』(문화출판사, 1969)를 주목하고 「타령조」 연작시를 분석하는 이유는 다음과 같다. 『타령조·기타』는 제6시집 『부다페스트에서의 소녀의 죽음』(춘조사, 1959)을 출간한 이후 10년의 공백기를 지나고 간행한 시집으로서, 초기시의 실존적이고 존재론적인 시들이 가진 관념 지향성에서 벗어나 시인이 주창한 이른바 '무의미시'를 시도하면서 중기 시로 진입하고 있다. 이 시집 이후로 김춘수는 '무의미시'의 두 방향으로서 '주술적인 리듬을 통한 무의미시'와 '풍경의 묘사를 통한 무의미시'를 개척한다. 그는 이 두 방향의 무의미시에 대한 지향을 제11시집 『처용단장(斷章)』(미학사, 1991)에서 하나로 결집하여 종합하면서 후기 시의 세계로 전개해 나간다.

따라서 이 글은 「타령조」 연작시에 나타나는 '반복'과 '변주'의 '언술 구조'를 '미적 효과와 기능' 면에서 세밀히 분석함으로써, 김춘수 '무의미시'의 두 방향 중에서 '주술적인 리듬을 통한 무의미시'의 '구조화 원리'를 고찰하고자 한다. 김춘수 시의 가장 기본적인 언술 구조는 '반복'이다. '반복'은 동일한 단어·구·절·문장 등을 되풀이하는 것을 의미하는데, 동일한 것의 반복, 변형을 동반하는 반복, 차이를 동반하는 반복, 생략을 동반하는 반복 등 반복의 형태에 따라 여러 하위 유형들을 포함한다. 텍스트 언어학에서 '반복'은 '회기(回起, recurrence)'의 개념으로 사용되는데, '회기'는 텍스트에 안정성을 부여하는 통사 구조, 즉 결속 구조를 강화하는 가장 기본적인 요소이다. '결속 구조'는 단어들이 문법적인 형식과 규

253쪽).
9 김춘수, 『꽃의 소묘』, 삼중당, 1977(『김춘수 시전집』, 현대문학사, 2004, 341~352쪽).

칙에 따라 상호 관련을 맺는 언어 체계로서, 구·절·문장 등을 조립하는 방식과 구와 절 상호 간, 문장들 상호 간의 의존 관계 등을 통해 구체화된다.[10] 이 글에서는 김춘수 시에 나타나는 '반복'을 부분적 표현의 영역에서 형성되는 '완전 회기', '부분 회기', '병행 구문', '환언', '대용형', '생략' 등의 하위 유형을 포함하는 '회기' 기법을 중심으로 분석한다. 한편 '변주'는 시상 전개에 따르는 연 구성의 영역에서 '차이를 동반하는 반복'이라고 정의할 수 있다. 변주의 방식은 다양하지만, 김춘수 시에서 가장 대표적인 변주의 방식은 '대구(對句 : antithesis)'라고 볼 수 있다. '대구'는 비슷한 어조나 어세를 가진 것으로 짝 지은 둘 이상의 글귀를 구사하는 방식을 의미하는데, 한시를 비롯한 시적 언술에 많이 활용된다. '대구'의 기법은 '병행 구문'의 기법과 유사한 원리를 가지고 연 구성의 영역에서 구사되는 경향이 있으므로, 이 글에서는 '대구'를 부분적 표현의 영역인 '병행 구문'을 연 구성의 영역으로 확장하는 개념으로 사용한다. '병행 구문(竝行句文 : parallelism)'은 각 단위별로 동일한 표층 구조를 반복하되 그 구조에 새로운 구성 요소를 넣는 방식을 의미하는데, '회기'와 더불어 텍스트

---

10 '회기(回起 : recurrence)'는 구성 요소나 패턴을 단순히 반복하는 것이고, '부분 회기(partial recurrence)'는 이미 사용한 구성 요소들을 다른 품사나 부류(예를 들어, 명사에서 동사로)로 전환해서 사용하는 것을 말한다. '병행 구문(竝行句文 : parallelism)'은 동일한 표층 구조를 반복하되 그 구조에 새로운 구성 요소를 넣어 사용하는 것이고, '환언(換言 : paraphrase)'은 같은 내용을 반복하면서 다른 표현을 사용하는 것이다. '대용형(代用形 : pro-forms)'은 독립적인 의미 내용이 없는 짧은 어사가 의미 내용을 수반하는 어사를 대치하는 것이고, '생략(ellipsis)'은 하나의 구조와 의미 내용을 반복하되 표층 표현의 일부를 빼고 사용하는 것을 말한다. '회기'는 시적 언술에 널리 사용하는 장치로서 완전 회기, 부분 회기, 병행 구문, 환언, 대용형, 생략 등의 하위 유형을 포함한다. 회기와 결속 구조에 대한 설명은 R. 보그란드·W. 드레슬러, 김태옥·이현호 역, 『담화·텍스트 언어학 입문』, 양영각, 1991, 45~81쪽; 하인츠 파터, 이성만 역, 『텍스트의 구조와 이해』, 배재대 출판부, 2006, 39~59쪽 참고.

에 안정성을 부여하는 통사 구조, 즉 결속 구조를 강화하는 특성을 가진다.[11] '대구'는 동일한 표층 구조를 '반복'한다는 점에서 '회기'와 유사하지만, 새로운 구성 요소를 삽입한다는 점에서 '변주'의 방식이 개입된다. 이때 '변주'의 방식으로 삽입하는 새로운 요소들은 '병렬', '대비', '대칭', '연쇄', '점층', '순환', '전환', '왕복', '확장', '귀결' 등 다양한 유형이 나타날 수 있다. 따라서 우리는 '대구'의 유형을 다양하게 설정할 수 있을 것이다.

　김춘수의 「타령조」 연작시는 '변주'의 방식으로서 '대구'의 '단일 유형'보다 유형을 복수적으로 결합하여 복합적 구도를 형성하는 '복합 유형'이 주로 나타난다. 개별 시의 고유한 특성에 따라 '대구'의 유형이 복수적으로 결합하는 다양한 조합들이 생겨나는 것이다. 따라서 부분적 표현의 영역에서 나타나는 '반복'으로서 '회기', 부분적 표현을 연 구성으로 연결하는 영역에서 나타나는 '변주'로서 '대구', '대구'의 유형으로서 '복합 유형'의 양상 등을 종합적으로 검토할 때, 김춘수 「타령조」 연작시의 '반복'과 '변주'의 언술 구조가 가지는 미적 효과와 기능 및 구조화 원리를 좀 더 세밀히 살펴볼 수 있을 것이다. 이 글은 김춘수의 「타령조」 연작시에 나타나는 '반복'과 '변주'의 언술 구조를 '병렬-귀결 / 순환적 대구', '대칭-순환 / 전환적 대구', '점층-왕복 / 확장적 대구' 등 여섯 유형으로 구분하고, 각각의 의미 맥락을 '사랑의 경로와 허무 / 방황', '사랑의 문답과

11　텍스트 언어학에서 '병행 구문'은 '결속 구조'를 강화하는 특성을 갖는데, 이 글은 부분적 표현의 영역인 '병행 구문'을 시상 전개에 따르는 연 구성의 영역으로 확장하는 '대구 (對句)'의 기법을 통해 '결속성'의 차원을 분석한다. 따라서 이 글은 '병행 구문'과 '대구'를 매개로 표층 텍스트의 '결속 구조'에 대한 구문론적 연구를 기저 텍스트 세계의 '결속성'에 대한 의미론적 연구로 연결시켜, '의의'의 '연속성', '활성화', '연결 관계의 강도' 등의 관점들을 고려하면서 분석하고자 한다. 병행 구문과 결속 구조에 대한 설명은 R. 보그랑드 · W. 드레슬러, 앞의 책, 45~81쪽; 하인츠 파터, 앞의 책, 39~59쪽 참고.

회의 / 대안', '사랑의 인과와 자학 / 허무' 등의 변별적 자질로 해석하면서 세부 양상을 구체적으로 고찰하고자 한다.

2. 병렬-귀결 / 순환적 대구—사랑의 경로와 허무 / 방황

김춘수의 「타령조」 연작시 중에서 '변주'의 '복합 유형'으로서 '병렬-귀결적 대구'를 형성하는 경우를 살펴보자.

   (A) ㉠그해 여름은

        유㉡월 한 달을 ㉢비만 보내ⓐ다가

        칠㉡월 한 달도

        구질구질한 ㉢비만 보내 오ⓐ다가

        팔㉡'월 어느 날㉣난데없이 달려와서는

        서둘렀ⓑ을까.

   (B)   지나가는 붕어팔이 노인을 불러ⓐ'다가

        못물에 구름을 띄우기도 하ⓒ고

        수국(水菊)을 피우ⓒ고

   (C)   그동안 썩어 있던

        로비비아 줄기에서도 어느새

        갓난애기 귀불만한

        로비비아를 뽑아 올리ⓒ고

   (D) ㉤그처럼 너무 서두르ⓐ'다가

웃통을 벗은 채로

ⓑ쿵 하고 갑자기 쓰러졌ⓑ을까

(E) 정말 ⓜ그처럼 허무하게

그녀의 마당에서 ㉠그해 여름은

ⓑ쿵 하고 쓰러져선 일어나지 못했ⓑ을까

(A') 건장한 몸이 유㉡월 한 달을

㉢비만 보내ⓐ다가, 칠㉡월 한 달도

구질구질한 ㉢비만 보내 오ⓐ다가 팔㉡'월 어느 날

㉣난데없이 달려와서는 ……

— 「타령조 · 6」¹² 전문, 『타령조 · 기타』

이 시는 단어, 구, 절 등의 '회기' 및 '병행 구문'을 전개하면서 전체적으로 '병렬적 대구'를 '귀결적 대구'로 연결하는 언술 구조를 보여준다. 우선 이 시는 가장 큰 틀에서 초두 (A)가 말미 (A')에 회기하면서 변형된 수미상관을 이룬다. (A)의 ㉠"그해 여름은"이라는 구는 초입에서 물꼬를 여는 역할을 하면서 시상 전개를 이끄는데, 특이하게도 (A')에서 회기하지 않고 (E)에서 회기하여 변격을 이룬다. 이 구는 의인법을 통해 "여름"을 행위 주체로 설정하여 시 전체를 지배하게 한다. "유월 한 달"과 "칠월 한 달"은 ㉡"~월 한 달"이라는 동일한 표층 구조를 반복하는 '병행 구문' 인데, "유월"과 "칠월"은 '병렬적 대구'를 형성하지만, "팔월"로 이어지면서 전환의 계기를 맞는다. ㉢"비만"은 "구질구질한"이라는 관형사를 첨

---

12 김춘수, 『김춘수 시전집』, 현대문학사, 2004, 213쪽. 이하 김춘수 시의 인용은 이 책에 의거한다.

가하는 '수식'을 시도하여 여름철 장마의 지루함을 드러내는데, 이 지루함을 언술 방식으로 표현하는 것이 ⓐ"~다가"를 통해 '병행 구문'을 시도하는 "보내다가"와 "보내 오다가"이다. 한편 (A)의 '병렬적 대구' 및 그 의미인 여름 장마의 지속성을 깨뜨리는 것은 "서둘렀을까"의 ⓑ"~을까"라는 설의형 종결 어미인데, 장마가 끝나고 무더위가 시작되는 계절 감각을 이처럼 표현한 듯하다. 따라서 (A)에서 ⓐ"~다가"가 연속한 이후에 나타나는 ⓑ"~을까"는 전환의 방식을 보여준다.

(B)의 "불러다가"의 ⓐ'"~다가"는 전환 이후 주체의 행위를 서술한다는 점에서 (A)의 ⓐ"다가"와는 차별적인 언술 구조를 보여준다. "불러다가"는 "~다가"가 동일하게 반복하지만, 사건의 지속이 아니라 전후 맥락을 표현하는 연결 어미인 ⓒ"~고"에 가깝다. (D)의 "서두르다가"도 마찬가지이므로, (B)에서 "그해 여름"은 "지나가는 붕어팔이 노인을" 불러서, "못물에 구름을 띄우기도 하고", "수국(水菊)을 피우"기도 하며, (D)에서 "너무 서두르다가" "웃통을 벗은 채로" "갑자기 쓰러"진다. 이러한 사건의 전후 맥락을 표현하는 '병렬적 대구'는 (B) 이후의 중심적인 언술 구조를 이루는데, ⓒ"~고"의 병렬은 (C)의 "올리고"의 ⓒ"~고"로 연결된다. (A)에서 사건의 지속을 표현하는 ⓐ"다가"의 '병렬적 대구'와, (B)에서 사건의 전후 맥락을 표현하는 ⓐ'"~다가" 및 ⓒ"~고"의 '병렬적 대구'는 (A)와 (A')의 ⓔ"난데없이", (D)와 (E)의 ⓗ"쿵하고" 등을 계기로 더 이상 지속되지 못하고 하나의 '귀결'에 이른다. (A)에서 "팔월 어느 날 난데없이 달려와서는" "서"두른 주체는 "그해 여름"이고, (A')에서는 "건장한 몸"인데, 이 둘은 같은 존재라고 볼 수 있다. "웃통을 벗은 채"가 암시하듯, "그해 여름"의 "건장한 몸"은 "난데없이" "달려와서는" "서"두르고

((A), (A')), "쿵하고" "갑자기" "쓰러"진다((D), (E)). '병렬적 대구'의 언술 구조가 연속적 경과를 표현하는 반면, '귀결적 대구'의 언술 구조는 사건의 갑작스런 도래 및 결과를 표현한다.

　그런데 화자는 이러한 사건의 귀결에 대해 못내 아쉬워하는 심리적 양상을 설의형 종결 어미 ⓑ"~을까"를 통해 보여준다. (A)의 "서둘렀을까", (D)의 "쓰러졌을까", (E)의 "못했을까" 등의 서술어는 자문의 형식으로 자신의 희망과 상반되는 결과에 대해 아쉬움을 표현한다. ⓜ"그처럼"의 회기와 함께 제시하는 (E)의 "정말 그처럼 허무하게"라는 구절은 화자의 아쉬움이 허무감을 동반한다는 점을 직설적으로 노출한다. 한편 주어 "그해 여름"은 화자가 자기 사랑의 심리를 대변하는 인물로 설정한 "그"와 동일시하면서 의인법을 구사한 것이라고 볼 수 있다. 주어인 "그해 여름"을 남성적 인물로 설정한 것은 (D)의 "웃통을 벗은 채", (A')의 "건장한 몸", (E)의 "그녀의 마당에서" 등에서도 유추된다. 따라서 이 시의 의미 맥락은 여름철 장마가 끝나고 무더위가 시작되는 계절 감각을 차용하여, 화자가 "그녀"에 대한 '사랑의 경로'를 비만 보내다가 난데없이 달려와 갑자기 쓰러져 버린 상황으로 표현한 것이라고 간주할 수 있다.

　'병렬'의 언술 구조는 다른 대상들을 차례로 '나열'하여 '병치'하거나 '첨가'하여 '연대'하는 속성을 가지므로, 의미를 '확대'하거나 정서를 '확산'하는 미적 효과와 기능을 가진다. 따라서 '병렬적 대구'는 구성 요소들이 '수평적 나열'을 통해 독립성을 유지한 채 '상호 병존'하거나 '수평적 첨가'를 통해 '상호 연대'하면서 '등가적 구도'를 형성한다. 한편 '귀결'의 언술 구조는 구성 요소들을 어떤 결말이나 결과에 도달하게 하는 속성을 가지므로, 의미를 '수렴'하거나 정서를 '집약'하는 미적 효과와 기능을 가진다. 따라서 '귀결적 대구'는 구성 요소들이 '인과적 수렴'을 통해 하나의 가치로 '종합'되는 '귀납적 구도'를 형성한다. 인용 시의 (A)에서 사건의 지속을 표현하는 '병렬적 대구'와, (B)에서 사건의 전후 맥락을 표현하는 '병렬적 대구'의 언술 구조는 (A)와 (A')의 ㉢"난데없이", (D)와 (E)의 ㉣"쿵하고" 등을 계기로 더 이상 지속되지 못하고 '귀결적 대구'로 전이한다. 이 시는 부분적 영역뿐만 아니라 연 구성의 영역에서 구성 요소들을 차례로 '첨가'하고 '연대'하여 의미를 '확대'하면서 정서를 '확산'하는 '병렬적 대구'를 형성하므로, 구성 요소들이 '수평적 첨가'를 통해 '상호 연대'하면서 '등가성의 연대'라는 구조화 원리를 가진다고 볼 수 있다. (D)와 (E)는 이러한 구도를 '수렴'하고 정서를 '집약'하는 '인과적 수렴'을 통해 하나의 가치로 '종합'하면서 '귀납적 구도'를 가지는 '귀결적 대구'와 연결함으로써, '등가성의 귀결'이라는 구조화 원리를 형성한다고 볼 수 있다.

인용 시에서 유비적 동일시로 연결되는 "그"−"그해 여름", "~월 한 달"이라는 '병행 구문'을 통해 '병렬적 대구'를 형성하는 "유월"−"칠월", 물의 이미지 및 시간의 지속이라는 의미를 가지는 "비"−"못물"−"구름"−"수국"−"로비비아" 등은 '의미화 연쇄' 속에서 '기표의 대체'를 통해 '통합'되고 '용해'되므로, 프로이트적 압축, 라캉적 은유, 들뢰즈적 위장 등의 개념과 연관할 수 있다. 그리고 동사로서 시상을 전개하는 '달려 옴'−'서두름'−'쓰러짐'−'일어나지 못함'은 '암시에 의한 대체'로서 '생략'과 '결여'를 통한 '욕망의 이동'을 드러내므로 프로이트적 전위, 라캉적 환유, 들뢰즈적 전치 등의 개념과 연관할 수 있다. 따라서 이 시는 일련의 이미지들을 통합하고 전이하여 프로이트적 압축과 전위, 라캉적 은유와 환유, 들뢰즈적 압축과 전치 등을 교차하면서 집요하게 진행하다가 갑자기 끝나버린 '사랑의 경로'를 표현하고, 이것을 (D)－(E)의 '귀결적 대구'로 연결하면서 '사랑의 허무'를 제시한다. 결국 이 시는 단어, 구, 절 등의 '회기' 및 '병행 구문'을 통해 '병렬적 대구'를 형성하고 다시 그것을 '귀결적 대구'로 연결함으로써, 소소하고 집요하게 진행하다가 느닷없이 끝나버린 '사랑의 경로'를 여름철 장마가 끝나고 무더위가 시작되는 계절 감각으로 표현하는 동시에, 그 사건의 지속성·전후 맥락·귀결 등을 통해 화자의 희망과 상반되는 결과에 대해 아쉬움과 허무감을 표현하는 것이다.

김춘수의 「타령조」 연작시 중에서 '변주'의 '복합 유형'으로서 '병렬-순환적 대구'를 형성하는 경우를 살펴보자.

　(A)　㉠페넬로프,

　　　　춘하추동 자라는 그대 음모(陰毛)

　　　　의 아마존강 유역ⓐ에서

　　　㉡나는 길을 잃고,

　(B)　그대 스물네 개의 늑골ⓐ에서

　　　　아담보다도 하나 많은

　　　　스물네 개의 그대 어둠이 밀려오는

　　　　을지로 어디ⓐ서

　　　㉡'나는 또 길을 잃고,

　(C)　목이 타서

　　　㉢십오 원짜리 레몬 쥬스로 목을 축이며

나움 가보의 사진판이 걸린

삼층 다방ⓐ에서

유연히 한때

남산을 마주보는 자세로 있ⓑ다가

(D) ©십 오원짜리 레몬 쥬스로 목을 축이며

　　　문득

　　　스물일곱 살의 이상(李箱)을 생각하ⓑ다가

(E)　　생각하ⓑ다가, 무엇일까

　　　기중기가 쇠줄을 타는 듯한

　　　끼이끼이 끼꺽 하는

　　　소리를 들으며, 생각 속ⓐ에서

(A') ©"나는 또 다시 길을 잃고 헤매느니라

　　　⑤페넬로프,

─「타령조 · 11」 전문, 『꽃의 소묘』

　이 시는 단어, 구, 절 등의 '회기' 및 '병행 구문'을 전개하면서 전체적으로 '병렬적 대구'를 '순환적 대구'로 연결하는 언술 구조를 보여준다. 우선 이 시는 가장 큰 틀에서 초두 (A)가 말미 (A')에 회기하면서 변형된 수미상관을 이룬다. ⑤"페넬로프"라는 단어는 화자가 사랑 대상을 호명함으로써 호소력을 높이는데, (A)의 ⑤"페넬로프"는 넋두리나 타령의 물꼬를 열고, (A')의 ⑤"페넬로프"는 마무리하는 구조 및 뉘앙스를 만든다. (A)의 ©"나는 길을 잃고"는 (B)의 ©"'나는 또 길을 잃고", (A')의 ©"'나는 또 다시 길을 잃고" 등에서 연속적으로 '수식'을 동반하는 '회기'를 시도하면서 시상 전개의 뼈대를 이룬다. 이 연속적 회기는 전체적 시상 전개가 '병렬적 대구'의 언술 구조를 형성하는 데 중요한 역할을 한다. 그런데 ○"나는 길을 잃고"의 연속적 회기가 처소격 조사인 ⓐ"~에서"를 동반하는 점에 주목할 필요가 있다. 화자가 "길을 잃"는 장소를 제시하고, 그 장소를 변주함으로써 '병렬적 대구'의 언술 구조를 구성하는 것이다. 따라서 화자는 "아마존강 유역에서" "길을 잃고"(A), "을지로 어디서" "또 길을 잃고"(B), "생각 속에서" "또 다시 길을 잃고 헤매"((E)−(A'))는 과정을 '병렬적 대구'의 언술 구조를 통해 표현한다.

그런데 (A)−(B)와는 달리 (C)−(D)−(E)−(A')에서 장소의 변주를 통한 '병렬적 대구'는 상당히 복잡한 '순환 구조'를 따라 전개한다. 여기서 근간이 되는 것은 (C)의 "삼층 다방에서"라는 장소, (D)와 (E)의 "생각하다가"와 "생각 속에서"라는 생각, (A')의 "또 다시 길을 잃고 헤매"는 방황이다. '장소−생각−방황'의 과정을 단순한 '병렬'이 아니라 '순환'의 구조로 만드는 것은 ⓒ"십오 원짜리 레몬 쥬스로 목을 축이며"라는 문장을 2회 회기하고, 시간의 경과 및 전환을 암시하는 연결 어미인 ⓑ"~다가"를 3회 회기하는 언술 구조이다. "나움 가보의 사진판이 걸린 / 삼층 다방"에서 "스물일곱 살의 이상(李箱)을 생각"하는 것은 장소를 제시하고 변주하는 '병렬적 대구'와 유사한 방식이지만, ⓒ"십오 원짜리 레몬 쥬스로 목을 축이며"라는 문장, ⓑ"~다가"라는 연결 어미 등의 회기가 '순환적 대구'의 언술 구조를 형성하는 것이다.

여기서 (A) "그대"의 "음모"와 (B) "그대"의 "늑골"이 장소를 '유추'하는 매개가 되는 점에 유의해야 한다. 화자는 (A)에서 사랑 대상인 "페넬로프"의 "음모"에서 "아마존강 유역"을 유추하고, (B)에서 그녀의 "늑골"에서 현실적 장소인 "을지로 어디"를 유추한다. 화자는 사랑 대상의 신체에서 장소를 유추하고, 이러한 유추를 내면 의식적 '연상'으로 전이하면서 '사랑의 경로'를 탐색하는 것이다. 이 탐색은 (C)와 (D)의 "레몬 쥬스" 및 (D)의 "스물일곱 살의 이상(李箱)"에서 '연상'되는 주체의 분열과 자의식의 고통스러운 순환을 동반한다. 그리고 (E)의 "끼이 끼이 끼꺽"에서 "끼" 음절의 연속적 회기는 의식의 흐름 혹은 내면의식의 순환이 순조롭고 행복한 과정이 아니라 고통과 상처를 동반하는 방황의 과정임을 보여준다. 이 양상은 '의식의 흐름' 기법과 관련되는데, 화자는 의식과 무의식이 교차하는 지점에서 장소와 연관된 '유추'나 내면 의식과 연관된 '연상'을 시도하면서 자의식의 순환에 사로잡힌다. 이러한 의식의 흐름, 혹은 내면 의식의 순환을 언술 구조로 보여주는 것이 ⓑ "~다가"라는 연결 어미의 반복이다. (C)의 "남산을 마주보는 자세로 있다가"의 ⓑ "~다가"는 (D)의 "문득"과 호응 관계를 이루는데, 이 둘의 호응은 화자의 의식이 무의식으로 전환되는 과정을 형상화한다. 이어서 (D)의 "생각하다가"와 (E)의 "생각하다가"가 2회 연속 회기하는 것은 의식과 무의식이 단속(斷續)적으로 순환하고 있음을 언술 구조로 표현한다.

'병렬적 대구'는 구성 요소들이 '수평적 나열'을 통해 독립성을 유지한 채 '상호 병존'하거나 '수평적 첨가'를 통해 '상호 연대'하면서 '등가적 구도'를 형성한다. 한편 '순환'의 언술 구조는 구성 요소들을 '주기'적으로 되풀이해 '회전'시키는 속성을 가지므로, 의미를 '영속(永續)'하거나 정서를 '주술화'하는 미적 효과와 기능을 가진다. 따라서 '순환적 대구'는 구성 요소들이 '주기적 회전'을 통해 '상호 연결'하면서 '영속적 구도'를 형성한다. 인용 시는 부분적 영역뿐만 아니라 연 구성의 영역에서 구성 요소들을 차례로 '첨가'하고 '연대'하여 의미를 '확대'하면서 정서를 '확산'하는 '병렬적 대구'를 형성하므로, 구성 요소들이 '수평적 첨가'를 통해 '상호 연대'하면서 '등가성의 연대'라는 구조화 원리를 가진다고 볼 수 있다. 후반부는 이러한 구도를 '주기적 회전'을 통해 '상호 연결'하면서 '영속적 구도'를 가지는 '순환적 대구'와 연결함으로써, '등가성의 순환'이라는 구조화 원리를 형성한다고 볼 수 있다.

인용 시에서 "음모" – "아마존강 유역", "늑골" – "을지로 어디" 등은 '기표의 대체'를 통해 '유추'를 시도하므로 프로이트적 압축, 라캉적 은유, 들뢰즈적 위장 등의 개념과 연관할 수 있다. "레몬 쥬스" – "이상(李箱)" – "끼이 끼이 끼꺽"은 이 '유추'를 '연상'으로 전이하여 내면의식의 순환으로 연결하므로 프로이트적 전위, 라캉적 환유, 들뢰즈적 전치 등의 개념과 연관할 수 있다. 따라서 이 시는 프로이트적 압축과 전위, 라캉적 은유와 환유, 들뢰즈적 압축과 전치 등을 교직하면서 "페렐로프"의 신체에서 유추하는 장소와 연상되는 내면의식의 순환을 통해 "그대" 및 "이상(李箱)"을 생각하는 '사랑의 경로'를 표현하고, 이것을 (D) – (E) – (A') 의 '순환적 대구'로 연결하면서 '사랑의 방황'을 제시한다. 결국 이 시는 단어, 구, 절 등의 '회기' 및 "병행 구문"을 통해 '병렬적 대구'를 형성하고 다시 그것을 '순환적 대구'로 연결함으로써, 장소적 '유추'가 발생시키는 '병렬 구조'를 내면 의식적 '연상'이 발생시키는 '순환 구조'로 연결하면서 '사랑의 경로'가 고통·방황 등으로 순환하는 과정을 형상화하는 것이다.

3. 대칭-순환 / 전환적 대구─사랑의 문답과 회의 / 대안

  김춘수의 「타령조」 연작시 중에서 '변주'의 '복합 유형'으로서 '대칭-순환적 대구'를 형성하는 경우를 살펴보자.

(A) ①㉠사랑이여, 너는

      어둠의 변두리를 돌ⓐ고 돌ⓑ다가

(B)   새벽녘에사

      그리운 그이의

      겨우 콧잔등이나 입 언저리를 발견하ⓐ고

      먼동이 틀 때까지 눈이 밝아 오ⓑ다가

(C)   눈이 밝아 오ⓑ다가, 이른 아침에

      파이프나 입에 물ⓐ고

      ㉡어슬렁 ㉡어슬렁 집을 나간 그이가

      밤, 자정이 넘도록 돌아오지 않는다면

(A') ①'어둠의 변두리를 돌ⓐ고 돌ⓑ다가

      먼동이 틀 때까지 ㉠사랑이여, 너는

      얼마만큼 달아서 병(病)이 되ⓒ는가,

(D)   병이 되며는

      무당을 불러다 굿을 하ⓒ는가,

(E)   ㉢넋이야 ㉢넋이로다 ㉢넋반에 담ⓐ고

      ㉣타고동동(打鼓冬冬) ㉣타고동동 구슬채찍 휘두르며

      역귀신(役鬼神)하ⓒ는가,

(F)   아니면, 모가지에 칼을 쓴 춘향이처럼

　　　　머리칼 열 발이나 풀어뜨리ⓐ고

　　　　저승의 산하(山河)나 바라보ⓒ는가,

(A) ①㉠사랑이여, 너는

　　　어둠의 변두리를 돌ⓐ고 돌ⓑ다가 ……

　　　　　　　　　　　　　　—「타령조·1」 전문, 『타령조·기타』

　　이 시는 단어, 구, 절 등의 '회기' 및 '병행 구문'을 전개하면서 전체적으로 '대칭적 대구'를 '순환적 대구'로 연결하는 언술 구조를 보여준다. 우선 이 시는 가장 큰 틀에서 초두 (A)가 말미 (A)에 회기하면서 수미상관을 이루고, 중간 (A')를 중심축으로 전체가 상하로 '대칭 구조'를 형성한다. (A)의 ①"사랑이여, 너는 / 어둠의 변두리를 돌고 돌다가"라는 절을 처음과 끝에 배치하고, 중간에 이를 변형한 (A')의 ①"'어둠의 변두리를 돌고 돌다가 / 먼동이 틀 때까지 사랑이여, 너는"을 배치하는 것이다. (A')를 중심축으로 전반부((A)−(B)−(C))와 후반부((D)−(E)−(F)−(A))가 형성하는 '대칭적 대구'의 언술 구조를 구체적으로 살펴보자.

　　전반부에서 (A)와 (A')의 절 단위의 변주는 그 안에 ㉠"사랑이여, 너는"이라는 구와 ⓐ"~고", ⓑ"~다가" 등 연결 어미의 회기를 내포하면서 전개한다. ㉠"사랑이여, 너는"의 회기는 넋두리나 타령의 물꼬를 열면서, 화자가 자기 사랑의 심리를 2인칭으로 호명함으로써 호소력과 긴장감을 고조하고, ⓐ"~고", ⓑ"~다가" 등 어미의 회기는 '병행 구문'을 통해 이후의 시행들과 연결 고리를 만든다. ⓐ"~고"는 '병행 구문'을 통해 "돌고", "발견하고", "물고", "담고", 풀어뜨리고" 등으로 연결하고, ⓑ"~다가"는 "돌다가", "오다가" 등으로 연결하면서 (A')에서 "되는가"의 ⓒ"~는가"라는 종결 어미로 변주한다. 전반부는 시간의 경과를 "어둠"—"새벽"—"이른 아침"으로 진행하다가 다시 "어둠"으로 회귀하는 구도를 보여준다. 여기서 (B)와 (C)를 연결하는 "눈이 밝아 오다가"라는 절의 2회 연속 회기는 사건의 지속성을 암시하는 효과를 가져온다. (C)의 ⓛ"어슬렁"이 2회 연속 회기하여 느린 행동의 경과를 실감나게 표현하는 것도 유사한 경우이다.

(A')는 전반부와 후반부를 비교하고 대립시키는 분깃점이 된다. "어둠의 변두리를 돌고 돌다가"와 "사랑이여, 너는"의 어순이 바뀐 것은, (A)의 언술 구조를 변화하여 후반부의 변화를 견인하는 역할을 담당한다. 이 변화는 "얼마만큼 달아서 병이 되는가"라는 문장의 ⓒ"~는가"라는 어미에서 본격적으로 대두한다. 각 문장의 말미에 ⓑ"~다가"라는 어미를 회기하여 연결 고리를 만들면서 대구를 형성하는 것이 전반부의 전체적 언술 구조라면, (A')에서 "돌다가"가 "되는가"로 전이하는 순간 후반부의 변화가 시작되는 것이다. 전자의 ⓑ"~다가"가 사건의 연속이나 순차적 나열의 의미를 내포한다면, 후자의 ⓒ"~는가"는 의문형 어미로서 화자의 짐작이나 생각을 우회적으로 확인하는 회의적 질문의 의미를 내포하기 때문이다. 결국 (A')를 기준으로 전반부는 사랑을 찾아 헤매는 화자의 방황을 연속이나 순차적 나열의 형식으로 보여주고, 후반부는 사랑의 실패와 좌절이 갖는 허무를 회의적 질문의 형식으로 보여준다. (A')의 "되는가"를 '병행 구문'을 통해 (D)와 (E)의 "하는가", (F)의 "바라보는가" 등으로 변주하는 과정은 좌절과 회의와 질문을 점층적으로 고조하는 과정이 된다. "사랑"이 "달"아 "병"이 되고, "무당을 불러다 굿을 하"고, "춘

향이처럼 / 머리칼"을 "풀어뜨리고" "저승"을 "바라보는" 과정은 좌절과 회의의 강도가 강화되는 과정이기 때문이다. 한편 후반부에서 (A')와 (D)의 "병이 되는가"와 "병이 되며는"의 '병행 구문'은 '병'이라는 사건의 시간적 경과 및 결과를 표현하고, (E)의 "넋이야", "넋이로다", "넋반에 담고" 등의 '병행 구문'은 굿을 하는 과정에서 넋의 몰입이 심화됨을 표현하며, 2회 연속 회기하는 ㉣"타고동동"은 굿을 진행하는 과정의 음향적·율동적 현장감을 표현한다.

이 시의 언술 구조를 요약하면, 부분적으로 병렬적, 연쇄적, 점층적 대구 등의 구조를 내포하지만, 전반부와 후반부가 '대칭 구조'를 형성하고 (A)−(A')−(A)로 전개하는 수미상관의 형식이 '순환 구조'를 형성하기 때문에, 전체적으로 '변주'의 '복합 유형'으로서 '대칭적 대구'를 '순환적 대구'로 연결하는 방식을 보여준다. '대칭'의 언술 구조는 기본적으로 '대비'의 언술 구조와 유사하게 '비교'의 속성을 가지지만, 구성 요소들을 중심선의 상하 또는 좌우로 '균등'하게 배치하여 '균형'을 잡으므로, 의미를 '구획'하거나 정서를 '정돈'하는 미적 효과와 기능을 가진다. 따라서 '대칭적 대구'는 구성 요소들이 '기하학적 균제'를 통해 '구조적 완결'을 보여주면서 '양가적 구도'를 형성한다. 한편 '순환적 대구'는 구성 요소들이 '주기적 회전'을 통해 '상호 연결'하면서 '영속적 구도'를 형성한다. 인용 시는 연 구성의 영역에서 (A')를 기준으로 전반부와 후반부를 '균등'하게 배치하여 '균형'을 잡고 의미를 '구획'하면서 정서를 '정돈'하는 '대칭적 대구'를 형성하므로, 구성 요소들이 '기하학적 균제'를 통해 '구조적 완결'을 보여주면서 '양가성의 대립'이라는 구조화 원리를 가진다고 볼 수 있다. (A)−(A')−(A)로 전개하는 수미상관의 형식은 이러한 구도를 '주기적 회전'

을 통해 '상호 연결'하면서 '영속적 구도'를 가지는 '순환적 대구'와 연결함으로써, '양가성의 순환'이라는 구조화 원리를 형성한다고 볼 수 있다.

(A')를 기준으로 전반부의 "변두리"―"콧잔등"―"입 언저리"―"파이프"는 '의미화 연쇄' 속에서 '기표의 대체'를 통해 '주변적'이라는 '의미 효과'를 만들므로 프로이트적 압축, 라캉적 은유, 들뢰즈적 위장 등의 개념과 연관할 수 있다. 반면 후반부의 "병"―"굿"―"넋"―"귀신"―"저승"은 '암시에 의한 대체'로서 '생략'과 '결여'를 통한 '욕망의 이동'을 드러내므로 프로이트적 전위, 라캉적 환유, 들뢰즈적 전치 등의 개념과 연관할 수 있다. 따라서 이 시는 (A')를 기준으로 전반부와 후반부의 '대칭적 대구'를 통해 프로이트적 압축과 전위, 라캉적 은유와 환유, 들뢰즈적 압축과 전치 등을 비교하고 대립시키면서 '사랑의 문답' 및 '사랑의 회의'를 표현하고, 이것을 (A)―(A')―(A)로 전개하는 수미상관의 형식을 통해 '순환적 대구'로 연결한다. 결국 이 시는 단어, 구, 절 등의 '회기' 및 '병행 구문'과 병렬적, 연쇄적, 점층적 대구 등의 구조를 큰 틀에서 '대칭적 대구'와 '순환적 대구' 속에 삽입함으로써, 사랑을 추구하며 방황하고 갈등하는 화자의 내면 무의식을 표현하는 동시에, 그 추구가 실패하고 좌절하는 과정의 허무를 회의적으로 질문하면서, 이 과정이 순환적으로 영속되리라는 예감까지 표현하는 것이다.

다음으로 김춘수의 「타령조」 연작시 중에서 '변주'의 '복합 유형'으로서 '대칭-전환적 대구'를 형성하는 경우를 살펴보자.

(A)　저
　　머나먼 홍모인(紅毛人)의 도시

비엔나로 ㉠갈까나,

　　프로이드 박사를 ㉠'찾아갈까나,

(B') ㉡뱀이 눈뜨는

　　꽃피는 내 땅의 삼월 초순에

　　㉢내 사랑은

(C)　서해로 ㉠갈까나 동해로 ㉠갈까나,

　　용의 아들

　　라후라(羅睺羅) 처용아빌 ㉠'찾아갈까나,

(D)　엘리엘리나마사박다니

　　나마사박다니, ㉢내 사랑은

　　먼지가 ㉣되었는가 티끌이 ㉣되었는가,

(E)　굴러가는 역사의

　　차바퀴를 더럽히는 지린내가 ㉣되었는가

　　구린내가 ㉣되었는가,

(F)　썩어서 과목들의 거름이나 ㉣'된다면

(B')　㉢내 사랑은

　　㉡뱀이 눈뜨는

　　꽃피는 내 땅의 삼월 초순에,

—「타령조·2」 전문,『타령조·기타』

　이 시는 단어, 구, 절 등의 '회기' 및 '병행 구문'을 전개하면서 전체적으로 '대칭적 대구'를 '전환적 대구'로 연결하는 언술 구조를 보여준다. 우선 이 시는 가장 큰 틀에서 (B)의 ㉡"뱀이 눈뜨는 / 꽃피는 내 땅의 삼월 초순에" ㉢"내 사랑은"과 (B')의 ㉢"내 사랑은" ㉡"뱀이 눈뜨는 / 꽃피는 내 땅의 삼월 초순에"가 어순 변화를 동반하는 '회기'를 형성하면서 근간을 이룬다. 특이한 점은 초두 (A)가 아니라 (B)에 처음 이 문장을 제시하고, 말미에 (B')를 회기하면서 변주하는 것이다. 따라서 이 시는 전반부 ((A)−(B)−(C))를 (B)가 연결시키고, 후반부((D)−(E)−(F)−(B'))를 (B')가 전환시키면서 '대칭적 대구'를 형성하는 언술 구조를 보여준다. (B)와 (B')의 반복과 변주의 특성을 살핀 후, 전반부와 후반부의 '대칭적 대구'가 가지는 특성을 살펴보자.

(B)와 (B')의 반복 및 변주는 그 안에 ㉢"내 사랑은", "눈뜨는 / 꽃피는" 등의 '회기'를 내포하면서 전개한다. ㉢"내 사랑은"의 회기는 넋두리나 타령의 연결 고리로서, 화자가 자신의 사랑을 의인화하여 호명함으로써 호소력과 긴장감을 고조한다. 주목할 점은 ㉢"내 사랑은"을 (B)와 (D)와 (B')에 회기하면서 전체적인 시상 전개를 견인하는 것이다. ㉢은 (B)와 (B')에서 회기하면서 둘 사이에 있는 (D)에도 회기하여 전반부와 후반부를 '대칭적 대구'로 만드는 동시에 시상을 '전환'하는 연결 고리가 되는 것이다. 인용 시의 근간을 이루는 언술 구조는 「타령조·1」의 언술 구조 ((A)−(A')−(A))와 다르지만, (D)에 배치된 ㉢"내 사랑은"이 핵심적 장치가 되어 전반부와 후반부를 '대칭적 대구'로 만든다. "눈뜨는 / 꽃피는"에서 "~는"의 연속 회기는 사건의 동시적 혹은 순차적 진행을 드러내면서 봄철에 생동하는 에로스를 표현한다. "뱀이 눈뜨"고 "꽃"이 "피는" "삼월 초순"은 "내 사랑"의 에로스적 리비도가 활성화되는 시기인 것이다.

(D)에 배치된 ㉢"내 사랑은"을 기준으로 전반부의 언술 구조를 지배하는 것은 ㉠"갈까나"와 ㉠'"찾아갈까나"에 나타나는 '점층적 구조'이다.

(A)는 "갈까나"에 이어 "찾아 갈까나"라는 '수식'을 구사하여 "비엔나로" 가려는 구체적인 이유가 "프로이드 박사를 찾"아가는 것임을 표현한다. "프로이트 박사"는 화자가 자신의 사랑을 정신분석적으로 인식하는 일종의 무의식 차원의 탐구를 상징한다. 화자는 자신이 추구하는 사랑의 정체를 탐색하기 위해 정신분석을 시도할까 고민하는 것이다. 이 '점층적 구조'가 보여주는 언술 구조는 (C)에서 ㉠"갈까나"와 ㉠'"찾아갈까나"의 회기로 연결되면서 전반부의 시상 전개를 이끈다. "서해로 갈까나 동해로 갈까나"라는 문장은 화자의 사랑 추구 및 그 탐색이 확신이 아니라 일종의 모색이자 방황의 과정임을 드러낸다. "서해"나 "동해"로 가려는 구체적인 이유는 "처용아"비를 찾아가는 것인데, "처용아"비는 화자가 자신의 사랑을 설화적으로 인식하는 일종의 신화 차원의 탐구를 상징한다. 사랑의 정체를 탐색하기 위한 화자의 시도가 심리적 분석에서 신화적 분석으로 이동하는 것이다. "프로이트 박사"가 무의식적 욕망에 대한 탐구를 암시한다면, "처용아"비는 그 욕망에 대한 회피 혹은 그것을 승화하는 인고적 정신세계를 암시한다고 볼 수 있다. 그렇다면 이 신화적 분석은 구체적인 양상에서 윤리적 분석의 차원을 포함한다고 볼 수 있을 것이다.

(D)에 배치된 ㉢"내 사랑은"을 기준으로 후반부의 언술 구조를 지배하는 것은 ㉣"되었는가"의 회기와 ㉣'"된다면"이 발생시키는 '전환적 구조'이다. (D)는 ㉣"되었는가"를 2회 연속 회기하여 "내 사랑"이 "먼지"나 "티끌"이 되었는지 자문한다. "먼지"나 "티끌"의 의미는 "엘리엘리라마 사박다니"[13]에서 유추할 수 있듯, 죽음 이후의 공허와 허무를 암시하는 듯한데, 이러한 의미 부여는 예수의 죽음을 성경적 관점이 아니라 인간

적 역사의 관점에서 파악한 것이다. 왜냐하면 성경적 관점에 의하면 예수의 십자가 죽음은 부활을 통해 역전되어 생명의 성령의 법이 죄와 사망의 법을 이기는 토대가 되는 데 반해, 시적 화자는 예수의 죽음을 인간적 관점으로 이해하기 때문에 죽음 이후를 공허와 허무의 차원으로 제시하기 때문이다. 따라서 (D)의 "엘리엘리라마사박다니"는 화자가 자신의 사랑을 종교적이 아니라 인간적으로 인식하는 일종의 역사적 차원의 탐구를 의미하는데, 여기에도 "처용아"비의 경우처럼 윤리적 분석의 차원이 내포되어 있다고 볼 수 있다. 요약하면, 사랑의 정체를 탐색하기 위한 화자의 시도가 전반부에서 심리적 분석과 신화적 분석으로 나타났다면, 후반부에서는 역사적 차원으로 전환하고 있다.

(E)에서 "굴러가는 역사의 / 차바퀴"가 등장하는 것은 이러한 이유 때문이다. (E)는 (D)의 질문의 연장선에서 ㉣"되었는가"를 2회 연속 회기하여 "내 사랑"이 "지린내"나 "구린내"가 되었는지 자문한다. "지린내"나 "구린내"는 (D)의 "먼지"나 "티끌"의 연장선에서 공허와 허무라는 의미의 강도를 강화시켜 치욕과 모멸이라는 의미로 전이한다. 한편으로 "더럽히는"이라는 단어에 주목하면, "지린내"나 "구린내"는 "역사의 / 차바퀴"에 추문(醜聞)과 균열을 덧입히는 비판과 저항이라는 역설적인 의미를 갖기도 한다. "역사의 / 차바퀴"를 "더럽히는" "지린내"나 "구린내"를 통해, 화자는 자신의 사랑이 이념과 이데올르기의 역사적 운행에 의해 능멸되어 모욕적 결과로 귀착되는 것이 아닌가라는 질문과, 그 운행에

---

13 "엘리엘리라마사박다니"는 "나의 하나님, 나의 하나님, 어찌하여 나를 버리시나이까"라는 뜻으로서, 예수가 십자가에 매달려 죽을 때 마지막으로 할 말이다. 마태, 「마태복음」 27장 47절, 『NIV 한영해설성경』, 아가페, 1997, 신약 51쪽 참고.

균열을 가하는 비판과 저항의 행위가 될 수는 없는가라는 질문을 동시에 던지는 것이다. 요약하면, 이 시는 (D)에 배치된 ㉢"내 사랑은"을 기준으로 전반부는 ㉠"갈까나"와 ㉠'"찾아갈까나"의 '점층적 구조'를 통해 사랑의 정체를 탐색하는 과정을 형상화하고, 후반부는 ㉣"되었는가"의 회기를 통해 그 사랑이 인간적 역사의 관점에서 공허와 허무, 치욕과 모멸의 차원으로 전락하는 동시에, 비판과 저항의 차원을 얻는 과정을 형상화한다. 이러한 관점에서 (F)의 "썩어서 과목들의 거름이나 된다면"에 주목할 필요가 있다. ㉣'"된다면"은 전반부의 ㉠"갈까나"와 ㉠'"찾아갈까나"를 후반부의 ㉣"되었는가"로 연결하여 전체적으로 '대칭적 대구'를 이루는 구도에서, "지린내"나 "구린내"가 가지는 비판과 저항적 의미가 가지는 '전환적 대구'의 가능성을 제시하기 때문이다. 이 가능성은 자기 희생을 통해 가장 낮은 곳으로 임할 때 기적적으로 위대한 일을 성취할 수 있다는 의미를 은밀히 내포한다.[14] 인용 시에서 화자는 이러한 가능성을 열어놓은 채 (F)를 (B')로 연결하여 전반부와 후반부의 '대칭적 구도'를 깨뜨리는 균열을 만든다. 그래서 (B')는 (B)의 단순한 회기가 아니라 어순에 변화를 주어 ㉢"내 사랑은"을 먼저 제시하여 ㉡"뱀이 눈뜨는 / 꽃피는 내 땅의 삼월 초순에"를 견인하면서 전환을 시도한다. 말미에 찍은 쉼표(",")에는 이러한 심리적 역학 관계가 숨어있다. 즉 단순히 초두 (A)로 회귀하는 '순환 구조'가 아니라 새로운 대안의 가능성을 내포하는 '전환 구조'의 기능을 수행하는 것이다.

---

14 이러한 해석은 "한 알의 밀이 땅에 떨어져 죽지 아니하면 한 알 그대로 있고 죽으면 많은 열매를 맺"는다는 성경 구절에서 유추할 수 있다. 요한, 「요한복음」 12장 24절, 『NIV 한영해설성경』, 아가페, 1997, 신약 168쪽 참고.

이 시의 언술 구조를 요약하면, '변주'의 '복합 유형'으로서 전반부의 '회기'와 '병행구문'이 후반부의 '회기'로 연결하여 '대칭적 대구'를 이루는 구도에서, 후반부의 ㉣'"된다면"이 '전환적 대구'의 가능성을 제시한다. '대칭적 대구'는 구성 요소들이 '기하학적 균제'를 통해 '구조적 완결'을 보여주면서 '양가적 구도'를 형성한다. 한편 '전환'의 언술 구조는 구성 요소들을 다른 방향이나 상태로 바꾸는 속성을 가지므로, 의미를 '전이'하거나 정서를 '이동'하는 미적 효과와 기능을 가진다. 따라서 '전환적 대구'는 구성 요소들이 '대체'를 통해 다른 양상이나 가치로 '이동'하면서 '전이적 구도'를 형성한다. 인용 시는 연 구성의 영역에서 (D)의 ㉢"내 사랑은"을 기준으로 전반부와 후반부가 '균형'을 잡고 의미를 '구획'하면서 정서를 '정돈'하는 '대칭적 대구'를 형성하므로, 구성 요소들이 '기하학적 균제'를 통해 '구조적 완결'을 보여주면서 '양가성의 대립'이라는 구조화 원리를 가진다고 볼 수 있다. 후반부의 ㉣'"된다면"을 통한 언술 구조는 이러한 구도를 '전이'하고 정서를 '이동'하며 '전이적 구도'를 가지는 '전환적 대구'와 연결하므로, '양가성의 전환'이라는 구조화 원리를 형성한다고 볼 수 있다. 인용 시에서 (D)의 ㉢"내 사랑은"을 기준으로 전반부의 "비엔나"―"서해"·"동해", "프로이드 박사"―"처용아"비, "뱀"―"용" 등은 '암시에 의한 대체'로서 '생략'과 '결여'를 통한 '욕망의 이동'을 드러내므로 프로이트적 전위, 라캉적 환유, 들뢰즈적 전치 등의 개념과 연관할 수 있다. 반면 후반부의 "먼지"―"티끌", "지린내"―"구린내"―"거름" 등은 '의미화 연쇄' 속에서 '기표의 대체'를 통해 '치욕과 모멸' 혹은 '추문과 균열'이라는 '의미 효과'를 만들므로 프로이트적 압축, 라캉적 은유, 들뢰즈적 위장 등의 개념과 연관할 수 있다. 따라서 이 시는 (D)의 ㉢"내 사랑은"을 기준으로 전반부와 후반부의 '대칭적 대구'를 통해 프로이트적 압축과 전위, 라캉적 은유와 환유, 들뢰즈적 압축과 전치 등을 비교하고 대립시키면서 '사랑의 문답'을 표현하고, 이것을 후반부의 ㉣"'된다면"을 통해 '전환적 대구'로 연결하면서 '사랑의 대안'을 제시한다. 결국 이 시는 단어, 구, 절 등의 '회기'와 '점층적 구조'를 '대칭적 대구'와 '전환적 대구' 속에 삽입함으로써, 사랑을 추구하며 방황하고 갈등하는 화자의 욕망을 심리적 차원, 신화적 차원, 역사적 차원 등으로 분석하면서, 그 공허와 허무, 치욕과 모멸, 비판과 저항 등의 의미뿐만 아니라 자기희생이 낳는 새로운 가능성의 의미까지 표현하는 것이다.

4. 점층-왕복 / 확장적 대구 ─ 사랑의 인과와 자학 / 허무

김춘수의 「타령조」 연작시 중에서 '변주'의 '복합 유형'으로서 '점층-왕복적 대구'를 형성하는 경우를 살펴보자.

(A) ㉠지귀(志鬼)야,
　　　네 살과 피는 삭발을 ㉡하고
　　　가야산 해인사에 ㉢가서
　　　독경㉣이나 하지.
(B)　　환장한 너는
　　　종로 네거리에 ㉢가서
　　　남녀노소의 구둣발에 차이㉣기나 하지.

(C)   금팔찌 한 개를 벗어 주고

       선덕여왕께서 도리천의 여왕이 되신 뒤에

(A) ㉠지귀야,

       네 살과 피는 삭발을 ㉡하고

       가야산 해인사에 ㉢가서

       독경㉣이나 하지.

(B)   환장한 너는

       종로 네거리에 ㉢가서

       남녀노소의 구둣발에 차이㉣기나 하지.

(D)   때마침 내리는

       밤과 비에 젖㉣기나 하지.

       오한이 들고 신열이 나거들랑

(A')   네 살과 피는 또 한번 삭발을 ㉡하고

       ㉠지귀야,

                              ─「타령조·3」 전문, 『타령조·기타』

이 시는 단어, 구, 절, 문장 등의 '회기' 및 '병행 구문'을 전개하면서 전체적으로 '점층적 대구'를 '왕복적 대구'로 연결하는 언술 구조를 보여준다. 이 시는 우선 가장 큰 틀에서 초두 (A)─(B)가 중간부 (A)─(B)에서 '회기'하고 말미 (A')에서 '생략'을 통해 변주하며 마무리하는 구조를 보여준다. (A)─(B)의 회기와 (A)─(A)─(A')의 회기 및 생략, 그리고 (C)와 (D)의 위상 및 특성을 살펴보자.

초두 (A)는 (B)와 연결해서 (A)─(B)를 이루고, 다시 중간부 (A)─(B)

의 회기를 통해 전체적 구도를 형성하는 동시에, (A)−(A)−(A')의 회기 및 생략으로도 전개하므로 시 전체의 중심축을 이룬다. ㉠"지귀야"의 회기는 넋두리나 타령의 물꼬를 열면서, 화자가 자신의 사랑을 3인칭으로 호명하여 시적 분신을 만듦으로써 호소력과 긴장감을 고조한다. 그래서 ㉠"지귀야"는 (A)−(B)의 회기 및 (A)−(A)−(A')의 회기 및 생략이라는 이중의 언술 구조에서 핵심적인 징검다리 역할을 하며 시상 전개를 이끈다. A에서 ㉡"하고", ㉢"가서", ㉣"이나 하지" 등은 (A)−(A)−(A')의 전개뿐만 아니라 전체적 시상 전개에서 회기를 통해 중요한 역할을 담당한다. ㉡"하고"는 행위의 연속적 전개를 의미하면서 (A)−(A)−(A')에서 회기하여 "삭발"을 한 후 "가야산 해인사"로 간다는 내용을 강조하고, ㉢"가서"는 지리적 장소와 호응하여 공간적 이동을 동반하면서 이후의 연속적 행위를 견인한다. ㉢"가서"와 호응하는 지리적 장소는 (A)에서 "가야산 해인사", (B)에서 "종로 네거리"이고, 견인하는 연속적 행위는 (A)에서 "독경이나 하"는 것이고, (B)에서 "구둣발에 차이기나 하"는 것이다. 이러한 언술 구조는 중간부 (A)−(B)의 회기를 통해 다시 반복한다. 사랑의 고통을 겪는 화자의 분신인 "지귀"는 "가야산 해인사"라는 출세간과 "종로 네거리"라는 세간 사이를 왕래하면서 정처 없이 방황한다. 사랑의 좌절로 인한 고통은 "삭발을 하고" 절에 가서 "독경"을 하는 구도적 행위로도 해소되지 않고, 번화한 도심에서 대중에게 천시와 조롱을 받는 자학적이고 위악적인 행위로도 해소되지 않는다. 이러한 공허와 허무, 능멸과 수치가 화자에게 아이러니의 태도와 어조를 부여하는데, ㉣"~이나 하지"라는 서술 어미가 그것을 표현한다. "독경이나 하지"와 "차이기나 하지"라는 표현은 사랑의 고통을 해결할 수 있는 현실적 방법을 얻지 못하고, 자학과 자기모멸을 통해서만 고통을 견딜 수 있는 상황을 제시하는 것이다.

이처럼 초두 (A)에서 (B)로 전개하는 (A)-(B)는 ㉣"~이나 하지"의 회기를 통해 구도적 행위에서 자학적 행위로 전이하면서 고뇌와 고통의 강도를 강화하는 '점층적 대구'를 형성한다. 이 (A)-(B)의 '점층적 대구'는 중간부 (A)-(B)에서 회기하여 확인 과정을 거치면서 강조되고, (D)의 "젖기나 하지"에 이르러 좀 더 선명한 '점층적 대구'를 형성한다. "때마침 내리는 / 밤과 비에 젖기나 하"는 것은 구도적 행위나 자학적 행위로 해소되지 않는 사랑의 고통을 자포자기로 방치시켜 "오한이 들고 신열이 나"는 결과로 귀결한다. 그런데 전체적으로 자학과 모멸의 강도를 강화하는 방향으로 진행하는 시상 전개는 말미 (A')의 "또 한번"이라는 부사를 통해 점층하는 동시에 왕복한다. (A')는 단순히 (A)의 '동일한 반복'이 아니라 '차이를 동반하는 반복'으로서 '점층적 대구'를 형성하는 동시에 '왕복적 대구'를 이끌어 내는 것이다.

한편 (C)와 (D)는 전체적 시상 전개에서 새로운 구조를 개입한다. (C)는 (A)-(B) 및 (A)-(A)-(A')라는 이중의 언술 구조를 생성하는 사건적 원인으로 작용하며, 시제가 과거라는 점에서 시간적 역행을 동반한다. (D)는 "나거들랑"을 통해 지귀가 "밤과 비에 젖"은 이후에 발생하는 미래적 사건을 예감한다. 즉 (C)는 시간적으로 선행하는 과거의 원인이고, 그 결과로서 "삭발을 하고" "가야산 해인사에 가서" "독경이나 하"고, "종로 네거리에 가서 / 남녀노소의 구둣발에 차이기나 하"는 현재적 상황이 전개되며, (D)는 다시 "밤과 비에 젖"은 이후에 "오한이 들고 신열이 나"리라는 미래적 가정을 제시하는 것이다. 여기서 (C)는 의미 차원에서 '원인'이 되고 시간 차원에서 '과거'가 되는 반면, (D)는 의미 차원에서 '결과'가

되고 시간 차원에서 '미래'가 된다. 따라서 (C)와 (D)는 작품의 전체적 시상 전개를 사건의 '인과적 구조' 및 시제의 '왕복적 구조'로 만드는 데 핵심적인 역할을 담당한다. 즉 이 시는 (C)라는 원인으로 인해 (A)−(B)−(D)−(A')의 결과가 생겨나는 사건의 '인과적 구조'와, (A)−(B)의 현재 시제가 (C)의 과거 시제로 회귀한 후 다시 (A)−(B)의 현재 시제로 진행하고, 또 다시 (D)−(A')의 미래 가정의 시제로 전개하는 시간의 '왕복적 구조'를 갖는 것이다.

이 시의 언술 구조를 요약하면, '변주'의 '복합 유형'으로서 초두 (A)−(B)의 '점층적 대구'를 중간부 (A)−(B)에서 회기하여 강조하고, (D)에 이르러 좀 더 선명한 '점층적 대구'를 형성하는데, 말미 (A')의 "또 한번"이라는 부사를 통해 '왕복적 대구'로 연결한다. (C)와 (D)를 통해서도 작품의 전체적 시상 전개는 사건의 '인과적 구조' 및 시제의 '왕복적 구조'를 형성한다. '점층'의 언술 구조는 기본적으로 '병렬'의 언술 구조를 근간으로 '나열'이나 '첨가'의 속성을 가지면서, 때로 '대비' · '대칭' · '연쇄' 등의 언술 구조를 경유하여 '비교' · '균형' · '매개' 등의 속성을 가지지만, 구성 요소들을 점진적으로 겹쳐 가면서 강하게 하거나, 크게 하거나, 높게 하여 절정에 이르게 하므로, 의미를 '강조'하거나 정서를 '강화'하는 미적 효과와 기능을 가진다. 따라서 '점층적 대구'는 구성 요소들이 '병렬적 대구'의 특성인 '등가적 구도', '대비적 대구'의 특성인 '이원적 구도', '대칭적 대구'의 특성인 '양가적 구도', '연쇄적 대구'의 특성인 '인접적 구도' 등을 토대로 점차 단계적으로 '고양'하면서 '상승적 구도'를 형성한다. 한편 '왕복'의 언술 구조는 구성 요소들을 어떤 방향으로 갔다가 되돌아오게 하는 속성을 가지므로, 의미를 '중첩'하거나 정서를 '확인'하는 미적 효과와 기능을 가진다. 따라서 '왕복적 대구'는 구성 요소들이 '전이적 귀환'을 통해 동일한 가치를 '확인'하는 '중첩적 구도'를 형성한다. 인용 시는 연 구성의 영역에서 (A)−(B)의 '점층적 대구'를 중간부 (A)−(B)에서 회기하여 강조하고, (D)에 이르러 좀 더 선명한 '점층적 대구'를 형성하므로, 점차 단계적으로 '고양'하는 '상승적 구도'를 가지면서 '인접성의 강화'라는 구조화 원리를 형성한다고 볼 수 있다. 말미 (A')의 "또 한번"이라는 부사, (C)와 (D)가 형성하는 사건의 '인과적 구조', 시제의 '왕복적 구조' 등은 이러한 구도를 '전이적 귀환'을 통해 동일한 가치를 '확인'하며 '중첩적 구도'를 가지는 '왕복적 대구'와 연결함으로써, '인접성의 왕복'이라는 구조화 원리를 형성한다고 볼 수 있다.

인용 시에서 (A)−(B)의 "가야산 해인사"−"종로 네거리"는 '의미화 연쇄' 속에서 '기표의 대체'를 통해 '고통의 해소처'라는 '의미 효과'를 만들므로 프로이트적 압축, 라캉적 은유, 들뢰즈적 위장 등의 개념과 연관할 수 있다. 반면 "삭발"−"독경"−"환장"−"구둣발"은 '암시에 의한 대체'로서 '생략'과 '결여'를 통한 '욕망의 이동'을 드러내므로 프로이트적 전위, 라캉적 환유, 들뢰즈적 전치 등의 개념과 연관할 수 있다. 따라서 이 시는 (A)−(B)의 ⓛ"하고", ⓒ"가서", ⓔ"이나 하지" 등의 회기를 통해 프로이트적 압축과 전위, 라캉적 은유와 환유, 들뢰즈적 압축과 전치 등을 교차하면서 사랑의 좌절로 인한 고통이 공허와 허무, 능멸과 수치로 전이하는 '사랑의 인과' 및 '사랑의 자학'을 표현하고, 이것을 (A')의 "또 한번"이라는 부사를 통해 '왕복적 대구'로 연결하면서 의미를 중복하고 재확인한다. '사랑의 인과' 및 '사랑의 자학'을 '점층적 대구'와 '왕복적 대구'로 표현하는 특성은 '반복 강박'에 의한 '죽음 충동' 및 '실재'에 진입하는 '주이상스'의 개념과 연관해서 해석할 수 있을 것이다. 이 특성은 시인이 시적 언어 표현에서 얻는 역설적 만족, 다시 말해 자신의 만족에서 얻는 고통을 표현하는 것이며, '쾌락 원칙'을 돌파하여 사물(事物 : Das Ding)과의 '주이상스'를 향하는 '죽음 충동'과 연관할 수 있기 때문이다. 한편 (A) − (B)의 회기와 (A) − (A) − (A')의 회기 및 생략은 '동일한 것의 반복'이 아니라 '차이를 동반하는 반복'을 형성하므로 들뢰즈의 '리트로넬로' 개념과 연관할 수 있으며, 베르그손이나 들뢰즈가 말한 '정신적 반복'에 해당한다고 볼 수 있을 것이다. 들뢰즈에 의하면, '정신적 반복'은 공존하는 상이한 수준에서 일어나는 전체의 반복으로서 옷 입은 반복이고 공존하는 반복이며 잠재적 반복이고 수직적 반복이다. 그리고 이 모든 특성들은 시간의 텅 빈 형식으로서 '미래'로 이끌면서 '영원회귀'와 연관하며 '나르키소스적 자아'와 '죽음 충동'의 종합으로서 쾌락 원칙의 무-바탕을 형성하는 들뢰즈의 시간의 세 번째 종합과도 연관할 수 있을 것이다. 결국 이 시는 단어, 구, 절, 문장 등의 '회기' 및 '병행 구문'을 '점층적 대구'와 '왕복적 대구' 속에 삽입함으로써, 사랑의 고통을 낳은 원인 및 그 결과인 공허와 허무, 능멸과 수치를 제시하고, 더 나아가 자학과 자기모멸을 통해서만 고통을 견딜 수 있는 상황을 제시하면서, 과거와 현재와 미래를 왕복하면서 시간적 역행과 순행을 교차시키는 것이다.

다음으로 김춘수의 「타령조」 연작시 중에서 '변주'의 '복합 유형'으로서 '점층-확장적 대구'를 형성하는 경우를 살펴보자.

(A) ㉠쓸개 빠진 ㉡녀석의 ㉠쓸개 빠진 사랑을 보ⓐ았나,

(B) ㉢녀석도 참

나중에는 제 ㉣<u>불알</u>을 따서

새끼들을 먹였ⓑ<u>지</u>,

(C) 애비의 ㉣<u>불알</u> 먹는 새끼들을 보ⓐ<u>았나</u>,

(D) 그래서 ㉤<u>녀석</u>의 새끼들은

간이 곪았ⓑ<u>지</u>,

(E) ㉣<u>불알</u> 먹었다. ㉣<u>불알</u> 먹었다.

불쌍한 울아부지 ㉣<u>불알</u> 먹었다.

(D′) 그래서 ㉤<u>녀석</u>의 새끼들은

뿔이 돋쳤ⓑ<u>지</u>,

눈두덩에 뿔이 돋친 귀신이 됐ⓑ<u>지</u>,

(A) ㉠<u>쓸개 빠진</u> ㉤<u>녀석</u>의 ㉠<u>쓸개 빠진</u> 사랑을 보ⓐ<u>았나</u>,

(B′) ㉢<u>녀석</u>도 참

<u>나중에는</u> 오뉴월 구름으로 흐르다가

입춘 가까운 눈발로도 쓸리다가

(A′) 히히 히히 히

㉠<u>쓸개 빠진</u> ㉤<u>녀석</u>은 ㉠<u>쓸개 빠진</u> 웃음을

웃을 뿐이ⓑ<u>지</u>,

—「타령조 · 5」 전문, 『타령조 · 기타』

이 시는 단어, 구, 절, 문장 등의 '회기' 및 '병행 구문'을 전개하면서 전체적으로 '점층적 대구'를 '확장적 대구'로 연결하는 언술 구조를 보여준다. 이 시는 우선 가장 큰 틀에서 초두 (A)−(B)가 중간부 이후에 (A)−(B′)로 병행 구문을 통해 회기하고 말미 (A′)로 변주하며 마무리하는 구

조를 보여준다. (A)－(B')의 병행 구문과 (A)－(A)－(A')의 회기 및 병행 구문, 그리고 전체적 시상 전개에 나타나는 특성을 살펴보자.

초두 (A)는 (B)와 연결해서 (A)－(B)를 이루고, 다시 중간부 이후 (A)－(B')의 병행 구문을 통해 전체적 구도를 형성하는 동시에, (A)－(A)－(A')의 회기 및 병행 구문으로도 전개하므로 시 전체의 중심축을 이룬다. (A)에서 ㉠"쓸개 빠진"의 2회 회기는 원환적 언술 감각을 형성하는 동시에 우둔함의 의미를 강화하는데, (A)－(A)－(A')의 회기 및 병행 구문을 통해 ㉠"쓸개 빠진"이 총 6회 회기하여 강한 '점층적 구조'를 형성한다. (A)의 ㉡"녀석"이라는 단어의 회기도 (A), (D), (D'), (A), (A') 등의 ㉡"녀석"과 연결하고, (B), (B')의 ㉢"녀석도 참 / 나중에는"과도 연결하면서 원환적 '점층'의 언술 구조를 형성한다. 초두 (A)의 서술어 "보았나"는 (C)에서 회기하고 중반부 이후 (A)에서 회기하는데, 종결 어미 ⓐ"～았나"는 질문의 형식인 의문형이라기보다 자신의 짐작이나 생각이 그럴 듯하다는 우회적 확신의 형식이다. 이 시의 전체적 시상 전개는 우회적 확신의 형식인 ⓐ"～았나", 그 사후적 확인의 결과인 ⓑ"～지" 등의 종결 어미의 교차적 회기 및 병행 구문에 의해 견인된다. ⓐ"～았나"가 총 3회 회기하여 ㉡"녀석"과 그 "새끼들"의 불우함과 우둔함을 부각하고, ⓑ"～지"가 총 5회 회기하여 화자가 자신의 우회적 확신을 사후적으로 확인하는 결과를 강조한다. 한편 (B)의 ㉢"녀석도 참 / 나중에는"이라는 구는 (B')에서 병행 구문을 통해 변주한다. (B)는 (A)에서 화자가 ㉡"녀석"의 "사랑"을 "쓸개 빠진" 것이라고 생각하는 근거를 제시하는 반면, (B')는 근거가 아니라 경과를 제시함으로써 (A')의 '확장적 대구'를 예인하는 전조(前兆)를 제시한다. (C)는 "보았나"가 회기하면서 (A)를 이어받고, ㉣"불알"

을 회기하면서 (B)를 이어받아 사실상 (A)와 (B)를 종합하면서 변주하는 (A'B')의 양상을 보여준다.

이 시의 전체적 시상은 애비와 새끼들의 상호 행위적 결과로서 전반부((A)~(D))에서 "새끼들"의 "간이 곪"는 상황, 중반부((E)~(D'))에서 "새끼들"에게 "뿔이 돋"치는 상황, 후반부((A)~(A'))에서 "녀석"이 "구름으로 흐르"고 "눈발로도 쓸리"는 상황으로 전개한다. 새끼들에게 불알을 먹이는 애비의 사랑과 애비의 불알을 먹는 새끼들의 상호 행위는 '원인'으로 작용하고, 그 '결과'로서 "새끼들"의 "간이 곪"고 "뿔이 돋"치는 고통과 불행이 생긴다. 이러한 '사랑의 인과'는 후반부에서 애비가 "오뉴월 구름으로 흐르"거나 "입춘 가까운 눈발로도 쓸리"는 양상으로 귀결되는데, 이것은 "흐르다가"나 "쓸리다가"라는 동사가 암시하듯, 공허하고 허망한 '확산'이나 '발산'의 차원이다. 그래서 말미 (A')의 "히히 히히 히"에서 "히" 음절의 연속적 회기는 화자가 자신의 분신처럼 제시한 "녀석"의 사랑에 대해 회한과 안타까움을 냉소적 웃음으로 드러낸다. "쓸개 빠진 녀석은 쓸개 빠진 웃음을 / 웃을 뿐이지"라는 마지막 문장은, 이러한 냉소와 조소, 회한과 안타까움을 자포자기에 가까운 허무의 어조로 표현한다. 후반부의 이러한 시상 전개는 '순환', '전환', '왕복' 등과 변별되는 '확장'의 구조라고 볼 수 있다.

이 시의 언술 구조를 요약하면, '변주'의 '복합 유형'으로서 (A)—(A)—(A'), (AB)—(AB'), (D)—(D') 등의 회기 및 병행 구문을 통해 '점층적 대구'를 형성하는 동시에 '확장적 대구'로 연결한다. '점층적 대구'는 구성 요소들을 점진적으로 겹쳐 가면서 강하게 하거나, 크게 하거나, 높게 하여 절정에 이르게 하므로, 의미를 '강조'하거나 정서를 '강화'하면서 '상승적 구도'를 형성한다. 한편 '확장'의 언술 구조는 구성 요소들을 범위나 규모 등을 늘려서 넓히는 속성을 가지므로, 의미를 '확대'하거나 정서를 '확산'하는 미적 효과와 기능을 가진다. 따라서 '확장적 대구'는 구성 요소들이 '개방적 확대'을 통해 자신을 '발산'하거나 다른 가치들을 '포섭'하는 '확산적 구도'를 형성한다. 인용 시는 연 구성의 영역에서 (A)−(A)−(A'), (AB)−(AB'), (D)−(D') 등의 회기 및 병행 구문을 통해 '점층적 대구'를 형성하므로, 점차 단계적으로 '고양'하는 '상승적 구도'를 가지면서 '인접성의 강화'라는 구조화 원리를 형성한다고 볼 수 있다. 후반부((A)~(A'))에서 "녀석"이 "구름으로 흐르"고 "눈발로도 쓸리"는 상황으로 전개하는 흐름은 이러한 구도를 '개방적 확산'을 통해 '발산'하고 다른 가치들을 '포섭'하는 '확장적 대구'와 연결함으로써, '인접성의 발산'이라는 구조화 원리를 형성한다고 볼 수 있다.

인용 시에서 "쓸개"−"불알"은 '애비'의 신체 기관이자 사건의 원인으로서 '의미화 연쇄' 속에서 '기표의 대체'를 통해 '불우'과 '우둔'이라는 '의미 효과'를 만들고, "간"−"뿔"은 '새끼들'의 신체 기관이자 사건의 결과로서 '의미화 연쇄' 속에서 '기표의 대체'를 통해 '불행'과 '기괴'라는 '의미 효과'를 만들며, "구름"−"눈발"−"웃음"은 개방적 확산이나 발산으로서 '의미화 연쇄' 속에서 '기표의 대체'를 통해 '공허'와 '허무'라는 '의미 효과'를 만들므로, 프로이트적 압축, 라캉적 은유, 들뢰즈적 위장 등의 개념과 연관할 수 있다. 그리고 이 각각의 이미지군 사이에는 원인과 결과, 결과와 확산 등의 관계에 근거하여 '생략'과 '결여'를 통한 '욕망의 이동'을 드러내므로 프로이트적 전위, 라캉적 환유, 들뢰즈적 전치 등의 개념과 연관할 수 있다. 따라서 이 시는 일련의 이미지들을 통합하고 전이하여 프로이트적 압축과 전위, 라캉적 은유와 환유, 들뢰즈적 압축과 전치 등을 교차하면서 불우하고 우둔한 사랑의 행위로 인해 불행하고 기괴한 결과를 낳는 '사랑의 인과'를 표현하고, (B')−(A')의 '확장적 대구'로 연결하면서 공허와 허무로 확산되는 '사랑의 허무'를 제시한다. 결국 이 시는 단어, 구, 절, 문장 등의 '회기' 및 '병행 구문'을 '점층적 대구'와 '확장적 대구' 속에 삽입함으로써, 애비와 새끼들의 상호 행위로서 애비의 불우하고 우둔한 사랑과 새끼들의 불행하고 기괴스러운 고통을 인과관계로 제시하고, 더 나아가 공허와 허무로 발산하는 양상을 제시하는 것이다.

5. 맺음말

이 글은 「타령조」 연작시에 나타나는 '반복'과 '변주'의 '언술 구조'를 '미적 효과와 기능' 면에서 세밀히 분석함으로써, 김춘수 '무의미시'의 두 방향 중에서 '주술적인 리듬을 통한 무의미시'의 '구조화 원리'를 고찰하고자 했다. 김춘수의 「타령조」 연작시는 '변주'의 방식으로서 '대구'의 '단일 유형'보다 유형을 복수적으로 결합하여 복합적 구도를 형성하는 '복합 유형'이 주로 나타난다. 이 글은 김춘수의 「타령조」 연작시에 나타나는 '변주'의 '복합 유형'을 '병렬-귀결 / 순환적 대구', '대칭-순환 / 전환적 대구', '점층-왕복 / 확장적 대구' 등 여섯 유형으로 구분하고, 각각의 의미 맥락을 '사랑의 경로와 허무 / 방황', '사랑의 문답과 회의 / 대안', '사랑의 인과와 자학 / 허무' 등의 변별적 자질로 해석하면서 세부 양상을 구체적으로 고찰했다.

'변주'의 '복합 유형'으로서 '병렬-귀결적 대구'를 형성하는 작품은 「타령조 · 6」이다. 「타령조 · 6」은 단어, 구, 절 등의 '회기' 및 '병행 구문'을 전개하면서 전체적으로 '병렬적 대구'를 '귀결적 대구'로 연결하는 언술 구조를 보여준다. 이 시의 (A)에서 사건의 지속을 표현하는 '병렬적 대구'와, (B)에서 사건의 전후 맥락을 표현하는 '병렬적 대구'는 (A)와 (A')의 "난데없이", (D)와 (E)의 "쿵하고" 등을 계기로 더 이상 지속되지 못하고 '귀결적 대구'로 전이한다. 이 시는 부분적 영역뿐만 아니라 연 구성의 영역에서 구성 요소들을 차례로 '첨가'하고 '연대'하여 의미를 '확대'하면서 정서를 '확산'하는 '병렬적 대구'를 형성하므로, 구성 요소들이 '수평적 첨가'를 통해 '상호 연대'하면서 '등가성의 연대'라는 구조화 원리를 가진다. (D)와 (E)는 이러한 구도를 '수렴'하고 정서를 '집약'하는 '인과적 수렴'을 통해 하나의 가치로 '종합'하면서 '귀납적 구도'를 가지는 '귀결적 대구'와 연결함으로써, '등가성의 귀결'이라는 구조화 원리를 형성한다. 이 시는 일련의 이미지들을 통합하고 전이하여 프로이트적 압축과 전위, 라캉적 은유와 환유, 들뢰즈적 압축과 전치 등을 교차하면서 집요하게 진행하다가 갑자기 끝나버린 '사랑의 경로'를 표현하고, 이것을 (D)−(E)의 '귀결적 대구'로 연결하면서 '사랑의 허무'를 제시한다.

'변주'의 '복합 유형'으로서 '병렬-순환적 대구'를 형성하는 작품은 「타령조 · 11」이다. 「타령조 · 11」은 단어, 구 · 절 등의 '회기' 및 '병행 구문'을 전개하면서 전체적으로 '병렬적 대구'를 '순환적 대구'로 연결하는 언술 구조를 보여준다. 이 시는 부분적 영역뿐만 아니라 연 구성의 영역에서 구성 요소들을 차례로 '첨가'하고 '연대'하여 의미를 '확대'하면서 정서를 '확산'하는 '병렬적 대구'를 형성하므로, 구성 요소들이 '수평적 첨가'

를 통해 '상호 연대'하면서 '등가성의 연대'라는 구조화 원리를 가진다. 후반부는 이러한 구도를 '주기적 회전'을 통해 '상호 연결'하면서 '영속적 구도'를 가지는 '순환적 대구'와 연결함으로써, '등가성의 순환'이라는 구조화 원리를 형성한다. 이 시는 프로이트적 압축과 전위, 라캉적 은유와 환유, 들뢰즈적 압축과 전치 등을 교직하면서 "페렐로프"의 신체에서 유추하는 장소와 연상되는 내면의식의 순환을 통해 "그대" 및 "이상(李箱)"을 생각하는 '사랑의 경로'를 표현하고, 이것을 (D)-(E)-(A')의 '순환적 대구'로 연결하면서 '사랑의 방황'을 제시한다.

'변주'의 '복합 유형'으로서 '대칭-순환적 대구'를 형성하는 작품은 「타령조·1」이다. 「타령조·1」은 단어, 구, 절 등의 '회기' 및 '병행 구문'을 전개하면서 전체적으로 '대칭적 대구'를 '순환적 대구'로 연결하는 언술 구조를 보여준다. 이 시는 연 구성의 영역에서 (A')를 기준으로 전반부와 후반부를 '균등'하게 배치하여 '균형'을 잡고 의미를 '구획'하면서 정서를 '정돈'하는 '대칭적 대구'를 형성하므로, 구성 요소들이 '기하학적 균제'를 통해 '구조적 완결'을 보여주면서 '양가성의 대립'이라는 구조화 원리를 가진다. (A)-(A')-(A)로 전개하는 수미상관의 형식은 이러한 구도를 '주기적 회전'을 통해 '상호 연결'하면서 '영속적 구도'를 가지는 '순환적 대구'와 연결함으로써, '양가성의 순환'이라는 구조화 원리를 형성한다. 이 시는 (A')를 기준으로 전반부와 후반부의 '대칭적 대구'를 통해 프로이트적 압축과 전위, 라캉적 은유와 환유, 들뢰즈적 압축과 전치 등을 비교하고 대립시키면서 '사랑의 문답' 및 '사랑의 회의'를 표현하고, 이것을 (A)-(A')-(A)로 전개하는 수미상관의 형식을 통해 '순환적 대구'로 연결한다.

'변주'의 '복합 유형'으로서 '대칭-전환적 대구'를 형성하는 작품은 「타령조·2」이다. 「타령조·2」는 단어, 구, 절 등의 '회기' 및 '병행 구문'을 전개하면서 전체적으로 '대칭적 대구'를 '전환적 대구'로 연결하는 언술 구조를 보여준다. 이 시는 연 구성의 영역에서 (D)의 "내 사랑은"을 기준으로 전반부와 후반부가 '균형'을 잡고 의미를 '구획'하면서 정서를 '정돈'하는 '대칭적 대구'를 형성하므로, 구성 요소들이 '기하학적 균제'를 통해 '구조적 완결'을 보여주면서 '양가성의 대립'이라는 구조화 원리를 가진다. 후반부의 ㉣'"된다면"을 통한 언술 구조는 이러한 구도를 '전이'하고 정서를 '이동'하며 '전이적 구도'를 가지는 '전환적 대구'와 연결하므로, '양가성의 전환'이라는 구조화 원리를 형성한다. 이 시는 (D)의 "내 사랑은"을 기준으로 전반부와 후반부의 '대칭적 대구'를 통해 프로이트적 압축과 전위, 라캉적 은유와 환유, 들뢰즈적 압축과 전치 등을 비교하고 대립시키면서 '사랑의 문답'을 표현하고, 이것을 후반부의 "된다면"을 통해 '전환적 대구'로 연결하면서 '사랑의 대안'을 제시한다.

 '변주'의 '복합 유형'으로서 '점층-왕복적 대구'를 형성하는 작품은 「타령조·3」이다. 「타령조·3」은 단어, 구, 절, 문장 등의 '회기' 및 '병행 구문'을 전개하면서 전체적으로 '점층적 대구'를 '왕복적 대구'로 연결하는 언술 구조를 보여준다. 이 시는 연 구성의 영역에서 (A)-(B)의 '점층적 대구'를 중간부 (A)-(B)에서 회기하여 강조하고, (D)에 이르러 좀 더 선명한 '점층적 대구'를 형성하므로, 점차 단계적으로 '고양'하는 '상승적 구도'를 가지면서 '인접성의 강화'라는 구조화 원리를 형성한다. 말미 (A')의 "또 한번"이라는 부사, (C)와 (D)가 형성하는 사건의 '인과적 구조', 시제의 '왕복적 구조' 등은 이러한 구도를 '전이적 귀환'을 통해 동일한 가치를 '확인'하며 '중첩적 구도'를 가지는 '왕복적 대구'와 연결함으로써, '인접성의 왕복'이라는 구조화 원리를 형성한다. 이 시는 (A)—(B)의 "하고", "가서", "이나 하지" 등의 회기를 통해 프로이트적 압축과 전위, 라캉적 은유와 환유, 들뢰즈적 압축과 전치 등을 교차하면서 사랑의 좌절로 인한 고통이 공허와 허무, 능멸과 수치로 전이하는 '사랑의 인과' 및 '사랑의 자학'을 표현하고, 이것을 (A')의 "또 한번"이라는 부사를 통해 '왕복적 대구'로 연결하면서 의미를 중복하고 재확인한다. '사랑의 인과' 및 '사랑의 자학'을 '점층적 대구'와 '왕복적 대구'로 표현하는 특성은 '반복 강박'에 의한 '죽음 충동' 및 '실재'에 진입하는 '주이상스'의 개념과 연관해서 해석할 수 있고, (A)—(B)의 회기와 (A)—(A)—(A')의 회기 및 생략은 '동일한 것의 반복'이 아니라 '차이를 동반하는 반복'을 형성하므로 들뢰즈의 '리트로넬로' 개념과 연관할 수 있으며, 베르그손이나 들뢰즈가 말한 '정신적 반복'에 해당한다고 볼 수 있다. 그리고 이 모든 특성들은 시간의 텅빈 형식으로서 '미래'로 이끌면서 '영원회귀'와 연관하며 '나르키소스적 자아'와 '죽음 충동'의 종합으로서 쾌락 원칙의 무-바탕을 형성하는 들뢰즈의 시간의 세 번째 종합과도 연관할 수 있다.

'변주'의 '복합 유형'으로서 '점층-확장적 대구'를 형성하는 작품은 「타령조·5」이다. 「타령조·5」는 단어, 구, 절, 문장 등의 '회기' 및 '병행 구문'을 전개하면서 전체적으로 '점층적 대구'를 '확장적 대구'로 연결하는 언술 구조를 보여준다. 이 시는 연 구성의 영역에서 (A)—(A)—(A'), (AB)—(AB'), (D)—(D') 등의 회기 및 병행 구문을 통해 '점층적 대구'를 형성하므로, 점차 단계적으로 '고양'하는 '상승적 구도'를 가지면서 '인접성의 강화'라는 구조화 원리를 형성한다. 후반부((A)~(A'))에서 "녀석"이 "구름으로 흐르"고 "눈발로도 쓸리"는 상황으로 전개하는 흐름은 이러한 구도를 '개방적 확산'을 통해 '발산'하고 다른 가치들을 '포섭'하는 '확장적 대구'와 연결함으로써, '인접성의 발산'이라는 구조화 원리를 형성한다. 이 시는 일련의 이미지들을 통합하고 전이하여 프로이트적 압축과 전위, 라캉적 은유와 환유, 들뢰즈적 압축과 전치 등을 교차하면서 불우하고 우둔한 사랑의 행위로 인해 불행하고 기괴한 결과를 낳는 '사랑의 인과'를 표현하고, (B')−(A')의 '확장적 대구'로 연결하면서 공허와 허무로 확산되는 '사랑의 허무'를 제시한다.

지금까지 살펴본 김춘수의 「타령조」 연작시에 나타나는 '변주'의 '복합 유형'으로서 '병렬-귀결 / 순환적 대구', '대칭-순환 / 전환적 대구', '점층-왕복 / 확장적 대구' 등이 지닌 특성을 종합적으로 검토해 보자. '변주'의 '복합 유형'은 둘 이상의 대구가 결합하여 복합적 구도를 형성하는데, 주로 앞쪽에 기입된 대구의 유형이 기본적인 언술 구조 및 구조화 원리를 형성하므로, 앞쪽에 기입된 대구를 중심으로 뒤쪽에 기입된 유형과의 관계를 복합적으로 고려하는 방식으로 전체적인 특성을 고찰할 수 있다. 김춘수 「타령조」 연작시의 '복합 유형'으로 등장하는 '병렬-귀결적 대구', '병렬-순환적 대구', '대칭-순환적 대구', '대칭-전환적 대구', '점층-왕복적 대구', '점층-확장적 대구' 등을 살펴보면, 1차 범주로서 '병렬적 대구', '대칭적 대구', '점층적 대구' 등이 주축을 이루고, 2차 범주로서 '순환적 대구'가 주축을 이룬다고 볼 수 있다. 김춘수 시의 '변주'의 언술 구조가 보여주는 1차 범주의 특성은 '시작 유형'인 '병렬적 대구'와 '귀착 유형'인 '점층적 대구' 사이를 '매개 유형'인 '대칭적 대구'가 연결시킨다는 점이다. '매개 유형'인 '대칭적 대구'는 '병렬적 대구' 및 '점층적 대구' 등의 성격을 변화시키고, 더 나아가 전체 시 세계의 언술 구조 및 의미 맥락에도 영향을 준다는 점에서 '핵심 유형'이라고 볼 수 있다. 그리고 2차 범주 중에서는 '순환적 대구'가 상대적으로 높은 빈도수를 보여준다는 점에서 '핵심 유형'이라고 볼 수 있다. 따라서 이 글은 김춘수 「타령조」 연작시의 '변주'의 언술 구조 중에서 '병렬적 대구'와 '점층적 대구'를 기본 유형으로 간주하고, '대칭적 대구'와 '순환적 대구'를 핵심 유형으로 간주하고자 한다. 한편 김춘수의 시는 2차 범주인 '귀결적 대구', '순환적 대구', '전환적 대구', '왕복적 대구', '확장적 대구' 등 다양한 언술 구조를 섬세하고 복잡다기한 방식으로 구사한다는 점에서 주목할 만하다. 이상과 김수영이 특정한 언술 구조를 선택하고 집중적으로 천착하여 독자성을 확보한다면, 김춘수는 다양한 언술 구조의 미적 효과와 기능들을 고려하면서 정교하게 실험한다는 점에서 다른 시인들과 변별되는 독자성을 확보하는 것이다.

'병렬적 대구'는 구성 요소들이 '수평적 나열'을 통해 독립성을 유지한 채 '상호 병존'하거나 '수평적 첨가'를 통해 '상호 연대'하면서 '등가적 구도'를 형성한다. 김춘수의 시는 구성 요소들이 '수평적 첨가'를 통해 '상호 연대'하는 '병렬적 대구'를 형성하므로, '등가성의 연대'라는 구조화 원리를 가진다. '대칭적 대구'는 구성 요소들이 '기하학적 균제'를 통해 '구조적 완결'을 보여주면서 '양가적 구도'를 형성한다. 한편 '순환적 대구'는 구성 요소들이 '주기적 회전'을 통해 '상호 연결'하면서 '영속적 구도'를 형성한다. 김춘수의 시는 중심선을 경계로 구성 요소들이 '기하학적 균제'를 통해 '구조적 완결'을 보여주는 '대칭적 대구'를 형성하므로, '양가성의 대립'이라는 구조화 원리를 가진다. 김춘수 시는 이러한 구조화 원리를

'주기적 회전'을 통해 '상호 연결'하면서 '영속적 구도'를 가지는 '순환적 대구'와 연결함으로써, '양가성의 순환'이라는 핵심적인 구조화 원리를 형성한다. '점층적 대구'는 구성 요소들을 점진적으로 겹쳐 가면서 강하게 하거나, 크게 하거나, 높게 하여 절정에 이르게 하므로, 의미를 '강조'하거나 정서를 '강화'하면서 '상승적 구도'를 형성한다. 김춘수 시에서 '점층적 대구'는 '병렬적 대구'의 구조화 원리인 '등가성의 연대', '대칭적 대구'의 구조화 원리인 '양가성의 대립' 등에 '상승'적 질서를 개입시켜 의미를 '강조'하고 정서를 '강화'하면서 '인접성의 강화'라는 구조화 원리를 형성한다. 여기서 '대칭적 대구'와 '순환적 대구'가 '핵심 유형'이므로, 김춘수 「타령조」 연작시의 언술 구조가 가지는 핵심적인 구조화 원리는 '양가성의 대립과 순환'이 된다.

결국 김춘수의 「타령조」 연작시에 나타나는 '반복'과 '변주'의 언술 구조는 '대칭적 대구'의 구조화 원리인 '양가성의 대립'이 '순환적 대구'로 연결되면서 '양가성의 순환'이라는 구조화 원리와 함께 중핵을 이루고, '병렬적 대구'의 구조화 원리인 '등가성의 연대' 및 '점층적 대구'의 구조화 원리인 '인접성의 강화'가 그 주위를 회전한다고 평가할 수 있다. 이처럼 방사상(放射狀)으로 결부된 '언술 구조'와 '구조화 원리'들의 다양한 계열선들 위에서 프로이트적 압축과 전위, 라캉적 은유와 환유, 들뢰즈적 위장과 전치, 쾌락 원칙, 죽음 충동, 반복 강박, 실재, 주이상스, 리트로넬로, 정신적 반복 등이 '개념적 특이점'들을 형성한다. 또한 시간의 텅 빈 형식으로서 '미래'로 이끌면서 '영원회귀'와 연관하며 '나르키소스적 자아'와 '죽음 충동'의 종합으로서 쾌락 원칙의 무-바탕을 형성하는 시간의 세 번째 종합 등도 '개념적 특이점'을 형성한다.

제2장

김수영
교차 융합적 변주와 이원성의 종합

1. 머리말

　김수영(金洙暎, 1921~1968)의 시는 그가 활동했던 당대에서 현재에 이르기까지 끊임없이 재음미되고 재해석되어 왔다. 그가 주로 활동했던 1950~1960년대는 한국 현대시사에서 '참여시 / 순수시'라는 이분법적 대립이 시인·비평가들의 사유 및 창조적 상상력의 기본 토대를 구성하던 시기였다. 김수영의 시는 이러한 시사적 좌표의 위상학에서 발생했으며, 그의 시 세계에 대한 해석 및 평가도 '참여시 / 순수시'라는 이분법적 대립의 연장선에서 상호 평행선을 그으며 성과를 축적해 왔다. 김수영의 시를 참여시 계열의 대표적인 경우로 파악하거나, 참여시 계열의 김수영의 시와 순수시 계열의 김춘수의 시를 대립 항으로 설정하는 것은 지금까지도 일반적인 통념이 되고 있다. 그런데 이러한 통념을 전체적 조망의 차원에서 인정한다 하더라도, 김수영의 시 세계에 대한 더 치밀하고 심층적인 해석 및 평가를 시도하여 시사적 위상을 재정립할 필요가 있다.

김수영 시에 대한 선행 연구는 크게 다음의 세 가지 유형으로 구분할 수 있다. 첫째, 내용적·주제적 고찰로서 '사랑', '자유', '정직', '설움', '죽음', '양심', '혁명', '윤리' 등을 중심으로 시 세계를 파악하려는 시도,[1] 둘째, 형식적·기법적 고찰을 시도하여 시적 특성을 밝히려는 시도,[2] 셋째, 시와 산문을 포괄적으로 검토하여 시적 특성 및 문학사적 의미를 규명하

---

1 김인환, 「시인 의식의 성숙 과정-김수영의 경우」, 『월간문학』, 1972.5; 김종철, 「시적 진리와 시적 성취」, 『문학사상』, 1973.9; 김현, 「자유와 꿈」, 『김수영 시 선집-거대한 뿌리』, 민음사, 1974; 황동규, 「정직의 공간」, 『김수영 시 선집-달의 행로를 밟을지라도』, 민음사, 1976; 김우창, 「예술가의 양심과 자유」, 『궁핍한 시대의 시인』, 민음사, 1978; 정과리, 「현실과 전망의 긴장이 끝간 데」, 『김수영』, 지식산업사, 1981; 유종호, 「시의 자유와 관습의 굴레」, 『세계의 문학』, 1982 봄; 최유찬, 「시와 자유와 '죽음'」, 『연세어문학』 제18집, 연세대 국문과, 1985; 김기중, 「윤리적 삶의 밀도와 시의 밀도」, 『세계의 문학』, 1992 겨울; 최동호, 「김수영의 시적 변증법과 전통의 뿌리」, 『문학과 의식』, 1998 여름; 김춘식, 「김수영의 초기 시-설움의 자의식과 자유의 동경」, 『작가연구』 제5호, 1998; 유재천, 「시와 혁명」, 『김수영 다시 읽기』, 프레스 21, 2000; 문광훈, 『시의 희생자, 김수영』, 생각의 나무, 2002; 박주현, 「김수영 문학에 나타난 내면적 자유 연구」, 서울대 박사논문, 2003; 강계숙, 「1960년대 한국 시에 나타난 윤리적 주체의 형상과 시적 이념-김수영·김춘수·신동엽의 시를 중심으로」, 연세대 박사논문, 2008.
2 서우석, 「김수영-리듬의 희열」, 『문학과 지성』, 1978 봄; 김현, 「김수영의 풀-웃음의 체험」, 김용직·박철희 편, 『한국 현대시 작품론』, 문장사, 1981; 이경희, 「김수영 시의 언어학적 구조와 의미」, 『이화어문론집』 제8집, 이화여대 한국어문연구소, 1986; 김혜순, 「김수영 시 연구-담론의 특성 연구」, 건국대 박사논문, 1993; 이은정, 「김춘수와 김수영 시학의 대비적 연구」, 이화여대 박사논문, 1993; 황혜경, 「김수영 시의 아이러니 연구」, 이화여대 박사논문, 1998; 노철, 「김수영과 김춘수의 시작 방법 연구」, 고려대 박사논문, 1998; 권혁웅, 「한국 현대시의 시작 방법 연구-김춘수·김수영·신동엽의 시를 중심으로」, 고려대 박사논문, 2000; 신주철, 「김수영 시의 아이러니 연구」, 한국외대 박사논문, 2002; 황정산, 「김수영 시의 리듬-시행 엇붙임과 의미의 상호변환」, 『김수영』, 새미, 2003; 김영희, 「김수영 시의 언술 특성 연구」, 고려대 석사논문, 2003; 장석원, 「김수영 시의 수사적 특성 연구」, 고려대 박사논문, 2004; 조강석, 「비화해적 가상으로서의 김수영과 김춘수 시학 연구」, 연세대 박사논문, 2008.

려는 시도[3] 등이다. 한편 선행 연구에서 중요한 쟁점으로 부각된 사항으로는 다음의 세 가지가 있다. 첫째, 4·19 등의 역사적 사건과 김수영 시의 시기 구분의 문제,[4] 둘째, 김수영 시와 모더니즘의 관계[5] 및 리얼리즘의 관계,[6] 셋째, 「눈」, 「폭포」, 「말」, 「꽃잎 1」, 「꽃잎 2」, 「풀」 등의 소위 무의미시 혹은 난해 시의 해석 문제 등이다. 첫째 쟁점은 4·19라는 역사적 사건을 기준으로 '전기 시 / 후기 시'로 구분하는 견해가 널리 받아들여지고 있다. 둘째 쟁점은 모더니즘에서 출발하여 참여시, 혹은 리얼리즘 시로 전개했다는 일반적인 견해와, 모더니즘의 테두리 내에서 그것을 극복하려 한 점에서 역사적 한계를 규명한 견해로 나누어진다. 이 두 쟁점과 셋째 쟁점인 무의미시 혹은 난해 시의 해석 문제 등은 앞서 언급한 첫째 연구 유형과 둘째 연구 유형을 보다 심층적으로 진행하여 김수영 시 세계의 내용 및 형식적 특성들을 온전히 규명한 이후에 귀납적으

---

3   김현승, 「김수영의 시사적 위치와 업적」, 『창작과 비평』, 1968 가을; 백낙청, 「역사적 인간과 시적 인간」, 『창작과 비평』, 1977 여름; 유재천, 「김수영의 시 연구」, 연세대 박사논문, 1986; 김종윤, 「김수영 시 연구」, 연세대 박사논문, 1987; 이건제, 「김수영 시의 변모양상 연구」, 고려대 석사논문, 1990; 강연호, 「김수영 시 연구」, 고려대 박사논문, 1995; 강웅식, 「김수영의 시 의식 연구」, 고려대 박사논문, 1997; 박지영, 「김수영 시 연구—시론의 영향 관계를 중심으로」, 성균관대 박사논문, 2002.

4   백낙청, 「김수영의 시 세계」, 『현대문학』, 1967.8; 김현, 「자유와 꿈」, 앞의 책.

5   김윤식, 「모더니티의 파탄과 초월」, 『심상』, 1974.2; 이종대, 「김수영 시의 모더니즘 연구」, 동국대 박사논문, 1993; 김명인, 「김수영의 현대성 인식에 대한 연구」, 인하대 석사논문, 1994; 진순애, 「한국 현대시의 모더니티 연구」, 성균관대 박사논문, 1994; 최미숙, 「한국 모더니즘 시의 글쓰기 방식에 대한 연구」, 서울대 박사논문, 1997; 박윤우, 「1950년대 모더니즘 시의 부정성 연구」, 서울대 박사논문, 1998; 박수연, 「김수영 시 연구」, 충남대 박사논문, 1999; 남진우, 「미적 근대성과 순간의 시학 연구—김수영·김종삼 시의 시간의식」, 중앙대 박사논문, 2000; 김상환, 『풍자와 해탈, 혹은 사랑과 죽음』, 민음사, 2000; 엄성원, 「한국 모더니즘 시의 근대성과 비유 연구」, 서강대 박사논문, 2001.

6   염무웅, 「김수영론」, 『창작과 비평』, 1976 겨울; 백낙청, 「역사적 인간과 시적 인간」, 앞의 책; 김재용, 「김수영 문학과 분단 극복의 현재성」, 『역사비평』, 1997 가을; 하정일, 「김수영, 근대성 그리고 민족문학」, 『실천문학』, 1998 봄; 정남영, 「바꾸는 일, 바뀌는 일 그리고 김수영의 시」, 『실천문학』, 1998 겨울.

로 파악될 수 있을 것이다.

이 글의 진행은 선행 연구의 중요한 쟁점들 중 하나인 「눈」, 「폭포」, 「말」, 「꽃잎 1」, 「꽃잎 2」, 「풀」 등의 소위 무의미시 혹은 난해 시에 대한 새로운 해석의 차원을 포함하고 있다. 김수영 시의 기본적 언술 방식은 크게 '의미가 명확한 진술'과 '의미가 모호한 진술'로 구분되는데, 전자는 명제화된 단정적 표현이 주를 이루고 후자는 인과관계가 불투명한 표현이 주를 이룬다. 김수영의 소위 무의미시 혹은 난해 시는 후자의 극단적 형태를 보여준다. 「눈」, 「폭포」, 「말」, 「꽃잎 1」, 「꽃잎 2」, 「풀」 등의 무의미시는 자의식의 순환이 주는 한계와 절망을 자기반성과 갱신, 첨단과 정지의 변증법으로 극복한 자리에서 얻어진 것이다. 김수영 시에 있어서 '첨단'은 관습의 거부, 미지의 혼돈으로 나아가려는 전위적 속도, 예술의 형식성 등과 관계가 있고, '정지'는 자신과 현실을 직시하는 인식, 명확한 사유, 현실의 내용성 등과 관계가 있다. 질적 범주로서의 현대성(모더니티)을 '관습적인 것을 부정하는 새로운 변화', '자발적 자기갱신', '현상과 자기비판을 폭넓게 전개하는 인식' 등으로 정의한다면, 첨단과 정지의 두 개념은 김수영 모더니즘의 양극을 이룬다.

이 글은 선행 연구의 성과들을 토대로 김수영 시에 나타나는 '반복'과 '변주'의 '언술 구조'를 '미적 효과와 기능' 면에서 세밀히 분석하여 '구조화 원리'를 고찰하고자 한다. 이를 위해 이 글은 텍스트 언어학에서 표층 텍스트의 '결속 구조'에 해당하는 기법들을 참고하여 김수영 시의 '반복'을 분석하고, 표층 텍스트의 '결속 구조'가 기저 텍스트 세계의 '결속성'으로 연결되는 관점들을 참고하여 김수영 시의 '변주'를 분석한다.

김수영 시의 가장 기본적인 언술 구조는 '반복'이다. '반복'은 동일한 단어 · 구 · 절 · 문장 등을 되풀이하는 것을 의미하는데, 동일한 것의 반복, 변형을 동반하는 반복, 차이를 동반하는 반복, 생략을 동반하는 반복 등 반복의 형태에 따라 여러 하위 유형들을 포함한다. 텍스트 언어학에서 '반복'은 '회기(回起, recurrence)'의 개념으로 사용되는데, '회기'는 텍스트에 안정성을 부여하는 통사 구조, 즉 결속 구조를 강화하는 가장 기본적인 요소이다. '결속 구조'는 단어들이 문법적인 형식과 규칙에 따라 상호 관련을 맺는 언어 체계로서, 구 · 절 · 문장 등을 조립하는 방식과 구와 절 상호 간, 문장들 상호 간의 의존 관계 등을 통해 구체화된다.[7] 이 글에서는 김수영 시에 나타나는 '반복'을 부분적 표현의 영역에서 형성되는 '완전 회기', '부분 회기', '병행 구문', '환언', '대용형', '생략' 등의 하위 유형을 포함하는 '회기' 기법을 중심으로 분석한다. 한편 '변주'는 시상 전개에 따르는 연 구성의 영역에서 '차이를 동반하는 반복'이라고 정의할 수 있다. 변주의 방식은 다양하지만, 김수영 시에서 가장 대표적인 변주의 방식은 '대구(對句 : antithesis)'라고 볼 수 있다. '대구'는 비슷한 어조나 어세를 가진 것으로 짝 지은 둘 이상의 글귀를 구사하는 방식을 의미

---

7   '회기(回起 : recurrence)'는 구성 요소나 패턴을 단순히 반복하는 것이고, '부분 회기 (partial recurrence)'는 이미 사용한 구성 요소들을 다른 품사나 부류(예를 들어, 명사에서 동사로)로 전환해서 사용하는 것을 말한다. '병행 구문(竝行句文 : parallelism)'은 동일한 표층 구조를 반복하되 그 구조에 새로운 구성 요소를 넣어 사용하는 것이고, '환언(換言 : paraphrase)'은 같은 내용을 반복하면서 다른 표현을 사용하는 것이다. '대용형(代用形 : pro-forms)'은 독립적인 의미 내용이 없는 짧은 어사가 의미 내용을 수반하는 어사를 대치하는 것이고, '생략(ellipsis)'은 하나의 구조와 의미 내용을 반복하되 표층 표현의 일부를 빼고 사용하는 것을 말한다. '회기'는 시적 언술에 널리 사용하는 장치로서 완전 회기, 부분 회기, 병행 구문, 환언, 대용형, 생략 등의 하위 유형을 포함한다. 회기와 결속 구조에 대한 설명은 R. 보그랑드 · W. 드레슬러, 김태옥 · 이현호 역, 『담화 · 텍스트 언어학 입문』, 양영각, 1991, 45~81쪽; 하인츠 파터, 이성만 역, 『텍스트의 구조와 이해』, 배재대 출판부, 2006, 39~59쪽 참고.

하는데, 한시를 비롯한 시적 언술에 많이 활용된다. '대구'의 기법은 '병행 구문'의 기법과 유사한 원리를 가지고 연 구성의 영역에서 구사되는 경향이 있으므로, 이 글에서는 '대구'를 부분적 표현의 영역인 '병행 구문'을 연 구성의 영역으로 확장하는 개념으로 사용한다. '병행 구문(竝行句文 : parallelism)'은 각 단위별로 동일한 표층 구조를 반복하되 그 구조에 새로운 구성 요소를 넣는 방식을 의미하는데, '회기'와 더불어 텍스트에 안정성을 부여하는 통사 구조, 즉 결속 구조를 강화하는 특성을 가진다.[8] '대구'는 동일한 표층 구조를 '반복'한다는 점에서 '회기'와 유사하지만, 새로운 구성 요소를 삽입한다는 점에서 '변주'의 방식이 개입된다. 이때 '변주'의 방식으로 삽입하는 새로운 요소들은 '병렬', '대비', '대칭', '연쇄', '점층', '순환', '전환', '왕복', '확장', '귀결' 등 다양한 유형이 나타날 수 있다. 따라서 우리는 '대구'의 유형을 다양하게 설정할 수 있을 것이다.

김수영의 시는 '변주'의 방식으로서 '대구'의 '단일 유형'보다 유형을 복수적으로 결합하여 복합적 구도를 형성하는 '복합 유형'이 주로 나타난다. 개별 시의 고유한 특성에 따라 '대구'의 유형이 복수적으로 결합하는 다양한 조합들이 생겨나는 것이다. 따라서 부분적 표현의 영역에서 나타나는 '반복'으로서 '회기', 부분적 표현을 연 구성으로 연결하는 영역에서 나타나는 '변주'로서 '대구', '대구'의 유형으로서 '복합 유형'의 양상 등

---

8   텍스트 언어학에서 '병행 구문'은 '결속 구조'를 강화하는 특성을 갖는데, 이 글은 부분적 표현의 영역인 '병행 구문'을 시상 전개에 따르는 연 구성의 영역으로 확장하는 '대구 (對句)'의 기법을 통해 '결속성'의 차원을 분석한다. 따라서 이 글은 '병행 구문'과 '대구'를 매개로 표층 텍스트의 '결속 구조'에 대한 구문론적 연구를 기저 텍스트 세계의 '결속성'에 대한 의미론적 연구로 연결시켜, '의의'의 '연속성', '활성화', '연결 관계의 강도' 등의 관점들을 고려하면서 분석하고자 한다. 병행 구문과 결속 구조에 대한 설명은 R. 보그랑드 · W. 드레슬러, 앞의 책, 45~81쪽; 하인츠 파터, 앞의 책, 39~59쪽 참고.

을 종합적으로 검토할 때, 김수영 시의 '반복'과 '변주'의 언술 구조가 가지는 미적 효과와 기능 및 구조화 원리를 세밀히 고찰할 수 있을 것이다. 김수영의 시에는 '변주'의 '복합 유형'으로 '병렬-대비적 대구', '연쇄-점층적 대구', '왕복-점층적 대구' 등이 나타나는데, 이들뿐만 아니라 특별히 '교차 융합적 대구'가 개입된 복합 유형이 나타나는 점에서 독자적인 특성을 보여준다. 따라서 이 글은 두 가지 기본적인 언술 방식, 즉 '의미가 명확한 진술'과 '의미가 모호한 진술'로 구성된 시들을 포괄하여 김수영 시의 언술 구조를 크게 부분적 표현의 영역에서 형성되는 '반복'과 부분적 표현을 연 구성으로 연결하는 영역에서 형성되는 '변주'라는 두 층위로 나눈 후, 다시 '반복'을 '단어의 회기', '구·절의 회기', '문장의 회기' 등으로 세분하고, '변주'의 '복합 유형'을 '병렬-대비적 대구', '연쇄-점층적 대구', '왕복-점층적 대구', '교차 융합적 대구' 등으로 세분하여 미적 효과와 기능을 구체적으로 분석하고자 한다.

2. 반복 - 단어, 구·절, 문장의 회기

김수영의 시에는 부분적 표현의 영역에서 형성되는 '반복'의 경우로서 '단어의 회기', '구·절의 회기', '문장의 회기' 등이 빈번히 등장한다. 먼저 '단어의 회기'를 살펴보자. 부가적으로 '어미'의 회기도 살펴보기로 한다.

　　㉠나비의 몸이야 제철이 가면 죽지마는

　　그의 몸에 붙은 고운 ㉡지분은

겨울의 어느 차디찬 등잔 밑에서 죽어 없어지리라

그러나

ⓒ고독한 사람의 죽음은 이러하지는 않다

(…중략…)

㉠나비의 ㉡지분이

그리고 ㉢나의 ㉣나이가

무서운 인생의 공백을 가르쳐주려 할 때

㉠나비의 ㉡지분에

㉢나의 ㉣나이가 덮이려 할 때

㉠나비야

㉢나는 긴 숲속을 헤치고

ⓗ너의 무덤을 다시 찾아오마

물ⓢ소리 새ⓢ소리 낯선 바람ⓢ소리 다시 듣고

모자의 정ⓞ보다 부부의 의리ⓞ보다

더욱 뜨거운 ⓗ너의 입김에

㉢나의 ⓒ고독한 정신을 녹이면서 우마

— 「나비의 무덤」(1955.1.5)⁹ 1 · 4 · 5 · 6연

---

9 김수영, 『김수영 전집 1 – 시』, 민음사, 2003, 73~74쪽. 이하 김수영 시의 인용은 이 책에 의거한다.

이 시는 ㉠"나비", ㉡"지분", ㉢"고독", ㉣"나", ㉤"나이", ㉥"너", ㉦"소리" 등의 명사를 중심으로 '단어의 회기'가 나타난다. 1연은 ㉠"나비"의 ㉡"지분"이 겪는 '죽음'과 ㉣"나"의 ㉢"고독"이 맞는 '죽음' 사이의 차이를 제시하고, 4~6연은 화자가 "나비가 죽어 누운 / 무덤 앞에서" 자신의 "할 일을 생각"하며 각오를 다진다. 이 중 4~5연에서는 ㉠"나비", ㉡"지분", ㉣"나", ㉤"나이" 등의 단어들을 회기한다. 이때 "나비의 지분"과 "나의 나이"는 단순히 상응적 관계에만 머물지 않고 대립적 관계를 내포하면서 화자에게 반성과 각성의 기회를 제공한다. 시인은 이처럼 상응과 대립이 교차하면서 전환하는 의미 맥락을 5연 1~5행의 초두에 ㉠"나비", ㉣"나", ㉥"너" 등을 배치하여 두운을 형성함으로써 표현한다. ㉠"나비" 및 ㉥"너"와 ㉣"나" 사이를 왕복하면서 교차하는 조화와 대비의 이중적 언술 방식을 통해 효과적으로 형상화하는 것이다. "나비의 지분"에 "나의 나이"가 "덮이려" 하는 것은 '나비의 지분이 겨울에 죽어 없어지듯이, 화자의 나이가 죽음을 지연시키고 있다'라는 의미를 가진다. 이때 "긴 숲 속을 헤치고 / 너의 무덤을 다시 찾아오"리라는 화자의 다짐은 "나비"가 "지분"을 남기는 것과는 달리 "고독의 명맥을 남기지 않으려"는 죽음에 대한 단호한 결의를 보여준다.

6연은 ㉣"나", ㉥"너" 등의 회기를 유지하면서 ㉦"소리"라는 명사와 ㉧"보다"라는 비교격 조사의 회기를 첨가한다. "물소리 새소리 낯선 바람소리 다시 듣고"에서는 ㉦"소리"를 3회 연속 회기하면서 급박한 언술 구조를 형성한다. 이때 의미 강조의 효과는 회기하는 단어뿐만 아니라 "낯선"이나 "다시"라는 단어에서도 발생한다. 이러한 언술의 의미 효과는 화자의 나이가 죽음을 지연시키는 상황을 극복하고 죽음을 대면하는 양상과 관련하는 듯이 보인다. 이것은 "모자의 정보다 부부의 의리보다"에서 2회 회기하는 ⓞ"보다"라는 비교격 조사를 거쳐 "더욱 뜨거운 너의 입김"에 이르면 '나비의 죽음'을 숭고한 가치로 전환시킨다. 이로써 화자는 자신의 "고독한 정신"을 "더욱 뜨거운" 나비의 "입김"에 "녹이면서 우마"라고 말할 수 있게 된다. 이 시의 중요한 의미 맥락은 ⓖ"나비"의 "죽음"이 단순한 죽음의 차원을 넘어 숭고한 의미로 전환하는 과정에 있는데, 이 과정을 언술 차원에서 보여주는 것이 바로 5연에서 ⓖ"나비" 및 ⓗ"너"와 ⓔ"나" 사이를 왕복하면서 교차하는 조화와 대비의 이중적 언술 방식이다.

　　ⓖ폭포는 ⓛ곧은 절벽을 무서운 기색도 ⓒ없이 ⓔ떨어진다

　　규정할 수 ⓒ'없는 물결이
　　무엇을 향하여 ⓔ'떨어진다는 의미도 ⓒ없이
　　계절과 주야를 가리지 ⓜ않고
　　고매한 정신처럼 쉴 사이 ⓒ없이 ⓔ떨어진다

　　금잔화도 인가도 보이지 ⓜ'않는 밤이 되면
　　ⓖ폭포는 ⓛ곧은 소리를 내며 ⓔ떨어진다

　　ⓛ곧은 소리는 소리이다
　　ⓛ곧은 소리는 ⓛ곧은
　　　소리를 부른다

번개와 같이 ㉣"떨어지는 물방울은

취할 순간조차 마음에 주지 ㉤않고

나타(懶惰)와 안정을 뒤집어놓은 듯이

높이도 폭도 ㉢없이

㉣떨어진다

―「폭포」(1957) 전문

　　이 시는 ㉠"폭포"라는 명사와 ㉣"떨어진다"라는 동사를 '회기'하는 언술 구조를 보여준다. 이 구조에 ㉡"곧은"이라는 관형사, ㉢"없이"라는 형용사, ㉤"않고"라는 보조 동사 등의 '회기'를 개입한다. ㉠"폭포"는 주어로서 1연과 3연에 배치되어 시상(詩想)을 여는 역할을 하고, ㉣"떨어진다"는 서술어로서 1연, 2연, 3연, 5연 등의 문장들을 마무리하면서 전체적 완결성을 도모한다. 2연의 ㉣'"떨어진다는", 5연의 ㉣''"떨어지는" 등의 변형을 포함하여 ㉣"떨어진다"의 운동성은 깨어짐이 지니는 '죽음'의 의미와, 역동적 움직임이 지니는 '생명력'이라는 상반된 속성을 지닌다. 다시 말하면, ㉣"떨어진다"는 '깨어짐'과 직결되는 의미로서 추락하는 물은 부서져서 죽을 수밖에 없으리라는 비극성을 암시하며, 한편으로 그 '움직임'은 취할 순간조차 허용하지 않는 역동성을 지니고 있으므로 죽음을 극복하는 더 큰 힘이 된다. ㉠"폭포"의 속성은 1연과 3연에 1회씩, 그리고 4연에 연속 3회 회기하는 ㉡"곧은"에 의해 정의된다. 이 단어는 "나타"와 "안정"을 극복하는 "고매한 정신"과 타협 없는 양심을 암시한다. ㉠"폭포"의 속성은 1연에 1회, 2연에 2회, 5연에 1회 회기하는 ㉢"없이"와 그 변형인 2연의 ㉢'"없는"에 의해서도 정의되고, 2연과 5연에 1회씩 회기하는 ⓜ"않고"와 그 변형인 3연의 ⓜ'"않는"에 의해서도 정의된다. ⓒ"없이"와 ⓜ"않고"는 두려움 없는 용기, 쉬지 않는 지속성, 넓이와 높이의 무한성뿐만 아니라 무규정성, 무의도성, 무의식성 등의 의미도 내포하는 듯이 보인다. 즉 이 시에서 ㉠"폭포"의 ㉣'"떨어지는" 물은 자의식의 순환을 극복하는 무의도성, 그림자를 의식하지 않는 무의식적 상태를 암시한다. 이는 "의미를 껴안고 들어가서 그 의미를 구제함으로써 도달하는"[10] 김수영 무의미시의 생성 원리와 관련이 있다. 김수영은 "모든 진정한 시는 무의미한 시이다"라고 말하면서 김춘수의 소위 무의미시와 자신의 그것을 구분한다.

㉠"폭포"의 속성에 대해 ㉡"곧은"의 회기를 통한 정의가 적극적 (positive)인 정의라면, ㉢"없이"와 ⓜ"않고"의 회기를 통한 정의는 소극적 (negative)인 정의에 해당한다. 따라서 이 시는 ㉠"폭포"의 ㉣"떨어"짐이 가진 속성을 적극적인 정의와 소극적인 정의라는 두 측면의 회기적 언술 구조를 통해 표현하면서, 이 둘을 결합하는 구도를 통해 전체적 의미 맥락을 완성한다고 볼 수 있다. 결국 이 시의 언술 구조의 근간을 이루는 ㉠ "폭포"라는 명사와 ㉣"떨어진다"라는 동사의 회기는 ㉡"곧은"이라는 관형사의 회기를 통해 "고매한 정신"과 타협 없는 양심이라는 의미를 드러내는 동시에, ㉢"없이"라는 형용사와 ⓜ"않고"라는 보조 동사의 회기를 통해 두려움 없는 용기, 쉬지 않는 지속성, 넓이와 높이의 무한성뿐만 아니라 무규정성, 무의도성, 무의식성 등의 의미까지 드러내는 것이다.

다음으로 '구·절의 회기'를 살펴보자.

---

10 김수영, 「변한 것과 변하지 않은 것」, 『김수영 전집 2 — 산문』, 민음사, 2003, 367쪽.

나는 그들이 어떻게 용감하게 싸웠느냔 것에 대한 대변인이 아니다

또한 나의 죄악을 가리기 위하여 독자의 눈을 가리고 입을 봉하기 위한 연

명을 위한 아유(阿諛)도 아니다

그리고 이러한 변명이 지루하다고 꾸짖는 독자에 대하여는

한마디 드려야 할 정당한 이유의 말이 있다

「포로의 반공전선을 위하여는

이것보다 더 장황한 전제가 필요하였습니다

나는 그들의 용감성과 또 그들의 어마어마한 전과(戰果)에 대하여 말하는

것이 아니라

. 그들의 싸워온 독특한 위치와 세계사적 가치를 말하는 것입니다」

「㉠나는 이것을 ㉡자유라고 부릅니다.

그리하여 ㉠나는 ㉡자유를 위하여 출발하고 포로수용소에서 끝을 맺은

㉠나의 생명과 진실에 대하여

아무 뉘우침도 남기려 하지 않습니다」

㉠나는 지금 ㉡자유를 연구하기 위하여 『㉠나는 ㉡자유를 선택하였

다』의 두꺼운 책 장을 들춰볼 필요가 없다

㉢꽃㉣같이 사랑하는 무수한 동지들과 함께

①㉢꽃㉣'같은 밥을 먹었ⓐ고

①㉢꽃㉣'같은 옷을 입었ⓐ고

①㉢꽃㉣'같은 정성을 지니ⓐ고

대한민국의 ㉢꽃을 이마 위에 동여매고 ㉣싸우ⓐ고 ㉣싸우ⓐ고 ㉣싸워왔다

—「조국에 돌아오신 상병포로(傷兵捕虜) 동지들에게」(1953.5.5) 5·6연

이 시는 몇 가지 관점에서 주목할 만한 작품이다. 우선 이 시는 1953년 김수영이 거제리 포로수용소에서 석방되었을 때『자유세계』편집장이었던 박연희의 청탁을 받고 쓴 작품이다. 당시 발표는 하지 않았지만, 유족들이 보관하고 있다가 1981년 민음사의『김수영 전집 1 - 시』와 2003년 개정판『김수영 전집 1 - 시』에 수록된다. 김수영이 이 시를 발표하지 않은 이유는 분명하진 않지만 두 가지 추측이 가능하다. 첫째는 이 시가 상병포로들의 귀환을 환영하면서 자유의 정신을 기리는 내용을 담고 있는데, 의용군에 강제 동원된 후 탈출을 시도하고 거제도 포로수용소 및 부산 거제리 수용소에서 지낸 바 있는 자신의 이력과 함께 정치적 변명이라고 비판받거나 사상적 오해를 받을 수 있다고 판단했기 때문인 듯하다. 인용한 5연의 "나의 죄악을 가리기 위하여 독자의 눈을 가리고 입을 봉하기 위한 연명을 위한 아유도 아니다"라는 표현이 이를 뒷받침한다. 둘째는 일종의 행사시로 쓰여진 작품의 성격상 시적 형상화의 수준이 미흡하다고 판단했을 가능성도 있다. 이 시는 시인이 자신의 생각을 직설적으로 서술하는 언술 방식을 구사해서 미학적 수준이 다른 시들에 비해 낮기 때문이다. 그런데 인용한 6연은 직설적 진술을 보여주면서도 '단어의 회기' 및 '구·절의 회기'가 나타나서 '반복'의 언술 구조를 보여준다는 점에서 주목할 만한 가치가 있다.

6연의 1~4행에서 회기하는 단어는 ㉠"나"와 ㉡"자유"라는 명사이다. 이 시는 표면적으로 "조국에 돌아오신 상병포로들"을 환영하면서 자유의 정신을 기리는 내용이지만, 실질적으로는 포로수용소에 수용되었다가 풀려난 자신의 행적에 "자유를 찾기 위한 여정"이라는 의미를 부여하는 성격을 띠고 있다. 따라서 이 시는 ㉠"나"와 ㉡"자유"라는 명사를 빈번히 회기하는데, 인용한 1~4행은 ㉠"나"를 5회, ㉡"자유"를 4회 회기하여 시상을 집중하는 동시에 의미를 강조한다. 시상의 집중과 의미의 강조는 이어지는 5~9행에서 증폭된다. 5~8행은 ㉢"꽃"이라는 명사를 각 행의 초두에 4회 회기하여 두운을 형성한 후, 9행은 "꽃" 앞에 "대한민국의"라는 수식어를 배치하여 정치적 정체성을 강조한다. 마찬가지로 5~8행은 ㉢"꽃" 뒤에 ㉣"같이"라는 조사나 ㉣'"같은"이라는 형용사를 4회 회기하여 화자 자신이 상병포로들과 의식주뿐만 아니라 정신적인 유대를 나눈 동지임을 강조한 후, 9행은 ㉢"꽃"을 상징으로 구사하면서 의미를 강조한다. ㉢"꽃"의 비유적·상징적 의미는 6연 2~3행의 문장으로 미루어 '자유', '생명', '진실' 등으로 해석할 수 있을 것이다. 이러한 '반복'의 언술 구조 및 의미 맥락을 더 강화하는 것은 6~9행에 5회 '회기'하는 ⓐ"고"라는 연결 어미와 6~8행에서 '병행 구문'을 통해 반복되는 ①"꽃같은 ~을 ~고"라는 구이다. 6~8행의 "먹었고", "입었고", "지니고" 등의 동사에 붙은 연결 어미 ⓐ"고"는 9행의 ㉣"싸우고"의 ⓐ"고"로 귀결하면서 '자유를 위한 투쟁'이라는 의미로 수렴한다. 그리고 6~8행의 ①"꽃같은 ~을 ~고"라는 구는 동일한 표층 구조를 반복하되 그 구조에 새로운 구성 요소를 넣는 '병행 구문'의 언술 방식을 보여준다. 다음 시는 '병행 구문'을 통해 절이 '회기'하는 경우를 보여준다.

①풍경의 풍경을 반성하지 않는 것처럼
①곰팡의 곰팡을 반성하지 않는 것처럼
①여름의 여름을 반성하지 않는 것처럼
①속도가 속도를 반성하지 않는 것처럼

①졸렬과 수치가 그들 자신을 반성하지 않는 것처럼

②바람은 딴 데에서 오고

②구원은 예기치 않은 순간에 오고

①'절망은 끝까지 그 자신을 반성하지 않는다

─「절망」(1965.8.28) 전문

이 시는 크게 전반부(1~5행)와 후반부(6~8행)로 구성된다. 시의 전반부는 ①"~이(가) ~을(를) 반성하지 않는 것처럼"이라는 절을 근간으로 '병행 구문'을 전개한다. 각 행에 동일한 표층 구조를 반복하되 그 구조에 새로운 구성 요소로서 "풍경", "곰팡", "여름", "속도", "졸렬과 수치" 등의 단어를 주어 및 목적어로 삽입하는 것이다. 여기서 "풍경", "곰팡", "여름", "속도", "졸렬과 수치" 등이 그 자신을 "반성하지 않는"다는 표현의 의미는 무엇일까? 이 단어들에서 연상되는 것은 여름철 무더위 속에서 곰팡이가 생겨나는 풍경을 바라보며 화자가 느끼는 나태와 정체감이다. 모든 존재와 사물들은 자기중심주의의 한계에 사로잡혀 스스로를 반성하지 않은 채 정체되어 있다. 이러한 상태를 반성하면서 생기는 "졸렬과 수치"조차 "그들 자신을 반성하지 않는"다는 표현은, 시적 화자의 환멸과 자책에도 불구하고 나태한 상태를 극복하기 어렵다는 자조의 의미를 내포한다.

시의 후반부 중 6~7행은 ②"~은 ~오고"라는 절을 근간으로 '병행 구문'을 구사하여 전환하지만, 8행에서 다시 ①'"~은 ~을 반성하지 않는다"라는 변형된 '병행 구문'으로 귀결함으로써 절망에서 벗어나지 못하는 결과를 제시한다. 6~7행의 '병행 구문'은 동일한 표층 구조에 새로운 구성 요소로서 "바람", "구원" 등의 단어를 주어로 삽입한다. 두 개의 절에서 "오고"라는 동사가 공통분모를 이루므로, "바람"과 "구원"이라는 주어는 동격의 위상을 가진다. 따라서 이 두 행은 환멸, 자책, 자조 등을 극복하는 "구원"으로서 "바람"이 불어오는 상황을 묘사하고 있다. "구원"으로서 "바람"은 "딴 데에서" "예기치 않은 순간에" 온다는 점에서 외부에서 오는 우연성의 힘이다. 자기중심주의의 극복은 자아 바깥의 세계에서 개입하는 우연성에서 동력을 얻는 것이다. 그러나 8행의 "절망은 끝까지 그 자신을 반성하지 않는다"라는 문장은, 이 구원의 힘조차 현실의 나태와 정체를 완전히 극복하지 못하고 "절망"으로 귀결되는 양상을 보여준다.

다음으로 '문장의 회기'를 살펴보자. 김수영의 시에서 '문장의 회기'는 「여름 뜰」에서 "무엇 때문에 부자유한 생활을 하고 있으며 / 무엇 때문에 자유스러운 생활을 피하고 있느냐 / 여름 뜰이여"라는 문장의 2회 회기, 「영롱한 목표」에서 "새로운 목표는 이미 나타나고 있었다 / 죽음보다도 엄숙하게 / 귀고리보다도 더 가까운 곳에 / 종소리보다도 더 영롱하게"라는 문장의 2회 회기, 「누이야 장하고나!—신귀거래 7」에서 "누이야 / 풍자가 아니면 해탈이다"라는 문장의 2회 회기 등으로 빈번히 나타난다.

너무나 잘 아는

순환의 원리를 위하여

나는 ㉠피로하였고

또 나는

영원히 ㉠피로할 것이기에

구태여 옛날을 돌아보지 않아도

㉡설움과 ㉢아름다움을 대신하여 있는 나의 ㉣긍지

①오늘은 필경 ㉣긍지의 날인가 보다

　내가 살기 위하여

　몇 개의 번개 같은 환상이 필요하다 하더라도

　꿈은 교훈

　청춘 물 구름

　㉠피로들이 몇 배의 ㉢아름다움을 가(加)하여 있을 때도

　　나의 원천과 더불어

　　나의 최종점은 ㉣긍지

　　파도처럼 요동하여

　　소리가 없고

　　비처럼 퍼부어

　　젖지 않는 것

　그리하여

②㉠피로도 내가 만드는 것

②㉣긍지도 내가 만드는 것

　　그러할 때면은 나의 몸은 항상

　　한치를 더 자라는 꽃이 아니더냐

　①오늘은 필경 여러 가지를 합한 ㉣긍지의 날인가 보다

　　암만 불러도 싫지 않은 ①'㉣긍지의 날인가 보다

　　모든 ㉡설움이 합쳐지고 모든 것이 ㉡설움으로 돌아가는

　①'㉣긍지의 날인가 보다

이것이 나의 날

내가 자라는 날인가 보다

— 「긍지의 날」(1955.2) 전문

이 시는 ①"오늘은 필경~긍지의 날인가 보다"라는 문장, "오늘은 필경"을 '생략한'①'"긍지의 날인가 보다"라는 구, ②"~도 내가 만드는 것"이라는 절 등의 '회기'가 ㉠"피로", ㉡"설움", ㉢"아름다움", ㉣"긍지" 등의 단어의 '회기'와 함께 등장한다. 1연은 ㉠"피로", ㉡"설움", ㉢"아름다움" 등의 명사를 하나의 계열에 연결시키고, 그 대립 항으로 ㉣"긍지"를 제시한다. "너무나 잘 아는 / 순환의 원리"를 생활의 속성이라고 간주한다면, 화자는 생활을 위해 과거에서 현재까지 "피로하였고" 미래에도 "피로할 것"이다. 이 ㉠"피로"가 ㉡"설움"을 파생시키는 것은 상식에 속하지만, ㉢"아름다움"과 동궤에 놓이는 것은 얼핏 이해되지 않는다. "설움과 아름다움을 대신하여 있는 나의 긍지"라는 표현은 ㉠"피로" 및 ㉡"설움"이 단순히 부정적 의미만을 가지지 않고 ㉢"아름다움"이라는 긍정적 가치를 동반하면서 한 몸을 이루고 있음을 보여준다. 다시 말해, 김수영의 시에서 ㉣"긍지"는 ㉠"피로" 및 ㉡"설움"과 대립적인 위상을 가지면서도 그것과 완전히 구별되지 않고 그 안에서 배태되는 "아름다움"을 경유하여 도달하는 차원이다.

2연은 이러한 의미 맥락을 "피로들이 몇 배의 아름다움을 가하여 있을 때도 / 나의 원천과 더불어 / 나의 최종점은 긍지"라는 문장으로 압축하여 표현한다. ㉠"피로", ㉢"아름다움", ㉣"긍지" 등 세 개의 단어가 1연에 이어 회기하면서 시의 핵심 주제를 함축하는 대목이다. 이 문장을 중심으로 2연의 앞부분은 "살기 위하여" "필요"한 "번개 같은 환상", "꿈은 교훈", "청춘 물 구름" 등의 표현을 제시한다. 이 대목을 어떻게 해석해야 할까? "환상"과 "꿈"을 동궤에 놓는다면, "내가 살기 위하여", 즉 생활을 위해서는 "번개 같은 환상"과 "꿈"이 필요한데, 이것은 "교훈"적 속성을 가진다. 반면 "청춘 물 구름" 등은 생활의 영역에 맞닿아 있으면서도 그것을 배반하는 위상을 가지는데, 이것이 바로 "긍지"의 차원과 연결된다. 2연의 뒷부분에 제시되는 "파도처럼 요동하여 / 소리가 없고"와 "비처럼 퍼부어 / 젖지 않는 것"이라는 절은, 생활의 피로 및 설움이 아름다움을 배태하면서 긍지로 전이하는 과정을 표현하고 있다.

　이러한 차원은 3연에서 "모든 설움이 합쳐지고 모든 것이 설움으로 돌아가는 긍지"라는 표현으로 다시 제시된다. ㉣"긍지"는 ㉡"설움"을 극복하거나 벗어나는 것이 아니라 "설움이 합쳐지고" "설움으로 돌아가는" 경로에서 획득된다. 다시 말해 ㉡"설움"과 ㉣"긍지"는 이항 대립이 아니라 상호 대조에서 교차를 거쳐 융합으로 전이하는 것이다. 3연 앞부분에서 '병행 구문'의 표층 구조로 제시되는 절인 ②"~도 내가 만드는 것"은 주체의 능동성이 "피로"와 "긍지"의 상호 교차적 융합을 가능케 한다는 점을 보여준다. 이러한 교차 융합이 성립할 때 화자는 자신의 "몸"을 "항상 / 한치를 더 자라는 꽃"으로 간주하는데, 앞에서 살핀 「조국에 돌아오신 상병포로 동지들에게」의 "꽃"의 의미를 상기한다면, 이것은 '자유', '생명', '진실' 등을 신장하는 차원이라고 간주할 수 있을 것이다. 화자는 이러한 날을 "나의 날 / 내가 자라는 날"이라고 말하며 자부심을 표현하는데, 이러한 자부심을 시 전체를 통해서 표현하는 언술 구조가 바로 '생략'을 포함해서 총 4회 회기하는 ①"오늘은 필경 긍지의 날인가 보다"라는 문장과 ①'"긍지의 날인가 보다"라는 구이다.

3. 변주 1
─병렬-대비적, 연쇄-점층적, 왕복-점층적 대구

김수영의 시에는 '변주'의 '복합 유형'으로서 '병렬-대비적 대구', '연쇄-점층적 대구', '왕복-점층적 대구' 등이 나타난다. 먼저 '병렬-대비적 대구'를 살펴보자.

(A) 삶은 계란의 껍질이

　　벗겨지①듯

　　묵은 사랑이

　　벗겨질 때

　　②붉은 파밭의 푸른 새싹을 보아라

　　얻는다는 것은 곧 잃는 것이다

(B) 먼지 앉은 석경 너머로

　　너의 그림자가

　　움직이①듯

　　묵은 사랑이

　　움직일 때

　　②붉은 파밭의 푸른 새싹을 보아라

　　얻는다는 것은 곧 잃는 것이다

(C) 새벽에 준 조로의 물이

대낮이 지나도록 마르지 않고

젖어 있①듯이

묵은 사랑이

뉘우치는 마음의 한복판에

젖어 있을 때

②붉은 파밭의 푸른 새싹을 보아라

얻는다는 것은 곧 잃는 것이다

—「파밭 가에서」(1959) 전문

　　이 시의 전체적 구도는 (A)(1연), (B)(2연), (C)(3연) 등을 병치하는 '병렬적 대구'의 내부에 '대비적 대구'를 삽입하는 언술 구조를 보여준다. 이 시는 ①"~듯(이) / 묵은 사랑이 / ~ㄹ때"라는 절의 '병행 구문'과 ②"붉은 파밭의 푸른 새싹을 보아라 / 얻는다는 것은 곧 잃는 것이다"라는 문장의 '회기'를 근간으로 전개한다. 우선 (A), (B), (C) 등 각 연은 ①"~듯(이) / 묵은 사랑이 / ~ㄹ때"라는 표층 구조를 반복하되 "묵은 사랑이"라는 주어를 중심으로 앞부분과 뒷부분에 새로운 구성 요소를 삽입함으로써 변주를 만들어낸다. "묵은 사랑이"의 앞부분에는 주어를 수식하는 절을 삽입하고, 뒷부분에는 주어의 행위나 상태를 묘사하는 서술어를 삽입한다. 따라서 이 시가 보여주는 변주의 언술 구조는 "묵은 사랑이 / 벗겨질 때"(A), "묵은 사랑이 / 움직일 때"(B), "묵은 사랑이 / 뉘우치는 마음의 한복판에 / 젖어 있을 때"(C) 등의 문장을 중심으로 '병렬적 대구'의 방식을 보여준다. (A), (B), (C) 등 각 연마다 ②"붉은 파밭의 푸른 새싹을 보아라 / 얻는다는 것은 곧 잃는 것이다"라는 문장을 회기하는 것도 '병렬적 대구'의 방식을 강화한다.

그런데 이 '병렬적 대구'에서 중요한 의미 맥락은 (A), (B), (C) 등 각 연에서 회기하는 ②의 문장 내부에 대립적 관계가 개입하여, 각 연마다 '대비적 대구'를 내포하는 데서 찾을 수 있다. "붉은 파밭"에서 싹트는 "푸른 새싹"은 "묵은 사랑"이 "벗겨질 때"나, "움직일 때"나, "젖어 있을 때"에도 화자에게 동일한 각성의 계기를 제공해 준다. 그것은 "얻는다는 것은 곧 잃는 것이다"라는 깨달음인데, 여기서 "붉은 파밭"과 "푸른 새싹", "얻는 것"과 "잃는 것" 등의 대비는 상호 대립에서 교차를 거쳐 융합으로 전이되어 한 몸을 이룬다. 이 상호 대립의 교차와 융합은 "붉은"과 "푸른"의 색채 대비, "묵은"이 암시하는 '죽음'과 "푸른"이 암시하는 '신생'의 양태 대비 등과 결부되어 있다. 또한 "묵은 사랑"을 중심축으로 (A)−(B)에서 "삶은 계란의 껍질", "먼지 앉은 석경", "너의 그림자" 등의 구는 (C)의 "새벽에 준 조로의 물"과 대립 관계를 형성하고, (A)−(B)에서 "벗겨"짐, "움직"임 등의 서술어는 (C)의 "젖어 있"음과 대립 관계를 형성하므로, (A)−(B)와 (C) 간에도 '대비적 대구'가 개입되어 있다.

'병렬'의 언술 구조는 다른 대상들을 차례로 '나열'하여 '병치'하거나 '첨가'하여 '연대'하는 속성을 가지므로, 의미를 '확대'하거나 정서를 '확산'하는 미적 효과와 기능을 가진다. 따라서 '병렬적 대구'는 구성 요소들이 '수평적 나열'을 통해 독립성을 유지한 채 '상호 병존'하거나 '수평적 첨가'를 통해 '상호 연대'하면서 '등가적 구도'를 형성한다. 한편 '대비'의 언술 구조는 구성 요소들의 '차이'를 밝히기 위해 서로 맞대어 '비교'하는 속성을 가지므로, 의미를 '상충'하거나 정서를 '긴장'시키는 미적 효과와 기능을 가진다. 따라서 '대비적 대구'는 구성 요소들이 '수직적 대립'을 통해 '상호 갈등'하면서 '이원적 구도'를 형성한다. 인용 시는 ① "~듯(이) / 묵은 사랑이 / ~ㄹ때"라는 표층 구조를 중심으로 (A), (B), (C) 등 각 연에서 대등한 구절을 차례로 '나열'하고 '병치'하여 의미를 '확대'하면서 정서를 '확산'하는 '병렬적 대구'를 형성하므로, 구성 요소들이 '수평적 나열'을 통해 독립성을 유지한 채 '상호 병존'하면서 '등가성의 병존'이라는 구조화 원리를 가진다고 볼 수 있다. ② "붉은 파밭의 푸른 새싹을 보아라 / 얻는다는 것은 곧 잃는 것이다"라는 문장은 이러한 구도에 (A), (B), (C) 등 각 연마다 '대비적 대구'를 개입시키고, "묵은 사랑"을 중심축으로 (A) − (B)와 (C) 간에도 '대비적 대구'가 개입되어 있으므로, '등가성의 상충'이라는 구조화 원리를 형성한다고 볼 수 있다.

"묵은 사랑"을 중심으로 (A) − (B)에서 "삶은 계란의 껍질", "먼지 앉은 석경", "너의 그림자" 등의 구는 '의미화 연쇄'에서 '기표의 대체'를 통해 '낡고 정체된 것'이라는 '의미 효과'를 낳고, "벗겨"짐, "움직"임 등의 서술어는 '의미화 연쇄'에서 '기표의 대체'를 통해 '제거함'이라는 '의미 효과'를 낳으므로, 일련의 이미지들은 프로이트적 압축, 라캉적 은유, 들뢰즈적 위장 등의 개념과 연관할 수 있다. (C)에서 "묵은 사랑"을 중심으로 "새벽", "조로의 물" 등과 "젖어 있"음이라는 서술어는 (A) − (B)와 상반되는 '새로운 것'과 '유지됨'이라는 의미 효과를 낳지만, 궁극적으로 동일한 의미로 수렴되면서 프로이트적 압축, 라캉적 은유, 들뢰즈적 위장 등의 개념과 연관할 수 있다. 한편 ① "~듯(이) / 묵은 사랑이 / ~ㄹ때"라는 절의 '병행 구문'과 ② "붉은 파밭의 푸른 새싹을 보아라 / 얻는다는 것은 곧 잃는 것이다"라는 문장의 '회기'는 '동일한 것의 반복'이 아니라 '차이를 동반하는 반복'을 형성하므로 들뢰즈의 '리트로넬로' 개념과 연관할 수 있으며, 베르그손이나 들뢰즈가 말한 '정신적 반복'에 해당한다고 볼 수 있을 것이다. 들뢰즈에 의하면, '정신적 반복'은 공존하는 상이한 수준에서 일어나는 전체의 반복으로서 옷 입은 반복이고 공존하는 반복이며 잠재적 반복이고 수직적 반복이다.

다음으로 '연쇄-점층적 대구'를 살펴보자.

 (A) ①애타도록 마음에 ㉠서둘지 말라

   강물 위에 떨어진 불빛처럼

   혁혁한 업적을 ㉠'바라지 말라

   ②개가 울고 종이 들리고 달이 떠도

   너는 조금도 ㉠"당황하지 말라

   술에서 깨어난 무거운 몸㉡이여

   ㉢오오 봄㉡이여

 (B) 한없이 풀어지는 피곤한 마음에도

   ③너는 결코 ㉠서둘지 말라

   너의 꿈이 달의 행로와 비슷한 회전을 하더라도

   ②개가 울고 종이 들리고

   기적소리가 과연 슬프다 하더라도

   ③너는 결코 ㉠서둘지 말라

   ㉠서둘지 말라 나의 빛㉡이여

   ㉢오오 인생㉡이여

(C)　재앙과 불행과 격투와 청춘과 천만 인의 생활과

　　그러한 모든 것이 보이는 밤

　　눈을 뜨지 않는 땅속의 벌레같이

　　아둔하고 가난한 마음은 ㉠서둘지 말라

　㉮애타도록 마음에 서둘지 말라

　　절제㉡여

　　나의 귀여운 아들㉡이여

　㉢오오 나의 영감((靈感)㉡이여

―「봄밤」(1957) 전문

　이 시의 전체적 구도는 (A)(1연)―(B)(2연)―(C)(3연)로 전개하는 '연쇄적 대구'의 내부에 '점층적 대구'를 삽입하는 언술 구조를 보여준다. (A), (B), (C) 등은 각 연의 전반부에 ①"애타도록 마음에 서둘지 말라", ③"너는 결코 서둘지 말라" 등의 문장, ②"개가 울고 종이 들리고"라는 절, ㉠"서둘지 말라"라는 단어 등을 '회기'하고, 각 연의 후반부에 ㉡"~이여"라는 조사를 근간으로 하는 '병행 구문', ㉢"오오"라는 감탄사의 '회기'를 형성한다. 이 시는 두 가지 점에서 특이한 언술 구조를 보여준다. 첫째는 (A), (B), (C) 등 각 연의 전반부에서 회기하는 문장이나 절을 다른 연과 연쇄적으로 연결하는 구조를 형성한다는 점이다. (A)의 ①"애타도록 마음에 서둘지 말라"가 (C)에서 회기하여 '연쇄 구조'를 만드는 동시에, (A)의 ②"개가 울고 종이 들리고"는 (B)에서 회기하면서 '연쇄 구조'를 만든다. 반면 (B)의 ③"너는 결코 서둘지 말라"는 (B) 자체 내에서 회기함으로써 전체적 구도에서 중심을 유지한다. 이러한 상호 연쇄적 대구의 언술 구조는 (A), (B), (C) 등을 비대칭적으로 연결시키고 소통시키면서 전체적 언술 구조 및 의미 맥락을 형성하는 데 중요한 역할을 담당한다. 이 비대칭적 연쇄의 언술 구조를 통해 강조하는 의미 맥락은 ②"개가 울고 종이 들리"더라도 ③"너는 결코 서둘지 말"고 ①"애타도록 마음에 서둘지 말라"는 명령이다.

둘째는 (A), (B), (C) 등 각 연 후반부의 '병행 구문'이 ㉡"~이여", ㉢"오오" 등을 회기하는 동시에 새롭게 삽입하는 표현을 통해 '점층 구조'를 형성한다는 점이다. "술에서 깨어난 무거운 몸이여 / 오오 봄이여"(A), "나의 빛이여 / 오오 인생이여"(B), "절제여 / 나의 귀여운 아들이여 / 오오 나의 영감이여"(C) 사이에 어떤 관계 망이 존재하는 것일까? 'x이여 / 오오 y이여'라는 언술 구조에서 x와 y는 일단 동격의 속성을 가진다고 볼 수 있다. 그런데 화자는 일차적 각성의 상태에서 x를 부른 후, 그것에 대해 심화된 이차적 각성을 다시 y로 부른다. 따라서 x에서 y로 전개하는 ㉡"~이여"를 근간으로 하는 '병행 구문'은 동격의 속성을 가지면서 점층적인 혹은 비약적인 의미 강화를 내포한다. (A)의 후반부가 "술에서 깨어난 무거운 몸"에서 "봄"으로 전개하는 것은 누추한 일상의 현실에 "봄"의 시간성이 개입되어 있음을 각성하는 것이고, (B)의 후반부가 "나의 빛"에서 "인생"으로 전개하는 것은 그 연장선에서 화자 자신의 "몸"에 "빛"의 시간성이 개입됨을 깨달으며 "인생"을 조망하는 것이며, (C)의 후반부가 "절제"에서 "아들"과 "영감"으로 전개하는 것은 이러한 각성이 "서둘지 말라"는 명령에 충실함으로써 얻어진 "절제"의 소산임을 확인하고, 그것을 자신의 "아들"이자 "영감"이라고 부르는 것이다. 따라서 이 시는 (A)—(B)—(C)가 '연쇄적 대구'의 방식으로 전개하면서, 각 연 후반부의 병행 구문이 점차 시상을 고조하는 '점층적 대구'를 형성한다.

'연쇄'의 언술 구조는 기본적으로 '병렬'의 언술 구조를 근간으로 '나열'이나 '첨가'의 속성을 가지지만, 구성 요소들을 '매개'를 통해 사슬처럼 서로 이어서 '통일'된 형체를 만들므로, 의미를 '접속'하거나 정서를 '누적'하는 미적 효과와 기능을 가진다. 따라서 '연쇄적 대구'는 구성 요소들이 '매개적 접속'을 통해 '단계적 전개'를 보여주면서 '인접적 구도'를 형성한다. 한편 '점층'의 언술 구조는 기본적으로 '병렬'의 언술 구조를 근간으로 '나열'이나 '첨가'의 속성을 가지면서, 때로 '대비'·'대칭'·'연쇄' 등의 언술 구조를 경유하여 '비교'·'균형'·'매개' 등의 속성을 가지지만, 구성 요소들을 점진적으로 겹쳐 가면서 강하게 하거나, 크게 하거나, 높게 하여 절정에 이르게 하므로, 의미를 '강조'하거나 정서를 '강화'하는 미적 효과와 기능을 가진다. 따라서 '점층적 대구'는 구성 요소들이 '병렬적 대구'의 특성인 '등가적 구도', '대비적 대구'의 특성인 '이원적 구도', '대칭적 대구'의 특성인 '양가적 구도', '연쇄적 대구'의 특성인 '인접적 구도' 등을 토대로 점차 단계적으로 '고양'하면서 '상승적 구도'를 형성한다. 인용시는 (A), (B), (C) 등 각 연의 전반부에서 회기하는 문장이나 절이 다른 연과 연쇄적으로 연결하여 의미를 '접속'하면서 정서를 '누적'하는 '연쇄적 대구'를 형성하므로, 구성 요소들이 '매개적 접속'을 통해 '단계적 전개'를 보여주면서 '인접성의 접속'이라는 구조화 원리를 가진다고 볼 수 있다. (A), (B), (C) 등 각 연의 후반부에서 회기하는 ⓒ "~이여", ⓒ "오오" 등의 단어 및 새롭게 삽입하는 표현은 이러한 구도에 점차 단계적으로 '고양하며 '상승적 구도'를 가지는 '점층적 대구'를 개입시키므로, '인접성의 강화'라는 구조화 원리를 형성한다고 볼 수 있다.

이 시의 핵심적 이미지인 "달"은 시각적 이미지 계열과 운동적 이미지로 분화하는 중심축을 이룬다. "달"은 "불빛"—"봄"—"꿈"—"빛"—"인생" 등 '빛'의 시각적 이미지 계열로 분화하면서 시간성의 의미를 공유하고, "개"의 울음—"종" 소리—"기적소리" 등 '소리'의 청각적 이미지 계열이 가지는 생활성의 의미와 대립 구도를 형성한다. 이 두 이미지 계열은 각각 '암시에 의한 대체'로서 '생략'과 '결여'와 '욕망의 이동'을 통해 비약적으로 파생하므로, 프로이트적 전위, 라캉적 환유, 들뢰즈적 전치와 관련할 수 있다. 이 두 이미지 계열 간에는 양극의 대립적 구도가 형성되는데, "달"은 "너의 꿈이 달의 행로와 비슷한 회전을 하더라도"에서 암시되듯, 시간성과 생활성을 종합한 "회전"의 운동성으로 분화하면서 이 양극을 상호 결합시켜 의미를 수렴하면서 프로이트적 압축, 라캉적 은유, 들뢰즈적 위장의 기능을 담당한다. 따라서 이 시의 일련의 이미지들은 프로이트적 압축과 전위, 라캉적 은유와 환유, 들뢰즈적 위장과 전치가 교차하고 충돌하면서 비약적으로 전개한다고 볼 수 있다. 한편 ①"애타도록 마음에 서둘지 말라", ③"너는 결코 서둘지 말라", ②"개가 울고 종이 들리고" 등의 '회기', ㉡"~이여"라는 '병행 구문', ㉢"오오"의 '회기' 등은 '동일한 것의 반복'이 아니라 '차이를 동반하는 반복'을 형성하므로 들뢰즈의 '리트로넬로' 개념과 연관할 수 있으며, 베르그손이나 들뢰즈가 말한 '정신적 반복'에 해당한다고 볼 수 있을 것이다.

다음으로 '왕복-점층적 대구'를 살펴보자.

(A) ①눈은 살아 있다
   ㉠떨어진 ①눈은 살아 있다

마당 위에 ㉠떨어진 ①눈은 살아 있다

(B) ㉡기침을 하자

　　㉢젊은 시인이여 ㉡기침을 하자

　　눈 위에 대고 ㉡기침을 하자

　　눈더러 보라고 마음 놓고 마음 놓고

　　㉡기침을 하자

(A') ①눈은 살아 있다

　　죽음을 잊어버린 영혼과 육체를 위하여

　　①눈은 새벽이 지나도록 살아 있다

(B') ㉡기침을 하자

　　㉢젊은 시인이여 ㉡기침을 하자

　　눈을 바라보며

　　밤새도록 고인 가슴의 가래라도

　　마음껏 뱉자

　　　　　　　　　　　　　　　　　　— 「눈」(1956) 전문

　　이 시의 전체적 구도는 (A)(1연)—(B)(2연)—(A')(3연)—(B')(4연)로 전개
하는 '왕복적 대구'의 내부에 '점층적 대구'를 삽입하는 언술 구조를 보여
준다. (A)와 (A')는 ①"눈은 살아 있다"라는 문장의 '회기'를 근간으로 전
개하고, (B)와 (B')는 ㉢"젊은 시인이여", ㉡"기침을 하자" 등 구의 '회기'

를 근간으로 전개한다. (A)에서 ①"눈은 살아 있다"라는 문장은 1~3행에서 3회 연속 회기하는데, 여기서 구문과 호흡상 ⑤"떨어진"이라는 단어를 강조하고 있다. "떨어진" "눈"이 아직 "살아있다"라는 발견은 '떨어짐'이 죽음과 같지만 그 역동성은 죽음을 극복하는 더 큰 생명력이라는 각성을 내포한다. "떨어"지는 눈이 지니는 '역동적 생명력'으로 인하여 (A')의 ①"눈은 살아 있다"라는 문장의 2회 회기가 가능해지고, "죽음을 잊어버린 영혼과 육체를 위하여" "눈은 새벽이 지나도록 살아있다"라는 표현이 가능해진다. 결국 눈은 흰 빛의 '순결'한 상태가 아니라, 떨어지는 '역동성'과 "떨어진" 눈이 아직 녹지 않고 "살아있다"는 '생명력'으로 인해 "죽음"을 극복하는 강력한 힘이 되는 것이다.

따라서 (B)와 (B')에서 회기하는 ⑤"젊은 시인이여"라는 구와 (B)에서 4회 연속 회기하고 (B')에서 2회 연속 회기하는 ⑥"기침을 하자"라는 구는, "떨어진" "눈"이 아직도 "살아있다"라는 상황에 반응하는 공감적 신호가 된다. "눈더러 보라고 마음놓고 마음놓고 / 기침을 하자"는 화자가 젊은 시인과 더불어 우리도 살아있다는 신호를 보낸다는 의미를 가지고, "가래라도 / 마음껏 뱉자"는 이런 눈과 비교해서 역동성과 생명력을 지니지 못하는 자신에 대한 분노가 역설적 공격성으로 나타난다. 여기서 "가래"는 이 시를 창작하던 시기의 김수영 시의 상징적 존재 방식이 된다. 이 시기 대부분의 김수영 시의 어조는 뒤틀린 자기혐오와 직설적 공격성을 띠고 있다. 결국 이 시가 보여주는 핵심적인 언술 구조는 "눈"의 "떨어"짐이 가진 움직임에서 기인한다. "눈"의 "떨어"짐이 가진 '역동성'은 ①"눈은 살아 있다"라는 문장, ⑤"젊은 시인이여", ⑥"기침을 하자" 등 구의 회기를 견인하면서 (A)−(B)−(A')−(B')로 전개하는 '왕복적 대구'

의 언술 구조를 형성하는 원동력이 되는 것이다.

한편 이 시는 (A), (B), (A'), (B') 등 각 연의 '회기'에 '수식'이나 '부연'을 연속적으로 첨가하여 의미를 강조함으로써, '왕복적 대구'의 내부에 '점층적 대구'를 삽입한다. (A)에서 ㉠"떨어진"과 "마당 위에"가 ①"눈은 살아 있다"를 수식하거나 부연하고, (B)에서 "눈 위에 대고"와 "눈더러 보라고 마음 놓고 마음 놓고"가 ㉡"기침을 하자"를 부연하며, (C)에서 "죽음을 잊어버린 영혼과 육체를 위하여"와 "새벽이 지나도록"이 ①"눈은 살아 있다"를 부연한다. 그리고 그 연장선에서 (D)는 "눈을 바라보며 / 밤새도록 고인 가슴의 가래라도 / 마음껏 뱉자"라는 문장을 제시하여 의미를 '강조'하면서 정서를 '강화'하는 미적 효과와 기능을 가진다. (A)-(B)-(A')-(B')로 전개하는 '왕복적 대구'의 언술 구조 속에 구성 요소들을 점진적으로 겹쳐 가면서 강하게 하는 '점층적 대구'를 연결시켜 비약적이고 상승적으로 주제를 표현하는 것이다.

'왕복'의 언술 구조는 구성 요소들을 어떤 방향으로 갔다가 되돌아오게 하는 속성을 가지므로, 의미를 '중첩'하거나 정서를 '확인'하는 미적 효과와 기능을 가진다. 따라서 '왕복적 대구'는 구성 요소들이 '전이적 귀환'을 통해 동일한 가치를 '확인'하는 '중첩적 구도'를 형성한다. 한편 '점층적 대구'는 구성 요소들을 점진적으로 겹쳐가면서 강하게 하거나, 크게 하거나, 높게 하여 절정에 이르게 하므로, 의미를 '강조'하거나 정서를 '강화'하면서 '상승적 구도'를 형성한다. 인용 시는 연 구성의 영역에서 (A)-(B)의 언술 구조를 (A')-(B')에서 '회기'를 통해 변주하면서 의미를 '중첩'하고 정서를 '확인'하는 '왕복적 대구'를 형성하므로, 구성 요소들이 '전이적 귀환'을 통해 동일한 가치를 '확인'하는 '중첩적 구도'를 가지면서 '등가성의 중첩'이라는 구조화 원리를 형성한다고 볼 수 있다. (A), (B), (A'), (B') 등 각 연은 '회기'에 '수식'이나 '부연'을 연속적으로 첨가하여 의미를 강조함으로써, 이러한 구도에 구성 요소들을 단계적으로 '고양'하면서 '상승적 구도'를 가지는 '점층적 대구'를 삽입하므로, '등가성의 중첩과 상승'이라는 구조화 원리를 형성한다고 볼 수 있다.

이 시의 핵심적 이미지인 "눈"은 명사적 존재나 형용사적 양태로서 흰 빛의 순결이 아니라, 동사적 움직임으로서 "떨어"짐에도 불구하고 "살아 있"음이 중요한 의미를 형성한다. "떨어"진 "눈"이 "살아 있"음은 ⓒ"기침을 하자"-"가래라도 / 마음껏 뱉자"로 '암시에 의한 대체'로서 '생략'과 '결여'와 '욕망의 이동'을 통해 비약적으로 전개하므로, 프로이트적 전위, 라캉적 환유, 들뢰즈적 전치 등의 개념과 연관할 수 있다. "떨어"짐-"죽음"과 "살아 있"음-"영혼과 육체"는 각각 '의미화 연쇄'에서 '기표의 대체'를 통해 유사한 '의미 효과'를 형성하므로, 프로이트적 압축, 라캉적 은유, 들뢰즈적 위장 등의 개념과 연관할 수 있는데, 이 둘은 상호 대립 관계를 형성하면서 전위, 환유, 전치 등의 전체적인 비유 구조 속에 삽입된다. 한편 ①"눈은 살아 있다", ⓒ"젊은 시인이여", ⓒ"기침을 하자" 등의 '회기' 및 이를 '수식'하거나 '부연'하는 구절들은 '동일한 것의 반복'이 아니라 '차이를 동반하는 반복'을 형성하므로 들뢰즈의 '리트로넬로' 개념과 연관할 수 있으며, 베르그손이나 들뢰즈가 말한 '정신적 반복'에 해당한다고 볼 수 있을 것이다.

4. 변주 2- 교차 융합적 대구

김수영의 시에는 부분적 표현을 연 구성의 영역으로 연결하는 '변주'의 '복합 유형'으로서 '교차 융합적 대구'가 개입된 복합 유형도 빈번히 등장한다. '교차 융합적 대구'는 그 자체로 '복합 유형'의 특성을 가지고 있으므로 '복합 유형'의 한 방식으로 취급할 수 있는데, 종종 다른 '단일 유형'과 결합하는 경우도 나타난다. 김수영의 소위 무의미시들은 '변주'의 언술 구조로서 '교차 융합적 대구'가 개입된 '복합 유형'을 주로 보여준다. '교차 융합적 대구'는 '반복'의 언술 구조인 '단어의 회기', '구·절의 회기', '문장의 회기'뿐만 아니라, '변주'의 언술 구조인 '병렬-대비적 대구', '연쇄-점층적 대구', '왕복-점층적 대구' 등을 수렴하고 종합하면서 언술 구조의 중핵을 차지한다는 점에서, 김수영 시의 독자적 특성을 잘 보여준다.

(A) ①혁명은 안 되고 나는 방만 바꾸어버렸다

그 방의 벽에는 ②싸우라 싸우라 싸우라는 말이

헛소리처럼 아직도 어둠을 지키고 있을 것이다

(B) 나는 모든 ㉠노래를 그 방에 함께 남기고 왔을 게다

그렇듯 이제 나의 가슴은 이유 없이 메말랐다

그 방의 벽은 나의 가슴이고 나의 사지일까

②'일하라 일하라 일하라는 말이

헛소리처럼 아직도 나의 가슴을 울리고 있지만

나는 그 ㉠노래도 그 전의 ㉠노래도 함께 다 잊어버리고 말았다

(C) ①혁명은 안 되고 나는 방만 바꾸어버렸다

　　　나는 인제 녹슬은 펜과 뼈와 광기 ―

　　　실망의 ⓛ가벼움을 ⓒ재산으로 삼을 줄 안다

　　　이 ⓛ가벼움 혹시나 역사일지도 모르는

　　　이 ⓛ가벼움을 나는 나의 ⓒ재산으로 삼았다

(D) ①'혁명은 안 되고 나는 방만 바꾸었지만

　　　나의 입속에는 달콤한 의지의 잔재 대신에

　　　다시 쓰디쓴 담뱃진 냄새만 되살아났지만

　　　방을 잃고 낙서를 잃고 기대를 잃고

　　⊙노래를 잃고 ⓛ가벼움마저 잃어도

(E)　　이제 나는 무엇인지 모르게 기쁘고

　　　나의 가슴은 이유 없이 풍성하다

　　　　　　　　　　　　　　　　―「그 방을 생각하며」(1960.10.30) 전문

　이 시의 전체적 구도는 (A)(1연)―(B)(2연)―(C)(3연)―(D)(4연)―(E)(5연)로 전개하는 '연쇄적 대구'를 '교차 융합적 대구'로 연결하는 언술 구조를 보여준다. ①"혁명은 안 되고 나는 방만 바꾸어버렸다"라는 문장의 '회기', ②"~라 ~라 ~라는 말이 / 헛소리처럼 아직도"라는 구의 '병행구문' 등이 언술 구조의 근간을 형성한다. ①은 (A)와 (C)에서 회기하고 (D)에서 ①'"혁명은 안 되고 나는 방만 바꾸었지만"으로 변형하며, ②는 (A)와 (B)에서 변주하면서 전체적 연 구성을 연쇄적이고 교차적인 언술 구조로 만든다. 이러한 방식은 앞에서 살핀 「봄밤」이 회기, 병행 구문 등을 통해 (A), (B), (C) 각 연을 상호 연쇄적으로 연결시키는 방식과 유사하다. 한편 부분적인 영역에서는 (B)에서 ㉠"노래"라는 단어를 '회기'하고, (C)에서 ㉡"가벼움"과 ㉢"재산"이라는 단어를 '회기'하며, (D)에서 ㉠"노래" 및 ㉡"가벼움" 등을 다시 '회기'하는 구조를 보여준다.

　이러한 언술 구조를 고려하면서 의미 맥락을 살펴보자. (A)에서 "방"은 혁명을 진행하는 공간인데, ①"혁명은 안 되고 나는 방만 바꾸어버렸다"라는 문장은 혁명이 실패한 후 공간을 이전했다는 것을 의미한다. 하지만 아직도 그 방에는 "싸우라는 말", 즉 혁명을 위해 투쟁하라는 요청이 남아 있다. (B)에서 ㉠"노래"는 혁명의 희열을 상징하는 것인데, 화자는 그것을 "그 방에 함께 남기고 왔을" 것이라고 말한다. 그리고 "일하라는 말", 즉 혁명을 수행하라는 요청이 울리고 있음에도 불구하고 "그 노래도 그 전의 노래도 함께 다 잊어버"렸다고 자책한다. (A)에 이어 (B)에서 ②"~라 ~라 ~라는 말이 / 헛소리처럼 아직도"라는 '병행 구문'을 통해 혁명에 대한 요청이 상존함을 표현하지만, ㉠"노래"의 망각을 통해 혁명의 희열이 사라졌음을 표현하는 것이다. (C)에서 화자는 ①"혁명은 안 되고 나는 방만 바꾸어버렸다"라는 문장을 회기하면서 "나는 인제 녹슬은 펜과 뼈와 광기 ―"라는 표현을 통해 자신의 현재 상태를 혁명의 퇴색과 관련시킨다. 그러나 "실망의 가벼움을 재산으로 삼을 줄 안다"라는 문장으로 혁명의 실패에서 오는 좌절감을 재산으로 삼는 사유의 전환을 시도한다. 여기서 "실망"을 ㉢"재산"으로 전환시키는 사유의 정체는 무엇일까? "혹시나 역사일지도 모르는 / 이 가벼움"이라는 구절은 이 질문에 대한 답변의 실마리를 제공한다. "실망"과 ㉢"재산" 사이의 큰 간격을 메우는 것은 ⓛ"가벼움"을 매개로 얻어지는 "역사"인데, 그것은 과거와 현재 사이의 '시간(時間)'에 대한 인식을 의미한다. 시간에 대한 각성을 통해 화자는 혁명의 실패에서 기인하는 "실망의 가벼움"을 자신의 "재산"으로 삼는 비약을 시도하는 것이다.

따라서 이 시는 (A), (B), (C) 등을 상호 '연쇄'적으로 연결하면서 (A)와 (B)에 제시된 '양극'을 (C)에서 '교차'하고 '융합'하는 언술 구조를 보여준다. 양극이 상호 교차하고 충돌하면서 대비와 조화의 이중적 관계 망을 형성하는 동시에 그것을 돌파하는 이러한 언술 구조를 '교차 융합적 대구'라고 부를 수 있을 것이다. 이어서 (D)−(E)는 ①을 변형한 ①'"혁명은 안 되고 나는 방만 바꾸었지만"이라는 절을 회기한 후, "방"과 "낙서"와 "기대"를 잃고 ㉠"노래"와 ⓛ"가벼움"마저 상실해도 "무엇인지 모르게 기쁘고" "이유 없이 풍성하다"라는 표현을 통해 이러한 '교차 융합'적 각성을 재확인한다. 결국 이 시는 전체적으로 '연쇄적 대구'를 '교차 융합적 대구'로 연결하는 언술 구조를 통해 '시간에 대한 인식'에서 얻어지는 각성의 차원을 보여준다.

'연쇄적 대구'는 구성 요소들이 '매개적 접속'을 통해 '단계적 전개'를 보여주면서 '인접적 구도'를 형성한다. 한편 '교차 융합'의 언술 구조는 양극을 상호 '교차'하고 '충돌'하면서 '대비와 조화'의 이중적 관계 망을 형성하는 동시에 그것을 '돌파'하므로, 의미를 비약적으로 '종합'하거나 정서를 '집중'하는 미적 효과와 기능을 가진다. 따라서 '교차 융합적 대구'는 양극의 '대립'을 '교차'하고 '융합'하면서 비약적으로 '종합'하는 '변증법적 구도'를 형성한다. 인용 시는 ①이 (A), (C), (D) 등에서 회기하고, ②가 (A), (B) 등에서 변주하면서 의미를 '접속'하고 정서를 '누적'하는 '연쇄적 대구'를 형성하므로, 구성 요소들이 '매개적 접속'을 통해 '단계적 전개'를 보여주면서 '인접적 구도'를 가진다고 볼 수 있다. (C)는 이러한 구도에 (A)와 (B)에 제시된 '양극'의 '대립'을 '교차'하고 '융합'하며 비약적으로 '종합'하면서 '변증법적 구도'를 가지는 '교차 융합적 대구'를 개입하므로, '이원성의 종합'이라는 구조화 원리를 형성한다고 볼 수 있다.

　문장 ①의 '회기', 구 ②의 '병행 구문' 등에서 "혁명"－"방"－"말"－"어둠"－"노래"의 계열과 "잊어 버"림－"실망"－"가벼움"의 계열은 각각 '암시에 의한 대체'로서 '생략과 '결여'와 '욕망의 이동'을 통해 전개하므로, 프로이트적 전위, 라캉적 환유, 들뢰즈적 전치 등의 개념과 연관할 수 있다. 이 두 이미지 계열은 상호 대립적 구도를 형성하는데, "역사"라는 '시간적 인식'은 양극을 상호 '교차'하고 '충돌'하면서 '대비와 조화'의 이중적 관계 망을 형성하는 동시에 그것을 '돌파'하여 "재산"에 이르게 한다. 따라서 "혹시나 역사일지도 모르는 / 이 가벼움을 나는 나의 재산으로 삼았다"라는 문장은 '양극'의 '대립'을 '교차'하고 '융합'하면서 비약적인 '종합'과 '집중'을 형성하는 '교차 융합적 대구'를 개입시킨다. 이때 양극을 이루는 두 이미지 계열의 특성인 전위, 환유, 전치 등은 상호 '교차'하고 '융합'하면서 비약적인 '종합'에 도달하여 더 중층적인 의미를 획득하면서 프로이트적 압축, 라캉적 은유, 들뢰즈적 위장 등의 개념을 형성한다고 볼 수 있다. 한편 ①"혁명은 안 되고 나는 방만 바꾸어버렸다"라는 문장의 '회기', ②"~라 ~라 ~라는 말이 / 헛소리처럼 아직도"라는 구의 '병행 구문' 등은 '동일한 것의 반복'이 아니라 '차이를 동반하는 반복'을 형성하므로 들뢰즈의 '리트로넬로' 개념과 연관할 수 있으며, 베르그손이나 들뢰즈가 말한 '정신적 반복'에 해당한다고 볼 수 있을 것이다.

(A)   나무뿌리가 좀더 깊이 겨울을 향해 가라앉았다

이제 내 몸은 ①내 몸이 아니다

이 가슴의 동계(動悸)도 기침도 한기(寒氣)도 ①내 것이 아니다

이 집도 아내도 아들도 어머니도 다시 ①내 것이 아니다

오늘도 여전히 일을 하고 걱정하고

돈을 벌고 싸우고 오늘부터의 할일을 하지만

내 ㉠생명은 이미 맡기어진 ㉠생명

나의 질서는 ㉡죽음의 질서

온 세상이 ㉡죽음의 가치로 변해 버렸다

(B)   ②익살스러울 만치 모든 거리가 단축되고

②익살스러울 만치 모든 질문이 없어지고

모든 사람에게 고해야 할 너무나 많은 ㉢말을 갖고 있지만

세상은 나의 ㉢말에 귀를 기울이지 않는다

(C)   이 ㉣무언의 ㉢말

이 때문에 아내를 다루기 ㉤어려워지고

자식을 다루기 ㉤어려워지고 친구를

다루기 ㉤어려워지고

이 너무나 큰 ㉤'어려움에 나는 입을 봉하고 있는 셈이고

무서운 무성의를 자행하고 있다

(D)   이 ㉣무언의 ㉢말

하늘의 ⒣빛이요 물의 ⒣빛이요 ⒮우연의 ⒣빛이요 ⒮우연의 ⒟말
ⓛ죽음을 꿰뚫는 가장 무력한 ⒟말
ⓛ죽음을 위한 ⒟말 ⓛ죽음에 섬기는 ⒟말
고지식한 것을 제일 싫어하는 ⒟말
이 만능의 ⒟말
겨울의 ⒟말이자 봄의 ⒟말
이제 내 ⒟말은 ①내 ⒟말이 아니다

— 「말」(1964.11.16) 전문

이 시의 전체적 구도는 (A)(1연)－(B)(2연)－(C)(3연)－(D)(4연)로 전개
하는'귀결적 대구'를'교차 융합적 대구'로 연결하는 언술 구조를 보여준
다. (A)의 1행 "나무뿌리가 좀더 깊이 겨울을 향해 가라앉았다"라는 원인
과, "이제 내 몸은 내 몸이 아니다"라는 2행 이후의 결과들이 언술 구조의
근간을 형성한다. ①"내 ～이 아니다"라는'병행 구문'이 (A)에 3회 회기
하고 (D)에서 1회 회기하여 언술 구조의 중심을 이루고, ②"익살스러울
만치 모든 ～가(이) ～고"라는'병행 구문'이 (B)에 2회 회기하여 중간 연
결 고리로서 기능한다. 그리고 각 연에 ㉠"생명", ⓛ"죽음", ⒟"말", ㉤"어
려워지고", ⒣"빛" 등과 ㉣"무언", ⒮"우연" 등의 단어가 회기하면서 원
인과 결과 사이의 과정을 제시한다.
    (A)의 1행 "나무뿌리"가 "가라앉았다"라는 원인은 2행의 ①"내 몸이 아
니다", 3행과 4행의 ①"내 것이 아니다", (D)의 ①"내 말이 아니다" 등의
결과로 전개된다. ①"내 몸이 아니다"라는 문장의 의미는 "내 생명은 이
미 맡기어진 생명 / 나의 질서는 죽음의 질서"와 이후 무수히 반복하는

ⓛ"죽음"에서 보듯, '생명의 내맡김'으로 인한 ⓛ"죽음"에의 접근인 듯이 보인다. 그러나 시 전체의 전개를 살펴볼 때, "가라앉았다" 및 ①"내 몸이 아니다"는 좀 더 근원적인 ①"생명"에의 접근이고 더 큰 결실을 예비하는 움직임으로 볼 수 있다. "나무뿌리"의 "가라앉"음이 ⓛ"죽음"이 아니라 근원적인 ①"생명"에의 접근임을 보여주는 근거는 후반부에 무수히 회기하는 ⓒ"말"이다. ⓒ"말"은 (B)에 2회, (C)에 1회 회기하지만 (D)에 이르면 11회나 회기하면서 시상을 증폭시킨다. 여기서 ⓒ"말"의 속성을 파악하는 것이 작품 해석의 중요한 관건이 된다. ⓒ"말"은 (B)의 "너무나 많은 말을 갖고 있지만 / 세상은 나의 말에 귀를 기울이지 않는다"라는 문장이 암시하듯, 화자가 가진 "많은 말"과 세상의 '무관심' 사이에서 큰 격차를 내포하고 있다. ②"익살스러울 만치 모든 거리가 단축되고"와 ② "익살스러울 만치 모든 질문이 없어지고"라는 문장은 이 격차가 해소되는 순간을 표현하는데, "모든 거리"와 "모든 질문"으로 대표되는 '양극' 사이의 간극을 상호 '교차'하고 '충돌'하는 과정을 거쳐 '융합'하는 지점을 보여준다.

이를 통해 생겨나는 것이 (C)와 (D)의 ⓡ"무언"의 ⓒ"말"이다. (C)에서 화자는 ⓜ"어려워지고"의 회기를 통해 "무언의 말" 때문에 아내와 자식과 친구를 다루기 어려워지고 입을 열지 않는 무성의를 자행한다고 말한다. (D)에서 ⓡ"무언"의 ⓒ"말"은 ⓢ"우연"의 ⓒ"말"인데, "죽음을 위한 말 죽음에 섬기는 말"이 "죽음을 꿰뚫는 가장 무력한 말"이 되는 이유는, ⓒ"말"이 '죽음'을 통해 '죽음'을 극복하기 때문이다. "무언의 말", "우연의 말"이 "만능의 말"이 되고 "봄의 말"이 되는 것은 이 ⓒ"말"에 ⓡ"무언"과 ⓢ"우연"에 의지하는 '다른 세계의 힘'이 개입하기 때문이다. (A)에서 "이미 맡기어진 생명"으로서 "죽음의 질서"에 근접한 "내 생명"은 (B)의 '양극의 상호 교차와 융합'을 경유하여 "겨울의 말이자 봄의 말"이고 ⓛ"죽음"이자 ⓖ"생명"인 ⓔ"무언"과 ⓢ"우연"의 차원에 도달하는 것이다. 결국 이 시의 언술 구조가 형성하는 의미 맥락을 고찰할 때 가장 중요한 것은, ⓐ"무언"이나 ⓑ"우연" 등의 차원을 가진 ⓒ"말"이 ⓛ"죽음"을 ⓖ"생명"으로 전환시키는 과정에 작용하는 계기이다. 우리는 이것을 '양극의 상호 교차와 융합'이라고 말할 수 있을 것이다. 결국 이 시는 전체적으로 '귀결적 대구'를 '교차 융합적 대구'로 연결하는 언술 구조를 통해 ⓔ"무언"과 ⓢ"우연"이 가진 '다른 세계의 힘'에 대한 각성의 차원을 보여준다.

'귀결'의 언술 구조는 구성 요소들을 어떤 결말이나 결과에 도달하게 하는 속성을 가지므로, 의미를 '수렴'하거나 정서를 '집약'하는 미적 효과와 기능을 가진다. 따라서 '귀결적 대구'는 구성 요소들이 '인과적 수렴'을 통해 하나의 가치로 '종합'되는 '귀납적 구도'를 형성한다. 한편 '교차 융합적 대구'는 양극의 '대립'을 '교차'하고 '융합'하면서 비약적으로 '종합'하는 '변증법적 구도'를 형성한다. 인용 시는 ①, ② 등의 '병행 구문'을 근간으로 각 연에 ⓖ"생명", ⓛ"죽음", ⓒ"말", ⓜ"어려워지고", ⓗ"빛" 등과 ⓔ"무언", ⓢ"우연" 등의 단어를 회기하면서 원인과 결과 사이의 과정을 제시하여 의미를 '수렴'하면서 정서를 '집약'하는 '귀결적 대구'를 형성하므로, 구성 요소들이 '인과적 수렴'을 통해 하나의 가치로 '종합'되는 '귀납적 구도'를 가진다고 볼 수 있다. ⓐ"무언", ⓑ"우연" 등의 차원을 가진 ⓒ"말"이 ⓖ"생명"을 ⓛ"죽음"으로 전환시키는 과정은 이러한 구도에 '양극'을 상호 '교차'하고 '융합'하며 비약적으로 '종합'하면서 '변증법적 구도'를 가지는 '교차 융합적 대구'를 개입하므로, '이원성의 종합'이라는 구조화 원리를 형성한다고 볼 수 있다.

①, ② 등의 '병행 구문'에서 "겨울" − ⓛ"죽음"과 ⓐ"생명" − ⓑ"빛"은 각각 '암시에 의한 대체'로서 '생략'과 '결여'와 '욕망의 이동'을 통해 전개하므로, 프로이트적 전위, 라캉적 환유, 들뢰즈적 전치 등의 개념과 연관할 수 있다. 이 두 이미지 계열은 상호 대립적 구도를 형성하는데, ⓐ"무언", ⓑ"우연" 등의 차원을 가진 ⓒ"말"이 양극을 상호 '교차'하고 '충돌'하면서 '대비와 조화'의 이중적 관계 망을 형성하는 동시에 그것을 '돌파'하여 ⓛ"죽음"을 ⓐ"생명"으로 전환시킨다. 따라서 "무언의 말"과 "우연의 말"은 '양극'의 '대립'을 '교차'하고 '융합'하면서 비약적인 종합과 집중을 형성하는 '교차 융합적 대구'를 생성시킨다. 이때 양극을 이루는 두 이미지 계열의 특성인 전위, 환유, 전치 등은 상호 '교차'하고 '융합'하면서 비약적인 '종합'에 도달하여 더 중층적인 의미를 획득하면서 프로이트적 압축, 라캉적 은유, 들뢰즈적 위장 등의 개념을 형성한다고 볼 수 있다. 한편 ①"내 ~이 아니다", ②"익살스러울 만치 모든 ~가(이) ~고" 등의 '병행 구문'은 '동일한 것의 반복'이 아니라 '차이를 동반하는 반복'을 형성하므로 들뢰즈의 '리트로넬로' 개념과 연관할 수 있으며, 베르그손이나 들뢰즈가 말한 '정신적 반복'에 해당한다고 볼 수 있을 것이다.

    (A)   누구한테 머리를 숙일까

             사람이 아닌 평범한 것에

             많이는 아니고 ⓐ조금

             벼를 터는 마당에서 ⓛ바람도 안 부는데

             옥수수잎이 흔들리듯 그렇게 ⓐ조금

(B) ⓛ바람의 고개는 자기가 일어서는 줄

ⓒ모르고 자기가 가 닿는 언덕을

ⓒ모르고 거룩한 산에 가 닿기

　전에는 즐거움을 ⓒ모르고 ⊙조금

　안 즐거움이 ⓔ꽃으로 되어도

　그저 ⊙조금 꺼졌다 깨어나고

(C)　언뜻 보기엔 임종의 생명 ⓜ같고

ⓗ바위를 뭉개고 ⓢ떨어져내릴

　한 잎의 ⓔ꽃잎 ⓜ같고

　혁명 ⓜ같고

　먼저 ⓢ'떨어져내린 큰 ⓗ바위 ⓜ같고

ⓞ나중에 ⓢ"떨어진 작은 ⓔ꽃잎 ⓜ같고

(D) ⓞ나중에 ⓢ'떨어져내린 작은 ⓔ꽃잎 ⓜ같고

—「꽃잎 1」(1967.5.2) 전문

　이 시의 전체적 구도는 (A)(1연)－(B)(2연)－(C)(3연)－(D)(4연)로 전개하는 '연쇄적 대구'를 '교차 융합적 대구'로 연결하는 언술 구조를 보여준다. 이 시는 주로 단어의 '회기' 즉 ⓛ"바람", ⓔ"꽃(잎)", ⓗ"바위" 등의 명사, ⓢ"떨어져내릴(린) / 떨어진", ⓒ"모르고" 등의 동사, ⓜ"같고" 등의 형용사, ⊙"조금", ⓞ"나중에" 등의 부사를 중심으로 회기를 형성한다. 기본적인 언술 구조는 (A)의 ⊙"조금", ⓛ"바람" 등을 매개로 (B)를 전개하고, (B)의 ㉣"꽃"을 매개로 (C)를 전개하며, (C)의 "나중에 떨어진 작은 꽃잎 같고"라는 구를 매개로 (D)의 '병행 구문'을 전개하는 '연쇄적 대구'를 보여준다. 핵심적 언술 구조 및 의미 맥락은 ㉡"바람"의 '움직임'이 낳는 ㉣"꽃잎"의 '떨어짐'에서 형성되는데, 이로부터 생겨나는 ㉣"꽃잎"과 ㉂"바위"의 대결 양상이 작품 해석의 중요한 관건이 된다.

(A)는 "머리를 숙"이는 행위를 포함하여 의미 맥락을 찾기가 쉽지 않다. 화자는 "벼를 터는 마당"에서 "바람도 안 부는데 / 옥수수잎이 흔들리"는 것을 보면서 사유를 전개한다. 2회 회기하는 ㉠"조금"은 (B)에서도 2회 회기하면서 (A)와 (B)의 연결 고리가 된다. (B)는 서술어인 ㉢"모르고"를 3회 회기하여 강조하는데, 2행과 3행에서는 '시행 엇붙임'[11]을 통해 초두에 배치한다. ㉢"모르고"는 ㉡"바람"이 자기를 의식하지 않는 무의도성 혹은 탈주체성을 가지고 있음을 암시한다. (B)에서 상호 관계성을 형성하는 것은 ㉡"바람"과 ㉣"꽃"이다. ㉣"꽃잎"이 주체를 상징한다면, ㉡"바람"은 주체에게 불어오는 '다른 세계의 힘'을 상징한다. '다른 세계의 힘'인 ㉡"바람"은 주체의 자기중심주의에 빠진 ㉣"꽃"에 동력을 제공하므로, "바람의 고개"는 "조금 / 안 즐거움이 꽃으로" 된다. 결국 ㉡"바람"은 ㉣"꽃"에 와 닿아 ㉣"꽃"이 되고, 동시에 ㉣"꽃잎"을 떨어지게 하는 동인(動因)으로서 '다른 세계의 힘'인데, 그것은 자기를 의식하지 않는 탈자아의 힘이다.

(C)는 ㉣"꽃잎"의 '떨어짐'이 발휘하는 역동성이 ㉂"바위"를 뭉개는 혁

---

11 '앙장브망(enjambement)'을 '시행 엇붙임'이라는 용어로 번역하여 사용한다. 이 용어는 황정산, 「한국 현대시의 운율론적 연구─모더니즘 시를 중심으로」, 고려대 박사논문, 1998에서 사용한 바 있다.

명에까지 도달하는 과정을 보여준다. (C)에는 ㉣"꽃잎"과 ㉥"바위"의 이항 대립이 전제되어 있는데, ㉅"떨어져내릴", ㉅'"떨어져내린", ㉅""떨어진" 등 3회 변주하는 ㉣"꽃잎"의 움직임이 ㉥"바위"를 극복하는 과정을 보여준다. 여기서 ㉣"꽃잎"은 '자유', '생명', '진실' 등의 상징이고, "임종의 생명"은 그것이 떨어지는 순간을 '생명'과 '죽음'이 길항하는 찰나적 경지로 포착한 것이다. ㉥"바위"는 ㉣"꽃잎"이 대결하고자 하는 공고한 현실의 어둠인데, "떨어"지는 ㉣"꽃잎"이 지닌 '역동성'과 '생명력'은 바위를 뭉갤 수 있는 힘을 지니는 것이다. 따라서 화자는 ㉣"꽃잎"의 힘을 고정된 가치와 정체(停滯)를 부수고 나가는 "혁명"과 "같"은 것으로 표현하고 있다. 이 시에는 ㉣"꽃잎"과 ㉥"바위"의 이항 대립을 중심으로 (A)-(B)에서 "많이"와 ㉠"조금", (C)에서 "임종"과 "생명", "먼저"와 ㉢"나중에", "큰"과 "작은" 등의 이항 대립뿐만 아니라, ㉅"떨어져내릴", ㉅'"떨어져내린", ㉅""떨어진" 등에서 제시된 미래와 과거라는 시간적 이항 대립도 중층적으로 개입하고 있다. ㉣"꽃잎"이 ㉥"바위"를 뭉개는 혁명에까지 도달하는 과정에는 이 모든 이항 대립을 상호 '교차'하고 '충돌'시켜서 '융합'하는 '교차 융합적 대구'의 언술 구조가 작용하고 있다. 양극을 상호 교차하고 충돌시켜서 융합하는 '교차 융합적 대구'는 (B)에서 ㉡"바람"의 ㉢"모르고"가 내포하는 무의도성 혹은 탈주체성에서 최초의 원동력을 얻는다.

'연쇄적 대구'는 구성 요소들이 '매개적 접속'을 통해 '단계적 전개'를 보여주면서 '인접적 구도'를 형성한다. 한편 '교차 융합적 대구'는 양극의 '대립'을 '교차'하고 '융합'하면서 비약적으로 '종합'하는 '변증법적 구도'를 형성한다. 인용 시는 단어나 구의 회기를 매개로 (A)에서 (B)를, (B)에서 (C)를, (C)에서 (D)를 전개하면서 의미를 '접속'하고 정서를 '누적'하는 '연쇄적 대구'를 형성하므로, 구성 요소들이 '매개적 접속'을 통해 '단계적 전개'를 보여주면서 '인접적 구도'를 가진다고 볼 수 있다. ㉣"꽃잎"이 ㉻ "바위"를 뭉개는 혁명에까지 도달하는 과정은 이러한 구도에 모든 이항 대립을 상호 '교차'하고 '융합'하며 비약적으로 '종합'하면서 '변증법적 구도'를 가지는 '교차 융합적 대구'를 개입하므로, '이원성의 종합'이라는 구조화 원리를 형성한다고 볼 수 있다.

단어의 '회기', 구의 '병행 구문' 등에서 이항 대립을 형성하는 양극 중 ㉠"조금" – ㉣"꽃잎" – "생명" – ㉢"나중에" – "작은"의 계열과 "많이" – ㉻"바위" – "임종" – "먼저" – "큰"의 계열은 각각 '암시에 의한 대체'로서 '생략'과 '결여'와 '욕망의 이동'을 통해 전개하므로, 프로이트적 전위, 라캉적 환유, 들뢰즈적 전치 등의 개념과 연관할 수 있다. 이 두 이미지 계열은 상호 대립적 구도를 형성하는데, ㉡"바람"의 ㉢"모르고"가 내포하는 무의도성 혹은 탈주체성은 양극을 상호 '교차'하고 '충돌'하면서 '대비와 조화'의 이중적 관계 망을 형성하는 동시에 그것을 '돌파'하여 "혁명"에 이르게 한다. 따라서 ㉡"바람"의 ㉢"모르고"에 의한 ㉣"꽃잎"의 ㉆"떨어"짐은 '양극'의 '대립'을 '교차'하고 '융합'하면서 비약적인 '종합'과 '집중'을 형성하는 '교차 융합적 대구'를 개입시킨다. 이때 양극을 이루는 두 이미지 계열의 특성인 전위, 환유, 전치 등은 상호 '교차'하고 '융합'하면서 비약적인 '종합'에 도달하여 더 중층적인 의미를 획득하면서 프로이트적 압축, 라캉적 은유, 들뢰즈적 위장 등의 개념을 형성한다고 볼 수 있다. 한편 이 시에 등장하는 단어의 '회기', 구의 '병행 구문' 등은 '동일한 것의 반복'이 아니라 '차이를 동반하는 반복'을 형성하므로 들뢰즈의 '리트로넬로' 개념과 연관할 수 있으며, 베르그손이나 들뢰즈가 말한 '정신적 반복'에 해당한다고 볼 수 있을 것이다.

(A) ①㉠꽃을 주세요 우리의 고뇌를 ㉡위해서

　　①㉠꽃을 주세요 뜻밖의 일을 ㉡위해서

　　①㉠꽃을 주세요 아까와는 다른 시간을 ㉡위해서

(B) ②㉢노란 ㉠꽃을 주세요 금이 간 ㉠꽃을

　　②㉢노란 ㉠꽃을 주세요 하얘져 가는 ㉠꽃을

　　②㉢노란 ㉠꽃을 주세요 넓어져 가는 소란을

(C) ③㉢노란 ㉠꽃을 받으세요 원수를 지우기 ㉡위해서

　　③㉢노란 ㉠꽃을 받으세요 우리가 아닌 것을 ㉡위해서

　　③㉢노란 ㉠꽃을 받으세요 거룩한 우연을 ㉡위해서

(D) ④㉠꽃을 찾기 전의 것을 잊어버리세요

　　　㉠꽃의 ㉣글자가 비뚤어지지 않게

　　④㉠꽃을 찾기 전의 것을 잊어버리세요

　　　㉠꽃의 소음이 바로 들어오게

　　④㉠꽃을 찾기 전의 것을 잊어버리세요

　　　㉠꽃의 ㉣글자가 다시 비뚤어지게

(E)　　내 ⑤말을 믿으세요 ㉢노란 ㉠꽃을

못 보는 ⑤ㄹ글자를 믿으세요 ㄷ노란 ㄱ꽃을

떨리는 ⑤ㄹ글자를 믿으세요 ㄷ노란 ㄱ꽃을

영원히 떨리면서 빼먹은 모든 ⑤ㄱ꽃잎을 믿으세요

보기 싫은 ㄷ노란 ㄱ꽃을

— 「꽃잎 2」(1967.5.7) 전문

이 시의 전체적 구도는 (A)(1연), (B)(2연), (C)(3연) 등의 '병렬적 대구'를 (D)(4연), (E)(5연) 등에서 '교차 융합적 대구'로 연결하는 언술 구조를 보여준다. 이 시는 주로 ①"꽃을 주세요", ②"노란 꽃을 주세요", ③"노란 꽃을 받으세요", ④"꽃을 찾기 전의 것을 잊어버리세요", ⑤"~을 믿으세요" 등 구의 '회기' 및 '병행 구문'을 구사하고, 여기에 ㄱ"꽃", ㄴ"위해서", ㄷ"노란", ㄹ"글자" 등 단어의 '회기'를 개입한다. 특이한 점은 (A), (B), (C), (D) 등 각 연마다 ①, ②, ③, ④ 등의 동일한 구문 형식을 3회씩 연속 회기하고, (E)에서 ⑤의 '병행 구문'을 4회 연속 회기하는 단순한 '병렬적 대구'를 보여준다는 것이다. 그리고 여기에 개입하는 ㄱ, ㄴ, ㄷ, ㄹ 등의 단어들을 포함해 구의 회기 및 병행 구문 속에 삽입하는 "주세요", "받으세요", "잊어버리세요", "믿으세요" 등의 서술어들도 각 연마다 동일한 구문 형식 속에 연속 회기하는 단순한 '병렬적 대구'를 보여준다.

이러한 언술 구조와 결부된 의미 맥락을 고찰할 때, 두 가지 관점의 고찰을 결합해야 할 것으로 보인다. 첫째는 (A), (B), (C), (D), (E) 등으로 전개하는 과정에서 각 연마다 회기하는 구나 단어의 변화 양상을 고찰하는 것이고, 둘째는 각 연에서 회기하는 구나 단어 이외에 예외적으로 등장하는 표현에 초점을 맞추어 고찰하는 것이다. 첫째 관점은 ①"꽃을 주세요", ②"노란 꽃을 주세요", ③"노란 꽃을 받으세요", ④"꽃을 찾기 전의 것을 잊어버리세요", ⑤"~을 믿으세요" 등의 구들이 전개하는 과정을 ㉠"꽃", ㉡"위해서", ㉢"노란", ㉣"글자" 등 단어들의 전개와 함께 의미 맥락을 찾는 방식이고, 둘째 관점은 (A)에서 "고뇌", "뜻밖의 일", "다른 시간", (B)에서 "금이 간", "하얘져 가는", "넓어져가는 소란", (C)에서 "원수를 지우기", "우리가 아닌 것", "거룩한 우연", (D)에서 "글자", "소음", (E)에서 "말" 등이 가진 의미 맥락을 찾는 방식이다. 이 두 가지 관점을 결합하면서 작품 해석을 시도해 보자.

(A)의 ㉠"꽃"이 앞에서 살핀 대로 '자유', '생명', '진실' 등의 상징이라면, ①"꽃을 주세요"라는 문장은 화자가 현재 상황에 부재하는 '자유', '생명', '진실' 등을 달라고 요청하는 것이다. 그것이 "우리의 고뇌를 위해서"이고, "뜻밖의 일을 위해서"이며, "아까와는 다른 시간을 위해서"인 것은, '자유', '생명', '진실' 등의 실현이 고뇌를 경유하여 얻어지는 의도치 않은 결과이며 다른 시간에 대한 기대를 동반한다는 의미를 가진다. (B)의 ②"노란 꽃을 주세요"에서 ㉢"노란"은 "금이 간", "하얘져 가는" 등의 표현으로 미루어 '자유', '생명', '진실' 등이 훼손되고 퇴색되는 과정이나 상태라고 짐작할 수 있다. "넓어져가는 소란"이라는 표현은 "노란 꽃"의 수용을 "소란"의 확대라고 부연하는 것이다. (C)의 ③"노란 꽃을 받으세요"는 (B)의 ②"노란 꽃을 주세요"의 반대 상황을 제시하여 시적 화자와 청자의 위상 및 역할을 바꿈으로써, (B)의 '받음'과 (C)의 '줌'을 상호 교차하고 충돌시켜 융합한다. 따라서 이 차원은 "노란 꽃"을 받고 주고 상호 작용을 통해 그 상황을 전면화하는 것이다. 이때 (C)의 "원수를 지우"는 것, "우리가 아닌 것", "거룩한 우연" 등은 (A)의 "우리의 고뇌", "아까와는 다

른 시간", "뜻밖의 일" 등과 상응하는 위상을 가진다. 결국 "노란 꽃"을 받고 주는 행위는 '자유', '생명', '진실' 등이 훼손되고 퇴색되는 과정이나 상태를 극복하고 "소란"의 확대를 통해 "원수"를 극복하는 "고뇌"를 거쳐 "우연"과 "다른 시간"을 도입하는 과정을 의미하는 것이다.

이처럼 ㉢"노란" ㉠"꽃"은 그것이 내포하는 "소란", "우연", "다른 시간" 등을 통해 '자유', '생명', '진실' 등이 훼손되고 퇴색되는 과정이나 상태를 극복하고 다시 ㉠"꽃"의 원상을 회복하는 힘을 제공한다. (D)에서 ④"꽃을 찾기 전의 것을 잊어버리세요"라는 문장은 "소란", "우연", "다른 시간" 등의 도입을 의미하는 ㉢"노란" ㉠"꽃"의 등장을 통해 "꽃을 찾기" 이전의 상태를 무효화할 것을 요청한다. 이 요청은 "꽃의 글자가 비뚤어지지 않게" 하기 위함인데, ㉣"글자"는 ㉠"꽃"이 가진 '자유', '생명', '진실' 등의 내용이 언어적 형식으로 외현된 것이다. "꽃의 글자가 비뚤어지지 않게"라는 절은 "꽃의 소음이 바로 들어오게", "꽃의 글자가 비뚤어지지 않게" 등의 절로 연결되면서 구문상 대등한 위상을 가지므로, "소란"과 동궤에 있는 "소음"은 "꽃"의 "글자", 즉 '자유', '생명', '진실' 등의 언어적 형식을 정립하는 것과 혼란시키는 것의 대립을 상호 중재한다. 이처럼 (D)는 (A), (B), (C) 등을 첨가하는 과정에 '교차 융합적 대구'의 언술 구조를 개입하여 양극을 상호 교차하고 충돌시키면서 융합한다. 그 연장선에서 (E)의 ⑤"~을 믿으세요"라는 구의 병행 구문이 가능해진다. "말"이 ㉣"글자"와 유사한 의미라면, "꽃"의 언어적 형식인 "글자"가 "못 보"고 "떨리는" 상태에 있는 것은 ㉢"노란"의 양태와 유사하다. 결국 이러한 것들을 "믿으세요"라고 말하는 화자는 ㉢"노란" ㉠"꽃"이 "보기 싫은" 것이지만, 그것이 내포하는 "소란", "소음", "우연", "다른 시간" 등으로 인해 진정한 "꽃"의 가치에 도달하는 힘을 제공한다고 간주하는 것이다.

'병렬적 대구'는 구성 요소들이 '수평적 나열'을 통해 독립성을 유지한 채 '상호 병존'하거나 '수평적 첨가'를 통해 '상호 연대'하면서 '등가적 구도'를 형성한다. 한편 '교차 융합적 대구'는 양극의 '대립'을 '교차'하고 '융합'하면서 비약적으로 '종합'하는 '변증법적 구도'를 형성한다. 인용 시는 (A), (B), (C), (D), (E) 등 각 연마다 동일한 구문 형식 및 단어들을 연속 회기하면서 의미를 '확대'하고 정서를 확산'하는 '병렬적 대구'를 형성하므로, 구성 요소들이 '수평적 첨가'를 통해 '상호 연대'하면서 '등가적 구도'를 보여준다고 볼 수 있다. (D)는 이러한 구도에 ⓒ"노란" ⓐ"꽃"의 등장을 통해 "꽃을 찾기" 이전의 상태를 무효화할 것을 요청하면서, 이항 대립을 상호 '교차'하고 '융합'하며 비약적으로 '종합'하면서 '변증법적 구도'를 가지는 '교차 융합적 대구'를 개입하므로, '이원성의 종합'이라는 구조화 원리를 형성한다고 볼 수 있다.

각 연에서 회기하는 구나 단어 이외에 예외적으로 등장하는 표현에 주목하면, (A)의 "고뇌", "뜻밖의 일", "다른 시간", (B)의 "금이 간", "하얘져 가는", "넓어져가는 소란", (C)의 "원수를 지우기", "우리가 아닌 것", "거룩한 우연", (D)의 "글자", "소음", (E)의 "말" 등은 각 연마다 병렬된 이미지들이 각각 '암시에 의한 대체'로서 '생략'과 '결여'와 '욕망의 이동'을 통해 전개하므로, 프로이트적 전위, 라캉적 환유, 들뢰즈적 전치 등의 개념과 연관할 수 있다. 이 이미지들은 모두 ⓐ"꽃" 혹은 ⓒ"노란" ⓐ"꽃"의 이미지로 수렴되고 집중되므로, 각 연의 이미지 계열들은 전위, 환유, 전치 등을 껴안고 중층적으로 형성되는 프로이트적 압축, 라캉적 은유, 들뢰즈적 위장 등의 개념으로 이해할 수 있다. 각 연마다 회기하는 구나 단어에 주목하면, "주세요"와 "받으세요"의 이항 대립을 교차하고 융합하여 "잊어버리세요"를 형성하고 그 연장선에서 "믿으세요"를 도출하는데, 양쪽의 전위, 환유, 전치 등을 상충시켜 '의미화 연쇄'에서 '기표의 대체'를 통해 비약적 종합을 형성하므로, 전위, 환유, 전치 등을 껴안고 중층적으로 형성되는 프로이트적 압축, 라캉적 은유, 들뢰즈적 위장 등의 개념으로 이해할 수 있다. 한편 이 시에 등장하는 구의 '회기' 및 '병행 구문', '단어의 회기' 등은 '동일한 것의 반복'이 아니라 '차이를 동반하는 반복'을 형성하므로 들뢰즈의 '리트로넬로' 개념과 연관할 수 있으며, 베르그손이나 들뢰즈가 말한 '정신적 반복'에 해당한다고 볼 수 있을 것이다.

(A) ①㉠풀이 ㉡눕는다

　　　비를 몰아오는 ㉢동풍에 나부껴

　　㉠풀은 ㉡눕고

　　　드디어 ㉣울었다

　　　날이 흐려서 ㉤더 ㉣울다가

　　　다시 ㉡누웠다

(B) ①㉠풀이 ㉡눕는다

　　　㉢바람㉥보다도 ㉤더 ㉦빨리 ㉡눕는다

　　　㉢바람㉥보다도 ㉤더 ㉦빨리 ㉣울고

　　　㉢바람㉥보다 ㉧먼저 ㉨일어난다

(C)　　　날이 흐리고 ①㉠풀이 ㉡눕는다

발목까지

발밑까지 ⓛ눕는다

ⓒ바람ⓗ보다 ⓩ늦게 ⓛ누워도

ⓒ바람ⓗ보다 ⓞ먼저 ⓩ일어나고

ⓒ바람ⓗ보다 ⓩ늦게 ⓡ울어도

ⓒ바람ⓗ보다 ⓞ먼저 웃는다

날이 흐리고 ①㉠풀뿌리가 ⓛ눕는다

—「풀」(1968.5.29) 전문

이 시의 전체적 구도는 (A)(1연)―(B)(2연)―(C)(3연)로 전개하는 '점층적 대구'를 '교차 융합적 대구'로 연결하는 언술 구조를 보여준다. 이 시는 주로 '문장의 회기'로서 ①"풀이 눕는다", '단어의 회기'로서 ㉠"풀", ⓒ"바람(동풍)" 등의 명사, ⓛ"눕는다", ⓩ"일어난다", ⓡ"울었다", "웃는다" 등의 동사, ⓗ"보다(도)"라는 조사, ⓜ"더", ⓢ"빨리", ⓩ"늦게", ⓞ"먼저" 등의 부사 등을 회기한다. 작품 해석의 관건이 되는 것은 ㉠"풀"과 ⓒ"바람"의 정체 및 관계성인데, 이와 더불어 ⓛ"눕는다"와 ⓩ"일어난다", ⓡ"울었다"와 "웃는다" 등의 상관적 의미를 파악하는 것이 중요하다. 이를 해명하는 데 ⓗ"보다(도)", ⓜ"더" ⓢ"빨리", ⓩ"늦게", ⓞ"먼저" 등이 중요한 실마리를 제공한다.

이 시는 전체적으로 '표면 구조'와 '내면 구조'로 구성되며, 두 구조가 모순을 안은 채 결합되어 있다. '표면 구조'는 ㉠"풀"과 ⓒ"바람"의 '대립 관계'에 근거하는데, 이 두 명사의 대립은 ⓛ"눕는다"와 ⓩ"일어난다", ⓡ"울었다"와 "웃는다"를 '대립 관계'로 파악하는 것과 연결된다. 이때 ㉠

"풀"은 생명을 가진 존재로서 주체를 상징하고, ⓒ"바람"은 그것을 억압하거나 공격하는 외부의 힘을 상징한다고 볼 수 있다. 그 연장선에서 ⓛ"눕는다"와 ⓔ"울었다"는 수동적 상처받음을 상징하고, ⓩ"일어난다"와 "웃는다"는 능동적 극복을 상징한다고 해석할 수 있다. 이러한 해석에 대한 언술 차원의 근거로서 (B)와 (C)에 총 7회 연속 회기하는 ⓗ"보다(도)"라는 비교격 조사와 (A)와 (B)에 3회 회기하는 ⓜ"더"라는 강세 부사를 들 수 있다. 이 두 단어는 비교 대상을 상호 대결시키고 경쟁시키는 의미망을 형성하기 때문이다. '표면 구조'에 대한 해석은 기존의 일반적 해석과 상통하는데, 이 관점은 ⓖ"풀"을 민중으로 해석하고 ⓒ"바람"을 민중을 억압하는 정치 세력으로 파악하는 알레고리적 해석과 연관하면서 참여시적 성격을 강조하는 경향과도 연결된다.

지금까지 「풀」은 이러한 '표면 구조'를 중심으로 해석되어 왔지만, '내면 구조'를 함께 살펴야 이 시가 주는 은밀한 공감을 해명할 수 있다. '내면 구조'는 ⓖ"풀"과 ⓒ"바람"의 '호응 관계'에 근거하는데, 이때 ⓖ"풀"은 생명을 가진 존재로서의 주체이자 수혜자를 상징하고, ⓛ"바람"은 "풀"에게 물기와 운동성을 제공하는 다른 세계의 힘이자 시혜자를 상징한다고 볼 수 있다. 이러한 해석에 대한 언술 차원의 근거로서 (A)에 등장하는 "나부껴"라는 동사를 들 수 있다. 이 단어는 외부의 힘에 의해 움직이는 주체의 체험으로서 고통이 아닌 즐거움이나 유희적 뉘앙스를 드러내기 때문이다. ⓖ"풀"은 '물기'가 있어야 잘 자라고 ⓒ"바람"에 흔들려야 뿌리를 튼튼히 내릴 수 있는데, 스스로 물기를 만들거나 운동할 수 없으므로 "비를 몰아오는 동풍"의 도움이 필요하다. 따라서 "비"와 "동풍"은 "풀"의 생명 유지와 성장에 도움이 되는 '물기'와 '운동성'을 제공한다. 이

'호응 관계'는 ⓛ"눕는다"와 ⓩ"일어난다", ⓔ"울었다"와 "웃는다"를 하나의 연속적 진행과정으로 파악하는 것과 연결된다. "풀"은 운동성의 측면에서 누워야 일어날 수 있고, 물기를 흡수하는 측면에서 울어야 웃을 수 있다. 요약하면, "비"와 ⓒ"바람"의 작용 없이는 풀의 누움과 일어섬, 울음과 웃음이 불가능하기 때문에, ㉠"풀"은 ⓒ"바람"이 지닌 탈자아의 힘과 잠재력으로부터 역동성과 생명력의 동력을 얻는 것이다. 이러한 '내면 구조'에 대한 해명은 ㉠"풀"을 '주체'의 '필연적(의식적) 이성'으로 파악하고, ⓒ"바람"을 다른 세계에서 오는 '탈주체'의 '우연적(무의식적) 잠재력'으로 파악하는 새로운 해석과 관련된다.

그런데 이 시의 정체를 규명하는 핵심은 '표면 구조'와 '내면 구조'가 상호 모순을 안은 채 결합되어 있다는 데 있다. 이 모순은 김수영의 시가 자체적으로 내포하고 있는 모순인데, 따라서 이 모순을 정확히 규명하는 것이 김수영 시 전체의 비밀을 파악하는 실마리가 된다. '표면 구조'의 해석은 주로 참여시 혹은 리얼리즘 시의 관점과 연관되고, '내면 구조'의 해석은 주로 순수시 혹은 모더니즘 시의 관점과 연관된다. '참여시 / 순수시'의 이분법이 횡행하던 1950~1960년대의 시단에서, 이 양극의 모순을 내포한 채 그것을 하나의 몸(시)에 변증법적으로 종합하려 한 것이 김수영의 시적 추구였고, 이 추구가 응축되어 마지막 작품인 「풀」에 녹아들었다. 따라서 김수영은 전기의 모더니즘 시에서 후기의 리얼리즘 시로 전환한 것이 아니라, 시적 생애 전체를 통해 순수시와 참여시, 모더니즘 시와 리얼리즘 시, 시의 예술성과 시의 현실성을 변증법적으로 종합하려 했다. 김수영 시 전체를 관통하는 구조화 원리인 '양극의 모순과 변증법적 종합'은 반복과 변주의 언술 구조의 차원에서 '교차 융합적 대구'

의 형태를 통해 대표적으로 형상화된다.

　인용 시는 기본적으로 (A)−(B)−(C)로 전개하는 '점층적 대구'를 형성하는데, '교차 융합적 대구'는 (A)−(B)−(C)의 전개 과정에서 (C)를 중심으로 나타난다. (A)는 ㉠"풀"이 ㉢"동풍"에 의해 "눕고" "울었"고 "더 울다가" "다시 누웠다"로 진행하는 모습을 통해, '표면 구조'와 '내면 구조'가 길항하면서 '내면 구조'에 더 큰 비중이 실리는 양상을 제시한다. ㉠"풀"과 ㉢"동풍"의 '호응 관계'에 기초하면서, ㉠"풀"의 주체성은 ㉢"동풍"의 탈주체성에 의해 수동적으로 영향을 받는 것이다. 이 상황은 ㉣"울었다", ㉡"누었다" 등의 과거시제가 보여주듯 과거와 현재 사이의 시간대에 놓여 있다. (B)는 ㉠"풀"이 ㉢"바람보다도 더 빨리 눕"고 "더 빨리 울고" "먼저 일어"나는 모습을 통해 '표면 구조'와 '내면 구조'가 길항하면서 '표면 구조'에 더 큰 비중이 실리는 양상을 제시한다. ㉠"풀"과 ㉢"동풍"의 '대립 관계'에 기초하면서, ㉠"풀"의 주체성이 ㉢"바람"의 탈주체성을 밀어내며 능동적으로 주도권을 찾는 것이다. 이 상황은 ㉡"눕는다", ㉥"일어난다" 등의 현재시제가 보여주듯 현재의 시간에 놓여 있다. '내면 구조'에서 '표면 구조'로의 비중 전이는 언술 구조의 측면에서는 3회 연속 회기하는 ㉽"보다(도)"라는 비교격 조사, 2회 회기하는 ㉻"더"라는 강세 부사뿐만 아니라 ㉾"빨리", ㊀"먼저" 등의 부사가 중요한 역할을 담당한다. 시간의 속성상 ㉾"빨리"는 '속도'와 관련하고 ㊀"먼저"는 '순서'와 관련하는데, (A)에서 '호응 관계'에 의해 "동풍"에 의해 "눕고" "울었"던 "풀"은 외부적 동력인 '탈주체성' 혹은 '우연적(무의식적) 잠재력'을 흡수하지만, (B)에서 '대립 관계'로 전환하여 "바람보다도 더 빨리 눕"고 "더 빨리 울고" "먼저 일어"나는 모습을 통해 현재적 시간 속에서 '필연적(의식적) 이성'을 회복하면서 '주체성'을 강화해 나간다.

(C)는 ㉠"풀"이 "바람보다 늦게 누워도" "먼저 일어나고" "늦게 울어도" "먼저 웃는" 모습을 통해 '내면 구조'와 '표면 구조'가 길항하면서 팽팽히 맞서는 양상을 제시한다. 여기서 ㉠"풀"의 주체성과 ㉢"바람"의 탈주체성은 상호 '교차'하고 '충돌'하면서 '융합'한다. '내면 구조'와 '표면 구조'의 길항은 언술 구조의 측면에서는 4회 연속 회기하는 ㉤"보다"라는 비교격 조사와 ⓓ"늦게", ⓔ"먼저" 등의 부사가 동시에 공존하는 양상으로 나타난다. 시간의 속성상 '순서'와 관련하는 ㉩"늦게"와 ㉪"먼저"는 대립 개념인데, 이 두 부사가 상호 번갈아 '교차'하면서 '융합'하는 지점을 형성하는 것이다. (A)에서 큰 비중을 차지했던 ㉢"바람"의 탈주체성과 (B)에서 큰 비중을 차지했던 ㉠"풀"의 주체성이 (C)에서 상호 '교차'하고 '충돌'하면서 '융합'하는 것이다. 이처럼 (C)는 ㉠"풀"이 상징하는 '주체성' 혹은 '필연적(의식적) 이성'과 ㉢"바람"이 상징하는 '탈주체성' 혹은 '우연적(무의식적) 잠재력'이라는 양극을 상호 '교차'하고 '충돌'시켜 '융합'하는 양상을 '교차 융합적 대구'의 언술 구조로 형상화하는 것이다.

'점층적 대구'는 구성 요소들을 점진적으로 겹쳐 가면서 강하게 하거나, 크게 하거나, 높게 하여 절정에 이르게 하므로, 의미를 '강조'하거나 정서를 '강화'하면서 '상승적 구도'를 형성한다. 한편 '교차 융합적 대구'는 양극의 '대립'을 '교차'하고 '융합'하면서 비약적으로 '종합'하는 '변증법적 구도'를 형성한다. 인용 시는 (A)-(B)-(C)로 전개하는 과정에서 문장 및 단어의 회기를 통해 의미를 '강조'하면서 정서를 '강화'하는 '점층적 대구'를 형성하므로, 구성 요소들을 토대로 점차 단계적으로 '고양'하면서 '상승적 구도'를 보여준다고 볼 수 있다. (C)는 이러한 구도에 '내면 구조'와 '표면 구조'를 길항하면서 ㉠"풀"의 주체성과 ㉢"바람"의 탈주체성을 상호 '교차'하고 '융합'하며 비약적으로 '종합'하면서 '변증법적 구도'를 가지는 '교차 융합적 대구'를 개입하므로, '이원성의 종합'이라는 구조화 원리를 형성한다고 볼 수 있다.

'내면 구조'에 더 큰 비중이 실리는 (A)에서 ㉠"풀"은 ㉢"바람"과 '호응 관계'를 형성하여 ㉡"눕"고 ㉣"울"지만, '표면 구조'에 더 큰 비중이 실리는 (B)에서 ㉠"풀"은 ㉢"바람"과 '대립 관계'를 형성하며 ㉡"눕는다"와 ㉥"일어난다", ㉦"빨리"와 ㉧"먼저" 등의 대립적 양극들을 파생시킨다. '내면 구조'와 '내면 구조'가 팽팽히 맞서는 (C)에서 ㉠"풀"의 주체성과 ㉢"바람"의 탈주체성은 상호 '교차'하고 '충돌'하여 '융합'하면서 대립적 양극들을 비약적으로 '종합'하고 '집중'시킨다. 따라서 이 시의 일련의 이미지들은 프로이트적 압축과 전위, 라캉적 은유와 환유, 들뢰즈적 위장과 전치가 상충하고 융합하면서 형성되는 중층적인 개념으로 이해할 수 있다. 이 이미지들은 '내면 구조'와 '표면 구조', ㉠"풀"의 주체성과 ㉢"바람"의 탈주체성 등을 비롯한 대립적 양극들을 '교차'하고 '융합'하면서 비약적인 종합과 집중을 형성하는 '교차 융합적 대구'에 의해 형성되기 때문이다. 한편 이 시에 등장하는 문장 및 단어의 '회기'는 '동일한 것의 반복'이 아니라 '차이를 동반하는 반복'을 형성하므로 들뢰즈의 '리트로넬로' 개념과 연관할 수 있으며, 베르그손이나 들뢰즈가 말한 '정신적 반복'에 해당한다고 볼 수 있을 것이다.

5. 맺음말

이 글은 김수영의 시에 나타나는 '반복'과 '변주'의 '언술 구조'를 '미적 효과와 기능' 면에서 세밀히 분석하여 '구조화 원리'를 규명하고자 했다. 김수영의 시는 '변주'의 방식으로서 '대구'의 '단일 유형'보다 유형을 복수적으로 결합하여 복합적 구도를 형성하는 '복합 유형'이 주로 나타난다. 이 글은 김수영 시의 기본적인 두 가지 언술 방식, 즉 '의미가 명확한 진술'과 '의미가 모호한 진술'로 구성된 시들을 포괄하여 김수영 시의 언술 구조를 크게 부분적 표현의 영역에서 형성되는 '반복'과 부분적 표현을 연 구성으로 연결하는 영역에서 형성되는 '변주'라는 두 층위로 나눈 후, 다시 '반복'을 '단어의 회기', '구·절의 회기', '문장의 회기' 등으로 세분하고, '변주'의 '복합 유형'을 '병렬-대비적 대구', '연쇄-점층적 대구', '왕복-점층적 대구', '교차 융합적 대구' 등으로 세분하여 미적 효과와 기능을 구체적으로 분석했다.

김수영의 시에는 부분적 표현의 영역에서 형성되는 '반복'의 경우로서 '단어의 회기', '구·절의 회기', '문장의 회기' 등이 빈번히 등장한다. 먼저 '단어의 회기'는 「나비의 무덤」, 「폭포」 등에서 나타난다. 「나비의 무덤」은 "나비", "지분", "고독", "나", "나이", "너", "소리" 등의 명사를 중심으로 '단어의 회기'가 나타난다. 4~5연에서 "나비의 지분"과 "나의 나이"는 단순히 상응적 관계에만 머물지 않고 대립적 관계를 내포하면서 화자에게 반성과 각성의 기회를 제공한다. 시인은 상응적 관계와 대립적 관계가 교차하면서 전환하는 의미 맥락을 5연 1~5행에서 "나비" 및 너"와 "나" 사이를 왕복하면서 교차하는 조화와 대비의 이중적 언술 구조를 통해 효과적으로 형상화한다. 이로써 6연에서 "나비"의 "죽음"은 단순한 죽음의 차원을 넘어 숭고한 의미로 전환한다. 「폭포」는 "폭포"라는 명사와 "떨어진다"라는 동사를 '회기'하는 언술 구조를 보여준다. 이 구조에 "곧은"이라는 관형사, "없이"라는 형용사, "않고"라는 보조 동사 등의 회기를 개입한다. "폭포"와 "떨어진다"의 회기는 "곧은"의 회기를 통해 "고매한 정신"과 타협 없는 양심이라는 의미를 드러내는 동시에, "없이"와 "않고"의 회기를 통해 두려움 없는 용기, 쉬지 않는 지속성, 넓이와 높이의 무한성뿐만 아니라 무규정성, 무의도성, 무의식성 등의 의미까지 드러낸다.

다음으로 '구·절의 회기'는 「조국에 돌아오신 상병포로 동지들에게」, 「절망」 등에서 나타난다. 「조국에 돌아오신 상병포로 동지들에게」는 6연에서 "나", "자유", "꽃" 등의 명사, "같이"라는 조사, "같은"이라는 형용사, "고"라는 연결 어미를 '회기'하면서, "꽃같은 ～을 ～고"라는 구를 '병행 구문'으로 반복한다. 이를 통해 화자는 자신이 상병포로들과 의식주뿐만 아니라 정신적인 유대를 나눈 동지임을 강조하면서 '자유를 위한 투쟁'이라는 의미를 부여한다. 「절망」의 전반부(1~5행)는 "～이(가) ～을(를) 반성하지 않는 것처럼"이라는 절을 근간으로 '병행 구문'을 전개하고, 후반부 중 6~7행은 "～은 ～오고"라는 절을 근간으로 '병행 구문'을 구사하여 전환하지만, 8행에서 다시 "～은 ～을 반성하지 않는다"라는 변형된 '병행 구문'으로 귀결함으로써 절망에서 벗어나지 못하는 결과를 제시한다. 후반부의 '병행 구문'은 "～은 ～오고"라는 표층 구조에 새로운 구성 요소로서 "바람", "구원" 등의 단어를 주어로 삽입하여, "구원"으로서 "바람"이 "딴 데에서" "예기치 않은 순간에" 온다는 점을 표현한다.

다음으로 '문장의 회기'는 「긍지의 날」 등에서 나타난다. 「긍지의 날」

은 "오늘은 필경~긍지의 날인가 보다", "~도 내가 만드는 것" 등의 '회기'가 "피로", "설움", "아름다움", "긍지" 등의 단어의 '회기'와 함께 등장한다. 이 시에서 "긍지"는 "피로" 및 "설움"과 대립적인 위상을 가지면서도 그것과 완전히 구별되는 것이 아니라 그것 안에서 배태되는 "아름다움"을 경유하여 도달하는 차원이다. 2연의 뒷부분에 제시되는 "파도처럼 요동하여 / 소리가 없고"와 "비처럼 퍼부어 / 젖지 않는 것"이라는 절은, 생활의 피로 및 설움이 아름다움을 배태하면서 긍지로 전이되는 과정을 표현하고 있다. 이러한 차원은 3연에서 "모든 설움이 합쳐지고 모든 것이 설움으로 돌아가는 긍지"라는 표현으로 다시 제시된다.

김수영의 시에는 '변주'의 '복합 유형'으로서 '병렬-대비적 대구', '연쇄-점층적 대구', '왕복-점층적 대구' 등이 나타난다. 먼저 '병렬-대비적 대구'는 「파밭가에서」 등에서 나타난다. 「파밭가에서」는 (A)(1연), (B)(2연), (C)(3연) 등을 병치하는 '병렬적 대구'의 내부에 '대비적 대구'를 삽입하는 언술 구조를 보여준다. 이 시는 (A), (B), (C) 등 각 연에서 대등한 구절을 차례로 '나열'하고 '병치'하여 의미를 '확대'하면서 정서를 '확산'하는 '병렬적 대구'를 형성하므로, 구성 요소들이 '수평적 나열'을 통해 독립성을 유지한 채 '상호 병존'하면서 '등가성의 병존'이라는 구조화 원리를 가진다. "붉은 파밭의 푸른 새싹을 보아라 / 얻는다는 것은 곧 잃는 것이다"라는 문장은 이러한 구도에 (A), (B), (C) 등 각 연마다 '대비적 대구'를 개입시키고, "묵은 사랑"을 중심축으로 (A)-(B)와 (C) 간에도 '대비적 대구'가 개입되어 있으므로, '등가성의 상충'이라는 구조화 원리를 형성한다. "묵은 사랑"을 중심으로 (A)-(B)와 (C)의 이미지들은 각각 프로이트적 압축, 라캉적 은유, 들뢰즈적 위장 등의 개념과 연관할 수 있다, "~듯(이)

/ 묵은 사랑이 / ～ㄹ때"라는 절의 '병행 구문'과 "붉은 파밭의 푸른 새싹을 보아라 / 얻는다는 것은 곧 잃는 것이다"라는 문장의 '회기'는 들뢰즈의 '리트로넬로' 개념과 연관할 수 있으며, 베르그손이나 들뢰즈가 말한 '정신적 반복'에 해당한다고 볼 수 있다.

다음으로 '연쇄-점층적 대구'는 「봄밤」 등에서 나타난다. 「봄밤」은 (A)(1연)－(B)(2연)－(C)(3연)로 전개하는 '연쇄적 대구'의 내부에 '점층적 대구'를 삽입하는 언술 구조를 보여준다. 이 시는 (A), (B), (C) 등 각 연의 전반부에서 회기하는 문장이나 절이 다른 연과 연쇄적으로 연결하여 의미를 '접속'하면서 정서를 '누적'하는 '연쇄적 대구'를 형성하므로, 구성 요소들이 '매개적 접속'을 통해 '단계적 전개'를 보여주면서 '인접성의 접속'이라는 구조화 원리를 가진다. (A), (B), (C) 등 각 연의 후반부에서 회기하는 "～이여", "오오" 등의 단어 및 새롭게 삽입하는 표현은 이러한 구도에 점차 단계적으로 '고양'하며 '상승적 구도'를 가지는 '점층적 대구'를 개입시키므로, '인접성의 강화'라는 구조화 원리를 형성한다. 이 시의 핵심적 이미지인 "달"은 시각적 이미지 계열과 운동적 이미지로 분화하는 중심축을 이룬다. 일련의 이미지들은 프로이트적 압축과 전위, 라캉적 은유와 환유, 들뢰즈적 위장과 전치가 교차하고 충돌하면서 비약적으로 전개한다. "애타도록 마음에 서둘지 말라", "너는 결코 서둘지 말라", "개가 울고 종이 들리고" 등의 '회기', "～이여"라는 '병행 구문', "오오"의 '회기' 등은 들뢰즈의 '리트로넬로' 개념과 연관할 수 있으며, 베르그손이나 들뢰즈가 말한 '정신적 반복'에 해당한다고 볼 수 있다.

다음으로 '왕복-점층적 대구'는 「눈」 등에서 나타난다. 「눈」은 (A)(1연)－(B)(2연)－(A')(3연)－(B')(4연)로 전개하는 '왕복적 대구'의 내부에 '점층적 대구'를 삽입하는 언술 구조를 보여준다. 이 시는 연 구성의 영역에서 (A)-(B)의 언술 구조를 (A')-(B')에서 '회기'를 통해 변주하면서 의미를 '중첩'하고 정서를 '확인'하는 '왕복적 대구'를 형성하므로, 구성 요소들이 '전이적 귀환'을 통해 동일한 가치를 '확인'하는 '중첩적 구도'를 가지면서 '등가성의 중첩'이라는 구조화 원리를 가진다. (A), (B), (A'), (B') 등 각 연은 '회기'에 '수식'이나 '부연'을 연속적으로 첨가하여 의미를 강조함으로써, 이러한 구도에 구성 요소들을 단계적으로 '고양'하면서 '상승적 구도'를 가지는 '점층적 대구'를 삽입하므로, '등가성의 중첩과 상승'이라는 구조화 원리를 형성한다. "떨어"진 "눈"이 "살아 있"음, "기침을 하자", "가래라도 / 마음껏 뱉자" 등은 프로이트적 전위, 라캉적 환유, 들뢰즈적 전치 등의 개념과 연관할 수 있고, "떨어"짐-"죽음"과 "살아 있"음-"영혼과 육체"는 각각 프로이트적 압축, 라캉적 은유, 들뢰즈적 위장 등의 개념과 연관할 수 있는데, 이 둘은 상호 대립 관계를 형성하면서 전위, 환유, 전치 등의 전체적인 비유 구조 속에 삽입된다. "눈은 살아 있다", "젊은 시인이여", "기침을 하자" 등의 '회기' 및 이를 '수식'하거나 '부연'하는 구절들은 들뢰즈의 '리트로넬로' 개념과 연관할 수 있으며, 베르그손이나 들뢰즈가 말한 '정신적 반복'에 해당한다고 볼 수 있다.

김수영의 시에는 '변주'의 '복합 유형'으로서 '교차 융합적 대구'가 개입된 복합 유형도 빈번히 등장한다. '변주'의 '복합 유형'으로서 '교차 융합적 대구'는 「그 방을 생각하며」, 「말」, 「꽃잎 1」, 「꽃잎 2」, 「풀」 등에서 나타난다. 「그 방을 생각하며」는 (A)(1연)-(B)(2연)-(C)(3연)-(D)(4연)-(E)(5연)로 전개하는 '연쇄적 구도'를 '교차 융합적 대구'로 연결하는 언술 구조를 보여준다. 이 시는 "혁명은 안 되고 나는 방만 바꾸어버렸다"가

(A), (C), (D) 등에서 회기하고, "~라 ~라 ~라는 말이 / 헛소리처럼 아직도"가 (A), (B) 등에서 변주하면서 의미를 '접속'하고 정서를 '누적'하는 '연쇄적 대구'를 형성하므로, 구성 요소들이 '매개적 접속'을 통해 '단계적 전개'를 보여주면서 '인접적 구도'를 가진다. (C)는 이러한 구도에 (A)와 (B)에 제시된 '양극'의 '대립'을 '교차'하고 '융합'하며 비약적으로 '종합'하면서 '변증법적 구도'를 가지는 '교차 융합적 대구'를 개입하므로, '이원성의 종합'이라는 구조화 원리를 형성한다. "혁명"-"방"-"말"-"어둠"-"노래"의 계열과 "잊어 버"림-"실망"-"가벼움"의 계열은 각각 프로이트적 전위, 라캉적 환유, 들뢰즈적 전치 등의 개념과 연관할 수 있는데, 두 이미지 계열의 특성인 전위, 환유, 전치 등은 상호 '교차'하고 '융합'하면서 비약적인 '종합'에 도달하여 더 중층적인 프로이트적 압축, 라캉적 은유, 들뢰즈적 위장 등의 개념을 형성한다. "혁명은 안 되고 나는 방만 바꾸어버렸다"의 '회기', "~라 ~라 ~라는 말이 / 헛소리처럼 아직도"의 '병행 구문' 등은 들뢰즈의 '리트로넬로' 개념과 연관할 수 있으며, 베르그손이나 들뢰즈가 말한 '정신적 반복'에 해당한다고 볼 수 있다.

「말」은 (A)(1연)-(B)(2연)-(C)(3연)-(D)(4연)로 전개하는 '귀결적 구도'를 '교차 융합적 대구'로 연결하는 언술 구조를 보여준다. 이 시는 "내~이 아니다", "익살스러울 만치 모든 ~가(이) ~고" 등의 '병행 구문'을 근간으로 각 연에 "생명", "죽음", "말", "어려워지고", "빛" 등과 "무언", "우연" 등의 단어를 회기하면서 원인과 결과 사이의 과정을 제시하여 의미를 '수렴'하면서 정서를 '집약'하는 '귀결적 대구'를 형성하므로, 구성 요소들이 '인과적 수렴'을 통해 하나의 가치로 '종합'되는 '귀납적 구도'를 가진다. "무언", "우연" 등의 차원을 가진 "말"이 "생명"을 "죽음"으로 전환시키는 과정은 이러한 구도에 '양극'을 상호 '교차'하고 '융합'하며 비약적으로 '종합'하면서 '변증법적 구도'를 가지는 '교차 융합적 대구'를 개입하므로, '이원성의 종합'이라는 구조화 원리를 형성한다. "겨울"―"죽음"과 "생명"―"빛"은 각각 프로이트적 전위, 라캉적 환유, 들뢰즈적 전치 등의 개념과 연관할 수 있는데, 두 이미지 계열의 특성인 전위, 환유, 전치 등은 상호 '교차'하고 '융합'하면서 비약적인 '종합'에 도달하여 더 중층적인 프로이트적 압축, 라캉적 은유, 들뢰즈적 위장 등의 개념을 형성한다. "내 ～이 아니다", "익살스러울 만치 모든 ～가(이) ～고" 등의 '병행 구문'은 들뢰즈의 '리트로넬로' 개념과 연관할 수 있으며, 베르그손이나 들뢰즈가 말한 '정신적 반복'에 해당한다고 볼 수 있다.

「꽃잎 1」은 (A)(1연)―(B)(2연)―(C)(3연)―(D)(4연)로 전개하는 '연쇄적 구도'를 '교차 융합적 대구'로 연결하는 언술 구조를 보여준다. 이 시는 단어나 구의 회기를 매개로 (A)에서 (B)를, (B)에서 (C)를, (C)에서 (D)를 전개하면서 의미를 '접속'하고 정서를 '누적'하는 '연쇄적 대구'를 형성하므로, 구성 요소들이 '매개적 접속'을 통해 '단계적 전개'를 보여주면서 '인접적 구도'를 가진다. "꽃잎"이 "바위"를 뭉개는 혁명에까지 도달하는 과정은 이러한 구도에 모든 이항 대립을 상호 '교차'하고 '융합'하며 비약적으로 '종합'하면서 '변증법적 구도'를 가지는 '교차 융합적 대구'를 개입하므로, '이원성의 종합'이라는 구조화 원리를 형성한다. "조금"―"꽃잎"―"생명"―"나중에"―"작은"의 계열과 "많이"―"바위"―"임종"―"먼저"―"큰"의 계열은 각각 프로이트적 전위, 라캉적 환유, 들뢰즈적 전치 등의 개념과 연관할 수 있는데, 두 이미지 계열의 특성인 전위, 환유, 전치 등은 상호 '교차'하고 '융합'하면서 비약적인 '종합'에 도달하여 더 중층적인 프로이트적 압축, 라캉적 은유, 들뢰즈적 위장 등의 개념을 형성한다. 이 시에 등장하는 단어의 '회기', 구의 '병행 구문' 등은 들뢰즈의 '리트로넬로' 개념과 연관할 수 있으며, 베르그손이나 들뢰즈가 말한 '정신적 반복'에 해당한다고 볼 수 있다.

「꽃잎 2」는 (A)(1연), (B)(2연), (C)(3연) 등의 '병렬적 대구'를 (D)(4연), (E)(5연) 등에서 '교차 융합적 대구'로 연결하는 언술 구조를 보여준다. 이 시는 (A), (B), (C), (D), (E) 등 각 연마다 동일한 구문 형식 및 단어들을 연속 회기하면서 의미를 '확대'하고 정서를 확산'하는 '병렬적 대구'를 형성하므로, 구성 요소들이 '수평적 첨가'를 통해 '상호 연대'하면서 '등가적 구도'를 가진다. (D)는 이러한 구도에 "노란" "꽃"의 등장을 통해 "꽃을 찾기" 이전의 상태를 무효화할 것을 요청하면서, 이항 대립을 상호 '교차'하고 '융합'하며 비약적으로 '종합'하면서 '변증법적 구도'를 가지는 '교차 융합적 대구'를 개입하므로, '이원성의 종합'이라는 구조화 원리를 형성한다. 각 연에서 예외적으로 등장하는 표현에 주목하면, (A), (B), (C), (D), (E) 등 각 연의 이미지들은 모두 "꽃" 혹은 "노란" "꽃"의 이미지로 수렴되고 집중되므로, 각 연의 이미지 계열들은 전위, 환유, 전치 등을 껴안고 중층적으로 형성되는 프로이트적 압축, 라캉적 은유, 들뢰즈적 위장 등의 개념으로 이해할 수 있다. 각 연마다 회기하는 구나 단어에 주목하면, "주세요"와 "받으세요"의 이항 대립을 교차하고 융합하여 "잊어버리세요"를 형성하고 그 연장선에서 "믿으세요"를 도출하므로, 양쪽의 전위, 환유, 전치 등을 껴안고 중층적으로 형성되는 프로이트적 압축, 라캉적 은유, 들뢰즈적 위장 등의 개념으로 이해할 수 있다. 이 시에 등장하는 구의 '회기' 및 '병행 구문', '단어의 회기' 등은 들뢰즈의 '리트로넬로' 개념과 연관할 수 있으며, 베르그손이나 들뢰즈가 말한 '정신적 반복'에 해당한다고 볼 수 있다.

「풀」은 (A)(1연)-(B)(2연)-(C)(3연)로 전개하는 '점층적 대구'를 '교차 융합적 대구'로 연결하는 언술 구조를 보여준다. 이 시는 (A)-(B)-(C)로 전개하는 과정에서 문장 및 단어의 회기를 통해 의미를 '강조'하면서 정서를 '강화'하는 '점층적 대구'를 형성하므로, 구성 요소들을 토대로 점차 단계적으로 '고양'하면서 '상승적 구도'를 보여준다. (C)는 이러한 구도에 '내면 구조'와 '표면 구조'를 길항하면서 "풀"의 주체성과 "바람"의 탈주체성을 상호 '융합'하며 비약적으로 '종합'하면서 '변증법적 구도'를 가지는 '교차 융합적 대구'를 개입하므로, '이원성의 종합'이라는 구조화 원리를 형성한다. '내면 구조'에 더 큰 비중이 실리는 (A)에서 "풀"은 "바람"과 '호응 관계'를 형성하여 "눕"고 "울"지만, '표면 구조'에 더 큰 비중이 실리는 (B)에서 "풀"은 "바람"과 '대립 관계'를 형성하며 "눕는다"와 "일어난다", "빨리"와 "먼저" 등의 대립적 양극들을 파생시킨다. '내면 구조'와 '내면 구조'가 팽팽히 맞서는 (C)에서 "풀"의 주체성과 "바람"의 탈주체성은 상호 '교차'하고 '충돌'하여 '융합'하면서 대립적 양극들을 비약적으로 '종합'하고 '집중'시킨다. 따라서 이 시의 일련의 이미지들은 프로이트적 압축과 전위, 라캉적 은유와 환유, 들뢰즈적 위장과 전치가 상충하고 융합하면서 형성되는 중층적인 개념으로 이해할 수 있다. 이 시에 등장하는 문장 및 단어의 '회기'는 들뢰즈의 '리트로넬로' 개념과 연관할 수 있으며, 베르그손이나 들뢰즈가 말한 '정신적 반복'에 해당한다고 볼 수 있다.

지금까지 살펴본 김수영 시의 '변주'의 '복합 유형'으로서 '병렬-대비적 대구', '연쇄-점층적 대구', '왕복-점층적 대구', '교차 융합적 대구' 등이 지닌 특성을 종합적으로 검토해 보자. '교차 융합적 대구'는 그 자체로 '복합 유형'의 특성을 가지고 있으므로 '복합 유형'의 한 방식으로 취급할 수 있는데, 종종 다른 '단일 유형'과 결합하는 경우도 나타난다. '변주'의 '복합 유형'은 둘 이상의 대구가 결합하여 복합적 구도를 형성하는데, 주로 앞쪽에 기입된 대구의 유형이 기본적인 언술 구조 및 구조화 원리를 형성하므로, 앞쪽에 기입된 대구를 중심으로 뒤쪽에 기입된 유형과의 관계를 복합적으로 고려하는 방식으로 전체적인 특성을 고찰할 수 있다. 김수영 시의 '복합 유형'으로 등장하는 '병렬-대비적 대구', '연쇄-점층적 대구', '왕복-점층적 대구' 등을 살펴보면, '병렬적 대구', '대비적 대구', '연쇄적 대구', '왕복적 대구', '점층적 대구' 등이 두루 나타나는 것을 볼 수 있다. 김수영 시의 '변주'의 언술 구조가 보여주는 특성은 '시작 유형' 인 '병렬적 대구'와 '귀착 유형'인 '점층적 대구' 사이를 '매개 유형'인 '대비적 대구', '연쇄적 대구', '왕복적 대구' 등이 연결시킨다는 점이다. '매개 유형'인 '대비적 대구', '연쇄적 대구', '왕복적 대구' 등을 '핵심 유형'이라고 볼 수 있지만, 주축을 이루는 대구 방식이 없다는 점에서 다양한 대구의 혼재 양상을 보여준다.

한편 '교차 융합적 대구'가 개입된 복합 유형으로서 '연쇄-교차 융합적 대구', '귀결-교차 융합적 대구' '병렬-교차 융합적 대구' '점층-교차 융합적 대구' 등을 살펴보면, '연쇄적 대구', '귀결적 대구', '병렬적 대구', '점층적 대구' 등은 모두 이항 대립을 상호 '교차'하고 '융합'하며 비약적으로 '종합'하면서 '변증법적 구도'를 가지는 '교차 융합적 대구'로 수렴된다. 따라서 두 경우를 종합할 때, 김수영 시의 '변주'의 언술 구조로서 '교차 융합적 대구'를 '핵심 유형'으로 간주할 수 있다. 김수영은 '교차 융합적 대구'를 집중적으로 천착함으로써 다른 시인들과 변별되는 독자적 특성을 확보하는 것이다. '교차 융합'의 언술 구조는 양극을 상호 '교차'하고 '충돌'하면서 '대비와 조화'의 이중적 관계 망을 형성하는 동시에 그것을 '돌파'하므로, 의미를 비약적으로 '종합'하거나 정서를 '집중'하는 미적 효과와 기능을 가진다. 따라서 '교차 융합적 대구'는 양극의 '대립'을 '교차'하고 '융합'하면서 비약적으로 '종합'하는 '변증법적 구도'를 형성한다. 김수영의 시는 구성 요소들의 이항 대립, 혹은 양극을 상호 '교차'하고 '충돌'하여 의미를 비약적으로 '종합'하거나 정서를 '집중'하는 '교차 융합적 대구'를 형성하므로, 구성 요소들이 양극의 '대립'을 '교차'하고 '융합'하면서 비약적으로 '종합'하는 '변증법적 구도'를 가진다. 따라서 김수영 시의 '변주'의 언술 구조가 가지는 핵심적인 구조화 원리를 '이원성의 종합'이라고 간주할 수 있다.

　김수영은 시적 생애 전체를 통해 순수시와 참여시, 모더니즘 시와 리얼리즘 시, 시의 예술성과 시의 현실성을 변증법적으로 종합하려 했는데, 시적 주제의 측면에서 이러한 종합이 순수와 참여, 첨단과 정지, 해탈과 풍자, 탈주체와 주체 사이의 간극을 자신의 몸(시)으로 메우려는 노력으로 나타난다면, 시적 언술의 측면에서는 '반복'과 '변주'의 언술 구조를 중심으로 형상화되고, 그 중에서도 특히 '교차 융합적 대구'의 방식으로 가장 선명히 형상화된다고 볼 수 있다. 이러한 차원에서 김수영 시의 '교차 융합적 대구'는 반복의 언술 구조로서 '단어의 회기', '구·절의 회기', '문장의 회기'뿐만 아니라 변주의 언술 구조로서 '병렬-대비적 대구', '연쇄-점층적 대구', '왕복-점층적 대구' 등을 수렴하고 종합하면서 언술 구조의 중핵을 차지하고, '이원성의 종합'이라는 구조화 원리를 형성한다고 평가할 수 있다. 결국 김수영 시에 나타나는 '반복'과 '변주'의 언술 구조는 '교차 융합적 대구'의 구조화 원리인 '이원성의 종합'이 중핵을 이루고, '대비적 대구', '연쇄적 대구', '왕복적 대구', '귀결적 대구', '병렬적 대구', '점층적 대구' 등의 다양한 언술 구조 및 구조화 원리가 그 주위를 회전한다고 평가할 수 있다. 이처럼 방사상(放射狀)으로 결부된 '언술 구조'와 '구조화 원리'들의 다양한 계열선들 위에서 프로이트적 압축과 전위, 라캉적 은유와 환유, 들뢰즈적 위장과 전치, 리트로넬로, 정신적 반복 등이 '개념적 특이점'들을 형성한다.

제3장

전봉건

병렬적 · 연쇄적 · 점층적 변주와 등가성 · 인접성의 변용

1. 머리말

전봉건(全鳳健, 1928~1988)은 1950년『문예』지에 서정주와 김영랑의
추천을 받아「원(願)」,「4월」,「축도(祝禱)」등을 발표하면서 등단했으며,
1957년 김종삼 · 김광림 등과 함께 3인 공동 시집『전쟁과 음악과 희망
과』를 발간하면서 본격적인 활동을 시작했다. 이후 시집『사랑을 위한
되풀이』(1959),『춘향연가』(1967),『속의 바다』(1970),『피리』(1979),『북의
고향』(1982),『돌』(1984) 등을 출간했고, 시 선집『꿈속의 뼈』(1980),『새들
에게』(1983),『전봉건 시선』(1985),『트럼펫 천사』(1986) 등을 출간했다.
1962년부터 '현대시동인'으로 활동했고, 1969년 시 전문지『현대시학』을
창간하여 편집자로서도 한국 현대시의 발전에 기여했다.

전후 모더니즘을 대표하는 전봉건의 시에 대한 선행 연구는 크게 내용적·주제적 연구, 형식적·기법적 연구, 학위논문 등으로 구분할 수 있다. 내용적·주제적 연구[1]는 주로 전후 시의 실존성, 전쟁 체험과 고향 상실의 모티프, 재생의 의지, 생명 인식 등을 탐구했고, 형식적·기법적 연구[2]는 주로 관능 및 에로스의 언어, 신체 훼손 이미지, 환상성, 물·불·공기·흙 등의 물질적 상상력, 감각적 리리시즘과 모더니즘적 기법의 혼용 등을 탐구했으며, 학위논문[3]은 주로 시적 화자의 측면, 실향 의식, 역동적 상상력, 에로티시즘, 은유와 환유의 수사법 등을 비롯하여 다양한 특성들을 탐구했다. 그리고 선행 연구들은 전봉건 시에 대한 전체적 평가로서, 전쟁의 폐허 속에서 관능과 에로스의 언어로 재생의 의지

1　김현, 「전봉건을 찾아서」, 『시인을 찾아서』, 민음사, 1975; 이경수, 「없음을 통한 있음의 시세계」, 『피리』, 문학예술사, 1979; 조정권, 「하프를 잃어버린 올페우스」, 『트럼펫 천사』, 어문각, 1986; 김훈, 「전후 시의 한 모델」, 『한국현대시 연구』, 민음사, 1989; 최동호, 「실존하는 삶의 역사성」, 『평정의 시학을 위하여』, 민음사, 1991; 송기한, 「시간성의 추방과 재생의지」, 『한국 전후 시와 시간의식』, 태학사, 1996; 서동인, 「전봉건 시의 생명 인식 연구」, 『비교어문연구』 제21호, 비교어문학회, 2006; 박슬기, 「춘향의 사랑, 향유의 노래―전봉건의 『춘향연가』 연구」, 『한국현대문학연구』 제24집, 한국현대문학회, 2008.
2　김현, 「전봉건에 대한 두 개의 글」, 『책 읽기의 괴로움』, 민음사, 1984; 이광호, 「폐허의 세계와 관능의 형식」, 송하춘·이남호 편, 『1950년대의 시인들』, 나남, 1994; 오채운, 「전봉건 시의 신체 훼손 이미지 연구」, 『한국언어문화』 제23집, 한국언어문화학회, 2003; 오세영, 「장시의 개념과 가능성」, 『20세기 한국시이론』, 월인, 2005; 김윤정, 「전봉건 시의 환상성 연구」, 『한국문학이론과 비평』 제26집, 한국문학이론과비평학회, 2005; 남진우, 「에로스의 시학」, 『전봉건 시전집』, 문학동네, 2008; 이연승, 「전봉건 시집 『춘향연가』에 나타난 은유 구조 연구」, 『한국시학연구』 제27집, 한국시학회, 2010.
3　강경희, 「전봉건 시 연구」, 숭실대 석사논문, 1994; 류경동, 「전봉건 시 연구―상승 이미지를 중심으로」, 고려대 석사논문, 1995; 박주현, 「전봉건 시의 역동적 상상력 연구」, 서울대 석사논문, 1997; 이성모, 「전봉건 시 연구」, 경남대 박사논문, 1999; 전미정, 「한국 현대시의 에로티시즘 연구―서정주, 오장환, 송욱, 전봉건을 중심으로」, 서강대 박사논문, 1999; 이현희, 「전봉건 시 연구―시적 화자와 상흔(trauma)의 변이과정」, 서강대 석사논문, 2001; 정수연, 「전봉건 시 연구―전쟁 체험과 관능성을 중심으로」, 고려대 석사논문, 2004; 김성조, 「전봉건 시 연구―실향의식을 중심으로」, 한양대 석사논문, 2005; 홍승희, 「전봉건 시 연구―환유와 은유를 통한 시적 주체의 세계 인식」, 서강대 석사논문, 2008.

를 노래한 전기 시에서 개인적 상처와 시대적 어둠을 견인주의적 시 정신으로 돌파하는 후기 시로 변모했다는 관점에 동의해 왔다. 이처럼 전봉건의 시 세계는 지속적인 연구의 대상이 되어 왔는데, 2008년에『전봉건 시전집』[4]을 간행함으로써 보다 심층적인 연구의 토대를 마련했다.

이 글은 선행 연구의 성과들을 토대로 전봉건 시에 나타나는 '반복'과 '변주'의 '언술 구조'를 '미적 효과와 기능' 면에서 세밀히 분석하여 '구조화 원리'를 고찰하고, 이것이 핵심적 이미지들 간의 '변용'의 형상화 방식과 어떤 연관성을 갖는지 해명하고자 한다. 이를 위해 이 글은 텍스트 언어학에서 표층 텍스트의 '결속 구조'에 해당하는 기법들을 참고하여 전봉건 시의 '반복'을 분석하고, 표층 텍스트의 '결속 구조'가 기저 텍스트 세계의 '결속성'으로 연결되는 관점들을 참고하여 전봉건 시의 '변주'를 분석한다. 그리고 그 연장선에서 이미지들 간의 상호 침투와 변신을 추구하는 전봉건 시의 '변용'을 분석한다.

저자는『전쟁과 음악과 희망과』를 중심으로 김종삼·김광림·전봉건 시의 음악성과 시 의식을 고찰하여 그 '연대성'과 '상관성'을 살펴본 바 있다. '음악'은 세 시인에게 공통적으로 전쟁의 폐허와 상실을 견디고 이겨내는 중요한 시적 방법론으로 작용하는데, 전봉건의 경우 '생명의 음악'은 유동성과 순환성의 원리를 체현하는 에로스의 노래이며, 이 '순환'의 움직임은 인간과 자연과 우주가 하나의 생명 공동체라는 일종의 '범신론'적 사유 속에서 박진감 있는 시적 율동으로 구현된다.[5] 이를 토대로

---

4   전봉건, 남진우 편,『전봉건 시전집』, 문학동네, 2008.
5   졸고,「전후 모더니즘 시의 음악성과 시 의식」,『한국시학연구』제25호, 한국시학회, 2009, 51~77쪽 참고.

이 글은 전봉건 시에 나타나는 '반복'과 '변주'의 언술 구조를 세밀히 분석하고, 이것이 핵심적 이미지들 간의 '변용'의 형상화 방식과 어떤 연관성을 갖는지 해명하고자 한다. 전봉건의 시는 첫 시집 『사랑을 위한 되풀이』(1959)에서 『피리』(1979)를 거쳐 『돌』(1984)에 이르기까지 많은 변모를 겪어 왔다. 그러나 변모의 여정 속에서 변하지 않고 지속된 시적 '구조화 원리'가 존재한다고 가정할 수 있다. 이것을 규명하는 것은 근 40년에 달하는 전봉건의 창작 활동을 아우르는, 그리고 총 6권의 시집을 관통하는 근본적인 시적 생성의 원리를 밝히는 작업을 의미한다.

이 글은 전봉건 시의 '언술 구조'를 크게 부분적 표현의 영역에서 형성되는 '반복'과 부분적 표현을 연 구성으로 연결하는 영역에서 형성되는 '변주'라는 두 층위로 나눈 후, 다시 '반복'을 '단어의 회기', '구·절의 회기', '문장의 회기' 등으로 세분하고, '변주'를 '병렬-귀결적 대구', '연쇄-순환적 대구', '연쇄-점층적 대구' 등으로 세분하여 미적 효과와 기능을 구체적으로 분석하고자 한다. 그리고 이러한 '반복'과 '변주'의 언술 구조가 어떻게 '눈 / 피', '빛(불) / 어둠', '꽃·새' 등 핵심적 이미지들 간의 '변용'의 형상화 방식과 연관하는지 살펴보려 한다. 이러한 고찰은 그동안 본격적으로 해명하지 못한 전봉건 시의 '반복'과 '변주'의 언술 구조를 유형별로 세밀히 살펴보는 동시에, 핵심적 이미지들 간의 '변용'의 형상화 방식이 어떤 내면적 동력에 의해 형성되는지 규명하려는 두 가지 의도를 가진다.

2. 반복 – 단어, 구·절, 문장의 회기

전봉건 시의 가장 기본적인 언술 구조는 '반복'이다. '반복'은 동일한 단어·구·절·문장 등을 되풀이하는 것을 의미하는데, 동일한 것의 반복, 변형을 동반하는 반복, 차이를 동반하는 반복, 생략을 동반하는 반복 등 반복의 형태에 따라 여러 하위 유형들을 포함한다. 텍스트 언어학에서 '반복'은 '회기(回起 : recurrence)'의 개념으로 사용되는데, '회기'는 텍스트에 안정성을 부여하는 통사 구조, 즉 결속 구조를 강화하는 가장 기본적인 요소이다. '결속 구조'는 단어들이 문법적인 형식과 규칙에 따라 상호 관련을 맺는 언어 체계로서, 구·절·문장 등을 조립하는 방식과 구와 절 상호 간, 문장들 상호 간의 의존 관계 등을 통해 구체화된다.[6] 이 글에서는 전봉건 시에 나타나는 '반복'을 부분적 표현의 영역에서 형성되는 '완전 회기', '부분 회기', '병행 구문', '환언', '대용형', '생략' 등의 하위 유형을 포함하는 '회기' 기법을 중심으로 분석한다.

전봉건의 시에는 부분적 표현의 영역에서 형성되는 '반복'의 경우로서

---

[6] '회기(回起 : recurrence)'는 구성 요소나 패턴을 단순히 반복하는 것이고, '부분 회기(partial recurrence)'는 이미 사용한 구성 요소들을 다른 품사나 부류(예를 들어, 명사에서 동사로)로 전환해서 사용하는 것을 말한다. '병행 구문(並行句文, parallelism)'은 동일한 표층 구조를 반복하되 그 구조에 새로운 구성 요소를 넣어 사용하는 것이고, '환언(換言 : paraphrase)'은 같은 내용을 반복하면서 다른 표현을 사용하는 것이다. '대용형(代用型 : pro-forms)'은 독립적인 의미 내용이 없는 짧은 어사가 의미 내용을 수반하는 어사를 대치하는 것이고, '생략(ellipsis)'은 하나의 구조와 의미 내용을 반복하되 표층 표현의 일부를 빼고 사용하는 것을 말한다. '회기'는 시적 언술에서 널리 사용하는 장치로서 완전 회기, 부분 회기, 병행 구문, 환언, 대용형, 생략 등의 하위 유형을 포함한다. 회기와 결속 구조에 대한 설명은 R. 보그랑드·W. 드레슬러, 김태옥·이현호 역, 『담화·텍스트 언어학 입문』, 양영각, 1991, 45~81쪽; 하인츠 파터, 이성만 역, 『텍스트의 구조와 이해』, 배재대 출판부, 2006, , 39~59쪽 참고.

'단어의 회기', '구·절의 회기', '문장의 회기' 등이 빈번히 등장한다. 먼저 '단어의 회기'를 살펴보자.

ⓐBISCUITS를씹는다오늘은이상하게5시30분에또피리소리다9시방향13시방향나는ⓐBISCUITS를다먹어버린다6시밝아지는적능선으로JET기가쉽게급하강한다나는잠자지않은것과ⓐBISCUITS를남겨두지않은것을후회한다6시20분대대OP에서연락병이왔다포켓속에뜯지않은ⓐBISCUITS봉지가들어있다6시23분해가떠오른다나는야전삽으로호가장자리에흙을더쌓아올린다나는한뼘만큼더깊이호밑으로가라앉는다야전삽에가득히담겨지는흙은뜯지않은ⓐBISCUITS봉지같다

— 「BISCUITS」[7] 부분

이 시는 ⓐ"BISCUITS"이라는 단어를 '회기'하는 언술 구조를 보여준다. 이 작품은 전봉건이 6·25전쟁에 참전한 경험을 형상화한 전쟁 체험 시이다. 시적 언술에 주목하면, 네 가지 특성이 눈에 띤다. 첫째, 모든 문장을 띄어 쓰지 않고 연결하여 쓴 점이다. 이것은 시인이 전쟁이라는 극한 상황에서 현실적 층위를 내면의 심리적 층위로 흡수하여 묘사하는 것과 관련한다. 특히 "오늘은이상하게", "남겨두지않은것을후회한다", "BISCUITS봉지같다" 등의 구들이 이를 잘 보여준다. 둘째, 시간을 표시하는 숫자를 기입하는 점이다. 이것은 일차적으로 시간의 순차적 흐름에 의거하여 현실적 상황 및 심리적 상황이 전개되고 있음을 알려준다. "5시30분", "6시",

---

[7] 전봉건, 앞의 책, 24쪽. 이하 전봉건 시의 인용은 이 책에 의거한다.

"6시20분", "6시23분" 등으로 표시한 숫자들은 냉정하고 급박하게 전개되는 전쟁의 현장성을 시각적으로 형상화하는 것이다. 이차적으로는 시간적 마디를 구성하여 모든 문장을 띄어 쓰지 않고 연결한 시의 형태로 인해 감소된 가독성을 높이는 역할을 담당한다. 셋째, "JET", "OP" 등 영어로 된 군대 용어를 구사하는 점이다. 이것은 전쟁의 현장성을 실감 나게 묘사하는 효과를 얻는다.

넷째, ㉠"BISCUITS"라는 명사를 5회 회기하는 점이다. 이 점에 대해 자세히 살펴보자. 이 시는 ㉠"BISCUITS"을 회기하면서 새로운 구성 요소들을 삽입하는 일종의 '병행 구문'을 구사한다. "~를씹는다", "~를다먹어버린다", "~를남겨두지않은것을후회한다", "~봉지가들어있다", "~봉지같다" 등의 변형을 통해, 긴박한 전쟁 상황 속에서 사소한 것에 집착하는 화자의 심리적 추이를 역설적으로 묘사한다. "BISCUITS"이라는 단어는 영문으로 된 시각 효과 및 음운 효과가 부서지기 쉬운 연약성을 상기시키면서 시적 주제를 부각하는 데 중요한 역할을 한다. 즉 "BISCUITS"에 집착하는 화자의 신경증적 심리를 반복적으로 제시함으로써, "JET기", "OP" 등으로 대표되는 전쟁의 냉혹한 상황 속에서 사소하고 연약한 인간의 실존을 극대화하는 것이다. 비정한 전쟁의 현실성과 "BISCUITS"처럼 부서지기 쉬운 인간의 연약한 실존을 대비함으로써, 전쟁의 비인간성을 효과적으로 형상화한다. 결국 이 네 가지 언술 특성들은 모두 전쟁의 상황과 인간의 실존을 대비시키는 방법으로 작용하는데, 이 중 "BISCUITS"이라는 단어의 '회기'가 가장 중핵을 이루는 것이다.[8]

---

8 이외에도 '단어의 회기'가 나타나는 작품으로 「한 소절」, 「축도」, 「북 6」, 「제비」, 「꿈속의 뼈」, 「JET · DDT」, 「눈 나라」, 「피리」 등을 들 수 있다.

다음으로 '구·절의 회기'를 살펴보자.

　나는 능금

　능금나무

　예쁜 가지에 달린

　작은 능금.

　아직은

　덜 자라 어리고

　철이 없지만

　시지만은 않아요.

　당신이 깨물면

　살짝 달기도 하죠.

　하지만

　하지만

㉠가을이 오기까진

　빨갛게 빨갛게 무르익는

㉠가을이 오기까진

　기다려주셔요.

　그때까진

㉡날 기다리는

①햇살이 되어주셔요.

　햇살

　햇살

햇살

뜨겁게 따뜻하게 뜨겁게

ⓛ날 기다리는

①햇살이 되어주셔요.

나는 능금

능금나무

예쁜 가지에 달린

작은 능금.

—「능금―샹송 비슷하게」 전문

이 시는 ㉠“가을이 오기까진”이라는 부사절, ⓛ“날 기다리는”이라는
관형구 등을 ①“햇살이 되어주셔요”라는 문장과 함께 ‘회기’하는 언술 구
조를 보여준다. 우선 이 시의 부제인 “샹송 비슷하게”를 주목할 수 있다.
전봉건은 자선 시에 대해 언급하면서 “나는 ‘샹송’을 써야겠다고 생각했
다. (지금도 그렇지만-) 시극(詩劇)를 쓸 수 있기 위해서는 먼저 극을 알고 그
리고 ‘샹송’을 쓸 줄 알아야겠다고 나는 생각했”[9]고 고백한 바 있다. 장
시를 시도했던 전봉건은 궁극적으로 시극을 추구했고, 이를 위해 의도
적으로 극과 샹송을 시적으로 형상화하려 했던 것이다. 실제로 「사랑을
위한 되풀이」, 『춘향연가』 등으로 대표되는 장시를 통해 전봉건은 극적
인 장치를 설정했고, 음악적 기법을 적극 활용했다. 음악적 기법으로 전
봉건이 의도한 ‘샹송’[10]이 ‘이야기체 부분’과 ‘반복 부분’으로 구성된다는

9   전봉건, 「시작 노오트 ― 고쳐 쓰기 되풀이」, 『한국 전후 문제시집』, 신구문화사, 1957,
405쪽.

사실은 이 글의 논지에 중요한 시사점을 제공한다.

인용 시는 짧은 시행을 연속하는 동시에 단어, 구, 절, 문장 등을 회기하면서 경쾌한 리듬감을 형성한다. 반복의 언술 구조에 주목하여 리듬 효과 및 의미 맥락과의 연관성을 살펴보자. 1~4행은 "능금"이라는 단어가 3회 회기하여 발랄한 리듬을 형성하는데, 이 전체 문장은 결구의 26~29행에서 다시 회기하여 수미상관을 이룬다. 시작과 마무리를 동일하게 배치하여 "샹송"의 음악적 형식을 구현하는 것이다. 11~12행은 "하지만"라는 단어, 14행에는 "빨갛게"라는 단어가 2회 연속 회기하여 의미를 강조하는 동시에 빠르고 경쾌한 리듬감을 형성한다. 20~23행에서 3회 연속 회기하는 "햇살", 24행에서 2회 회기하는 "뜨겁게" 등의 단어도 마찬가지이다. "능금", "하지만", "빨갛게", "햇살", "뜨겁게" 등의 단어가 연속적으로 회기하는 것과는 달리, 13행의 ⊙"가을이 오기까진"이라는 부사절은 한 행을 건너 15행에서 회기한다. 그리고 18행의 ⓛ"날 기다리는"이라는 관형구 및 19행의 ⓒ"햇살이 되어주셔요"라는 문장은 다섯 행을 건너 24~25행에서 회기한다. 이러한 차별적인 회기의 언술 방식은 음악적 속도를 조절하는 장치라고 볼 수 있다. 왜냐하면 단어의 연속 반복이 '아주 빠르게' 즉 프레스토(presto)에 해당한다면, 한 행을 건너뛰는 절의 반복은 '약간 빠르게' 즉 알레그로(allegro)에 해당하고, 다섯 행을 건너뛰는 구 및 문장의 반복은 '보통 빠르기' 즉 모데라토(moderato)에 해당하기 때문이다.

---

10 '샹송(chanson)'은 프랑스 대중들 사이에서 널리 불리는 가요로서, 가사의 내용이 중요시되며 쿠플레(couplet)라는 이야기체 부분과 르프랭(reprain)이라는 반복 부분으로 되어 있다. 국립국어원, 표준국어대사전 참고.

이러한 리듬 효과는 의미 맥락과도 연관한다. 이 시의 시상 전개는 11∼12행의 "하지만"을 기준으로 전반부(1∼10행)와 후반부(13∼29행)로 구분할 수 있다. 전반부는 능금이 덜 자라 철이 없지만 당신이 깨물면 살짝 달다는 내용이고, 후반부는 무르익는 가을이 오기까지 기다리면서 햇살이 되어달라는 내용이다. "능금"이라는 중심 대상에 대해 전반부와 후반부는 "예쁜"이라는 속성을 공유하지만, "살짝 달"다는 속성과 "빨갛게 무르익는"다는 속성 사이에는 간격이 있다. 이를 이어주는 것은 ㉠"가을이 오기까진", ㉡"날 기다리는", ㉢"햇살이 되어주셔요" 등의 표현이다. 즉 이 시에서 회기하는 표현들을 중심으로 내용을 정리하면, "능금"은 "하지만"을 기준으로 전반부의 "살짝 달"다는 상태에서 후반부의 "빨갛게 무르익는" 상태로 전이하기 위해 "기다리는 / 햇살"이 필요하다. 여기서 "빨갛게", "햇살", "뜨겁게" 등은 '의미화 연쇄' 속에서 '기표의 대체'를 통해 '에로스적 충동'이라는 '의미 효과'를 낳으므로 프로이트적 압축, 라캉적 은유, 들뢰즈적 위장 등의 개념과 연관할 수 있다. 한편 "하지만", "가을이 오기까진", "기다리는" 등은 시간의 지연을 통해 '생략'과 '결여'와 '욕망의 이동' 등을 암시하므로 프로이트적 전위, 라캉적 환유, 들뢰즈적 전치 등의 개념과 연관할 수 있다. 따라서 압축과 전위, 은유와 환유, 위장과 전치 등이 교차하는 일련의 이미지들은 '에로스'와 '기억'의 종합으로서 시간을 '순수 과거'로 구성하고 '잠재적 대상들'과 관계하며 '쾌락 원칙'의 '근거'로 기능하는 들뢰즈의 시간의 두 번째 종합과도 연관할 수 있을 것이다. '위장'과 '전치'라는 차이의 메커니즘을 가지는 이 시간의 두 번째 종합에서, 무의식의 욕망은 부정, 대립, 갈등 등의 힘 이전에 '물음'을 던지고 '문제'를 제기하는 탐색의 힘으로 나타난다. 이처럼 전봉건은 단어, 구, 절, 문장 등을 회기하면서 리듬의 효과를 조율하는 동시에 의미 맥락을 형성하는 방식으로 시적 구조화 원리를 실현하는 것이다.[11]

다음으로 '문장의 회기'를 살펴보자.

> 아무래도 요즈음은 마카로니 웨스턴에 이상하게 끌린다 ①<u>악의들은 봄에도 죽는다</u> 아지랑이가 물씬거리는데 물씬 피를 뿜으며 큰 대(大)자로 나가 떨어지는 것이다 ①<u>악의들은 봄에도 죽는다</u> 음탕스럽게 질척거리는 흙탕에 시커먼 턱수염을 처박는 것이다 ①<u>악의들은 봄에도 죽는다</u> 죽었던 가지에 꽃 핀 나무 그 등걸에 기대어 휘청거리다가 왈칵 피 쏟으며 턱무릎을 떨구는 것이다 ①<u>악의들은 봄에도 죽는다</u> 뾰죽한 성당 꼭대기의 하늘 거기에 든 메리의 허벅지 같은 구름을 잡는 것이다 아니 보지 못하는 열 개의 손가락을 뒤틀면서 강물에 젖은 메리의 허벅지를 잡는 것이다 그 악의들이 나같은 것이다 아니 아무래도 내가 봄에도 죽는 그 악의들 같은 것이다
>
> ─「또다시 마카로니 웨스턴」 전문

이 시는 ①"악의들은 봄에도 죽는다"라는 문장을 '회기'하는 언술 구조를 보여준다. 선행 연구들은 '마카로니 웨스턴'[12] 연작시가 시대 현실의 황폐감을 비정하고 냉혹하게 묘파한다고 평가하기도 하고,[13] 그 죽음과 어둠을 시대 상황의 알레고리가 아니라 현실과 언어의 치열한 대결에 임

---

11 이외에도 '구·절의 회기'가 나타나는 작품으로 「아라베스크」, 「사랑을 위한 되풀이」, 「장미의 의미」, 「아주 작디작은」, 「돌의 손으로 우리 손으로」, 「잠들고」, 「죽음」 등을 들 수 있다.

12 이탈리아산 총잡이 영화인 '마카로니 웨스턴'은 미국의 서부극을 모방한 것으로 비정함과 잔혹성을 특징으로 한다. 국립국어원, 표준국어대사전 참고.

13 김현, 「전봉건에 대한 두 개의 글」, 앞의 책, 31쪽; 최동호, 앞의 글, 132쪽.

하는 시인의 자의식을 드러낸 것으로 평가하기도 한다.[14] 두 견해를 존중하면서 좀 더 구체적으로 살펴보면, 시적 화자가 예수와 비슷하기도 하고 딴판이기도 한 주인공 "그"(「마카로니 웨스턴」)와 악당으로 등장하는 "악의들"(「또다시 마카로니 웨스턴」) 사이를 왕래하면서 대립과 동일시라는 이중의 관계망을 형성하므로, 죽음과 어둠은 냉혹한 시대 현실에 대한 알레고리인 동시에 시인 자신이 창작 행위에서 요청하는 엄정한 시 정신을 상징한다고 볼 수 있을 것이다. 인용 시는 이러한 해석을 뒷받침하는 근거를 제공한다. "아무래도 요즈음은 마카로니 웨스턴에 이상하게 끌린다"라는 화자의 고백은 시인 자신의 목소리를 담고 있는 듯하다. 이런 심리의 근거로 제시하는 이후의 문장들은 악의들의 비참한 말로를 극적이고 희화화된 형태로 풍자하고 있다. 한편 후반부의 "뾰죽한 성당 꼭대기의 하늘 거기에 든 메리의 허벅지 같은 구름을 잡는 것이다"라는 문장은, 악의들이 맹목적 욕망에 휩쓸려 범죄 행위를 하는 와중에도 이상적 세계에 대한 염원을 간직하고 있음을 암시한다. 그리고 이런 이중성을 지닌 존재가 바로 화자 자신이기도 하다는 결론에 이르게 된다. 결국 '마카로니 웨스턴' 연작시는 선과 악의 대립에 기초하면서 그것을 넘어서는 동일시에 이르러, 죽음과 어둠으로 대표되는 현실 세계에 대한 냉소적 풍자와 더불어 시인 자신의 시 의식에 대한 반성적 성찰까지 형상화하는 것이다.

이처럼 단순한 듯하지만 복잡 미묘한 시적 주제를 강화하는 것은 ① "악의들은 봄에도 죽는다"라는 문장이며, 이 문장을 한 문장 건너 한 번

---

14 이경수, 앞의 글, 11쪽; 남진우, 앞의 글, 760쪽.

씩 총 4회 '회기'하는 반복의 기법이다. "봄"은 신선하고 순결한 생명력이 약동하는 계절인데, 이 계절에도 "악의들"이 죽는다는 말은 '봄 / 악'의 대립을 파생시킨다. 이 대립은 '아지랑이 / 피'로, 다시 '꽃 핀 나무 / 피'로 변형하며 전개하면서 '대비적 구도'를 형성한다. '대비'의 언술 구조는 구성 요소들의 '차이'를 밝히기 위해 서로 맞대어 '비교'하는 속성을 가지므로, 의미를 '상충'하거나 정서를 '긴장'시키는 미적 효과와 기능을 가진다. 여기서 "봄", "아지랑이", "꽃 핀 나무", "성당", "하늘", "구름" 등의 이미지들과 "악의들", "죽는다", "피", "흙탕" 등의 이미지들은 각각 '의미화 연쇄' 속에서 '기표의 대체'로 이루어지는 '의미 효과'로서 프로이트적 압축, 라캉적 은유, 들뢰즈적 위장 등의 개념과 연관할 수 있다. 그리고 이 두 계열선이 상충하면서 형성하는 '대비적 구도'는 '삶 충동(eros)'과 '죽음 충동(thanatos)'의 대립으로 나타나므로, 들뢰즈가 말한 시간의 두 번째 종합과 세 번째 종합의 충돌과도 연관할 수 있을 것이다. 시간의 두 번째 종합은 '에로스'와 '기억'의 종합으로서 시간을 '순수 과거'로 구성하고 '잠재적 대상들'과 관계하며 '쾌락 원칙'의 '근거'로 기능하는 반면, 시간의 세 번째 종합은 '나르키소스적 자아'와 '죽음 충동'의 종합으로서 시간을 '영원회귀'의 '미래'로 이끌면서 무-바탕을 형성하기 때문이다. 여기서 ①"악의들은 봄에도 죽는다"라는 문장의 회기는 일차적으로 주제를 압축적으로 제시하고, 이차적으로 회기에 의한 반복적 리듬을 형성하면서, 삼차적으로는 변형과 전이의 흐름을 고정하는 일종의 중심축의 역할을 담당한다. 이것은 비정하고 냉혹한 인간 및 사회의 변함없는 현실성을 강조하면서, "악의들"과 동일시한 화자 자신에 대한 엄정한 성찰을 시도하는 것이기도 하다.[15]

3. 변주-병렬-귀결적, 연쇄-순환적, 연쇄-점층적 대구

'변주'는 시상 전개에 따르는 연 구성의 영역에서 '차이를 동반하는 반복'이라고 정의할 수 있다. 변주의 방식은 다양하지만, 전봉건의 시에서 가장 대표적인 변주의 방식은 '대구(對句 : antithesis)'라고 볼 수 있다. '대구'는 비슷한 어조나 어세를 가진 것으로 짝 지은 둘 이상의 글귀를 구사하는 방식을 의미하는데, 한시를 비롯한 시적 언술에 많이 활용된다. '대구'의 기법은 '병행 구문'의 기법과 유사한 원리를 가지고 연 구성의 영역에서 구사되는 경향이 있으므로, 이 글에서는 '대구'를 부분적 표현의 영역인 '병행 구문'을 연 구성의 영역으로 확장하는 개념으로 사용한다. '병행 구문(竝行句文 : parallelism)'은 각 단위별로 동일한 표층 구조를 반복하되 그 구조에 새로운 구성 요소를 넣는 방식을 의미하는데, '회기'와 더불어 텍스트에 안정성을 부여하는 통사 구조, 즉 결속 구조를 강화하는 특성을 가진다.[16] '대구'는 동일한 표층 구조를 '반복'한다는 점에서 '회기'와 유사하지만, 새로운 구성 요소를 삽입한다는 점에서 '변주'의 방식이 개입된다. 이때 '변주'의 방식으로 삽입하는 새로운 요소들은 '병렬', '대비', '대칭', '연쇄', '점층', '순환', '전환', '왕복', '확장', '귀결' 등 다양한 유형

---

15 이외에도 '문장의 회기'가 나타나는 작품으로 「불」, 「유방」, 「북 7」, 「말 3」, 「말 4」, 「동물원」, 「강물이 흐르는 너의 곁에서」, 「전부 동화 같은」, 「마카로니 웨스턴」, 「다시 마술」 등을 들 수 있다.

16 텍스트 언어학에서 '병행 구문'은 '결속 구조'를 강화하는 특성을 갖는데, 이 글은 부분적 표현의 영역인 '병행 구문'을 시상 전개에 따르는 연 구성의 영역으로 확장하는 '대구(對句)'의 기법을 통해 '결속성'의 차원을 분석한다. 따라서 이 글은 '병행 구문'과 '대구'를 매개로 표층 텍스트의 '결속 구조'에 대한 구문론적 연구를 기저 텍스트 세계의 '결속성'에 대한 의미론적 연구로 연결시켜, '의의'의 '연속성', '활성화', '연결 관계의 강도' 등의 관점들을 고려하면서 분석하고자 한다. 병행 구문과 결속 구조에 대한 설명은 R. 보그랑드・W. 드레슬러, 앞의 책, 45~81쪽; 하인츠 파터, 앞의 책, 39~59쪽 참고.

이 나타날 수 있다. 따라서 우리는 대구의 유형을 다양하게 설정할 수 있을 것이다.

전봉건의 시는 '변주'의 방식으로서 '대구'의 '단일 유형'보다 유형을 복수적으로 결합하여 복합적 구도를 형성하는 '복합 유형'이 주로 나타난다. 개별 시의 고유한 특성에 따라 '대구'의 유형이 복수적으로 결합하는 다양한 조합들이 생겨나는 것이다. 따라서 부분적 표현을 연 구성으로 연결하는 영역에서 나타나는 '변주'로서 '대구', '대구'의 유형으로서 '복합 유형'의 양상 등을 종합적으로 검토할 때, 전봉건 시의 '변주'의 언술 구조가 가지는 미적 효과와 기능 및 구조화 원리를 세밀히 고찰할 수 있을 것이다.

전봉건의 시에는 부분적 표현을 연 구성의 영역으로 연결하는 영역에서 형성되는 '변주'의 '복합 유형'으로서 '병렬-귀결적 대구', '연쇄-순환적 대구', '연쇄-점층적 대구' 등이 빈번히 등장한다. 먼저 '병렬-귀결적 대구'를 살펴보자.

　㉠작은 지붕 위에 내리는 것은 눈이고
　㉠작은 창틀 속에 내리는 것은 눈이고
　㉠작은 장독대에 내리는 것도 눈이고
　　눈 눈 눈 하얀 눈
　㉡눈은 작은 나뭇가지에도 내리고
　㉡눈은 작은 오솔길에도 내리고
　㉡눈은 작은 징검다리에도 내리고
　　새해 새날의 눈은

하늘 ⓒ가득히 내리고

세상 ⓒ가득히 내리고

나는 뭔가 ②할 말이 있을 것만 같고

어디론가 가야 ②할 곳이 있을 것만 같고

한 사람 만②날 사람이 있을 것만 같고

장갑을 벗고 꼭꼭 마주 잡아야 하②는

그 손이 있을 것만 같고

—「작은 지붕 위에」 전문

　이 시는 1~3행, 5~7행, 9~10행, 11~15행 등에서 각각 '병행 구문'을 구사하면서 '병렬-귀결적 대구'를 형성하는 언술 구조를 보여준다. 1~3행에서 ㉠"작은 ～에 내리는 것은(도) 눈이고", 5~7행에서 ㉡"눈은 작은 ～에도 내리고", 9~10행에서 ㉢"가득히 내리고", 11~15행에서 ㉣"ㄹ (ㄴ) ～이 있을 것만 같고" 등의 구절을 표층 구조로 회기한다. 그리고 이 표층 구조를 근간으로 각각 "지붕 위"－"창틀 속"－"장독대", "나뭇가지"－"오솔길"－"징검다리", "하늘"－"세상", "할말"－"가야 할 곳"－"만날 사람"－"잡아야 하는 그 손" 등을 새로운 구성 요소로 삽입한다. 여기서 표층 구조들은 '통합성'에 근거하고, 새로운 구성 요소들은 '암시에 의한 대체'에 근거하는 이미지들인데, 네 개의 병행 구문은 이 둘을 결합하면서 '병렬'하는 언술 구조를 보여준다. 그리고 연 구성의 차원에서 시상 전개의 단위들을 살펴보면, 1~3행, 5~7행, 9~10행 등에서 대등한 시상을 '병렬'하다가 11~15행으로 '귀결'하는 언술 구조를 보여준다. 따라서 이 시는 '병렬적 대구'를 '귀결적 대구'로 연결하는 언술 구조를 형성한다.

'병렬'의 언술 구조는 다른 대상들을 차례로 '나열'하여 '병치'하거나 '첨가'하여 '연대'하는 속성을 가지므로, 의미를 '확대'하거나 정서를 '확산'하는 미적 효과와 기능을 가진다. 따라서 '병렬적 대구'는 구성 요소들이 '수평적 나열'을 통해 독립성을 유지한 채 '상호 병존'하거나 '수평적 첨가'를 통해 '상호 연대'하면서 '등가적 구도'를 형성한다. 한편 '귀결'의 언술 구조는 구성 요소들을 어떤 결말이나 결과에 도달하게 하는 속성을 가지므로, 의미를 '수렴'하거나 정서를 '집약'하는 미적 효과와 기능을 가진다. 따라서 '귀결적 대구'는 구성 요소들이 '인과적 수렴'을 통해 하나의 가치로 '종합'되는 '귀납적 구도'를 형성한다. 인용 시는 시상 전개의 단위들 중 1~3행, 5~7행, 9~10행 등에서 대등한 시상을 차례로 '첨가'하고 '연대'하여 의미를 '확대'하면서 정서를 '확산'하는 '병렬적 대구'를 형성하므로, 구성 요소들이 '수평적 나열'을 통해 독립성을 유지한 채 상호 '연대'하면서 '등가성의 연대'라는 구조화 원리를 가진다고 볼 수 있다. 11~15행은 이러한 구도를 시상을 '수렴'하고 정서를 '집약'하는 '인과적 수렴'을 통해 하나의 가치로 '종합'하면서 '귀납적 구도'를 가지는 '귀결적 대구'와 연결함으로써, '등가성의 귀결'이라는 구조화 원리를 형성한다고 볼 수 있다. 한편 1~3행, 5~7행, 9~10행, 11~15행 등에 나타나는 '병행 구문'들은 '통합성'과 '암시에 의한 대체'를 결합하므로, 프로이트적 압축과 전위, 라캉적 은유와 환유, 들뢰즈적 위장과 전치 등의 상호 교차와 연관할 수 있다. 한 가지 덧붙일 것은, 4행의 "눈 눈 눈 하얀 눈", 8행의 "새해 새날의 눈은" 등의 구가 담당하는 역할이다. 이 두 행은 각각 "눈"과 "새"라는 음절을 회기하면서 ㉠과 ㉡, ㉡과 ㉢을 이어주는 연결 고리가 된다. 이것은 그 자체로 음절의 회기를 통해 활달한 리듬을 형성하는 동시에, 병행 구문의 정형성이 보여주는 단순성의 함정을 피하기 위해 변화를 주는 기능까지 담당한다. 이처럼 전봉건의 시는 거의 모든 영역에서 치밀한 미학적 효과를 노리고 '반복'과 '변주'의 언술 방식을 구사하는 것이다.[17]

다음으로 '연쇄-순환적 대구'를 살펴보자.

> ①장미를 하얀빛이게 하는 것이 무엇인가
>
> 나를 바다로 가②게 하는 것이 무엇인가
>
> ①장미를 빨간빛이게 하는 것이 무엇인가
>
> 바다를 무수히 현란한 칼날이②게 하는 것이 무엇인가
>
> ①장미를 노란빛이게 하는 것이 무엇인가
>
> 내가 바다 칼날에 맞아 피 뿜②게 하는 것이 무엇인가
>
> ①장미를 검은빛이게 하는 것이 무엇인가
>
> 피 뿜으며 바다 속 어두운 주검의 자리 거기 떠 있는 내 전부에 아직도 무수한 현란의 칼날을 내리②게 하는 것이 무엇인가
>
> ①장미를 노란빛이게 하는 것이 무엇인가
>
> 내가 죽어서 더욱 진한 바다 속 어두운 주검의 자리 비로소 그 주검의 목젖을 찢고 진주 하나를 생기②게 하는 것이 무엇인가
>
> 그때 ①장미를 빨간빛이게 하는 것이 무엇인가
>
> 그때 바다를 하늘의 목젖 가르며 솟아오르는 수없이 현란한 칼날이②게 하는 것이 무엇인가

---

17 이외에도 '병렬적 대구'를 포함하는 작품으로 「춤」, 「너」, 「손」, 「북 2」, 「북 3」, 「말 1」, 「말 2」, 「마지막 마카로니 웨스턴」, 「돌밭에 오면」 등을 들 수 있다.

①장미를 하얗빛이게 하는 것이 무엇인가

　나를 또다시 바다로 가②게 하는 것이 무엇인가

—「태양」 전문

　이 시는 두 행이 한 단위가 되어 각각 '병행 구문'을 구사하면서 '연쇄-순환적 대구'를 형성하는 언술 구조를 보여준다. 각 단위의 1행은 ①"장미를 ～빛이게 하는 것이 무엇인가"라는 문장을, 2행은 ②"～게 하는 것이 무엇인가"라는 문장을 표층 구조로 회기하면서 '병행 구문'을 형성한다. 각 단위별로 1행은 1행끼리, 2행은 2행끼리 연속성을 가지고 전개한다. 이때 연속하는 1행이 "～빛"의 변주를 통해 정형성을 지니는 반면, 연속하는 2행은 보다 자유로운 구문 및 문장을 구사한다. 따라서 이 시는 동일한 표층 구조의 회기 속에서 차별성을 가진 두 계열선의 전개가 핵심적인 언술 구조를 형성하고 있다. 각 단위별 1행에 새롭게 삽입하는 구성 요소들은 장미의 빛깔이 '하얀 → 빨간 → 노란 → 검은 → 노란 → 빨간 → 하얀'으로 '연쇄적 구도'로 전개하면서 일종의 '순환적 구도'로 연결한다. 이 색채의 전개는 각 단위별 2행의 전개와 밀접히 연관하고 있다. 각 단위별 1행의 연쇄적·순환적 전개는 각 단위별 2행의 '내가 바다로 감 → 바다의 칼날 → 칼날에 의한 피와 주검 → 주검에서 진주가 생김 → 바다의 칼날 → 내가 다시 바다로 감'이라는 연쇄적·순환적 전개와 결부하는 것이다. 1～4단위의 전개는 화자가 바다에 가서 칼날에 맞아 피를 뿜으며 죽는 과정을 묘사하지만, 5단위 이후의 전개는 죽음에서 재생에 이르는 순환의 과정이다. 따라서 이 시는 '연쇄적 대구'를 '순환적 대구'로 연결하는 변주의 '복합 유형'을 형성한다.

'연쇄'의 언술 구조는 기본적으로 '병렬'의 언술 구조를 근간으로 '나열'이나 '첨가'의 속성을 가지지만, 구성 요소들을 '매개'를 통해 사슬처럼 서로 이어서 '통일'된 형체를 만들므로, 의미를 '접속'하거나 정서를 '누적'하는 미적 효과와 기능을 가진다. 따라서 '연쇄적 대구'는 구성 요소들이 '매개적 접속'을 통해 '단계적 전개'를 보여주면서 '인접적 구도'를 형성한다. 한편 '순환'의 언술 구조는 구성 요소들을 '주기'적으로 되풀이해 '회전'시키는 속성을 가지므로, 의미를 '영속(永續)'하거나 정서를 '주술화'하는 미적 효과와 기능을 가진다. 따라서 '순환적 대구'는 구성 요소들이 '주기적 회전'을 통해 '상호 연결'하면서 '영속적 구도'를 형성한다. 인용시는 각 단위별 1행과 2행에 새롭게 삽입되는 구성 요소들이 핵심적 이미지들을 '매개'로 '통일'된 형체를 만들면서 의미를 '접속'하고 정서를 '누적'하는 '연쇄적 대구'를 형성하므로, 구성 요소들이 '매개적 접속'을 통해 '단계적 전개'를 보여주면서 '인접성의 접속'이라는 구조화 원리를 가진다고 볼 수 있다. 이러한 구도에 각 단위별 1행과 2행에서 새롭게 삽입되는 구성 요소들이 '주기적 회전'을 통해 '상호 연결'하면서 '영속적 구도'를 가지는 '순환적 대구'를 개입하므로, '인접성의 영속'이라는 구조화 원리를 형성한다고 볼 수 있다.

　결국 이 시는 '연쇄적 대구'를 '순환적 대구'로 연결하는 언술 구조를 통해 장미의 빛깔을 변주하면서, 여기에 화자와 바다 간에 생성하는 '생명 → 죽음 → 재생'의 순환적 드라마를 결부한 작품이다. 색채의 연쇄적-순환적 전개는 생명과 죽음이 대결하고 길항하는 양상과 결부하므로, 프로이트가 말한 '삶 충동'과 '죽음 충동' 간의 긴장과 연관할 수 있다. 한편 이를 포함하여 '순환적 구도'가 가지는 영속성과 주술적 특성, 끝없는 질문의 문장 형식 등은 들뢰즈가 말한 '에로스'와 '기억'의 종합으로서 시간을 '순수 과거'로 구성하고 쾌락 원칙의 '근거'로 기능하면서 '물음'을 던지고 '문제'를 제기하는 시간의 두 번째 종합, 그리고 '나르키소스적 자아'와 '죽음 충동'의 종합으로서 시간을 '미래'의 '영원회귀'로 이끌면서 수동적 종합의 '바탕'을 이루는 시간의 세 번째 종합과도 연관할 수 있을 것이다.[18]

다음으로 '연쇄-점층적 대구'를 살펴보자.

① 아침의

여자는

빛이다.

(…중략…)

① 아침의

여자는

물이다.

(…중략…)

① 아침의

여자는

꽃이다.

---

18 이외에도 '연쇄적 대구'를 포함하는 작품으로 「여섯 개의 바다」, 「꿈과 포켓」, 「치맛자락」, 「과일주」, 「춘몽」 등을 들 수 있다.

(…중략…)

여자는 맑은 빛의 물 부어

거기 스스로 흐드러지게 피는 꽃.

② 노래다.

　세상을 빛으로 가꾸시는

③ 하느님의 손길이 노래이듯이

　빛으로 집을 가꾸는 아침의 노래.

　땅덩이를 물로 씻고 헹구시는

③ 하느님의 손길이 노래이듯이

　그 물로 하루를 시작하는 여자의 노래.

　유월 온갖 곳에 스스로 흐드러진 꽃으로 피어나시는

③'하느님의 손길이 노래이듯이

　집 가득히 스스로 흐드러지게 피어나는 꽃,

　여자는 ②노래다.

　아침의 ②노래다.

— 「아침의 여자」 전문

　이 시는 전반부(1~3연)의 '병행 구문'과 후반부(4연)의 '생략', '병행 구문', 연쇄적 '회기' 등을 복합적으로 결합하면서 점차 시상을 고조하는 '연쇄-점층적 대구'의 언술 구조를 보여준다. 전반부는 각 연의 1~3행을 '병행 구문'의 형식으로 시작하는데, ①"아침의 / 여자는 / ~이다"라는 문장을 표층 구조로 회기하고, 새로운 구성 요소로 "빛"－"물"－"꽃" 등을 삽입한다. 여기서 표층 구조들은 '통합성'에 근거하고, 새로운 구성 요소들은 '암시에 의한 대체'에 근거하는 이미지들인데, 세 개의 병행 구문은 이 둘을 결합하면서 '점층'하는 언술 구조를 보여준다. 이 언술 구조를 '병렬'이 아니라 '점층'으로 보는 이유는, 1연의 "빛"과 2연의 "물"이 결합하여 3연의 "꽃"이 생겨나기 때문이다. "여자는 맑은 빛의 물 부어 / 거기 스스로 흐드러지게 피는 꽃"이라는 문장이 이를 뒷받침한다. 그리고 연 구성의 차원에서 살펴보면, 후반부에서 여자는 전반부에 제시한 "빛", "물", "꽃" 등을 유기적으로 종합한 "노래"로서 정의된다. 따라서 이 시는 전반부의 '점층적 구도'를 후반부에서 종합하고 부연하면서 다시 '점층적 구도'로 강화하는 언술 구조를 보여준다.

후반부의 언술 구조는 세부적으로 '생략', '병행 구문', 연쇄적 '회기' 등을 포함하면서 '점층적 대구'를 형성한다는 점에서 주목할 만하다. 후반부는 전반부의 '병행 구문' ①이 가진 표층 구조 중 "아침의 / 여자는"을 '생략'하고 ②"노래다"만을 제시하는 압축성을 보여준다. 그리고 '병행 구문'으로서 ③"하느님의 손길이 노래이듯이 / ~으로 ~을(를) ~는 ~의 노래"라는 절을 표층 구조로 회기하고, "빛"－"집"－"가꾸"－"아침", "물"－"하루"－"시작하"－"여자" 등을 새로운 구성 요소로 삽입하는데, ③'에서는 "하느님의 손길이 노래이듯이"라는 표층 구조만 회기하고 이하를 '생략'하는 변형을 시도한다. 이러한 '생략'과 '병행 구문'은 전반부에 제시한 "빛", "물", "꽃" 등의 이미지를 활용하는 '연쇄적 대구'와 결부한다. "빛", "물", "꽃" 등은 "세상"을 "가꾸"고, "땅덩이"를 "씻고 헹구"며, "유월 온갖 곳"에 "피어나"는 공통점을 가지고 "하느님의 손길"－"노래"와 "여자"－"노래"를 매개하는 연결 고리가 되기 때문이다. 따라서 후반부는 병행 구문에 나타나는 "빛"－"물"－"꽃" 등의 이미지를 '연쇄'의 고리로 활용하여 "노래"로 종합하면서 '점층적 대구'의 언술 구조를 보여준다. 결국 이 시는 "아침의 / 여자"를 '빛+물 → 꽃 → 노래'로 변주하여 '연쇄적 대구'를 포함하면서 정신적 고도를 상승시키는 '점층적 대구'의 구조를 보여준다.

  '연쇄적 대구'는 구성 요소들이 '매개적 접속'을 통해 '단계적 전개'를 보여주면서 '인접적 구도'를 형성한다. 한편 '점층'의 언술 구조는 기본적으로 '병렬'의 언술 구조를 근간으로 '나열'이나 '첨가'의 속성을 가지면서, 때로 '대비'·'대칭'·'연쇄' 등의 언술 구조를 경유하여 '비교'·'균형'·'매개' 등의 속성을 가지지만, 구성 요소들을 점진적으로 겹쳐 가면서 강하게 하거나, 크게 하거나, 높게 하여 절정에 이르게 하므로, 의미를 '강조'하거나 정서를 '강화'하는 미적 효과와 기능을 가진다. 따라서 '점층적 대구'는 구성 요소들이 '병렬적 대구'의 특성인 '등가성의 구도', '대비적 대구'의 특성인 '이원적 구도', '대칭적 대구'의 특성인 '양가적 구도', '연쇄적 대구'의 특성인 '인접적 구도' 등을 토대로 점차 단계적으로 '고양'하면서 '상승적 구도'를 형성한다. 인용 시는 후반부의 '생략'과 '병행 구문'이 전반부에 제시한 "빛", "물", "꽃" 등의 이미지들을 '매개'로 '통일'된 형체를 만들면서 의미를 '접속'하고 정서를 '누적'하는 '연쇄적 대구'를 형성하므로, 구성 요소들이 '매개적 접속'을 통해 '단계적 전개'를 보여주면서 '인접성의 접속'이라는 구조화 원리를 가진다고 볼 수 있다. 이러한 구도에 "아침의 / 여자"를 '빛+물 → 꽃 → 노래'로 변주하여 정신적 고도를 점차 '고양'하면서 '상승적 구도'를 가지는 '점층적 대구'가 개입하므로, '인접성의 강화'라는 구조화 원리를 형성한다고 볼 수 있다. 이 시는 우선 전반부와 후반부에 나타나는 '병행 구문'에서 표층 구조의 '통합성'과 새로운 구성 요소들의 '암시에 대한 대체'를 결합하므로, 프로이트적 압축과 전위, 라캉적 은유와 환유, 들뢰즈적 위장과 전치 등의 상호 교차와 연관할 수 있다. 그리고 "빛", "물", "꽃", "노래" 등 일련의 이미지들은 에로스적 특성을 가지므로, 들뢰즈가 말한 '에로스'와 '기억'의 종합으로서 시간을 '순수 과거'로 구성하고 쾌락 원칙의 '근거'로 기능하면서 '물음'을 던지고 '문제'를 제기하는 시간의 두 번째 종합과 연관할 수 있을 것이다.[19]

4. 변용 ─ 눈 / 피, 빛(불) / 어둠, 꽃 · 새

이 절에서는 지금까지 살펴본 전봉건 시의 '반복'과 '변주'의 언술 구조가 핵심적 이미지들 간의 '변용'의 형상화 방식과 어떻게 연관하는지 살펴보려 한다. 전봉건 시의 다양한 이미지들 가운데 핵심적 이미지는 '눈 / 피', '빛(불) / 어둠', '꽃 · 새' 등으로 수렴할 수 있다.[20] '눈'과 '피', '빛(불)'과 '어둠' 등은 각각 상호 대립되는 이미지이지만, '언어의 연금술'을 통해 융합과 변신을 거듭하여 '꽃'과 '새'를 생성한다. 「불」은 지금까지 거의 주목하지 못한 작품이지만, '반복'과 '변주'의 언술 구조와 '변용'의 형상화 방식이 가지는 내적 연관성을 이해하는 데 중요한 작품이다. 이 시는

---

19 이외에도 '점층적 대구'를 포함하는 작품으로 「원」, 「강물이 흐르는 너의 곁에서」, 「모래알에도」, 「여울물」 등을 들 수 있다.
20 제6시집 『돌』(1984) 이후에는 여기에 '돌'을 추가할 수 있다.

'변주'의 '복합 유형'으로서 '병렬-점층적 대구'의 언술 구조를 통해 '변용'의 형상화 방식을 보여준다.

　　　ⓐ동에서는 빈 언덕에

　　　　눈발을 내리시고

　　　ⓐ북에서는 빈 산허리에

　　　　눈발을 날리시고

　　　ⓐ서에서는 빈 들판에

　　　　눈발을 쏟으시고

　　　ⓐ남에서는 빈 숲속에

　　　　눈발을 부으시고

　　　　하루 종일 그렇게 하시다가

　　　　해 질 무렵에는 골고루 충분하게

　　　　잘 되었는지

　　　　둘러보시느라 잠시 자리 뜨신

　　　　하느님 자리에 내가 올라앉아

　　　　새끼손가락 물어 ⓑ피 한 방울을 떨구면

　　　　천지간에 분분한

　　　　하느님 ⓐ'눈송이에 섞여

　　　　그것도 작은 한 개의 ⓐ'눈송이 되었다가

　　　　이삼월

　　　　이른 새벽 동서남북으로 구르는

풋풋한 ⓒ꽃수레의 ⓒ꽃송이로 피어서

우리 빈 잠을 사르는

ⓡ불로 탈 테지.

— 「불」 전문

이 시는 제4시집 『피리』(1979)에 수록된 작품인데, 1970년대에 발표한
일련의 작품들을 엮은 『피리』는 특별히 주목할 필요가 있다. 왜냐하면
이 시집은 전쟁의 폐허를 관능과 에로스의 언어로 극복하려 한 1950∼
1960년대의 전기 시와, 개인적 상처와 시대적 어둠을 견인주의적 시 정
신으로 돌파하려 한 1980년대 이후의 후기 시를 이어주는 연결 고리가
되기 때문이다. 1부의 「마카로니 웨스턴」 연작시에서 2부의 「진혼가」를
거쳐 5부의 「피리」에 이르는, 이 시집의 구성은 전기 시가 후기 시로 변
모해 가는 여정에서 중요한 이정표를 제시하고 있다.[21] 여기서 이정표라
는 단어는 변모의 과정을 선명히 드러낸다는 의미뿐만 아니라, 역으로
전기 시에서 후기 시에 이르기까지 변하지 않고 지속하는 전봉건의 시적
형상화 방식 및 구조화 원리를 은연중에 노출한다는 의미도 포함한다.

이 시는 '병행 구문'의 '병렬적 대구'(전반부)가 이미지들의 '변용'(중반부
및 후반부)과 결합하면서 점차 시상을 고조하는 '점층적 대구'의 언술 구조
를 보여준다. 전반부에서 중반부를 거쳐 후반부에 도달하는 시상 전개
에는 단절과 비약이 개입하는데, 그 특성을 파악하는 것이 전봉건 시의

---

21 최동호는 1970년대의 물질적 풍요와 대비되는 정신적 삶의 황폐감을 전봉건이 정교한
시적 언어로 묘파한 점에서 『피리』에 대한 강렬한 인상을 받았다고 밝힌다. 그리고 「마
카로니 웨스턴」 연작시에서 「피리」에 이르는 시적 여정을 살벌한 삶의 현장에서 진정
한 자기 탐구의 세계로 나아간 것으로 파악한다. 최동호, 앞의 글, 131∼134쪽 참고.

형상화 방식 및 구조화 원리를 이해하는 실마리가 된다. 전반부에서 동, 북, 서, 남 등에 눈발을 내리시는 주체인 "하느님"은 인간의 능력 밖에서 자연적 섭리를 운행하는 절대적 존재이다. 여기서 "동", "북", "서", "남" 등은 "언덕", "산 허리", "들판", "숲속" 등으로 지칭한 자연 세계뿐만 아니라 인간 세계를 아우르는 온 세상을 의미하는 동시에 시간적 순차성까지 함축한다. "하루 종일 그렇게 하시다가"라는 구절은 시간적 흐름에 따른 행위의 반복성을 암시하는데, 이처럼 하느님의 행위는 '공간적 차이'와 '시간적 차이'를 동반하면서 통합하는 '반복'의 특성을 가진다. 이러한 '반복'의 특성은 전반부의 언술 구조인 '병행 구문'의 '병렬적 대구'와도 밀접히 관련한다.

전반부는 두 행을 한 단위로 구성하는 '병행 구문'을 4회 회기하면서 '병렬'하는 언술 구조를 보여준다. 각 단위별로 ㉠"~에서는 빈~에 / 눈발을 ~시고"라는 구를 표층 구조로 회기하고, "동"-"북"-"서"-"남"과, "언덕"-"산허리"-"들판"-"숲속"과, "내리"-"날리"-"쏟으"-"부으" 등을 새로운 구성 요소로 삽입하면서 변주한다. 여기서 표층 구조는 '통합성'에 근거하고, 새로운 구성 요소들은 '암시에 의한 대체'에 근거하므로, 일련의 이미지들은 프로이트적 압축과 전위, 라캉적 은유와 환유, 들뢰즈적 위장과 전치 등의 상호 교차와 연관할 수 있다. 그리고 연 구성의 차원에서 살펴보면, '병행 구문'의 '병렬적 대구'를 중반부 및 후반부에서 단어의 '변용'으로 연결하면서 점차 시상을 고조하는 '점층적 대구'로 전개한다. 우선 중반부에서 "하느님" 대신 시적 화자인 "내"가 주체로 자리 잡고 ㉡"피" 한 방울을 떨구는데, 이것이 "하느님"이 내린 ㉠"눈"송이에 섞여서 '변용'을 일으킨다. 그리고 ㉡"피"와 ㉠"눈"의 결합체는 후반부에서 ⓒ"꽃"으로 피고 다시 ⓔ"불"로 타는 과정을 밟으며 '변용'을 일으키면서 '점층적 구도'를 형성한다. 따라서 중반부 이후는 전반부의 '반복'과 '변주'의 언술 구조가 이미지들 간의 '변용'의 형상화 방식으로 전이하는 내면적 동력을 내포하고 있다. 전이의 핵심적 동인(動因)은 주체로서 "하느님" 대신에 "내"가 자리 잡는 것이다. 온 세상에 눈발을 내리시는 "하느님"의 행위는 폐허와 공허로 가득찬 지상에 치유의 은총을 내리는 양상이다. 그 자리에 올라앉아 ⓛ"피" 한 방울을 떨구는 화자의 모습은 "하느님"의 은총에 인간적 행위를 개입하지만, "하느님"의 역할을 인간이 온전히 감당하는 것은 아니다. ⓛ"피"는 "하느님 눈송이에 섞여" "작은 한 개의 눈송이"가 되기 때문이다. 요약하면, 중반부는 '반복'과 '변주'라는 자연의 섭리 및 하느님의 은총에 인간적 행위로서 시적 상상이 개입하여 '변용'의 계기를 마련하는 것이다.

이 '변용'의 핵심 이미지는 ⓛ"피"인데, 이것은 전반부의 핵심 이미지인 ㉠"눈"과 극적인 대립을 이루는 동시에 조화를 이룬다. ㉠"눈"이 인간 세계의 상처와 환멸을 치유하고 회복하는 재생의 의미를 가진다면, ⓛ"피"는 인간적 고뇌와 생명의 고통을 포함한다는 점에서 대비적 관계를 형성한다. 그런데 ㉠"눈"과 ⓛ"피"가 섞여 "작은 한 개의 눈송이"가 되는 순간 이 둘은 대립적 관계를 넘어서서 새로운 의미로 전이된다. '대비와 조화의 이중적 의미'로 요약할 수 있는 이 전이는 후반부에서 ⓒ"꽃"으로 피어나고 ⓔ"불"로 타오르는 '변용'의 형상화 방식으로 나타난다. ⓒ"꽃"은 "풋풋한 꽃수레"에 나타나듯 새로운 생명의 발현을 상징하고, "불"은 "빈 잠을 사르는"에 나타나듯 열정적 에너지의 충만을 상징한다. "눈"과 "피"의 결합이 "꽃"으로, 더 나아가 "불"로 전환되는 과정은 원초적이고 물질적인 이미지들을 혼합하여 빚는 '언어의 연금술'이라고 부를 수 있다. 이 '변용'의 내면적 동력은 전반부에서 '병행 구문'의 '병렬적 대구'가 가지는 '나열'과 '병존'의 효과를 중반부에서 단어의 '변용'으로 연결하면서 '하느님의 은총'과 '인간적 행위(상상)'를 '중첩'하고, 후반부에서 점차 시상을 고조하는 '점층적 대구'의 언술 구조로 연결하면서 얻어지는 것이다.

다음 작품은 '변주'의 '복합 유형'으로서 '병렬-연쇄-점층적 대구'의 언술 구조를 통해 '변용'의 형상화 방식을 보여준다.

　(A) ①꽃
　　　 하나 씹었더니
　　　 이빨에
　　　 피가 엉긴다.

　(B) ①새
　　　 하나 씹었더니
　　　 이빨에
　　　 살이 묻는다

　(C) ①젖
　　　 하나 씹었더니
　　　 이빨에
　　　 북이 튕긴다

(D) 튀는

②북 씹었더니

이빨에

불이 붙는다.

—「북 1」 전문

　이 시는 (A)～(C)에서 '병행 구문'의 '병렬' 및 '결합'을 형성하고, (D)에서 '연쇄'를 통해 이를 수렴하면서 점차 시상을 고조하는 '점층적 대구'의 언술 구조를 보여준다. (A)～(C)는 ①"～ / 하나 씹었더니 / 이빨에 / ～가(이) ～ㄴ다"라는 문장을 표층 구조로 회기하고, "꽃"－"새"－"젖", "피"－"살"－"북", "엉긴다"－"묻는다"－"튕긴다" 등을 각각 새로운 구성 요소로 삽입하는 '병행 구문'을 구사한다. "꽃"에서 "피"가 생기고, "새"에서 "살"이 생기는 것은 일차적으로 화자가 "이빨"로 "씹"는 인간적 행위의 결과인 듯이 보인다. 그러나 이 과정은 "꽃"과 "새"가 원초적으로 간직하는 본래적 속성인 "피"와 "살"을 찾아내는 일종의 발견술이다. 다시 말해, '꽃 → 피', '새 → 살' 등의 이미지 전환은 자연의 섭리를 발견하는 인간적 노력의 소산이라고 볼 수 있다. (A)～(B)가 '병렬적 대구'를 형성하는데 반해, (C)의 대구는 "젖"이 "꽃"과 "새"의 결합이자, "피"와 "살"의 결합이므로 (A)～(B)를 종합하는 역할을 한다. 그래서 "꽃"과 "새"의 결합인 "젖"을 "씹었더니" "이빨에" "튕"기는 "북"은, "젖"과 "북"의 의미 연관을 통해 핵심적인 주제를 형성한다. 한편 (D)는 (C)의 "북"을 매개로 '병행 구문'의 표층 구조에 변화를 줌으로써 "젖"과 "북"에 "불"의 속성을 부여한다. 이때 "북"은 (C)와 (D)를 '연쇄적 관계'로 연결하는데, 이를 통해 일련의 이미지들은 '꽃+새=젖', '피+살=북', '젖+북=불'이라는 '변용'의 관계망을 형성한다.

결국 전봉건은 (A), (B), (C), (D) 등 각 연의 '꽃 → 피', '새 → 살', '젖 → 북', '북 → 불'이라는 일차적인 이미지 '변용'에, '꽃+새=젖', '피+살=북', '젖+북=불'이라는 이차적인 이미지 '변용'을 결합하여, 각각의 이미지들이 자유자재로 상호 전환하는 '변용'의 형상화 방식을 완성하는 것이다. 이러한 이중의 '변용'을 거쳐 생성하는 "불"의 이미지는 시 의식의 최종 지향점을 보여주면서 '상승'의 효과를 얻는다. 그래서 이 시는 '병렬적 대구'에서 시작하여 '연쇄적 대구'를 거쳐 '점층적 대구'로 귀결하는 복잡한 과정을 단순한 시의 형태 속에 용해하고 있다. 여기서 '변용'의 내면적 동력은 자연의 섭리를 발견하는 인간적 상상을 토대로, (A)~(B)의 '병렬적 대구'가 보여주는 '첨가'와 '연대'의 효과가 (C)에서 '결합'과 '종합'의 효과와 만나고, 다시 (C)~ (D)에서 '연쇄적 대구'의 '매개'와 '접속'의 효과로 연결하면서 '상승'의 효과를 통해 '점층적 대구'로 귀결하는 것이다.

(A)~(C)에서 '병행 구문'의 표층 구조는 '통합성'에 근거하고, 새로운 구성 요소들은 '암시에 의한 대체'에 근거하므로, 일련의 이미지들은 프로이트적 압축과 전위, 라캉적 은유와 환유, 들뢰즈적 위장과 전치 등의 상호 교차와 연관할 수 있다. 또한 이 상호 교차가 형성하는 '꽃 → 피', '새 → 살', '젖 → 북', '북 → 불'이라는 일차적인 이미지 '변용'과, '꽃+새=젖', '피+살=북', '젖+북=불'이라는 이차적인 이미지 '변용'은 들뢰즈가 말한 시간의 두 번째 종합과도 연관할 수 있을 것이다. 시간의 두 번째 종합은 '과거'를 구성하고 '잠재적 대상'과 연관하며 '에로스'와 '기억'을 종합하면서 '쾌락 원칙'을 근거하기 때문이다. '위장'과 '전치'라는 차이의 메

커니즘을 가지는 이 종합에서 무의식의 욕망은 부정, 대립, 갈등 등의 힘 이전에 '물음'을 던지고 '문제'를 제기하는 탐색의 힘으로 나타난다. 한편 「불」에 등장하는 "피"와 동궤를 이루는 인용 시의 "피", 그리고 "씹었더니"라는 동사를 중심으로 형성하는 이미지들의 '변용'은 '반복 강박'에 의한 '죽음 충동' 및 '실재'에 진입하는 '주이상스'의 개념과 연관해서 해석할 수 있는 가능성을 가진다. 이들은 시인이 시적 언어 표현에서 얻는 역설적 만족, 다시 말해 자신의 만족에서 얻는 고통을 표현하는 것이며, '쾌락 원칙'을 돌파하여 사물과의 '주이상스'를 향하는 '죽음 충동'과 연관할 수 있기 때문이다. 그리고 그 연장선에서 시간의 텅 빈 형식으로서 '미래'로 이끌면서 무-바탕을 형성하며 '나르키소스적 자아'와 '죽음 충동'을 종합하는 '영원회귀'의 종합인 들뢰즈의 시간의 세 번째 종합과도 연관할 수 있을 것이다.

이 절에서 논의한 내용을 요약하면, '눈 / 피', '빛(불) / 어둠', '꽃·새' 등으로 대표되는 전봉건 시의 핵심적 이미지들 간의 '변용'은, '반복'과 '변주'의 언술 구조가 하느님과 인간이라는 행위 주체의 '중첩'을 통해 '응축'하고, '병렬적 대구'가 가지는 '나열'과 '병치'의 효과나 '첨가'와 '연대'의 효과가 '결합'과 '종합'의 효과와 만나고, 다시 '연쇄적 대구'의 '매개'와 '접속'의 효과로 연결하면서 '상승'의 효과와 만나서 '점층적 대구'로 귀결하는 과정에서 생기는 에너지를 통해 그 내면적 동력이 얻어진다. 바로 이 과정이 전봉건 시 특유의 생성 원리인 '변용'의 숨은 비밀인 것이다.

5. 맺음말

이 글은 전봉건 시에 나타나는 '반복'과 '변주'의 '언술 구조'를 '미적 효과와 기능' 면에서 세밀히 분석하여 '구조화 원리'를 고찰하고, 이것이 핵심적 이미지들 간의 '변용'의 형상화 방식과 어떤 연관성을 갖는지 해명하고자 했다. 전봉건의 시는 '변주'의 방식으로서 '대구'의 '단일 유형'보다 유형을 복수적으로 결합하여 복합적 구도를 형성하는 '복합 유형'이 주로 나타난다. 이 글은 전봉건 시의 '언술 구조'를 크게 부분적 표현의 영역에서 형성되는 '반복'과 부분적 표현을 연 구성으로 연결하는 영역에서 형성되는 '변주'라는 두 층위로 나눈 후, 다시 '반복'을 '단어의 회기', '구·절의 회기', '문장의 회기' 등으로 세분하고, '변주'의 '복합 유형'을 '병렬-귀결적 대구', '연쇄-순환적 대구', '연쇄-점층적 대구' 등으로 세분하여 미적 효과와 기능을 구체적으로 분석했다. 그리고 이러한 '반복'과 '변주'의 기법이 어떻게 '눈 / 피', '빛(불) / 어둠', '꽃·새' 등 핵심적 이미지들 간의 '변용'의 형상화 방식과 연관하는지 살펴보았다.

전봉건의 시에는 부분적 표현의 영역에서 형성되는 '반복'의 경우로서 '단어의 회기', '구·절의 회기', '문장의 회기' 등이 빈번히 등장한다. 먼저 '단어의 회기'는 「BISCUITS」 등에서 나타난다. 이 시는 "BISCUITS"을 회기하면서 새로운 구성 요소들을 삽입하는 일종의 '병행 구문'을 구사하여, 긴박한 전쟁 상황 속에서 사소한 것에 집착하는 화자의 심리적 추이를 역설적으로 묘사한다. 비정한 전쟁의 현실성과 "BISCUITS"처럼 부서지기 쉬운 인간의 연약한 실존을 대비함으로써, 전쟁의 비인간성을 효과적으로 형상화한다.

다음으로 '구·절의 회기'는 「능금—샹송 비슷하게」 등에서 나타난다. 이 시는 "가을이 오기까진"이라는 부사절, "날 기다리는"이라는 관형구 등을 "햇살이 되어주세요"라는 문장과 함께 회기하는 언술 구조를 보여준다. 이 시의 반복의 언술 방식은 리듬 효과 및 의미 맥락과 밀접한 연관성을 가진다. 차별적인 회기의 언술 방식은 음악적 속도를 조절하는 장치라고 볼 수 있고, 시상 전개에서 "빨갛게", "햇살", "뜨겁게" 등은 '의미화 연쇄' 속에서 '기표의 대체'를 통해 '에로스적 충동'이라는 '의미 효과'를 낳으므로 프로이트적 압축, 라캉적 은유, 들뢰즈적 위장 등의 개념과 연관할 수 있다. 한편 "하지만", "가을이 오기까진", "기다리는" 등은 시간의 지연을 통해 '생략'과 '결여'와 '욕망의 이동' 등을 암시하므로 프로이트적 전위, 라캉적 환유, 들뢰즈적 전치 등의 개념과 연관할 수 있다. 따라서 압축과 전위, 은유와 환유, 위장과 전치 등이 교차하는 일련의 이미지들은 '에로스'와 '기억'의 종합으로서 시간을 '순수 과거'로 구성하고 '잠재적 대상들'과 관계하며 '쾌락 원칙'의 '근거'로 기능하는 들뢰즈의 시간의 두 번째 종합과도 연관할 수 있다.

다음으로 '문장의 회기'는 「또다시 마카로니 웨스턴」 등에서 나타난다. 이 시는 "악의들은 봄에도 죽는다"라는 문장을 회기하는 언술 구조를 보여준다. "봄"은 신선하고 순결한 생명력이 약동하는 계절인데, 이 계절에도 "악의들"이 죽는다는 말은 '봄 / 악'의 대립을 파생시킨다. 이 대립은 '아지랑이 / 피'로, 다시 '꽃 핀 나무 / 피'로 변형하며 전개하면서 '대비적 구도'를 형성한다. 여기서 "봄", "아지랑이", "꽃 핀 나무", "성당", "하늘", "구름" 등의 이미지들과 "악의들", "죽는다", "피", "흙탕" 등의 이미지들은 각각 '의미화 연쇄' 속에서 '기표의 대체'로 이루어지는 '의미 효과'

로서 프로이트적 압축, 라캉적 은유, 들뢰즈적 위장 등의 개념과 연관할 수 있다. 그리고 이 두 계열선이 상충하면서 형성하는 '대비적 구도'는 '에로스'와 '타나토스'의 대립으로 나타나므로, 들뢰즈가 말한 시간의 두 번째 종합과 세 번째 종합의 충돌과도 연관할 수 있다. 시간의 두 번째 종합은 '에로스'와 '기억'의 종합으로서 시간을 '순수 과거'로 구성하고 '잠재적 대상들'과 관계하며 '쾌락 원칙'의 '근거'로 기능하는 반면, 시간의 세 번째 종합은 '나르키소스적 자아'와 '죽음 충동'의 종합으로서 시간을 '영원회귀'의 '미래'로 이끌면서 무-바탕을 형성하기 때문이다.

전봉건의 시에는 부분적 표현을 연 구성의 영역으로 연결하는 영역에서 형성되는 '변주'의 '복합 유형'으로서 '병렬-귀결적 대구', '연쇄-순환적 대구', '연쇄-점층적 대구' 등이 등장한다. 먼저 '병렬-귀결적 대구'는 「작은 지붕 위에」 등에서 나타난다. 이 시는 1~3행, 5~7행, 9~10행, 11~15행 등에서 각각 '병행 구문'을 구사하면서 '병렬-귀결적 대구'를 형성하는 언술 구조를 보여준다. 이 시는 시상 전개의 단위들 중 1~3행, 5~7행, 9~10행 등에서 대등한 시상을 차례로 '첨가'하고 '연대'하여 의미를 '확대'하고 정서를 '확산'하는 '병렬적 대구'를 형성하므로, 구성 요소들이 '수평적 첨가'를 통해 '상호 연대'하면서 '등가성의 연대'라는 구조화 원리를 가진다. 11~15행은 이러한 구도를 시상을 '수렴'하고 정서를 '집약'하는 '인과적 수렴'을 통해 하나의 가치로 '종합'하면서 '귀납적 구도'를 가지는 '귀결적 대구'와 연결함으로써, '등가성의 귀결'이라는 구조화 원리를 형성한다. 한편 1~3행, 5~7행, 9~10행, 11~15행 등에 나타나는 '병행 구문'들은 '통합성'과 '암시에 의한 대체'를 결합하므로 프로이트적 압축과 전위, 라캉적 은유와 환유, 들뢰즈적 위장과 전치 등의 상호 교차와 연관할 수 있다.

다음으로 '연쇄-순환적 대구'는 「태양」 등에서 나타난다. 이 시는 두 행이 한 단위가 되어 각각 '병행 구문'을 구사하면서 '연쇄-순환적 대구'를 형성하는 언술 구조를 보여준다. 이 시는 각 단위별 1행과 2행에 새롭게 삽입되는 구성 요소들이 핵심적 이미지들을 '매개'로 '통일'된 형체를 만들면서 의미를 '접속'하고 정서를 '누적'하는 '연쇄적 대구'를 형성하므로, 구성 요소들이 '매개적 접속'을 통해 '단계적 전개'를 보여주면서 '인접성의 접속'이라는 구조화 원리를 가진다. 이러한 구도에 각 단위별 1행과 2행에서 새롭게 삽입되는 구성 요소들이 '주기적 회전'을 통해 '상호 연결'하면서 '영속적 구도'를 가지는 '순환적 대구'를 개입하므로, '인접성의 영속'이라는 구조화 원리를 형성한다. 색채의 연쇄적-순환적 전개는 생명과 죽음이 대결하고 길항하는 양상과 결부하므로, 프로이트가 말한 '삶 충동'과 '죽음 충동' 간의 긴장과 연관할 수 있다. 한편 이를 포함하여 '순환적 구도'가 가지는 영속성과 주술적 특성, 끝없는 질문의 문장 형식 등은 들뢰즈가 말한 '에로스'와 '기억'의 종합으로서 시간을 '순수 과거'로 구성하고 쾌락 원칙의 '근거'로 기능하면서 '물음'을 던지고 '문제'를 제기하는 시간의 두 번째 종합, 그리고 '나르키소스적 자아'와 '죽음 충동'의 종합으로서 시간을 '미래'의 '영원회귀'로 이끌면서 수동적 종합의 '바탕'을 이루는 시간의 세 번째 종합과도 연관할 수 있다.

다음으로 '연쇄-점층적 대구'는 「아침의 여자」 등에서 나타난다. 이 시는 전반부(1~3연)의 '병행 구문'과 후반부(4연)의 '생략', '병행 구문', 연쇄적 '회기' 등을 복합적으로 결합하면서 점차 시상을 고조하는 '연쇄-점층적 대구'의 언술 구조를 보여준다. 이 시는 후반부의 '생략'과 '병행 구문'이 전반부에 제시한 "빛", "물", "꽃" 등의 이미지들을 '매개'로 '통일'된 형체를 만들면서 의미를 '접속'하고 정서를 '누적'하는 '연쇄적 대구'를 형성하므로, 구성 요소들이 '매개적 접속'을 통해 '단계적 전개'를 보여주면서 '인접성의 접속'이라는 구조화 원리를 가진다. 이러한 구도에 "아침의 / 여자"를 '빛+물 → 꽃 → 노래'로 변주하여 정신적 고도를 점차 '고양'하면서 '상승적 구도'를 가지는 '점층적 대구'를 개입하므로, '인접성의 강화'라는 구조화 원리를 형성한다. 이 시는 우선 전반부와 후반부에 나타나는 '병행 구문'에서 표층 구조의 '통합성'과 새로운 구성 요소들의 '암시에 의한 대체'를 결합하므로, 프로이트적 압축과 전위, 라캉적 은유와 환유, 들뢰즈적 위장과 전치 등의 상호 교차와 연관할 수 있다. 그리고 "빛", "물", "꽃", "노래" 등 일련의 이미지들은 에로스적 특성을 가지므로, 들뢰즈가 말한 '에로스'와 '기억'의 종합으로서 시간을 '순수 과거'로 구성하고 쾌락 원칙의 '근거'로 기능하면서 '물음'을 던지고 '문제'를 제기하는 시간의 두 번째 종합과 연관할 수 있다.

전봉건 시의 핵심적 이미지는 '눈 / 피', '빛(불) / 어둠', '꽃·새' 등으로 수렴할 수 있다. '눈'과 '피', '빛(불)'과 '어둠'은 각각 상호 대립되는 이미지이지만, 신비스러운 '언어의 연금술'을 통해 융합과 변신을 거듭하여 '꽃'과 '새'를 생성한다. 「불」은 '변주'의 '복합 유형'으로서 '병렬-점층적 대구'의 언술 구조를 통해 '변용'의 형상화 방식을 보여준다. 이 시는 '병행 구문'의 '병렬적 대구'(전반부)가 이미지들의 '변용'(중반부 및 후반부)과 결합하면서 점차 시상을 고조하는 '점층적 대구'의 언술 구조를 보여준다. 중반부는 '반복'과 '변주'라는 자연의 섭리 및 하느님의 은총에 인간적 행위로서 시적 상상이 개입하여 '변용'의 계기를 마련한다. 이 '변용'의 핵심 이미지는 "피"인데, 이것은 전반부의 핵심 이미지인 "'눈"과 극적인 대립을 이루는 동시에 조화를 이룬다. '대비와 조화의 이중적 의미'로 요약할 수 있는 이 전이는 후반부에서 "꽃"으로 피어나고 "불"로 타오르는 '변용'의 형상화 방식으로 나타난다. "눈"과 "피"의 결합이 "꽃"으로, 더 나아가 "불"로 전환되는 과정은 원초적이고 물질적인 이미지들을 혼합하여 빚는 '언어의 연금술'이라고 부를 수 있다. 이 '변용'의 내면적 동력은 전반부에서 '병행 구문'의 '병렬적 대구'가 가지는 '나열'과 '병존'의 효과를 중반부에서 단어의 '변용'으로 연결하면서 '하느님의 은총'과 '인간적 행위(상상)'를 '중첩'하고, 후반부에서 점차 시상을 고조하는 '점층적 대구'의 언술 구조로 연결하면서 얻어진다.

「북 1」은 '변주'의 '복합 유형'으로서 '병렬-연쇄-점층적 대구'의 언술 구조를 통해 '변용'의 형상화 방식을 보여준다. 이 시는 (A)~(C)에서 '병행 구문'의 '병렬 및 결합'을 형성하고, (D)에서 '연쇄'를 통해 이를 수렴하면서 점차 시상을 고조하는 '점층적 대구'의 언술 구조를 보여준다. 이 시는 (A), (B), (C), (D) 등 각 연의 '꽃 → 피', '새 → 살', '젖 → 북', '북 → 불'이라는 일차적인 이미지 '변용'에, '꽃+새=젖', '피+살=북', '젖+북=불'이라는 이차적인 이미지 '변용'을 결합하여, 각각의 이미지들이 자유자재로 상호 전환하는 '변용'의 형상화 방식을 완성한다. (A)~(C)에서 '병행 구문'의 표층 구조는 '통합성'에 근거하고, 새로운 구성 요소들은 '암시에 의한 대체'에 근거하므로, 일련의 이미지들은 프로이트적 압축과 전위, 라캉적 은유와 환유, 들뢰즈적 위장과 전치 등의 상호 교차와 연관할 수 있다. 또한 이 상호 교차가 형성하는 '꽃 → 피', '새 → 살', '젖 → 북', '북 → 불'이라는 일차적인 이미지 '변용'과, '꽃+새=젖', '피+살=북', '젖+

북=불'이라는 이차적인 이미지 '변용'은 들뢰즈가 말한 시간의 두 번째 종합과도 연관할 수 있다. 한편 「불」에 등장하는 "피"와 동궤를 이루는 인용 시의 "피", 그리고 "씹었더니"라는 동사를 중심으로 형성하는 이미지들의 '변용'은 '반복 강박'에 의한 '죽음 충동' 및 '실재'에 진입하는 '주이상스'의 개념과 연관해서 해석할 수 있는 가능성을 가진다. 그리고 그 연장선에서 시간의 텅 빈 형식으로서 '미래'로 이끌면서 무-바탕을 형성하며 '나르키소스적 자아'와 '죽음 충동'이 종합되는 '영원회귀'의 종합인 들뢰즈의 시간의 세 번째 종합과도 연관할 수 있다.

결국 '눈 / 피', '빛(불) / 어둠', '꽃·새' 등으로 대표되는 전봉건 시의 핵심적 이미지들 간의 '변용'은, '반복'과 '변주'의 언술 구조가 하느님과 인간이라는 행위 주체의 '중첩'을 통해 '응축'하고, '병렬적 대구'가 가지는 '나열'과 '병치'의 효과나 '첨가'와 '연대'의 효과가 '결합'과 '종합'의 효과와 만나고, 다시 '연쇄적 대구'의 '매개'와 '접속'의 효과로 연결하면서 '상승'의 효과와 만나서 '점층적 대구'로 귀결하는 과정에서 생기는 에너지를 통해 그 내면적 동력이 얻어진다. 바로 이 과정이 전봉건 시 특유의 시적 생성 원리인 '변용'의 숨은 비밀인 것이다.

지금까지 살펴본 전봉건 시의 '변주'의 '복합 유형'으로서 '병렬-귀결적 대구', '연쇄-순환적 대구', '연쇄-점층적 대구', '변용'의 형상화 방식을 보여주는 '복합 유형'으로서 '병렬-점층적 대구', '병렬-연쇄-점층적 대구' 등이 지닌 특성을 종합적으로 검토해 보자. '변주'의 '복합 유형'은 둘 이상의 대구가 결합하여 복합적 구도를 형성하는데, 주로 앞쪽에 기입된 대구의 유형이 기본적인 언술 구조 및 구조화 원리를 형성하므로, 앞쪽에 기입된 대구를 중심으로 뒤쪽에 기입된 유형과의 관계를 복합적으로 고려하는 방식으로 전체적인 특성을 고찰할 수 있다. 전봉건 시의 '복합 유형'으로 등장하는 언술 방식들을 살펴보면, 1차 범주로서 '병렬적 대구', '연쇄적 대구', '점층적 대구' 등이 주축을 이루고, 2차 범주로서 '순환적 대구', '귀결적 대구' 등이 나타난다. 전봉건 시 전체에서 1차 범주인 '병렬적 대구', '연쇄적 대구', '점층적 대구' 등은 시기 구분과 상관없이 두루 공존하고 있으며, 빈도수도 유사하다. 전봉건 시의 '변주'의 언술 구조가 보여주는 1차 범주의 특성은 '시작 유형'인 '병렬적 대구'와 '귀착 유형'인 '점층적 대구'가 '매개 유형'인 '연쇄적 대구'와 더불어 동등한 비중을 가지고 균형을 맞추며 상호 공존한다는 점이다. 전기 시에서 후기 시에 이르기까지 전봉건은 이 세 가지 '변주'의 언술 구조를 병행하며 상호 결합하는 시도를 끊임없이 되풀이한다. 이상과 김수영이 특정 언술 구조를 집중적으로 천착하고, 김춘수가 2차 범주를 최대한 활용하여 다양한 언술 구조를 복잡다기하게 구사하면서 독자성을 확보한다면, 전봉건은 1차 범주인 '병렬적 대구', '연쇄적 대구', '점층적 대구' 등을 병행하면서 상호 결합하는 시도를 지속적으로 되풀이하며 심화한다는 점에서 독자성을 확보하는 것이다. 이러한 양상은 주제 의식의 측면에서 전쟁의 폐허를 에로스의 노래로 극복하는 '사랑을 위한 되풀이'와 연관하는데, 언술 구조의 구조화 원리 측면에서는 '등가성의 연대', '인접성의 접속', '인접성의 강화' 등을 상호 침투시키고 결합하는 방식과도 연관한다. 따라서 이 글은 전봉건 시의 '변주'의 언술 구조로서 '병렬적 대구', '연쇄적 대구', '점층적 대구' 등을 '핵심 유형'으로 간주하고자 한다.

'병렬적 대구'는 구성 요소들이 '수평적 나열'을 통해 독립성을 유지한 채 '상호 병존'하거나 '수평적 첨가'를 통해 '상호 연대'하면서 '등가적 구도'를 형성한다. 전봉건의 시는 구성 요소들이 '수평적 첨가'를 통해 '상호 연대'하는 '병렬적 대구'를 형성하므로, '등가성의 연대'라는 구조화 원리를 가진다. '연쇄적 대구'는 구성 요소들이 '매개적 접속'을 통해 '단계적 전개'를 보여주면서 '인접적 구도'를 형성한다. 전봉건의 시는 구성 요소들이 '매개적 접속'을 통해 '단계적 전개'를 보여주는 '연쇄적 대구'를 형성하므로, '인접성의 접속'이라는 구조화 원리를 가진다. '점층적 대구'는 구성 요소들을 점진적으로 겹쳐 가면서 강하게 하거나, 크게 하거나, 높게 하여 절정에 이르게 하므로, 의미를 '강조'하거나 정서를 '강화'하면서 '상승적 구도'를 형성한다. 전봉건 시에서 '점층적 대구'는 '병렬적 대구'의 구조화 원리인 '등가성의 연대', '연쇄적 대구'의 구조화 원리인 '인접성의 접속' 등에 '상승'적 질서를 개입시켜 의미를 '강조'하고 정서를 '강화'하면서 '인접성의 강화'라는 구조화 원리를 형성한다. 여기서 세 가지 언술 구조가 모두 '핵심 유형'이므로, 전봉건 시의 언술 구조가 가지는 핵심적인 구조화 원리는 '등가성과 인접성의 변용'이 된다.

왜냐하면 '병렬적 대구'의 구조화 원리인 '등가성의 연대', '연쇄적 대구'의 구조화 원리인 '인접성의 접속', '점층적 대구'의 구조화 원리인 '인접성의 강화' 등이 공존하면서 상호 침투하고 결합하여 '등가성과 인접성의 변용'이라는 핵심적인 구조화 원리를 형성하기 때문이다. 세 가지 언술 방식 및 구조화 원리의 상호 침투 및 결합은 바로 전봉건 시의 중요한 생성 원리인 핵심적 이미지들 간의 '변용'의 형상화 방식과 상통하는 것이다. 이처럼 방사상(放射狀)으로 결부된 '언술 구조'와 '구조화 원리'들의 다양한 계열선들 위에서 프로이트적 압축과 전위, 라캉적 은유와 환유, 들뢰즈적 위장과 전치, 쾌락 원칙, 죽음 충동, 반복 강박, 실재, 주이상스, 리트로넬로, 정신적 반복 등이 '개념적 특이점'들을 형성한다. 또한 시간을 '순수 과거'로 구성하고 '잠재적 대상'과 연관하며 '에로스'와 '기억'의 종합으로서 위장과 전치라는 차이의 메커니즘을 가지고 쾌락 원칙을 근거하는 시간의 두 번째 종합, 시간의 텅 빈 형식으로서 '미래'로 이끌면서 '영원회귀'와 연관하며 '나르키소스적 자아'와 '죽음 충동'의 종합으로서 쾌락 원칙의 무-바탕을 형성하는 시간의 세 번째 종합 등도 '개념적 특이점'들을 형성한다.

제4부

결론

이 연구는 한국 모더니즘 시에 나타나는 '반복'과 '변주'의 '언술 구조'를 세밀히 분석하여 개별 작품들에 대한 섬세한 해석을 시도하는 것을 일차적 목적으로 삼았고, '반복'과 '변주'의 '언술 구조'를 '미적 효과와 기능' 면에서 분석하고 해석하여 '구조화 원리'를 고찰하는 것을 이차적 목적으로 삼았으며, 개별 시인론에서 귀납적으로 도출한 언술 구조의 '유형'적 분류를 통해 한국 모더니즘 시의 시대별·시인별 특성을 고찰하는 것을 삼차적 목적으로 삼았다. 이를 위해 이 연구는 언술 구조로서 '반복'과 '변주'가 어떤 이론적 토대를 가지는지 살피면서 연구의 방법을 모색하고, 1920~1930년대의 이장희·이상·백석·장만영 등의 시와 1950

년대 이후의 김춘수·김수영·전봉건 등의 시에 나타나는 '반복'과 '변주'의 언술 구조를 미적 효과와 기능의 측면에서 구체적으로 분석하여 시적 구조화 원리를 고찰했다.

이 연구는 큰 틀에서 '반복'과 '변주'의 '기법적 분석'의 차원과 관련하여 '텍스트 언어학'의 주요 기법들을 이론적 토대로 삼고, '반복'과 '변주'의 '개념적 해석'의 차원과 관련하여 '서구 사상' 및 '정신분석학'의 주요 개념들, 특히 프로이트와 라캉의 정신분석학, 니체와 베르그송의 철학, 이들을 계승하면서 재해석한 들뢰즈의 철학 등을 이론적 토대로 삼았다. 이 연구는 '기법적 분석' 차원의 세부적인 틀로서 텍스트 언어학에서 표층 텍스트의 '결속 구조'에 해당하는 기법들을 참고하여 개별 시인들의 '반복'을 분석하고, 표층 텍스트의 '결속 구조'가 기저 텍스트 세계의 '결속성'으로 연결되는 관점들을 참고하여 개별 시인들의 '변주'를 분석했다. 이 연구는 '기법적 분석' 차원의 일차적 연구 층위로서 '반복'의 언술 구조를 표층 텍스트의 '결속 구조'에 해당하는 '회기' 기법을 중심으로 분석하고, 이차적 연구 층위로서 '변주'의 언술 구조를 기저 텍스트 세계의 '결속성'에 해당하는 '대구' 기법을 중심으로 분석했다. 여기서 '회기'는 완전 회기, 부분 회기, 병행 구문, 환언, 대용형, 생략 등을 포함하는 개념으로 사용하고, '대구'는 부분적 표현의 영역인 '병행 구문'을 연 구성의 영역으로 확장하는 개념으로 사용했다.

'대구'는 동일한 표층 구조를 '반복'한다는 점에서 '회기'와 유사하지만, 새로운 구성 요소를 삽입한다는 점에서 '변주'의 방식이 개입된다. 이때 '변주'의 방식으로 삽입되는 새로운 요소들은 '병렬', '대비', '대칭', '연쇄', '점층', '순환', '전환', '왕복', '확장', '귀결' 등 다양한 유형이 나타날 수 있다. 이를 토대로 '변주'의 방식으로서 '병렬적 대구', '대비적 대구', '대칭적 대구', '연쇄적 대구', '점층적 대구', '순환적 대구', '전환적 대구', '왕복적 대구', '확장적 대구', '귀결적 대구' 등의 언술 구조가 생겨날 수 있다. 또한 '변주'의 방식으로서 '대구'의 '단일 유형'뿐만 아니라 유형을 복수적으로 결합하여 복합적 구도를 형성하는 '복합 유형'이 나타날 수 있다. 개별 시의 고유한 특성에 따라 '대구'의 유형이 복수적으로 결합하는 다양한 조합들이 생겨나는 것이다. 이를 토대로 '변주'의 '복합 유형'으로서 '병렬-귀결적 대구', '대칭-순환적 대구', '연쇄-점층적 대구', '점층-확장적 대구' 등 다양한 언술 구조가 생겨날 수 있다. 따라서 부분적 표현의 영역에서 나타나는 '반복'으로서 '회기', 부분적 표현을 연 구성으로 연결하는 영역에서 나타나는 '변주'로서 '대구', '대구'의 유형으로서 '단일 유형'과 '복합 유형'의 양상 등을 종합적으로 검토할 때, 개별 시인들의 '반복'과 '변주'의 언술 구조가 가지는 미적 효과와 기능 및 구조화 원리를 세밀히 고찰할 수 있다. 이 연구는 이러한 방법에 따라 개별 시인들의 '언술 구조'를 크게 부분적 표현의 영역에서 형성되는 '반복'과 부분적 표현을 연 구성으로 연결하는 영역에서 형성되는 '변주'라는 두 층위로 나눈 후, 다시 '반복'을 '단어의 회기', '구·절의 회기', '문장의 회기' 등으로 세분하고, '변주'를 '단일 유형'인 경우 '병렬적 대구', '대비적 대구', '대칭적 대구', '연쇄적 대구', '점층적 대구' 등으로 세분하며, '복합 유형'인 경우 '병렬-귀결적 대구', '대칭-순환적 대구', '연쇄-점층적 대구', '점층-확장적 대구' 등으로 세분하여 미적 효과와 기능 및 구조화 원리를 구체적으로 분석했다.

한편 이 연구는 '기법적 분석' 차원의 일차적 연구 층위와 이차적 연구 층위 각각을 '개념적 해석'의 차원으로 연결시키는 관점에서 서구 사상 및 정신분석학의 여러 개념들을 상호 연관성에 주목하여 탐색하면서 이 론적 토대로 삼으려 했다. 이 연구가 '반복'과 '변주'의 언술 구조를 '개념 적 해석'의 차원에서 살피는 데 중요하게 참고하는 이론은 서구 사상 및 정신분석학으로서 프로이트의 '압축', '전위', '쾌락 원칙', '죽음 충동', '반 복 강박', 라캉의 '은유', '환유', '주이상스', '실재', '대상 a', '환상', 니체의 '위버멘쉬', '힘에의 의지', '영원회귀', 베르그손의 '잠재적 무의식', '지속', '순수 기억', '순수 과거', '창조적 생성', 들뢰즈의 '리트로넬로', '차이'와 '반복', '시간의 수동적 종합' 등의 개념들이다. 이를 통해 한국 모더니즘 시의 '반복'과 '변주'의 '언술 구조'가 내포하는 '기법적 분석'의 차원뿐만 아니라 '개념적 해석'의 차원으로서 '시간', '기억', '무의식', '잠재성', '수 동적 종합', '욕망', '충동' 등을 고찰하고자 하며, 시적 생성의 원리로서 시 의식의 내면적 동력을 규명하고자 했다.

이 연구가 제2부와 제3부에 걸쳐 한국 모더니즘 시인들의 '반복'과 '변 주'의 언술 구조를 세밀히 분석하여 도출한 미적 효과와 기능 및 구조화 원리들을 정리하면 다음과 같다.

이장희 시의 언술 구조는 '반복'을 '단어의 회기', '문장의 회기' 등으로 세분하고, '변주'를 '병렬적 대구', '대비적 대구', '점층적 대구' 등으로 세 분할 수 있다. 부분적 표현의 영역에서 형성되는 '반복'의 경우로서 '단어 의 회기'는 「달밤 모래 우에서」, 「새한머리」, 「고양이의 쑴」 등에서 나타 나고, '문장의 회기'는 「어느 밤」 등에서 나타난다. 부분적 표현을 연 구 성으로 연결하는 영역에서 형성되는 '변주'의 경우로서 '병렬적 대구'는 「비인 집」, 「봄은 고양이로다」 등에서 나타나고, '대비적 대구'는 「靑天

의 乳房」, 「舞臺」 등에서 나타나며, '점층적 대구'는 「쓸쓸한 시절」, 「봄 하늘에 눈물이 돌다」 등에서 나타난다. 이장희 시의 '변주'의 언술 구조 중에서 '병렬적 대구'와 '점층적 대구'를 기본 유형으로 간주하고, '대비적 대구'를 핵심 유형으로 간주할 수 있다. 이장희 시의 '병렬적 대구'가 가지는 기본적인 구조화 원리는 '등가성의 병존'인데, '대비적 대구'는 '수직적 대립'을 통해 '상호 갈등'하면서 '이원성의 괴리'라는 구조화 원리를 형성한다. '점층적 대구'는 '병렬적 대구'의 구조화 원리인 '등가성의 병존', '대비적 대구'의 구조화 원리인 '이원성의 괴리' 등에 '상승'적 질서를 개입시키고 의미를 '강조'하면서 '인접성의 강화'라는 구조화 원리를 형성한다. 여기서 '대비적 대구'가 핵심 유형이므로, 이장희 시의 언술 구조가 가지는 핵심적인 구조화 원리는 '이원성의 괴리'가 된다. 결국 이장희 시의 '반복'과 '변주'의 언술 구조는 '대비적 대구'의 구조화 원리인 '이원성의 괴리'를 중핵으로 '병렬적 대구'의 구조화 원리인 '등가성의 병존' 및 '점층적 대구'의 구조화 원리인 '인접성의 강화'가 그 주위를 회전한다고 평가할 수 있다.

이상 시의 언술 구조는 '변주'의 '복합 유형'을 '대칭-순환적 대구', '대칭-확장적 대구' 등으로 세분할 수 있다. '변주'의 '복합 유형'으로서 '대칭-순환적 대구'는 「오감도－시 제1호」, 「꽃나무」, 「위독－절벽」 등에서 나타나고, '대칭-확장적 대구'는 「조감도－운동」, 「삼차각설계도－선에 관한각서 2」, 「거울」 등에서 나타난다. 이상의 시는 주로 '대칭적 대구'라는 기본적 유형을 토대로 '순환적 대구'나 '확장적 대구'로 전개하면서 특정한 주제나 의미 맥락을 집중적으로 표현한다. '대칭-순환적 대구'의 경우, '대칭적 대구'의 '기하학적 균제'를 '주기적 회전'을 통해 '영속'하는 '순환적 대구'의 언술 구조는 현대사회의 공포, 역설·무의미·부조리 등의 순환 구조, 욕망의 원인-대상에 대한 지향과 좌절 등의 주제를 반복 강박과 죽음 충동, 실재와 대상 a와 주이상스, 미래의 영원회귀, 나르키소스적 자아와 죽음 충동의 종합, 시간의 세 번째 종합 등의 개념들과 결부하면서, '대칭적 대구'의 구조화 원리인 '양가성의 대립'을 해체하고 '양가성의 영속'이라는 구조화 원리를 형성한다. '대칭-확장적 대구'의 경우, '대칭적 대구'의 '기하학적 균제'를 '개방적 확대'을 통해 '발산'하고 다른 가치들을 '포섭'하는 '확장적 대구'의 언술 구조는 근대적인 직선적 시간관, 모더니티를 지배하는 수학적·과학적 사유 방식, 기하학적 대칭의 연쇄에 의해 시·공간의 창안, 상상적 자아와 상징적 주체 사이의 간극 등을 허물고 와해하면서, '대칭적 대구'의 구조화 원리인 '양가성의 대립'을 해체하고 '양가성의 발산'이라는 구조화 원리를 형성한다.

백석 시의 언술 구조는 '반복'을 '단어의 회기', '구·절의 회기', '문장의 회기' 등으로 세분하고, '변주'를 '병렬적 대구', '연쇄적 대구', '점층적 대구' 등으로 세분할 수 있다. 부분적 표현의 영역에서 형성되는 반복'의 경우로서 '단어의 회기'는 「백화」, 「고야」, 「모닥불」, 「목구」 등에서 나타나고, '구·절의 회기'는 「통영」, 「야우소회」 등에서 나타나며, '문장의 회기'는 「대산동」 등에서 나타난다. 부분적 표현을 연 구성으로 연결하는 영역에서 형성되는 '변주'의 경우로서 '병렬적 대구'는 「오리 망아지 토끼」, 「동뇨부」 등에서 나타나고, '연쇄적 대구'는 「여승」 등에서 나타나며, '점층적 대구'는 「나와 나타샤와 흰 당나귀」, 「남신의주 유동 박씨봉방」 등에서 나타난다. 백석 시의 '변주'의 언술 구조 중에서 '연쇄적 대구'와 '점층적 대구'를 기본 유형으로 간주하고, '병렬적 대구'를 핵심 유형으로 간주할 수 있다. 백석 시의 '병렬적 대구'가 가지는 기본적인 구조화 원리는 '등가성의 병존과 연대'인데, '연쇄적 대구'는 '매개적 접속'을 통해 '단계적 전개'를 보여주면서 '인접성의 접속'이라는 구조화 원리를 형성한다. '점층적 대구'는 '병렬적 대구'의 구조화 원리인 '등가성의 병존과 연대', '연쇄적 대구'의 구조화 원리인 '인접성의 접속' 등에 '상승'적 질서를 개입시켜 의미를 '강조'하면서 '인접성의 강화'라는 구조화 원리를 형성한다. 여기서 '병렬적 대구'가 핵심 유형이므로, 백석 시의 언술 구조가 가지는 핵심적인 구조화 원리는 '등가성의 병존과 연대'가 된다. 결국 백석 시에 나타나는 '반복'과 '변주'의 언술 구조는 '병렬적 대구'의 구조화 원리인 '등가성의 병존과 연대'가 중핵을 이루고, '연쇄적 대구'의 구조화 원리인 '인접성의 접속' 및 '점층적 대구'의 구조화 원리인 '인접성의 강화'가 그 주위를 회전한다고 평가할 수 있다.

장만영 시의 언술 구조는 '반복'을 '단어의 회기', '문장의 회기' 등으로 세분하고, '변주'를 '병렬적 대구', '대칭적 대구', '연쇄적 대구', '점층적 대구' 등으로 세분할 수 있다. 부분적 표현의 영역에서 형성되는 '반복'의 경우로서 '단어의 회기'는 「뻐꾹새 감상」, 「산으로 가고 싶지?」 등에서 나타나고, '문장의 회기'는 「귀거래」, 「사랑」, 「내가 눈감기 전에─C・L에게」 등에서 나타난다. 부분적 표현을 연 구성으로 연결하는 영역에서 형성되는 '변주'의 경우로서 '병렬적 대구'는 「양」, 「비」 등에서 나타나고, '대칭적 대구'는 「달・포도・잎사귀」, 「애가」 등에서 나타나며, '연쇄적 대구'는 「포도알 풍경」 등에서 나타나고, '점층적 대구'는 「돌아오지 않는 두견이」, 「나부」 등에서 나타난다. 장만영 시의 '변주'의 언술 구조 중에서 '대칭적 대구'와 '연쇄적 대구'를 기본 유형으로 간주하고, '병렬적 대구'와 '점층적 대구'를 핵심 유형으로 간주할 수 있다. 장만영 시의 '병렬적 대구'가 가지는 기본적인 구조화 원리는 '등가성의 병존'인데, '대칭적 대구'는 '기하학적 균제'를 통해 '구조적 완결'을 보여주면서 '양가성의 조응'이라는 구조화 원리를 형성한다. 또한 '연쇄적 대구'는 '매개적 접속'을 통해 '단계적 전개'를 보여주면서 '인접성의 접속'이라는 구조화 원리를 형성한다. '점층적 대구'는 '병렬적 대구'의 구조화 원리인 '등가성의 병존', '대칭적 대구'의 구조화 원리인 '양가성의 조응', '연쇄적 대구'의 구조화 원리인 '인접성의 접속' 등에 '상승'적 질서를 개입시키고 의미를 '강조'하면서 '인접성의 강화'라는 구조화 원리를 형성한다. 여기서 '병렬적 대구'와 '점층적 대구'가 핵심 유형이므로, 장만영 시의 언술 구조가 가지는 핵심적인 구조화 원리는 '등가성의 병존'과 '인접성의 강화'의 공존이 된다. 결국 장만영 시에 나타나는 '반복'과 '변주'의 언술 구조는 '병렬적 대구'의 구조화 원리인 '등가성의 병존'과 '점층적 대구'의 구조화 원리인 '인접성의 강화'가 공존하여 중핵을 이루고, '대칭적 대구'의 구조화 원리인 '양가성의 조응' 및 '연쇄적 대구'의 구조화 원리인 '인접성의 접속'이 그 주위를 회전한다고 평가할 수 있다.

　김춘수 「타령조」 연작시의 언술 구조는 '변주'의 '복합 유형'을 '병렬-귀결 / 순환적 대구', '대칭-순환 / 전환적 대구', '점층-왕복 / 확장적 대구' 등 여섯 유형으로 구분하고, 각각의 의미 맥락을 '사랑의 경로와 허무 / 방황', '사랑의 문답과 회의 / 대안', '사랑의 인과와 자학 / 허무' 등의 변별적 자질로 해석할 수 있다. '변주'의 '복합 유형'으로서 '병렬-귀결적 대구'를 형성하는 작품은 「타령조·6」이고, '병렬-순환적 대구'를 형성하는 작품은 「타령조·11」이다. '대칭-순환적 대구'를 형성하는 작품은

「타령조・1」이고, '대칭-전환적 대구'를 형성하는 작품은 「타령조・2」이다. '점층-왕복적 대구'를 형성하는 작품은 「타령조・3」이고, '점층-확장적 대구'를 형성하는 작품은 「타령조・5」이다. 김춘수 「타령조」 연작시의 '변주'의 '복합 유형' 중에서 '병렬적 대구'와 '점층적 대구'를 기본 유형으로 간주하고, '대칭적 대구'와 '순환적 대구'를 핵심 유형으로 간주할 수 있다. 김춘수 시의 '병렬적 대구'가 가지는 기본적인 구조화 원리는 '등가성의 연대'인데, '대칭적 대구'는 '기하학적 균제'를 통해 '구조적 완결'을 보여주면서 '양가성의 대립'이라는 구조화 원리를 형성한다. 또한 '순환적 대구'는 '주기적 회전'을 통해 '상호 연결'하면서 '양가성의 순환'이라는 구조화 원리를 형성한다. '점층적 대구'는 '병렬적 대구'의 구조화 원리인 '등가성의 연대', '대칭적 대구'의 구조화 원리인 '양가성의 대립', '순환적 대구'의 구조화 원리인 '양가성의 순환' 등에 '상승'적 질서를 개입시키고 의미를 '강조'하면서 '인접성의 강화'라는 구조화 원리를 형성한다. 여기서 '대칭적 대구'와 '순환적 대구'가 핵심 유형이므로, 김춘수 「타령조」 연작시의 언술 구조가 가지는 핵심적인 구조화 원리는 '양가성의 대립과 순환'이 된다. 결국 김춘수 시에 나타나는 '반복'과 '변주'의 언술 구조는 '대칭적 대구'의 구조화 원리인 '양가성의 대립'이 '순환적 대구'로 연결되면서 '양가성의 순환'이라는 구조화 원리와 함께 중핵을 이루고, '병렬적 대구'의 구조화 원리인 '등가성의 연대' 및 '점층적 대구'의 구조화 원리인 '인접성의 강화'가 그 주위를 회전한다고 평가할 수 있다.

김수영 시의 언술 구조는 '반복'을 '단어의 회기', '구・절의 회기', '문장의 회기' 등으로 세분하고, '변주'의 '복합 유형'을 '병렬-대비적 대구', '연쇄-점층적 대구', '왕복-점층적 대구', '교차 융합적 대구'가 개입된 복합 유형 등으로 세분할 수 있다. 부분적 표현의 영역에서 형성되는 '반복'의 경우로서 '단어의 회기'는 「나비의 무덤」, 「폭포」 등에서 나타나고, '구·절의 회기'는 「조국에 돌아오신 상병포로 동지들에게」, 「절망」 등에서 나타나며, '문장의 회기'는 「긍지의 날」 등에서 나타난다. 부분적 표현을 연 구성으로 연결하는 영역에서 형성되는 '변주'의 '복합 유형'으로 '병렬-대비적 대구'는 「파밭가에서」 등에서 나타나고, '연쇄-점층적 대구'는 「봄밤」 등에서 나타나며, '왕복-점층적 대구'는 「눈」 등에서 나타난다. '변주'의 '복합 유형'으로서 '교차 융합적 대구'가 개입된 복합 유형은 「그 방을 생각하며」, 「말」, 「꽃잎 1」, 「꽃잎 2」, 「풀」 등에서 나타난다. 김수영 시의 '변주'의 '복합 유형' 중에서 '교차 융합적 대구'를 핵심 유형으로 간주할 수 있다. 김수영의 시는 이항 대립, 혹은 양극을 상호 '교차'하고 '충돌'하여 의미를 비약적으로 '종합'하거나 정서를 '집중'하는 '교차 융합적 대구'를 형성하므로, 양극의 '대립'을 '교차'하고 '융합'하면서 비약적으로 '종합'하는 '변증법적 구도'를 가진다. 따라서 김수영 시의 '변주'의 언술 구조가 가지는 핵심적인 구조화 원리를 '이원성의 종합'이라고 간주할 수 있다. 결국 김수영 시에 나타나는 '반복'과 '변주'의 언술 구조는 '교차 융합적 대구'의 구조화 원리인 '이원성의 종합'이 중핵을 이루고, '대비적 대구', '연쇄적 대구', '왕복적 대구', '귀결적 대구', '병렬적 대구', '점층적 대구' 등의 다양한 언술 구조 및 구조화 원리가 그 주위를 회전한다고 평가할 수 있다.

전봉건의 시의 언술 구조는 '반복'을 '단어의 회기', '구·절의 회기', '문장의 회기' 등으로 세분하고, '변주'의 '복합 유형'을 '병렬-귀결적 대구', '연쇄-순환적 대구', '연쇄-점층적 대구' 등으로 세분할 수 있다. 부분적 표현의 영역에서 형성되는 '반복'의 경우로서 '단어의 회기'는 「BISCUITS」 등에서 나타나고, '구·절의 회기'는 「능금─샹송 비슷하게」 등에서 나타나며, '문장의 회기'는 「또다시 마카로니 웨스턴」 등에서 나타난다. 부분적 표현을 연 구성으로 연결하는 영역에서 형성되는 '변주'의 '복합 유형'으로서 '병렬-귀결적 대구'는 「작은 지붕 위에」 등에서 나타나고, '연쇄-순환적 대구'는 「태양」 등에서 나타나며, '연쇄-점층적 대구'는 「아침의 여자」 등에서 나타난다. 전봉건 시의 핵심적 이미지는 '눈 / 피', '빛(불) / 어둠', '꽃·새' 등으로 수렴할 수 있는데, '눈'과 '피', '빛(불)'과 '어둠' 등은 각각 상호 대립되는 이미지이지만, 신비스러운 '언어의 연금술'을 통해 융합과 변신을 거듭하여 '꽃'과 '새'를 생성한다. 「불」은 '변주'의 '복합 유형'으로서 '병렬-점층적 대구'의 언술 구조를 통해 '변용'의 형상화 방식을 보여주고, 「북 1」은 '변주'의 '복합 유형'으로서 '병렬-연쇄-점층적 대구'의 언술 구조를 통해 '변용'의 형상화 방식을 보여준다. 전봉건 시의 '변주'의 '복합 유형' 중에서 '병렬적 대구', '연쇄적 대구', '점층적 대구' 등을 핵심 유형으로 간주할 수 있다. 전봉건 시의 '병렬적 대구'가 가지는 기본적인 구조화 원리는 '등가성의 연대'인데, '연쇄적 대구'는 '매개적 접속'을 통해 '단계적 전개'를 보여주면서 '인접성의 접속'이라는 구조화 원리를 형성한다. '점층적 대구'는 '병렬적 대구'의 구조화 원리인 '등가성의 병존', '연쇄적 대구'의 구조화 원리인 '인접성의 접속' 등에 '상승'적 질서를 개입시키고 의미를 '강조'하면서 '인접성의 강화'라는 구조화 원리를 형성한다. 여기서 세 가지 언술 구조가 모두 '핵심 유형'이므로, 전봉건 시의 언술 구조가 가지는 핵심적인 구조화 원리는 '등가성과 인접성의 변용'이 된다. 왜냐하면 '병렬적 대구'의 구조화 원리인 '등가성의 연대', '연쇄적 대구'의 구조화 원리인 '인접성의 접속', '점층적 대구'의 구조화 원리인 '인접성의 강화' 등이 공존하면서 상호 침투하고 결합하여 '등가성과 인접성의 변용'이라는 핵심적인 구조화 원리를 형성하기 때문이다. 세 가지 언술 방식 및 구조화 원리의 상호 침투 및 결합은 바로 전봉건 시의 중요한 생성 원리인 핵심적 이미지들 간의 '변용'의 형상화 방식과 상통한다.

이장희 · 이상 · 백석 · 장만영 · 김춘수 · 김수영 · 전봉건 등 한국 모더니즘 시인들의 '반복'과 '변주'의 언술 구조가 가지는 미적 효과와 기능 및 구조화 원리를 고찰한 결과를 토대로 몇 가지 중요한 특성을 귀납적으로 도출할 수 있다. '변주'의 유형으로서 '단일 유형'과 '복합 유형'의 분류를 기준으로 한국 모더니즘 시의 시대별 · 시인별 특성을 상호 연관적으로 고려하면서 정리해 보자.

첫째, 부분적 표현을 연 구성으로 연결하는 영역에서 형성되는 '변주'의 '단일 유형'으로서 '병렬적 대구', '대비적 대구', '대칭적 대구', '연쇄적 대구', '점층적 대구' 등 다섯 가지 언술 구조가 나타난다. 이 다섯 가지 '단일 유형'을 '변주'의 1차 범주라고 부를 수 있다. 이들 '변주'의 언술 구조들이 가지는 미적 효과와 기능 및 구조화 원리를 정리하면 다음과 같다.

'병렬'의 언술 구조는 다른 대상들을 차례로 '나열'하여 '병치'하거나 '첨가'하여 '연대'하는 속성을 가지므로, 의미를 '확대'하거나 정서를 '확산'하는 미적 효과와 기능을 가진다. 따라서 '병렬적 대구'는 구성 요소들이 '수평적 나열'을 통해 독립성을 유지한 채 '상호 병존'하거나 '수평적 첨가'를 통해 '상호 연대'하면서 '등가적 구도'를 형성한다.

'대비'의 언술 구조는 구성 요소들의 '차이'를 밝히기 위해 서로 맞대어

'비교'하는 속성을 가지므로, 의미를 '상충'하거나 정서를 '긴장'시키는 미적 효과와 기능을 가진다. 따라서 '대비적 대구'는 구성 요소들이 '수직적 대립'을 통해 '상호 갈등'하면서 '이원적 구도'를 형성한다.

'대칭'의 언술 구조는 기본적으로 '대비'의 언술 구조와 유사하게 '비교'의 속성을 가지지만, 구성 요소들을 중심선의 상하 또는 좌우로 '균등'하게 배치하여 '균형'을 잡으므로, 의미를 '구획'하거나 정서를 '정돈'하는 미적 효과와 기능을 가진다. 따라서 '대칭적 대구'는 구성 요소들이 '기하학적 균제'를 통해 '구조적 완결'을 보여주면서 '양가적 구도'를 형성한다.

'연쇄'의 언술 구조는 기본적으로 '병렬'의 언술 구조를 근간으로 '나열'이나 '첨가'의 속성을 가지지만, 구성 요소들을 '매개'를 통해 사슬처럼 서로 이어서 '통일'된 형체를 만들므로, 의미를 '접속'하거나 정서를 '누적'하는 미적 효과와 기능을 가진다. 따라서 '연쇄적 대구'는 구성 요소들이 '매개적 접속'을 통해 '단계적 전개'를 보여주면서 '인접적 구도'를 형성한다.

'점층'의 언술 구조는 기본적으로 '병렬'의 언술 구조를 근간으로 '나열'이나 '첨가'의 속성을 가지면서, 때로 '대비'·'대칭'·'연쇄' 등의 언술 구조를 경유하여 '비교'·'균형'·'매개' 등의 속성을 가지지만, 구성 요소들을 점진적으로 겹쳐 가면서 강하게 하거나, 크게 하거나, 높게 하여 절정에 이르게 하므로, 의미를 '강조'하거나 정서를 '강화'하는 미적 효과와 기능을 가진다. 따라서 '점층적 대구'는 구성 요소들이 '병렬적 대구'의 '등가적 구도', '대비적 대구'의 '이원적 구도', '대칭적 대구'의 '양가적 구도', '연쇄적 대구'의 '인접적 구도' 등을 토대로 점차 단계적으로 '고양'하면서 '상승적 구도'를 형성한다.

둘째, 한국 모더니즘 시인들 중 이상을 제외한 1920~30년대의 이장희·백석·장만영 등은 대체로 '변주'의 '단일 유형'을 구사하는 경우를 보여준다. 이 세 명의 시인들은 '변주'의 '단일 유형'으로서 '병렬적 대구', '대비적 대구', '대칭적 대구', '연쇄적 대구', '점층적 대구' 등을 구사한다. 여기서 가장 기본적인 특성은 '시작 유형'인 '병렬적 대구'와 '귀착 유형'인 '점층적 대구' 사이를 '매개 유형'인 '대비적 대구', '대칭적 대구', '연쇄적 대구' 등이 연결시킨다는 점이다. '매개 유형'인 '대비적 대구', '대칭적 대구', '연쇄적 대구' 등은 '병렬적 대구' 및 '점층적 대구' 등의 성격을 변화시키고, 더 나아가 전체 시 세계의 언술 구조 및 의미 맥락에도 영향을 준다는 점에서 '핵심 유형'이 될 가능성이 있다. 그런데 더 중요한 특성은 개별 시인들의 시 세계의 고유한 특성에 따라 다섯 가지 '변주'의 '단일 유형'들이 상이한 조합을 이루고, 다시 조합 속에서 상이한 '기본 유형' 및 '핵심 유형'을 형성한다는 점이다. 따라서 '단일 유형'을 구사하는 이장희, 백석, 장만영 등의 시를 분석할 때 시 세계의 고유한 특성을 섬세히 고려할 필요가 있다.

셋째, 이러한 점들을 고려하여 '변주'의 '단일 유형'을 구사하는 이장희·백석·장만영 시의 개별적 특성을 언술 구조가 가지는 미적 효과와 기능 및 구조화 원리를 중심으로 정리하면 다음과 같다.

이장희 시의 '변주'의 언술 구조로서 '병렬적 대구', '대비적 대구', '점층적 대구' 등이 나타나는데, 시 전체에서 이 세 가지 방식은 시기 구분과 상관없이 두루 공존하고 있으며, 빈도수도 유사하다. 이장희 시의 '변주'가 보여주는 특성은 '매개 유형'인 '대비적 대구'가 '시작 유형'인 '병렬적 대구' 및 '귀착 유형'인 '점층적 대구'의 성격을 변화시키고, 더 나아가 전체 시 세계의 언술 구조 및 의미 맥락에 영향을 준다는 점이다. 따라서 '대비적 대구'를 '핵심 유형'으로 간주할 수 있다. 이장희 시의 '병렬적 대구'가 가지는 기본적인 구조화 원리는 '등가성의 병존'인데, '대비적 대구'는 '수직적 대립'을 통해 '상호 갈등'하면서 '이원성의 괴리'라는 구조화 원리를 형성한다. '점층적 대구'는 '병렬적 대구'의 구조화 원리인 '등가성의 병존', '대비적 대구'의 구조화 원리인 '이원성의 괴리' 등에 '상승'적 질서를 개입시키고 의미를 '강조'하면서 '인접성의 강화'라는 구조화 원리를 형성한다. 여기서 '대비적 대구'가 '핵심 유형'이므로, 이장희 시의 언술 구조가 가지는 핵심적인 구조화 원리는 '이원성의 괴리'가 된다.

　백석 시의 '변주'의 언술 구조로서 '병렬적 대구', '연쇄적 대구', '점층적 대구' 등이 나타나는데, 첫 시집 『사슴』(1936)까지의 전기 시는 '병렬적 대구'와 '연쇄적 대구'가 주로 나타나고, 후기 시는 '병렬적 대구'와 '점층적 대구'가 주로 나타난다. 시 세계 전체에서 높은 빈도수를 차지하며 일관되게 언술 구조의 근간을 형성한다는 점에서 '병렬적 대구'를 '핵심 유형'으로 간주할 수 있다. 백석 시의 '병렬적 대구'가 가지는 기본적인 구조화 원리는 '등가성의 병존과 연대'인데, '연쇄적 대구'는 '매개적 접속'을 통해 '단계적 전개'를 보여주면서 '인접성의 접속'이라는 구조화 원리를 형성한다. '점층적 대구'는 '병렬적 대구'의 구조화 원리인 '등가성의 병존과 연대', '연쇄적 대구'의 구조화 원리인 '인접성의 접속' 등에 '상승'적 질서를 개입시켜 의미를 '강조'하면서 '인접성의 강화'라는 구조화 원리를 형성한다. 여기서 '병렬적 대구'가 '핵심 유형'이므로, 백석 시의 언술 구조가 가지는 핵심적인 구조화 원리는 '등가성의 병존과 연대'가 된다.

　장만영 시의 '변주'의 언술 구조로서 '병렬적 대구', '대칭적 대구', '연쇄적 대구', '점층적 대구' 등이 나타나는데, 시 전체에서 이 네 가지 방식은 시기 구분과 상관없이 두루 공존하고 있다. 이처럼 장만영은 시적 언술 구조를 최대한 다양하게 시도하는데, 빈도수는 '병렬적 대구'와 '점층적 대구'가 높게 나타난다. 장만영 시의 '변주'가 보여주는 특성은 '시작 유형' 인 '병렬적 대구'와 '귀착 유형'인 '점층적 대구'가 '매개 유형'인 '대칭적 대 구'와 '연쇄적 대구'보다 높은 빈도수를 차지하면서 전체 시 세계의 언술 구조 및 의미 맥락에서 큰 비중을 차지한다는 점이다. 따라서 '병렬적 대 구'와 '점층적 대구'를 '핵심 유형'으로 간주할 수 있다. 장만영 시의 '병렬 적 대구'가 가지는 기본적인 구조화 원리는 '등가성의 병존'인데, '대칭적 대구'는 '기하학적 균제'를 통해 '구조적 완결'을 보여주면서 '양가성의 조 응'이라는 구조화 원리를 형성한다. 또한 '연쇄적 대구'는 '매개적 접속'을 통해 '단계적 전개'를 보여주면서 '인접성의 접속'이라는 구조화 원리를 형성한다. '점층적 대구'는 '병렬적 대구'의 구조화 원리인 '등가성의 병 존', '대칭적 대구'의 구조화 원리인 '양가성의 조응', '연쇄적 대구'의 구조 화 원리인 '인접성의 접속' 등에 '상승'적 질서를 개입시키고 의미를 '강조' 하면서 '인접성의 강화'라는 구조화 원리를 형성한다. 여기서 '병렬적 대 구'와 '점층적 대구'가 '핵심 유형'이므로, 장만영 시의 언술 구조가 가지는 핵심적인 구조화 원리는 '등가성과 인접성의 공존'이 된다.

넷째, 부분적 표현을 연 구성으로 연결하는 영역에서 형성되는 '변주' 의 '복합 유형'으로서 '병렬-귀결적 대구', '병렬-순환적 대구', '병렬-대비 적 대구', '병렬-점층적 대구', '병렬-연쇄-점층적 대구', '대칭-순환적 대 구', '대칭-확장적 대구', '대칭-전환적 대구', '연쇄-순환적 대구', '연쇄- 점층적 대구', '왕복-점층적 대구', '점층-왕복적 대구', '점층-확장적 대 구', '교차 융합적 대구' 등 다양한 언술 구조가 나타난다. '변주'의 '복합

유형'에는 앞에서 고찰한 '단일 유형'의 1차 범주인 다섯 가지 언술 구조
뿐만 아니라 '순환적 대구', '전환적 대구', '왕복적 대구', '확장적 대구', '귀
결적 대구' 등 다섯 가지 언술 구조가 추가적으로 나타난다. 이 다섯 가지
'단일 유형'을 '변주'의 2차 범주라고 부를 수 있다. 한편 '교차 융합적 대
구'는 다른 '단일 유형'과 결합하는 경우도 있지만, 그 자체로 '복합 유형'
의 특성을 가지고 있으므로 '복합 유형'의 한 방식으로 취급할 수 있다.
'변주'의 '복합 유형'은 둘 이상의 대구가 결합하여 복합적 구도를 형성하
는데, 주로 앞쪽에 기입된 대구의 유형이 기본적인 언술 구조 및 구조화
원리를 형성하므로, 앞쪽에 기입된 대구를 중심으로 뒤쪽에 기입된 유
형과의 관계를 복합적으로 고려하는 방식으로 전체적인 특성을 고찰할
수 있다. 대체로 '단일 유형'의 1차 범주인 '병렬적 대구', '대비적 대구',
'대칭적 대구', '연쇄적 대구', '점층적 대구' 등이 기본적인 언술 구조 및
구조화 원리를 형성하고, 2차 범주인 '순환적 대구', '전환적 대구', '왕복
적 대구', '확장적 대구', '귀결적 대구' 등이 이 구도를 연결시키는 경향이
있다. '변주'의 '복합 유형'에 새롭게 추가되는 2차 범주의 언술 구조들과
'교차 융합적 대구'가 가지는 미적 효과와 기능 및 구조화 원리를 정리하
면 다음과 같다.

  '순환'의 언술 구조는 구성 요소들을 '주기'적으로 되풀이해 '회전'시키
는 속성을 가지므로, 의미를 '영속(永續)'하거나 정서를 '주술화'하는 미적
효과와 기능을 가진다. 따라서 '순환적 대구'는 구성 요소들이 '주기적 회
전'을 통해 '상호 연결'하면서 '영속적 구도'를 형성한다.

  '전환'의 언술 구조는 구성 요소들을 다른 방향이나 상태로 바꾸는 속
성을 가지므로, 의미를 '전이'하거나 정서를 '이동'하는 미적 효과와 기능

을 가진다. 따라서 '전환적 대구'는 구성 요소들이 '대체'를 통해 다른 양상이나 가치로 '이동'하면서 '전이적 구도'를 형성한다.

'왕복'의 언술 구조는 구성 요소들을 어떤 방향으로 갔다가 되돌아오게 하는 속성을 가지므로, 의미를 '중첩'하거나 정서를 '확인'하는 미적 효과와 기능을 가진다. 따라서 '왕복적 대구'는 구성 요소들이 '전이적 귀환'을 통해 동일한 가치를 '확인'하는 '중첩적 구도'를 형성한다.

'확장'의 언술 구조는 구성 요소들을 범위나 규모 등을 늘려서 넓히는 속성을 가지므로, 의미를 '확대'하거나 정서를 '확산'하는 미적 효과와 기능을 가진다. 따라서 '확장적 대구'는 구성 요소들이 '개방적 확대'을 통해 자신을 '발산'하거나 다른 가치들을 '포섭'하는 '확산적 구도'를 형성한다.

'귀결'의 언술 구조는 구성 요소들을 어떤 결말이나 결과에 도달하게 하는 속성을 가지므로, 의미를 '수렴'하거나 정서를 '집약'하는 미적 효과와 기능을 가진다. 따라서 '귀결적 대구'는 구성 요소들이 '인과적 수렴'을 통해 하나의 가치로 '종합'되는 '귀납적 구도'를 형성한다.

'교차 융합'의 언술 구조는 양극을 상호 '교차'하고 '충돌'하면서 '대비와 조화'의 이중적 관계 망을 형성하는 동시에 그것을 '돌파'하므로, 의미를 비약적으로 '종합'하거나 정서를 '집중'하는 미적 효과와 기능을 가진다. 따라서 '교차 융합적 대구'는 양극의 '대립'을 '교차'하고 '융합'하면서 비약적으로 '종합'하는 '변증법적 구도'를 형성한다.

다섯째, 한국 모더니즘 시인들 중 1920~30년대의 이상과 1950년대 이후의 김춘수·김수영·전봉건 등은 대체로 '변주'의 '복합 유형'을 구사하는 경우를 보여준다. 이 점을 둘째 항목의 정리와 결부하면, 언술 구조의 측면에서 한국 모더니즘 시인들의 시대별 변별성을 찾을 수 있을지

모른다. 즉 1920~30년대 모더니즘 시인들은 주로 '변주'의 '단일 유형'을 구사하고, 1950년대 이후의 모더니즘 시인들은 주로 '변주'의 '복합 유형'을 구사하는 것이다. 이상·김춘수·김수영·전봉건 등은 '변주'의 '복합 유형'을 일정한 규칙을 찾기 어려울 정도로 다양하고 복합적인 방식으로 구사한다. 언술 구조와 미적 효과와 기능 및 구조화 원리의 측면에서 '변주'의 '복합 유형'을 구사하는 작품은 '단일 유형'을 구사하는 작품보다 섬세하고 복잡하게 형상화되어 있다. 물론 이 차원이 작품성의 수준과 비례하거나 직결되는 것은 아닐 것이다. 다만 정형화된 언술 구조의 구도에서 벗어나 보다 섬세하고 복잡하게 시적 개성과 다양성을 발휘하는 것이라고 간주할 수 있다. 따라서 이들이 보여주는 '변주'의 '복합 유형'을 고찰할 때는, 한 편의 작품에서도 복수의 언술 구조가 가지는 미적 효과와 기능 및 구조화 원리를 상호 연관적으로 분석해야 한다. '변주'의 '단일 유형'을 고찰하는 경우, 개별 시인들의 시 세계의 고유한 특성에 따라 다섯 가지 1차 범주의 '단일 유형'들이 이루는 상이한 조합, 다시 그 조합 속에서 상이한 '기본 유형' 및 '핵심 유형'의 양상을 섬세히 분석해야 하는 것처럼, 복합 유형'을 구사하는 경우, 한 편의 작품 내부에서 이러한 관련 양상을 검토해야 하며, 더 나아가 이 구도를 다른 작품들의 언술 구조와 상호 연관적으로 분석해야 한다.

여섯째, 이러한 점들을 고려하여 '변주'의 '복합 유형'을 구사하는 이상·김춘수·김수영·전봉건 시의 개별적 특성을 언술 구조가 가지는 미적 효과와 기능 및 구조화 원리를 중심으로 정리하면 다음과 같다.

이상 시의 '변주'의 '복합 유형'으로서 '대칭-순환적 대구', '대칭-확장적 대구' 등이 나타나는데, '대칭적 대구', '순환적 대구', '확장적 대구' 등은 시 전체에서 시기 구분과 상관없이 두루 공존하고 있다. 이상 시의 '변주'의 언술 구조가 보여주는 특성은 '매개 유형'인 '대칭적 대구'가 기본적 유형을 이루면서 '순환적 대구'나 '확장적 대구'로 연결된다는 점이다. 이 상은 '대칭-순환적 대구'와 '대칭-확장적 대구'를 집중적으로 천착함으로써 다른 시인들과 변별되는 독자적 특성을 확보한다. 따라서 이상 시의 '변주'의 언술 구조로서 '대칭-순환적 대구'와 '대칭-확장적 대구'를 '핵심 유형'으로 간주할 수 있다. 전자의 경우, 이상 시의 '대칭적 대구'가 가지는 기본적인 구조화 원리는 '양가성의 대립'인데, '순환적 대구'는 '주기적 회전'을 통해 '상호 연결'하면서 '양가성의 영속'이라는 구조화 원리를 형성한다. 후자의 경우, 이상 시의 '대칭적 대구'가 가지는 기본적인 구조화 원리는 '양가성의 대립'인데, '확장적 대구'는 '개방적 확대'를 통해 자신을 '발산'하고 다른 가치들을 '포섭'하면서 '양가성의 발산'이라는 구조화 원리를 형성한다. '대칭-순환적 대구'와 '대칭-확장적 대구'가 '핵심 유형'이므로, 이상 시의 언술 구조가 가지는 핵심적인 구조화 원리는 '양가성의 영속과 발산'이 된다.

김춘수 「타령조」 연작시의 '변주'의 '복합 유형'으로서 '병렬-귀결적 대구', '병렬-순환적 대구', '대칭-순환적 대구', '대칭-전환적 대구', '점층-왕복적 대구', '점층-확장적 대구' 등이 나타난다. 김춘수 시의 '변주'의 언술 구조가 보여주는 1차 범주의 특성은 '매개 유형'인 '대칭적 대구'가 '시작 유형'인 '병렬적 대구'와 '귀착 유형'인 '점층적 대구'의 성격을 변화시키고, 더 나아가 전체 시 세계의 언술 구조 및 의미 맥락에도 영향을 준다는 점이다. 따라서 '대칭적 대구'를 '핵심 유형'으로 간주할 수 있다. 그리고 2차 범주 중에서는 '순환적 대구'가 상대적으로 높은 빈도수를 보여준다는 점에서 '핵심 유형'이라고 볼 수 있다. 한편 2차 범주인 '귀결적 대구', '순환적 대구', '전환적 대구', '왕복적 대구', '확장적 대구' 등 다양한 언술 구조를 섬세하고 복잡다기한 방식으로 구사한다는 점도 주목할 만하다. 이상과 김수영이 특정한 언술 구조를 선택하고 집중적으로 천착하여 독자성을 확보한다면, 김춘수는 다양한 언술 구조의 미적 효과와 기능들을 고려하면서 정교하게 실험한다는 점에서 다른 시인들과 변별되는 독자성을 확보한다. 김춘수 시의 '병렬적 대구'가 가지는 기본적인 구조화 원리는 '등가성의 연대'인데, '대칭적 대구'는 '기하학적 균제'를 통해 '구조적 완결'을 보여주면서 '양가성의 대립'이라는 구조화 원리를 형성한다. 그리고 '순환적 대구'는 '주기적 회전'을 통해 '상호 연결'하면서 '양가성의 순환'이라는 구조화 원리를 형성한다. '점층적 대구'는 '병렬적 대구'의 구조화 원리인 '등가성의 연대', '대칭적 대구'의 구조화 원리인 '양가성의 대립', '순환적 대구'의 구조화 원리인 '양가성의 순환' 등에 '상승'적 질서를 개입시켜 의미를 '강조'하고 정서를 '강화'하면서 '인접성의 강화'라는 구조화 원리를 형성한다. 여기서 '대칭적 대구'와 '순환적 대구'가 '핵심 유형'이므로, 김춘수 「타령조」 연작시의 언술 구조가 가지는 핵심적인 구조화 원리는 '양가성의 대립과 순환'이 된다.

김수영 시의 '변주'의 '복합 유형'으로서 '병렬-대비적 대구', '연쇄-점층적 대구', '왕복-점층적 대구', '교차 융합적 대구' 등이 나타난다. 김수영 시의 '변주'의 언술 구조가 보여주는 특성은 '시작 유형'인 '병렬적 대구'와 '귀착 유형'인 '점층적 대구' 사이를 '매개 유형'인 '대비적 대구', '연쇄적 대구', '왕복적 대구' 등이 연결시킨다는 점이다. '매개 유형'인 '대비적 대구', '연쇄적 대구', '왕복적 대구' 등을 '핵심 유형'이라고 볼 수 있지만, 주축을 이루는 대구 방식이 없다는 점에서 다양한 대구의 혼재 양상을 보여준다. 한편 '교차 융합적 대구'가 개입된 복합 유형들은 모두 이항 대립을 상호 '교차'하고 '융합'하며 비약적으로 '종합'하면서 '변증법적 구도'를 가지는 '교차 융합적 대구'로 수렴된다. 따라서 두 경우를 종합할 때, 김수영 시의 '변주'의 언술 구조로서 '교차 융합적 대구'를 '핵심 유형'으로 간주할 수 있다. 김수영은 '교차 융합적 대구'를 집중적으로 천착함으로써 다른 시인들과 변별되는 독자적 특성을 확보한다. '교차 융합적 대구'는 양극의 '대립'을 '교차'하고 '융합'하면서 비약적으로 '종합'하는 '변증법적 구도'를 형성한다. 김수영의 시는 구성 요소들이 양극의 '대립'을 '교차'하고 '융합'하면서 비약적으로 '종합'하는 '변증법적 구도'를 가지는 '교차 융합적 대구'를 형성하므로, '이원성의 종합'이라는 구조화 원리를 가진다.

전봉건 시의 '변주'의 '복합 유형'으로 등장하는 언술 방식들을 살펴보면, 1차 범주로서 '병렬적 대구', '연쇄적 대구', '점층적 대구' 등이 주축을 이루고, 2차 범주로서 '순환적 대구', '귀결적 대구' 등이 나타난다. 시 전체에서 1차 범주인 세 가지 대구는 시기 구분과 상관없이 두루 공존하고 있으며, 빈도수도 유사하다. 전봉건 시의 '변주'의 언술 구조가 보여주는 1차 범주의 특성은 '시작 유형'인 '병렬적 대구'와 '귀착 유형'인 '점층적 대구'가 '매개 유형'인 '연쇄적 대구'와 더불어 동등한 비중을 가지고 균형을 맞추며 상호 공존한다는 점이다. 전봉건은 전기 시에서 후기 시에 이르기까지 이 세 가지 '변주'의 언술 구조를 병행하며 상호 결합하는 시도를 끊임없이 되풀이한다. 이상과 김수영이 특정 언술 구조를 집중적으로 천착하고, 김춘수가 2차 범주를 최대한 활용하여 다양한 언술 구조를 복잡다기하게 구사하면서 독자성을 확보한다면, 전봉건은 1차 범주인 '병렬적 대구', '연쇄적 대구', '점층적 대구' 등을 병행하면서 상호 결합하는 시도를 지속적으로 되풀이하며 심화한다는 점에서 다른 시인들과 변별되는 독자성을 확보한다. 따라서 전봉건 시의 '변주'의 언술 구조로서 '병렬적 대구', '연쇄적 대구', '점층적 대구' 등을 '핵심 유형'으로 간주할 수 있다. 전봉건 시의 '병렬적 대구'가 가지는 기본적인 구조화 원리는 '등가성의 연대'인데, '연쇄적 대구'는 '매개적 접속'을 통해 '단계적 전개'를 보여주면서 '인접성의 접속'이라는 구조화 원리를 형성한다. '점층적 대구'는 '병렬적 대구'의 구조화 원리인 '등가성의 연대', '연쇄적 대구'의 구조화 원리인 '인접성의 접속' 등에 '상승'적 질서를 개입시켜 의미를 '강조'하고 정서를 '강화'하면서 '인접성의 강화'라는 구조화 원리를 형성한다. 여기서 세 가지 언술 구조가 모두 '핵심 유형'이므로, 전봉건 시의 언술 구조가 가지는 핵심적인 구조화 원리는 '등가성과 인접성의 변용'이 된다. 왜냐하면 '병렬적 대구'의 구조화 원리인 '등가성의 연대', '연쇄적 대구'의 구조화 원리인 '인접성의 접속', '점층적 대구'의 구조화 원리인 '인접성의 강화' 등이 공존하면서 상호 침투하고 결합하여 '등가성과 인접성의 변용'이라는 핵심적인 구조화 원리를 형성하기 때문이다. 세 가지 언술 방식 및 구조화 원리의 상호 침투 및 결합은 바로 전봉건 시의 중요한 생성 원리인 핵심적 이미지들 간의 '변용'의 형상화 방식과 상통한다.

참고문헌

제1부 제1장

고명수, 「한국 모더니즘 시의 세계인식 연구－1930년대를 중심으로」, 동국대 박사
　　　논문, 1995.

권혁웅, 「한국 근대시의 리듬 연구」, 『우리어문연구』 제46집, 우리어문학회, 2013.

＿＿＿, 「현대시의 리듬 체계」, 『비교한국학』 제22권 2호, 국제비교한국학회, 2014.

금동철, 「1950~60년대 한국 모더니즘 시의 수사학적 연구」, 서울대 박사논문, 1999.

김석연, 「시조 운율의 과학적 연구」, 『아세아 연구』 제32호, 고려대아세아문제연구
　　　소, 1968.

김영희, 「김수영 시의 언술 특성 연구－명령어법·부정어법을 중심으로」, 고려대
　　　석사논문, 2003.

김지선, 「한국 모더니즘 시의 서술 기법과 주체 인식 연구－김춘수, 오규원, 이승훈
　　　시를 중심으로」, 한양대 박사논문, 2009.

김화순, 「김종삼 시 연구－언술 구조와 수사법을 중심으로」, 고려대 박사논문, 2011.

김흥규, 「한국 시가 율격의 연구 Ⅰ」, 『욕망과 형식의 시학』, 태학사, 1999.

류순태, 「1950년대 한국 모더니즘 시의 표상 연구」, 서울대 박사논문, 1999.

문덕수, 「한국 모더니즘 시 연구」, 고려대 박사논문, 1981.

민병기, 「30년대 모더니즘 시의 심상 체계 연구」, 고려대 박사논문, 1987.

박슬기, 「한국 근대시의 새로운 리듬론, 리듬 음성중심주의를 넘어서」, 『한국시학
　　　연구』 제36호, 한국시학회, 2013.

박윤우, 「1950년대 한국 모더니즘 시 연구－부정성의 형태화 양상을 중심으로」, 서
　　　울대 박사논문, 1998.

박정선, 「한국 현대시의 모더니즘과 전통－정지용과 김수영의 시를 중심으로」, 고
　　　려대 박사논문, 2011.

송종원, 「백석 시의 언술 특성 연구」, 고려대 석사논문, 2006.

엄성원, 「한국 모더니즘 시의 근대성과 비유 연구－김기림·이상·김수영·조향의

시를 중심으로」, 서강대 박사논문, 2002.

오세영, 「한국 시가 율격 재론」, 『관악어문연구』 제18집, 서울대 국문과, 1993.

원명수, 「한국 모더니즘 시에 나타난 소외의식과 불안의식 연구」, 중앙대 박사논문, 1985.

유정이, 「한국 전후 모더니즘 시 연구－신동문, 전봉건, 김구용 시를 중심으로」, 동국대 박사논문, 2008.

윤정룡, 「1950년대 한국 모더니즘 시 연구」, 서울대 박사논문, 1992.

이경수, 「한국 현대시의 반복 기법과 언술 구조－1930년대 후반기의 백석·이용악·서정주 시를 중심으로」, 고려대 박사논문, 2002.

이경희, 「시적 언술에 나타난 한국 현대시의 병렬법 연구」, 이화여대 박사논문, 1989.

이광수, 「1950년대 모더니즘 시 연구」, 고려대 박사논문, 1995.

이현승, 「1930년대 후반기 시의 언술 구조 연구－백석·이용악·오장환 시를 중심으로」, 고려대 박사논문, 2011.

장석원, 「프로조디, 템포, 억양을 통한 새로운 리듬 논의의 확대－김수영의 「사랑의 변주곡」을 중심으로」, 『국제어문』 제52집, 국제어문학회, 2011.

정구향, 「한국 모더니즘 시의 비교 연구－1930년대와 1950년대의 모더니즘 시를 중심으로」, 건국대 박사논문, 1993.

정문선, 「한국 모더니즘 시 화자의 시각 체제 연구－보는 주체로서의 화자와 보이는 대상으로서의 공간을 중심으로」, 서강대 박사논문, 2003.

정병욱, 「고시가 운율론 서설」, 『한국 고전시가론』, 신구문화사, 1973.

조재룡, 「리듬과 의미－프랑스어 리듬의 전제 조건에 비추어본 한국어 리듬의 문제들」, 『한국시학연구』 제36호, 한국시학회, 2013.

채만묵, 「한국 모더니즘 시 연구－1930년대를 중심으로」, 전북대 박사논문, 1981.

최미숙, 「한국 모더니즘 시의 글쓰기 방식에 관한 연구－이상과 김수영을 중심으로」, 서울대 박사논문, 1997.

최학출, 「1930년대 한국 모더니즘 시의 근대성과 주체의 욕망체계에 대한 연구－김기림, 백석, 이상의 시를 중심으로」, 서강대 박사논문, 1995.

황인교, 「이용악 시의 언술 분석」, 이화여대 박사논문, 1991.

황정산, 「한국 현대시의 운율론적 연구－모더니즘 시를 중심으로」, 고려대 박사논문, 1998.

김기종, 『시 운율론』, 한국문화사, 1999.

김대행, 『우리 시의 틀』, 탑 출판사, 1989.

김인환, 『비평의 원리』, 나남, 1994.

성기옥, 『한국 시가 율격의 이론』, 새문사, 1986.

장철환, 『김소월 시의 리듬 연구』, 소명출판, 2011.

조재룡, 『앙리 메쇼닉과 현대비평』, 길, 2007.

조창환, 『한국 현대시의 운율론적 연구』, 일지사, 1986.

Bourassa, Lucie, 조재룡 역, 『앙리 메쇼닉 리듬의 시학을 위하여』, 인간사랑, 2007.

Meschonnic, Henri, 조재룡 역, 『시학을 위하여』 1, 새물결, 2004.

제1부 제2장

김상환, 「옮긴이 해제」, 『차이와 반복』, 민음사, 2004.

김석, 「욕망하는 주체와 욕망하는 기계」, 『철학과 현상학 연구』 제29집, 한국현상학회, 2006.

김인환, 「언어와 욕망」, 『비평의 원리』, 나남, 1994.

_____, 「실재계와 대타자의 몇 가지 오해에 대하여」, 『세계의 문학』, 2008 봄.

김태옥·이현호, 「역자 해설」, 『담화·텍스트 언어학 입문』, 양영각, 1991.

맹정현, 「라캉 대 『안티-오이디푸스』」, 『현대비평과 이론』, 2004 가을·겨울.

오형엽, 「시학과 수사학」, 『문학과 수사학』, 소명출판, 2011.

_____, 「정신분석 비평과 수사학」, 『문학과 수사학』, 소명출판, 2011.

_____, 「정신분석 비평과 분열분석 비평」, 『문학과 수사학』, 소명출판, 2011.

Freud, Sigmund, 박찬부 역, 「쾌락원칙을 넘어서」, 『쾌락원칙을 넘어서』, 열린책들, 1997.

_____, 김정일 역, 「성욕에 관한 세 편의 에세이」, 『성욕에 관한 세 편의 에세이』, 열린책들, 2003.

김재희, 『베르그손의 잠재적 무의식』, 그린비, 2010.

박찬부, 『라캉-재현과 그 불만』, 문학과지성사, 2006.

백승영, 『니체, 디오니소스적 긍정의 철학』, 책세상, 2005.

이진경, 『노마디즘』 2, 휴머니스트, 2002.

한국텍스트언어학회, 『텍스트 언어학의 이해』, 박이정, 2004.

홍준기, 『라캉과 현대철학』, 문학과지성사, 1999.

Beaugrande, Robert-Alain·Dressler, Wolfgang, 김태옥·이현호 역, 『담화·텍스트

언어학 입문』, 양영각, 1991.

Bergson, Henri, 박종원 역, 『물질과 기억』, 아카넷, 2005.

_____, 황수영 역, 『창조적 진화』, 아카넷, 2005.

Brinker, Klaus, 이성만 역, 『텍스트언어학의 이해』, 한국문화사, 1994.

Deleuze, Gilles, 김상환 역, 『차이와 반복』, 민음사, 2004.

_____ · Guattari, Felis, 김재인 역, 『천 개의 고원』, 새물결, 2001.

Evans, Dylan, 김종주 외역, 『라캉 정신분석 사전』, 인간사랑, 1999.

Freud, Sigmund, 김인순 역, 『꿈의 해석(상)－전집 5』, 열린책들, 1997.

_____, 『꿈의 해석(하)－전집 6』, 열린책들, 1997.

_____, 임홍빈 · 홍혜경 역, 『정신분석 강의(상)－전집 1』, 열린책들, 1997.

Homer, Sean, 김서영 역, 『라캉 읽기』, 은행나무, 2006.

Lacan, Jacques, trans., Bruce Fink, *Écrits*, New York : Norton, 2006.

_____, trans., Alan Sheridani, *The Seminar of Jacques Lacan Book* XI, New York : Norton, 1978.

_____, trans., Dennis Porter, *The Seminar of Jacques Lacan Book* VII, New York : Norton, 1997.

Laplanche, Jean · Pontalis, Jean-Bertrand, 임진수 역, 『정신분석 사전』, 열린책들, 2005.

Vater, Heinz, 이성만 역, 『텍스트의 구조와 이해』, 배재대 출판부, 2006.

Villani, Arnaud · Sasso, Robert 편, 신지영 역, 『들뢰즈 개념어 사전』, 갈무리, 2012.

Žižek, Slavoj, 박정수 역, 『그들은 자기가 하는 일을 알지 못하나이다』, 인간사랑, 2004.

제2부 제1장

권도현, 「이장희론」, 『현대문학』, 1976.11.

김경란, 「이장희의 시 세계－상징주의의 관점에서」, 『동악어문논집』 제32집, 동악어문학회, 1997.

김윤자, 「이장희 시 고찰－형식주의적 접근을 중심으로」, 동국대 석사논문, 2005.

김인환, 「주관의 명증성」, 『문학사상』, 1973.7.

김재홍, 「고월의 시 세계」, 김재홍 편, 『이장희 시전집 · 평전』, 문학세계사, 1983.

_____, 「이장희 평전」, 김재홍 편, 『이장희 시전집 · 평전』, 문학세계사, 1983.

박철석, 「이장희론」, 『한국 현대시인론』, 학문사, 1984.

박호영·이숭원, 「이장희 시에 대한 비교문학적 검토」, 『한국 시문학의 비평적 연구』, 삼지원, 1985.

백기만, 「상화와 고월의 회상」, 『상화와 고월』, 청구출판사, 1951.

오탁번, 「이장희론」, 『현대시인론』, 형설출판부, 1979.

이기철, 「이장희 연구」, 『작가 연구의 실천』, 영남대 출판부, 1986.

이보람, 「이장희 시의 이미지 연구」, 숙명여대 석사논문, 1998.

장백일, 「고월 이장희론」, 『시문학』 64호, 1976. 11.

장보미, 「이장희 시의 시간의식 연구」, 고려대 석사논문, 2010.

제해만, 「봄과 고양이」, 제해만 편, 『이장희 전집』, 문장사, 1982.

조영현, 「고월 이장희 시 연구」, 교원대 석사논문, 2004.

홍정선, 「고월 시에 있어서 화자의 정서」, 김학동 외, 『한국 현대시사 연구』, 일지사, 1983.

황정산, 「한국 현대시의 운율론적 연구 ― 모더니즘 시를 중심으로」, 고려대 박사논문, 1998.

김학동, 『한국 근대시인 연구』, 일조각, 1974.

_____, 『한국 근대시의 비교문학적 연구』, 일조각, 1981.

백철, 『신문학사조사』, 신구문화사, 1968.

이장희, 제해만 편, 『이장희 전집』, 문장사, 1982.

_____, 김재홍 편, 『이장희 시전집·평전』, 문학세계사, 1983.

정한모, 『한국 현대시인 연구』, 일조각, 1974.

제2부 **제2장**

고석규, 「반어에 대하여」, 『문학예술』, 1957. 4~7.

김명환, 「이상의 시에 나타나는 수학 기호와 수식의 의미」, 권영민 편, 『이상 문학연구 60년』, 문학사상사, 2001.

김민수, 「시각예술의 관점에서 본 이상 시의 혁명성」, 권영민 편, 『이상 문학연구 60년』, 문학사상사, 2001.

김상환, 「이상 문학의 존재론적 의미」, 권영민 편, 『이상 문학연구 60년』, 문학사상사, 2001.

김석, 「욕망하는 주체와 욕망하는 기계」, 『철학과 현상학연구』 제29집, 한국현상하회, 2006.

김승희, 「이상 시 연구―말하는 주체와 기호성의 의미작용을 중심으로」, 서강대 박
　　　사논문, 1991.

_____, 「이상 시 생산 연구」, 『문학사상』, 1992.10.

김용섭, 「이상 시의 건축공간화」, 권영민 편, 『이상 문학연구 60년』, 문학사상사, 2001.

김용운, 「이상 문학에 있어서의 수학」, 김윤식 편, 『이상 문학전집』 4, 문학사상사, 1995.

김인환, 「이상 시의 계보」, 『기억의 계단』, 2001.

김정은, 「「오감도」의 시적 구조―이상 시의 기호 문체적 연구 서설」, 서강대 석사논
　　　문, 1981.

김종은, 「이상의 이상(理想)과 이상(異常)」, 『문학사상』, 1973.9.

김지녀, 「이상 시의 아이러니 연구」, 고려대 박사논문, 2004.

김현, 「이상 시에 나타난 만남의 문제」, 『자유문학』, 자유문학사, 1962.

박현수, 「이상 시학과 『전원수첩』의 시학」, 김윤식 편, 『이상 문학전집』 5, 문학사상
　　　사, 2001.

박현순, 「이상 시의 수사학적 연구」, 서울대 박사논문, 2002.

신범순, 「이상 문학에 있어서의 분열증적 욕망과 우화」, 『국어국문학』 제103집, 국
　　　어국문학회, 1988.

신형철, 「이상 시에 나타난 시선의 정치학과 거울의 주체론」, 『이상 문학연구의 새
　　　로운 지평』, 역락, 2006.

오생근, 「동물 이미지를 통한 이상의 상상적 세계」, 『신동아』, 1970.2.

오형엽, 「정신분석 비평과 분열분석 비평」, 『문학과 수사학』, 소명출판, 2011.

윤수하, 「이상 시의 상호 매체성 연구」, 전북대 박사논문, 2009.

이승훈, 「이상 시의 기법 분석」, 『한국학논집』 제13호, 한양대 한국학연구소, 1989.

_____, 「이상 시 연구―자아의 시적 변용」, 연세대 박사논문, 1983.

이어령, 「이상론」, 『문리대학보』 제3권 2호, 서울대, 1955.

이정호, 「「오감도」에 나타난 기호의 질주」, 권영민 편, 『이상 문학연구 60년』, 문학
　　　사상사, 2001.

이태동, 「이상의 시와 반어적 의미」, 『문학사상』, 1997.10.

이혜원, 「이상과 윤동주 시에 나타난 주체 형성의 양상」, 『우리어문연구』 제16집,
　　　우리어문학회, 2001.

임종국, 「이상 연구」, 『고대문화』, 고려대, 1955.

정귀영, 「이상 문학의 초의식 심리학」, 『현대문학』, 1973.7~9.

정명환, 「부정과 생성」, 『한국인과 문학사상』, 일조각, 1964.

조두영, 「정신의학에서 바라본 이상」, 권영민 편, 『이상 문학연구 60년』, 문학사상사, 2001.

한상규, 「1930년대 모더니즘 문학의 미적 자의식―이상 문학의 경우」, 『한국학보』 제55집, 일지사, 1989.

함돈균, 「이상 시의 아이러니와 미적 주체의 윤리학」, 고려대 박사논문, 2010.

김상환・홍준기 편, 『라캉의 재탄생』, 창작과비평사, 2002.

박진환, 『정신분석으로 심층 해부한 이상 문학연구』, 조선문화사, 1998.

백승영, 『니체, 디오니소스적 긍정의 철학』, 책세상, 2005.

이상, 임종국 편, 『이상 전집』, 태성사, 1959.

____, 이어령 편, 『이상 시 전작집』, 갑인출판사, 1977.

____, 이승훈 편, 『이상 문학전집 1―시』, 문학사상사, 1989.

____, 김주현 편, 『이상 문학전집』, 소명출판, 2005.

____, 권영민 편, 『이상 전집 1―시』, 뿔, 2009.

홍준기, 『라캉과 현대철학』, 문학과지성사, 1999.

Homer, Sean, 김서영 역, 『라캉 읽기』, 은행나무, 2006.

Lacan, Jacques, trans. Bruce Fink, *Écrits*, New York : Norton, 2006.

제2부 제3장

고형진, 「백석 시와 엮음의 미학」, 박노준・이창민 외, 『현대시의 전통과 창조』, 열화당, 1998.

김기림, 「『사슴』을 읽고―백석 시집 독후감」, 『조선일보』, 1936.1.29.

김명인, 「백석시고」, 『우보 전병두박사 화갑기념논문집』, 1983.

_____, 「1930년대 시의 구조 연구」, 고려대 박사논문, 1985.

김재용, 「근대인의 고향 상실과 유토피아의 염원」, 『백석 전집』, 실천문학사, 1997.

김헌선, 「한국시가의 엮음과 백석 시의 변용」, 『한국 현대시인 연구』, 신아, 1988.

박용철, 「백석 시집 『사슴』평」, 『박용철 전집』 2, 동광당서점, 1940.

송종원, 「백석 시의 언술 특성 연구」, 고려대 석사논문, 2006.

신범순, 「백석의 공동체적 신화와 유랑의 의미」, 『분단시대』 4집, 학민사, 1988.

심재휘, 「1930년대 후반기 시 연구」, 고려대 박사논문, 1997.

오세영, 「떠돌이와 고향의 의미 ─ 백석론」, 『한국 현대시인 연구』, 월인, 2003.

오장환, 「백석론」, 『풍림』, 1937. 4.

유재천, 「백석 시 연구」, 『1930년대 민족문학의 인식』, 한길사, 1990.

이경수, 「한국 현대시의 반복 기법과 언술 구조」, 고려대 박사논문, 2002.

이동순, 「민족시인 백석의 주체적 시 정신」, 『백석 시전집』, 창작과비평사, 1987.

이숭원, 「풍속의 시화와 눌변의 미학」, 『백석』, 새미, 1996.

임화, 「문학상의 지방주의 문제」, 『조광』, 1936. 10.

정효구, 「백석 시의 정신과 방법」, 『한국학보』, 1989 겨울.

최두석, 「백석의 시 세계와 창작 방법」, 『우리 시대의 문학』 6집, 문학과지성사, 1987.

최학출, 「1930년대 한국 모더니즘 시의 근대성과 주체의 욕망체계에 대한 연구」, 서
        강대 박사논문, 1995.

고형진, 『백석 시를 읽는다는 것』, 문학동네, 2013.

_____, 『백석 시의 물명고』, 고려대 출판부, 2015.

백석, 이동순 편, 『백석 시전집』, 창작과비평사, 1987.

___, 김학동 편, 『백석 전집』, 새문사, 1990.

___, 송준 편, 『백석 시전집』, 학영사, 1995.

___, 정효구 편, 『백석』, 문학세계사, 1996.

___, 김재용 편, 『백석 전집』, 실천문학사, 1997 · 2003 · 2011.

___, 이숭원 주해, 이지나 편, 『원본 백석 시집』, 깊은샘, 2006.

___, 고형진 편, 『정본 백석 시집』, 문학동네, 2007.

___, 이동순 · 김문주 · 최동호 편, 『백석문학전집 1 ─ 시』, 서정시학, 2012.

이숭원, 『백석 시의 심층적 탐구』, 태학사, 2006.

Ong, Walter J., 임명진 · 이기우 역, 『구술문화와 문자문화』, 문예출판사, 1995.

제2부 제4장

김기림, 「모더니즘의 역사적 위치」, 『인문평론』, 인문사, 1939.

김미숙, 「장만영 시의 공간 연구」, 동아대 석사논문, 1986.

김삼규, 「장만영 연구」, 서강대 석사논문, 1986.

김세영, 「장만영 시 연구」, 성신여대 석사논문, 2006.

김창수, 「장만영 시의 모더니즘 수용과 그 변모」, 부산대 석사논문, 1986.

박기태, 「장만영 시 연구」, 한국외대 석사논문, 1986.

박철희, 「실향시대의 시인 – 김광균과 장만영」, 『한국 현대시문학 대계』 13, 지식산
　　　업사, 1982.

박호영, 「장만영 시에 나타난 환상성 연구」, 『국어교육』 제113호, 한국어교육학회, 2004.

송영호, 「해설」, 『장만영 시선』, 지식을만드는지식, 2013.

이준관, 「한국 현대시의 동심의식 연구 – 신석정·장만영·백석의 시를 중심으로」,
　　　고려대 석사논문, 1989.

한영옥, 「장만영·김광균 시의 특질 비교」, 『성신여대 연구논문집』 제15집, 성신여
　　　대, 1982.

김용직, 『한국 현대시사』, 한국문연, 1996.

박철희, 『한국 현대문학사』, 시문학사, 2000.

백철, 『신문학사조사』, 신구문화사, 1961.

이건청, 『한국 전원시 연구』, 문학세계사, 1986.

이명재, 『현대 한국문학론』, 중앙출판인쇄주식회사, 1982.

장만영, 『장만영 전집 1 – 시편 1』, 국학자료원, 2014.

＿＿＿, 『장만영 전집 2 – 시편 2』, 국학자료원, 2014.

최재서, 『문학과 지성』, 인문사, 1938.

제3부 제1장

강계숙, 「1960년대 한국시에 나타난 윤리적 주체의 형상과 시적 이념 – 김수영·김
　　　춘수·신동엽의 시를 중심으로」, 연세대 박사논문, 2008.

권혁웅, 「한국 현대시의 시작 방법 연구 – 김춘수·김수영·신동엽의 시를 중심으
　　　로」, 고려대 박사논문, 2000.

김인환, 「과학과 시」, 『상상력과 원근법』, 문학과지성사, 1993.

김종길, 「시의 곡예사 – 춘수시의 이론과 실제」, 『시에 대하여』, 민음사, 1986.

김준오, 「처용시학 – 김춘수의 무의미시론고」, 김춘수연구간행위원회 편, 『김춘수
　　　연구』, 학문사, 1982.

＿＿＿, 「김춘수의 의미시와 소외현상학 – 김춘수론」, 『도시시와 해체시』, 문학과비
　　　평사, 1988.

김현, 「식물적 상상력의 개발」, 『현대시학』, 1970.4.

＿＿, 「처용의 시적 변용」, 『상상력과 인간』, 일지사, 1973.

노철, 「김수영과 김춘수의 창작 방법 연구」, 고려대 박사논문, 1998.

문혜원, 「하이데거의 영향을 중심으로 한 김춘수 시의 실존론적 분석」, 『비교문학』 제20집, 한국비교문학회, 1995.

서우석, 「김춘수-리듬의 속도감」, 『시와 리듬』, 문학과지성사, 1981.

서준섭, 「순수시의 향방-1960년대 이후의 김춘수의 시 세계」, 『작가세계』, 1997 여름.

송승환, 「김춘수 사물시 연구」, 중앙대 박사논문, 2008.

신범순, 「무화과나무의 언어-김춘수 초기에서 『부다페스트에서의 소녀의 죽음』까지 시에 대해」, 『작가세계』, 1997 여름.

오세영, 「김춘수의 무의미시」, 『한국현대문학연구』 제15집, 한국현대문학회, 2004.

오정국, 「한국 현대시의 설화 수용 양상 연구」, 중앙대 박사논문, 2002.

오형엽, 「매체와 시적 시선-1960년대 시의 문화 인식」, 『서정시학』, 2009 봄.

_____, 「김춘수 시의 구조화 원리 고찰」, 『비평문학』 제41집, 한국비평문학회, 2011.

이명희, 「한국 현대시에 나타난 신화적 상상력 연구」, 건국대 박사논문, 2002.

이미순, 「김춘수의 꽃의 해체론적 읽기」, 『한국현대시와 언어의 수사성』, 국학자료원, 1997.

이승훈, 「시의 존재론적 해석시고-김춘수의 초기 시를 중심으로」, 김춘수연구간행위원회 편, 『김춘수 연구』, 학문사, 1982.

이은정, 「김춘수와 김수영 시학의 대비적 연구」, 이화여대 박사논문, 1993.

이창민, 「김춘수 시 연구」, 고려대 박사논문, 1999.

이혜원, 「시적 해탈의 도정-김춘수의 초기 시」, 송하춘·이남호 편, 『1950년대의 시인들』, 나남, 1994.

조강석, 「비화해적 가상으로서의 김수영과 김춘수 시학 연구」, 연세대 박사논문, 2008.

조명제, 「김춘수 시의 현상학적 연구」, 중앙대 석사논문, 1983.

정효구, 「김춘수 시의 변모과정-창작방법론을 중심으로」, 『20세기 한국시와 비평정신』, 새미, 1997.

최하림, 「원초 경험의 변용」, 『시와 부정의 정신』, 문학과지성사, 1984.

황동규, 「감상의 제어와 방임」, 김춘수연구간행위원회 편, 『김춘수 연구』, 학문사, 1982.

John, 「요한복음」 12장 24절, 『NIV 한영해설성경』, 아가페, 1997.

Matthew, 「마태복음」 27장 47절, 『NIV 한영해설성경』, 아가페, 1997.

김춘수, 『김춘수 시전집』, 현대문학사, 2004.

제3부 **제2장**

강계숙, 「1960년대 한국시에 나타난 윤리적 주체의 형상과 시적 이념-김수영·김춘수·신동엽의 시를 중심으로」, 연세대 박사논문, 2008.

강연호, 「김수영 시 연구」, 고려대 박사논문, 1995.

강웅식, 「김수영의 시 의식 연구」, 고려대 박사논문, 1997.

권혁웅, 「한국 현대시의 시작 방법 연구-김춘수·김수영·신동엽의 시를 중심으로」, 고려대 박사논문, 2000.

김기중, 「윤리적 삶의 밀도와 시의 밀도」, 『세계의 문학』, 1992 겨울.

김명인, 「김수영의 '현대성' 인식에 대한 연구」, 인하대 석사논문, 1994.

김수영, 「변한 것과 변하지 않은 것」, 『김수영 전집 2-산문』, 민음사, 2003.

김영희, 「김수영 시의 언술 특성 연구」, 고려대 석사논문, 2003.

김우창, 「예술가의 양심과 자유」, 『궁핍한 시대의 시인』, 민음사, 1978.

김윤식, 「모더니티의 파탄과 초월」, 『심상』, 1974.2.

김인환, 「시인의식의 성숙과정-김수영의 경우」, 『월간문학』, 1972.5.

김재용, 「김수영 문학과 분단 극복의 현재성」, 『역사비평』, 1997 가을.

김종윤, 「김수영 시 연구」, 연세대 박사논문, 1987.

김종철, 「시적 진리와 시적 성취」, 『문학사상』, 1973.9.

김춘식, 「김수영의 초기 시-설움의 자의식과 자유의 동경」, 『작가연구』 제5호, 1998.

김현, 「자유와 꿈」, 『김수영 시 선집-거대한 뿌리』, 민음사, 1974.

____, 「김수영의 풀-웃음의 체험」, 김용직·박철희 편, 『한국 현대시 작품론』, 문장사, 1981.

김현승, 「김수영의 시사적 위치와 업적」, 『창작과 비평』, 1968 가을.

김혜순, 「김수영 시 연구-담론의 특성 연구」, 건국대 박사논문, 1993.

남진우, 「미적 근대성과 순간의 시학 연구-김수영·김종삼 시의 시간의식」, 중앙대 박사논문, 2000.

노철, 「김수영과 김춘수의 시작 방법 연구」, 고려대 박사논문, 1998.

박수연, 「김수영 시 연구」, 충남대 박사논문, 1999.

박윤우, 「1950년대 모더니즘 시의 '부정성' 연구」, 서울대 박사논문, 1998.

박지영, 「김수영 시 연구-시론의 영향 관계를 중심으로」, 성균관대 박사논문, 2002.

박주현, 「김수영 문학에 나타난 내면적 자유 연구」, 서울대 박사논문, 2003.

백낙청, 「김수영의 시 세계」, 『현대문학』, 1967.8.

_____, 「역사적 인간과 시적 인간」, 『창작과 비평』, 1977 여름.

서우석, 「김수영-리듬의 희열」, 『문학과 지성』, 1978 봄.

신주철, 「김수영 시의 아이러니 연구」, 한국외대 박사논문, 2002.

엄성원, 「한국 모더니즘 시의 근대성과 비유 연구」, 서강대 박사논문, 2001.

염무웅, 「김수영론」, 『창작과 비평』, 1976 겨울.

유재천, 「김수영의 시 연구」, 연세대 박사논문, 1986.

_____, 「시와 혁명」, 『김수영 다시 읽기』, 프레스 21, 2000.

유종호, 「시의 자유와 관습의 굴레」, 『세계의 문학』, 1982 봄.

이건제, 「김수영 시의 변모양상 연구」, 고려대 석사논문, 1990.

이경희, 「김수영 시의 언어학적 구조와 의미」, 『이화어문론집』 제8집, 이화여대 한
       국어문연구소, 1986.

이은정, 「김춘수와 김수영 시학의 대비적 연구」, 이화여대 박사논문, 1993.

이종대, 「김수영 시의 모더니즘 연구」, 동국대 박사논문, 1993.

장석원, 「김수영 시의 수사적 특성 연구」, 고려대 박사논문, 2004.

조강석, 「비화해적 가상으로서의 김수영과 김춘수 시학 연구」, 연세대 박사논문, 2008.

정과리, 「현실과 전망의 긴장이 끝간 데」, 『김수영』, 지식산업사, 1981.

정남영, 「바꾸는 일, 바뀌는 일 그리고 김수영의 시」, 『실천문학』, 1998 겨울.

진순애, 「한국 현대시의 모더니티 연구」, 성균관대 박사논문, 1994.

최동호, 「김수영의 시적 변증법과 전통의 뿌리」, 『문학과 의식』, 1998 여름.

최미숙, 「한국 모더니즘 시의 글쓰기 방식에 대한 연구」, 서울대 박사논문, 1997.

최유찬, 「시와 자유와 '죽음'」, 『연세어문학』 제18집, 연세대 국문과, 1985.

하정일, 「김수영, 근대성 그리고 민족문학」, 『실천문학』, 1998 봄.

황동규, 「정직의 공간」, 『김수영 시 선집-달의 행로를 밟을지라도』, 민음사, 1976.

황정산, 「한국 현대시의 운율론적 연구-모더니즘 시를 중심으로」, 고려대 박사논
       문, 1998.

_____, 「김수영 시의 리듬-시행 엇붙임과 의미의 상호변환」, 『김수영』, 새미, 2003.

황혜경, 「김수영 시의 아이러니 연구」, 이화여대 박사논문, 1998.

김상환, 『풍자와 해탈, 혹은 사랑과 죽음』, 민음사, 2000.

김수영, 『김수영 전집 1-시』, 민음사, 2003.

문광훈,『시의 희생자, 김수영』, 생각의 나무, 2002.

제3부 제3장

강경희,「전봉건 시 연구」, 숭실대 석사논문, 1994.

김성조,「전봉건 시 연구－실향의식을 중심으로」, 한양대 석사논문, 2005.

김윤정,「전봉건 시의 환상성 연구」,『한국문학이론과 비평』제26집, 한국문학이론
　　　과비평학회, 2005.

김현,「전봉건을 찾아서」,『시인을 찾아서』, 민음사, 1975.

＿＿,「전봉건에 대한 두 개의 글」,『책 읽기의 괴로움』, 민음사, 1984.

김훈,「전후 시의 한 모델」,『한국현대시 연구』, 민음사, 1989.

남진우,「에로스의 시학」,『전봉건 시전집』, 문학동네, 2008.

류경동,「전봉건 시 연구－상승 이미지를 중심으로」, 고려대 석사논문, 1995.

박슬기,「춘향의 사랑, 향유의 노래－전봉건의『춘향연가』연구」,『한국현대문학연
　　　구』제24집, 한국현대문학회, 2008.

박주현,「전봉건 시의 역동적 상상력 연구」, 서울대 석사논문, 1997.

서동인,「전봉건 시의 생명 인식 연구」,『반교어문연구』제21호, 반교어문학회, 2006.

송기한,「시간성의 추방과 재생의지」,『한국 전후 시와 시간의식』, 태학사, 1996.

오세영,「장시의 개념과 가능성」,『20세기 한국시이론』, 월인, 2005.

오채운,「전봉건 시의 신체 훼손 이미지 연구」,『한국언어문화』제23집, 한국언어문
　　　화학회, 2003.

오형엽,「전후 모더니즘 시의 음악성과 시 의식」,『한국시학연구』제25호, 한국시학
　　　회, 2009.

이광호,「폐허의 세계와 관능의 형식」, 송하춘・이남호 편,『1950년대의 시인들』,
　　　나남, 1994.

이경수,「없음을 통한 있음의 시세계」,『피리』, 문학예술사, 1979.

이성모,「전봉건 시 연구」, 경남대 박사논문, 1999.

이연승,「전봉건 시집『춘향연가』에 나타난 은유 구조 연구」,『한국시학연구』제27
　　　집, 한국시학회, 2010.

이현희,「전봉건 시 연구－시적 화자와 상흔(trauma)의 변이과정」, 서강대 석사논
　　　문, 2001.

전미정,「한국 현대시의 에로티시즘 연구－서정주, 오장환, 송욱, 전봉건을 중심으

로」, 서강대 박사논문, 1999.

전봉건, 「시작 노오트-고쳐 쓰기 되풀이」, 『한국 전후 문제시집』, 신구문화사, 1957.

정수연, 「전봉건 시 연구-전쟁 체험과 관능성을 중심으로」, 고려대 석사논문, 2004.

조정권, 「하프를 잃어버린 올페우스」, 『트럼펫 천사』, 어문각, 1986.

최동호, 「실존하는 삶의 역사성」, 『평정의 시학을 위하여』, 민음사, 1991.

홍승희, 「전봉건 시 연구-환유와 은유를 통한 시적 주체의 세계 인식」, 서강대 석사논문, 2008.

전봉건, 남진우 편, 『전봉건 시전집』, 문학동네, 2008.